:rellgorh – Geheime Mächte

Band 1 der Trilogie

www.erellgorh.com

vww.facebook.com/Erellgorh

uar 2022

und Covergestaltung: Sören Meding
Satz: Frank Friedrichs
est GbR, Seeweg 3, 19243 Wittendörp – www.dichtfest.de
Factory, PRINT GROUP Sp. z.o.o., Szczecin, Polen

46937-00-5

Information der Deutschen Nationalbibliothek:

Nationalbibliothek verzeichnet diese Publikation in der Deut-
bibliografie; detaillierte bibliografische Daten sind im Internet
.d-nb.de abrufbar.

Erellgorh
Geheime Mächte

Matthias Teut

Juk

7. Auflage, Ja
© 2016 Matt
Illustrationen
Lektorat unc
Verlag: Dicht
Druck: Book
ISBN: 978-3-

Bibliografisch
Die Deutsche
schen Nationa
über http://dr

Matthias Teut

Erellgorh

Geheime Mächte

»Mir graut vor dem Erscheinen,
denn es wird unmöglich sein,
sich nichts daraus zu machen, was gesagt wird.
Ich habe mein Herz bloß gelegt,
und nun kann man darauf schießen.«

J. R. R. Tolkien

Prolog

Seine zitternden Hände umklammerten den ziselierten Armreif. Ein Schlüssel, um den magischen Nebel von Erellgorh zu durchdringen, der Stadt der Elben! Überreicht von ihrer Fürstin selbst! So sehr fürchtete sie die Macht, die im Norden erstarkte, dass sie einem Menschen Zutritt gewährte.

Was hatte sie über den Abtrünnigen gesagt? »Er allein kann die Welt in den Abgrund stürzen!«

Die Barke aus dem hellen Holz der Rinndah-Bäume glitt lautlos durch den Nebel. Von Erellgorh und der Insel war nichts mehr zu sehen. Eldarh schloss die Augen und versuchte, sich zu beruhigen. Seine Aufgabe war es, die wahren Hüter zur Elbenfürstin zu bringen. Und mit ihnen die magischen Artefakte, von denen er bis gestern geglaubt hatte, sie allein könnten alles zum Guten wenden. Doch er hatte die Prophezeiung falsch gedeutet. Hatte nicht geahnt, wie leibhaftig die Bedrohung wirklich war!

Im Geist sah er erneut die Elbenfürstin vor sich. Wie sie sich abwandte und auf seine Fragen keine Antwort gab. Wer könnte sich dem eisigen Gebieter entgegenstellen? Wie viel der unvorstellbaren Macht hatte er den Seelen der Toten bereits entrissen?

Eldarh hob den Blick. Der Nebel schwand und Sterne glommen auf. Alle Hoffnung lag auf den Hütern, die da kamen. Erfahrene Krieger des Einen, über Jahre ausgebildet und auf ihre gefahrvolle Aufgabe vorbereitet – so hoffte er. Möge Atharpazh ihnen Macht verleihen!

Atharu

1

Spitze Zähne blitzten ihm entgegen, als das Tier ihn anfauchte. Sofort zog Atharu die Hand zurück. »Ausgerechnet das Begleittier meines besten Freundes kann mich nicht leiden!« Er schüttelte den Kopf.

Das Frettchen starrte ihn aus dunklen Knopfaugen an.

»Wahrscheinlich sind es deine Haare. Jiga mag eben lieber ...«

Atharu stöhnte. »Nicht schon wieder das Thema. Ja, ich bin der einzige blonde Tangora. Und nein, ich lasse mir die Haare trotzdem nicht von den Kräuterfrauen färben.« Er rollte mit den Augen.

»Überleg es dir noch mal. Frauen mögen dunkle Haare.« Brandan neigte dem Frettchen seinen Haarschopf entgegen und sofort schnüffelte Jiga daran. »Was habe ich gesagt?« Er lachte und setzte das Tier auf den Boden. »Ab mit dir, du mordlüsterne Bestie!« Flink wieselte es davon.

Atharu grinste. »Vielleicht liegt es an deinem Frettchen. Hättest du, wie jeder normale Tangorajäger, einen Greif ...«

Brandan lachte. »Schon verstanden. Wir sind quitt!«

»Fast. Ich musste nehmen, was mir mitgegeben wurde. Du konntest dir das Tier aussuchen. Und Greife sind viel nützlicher. Sie können fliegen.« Atharu betonte die Sätze, als müsse er einen kleinen Jungen belehren.

Brandan lachte. »Du klingst wie mein Vater. ›Wähle einen Greif, mein Sohn! Tödliche Jäger mit scharfen Augen, und außerdem können sie fliegen!‹« Er schüttelte den Kopf. »Und den Rest des Tages sitzen sie auf einer Stange und gucken stumpf in die Gegend. Greife haben so viel Mimik wie ein Stein. Frettchen sind viel schlauer. Wäre Jiga heute nicht durch die Tür gewitscht, wäre ich nicht hinterher, um sie wieder einzufangen. Und dann wüsste ich auch nichts von der Besprechung der Ältesten.«

Brandan trat an den Rand des Felssimses vor seiner Wohnstatt und ließ sich die letzten Sonnenstrahlen des Tages aufs Gesicht fallen. Als sie Kinder waren, hatten sie sich einen Spaß daraus gemacht, der Sonne hinterherzulaufen. Wer die letzten Strahlen abbekam, hatte gewonnen.

Atharu genoss es, wenn die Sonne hinter dem Horizont verschwand und die Felsplateaus von Tangris in kühlen Schatten sanken. Er lehnte sich an die warme Felswand. »Dann habe ich also Jiga die Neuigkeiten zu verdanken?«

»Natürlich!« Sein Freund zwinkerte. »Der Älteste Teehl hat mich zuerst gar nicht bemerkt. Dafür hat er umso lauter gewettert, als er mich entdeckte. *Als Sohn eines Ratsmitglieds wüsste ich, dass dem Rat nur Männer ab dem zwanzigsten Winter beiwohnen dürfen. Noch ein Verstoß würde eine harte Bestrafung nach sich ziehen, ich solle Respekt zeigen und so weiter!* Ts, Bestrafung. Das könnte dem so passen.«

»Treib es nicht zu weit, Brandan.« Atharu schüttelte den Kopf. Die Sorglosigkeit seines Freundes wäre noch mal sein Verderben. »Am Ende wird er dich aus der Jägergilde ausschließen!«

»Das sollte er besser nicht versuchen.« Brandan trat einen Schritt auf Atharu zu und klopfte ihm auf die Schulter. »In zwei Wintern sind wir eh alt genug. Und dann werde ich ihn bei jeder Versammlung mit unangenehmen Fragen ärgern.« Er lachte. »Aber keine Sorge. Heute hab ich mir nur schnell

Jiga gegriffen und bin mit kleinlauten Entschuldigungen demütig hinausgeschlichen.« Brandan zog den Kopf ein und schob die Unterlippe vor. Dann grinste er. »Das Wichtigste habe ich aber wohl mitbekommen. Oder nicht?«

»Zumindest etwas sehr Interessantes!« Atharu wurde ernst, als er an die Pläne des Ältesten dachte. »Ich danke dir, dass du mich ins Vertrauen gezogen hast. Auch wenn ich noch nicht weiß, was ich damit anfangen soll.«

»Ich kann mir auch noch keinen Reim darauf machen. Aber Ondara ist deine Ur-Mutter und sie hat dich zu ihrem Nachfolger bestimmt. Ich denke, du solltest sie fragen. Unter Umständen klärt es sich.« Brandan strich sich eine Strähne aus dem Gesicht. »Na ja, jedenfalls habe ich gedacht, dass du es wissen solltest.«

»Danke, Brandan.« Atharu schenkte ihm ein Lächeln, doch auf seiner Stirn blieb eine nachdenkliche Falte.

Eine Kinderstimme riss ihn aus den Gedanken. »Atharu, schnell, du musst kommen!« Ein Mädchen rannte auf ihn zu. »Ich, ich, habe dich gesucht ... nicht gleich gefunden ... erst jetzt ...« Die Kleine rang nach Luft und wischte sich über die Stirn.

Sofort kniete er sich zu ihr. »He, he, ganz ruhig. Was ist denn los?« Er legte beruhigend eine Hand auf ihre Wange, die fast wie im Fieber glühte.

»Du musst kommen«, sie zog am Ärmel, »beeil dich!«

Atharu kannte das Mädchen, es war die Tochter des Schmieds. »Erzähl mir doch erst mal, was geschehen ist.«

»Es ist wegen Ondara, du sollst ... deine Mutter sagt, sie wird, sie ... ich ...« Sie begann zu weinen und lief wieder los.

»Halt, so warte doch!« Atharu warf Brandan einen Blick zu und hastete hinter der Kleinen her. Zur rechten Seite die Höhlenwohnstätten von Tangris, zur linken der gähnende Abgrund. Er beeilte sich, das Mädchen einzuholen. Vorbei an Fenstern und Türen, hoffte er, keiner würde plötzlich heraustreten. »So warte doch. Nicht so schnell!« Hier waren die Wege noch breit, doch ein Stück weiter wurden sie schmaler. Die Kleine lief viel zu schnell und neben ihr lauerte die Tiefe. *In einer Felswand rennt man nicht!* Gleich käme der Abschnitt, der mit Holzplanken überbrückt war, seit ein Felsbrocken sich gelöst hatte.

»Vorsicht!« Fast schon hatte er das Mädchen eingeholt, als es ins Straucheln kam. Die Planken waren zu glatt. Die Kleine ruderte mit den Armen und schrie entsetzt auf. Mit einem beherzten Sprung bekam er sie gerade noch zu fassen und hielt sie im Arm. Sein Herz raste und auch ihres spürte er heftig schlagen. Sie klammerte sich an ihn. Er zwang sich, vorsichtig weiterzugehen.

An der Schmiede kam ihr Vater ihnen entgegen: »Was, um der Seelen willen ...«

»Es ist nichts passiert. Behalte deine Tochter hier und beruhige sie.« Nur einen kurzen Moment wartete Atharu, sah das Kopfnicken des Schmieds und hetzte weiter, getrieben von einer bösen Ahnung.

In einer Felswand rennt man nicht! Diese Regel konnte für ihn nicht gelten. Nicht, wenn etwas mit Ondara war. Er stürmte die Felswege entlang. Zu langsam! Seiner Ur-Mutter ging es die letzten Tage nicht gut, das wusste er. Sein Herz hämmerte. Er brauchte einen kürzeren Weg.

Er bremste und trat dicht an den Felsrand. Ein Stück weiter vorn ragte ein kleines Plateau vor. Von dort gelangte er fast auf direktem Weg zu ihr. Wie tief war es? Zwei Meter? Vielleicht etwas mehr. Atharu nahm all seinen Mut zusammen und wagte den halsbrecherischen Sprung auf das tiefer gelegene Plateau.

Im selben Moment verfluchte er seine Unbesonnenheit. Er schlug auf dem felsigen Untergrund auf, schlitterte bis zum Rand. Vor ihm rutschten kleine Steine über den Sims. Einen Moment hing sein Oberkörper über dem Abgrund, die Zeit schien stehen zu bleiben.

Dann fand er Halt an einem Zweig, zog sich hoch und stand auf. Kurz holte er Atem, dann lief er weiter.

Seine Gedanken überschlugen sich. Sollte es jetzt doch so schnell gehen? Ondara war alt, sehr alt sogar – aber das war sie gewesen, solange er denken konnte. Ja, in letzter Zeit wirkte sie häufiger schwach und abwesend, aber sie konnte nicht ... Nein, das durfte nicht sein. Er brauchte sie!

Als er das große Plateau erreichte, auf dem Ondaras Wohnstatt lag, blieb er stehen. Vor der Tür stand seine

Mutter, neben ihr eine der Kräuterfrauen des Stammes und eine hagere Gestalt in grauem Umhang. Atharu sah nur den Rücken, doch er erkannte den Stab des Rates. Der Oberste Teehl war schon da. Wie recht Brandan gehabt hatte! In diesem Moment wandte sich der Älteste ab und ging. Atharus Mutter hielt die Hände vors Gesicht, und er erkannte, wie ernst die Situation war.

Langsam trat er aufs Plateau, sein Blick wurde magisch angezogen von dem hohen Portal in der Felswand, das den Eingang zu Ondaras Wohnstatt bildete. Es war einzigartig in Tangris. Gerahmt von aufwendigen Steinmetzarbeiten mit wunderbaren Pflanzen- und Tiermotiven. Kurz glitt sein Blick zu seiner Mutter, die noch mit der Kräuterfrau sprach, dann fixierte er wieder den Steinbogen, als könnten diese fein gearbeiteten Blatt- und Blütenformen seine böse Vorahnung zerstreuen, ihn in eine frühere Zeit zurückführen. Eine Zeit, in der Ondara ihn mit immer neuen Aufgaben und Geheimnissen erwartet hatte.

Doch die ineinander verschlungenen Strukturen, die darin eingebetteten Vogel- und Tierskulpturen vermochten es nicht. Das Portal, das sonst durch allerlei Getier, steinernes und lebendiges, wie ein großes quirliges Lebewesen erschien, wirkte in diesem Moment kühl und tot auf ihn. Kein Vogel flog daraus hervor, keine Eidechse huschte plötzlich davon und verschwand in den Spalten. Fasziniert war er sonst davor stehen geblieben, selbst wenn er spät dran war und längst drinnen bei Ondara hätte sein sollen.

Er warf seiner Mutter einen weiteren Blick zu. Endlich verabschiedete sie die Kräuterfrau. Atharu trat zu ihr und legte behutsam eine Hand auf ihre Schulter. Obgleich ihre Augen von Tränen glänzten, wirkte ihr Blick gefasst.

»Ich bin so froh, dass du da bist.« Sie blickte ihn mit einem traurigen Lächeln an und umfasste seine Arme.

»Komme ich zu spät? Ist sie ...«

»Nein, Atharu, aber es bleibt ihr nicht mehr viel Zeit in unserer Welt. Ondara will dich sehen – ein letztes Mal.«

Ein letztes Mal! Seine Brust wurde eng. Er hatte gewusst, dass dies irgendwann geschehen würde, aber jetzt, wo es so weit war, fühlte er sich unvorbereitet. Er brauchte Ondara. Sie war seine Vertraute, seine Lehrerin!

»Unsere oberste Alt-Mutter wird gehen«, fügte seine Mutter mit leiser Stimme hinzu, »die Frauen der Ältesten werden ein Klagelied anstimmen.« Sie schloss die Augen und ließ den Kopf hängen. »Sie ist zusammengebrochen, ihre Beine sind gelähmt und sie hat kaum noch Kraft, Worte zu formen.« Eindringlich blickte sie ihm in die Augen. »Atharu, geh zu ihr und bleib in diesen letzten Momenten bei ihr. So war es ihr Wunsch!«

»Ihr Wunsch?«

»Ja, sie will ihren Abschied mit dir machen. Ich bleibe vor der Tür und gebe Acht, dass niemand stört!«

»Ihren Abschied mit mir allein? Aber warum? Du bist in der Folge ihre nächste Tochter. Du bist ihre Erbin. Und ich, ich weiß nicht, ob ich das kann.«

»Geh jetzt!« Lara schob ihn sanft zur Tür, eine Träne lief über ihre Wange. Einen kurzen Moment schloss Atharu die Augen, dann betrat er wie in Trance Ondaras Wohnstätte.

Pitu

2

Wohin? Hektisch blickte er sich um. Hatte er sie abgehängt? Sein Herz pochte und er wischte sich den Schweiß von der Stirn. In der menschenleeren Gasse vor ihm flirrte die Luft. Diesen Teil der Stadt kannte Pitu nicht. Wo konnte er sich verstecken? Er hörte die Meute, die ihm folgte, die Rufe und Schreie. Jeden Moment mussten sie um die Ecke kommen und ihn entdecken. Diesmal hatte er den Bogen überspannt! Kurz entschlossen lief er in eine Seitenstraße. Zu spät erkannte er den Irrtum: eine Sackgasse!

Hinter ihm wurden die Rufe seiner Verfolger deutlicher: »Elender Dieb!«, »Wir kriegen dich!«

Keine Zeit mehr! Pitu lief weiter in die Gasse, suchte nach einem Ausgang und sprang dann in die erstbeste Türnische. Mit rasendem Herzen presste er sich in den Schatten. Unmittelbar darauf der Tumult. Warum so viele?

»Der hält uns zum Narren!«, »Hand ab!«, »In den Kerker!«

Luft anhalten, nicht bewegen! Die aufgebrachte Menge preschte an der Gasse vorbei. Der Lärm verebbte und die Schritte auf dem Steinpflaster verhallten.

Puh! Pitu atmete durch. Er zog das Bündel auf, das er bei sich trug, und schaute, ob er etwas verloren hatte. Der Ärger hatte sich gelohnt: ein Brot, zwei Äpfel und ein geräucherter Käse. Er grinste.

Als er aus dem Schatten trat, zuckte er erschrocken zurück. Erneut Schritte. In langsamerem, schwerfälligem Tempo klackten sie auf dem Straßenpflaster – und – blieben stehen! Das konnte doch nicht wahr sein! Pitu linste um die Ecke. Er musste einfach wissen, ob das auch Verfolger waren. Sofort zog er den Kopf zurück. O ja, sie waren seinetwegen hier, kein Zweifel! Zwei schwergewichtige Männer in den typischen Holzschuhen und Lederschürzen der Marktbeschicker standen direkt am Eingang der Sackgasse.

»Vielleicht ... hat sich das Knäblein ... in einer Seitengasse verkrochen!«, keuchte der eine dunkel und Pitu sah förmlich vor sich, wie der Schweiß von dem feisten Gesicht perlte.

»Die anderen ... sind ihm ... zu dicht auf den Fersen«, schnaufte der andere fette Kerl, seine heisere Stimme fiepte seltsam. »Die hätten das bemerkt!«

»Vielleicht sollten wir aber doch mal hier nachschauen ... dieser Winzling ... ist listig.« Der Erste schnappte immer noch nach Luft.

Klack, klack. Pitu hörte, wie der Kerl in die Gasse trat, und drückte sich enger in die Nische. Sein Kopf arbeitete, fieberhaft suchte er nach einem Ausweg. An dem Ersten würde er vorbeikommen, flink und mit dem Überraschungsmoment auf seiner Seite. Aber der andere versperrte den Ausgang der Gasse und Pitu konnte sich unmöglich auf ein Handgemenge einlassen. So träge die Schwergewichte waren, in ihren tellergroßen Händen steckte die Kraft jahrelanger, harter Arbeit. Er hielt den Atem an. Jeden Moment musste der Erste ihn entdecken. Klack ... klack ...

»Nun komm schon«, fiepte der andere, gerade als sein Mitstreiter in Pitus Blickfeld trat, »sollen die Jüngeren sich um dieses Häufchen Eberdreck kümmern!«

Sein Kamerad wandte sich zu ihm um und drehte Pitu den Rücken zu. Der Geruch von Schweiß und Blut wehte ihm in die Nase. Ausgerechnet Schlachter.

»Nun warte doch,« brummte das Schwergewicht vor ihm, »lass mich noch in die eine oder andere Tür schauen!«

Pitu stöhnte innerlich. Nun gut, dann sollte es wohl so sein. Er tastete nach dem Talisman, den er an einem Lederband um den Hals trug. Mit einem ergebenen Seufzen trat er aus der Nische und klopfte dem Brummbär beherzt auf die Schulter. Noch während der Schlachter sich umdrehte, flitzte Pitu an der anderen Seite vorbei.

»Was zum Dokadreck ...«

»Pass doch auf! Da ist die kleine Missgeburt!«

Was für eine Piepsstimme! Pitu spurtete ihm entschlossen entgegen. Der fette Kerl postierte sich im Eingang der Gasse und versperrte ihn mit ausgebreiteten Armen. Das würde knapp. Pitu schlug einen Haken nach links, dann nach rechts, doch der Fettwanst reagierte erstaunlich schnell. Und ihm reichte jeweils ein einziger Schritt. So käme Pitu nicht vorbei.

Hinter ihm nahm der Brummbär die Verfolgung auf. Klack, klack, klack. Pitu fasste einen Entschluss. Er hielt direkt auf den Piepser zu. Einen Lidschlag lang blitzte Verwunderung in dessen Augen auf, er riss seine Arme nach vorn, um ihn abzufangen. Doch Pitu ließ sich aus dem Lauf heraus geschmeidig zu Boden gleiten, um zwischen den ausgebreiteten Beinen durchzurutschen.

»Pass doch auf! Greif ihn dir!«, keuchte der Brummbär, und der fette Piepser beugte sich bedrohlich vor. Doch da war Pitu schon unter ihm hindurch. Schnell sprang er wieder auf, als hinter ihm etwas zu Boden plumpste.

»Aaaah, was machst du denn!«

»Pass doch ... auuu!«

Pitu blickte sich um. Der Fettwanst hatte offenbar das Gleichgewicht verloren und war nach vorn gekippt. Direkt in den Brummbär. Wie Käfer auf dem Rücken lagen sie in der Gasse und schimpften wie betrunkene Matrosen bei einer Kneipenschlacht. Kunstvoll machte Pitu eine Verbeugung, lachte auf und lief davon. Zu all seinem Geschick gehörte immer auch eine Portion Glück.

Erleichtert wandte er sich an der nächsten Abzweigung nach Osten und hoffte, in bekannte Viertel zurückzukommen. Außerdem brauchte er einen Brunnen. Eine Erfrischung war mehr als nötig und er musste aus den »Knäblein-Klamotten« heraus. Der Kaftan war mindestens drei Nummern zu groß. Eine gute Verkleidung, denn man hielt ihn meist für einen Jungen, der nicht mehr als zehn oder elf Winter erlebt hatte. Natürlich funktionierte das nur deshalb, weil er schon seit Längerem nicht weitergewachsen war.

Pitu zog den Kaftan aus und dachte einmal mehr darüber nach, wie es wohl wäre, größer zu sein. Doch mit fast 18 Wintern hatte er nicht die Hoffnung, noch zu wachsen. Immerhin hielt ihn niemand für ein Knäblein, der ihn nur in Hosen und mit freiem Oberkörper sah. »Was für ein Mann!«, hatte er erst heute Morgen zwei junge Frauen seufzen hören, als er sich an einem Brunnen gewaschen hatte. Bei der Erinnerung daran, wie rot sie geworden waren, als er ihnen lächelnd zugezwinkert hatte, musste er grinsen.

Er beschloss, in eine schmale Straße abzubiegen. Sie führte geradewegs auf einen Platz zu, auf dem ein Brunnen stand. *Endlich!* Freudig griff er nach seinem Talisman und küsste ihn. Den schwarzen Stein besaß er, solange er denken konnte. Auf dem Weg zum Platz fingerte er ein Hemd aus seinem Bündel, darauf bedacht, die guten Speisen nicht zu verlieren. Beim Geruch von Obst und Käse lief ihm schon jetzt das Wasser im Munde zusammen.

Außer einer alten Frau, die Wasser in einen Krug schöpfte, war niemand zu sehen. Pitu legte seine Sachen ab, beugte sich über den Brunnenrand und trank aus den hohlen Händen, bevor er sich das kühle Nass über den Kopf goss. Dann erst bemerkte er den argwöhnischen Blick der Alten, die auf der gegenüberliegenden Seite neben ihrem Krug stand. Sie schöpfte kein Wasser mehr, sondern musterte ihn aus ihren runzeligen Äuglein.

»Sei gegrüßt, Alte!«, rief Pitu. Er schüttelte seine nassen Haare und strich sie nach hinten.

»Was machst du hier?«, fragte die Greisin, Misstrauen schwang in ihrer schrillen Stimme.

»Wie?« Pitu wollte gerade sein Hemd aufheben, hielt aber inne und schaute die Alte fragend an.

»Was du hier machst! Solltest du nicht am Hafen sein?«

»Am Hafen?« Pitu hatte nicht den geringsten Schimmer, wovon die Alte sprach.

»Jeder gesunde Mann soll sich zur Arbeit am Hafen melden.«

»Arbeit?« Er konnte die Abneigung gegen dieses Wort nur mit Mühe aus seiner Stimme verbannen. »Jeder?«

»Jeder gesunde Mann. Du bist doch gesund«, krächzte die Alte, »siehst jedenfalls so aus.« Ihr Blick glitt an ihm herauf und herunter. Wäre sie jünger gewesen, hätte er schwören können, dass etwas Lüsternes darin lag.

»Gesund? Ich ... äh ... ja, natürlich.« Schnell streifte er sein Hemd über, um sich durch das weite Leinen in einen schmächtigen Burschen zurückzuverwandeln. »Ich bin gerade auf dem Weg«, antwortete er. »Sag Alte, welche Arbeit wartet am Hafen noch gleich? Der es mir erzählte, sprach undeutlich, ich verstand ihn nicht so recht.«

»Typisch Mannsbild«, zischte die Alte, »essen, saufen und Frauen nachstellen – zu mehr taugt ihr nicht. Wolle für Akralahr soll verladen werden. Fünf Schiffe liegen vor Anker, heißt es, und dass alle nach Akralahr fahren werden. Soll am Wetter liegen – Regen und Kälte – schon seit Wochen!«

Ein Lächeln huschte über Pitus Gesicht, aber er kämpfte erfolgreich gegen ein überhebliches Grinsen. Regen war in Akralahr schon selten, aber Kälte? Im Sommer? Die Alte war wohl schon etwas verwirrt. »O ja, jetzt fällt es mir wieder ein«, entgegnete er, »ich werde mich direkt auf den Weg machen. Vielen Dank, Alte, leb wohl.« Sprach's, schnappte sein Bündel und machte sich auf nach Norden.

»Falsche Gasse, Bürschchen«, schrillte die Alte, »der Hafen liegt dort!« Sie zeigte in die andere Richtung.

»O ja, äh ... jetzt, wo du es sagst.« Pitu machte kehrt. *Doch nicht so verwirrt, die Alte.* Widerwillig ging er Richtung Hafen.

Wie viele Händler wären um diese Zeit unterwegs, die sein Gesicht kannten? Verkleidung hin oder her; es blieb ein Risiko. Andererseits hatte die Alte ihn neugierig gemacht. Vielleicht wurde wirklich Wolle für Akralahr verladen? Wie auch immer, der Tag verlief sowieso anders als geplant. Und die Mahlzeiten für die nächsten Tage hatte er sich gesichert. Pitu lächelte und setzte den Weg beschwingt fort.

Am Ende wäre noch ein kleines Abenteuer für ihn drin. Vielleicht sogar ein Grund, länger in Gelder zu bleiben. Eigentlich hatte er die Stadt schon vor Wochen verlassen wollen. Er war bereits über ein Jahr hier. Normalerweise wechselte er den Ort nach drei bis vier Monaten. Wenn man vom Stehlen lebte, war es besser, weiterzuziehen, ehe man zu bekannt wurde. Pitu dachte daran, wie viele ihm heute auf den Fersen gewesen waren. Es war wohl höchste Zeit. Er seufzte. Gelder zu verlassen, würde ihm schwerfallen. Die Stadt war so groß, so aufregend. Es gab viele unterschiedliche Märkte und immer passierte irgendetwas. Die Stadt bot ihm die Möglichkeit, sein Revier zu wechseln. Außerdem hatte sie wunderbar verwinkelte Straßen, Gassen und Hinterhöfe. Ausreichend Verstecke für jemanden wie ihn.

Eine krumme Gestalt in Lumpen stolperte aus einem Torbogen, geistesgegenwärtig sprang Pitu zur Seite. Der Krumme streckte ihm einen zerkratzten Tonbecher entgegen, an dem der Henkel fehlte. »Eine Gabe für einen Kranken! Ein Kupferling nur und Eure Seele soll erblühen und eine magische Ewigkeit im Glück tanzen!«

Pitu grinste ob der Wortgewandtheit des Bettlers. Warum nicht. Von seinen drei Kupferlingen konnte er ruhig einen abgeben. Mit einem gezielten Wurf landete Pitu einen Treffer in den Becher. »Auf dass meine Seele im Glück tanze. Ich nehme dich beim Wort, Alter!«

Der Krumme nahm die Münze aus dem Becher und biss prüfend drauf. »Habt Dank. Das Glück wird Euch hold sein!«

Er grinste schief und Pitu schauderte es beim Anblick der verrotteten Zähne, die nur noch einzeln und gelb belegt im entzündeten Zahnfleisch steckten. Auf einmal schnellte die Hand des Bettlers vor und griff nach Pitus Schulter. Das Grinsen war verschwunden, die Augen blickten ihn starr an. »Aber versuche dein Glück nicht! Meide die Schiffe!«

So schnell dieser Moment kam, so schnell war er vorbei. Der Krumme ließ ihn los, verbeugte sich und humpelte zurück in den Torbogen.

Selana

3

Fluchen half jetzt auch nichts! Selana biss die Zähne zusammen und rappelte sich ungelenk wieder auf. Die Holzplanken der Behelfswege waren vom Regen glitschiger als ein Aal in der Hand. Sie zog die Kapuze ihres Umhangs tief ins Gesicht. Je weiter sie in die unteren Viertel vordrang, desto böser wurde ihre Vorahnung. Hätte sie sich nur früher auf den Weg machen können, um ihre alte Momm in die Oberstadt zu holen! Doch sie hatte von der Köchin keine Erlaubnis bekommen. Erst heute, da der König mit seinem Sohn und der Garde die Burg verlassen hatte, war Zeit für ein paar freie Stunden.

Eine Gruppe von Menschen in dreckigen Lumpen kam Selana entgegen. Sie drückte sich an eine grob gezimmerte Hütte, damit sie nicht zur anderen Seite von den Planken gedrängt würde. Drei Frauen, zwei Männer und vier Kinder, alle mit schweren Bündeln auf den Rücken. Noch mehr Menschen, die die Stadt verließen? Selana wischte die Regentropfen aus dem Gesicht und blickte ins trübe Grau um sich herum. Ohne die Behelfswege stünde man hier schon knietief im Wasser. Seit Monaten regnete es, mal mehr mal weniger. Aber dass das Wetter für eine Festungsstadt wie Akralahr einmal zum Problem würde, hatte sie sich nicht vorstellen können. Es fühlte sich innerhalb der Stadtmauern immer so sicher an.

Mit vorsichtigen Schritten ging sie weiter. Einige Hütten waren in sich zusammengefallen, bei anderen hingen die offenen Türen schief in den Angeln und kleine Schemel oder andere Gegenstände dümpelten im Wasser aus ihnen hervor. Fassungslos schüttelte Selana den Kopf. Auf der Burg erzählten die Älteren manchmal, wie vielen Belagerungen die Festungsstadt schon getrotzt hatte. Bei diesem Anblick zweifelte sie am Weitblick der Erbauer. Die beiden Landtore lagen zu hoch. Und das Hafentor? Selana dachte daran, wie sie als Kind mit ihrer alten Momm die schweren Torflügel bestaunt hatte, die bei Sturmflut heruntergelassen wurden. »Damit unsere Häuser nicht ertrinken!« Hatte ihre Momm gesagt. Welche Ironie! Gerade dieser Tage mussten die Fluttore am Hafen die Stadt vor den haushohen Wellen schützen, die starke Westwinde an die Küste trieben. Doch gleichzeitig fand das Wasser in der Stadt keinen Weg hinaus.

»Mama, ich will nicht weg! Ich hab Hunger!«

Eine Frau kam ihr entgegen, einen großen Korb auf dem Rücken, ein Kind an ihrer Hand. »Du hast gerade was gehabt.«

»Ich will aber nach Hause!«

»Es gibt hier kein Zuhause mehr!«

Selana schaute ihnen nach und lief dann weiter, schneller, den Blick fest auf die Planken gerichtet. Hoffentlich war ihre alte Momm bei ihrem Nachbarn untergekommen. Der Schmied besaß das einzige Steinhaus in den unteren Vierteln und seine Wohnräume lagen oben unter dem Dach. So wie sie es in Erinnerung hatte, verstand ihre alte Momm sich gut mit ihm. Aber natürlich war auch das keine Lösung, wenn sich um die Schmiede herum das ganze Viertel nach und nach in Wasser auflöste.

Dass ich aber auch erst gestern auf die Idee gekommen bin, mit Hemmret zu sprechen! Der alte Pferdeknecht auf der Burg hatte ihr schon vor Tagen erzählt, dass sein Sohn in die Kaserne gezogen war und seine Schlafkammer leer stand. Als Selana ihm gestern von ihrer Ziehmutter berichtet hatte, war er sofort bereit gewesen, ihr die Kammer für ein paar Kupferlinge abzutreten. Es wäre eine große Erleichterung, ihre Momm auf der Burg zu wissen. Die höchste Erhebung innerhalb der Festungsstadt. Und jetzt, wo König Rerrik und Prinz Randor nicht da waren, hätte Selana auch etwas Zeit für sie. Die Köchin war heute jedenfalls nicht so biestig gewesen wie sonst. Selana lächelte; am Ende würde alles gut.

Endlich erreichte sie Wandas Hütte. *O nein, bitte nicht!* Selbst von Weitem sah sie, dass das Wasser bis zum Fenster stand. *Das ist nicht gut!* Vorsichtig balancierte sie weiter. Der Behelfssteg bestand hier nur noch aus einzelnen Brettern, und sie wollte auf keinen Fall ins schlammige Wasser stürzen. Vor der Hütte ihrer Ziehmutter fand sie an einem langen Pfahl Halt. Fassungslos schaute sie in den großen Raum, in dem sich nur dunkles Wasser bewegte. Im Eingang kräuselte sich die Oberfläche, als riefe sie ihr hämisch etwas zu. *Was hast du so spät noch erwartet?*

Selana schüttelte den Gedanken ab und blickte hoffnungsvoll zur Schmiede. Wanda war alt, aber nicht gebrechlich. Bestimmt hatte sie sich in Sicherheit gebracht. Das untere Geschoss stand natürlich auch unter Wasser. Doch der Steg ging bis zur Tür. Vermutlich nutzte der Schmied jetzt das Fenster darüber als Ein- und Ausstieg. Ein wenig hoch, aber in der Not ...

»Hallo? Ist jemand zu Hause?«

Nichts rührte sich. Doch so wie der Regen auf ihre Kapuze trommelte, konnte sie auch gar nicht hören, ob jemand antwortete. »Haal-loo!« Selana unterstützte ihren Ruf mit einem Tritt gegen die Tür.

Über ihr öffnete sich das Fenster. »Was ist? Hier gibt es keinen Platz!« Die tiefe heisere Stimme erkannte sie sofort.

»Ich bin es, Schmied! Selana, das Ziehkind von Wanda!« Sie schrie fast, doch es fühlte sich an, als ginge ihre Stimme im Regen unter. Als würde sie mit den Abertausenden Tropfen ins schlammige Wasser hinabgezogen.

Das Fenster öffnete sich ganz und ein graubärtiges Gesicht beugte sich heraus. »Selana?« Dem Schmied war sein Zweifel anzuhören. »Fürs Erste bist du nur ein nasses Weib. Da könnte ja jede kommen.« Immerhin mischte sich ein Funken Neugier in seine Stimme.

Selana versuchte, ihn anzuschauen, doch die Regentropfen schlugen ihr kalt ins Gesicht und sie musste blinzeln. »Erkennt Ihr meine Stimme denn nicht?«

»Stimme? Der Regen prasselt mir aufs Dach und in die Ohren! Nimm die Haube herunter und zeig dein blondes Haar, dann erkenne ich dich!«

Allein bei dem Gedanken zitterte Selana. Sie fror jetzt schon. Aber was blieb ihr übrig, wenn sie Wanda sehen wollte?

»Du bist's wirklich! Was um der Seelen willen machst du hier?«

»Ich wollte meine Momm sehen. Könnt Ihr sie nicht ans Fenster holen?« Das Schreien in dieser Kälte, mit dem Regen im Gesicht, den Kopf im Nacken, strengte sie an. Sie wollte endlich zu ihrer alten Momm.

»Aber mein Kind, weißt du denn nicht? Sie ist nicht mehr hier!« Die Stimme des Schmieds klang weniger barsch.

Selana brauchte einen Moment, bis sie die Antwort verstanden hatte. »Nicht mehr hier? Was soll das heißen?« Ihr wurde schwindlig, sie griff haltsuchend an die Hauswand.

»Die alte Wanda hat sich zusammen mit einer jungen Familie aufgemacht, die Stadt zu verlassen.«

»Was für eine Familie? Wohin wollten sie denn?« Jetzt verstand sie gar nichts mehr. Das klang nicht nach ihrer Momm. Sie selbst, Selana, war doch Wandas einzige Familie.

»Ich weiß nicht. Wahrscheinlich nach Süden, wo es trockener und wärmer ist. Weiß ja keiner, wann diese Heimsuchung ein Ende findet. Aber warte, da fällt mir etwas ein!«

Selana blickte hinauf und sah gerade noch, wie sein Kopf im Haus verschwand. Das alles ergab keinen Sinn. Ihre Momm würde niemals die Stadt verlassen, ohne ihr Bescheid zu geben. Eher würde sie sie auffordern, mit ihr zu kommen. Oder nicht?

»Hier, pass auf!« Der Schmied war wieder da. »Ich lasse dir einen Korb runter. Da ist ein Päckchen für dich drin. Ich hab's in ein Wachstuch gewickelt, damit's nicht nass wird. Das soll ich dir von Wanda geben. Entschuldige, ich hätt's fast vergessen. Ist gerade eine schwere Zeit für mich!«

»Natürlich. Ich verstehe!« Selana nahm das Päckchen aus dem Korb und steckte es unter ihren Umhang.

»Sieh zu, dass du wieder in die oberen Viertel kommst. Das ist hier nichts für dich!«

»Ja, das mache ich. Habt Dank und alles Gute für Euch!«

»Auch für dich, Selana!«

Selana saß an einem der kleinen Fenster des Gesindehauses. Gestern hatte sie sich den ganzen Weg zurück Vorwürfe gemacht. Viel zu lange hatte sie Wanda nicht mehr besucht. Und nun war sie fort. Hatte Akralahr verlassen mit Menschen, von denen Selana nichts wusste.

Sie starrte in den Regen. Am Ende der Gasse, auf die das Fenster ging, zogen Menschen in dicke Lumpen oder Decken gehüllt Richtung Südtor. Einige hatten Handkarren dabei, die meisten trugen ihre Bündel auf dem Rücken und über den Schultern. Die Bewohner der unteren Viertel, die Ärmsten der Stadt. Für die in den oberen Stadtteilen nicht genug Platz war. Mal ganz davon abgesehen, dass man sie dort auch nicht haben wollte.

Als Selana gestern zurückgekommen war, hatte sie Hemmret getroffen. Der alte Knecht hatte sie fragend angeschaut und erst da hatte sie es wirklich begriffen. »Meine Momm ist fort. Sie ist mit einer jungen Familie aus der Stadt geflüchtet und hat mich zurückgelassen!« Sie war mit Tränen in den Augen ins Gesindehaus gelaufen und hatte sich stumm auf ihr Lager geworfen, dankbar dafür, dass keine der anderen Mägde da gewesen war. Das Päckchen hatte sie in jenem Moment vergessen. Als sie später das Wachstuch abgewickelt hatte, hatte sie einen Brief bei dem Päckchen gefunden. Wieder und wieder hatte sie ihn seitdem gelesen:

Mein Herz,

ich hoffe, dass diese Zeilen dich erreichen.

Eigentlich hatte ich es anders geplant, doch die Zeichen sind deutlich, ich muss aufbrechen. Es ist aber wichtig, dass du das Päckchen bekommst. Die ganzen Jahre habe ich es verwahrt und hätte es dir lieber selbst übergeben. Nun muss es auf diesem Weg sein. Bitte zeig es niemandem, auch diesen Brief nicht. Vor allem niemandem in der Burg!

Du erinnerst dich, was ich dir erzählte, als du die Stelle als Magd angenommen hattest? Du bist für etwas Wichtigeres geboren, und ich spüre große Kraft in dir. Kraft, die du brauchen wirst!

Es ist Zeit, das Gefüge der Welt gerät aus dem Gleichgewicht! Du musst zum Nebelsee reisen – mehr wage ich hier nicht zu schreiben. Nur so viel: Bitte zögere nicht! Alles hängt davon ab, dass du bald gehst! Ich bin bereits auf dem Weg dorthin. Ich bin alt, doch eine Familie aus unserem Viertel nimmt mich auf ihrem Karren mit. Es bricht mir das Herz, dass ich mich nicht verabschieden kann. Aber es ist besser so. Und wenn es Atharpazh gefällt, werde auch ich nach Tyklahr gelangen. Auf die tykaldische Seite!

Suche Eldarh auf – und überlege genau, wem außer ihm du trauen kannst. Sei vorsichtig! Halte das Päckchen sicher verwahrt! Es hängt viel davon ab, dass es unbeschadet zum Nebelsee gelangt. Ich bete für ein Wiedersehen. Meine Gedanken sind bei dir.

Deine alte Momm

Selana wandte sich vom Fenster ab. Es hatte keinen Sinn, länger Gedanken zu wälzen. Eine bessere Gelegenheit als heute würde es nicht geben. Sie schlug die Decke von ihrem Lager zurück und räumte das Stroh zur Seite. Aus der Waschküche hatte sie am Abend zuvor ein paar Wäschestücke abgezweigt. Und heute Vormittag war es ihr gelungen, einen trockenen Käse und ein paar Äpfel aus der Speisekammer zu entwenden. Sogar ein Laib von dem Brot, das nur die Königsfamilie serviert bekommt, hatte dort noch gelegen. Das wäre ohnehin verschimmelt, ehe König Rerrik wiederkäme. Trotzdem verengte sich Selanas Brust bei dem Gedanken, dass sie jetzt eine Diebin war! Sie mochte sich nicht vorstellen, was sie erwartete, wenn man den Diebstahl entdeckte. Je eher sie Akralahr hinter sich ließ, umso besser.

Vielleicht konnte sie ihre alte Momm noch einholen. In jedem Fall wollte sie nach Tyklahr reisen, wie der Brief es anmahnte. Selana kannte ihre Momm gut genug, um hinter den Zeilen eine Wahrheit zu erkennen, der es zu folgen galt. Auch wenn sie nicht verstand, worum es wirklich ging. Doch sie würde das Päckchen nach Tyklahr bringen, und wenn sie Wanda wiedersah, würde sie sie nicht mehr allein lassen. Nicht noch einmal!

Selana packte alles zusammen und schnürte das Bündel so, dass sie es über beide Schultern tragen konnte. Die anderen Mägde waren in der Burg beschäftigt. Die Zeit der Abwesenheit des Königs sollte genutzt werden, um die wertvollen Wandteppiche zu reinigen. Und das waren viele! Sie selbst hatte am frühen Morgen einen Sturz und eine Verletzung am Handgelenk vorgetäuscht. Nach langem Gezeter hatte die Burgdame sie endlich fortgeschickt. Jetzt war sie nicht nur eine Diebin, sondern auch noch eine Lügnerin. Selana biss sich auf die Lippen. Ihr Herzschlag beschleunigte sich unangenehm bei dem Gedanken an die drohenden Strafen. Mit etwas Glück kam sie mit Peitschenhieben davon, wenn man sie erwischte. Prinz Randor ließ bei Diebstahl direkt eine Hand abhacken. *Nein, nicht dran denken! Ich darf einfach nicht erwischt werden. Meine Momm rechnet mit mir!*

Sie schulterte ihre Habseligkeiten und zog sich den gewachsten Umhang über. Gerade als sie das Gesindehaus verlassen wollte, kam die Köchin mit finsterer Miene auf sie zu. Sofort zog Selana die Tür wieder heran und linste unsicher durch den Türspalt. Das Herz schlug ihr bis zum Hals.

»Habe ich dich entdeckt!« Die schrille Stimme ließ ihren Atem stocken. »Raus da und ab in die Küche mit dir!«

Hektisch blickte Selana sich im Gesindehaus um. Es gab keinen Ausweg. Die kleinen Fenster waren allesamt vergittert. Schuldbewusst öffnete sie die Tür und trat zögerlich auf die Schwelle.

Atharu

4

Der starke Duft von Kräutern schlug ihm entgegen. Kerzen tauchten den Raum in diffuses Licht. Sie flackerten, als er die Tür hinter sich schloss. Durch den zwielichtigen Dunst des Kräutersuds, der über einem Feuer dampfte, trat er an die Schlafstätte der obersten Alt-Mutter und kniete nieder.

Tiefe Furchen und unzählige Falten in Ondaras Gesicht kündeten von ihrem beträchtlichen Alter. Zerbrechlich und klein wirkte sie auf ihrem Lager unter dem weiten Leinentuch. Ihr Atem wurde von leichtem Brodeln begleitet. Atharu nahm ihre kraftlose, kalte Hand in seine, spürte die Haut, spröde und trocken wie altes Pergament. Ein Gefühl der Ohnmacht umklammerte seine Brust, unwillkürlich holte er tief Luft, um sich zu beherrschen.

»Ondara – Atharu ist hier.« Seine Stimme, kaum mehr als ein Flüstern, durchbrach die Stille im Raum wie ein Schwertstoß. Unangemessen laut in seinen Ohren, störte sie die ruhige, friedvolle Atmosphäre. Den Frieden auf der Schwelle zum Tod. Hier gab es keinen Kampf, das erkannte er. Kein Festhalten am Hier und Jetzt. So wie Ondara vor ihm lag, schien alle Kraft verschwunden. Es durfte noch nicht vorbei sein! Nicht so, nicht ohne ein Wort! Sie sollte spüren, dass jemand da war – erkennen, dass *er* bei ihr war! So wie es ihr Wunsch gewesen war. Atharu wollte ein letztes Zeichen von ihr.

Dann besann er sich auf die machtvolle Sprache, die Ondara ihn gelehrt hatte. Im Singsang der Elben sprach er die traditionellen Begrüßungsworte:

»Jys bellzhahn tuhl e tuhr ezhanjo - jyhr adorh jaln tuhr adorh - e yl brian i Atharpazh jaln zhar!«

(Ich grüße dich und deine Seele. Mein Herz ist dein Herz und die Kraft in Atharpazh ist Friede.)

Keine Regung. Ondara lag vor ihm, nur eine Hülle ihrer selbst. Es schmerzte, sie so zu sehen, sich kaum noch ähnlich, eingefallen und kraftlos. Aber was hatte er erwartet? Hätte er sich nicht besser auf das Unvermeidliche vorbereiten müssen? Konnte man das überhaupt? Kam der Abschied von einem geliebten Menschen nicht immer zu früh? Ondara lag im Sterben. Und er, der jung und gesund war, für den das Leben ewig zu währen schien, er fühlte sich klein und hilflos.

Er kniete neben ihr, ihre kalte Hand in seiner, Tränen stiegen ihm in die Augen. So viel hatte er von ihr gelernt, so viel wollte er noch lernen. Ondara hatte in weit über hundert Jahren Erfahrungen und unerschöpfliches Wissen gesammelt, das sie nach und nach an Atharu weitergegeben hatte. Lesen, Schreiben und sogar die alte Sprache hatte sie ihn gelehrt. Iljaitt – mit den Elbenvölkern in die Welt gekommen, lange bevor es Menschen gab.

Sein Blick fiel auf das Brett an der Wand, auf dem Ondaras Schriften standen. Bücher, die sie in ihrem langen Leben verfasst hatte. Über die Geschichte der Völker, über Tiere, Pflanzen und die Heilkunde. Nur eins war noch nicht vollendet: die Lehre der Magie.

»Die leeren Seiten sind für deine Magie«, hatte sie unlängst zu ihm gesagt. »Du allein wirst entscheiden, was auf ihnen stehen wird, und wirst selbst die Worte verfassen!«

Bisher standen im Buch Zaubersprüche der Heilung und der Offenbarung. Viele davon verstand Atharu noch immer nicht, obwohl er die einzelnen Wörter übersetzen konnte. Die Bedeutung in ihrem Zusammenhang aber blieb ihm ein Rätsel. Und in eben dieses Buch sollte er schreiben?

Ondara hatte große Kräfte in ihm gesehen und begonnen, sie zu wecken. Doch Atharu hatte es nie geschafft, sein magisches Verständnis zu nutzen. Immer wieder war es nur mit ihrer Hilfe gelungen. Sie allein half ihm, mit den magischen Formeln der alten Sprache Dinge zu bewirken. Seine Verbindung zu ihr war etwas Besonderes. Das sollte nun vorbei sein?

Er blickte in Ondaras eingefallenes Gesicht. Tränen liefen ihm über die Wangen. Nur das schwache, brodelnde Atmen erfüllte den Raum. Es zu hören, schmerzte in den Ohren. Er spürte, wie das Leben aus ihr entwich – Stück für Stück – eine Hülle zurücklassend, die nichts mehr mit dem Menschen gemeinsam hatte, den er so verehrte. Aber noch war Leben in ihr, noch war die Verbindung nicht unterbrochen. Vielleicht konnte er etwas tun.

Atharu nahm Ondaras Hand. *Glaube an deine Macht, hab keinen Zweifel. Ich sehe viel Kraft in dir.* Er hörte im Geist ihre Stimme und wusste, dass dies der Moment war, seine magischen Kräfte zu nutzen. Mit geschlossenen Augen atmete er tief und gleichmäßig, ein und aus. Langsam fiel die Anspannung von ihm ab. Er konzentrierte sich auf den Schlag seines Herzens, fühlte das Blut durch den Körper strömen und ließ alle Sorgen fallen. Dann, als er die Kraft seiner Seele beinahe greifen konnte, begann er, ein Gebet der Heilung zu sprechen, das er aus ihrem Buch gelernt hatte:

»Atharpazh garri yl fenn - brian jyhr brian fellezh i tuhl - yt raell ezhanjotäe jaln ezh tuhn! Brian jyhr brian fellezh i tuhl - yt raell ezhanjotäe jaln ezh tuhn ...«

(Atharpazh gewähre die Gnade – Kraft meiner Kraft fließe in dich – der Segen der Seelen sei mit dir!)

Immer wieder betete er diese Worte, versank im Klang der Zeilen – ergab sich der Macht der alten magischen Sprache.

»Brian jyhr brian fellezh i tuhl - yt raell ezhanjotäe jaln ezh tuhn ...«

Wärme ballte sich in seinem Bauch. Und obgleich er das Gefühl kannte, war es ihm doch immer noch fremd. Störend wie ein Knoten, der nicht dahingehörte, der ihn fesselte und den er bislang nur durch Ondaras Hilfe hatte lösen können. Ohne sie würde er immer wieder Opfer seiner Unsicherheit. Atharu spürte, wie sie ihn auch jetzt an der Beherrschung seiner Magie hinderte, wie der Knoten sich verhärtete.

Nein, Ondara war noch da! Trotzig schob er die Zweifel beiseite. Er würde nicht einknicken, dem Knoten keine Beachtung schenken, nicht jetzt. Sein Denken kreiste einzig um ein Ziel: Ondara! Seine mentale Kraft sammelte sich.

»Atharpazh garri yl fenn - brian jyhr brian fellezh i tuhl - yt raell ezhanjotäe jaln ezh tuhn!«

Dann spürte er es: Der Knoten löste sich und wandelte sich in eine Quelle machtvoller Energie. Aus ihr heraus strömte Magie durch seinen Körper, erreichte Arme und Hände, kitzelte die Fingerspitzen. Wie eine Feder, die leicht über die Haut streicht. Und mit einem Mal ging die Kraft in Ondaras Hand über.

»Brian jyhr brian fellezh i tuhl - yt raell ezhanjotäe jaln ezh tuhn ...«

Ein Beben durchlief ihren Körper. Plötzlich öffnete sie die Augen und entwand ihm mit einem Ruck ihre Hand. »Nein!«

Atharu brach das Gebet erschrocken ab, fast hätte er sich verschluckt. Er brauchte einen Moment, ehe er begriff, dass Ondara gesprochen hatte. »Ondara! Du bist wieder da!« Fassungslos sah er, wie sie sich ihm zuwandte. »Es hat geklappt, ich habe ... es hat tatsächlich geklappt. Ich kann dir helfen.«

Die oberste Alt-Mutter blickte ihn sanft an. »Atharu«, ihr Atem ging schwer, sie musste ein paarmal husten, ehe sie weitersprechen konnte, »ich danke dir, dass du zu mir gekommen bist.«

»Ondara, lass mich dir noch ein wenig Kraft geben ...«

»Nein!« Sie schnitt ihm das Wort ab und für einen Moment schien es, als sei das Leben zurückgekehrt. Dann löste ihr Husten diese Illusion. Als sie weitersprach, war ihre Stimme von Alter und Schwäche gezeichnet. »Atharu, hör mir zu, unterbrich mich nicht. Mein Körper würde deine Kraft schnell verzehren. Ich danke dir für dein Gebet der Heilung, aber bitte nimm die Verbindung nicht wieder auf, es würde das Unvermeidbare nur kurz aufhalten.« Ein Hustenanfall schüttelte sie; Atharu half ihr, sich aufzurichten.

»Bevor ich hinübertrete, muss ich dir noch etwas offenbaren.« Sie schloss die Augen, eine Zeit lang geschah nichts. Doch das Brodeln schien nachzulassen. Gerade hoffte Atharu, sie wäre in einen heilsamen Schlaf gesunken, da öffnete sie wieder die Augen und blickte ihn klar an.

»Atharu, ich bin nicht nur deine Ur-Mutter und die oberste Alt-Mutter der Tangora. Es gibt da noch etwas. Etwas Höheres, das du wissen musst. Ich bin eine Hüterin.« Ondara sog die Wangen ein und neigte ihm den Kopf zu.

»Hüterin?« Damit wusste er nichts anzufangen.

»Ich hüte ein magisches Bruchstück der Vergangenheit. Ein Zeugnis des Bösen und einen Hoffnungsschimmer der Zukunft. Und ich habe geschworen, darauf achtzugeben, bis die Prophezeiung sich erfüllen kann. Du bist – du warst mein Schüler und ich muss diese Bürde nun an dich übergeben.«

»Welche Prophezeiung?«, fragte Atharu verwirrt. Eben noch war Ondara dem Tode nahe. Er glaubte sie verloren, und es gab so viel, was er ihr noch hätte sagen wollen. Doch nun eröffnete sie ihm neue Geheimnisse. Als wollte sie einfach weitermachen wie bisher. Er war der Schüler und sie seine Lehrerin. Aber wann wäre Zeit, Abschied zu nehmen? »Welche Bürde? Was soll das bedeuten?«

»Atharu, bitte rück die Truhe zur Seite.« Sie wies zum Fußende ihres Lagers.

Gespannt befolgte er ihren Wunsch, doch hinter der Truhe gab es nichts außer der Felswand. »Und nun?«

»Leg deine Hand an die Wand« – er tat, wie ihm geheißen – »und sprich mir nach: *Ezh yl pazh ezhanjo zheazh zheazhko yn atharu!* «

(Mit der Macht der Seelen ein Geheimnis suchen und finden!)

»Ezh yl pazh ezhanjo zheazh zheazhko yn atharu!«

Atharu spürte, wie der Fels sich unter seiner Hand erwärmte. Fast hätte er sie zurückgezogen. Doch plötzlich drang Licht aus der Wand, ein kleiner Spalt tat sich auf. Er vertiefte sich und zog sich weiter, bis er einen rechteckigen Stein umschloss.

Erstaunt hob Atharu die Brauen. »Ich – war ich das? Aber wie ...? Bisher konnte ich doch kaum etwas ...« Er brach ab und ließ sich unwillkürlich auf den Po fallen.

Ondaras Lippen umspielte ein Lächeln. »Mit dem Gebet der Heilung hast du die Sperre in deinem Inneren überwunden.«

»Aber nur durch unsere Verbindung, wie die Male zuvor.«

»Nein, Atharu, ich war schon zu weit fort. Das Heilgebet hast du allein vollbracht. Und auch das Versteck im Fels hast du ohne mich geöffnet. Ab jetzt wird deine Kraft ohne mein Zutun wachsen.«

Atharu entfuhr ein kurzes Lachen, noch immer starrte er auf den Stein. »Das gibt es ja nicht. Und es war nicht mal schwer. Was kann ich noch alles tun?« Begeistert blickte er Ondara an.

»Als Erstes einmal den Stein aus der Wand nehmen und mir das geben, was dahinter verborgen ist.«

Ihr Lächeln wurde von einem leichten Husten vertrieben, der Atharu wieder bewusst machte, in welcher Situation sie sich befanden. Er zog den Stein aus der Wand, griff in die Öffnung und entnahm dem Hohlraum ein kleines Bündel. Ein Tuch, in das etwas eingewickelt war. Gespannt rutschte er zu Ondara zurück. Sie sah ihn auffordernd an, er faltete das Tuch auseinander. Zum Vorschein kam ein Halbrund aus Silber.

Enttäuscht blickte er seine Ur-Mutter an. Sie bedeutete ihm, es umzudrehen. Es handelte sich um das Bruchstück eines Amuletts, außergewöhnlich filigran gearbeitet. »Was ist das für ein Schmuckstück? Und warum versteckst du es? Es ist kaputt, unvollständig – wer sollte es entwenden?«

»Es ist nicht so wertlos, wie es scheint. In deiner Hand hältst du ein Bruchstück des magischen Amuletts vom Gelder Orden.« Ein plötzlicher Hustenanfall schüttelte die oberste Alt-Mutter, geistesgegenwärtig stützte Atharu sie, um ein Ersticken zu verhindern.

»Lass mich dir noch einmal Kraft geben, bitte.«

»Nein.« Ihre Stimme war nur mehr ein Röcheln. »Du bist jetzt der Hüter. Halte das Bruchstück verborgen und geh nach Gelder. Sprich mit Quendus.«

Sie rang nach Luft, hustete wieder. Atharu hielt ihren Oberkörper aufrecht. Es lag kaum Gewicht darin, nur Haut und Knochen umhüllten ihre kraftvolle Seele. Er spürte das Reiben ihres keuchenden Atems, dort, wo sein Arm ihren Rücken stützte, und bekam eine Ahnung, welche Kraft jedes Wort sie kosten musste.

Hilflosigkeit ergriff ihn. »Ondara, bitte, du musst dich schonen. Ich werde noch ein Heilgebet sprechen.«

Sie schloss die Augen. »Keine Zeit. Du bist ... Hüter ... Quendus ... vergiss nicht ...« Ihr Kopf sank auf Atharus Arm, der Atem wurde flach, das Brodeln war kaum noch hörbar.

Atharu barg sie sanft in den Armen. Tränen rannen ihm über die Wangen. Minuten vergingen, in denen Ondara immer wieder Luft holte, ein paarmal noch – stoßweise. Dann nicht mehr.

»Tuhr tajezhan fenur o i zhar e tuhr ezhanjo jiguz i Atharpazh brehnontäe!«

(Dein Körper gehe auf in Frieden und deine Seele lebe ewig in Atharpazh!)

Atharu hielt ihren zerbrechlichen Leib im Arm, fühlte sich mit einem Mal einsam und verlassen. Lange saß er bei ihr. Als er sich endlich erhob, fürchtete er noch immer, die Trauer würde ihn übermannen. Ärgerlich wischte er die Tränen weg.

Mit einem Mal spürte er einen leichten Luftzug, als würde eine Hand sein Gesicht liebkosen, und der Duft von Sommerblüten zog durch den Raum. Eine Melancholie erfasste ihn, von tiefer Dankbarkeit erfüllt. Etwas würde bleiben, eine Quelle des Friedens und der Kraft. Er schloss die Augen und ein zartes Lächeln umspielte seine Lippen. Ondara wäre bei ihm. Immer. Im Herzen und in Gedanken. Eine Weile stand er da, gab sich den Erinnerungen an die Zeit mit ihr hin. Dann fiel sein Blick auf das Amulettbruchstück, das er in der Hand hielt. Ihr Vermächtnis an ihn! Atharu wusste nicht, was es bedeuten mochte, ein Hüter zu sein. Aber ihren letzten Wunsch würde er erfüllen. Er wickelte das Bruchstück wieder in das Tuch, öffnete die Tür und trat hinaus.

Die Abenddämmerung hatte das Land in gedämpfte Farben getaucht. Ein schwermütiger Gesang hing in der Luft und spann ein unwirkliches Netz, das sich wie ein Trauerschleier auf die Felsenstadt legte. Atharu blickte nach Osten zum großen Plateau vor der Halle der Ältesten. Wie aus einer Kehle sangen die Frauen das Klagelied. Sangen von Atharpazh, dem Schöpfer der Welt, vom Entstehen, vom Vergehen und von Ondara! Überall, wo Tangora das Lied hören konnten, waren Feuer entzündet worden. Die Menschen saßen zusammen, blickten in die Flammen oder über die weite Ebene von Cambal und verharrten in andächtigem Schweigen.

Seine Mutter schaute ihm mit feuchten Augen entgegen. Wortlos nahm er sie in die Arme. Nach einer Weile sah sie zu ihm auf. »Ich gehe zu ihr und nehme Abschied, bitte warte auf mich. Falls jemand kommen sollte: Ondara ist noch nicht gestorben! Ich wache bei ihr, bis sie hinübergleitet!« Eindringlich blickte sie ihn an. »Hörst du?«

Er nickte. »Geh nur, ich gebe acht, dass niemand euch stört.« Gedankenversunken sah er ihr nach.

Am Feuer lauschte er den Stimmen der Frauen. Ihr Lied erzählte von den Kräutergärten in den Felsen, die Ondara angelegt hatte, von ihren Heilungen und der Magie des Sternenlesens. Erst jetzt wurde Atharu bewusst, wie viel sie auch allen anderen bedeutete, was für ein Verlust ihr Tod für das ganze Volk der Tangora war.

Nachdenklich betrachtete er das Amulett, oder was davon übrig war. Feinste Fäden aus Gold und Silber, verwoben zu einem kunstvollen Geflecht, umschlossen unterschiedliche Flächen mit Schriftzeichen. Atharu kniff die Augen zusammen, konnte sie jedoch beim flackernden Licht des Feuers nicht entziffern. Die Rückseite des Halbrunds war eher unscheinbar. Eine kantige Vertiefung gab Rätsel auf. Doch ohne das Gegenstück konnte er nicht sagen, was es damit auf sich haben mochte. Ein paar Linien waren zu erkennen, die an Zwergenrunen erinnerten. Nein, unwahrscheinlich, nach der Vorderseite zu urteilen, musste es Elbenkunst sein! In Ondaras Schriften hatte er etwas über die Künste der unterschiedlichen Völker gelesen und beispielhafte Zeichnungen gesehen. Doch seine Ur-Mutter hatte nie erzählt, dass sie selbst ein Stück Elbenkunst besaß.

Was mochte es damit auf sich haben? Warum durfte niemand davon wissen, warum musste er es fortbringen? Jetzt war er also ein Hüter – was mochte das bedeuten? Ondara konnte es ihm nicht mehr sagen. Er müsste nach Gelder gehen, wie sie es ihm auf dem Sterbebett eingeschärft hatte.

Gelder, eine der größten Städte überhaupt, eingebettet ins Delta des Uwentengoa-Stroms an der Südküste. Seron von Gelder herrschte dort über Geldermark, eines der vier Königreiche. Mehr wusste Atharu nicht. Und wie er diesen Quendus finden sollte, war ihm ebenfalls schleierhaft. Das Einfachste wäre sicher, dem Flusslauf zu folgen. Eine Reise über die Grenzen der Tangora hinaus hatte er bisher noch nie unternommen. Wie auch immer, er würde die Stadt finden und zurückkommen. Doch es würde sicher einige Wochen dauern. Und in der Zeit wäre seine Mutter allein.

Atharu steckte das Bruchstück ein. Nur nichts überstürzen. Nachdenklich schaute er in die Flammen des Feuers. Da war noch die Sache mit Teehl. Brandan hatte erzählt, dass der Älteste in der Versammlung des Rats über Ondaras Nachlass gesprochen, nein, verhandelt hatte. Teehl hatte beansprucht, entgegen den Gebräuchen der Tangora, persönlich den Nachlass zu sichten, um die wichtigsten Gegenstände der »heiligen Ondara« in den Hort des Volkes zu bringen. Und der Rat hatte dem mehrheitlich zugestimmt.

Brandan hatte sich schon deshalb darüber geärgert, weil Ondara zu dieser Zeit noch gelebt hatte und er es daher als besonders verwerflich empfand. Bei dem Gedanken verdüsterte sich Atharus Blick. Ohne Zweifel hatte Brandan recht damit. Doch was mochte den Ältesten dazu verleitet haben? Weshalb hatte Teehl es so eilig? Anscheinend war es ihm das Risiko wert, einige der Ältesten gegen sich aufzubringen, nur um bereits zur Sterbestunde die Schriftrolle des Rats vorweisen zu können. Warum?

»Atharu!«

Er zuckte zusammen.

»Entschuldige.« Seine Mutter trat von hinten an ihn heran und setzte sich zu ihm. »Wir haben nicht viel Zeit. Ich möchte, dass du diesen Armreif an dich nimmst.« Lara legte ihrem

Sohn einen schlichten Armreif in die Hand. »Bitte trage ihn verborgen und erzähle niemandem davon.«

»Ich verstehe nicht!« Er nahm ihn entgegen und runzelte die Stirn. »Ondara hat mir bereits ...«

Schnell legte Lara einen Finger auf seine Lippen. »Ich weiß nicht, was Ondara dir gesagt oder gegeben hat, aber es ist wichtig, dass du es weder mir noch sonst jemandem in Tangris erzählst. Unsere oberste Alt-Mutter war Geheimnisträgerin, so viel weiß ich, und was immer ihr Vermächtnis war – es ist nicht für jedes Ohr bestimmt.«

Atharu blickte sie verstört an. »Aber du bist meine Mutter. Und ihre nächste Tochter, ihre Erbin. Du würdest nie ...«

Lara schüttelte den Kopf und Atharu verstummte. Sie versuchte zu lächeln. »Du hast recht. Ich würde kein Geheimnis preisgeben, wenn ich nicht müsste! Doch hör mir zu: Wir haben nicht viel Zeit. Sicher wird bald jemand kommen und nach Ondara fragen.«

»Du meinst den Ältesten Teehl?«

Lara erstarrte.

»Frag nicht, woher ich das weiß«, fuhr Atharu fort, »aber ich habe gehört, dass Teehl sich um Ondaras Nachlass kümmern will. Am liebsten ...«, Atharus Stimme nahm einen sarkastischen Ton an, »am liebsten, solange sie noch warm ist.« Seine Miene verfinsterte sich.

»Mein Sohn, ich weiß nicht, woher du deine Befürchtungen hast, aber es stimmt. Und so viel kann ich dir sagen: Es ist wichtig, dass er nicht bekommt, was er will.«

»Und das ist ihr Armreif?«

»Ich denke, ja! Ondara trägt jetzt einen anderen. Aber es wird nicht lange dauern, bis Teehl das herausfindet, und dann ...«

»Dann wird er nach diesem hier suchen. Und er wird bei uns anfangen. Dann ist es nur eine Frage der Zeit, bis er ihn findet. Warum sagen wir ihm nicht einfach, dass er in unserer Familie bleibt?« Atharu begriff nicht, worauf seine Mutter hinauswollte.

»Weil er es nicht akzeptieren würde und der Rat hinter ihm steht.« Sie machte eine kurze Pause. »Du musst Tangris verlassen!«

Überrascht sah er Lara an. Doch sie hielt seinem Blick stand und er erkannte die Dringlichkeit in ihren Augen. Eine Träne rollte über ihre Wange.

»Atharu, der Armreif ist magisch. Er stärkt Magiebegabte wie dich. Vermutlich war er die Ursache für das ungewöhnlich lange Leben unserer Ur-Mutter. Doch er kann mehr. Er kann Menschen, die nicht über magische Kräfte verfügen, zu solchen verhelfen!«

»Deshalb will Teehl den Nachlass an sich bringen.« Jetzt ergab alles einen Sinn. »Er war schon hier, bevor ich kam.«

»Ja, und er hatte bereits den Beschluss des Rats dabei.«

»Dann muss ich sofort gehen, ehe er wiederkommt.« Atharu sprang auf.

»Nein! Noch nicht.« Seine Mutter hielt ihn am Arm fest. »Er würde dich suchen lassen, und die Männer könnten dich einholen.« Sie bedeutete ihm, sich wieder zu setzen. »Du bleibst hier und hältst die Totenwache, während ich Ondaras Ende verkünde. Die Frauen der Ältesten werden letzte Verse singen und die Menschen werden ihre Feuer löschen. Mit einem Gebet für ihre oberste Alt-Mutter werden sie zur Nacht gehen und sich in ihren Behausungen der Trauer hingeben. Teehl wird natürlich auftauchen, aber wir verlangen, dass die Totenruhe bis zum Sonnenaufgang nicht gestört wird. Ich habe dafür gesorgt, dass einige der Kräuterfrauen bei uns am Feuer bleiben, bis er kommen wird. Vor Zeugen kann er unsere Bitte nicht ablehnen.« Sie seufzte. »Dann erst, wenn Tangris schläft, wirst du dich aus der Stadt schleichen.«

Pitu

5

Jede Münze hatte zwei Seiten. Je größer die Stadt, desto mehr Bettler und Diebe. Die Konkurrenz war enorm und es hatte Pitu einige Wochen gekostet, sich zu behaupten. Man war nicht zimperlich mit ihm umgegangen, erinnerte er sich. Man hatte ihm gedroht, ihn bestohlen und der Stadtwache seinen Unterschlupf gemeldet. Nur um Haaresbreite war er entwischt. Doch jetzt kannte er die Stadt, oder zumindest die wichtigsten Viertel. Er liebte das bunte Leben und die vielen Möglichkeiten, die sich ihm boten.

Ein knarrendes Geräusch ließ ihn nach oben schauen. Eine Sandmöwe war auf einem blechernen Schild gelandet: »Zum verwirrten Matrosen«. Die erste von vielen Kaschemmen, in denen man schwer verdiente oder hart ergaunerte Münzen in Schnaps und schlechte Träume tauschte. Pitu begann eine Melodie zu pfeifen. Von hier konnte es nicht mehr weit sein. Die Luft schmeckte schon merklich nach Salz, und ein fahler Geruch von Fisch zog ihm in die Nase. Stimmengewirr, gepaart mit einer Mischung verschiedenster Geräusche, trieb ihm entgegen. Wie er das liebte! Dieses unablässige Treiben bei Tag und Nacht. Die hellen Gasthäuser ebenso wie die dunklen Kneipen. Hier traf sich alles: Jung und Alt, Arm und Reich, Mensch und Zwerg, Hübsch und Hässlich. Pitu verzog den Mund und ermahnte sich, vorsichtig zu bleiben. Denn natürlich gab es hier auch Fuhrleute und Marktbeschicker. Eigentlich Grund genug, das Hafenviertel tagsüber zu meiden. Also Obacht!

Er wand sich durch eine Seitengasse, um durch ein Nebentor zum Kai zu gelangen. Als er durch einen hölzernen Bogen trat, blieb er wie angewurzelt stehen. Er hatte schon viele Schiffe gesehen, aber selten welche dieser Größe. Vor ihm lagen gleich drei Viermaster mit ausladenden Kajütenbereichen. Verzierungen in bunten Farben, große bleigefasste Fenster und üppige Schnitzereien kündeten vom Reichtum der Schiffseigner. In der Mitte der prunkvollen Hecks prangte immer das gleiche Wappen. Sonderbar, dachte Pitu, wenn die Alte recht gehabt hatte, sollten die Waren nach Akralahr, der Hauptstadt Akras, gebracht werden. Auf den Schiffen aber prangte das Wappen von Myzehren. Eines der Schiffe war sogar nach dem Thronfolger benannt: »Prinz Galdir«.

Aber herrschte nicht immer noch eisiges Schweigen zwischen Akra und Myzehren? Wenn Pitu es richtig wusste, hatte der König von Akra dem Haus Myzehren während des Großen Krieges keine Waffenhilfe geleistet. Die Folgen waren der Verlust der gesamten königlichen Armee und die Brandschatzung des Königssitzes. Damit nicht genug, waren Dörfer und Ländereien geplündert worden. Eine darauf folgende Hungersnot hatte Tausende Alte, Frauen und Kinder getötet. Das lag zwar mindestens hundert Jahre zurück, doch Myzehren hatte sich davon noch immer nicht ganz erholt, erzählte man sich. Trotzdem eilten sie jetzt Akra zu Hilfe? Was war passiert?

»He du! Steh nicht rum!«

Pitu zuckte zusammen. Erst jetzt bemerkte er mehrere Männer, die in unmittelbarer Nähe Säcke auf Karren hievten, um diese zu den Schiffen zu befördern.

»Schlaf nicht, mach dich nützlich und pack zu. Sonst muss ich Meldung machen.« Ein fettwanstiger Zwerg stand vor ihm und zeigte nach rechts. Mussten ihm denn immerzu die dicken Ekelpakete über den Weg laufen?

Gerade wollte Pitu mit einem flotten Spruch kontern, als sein Blick dem ausgestreckten Arm des Zwergs folgte und auf den Hauptmann der Stadtwache fiel, nebst zahlreichen Untergebenen. Er schluckte den Spruch hinunter, schnappte sich einen Sack und wuchtete ihn auf eine Karre. Dann folgte er anderen Arbeitern zur Kaimauer. Dort wurden die Karren entladen und die Säcke, wahrscheinlich mit bester Wolle gefüllt, von Mann zu Mann in einer Kette bis aufs Schiff weitergereicht. Direkt neben dem Aufgang zum Schiff, einem Brett, das durch das Fangen und Werfen der Säcke gefährlich wippte, stand der Hauptmann und unterhielt sich mit einem alten Seebär. Das musste der Kapitän des Schiffes sein. Tiefe Furchen durchzogen das wettergegerbte Gesicht und verliehen ihm einen mürrischen Ausdruck. Pitu reihte sich spontan in die »Werferkette« ein, um einige Worte der Unterhaltung aufzuschnappen.

»Glaubt Ihr wirklich, dass etwas dran ist, Kapitän? Ich hielt es bislang für ein Märchen. Eine Geschichte, mit der man sich die langen Abende in verräucherten Kaschemmen verkürzt. Ihr wisst schon, Seemannsgarn, das man für ein Met und einen Gebrannten zum Besten gibt.«

Der Kapitän schaute ihn nur kurz an und verfolgte dann weiter die Säcke, die, einer nach dem anderen, im Schiffsrumpf verschwanden. »Hauptmann, ich glaube nur, was ich sehe. Keiner weiß besser als ich, wie viel Eberdreck in den Hafenspelunken erzählt wird.« Er spuckte aus. »Dies wird mein dritter Törn mit ähnlicher Ladung und gleichem Ziel. Bereits beim letzten Mal glich die Stadt einer Insel mit Wasserstraßen. Es regnete ununterbrochen und des Nachts sanken die Temperaturen bis zur Frostgrenze. Auf dem Wasser lag am Morgen ein Eisfilm. Und das war zum Sommeranfang!«

Immer wieder versuchte Pitu, hinüberzuschauen, um die Blicke der beiden einzuschätzen. Aber er musste aufpassen, dass er beim Fangen nicht danebengriff. *Nur nicht auffallen!* Während Sack um Sack kam und ging – fangen, werfen, fangen, werfen –, spitzte er weiter die Ohren.

Nach einer Pause nahm der Hauptmann das Gespräch wieder auf: »Viele Seeleute wollen nicht mehr ausfahren, weil sie Angst haben, ihre Schiffe würden durch ein Unwetter beschädigt.«

»Bislang war das Wetter einfach mies und kalt. Sollten Stürme, Blitz und Donner dazukommen, wird es lebensgefährlich. Für mich und meine Mannschaft ist dies in jedem Fall der letzte Törn. Nach Auslieferung gehen wir in Myxa vor Anker und warten das kommende Frühjahr ab.«

Pitu wagte einen weiteren Blick zu den beiden und sah die Verwunderung auf dem Gesicht des Hauptmanns.

»Wir haben Hochsommer! Bis zum Frühjahr sind es gut und gern sieben, acht Monate. So lange wollt Ihr an Land bleiben?«

»So will ich das und so lauten meine Befehle.«

Pitu war ebenfalls überrascht und versuchte, das Gesicht des Kapitäns zu erkennen. Ehrlichkeit oder Verschlagenheit, was konnte er daraus lesen? Die Handelsschifffahrt fing normalerweise zum Herbst erst richtig an. Wenn Wasser und Sturm die Landwege teilweise unpassierbar machten.

Ein Wollsack traf Pitu seitlich und brachte ihn ins Straucheln. Mit Mühe konnte er sich auf den Beinen halten. Er versuchte, den Sack zu greifen, stieß ihn jedoch ungeschickt von sich, sodass er ins Hafenbecken platschte. Unwillkürlich stockten die Stimmen um ihn herum, er wurde zum Mittelpunkt des Geschehens. *Mist!*

Der Hauptmann schritt forsch auf ihn zu. »Kannst du nicht aufpassen, du Nichtsnutz! Den Schaden wirst du abarbeiten. Schwächling! Hast wohl keine Kraft in deinen Ärmchen.« Er winkte einem weiteren Mann in Uniform. »Obmann – kommt her!«

Ein Hüne von einem Mann trat auf den Hauptmann zu.

»Pelldor, bringt den Kleinen aufs Schiff und seht zu, ob man ihn dort brauchen kann.«

»Aber ich ...«, Pitu biss sich auf die Lippen.

Der Hauptmann blitzte ihn aus zornigen Augen an. Kein guter Moment für Widerworte.

Schon griff der Obmann ihm kräftig in den Nacken und schob ihn in Richtung Brett. »Los Bursche, du hast gehört, was der Hauptmann gesagt hat.«

Nein, nicht aufs Schiff. Ich brauche festen Boden unter den Füßen. Doch Pitu hatte keine Wahl, der Obmann gab ihm einen weiteren Schubs. Wie hieß er, Pelldor? Pitu konnte sich nicht erinnern, diesen Namen schon einmal gehört zu haben. Unsicher balancierte er über das wippende Brett, weit unter ihm die braune Brühe des Hafens. *Ich kann nicht schwimmen! Und in Scheiße schon mal gar nicht!* Nach dem Gestank zu urteilen, wurden hier die Abwässer der gesamten Stadt eingeleitet, und was von den Schiffen über die Reling ging, wollte er lieber nicht wissen.

Plötzlich wippte das Brett unter ihm. Erschrocken sah er zum Obmann, der hinter ihn getreten war und jetzt das Brett mit einem weiteren Schritt erheblich zum Schwingen brachte. Schon verlor Pitu das Gleichgewicht. Heiß schoss ihm das Blut durch die Adern, sein Körper spannte sich wie ein Bogen. Mit einem waghalsigen Sprung rettete er sich auf das Schiffsdeck, vollführte aber durch den Schwung, mit dem er dort auftraf, eine ungewollte Drehung. Mit rudernden Armen kippte er nach hinten und landete auf einem Putzeimer, der unter seinem Hintern zerbrach.

»Autsch!« Die Arme ausgestreckt, saß er inmitten einer schmutzigen Pfütze, während um ihn herum alles lachte und johlte. Der Obmann hatte das Schwanken des Bretts abgewartet und folgte ihm erst jetzt, als wäre es das Einfachste der Welt. *Mistkerl!*

Doch als Pitu zum Hauptmann auf dem Kai hinübersah, stellte er fest, dass der sich mit dem Kapitän lachend abgewandt hatte. Offenbar gab es Wichtigeres. Auch die Arbeiter machten weiter, wo sie aufgehört hatten. *Immerhin – sie haben ihre Vorstellung bekommen und das Interesse flaut ab. Die Wirkung muss ich mir merken.*

»Ein gekonnter Sprung!« Der Obmann stand grinsend vor Pitu und reichte ihm die Hand, um ihm aufzuhelfen.

»Danke, aber ich brauche keine Hilfe!«

»Ich kann mich nicht erinnern, jemals so viel Körperbeherrschung gesehen zu haben.« Der Soldat neigte den Kopf und zog eine Braue hoch. »Als wäre da mehr als nur Glück im Spiel«, fügte er wesentlich leiser hinzu.

Pitu stutzte. Wie war der denn drauf? »Danke für die Blumen! Für die nächste Vorstellung nehme ich Eintritt.«

Die Brauen des Obmanns zogen sich zusammen. »Komm mit!« Seine tiefe Stimme klang befehlsgewohnt. Außerdem war er fast zwei Kopf größer und mit Sicherheit dreimal so schwer wie Pitu. Ein Hüne von einem Mann. Wenngleich die wirkliche Statur hinter der wohlgeformten Lederrüstung nicht leicht einzuschätzen war. Die Muskeln, die auf die Rüstung geprägt waren, mussten nicht zwingend auch darunter zum Vorschein kommen. Pitu hatte bei seinen Stippvisiten in den Kasernen einige Männer der Stadtwache beobachtet, um sie einschätzen zu können. Teilweise traten wahrlich schwammige Gestalten unter den Rüstungen hervor. Das waren die, denen er Streiche spielen konnte. Vor den Athleten hingegen musste er sich in Acht nehmen. Da reichte es nicht, einfach nur schnell zu sein.

Den Obmann aber hatte er dort noch nie gesehen. Pitu entschied, ihn vorerst als Athlet einzustufen. Insofern musste er gewitzt sein, um einem Zweikampf aus dem Weg zu gehen. Er folgte ihm unter Deck in einen schmalen Gang. Ein, zwei Mal blickte der Große sich um. Was wollte er mit ihm hier unten? Am Ende standen sie schließlich vor einer massiven Holztür.

»So, dann wollen wir uns mal unterhalten!« Der Obmann öffnete die Tür.

Unwillkürlich entfuhr Pitu ein Pfiff. *Nicht schlecht!*

Selana

6

»Du kommst jetzt mit mir. Und wehe, ich sehe dich noch einmal mit Äpfeln oder Brotkanten zu den Pferden gehen!«

Zu den Pferden? Es dauerte einen Moment, ehe Selana begriff. Erleichtert atmete sie auf, während die Köchin den Knecht des Sattlers am Ohr mit sich zog. Sie konnte ihr Glück kaum fassen. Sobald die beiden im Nebengebäude der Burg verschwunden waren, rannte sie über den Hinterhof zum Gesindetor. Das Tor in der Burgmauer war der Grund dafür, dass sie am helllichten Tag fliehen musste. Denn zur Dämmerung wurde es verschlossen und bewacht.

Gleich hinter der Mauer führte eine schmale Gasse von der Burg in die Oberstadt. Selana blickte über die Schulter zurück. War ihre Flucht unbemerkt geblieben? Sie hastete weiter, immer die Angst im Nacken, entdeckt zu werden. Erst als sie eine der Hauptstraßen erreichte und im Strom der Flüchtlinge untertauchte, beruhigte sie sich etwas. Mit ihrer tief ins Gesicht gezogenen Kapuze war sie eine unter vielen.

Unauffällig blickte sie sich um. Ein Treck zerlumpter Gestalten schob sich an den schönen Fassaden der Händlerhäuser vorbei. Der Regen tauchte alles in ein trübes Licht. Trotzdem dachte Selana unwillkürlich an schönere Zeiten. An sonnige Tage, wenn sie kleinere Besorgungen machen durfte. Begeistert hatte sie die Malereien der Häuser bewundert. Heute wirkten die Farben stumpf. Neugierige Blicke aus den Fenstern begleiteten verstohlen den Zug der Armen aus den unteren Vierteln. Ekel und Überheblichkeit paarten sich mit Ohnmacht und Zweifel. *Ja, die Angst vor der Zukunft macht auch vor schönen Fassaden nicht halt.* Selana bemerkte einen kleinen Jungen, der die Vorbeiziehenden mit großen Augen begaffte. Eine feiste Frau zog ihn ins Haus und knallte die Tür zu.

Nur langsam ging es weiter. Gerne wäre sie gelaufen, um schneller aus der Stadt zu kommen. Doch in der Menschenmenge war das unmöglich. Vor dem Südtor geriet der Zug ganz ins Stocken. Um Selana herum wurden Stimmen laut.

»Wird das Tor geschlossen?«

»Lassen Sie uns nicht gehen?«

»Unsinn, es wird kontrolliert an den Toren.«

»Vielleicht suchen sie jemanden.«

Selanas Herz hämmerte erneut in ihrer Brust. *Vielleicht suchen sie mich?* Ihre Beine wurden weich. Als wollte das Bündel auf ihrem Rücken sie in die Knie zwingen. Sie hatte gestohlen, zum ersten Mal im Leben. *Atharpazh, bitte, bitte schütze mich! Ich muss doch zu meiner alten Momm. Ich werde nie wieder stehlen, lieber gehe ich betteln.* Unwillkürlich legte sie die Hände aufeinander und führte die Handrücken zur Stirn.

»Na Süße, haste Angst? Haste der Stadtwache was zu sagen? Da nützt dir Beten auch nichts.«

Starr vor Schreck blickte sie in das vernarbte Gesicht eines Burschen. Unter der Schlechtwetter-Kleidung wirkte er grobknochig und fettleibig. Eingeschüchtert suchte Selana nach Worten.

»Lass sie in Ruhe, Osse. Wenn sie der Stadtwache was zu sagen hat, dann nur, dass du ihr lästig bist. Mach dich lieber nützlich und schau vorn, wann es weitergeht!« Osse zögerte, wandte sich aber mit einem spöttischen Blick ab und ging.

Ein Mädchen trat lächelnd in Selanas Blickfeld. Eine Strähne kastanienbraunen Haars lugte unter ihrer Gugel hervor. »Das ist nur Osse, der Freund meines Halbbruders Korrel. Grob und dumm, aber ungefährlich. Ich bin Aria.« Sie streckte ihr eine Hand entgegen.

»Ich bin Selana. Danke dir.«

»Nichts zu danken. Osse ist mir eh ein Dorn im Auge. Er hat einen schlechten Einfluss auf Korrel. Aber hin und wieder kann er auch ganz nützlich sein.« Sie blickte ihm nach, bevor sie sich Selana zuwandte. »Mit wem bist du unterwegs?«

»Allein. Meine Ziehmutter musste schon vor einigen Tagen los und andere Angehörige habe ich nicht.«

»Allein?« Aria blickte sich um. »Sag das bloß nicht so laut. Du kommst nicht aus den unteren Vierteln, oder? Frauen von dort wissen, dass sie nie allein unterwegs sein sollten. Und in einem Treck schon gar nicht. Allein heißt wehrlos!«

»Aber in einem Treck ist man doch nie allein, oder? Was soll da passieren? Außerdem bleibt mir nichts anderes übrig.« Trotz keimte in Selana auf und rang mit einem Anflug von Hilflosigkeit.

»Unbeschützten Frauen passieren Dinge, die du nicht wissen willst, glaub mir. Am besten schließt du dich uns an.«

»Mit diesem Osse?« Selana schüttelte es bei dem Gedanken.

»Vor allem erst mal mit mir. Und was die ›Knaben‹ da vorn betrifft: Besser Korrel und Osse als gar kein Mann, der für uns einsteht. Was meinst du?«

»Ich weiß nicht, ob ich das annehmen kann. Wir kennen uns doch gar nicht.«

»Ich schätze, wir sind etwa gleich alt, wir kommen beide aus Akralahr, wollen beide weg und«, Aria zwinkerte Selana zu, »mögen beide Osse nicht.« Mit einem Lachen hakte sie sich bei ihr unter.

Auch Selana lachte, das erste Mal seit Langem. Es tat gut.

»Komm, ich stell dir meinen Bruder vor.«

»Sagtest du nicht Halbbruder?«

»Halbbruder, ja, wir haben nicht denselben Vater. Aber ich spreche Korrel seit Neuestem immer nur mit ›Bruder‹ an. Irgendwie macht ihn das weicher.« Sie zwinkerte erneut und zeigte nach vorn. »Dort vor dem Handkarren. Wir gehören zu den Glücklichen, die einen Karren ihr Eigen nennen.«

»Dann seid ihr Marktbeschicker?«

»Eigentlich nicht – Korrel und Osse haben den Karren erst gestern besorgt. Ich frag lieber nicht, wie. Hauptsache, wir brauchen unsere Sachen nicht zu schleppen. Und natürlich konnten wir etwas mehr mitnehmen. Kochgeschirr, Wäsche, Decken, sogar zwei Schemel und eine kleine Truhe.«

Wenig später wurde Selana Korrel vorgestellt. Er war stattlicher als Osse, nicht schön, aber besser aussehend. Nachdem Aria ihn um den Finger gewickelt hatte, ließ er zu, dass Selana mit ihnen zog. Allerdings verlangte er, dass sie helfen und wie alle anderen für die Gruppe sorgen müsse. Im Grunde wirkte Korrel freundlich, doch sein Blick schien etwas abschätzig und mochte Selanas Gefühl Lügen strafen. Bei Osse hingegen war sie sich auf Anhieb sicher, dass er ein Ekel war. Aber sie müsste es wohl oder übel mit ihnen aushalten.

Selana blickte zu Aria. »Wohin wollt ihr?«

»Ehrlich gesagt, sind wir uns nicht einig. Korrel und Osse wollen am besten gleich ganz nach Geldermark. Sie hoffen auf eine Schiffsüberfahrt von Myxa. Ich möchte lieber nach Idomark. Dort muss noch ein Bruder meines Vaters leben. In jedem Fall nach Süden. Und du?«

»Ich muss in den Osten nach Tyklahr.«

»Oh, das ist weit. Da kommt man nicht auf direktem Weg hin. Eine der Handelsstraßen verläuft erst mal ganz in den Süden, dann durch Idomark, von da aus nach Osten und erst dann wieder ein Stück nach Norden in Richtung Tyklahr.«

»Gibt es keinen kürzeren Weg? Und wieso kennst du dich überhaupt so gut aus? Warst du schon mal da?«

»Nein, aber meine Mutter hatte einen Hang zum fahrenden Volk. Von meinem Vater hat sie eine Karte geschenkt bekommen. Damit sie immer weiß, wo er ist, hat er gesagt, weil sie in Gedanken ja immer zusammen sind und sich so näher sein können, all so'n Mist. Dass ich nicht lache. Aber immerhin kenne ich mich nun ganz gut aus, diesen Vorteil hatte es zumindest. Ich habe oft mit Mutter zusammen die Karte studiert und sie hat sich ausgemalt, von wo aus mein Vater gerade an uns denken würde.«

Selana bemerkte die Bitterkeit in Arias Stimme und zog es vor, nicht weiter nachzufragen.

»Ach ja«, setzte Aria hinzu, »deine erste Frage: Auf direktem Weg gen Osten liegt die Hochebene Abrinor. Die ist von einem Zwergenvolk besetzt. Im unteren Viertel erzählt man sich, dass Zwerge feindselig sind und nicht davor zurückschrecken, ihre Opfer zu verspeisen.«

Selana schluckte, entdeckte dann aber das verschmitzte Lächeln auf Arias Gesicht.

»Das mit dem Verspeisen ist wohl eher ein Märchen. Ich hab im Hafen von Akralahr schon Zwerge gesehen. Außer ihrer gedrungenen, düsteren Erscheinung konnte ich nichts Schlimmes beobachten. Trotzdem reisen keine Händler mehr über die Hochebene, sagt man. Direkt südlich davon liegt die Wüste Idoteh. Unmöglich, sie zu durchqueren! Wer nicht verdurstet, fällt Schlangen und Skorpionen zum Opfer.«

Selana schwieg eine Weile, während sie im Regen standen und darauf warteten, dass es weiterging. Warum hatte Wanda nicht auf sie warten können? Würde sie je nach Tyklahr gelangen? Das Vorhaben erschien ihr so übermächtig. *Tief durchatmen, Schluss mit den trüben Fragen!* Jetzt war nicht die Zeit für Mutlosigkeit. Sie hatte Anschluss gefunden. Das war mehr, als sie heute Morgen noch erhofft hatte.

»Und?«, fragte Aria witzelnd, »schon entschieden? Lieber Zwergenmahl oder Schlangenschmaus?«

»Ach, ich wollte schon immer mal Idomark kennenlernen«, heuchelte Selana.

Beide sahen sich an und lachten. Sympathie und Verstehen füllten die Luft zwischen ihnen.

Endlich kam der Zug wieder in Bewegung. Korrel und Osse wiesen Aria und Selana an, rechts vom Karren zu gehen. Dann bewegten sie das knarzende Gefährt ganz auf die linke Seite der Straße. Kurz vorm Tor erkannte Selana, warum. Zurzeit standen nur auf der rechten Seite Wachen. Drei von ihnen durchstöberten einen anderen Handkarren, während zwei weitere Männer in Rüstung ein paar armselige Menschen an der Stadtmauer zusammendrängten.

»König Rerrik hat befohlen, dass nichts die Stadt verlassen darf, was hier hergestellt wurde. Und nebenbei lassen sich die Wächter die Durchsuchungen noch von den Karrenbesitzern bezahlen«, brummte Korrel, während die vier ungehindert das Tor passierten.

Erleichtert packte Selana mit an, um gemeinsam mit den anderen den Karren auf den Weg nach Süden zu schieben. Nicht lange, und sie erkannte, dass der Weg mehr als beschwerlich würde. Der Boden war vom wochenlangem Regen und dem unaufhörlichen Zug der Flüchtlinge aufgeweicht und zerfahren. Immer wieder galt es, den Karren aus dem Dreck zu ziehen.

Als der Abend dämmerte, waren die vier schlammbespritzt und durchnässt. Erschöpft hielten sie nach einem Rastplatz Ausschau. Wenn Selana richtig verstanden hatte, waren sie nicht einmal acht Meilen weit gekommen. Und sie hatte sich vorgemacht, sie könnte ihre Momm einholen. Wie naiv!

»Los Leute, nicht schlapp machen! Bis da oben müssen wir noch!« Korrel wies nach vorn auf eine leichte Anhöhe.

Am liebsten hätte Selana sich an Ort und Stelle in den Schlamm fallen lassen. Doch ein Blick zu Aria, die sich bereits wieder gehörig ins Zeug legte, genügte als Motivation. Ein Stück weiter war der Weg weniger morastig. Endlich raus aus dem Matsch! Trotzdem forderte die Steigung ihre letzten Kräfte.

»Guck mal, sind das nicht Feuer?«, schnaufte ihre neue Freundin.

Selana sah nach vorn. Tatsächlich! Offenbar lagerten dort schon einige der Flüchtlinge. Als Korrel ihnen über die Schulter zurief, dass sie auf der Anhöhe die Nacht verbringen würden, blickte Osse sich um. Seine Augen fixierten Selana und um seine Mundwinkel zuckte ein lüsternes Grinsen. Ein ungutes Gefühl beschlich sie.

Ein letztes Mal setzten die vier alle Kraft ein, um den Karren bergan zu schieben. Immerhin rutschten die Füße hier nicht ständig weg. Selana sah Arias Gesicht – rot vor Anstrengung. Tropfen rannen ihr die Stirn hinunter, ob mehr Regen oder mehr Schweiß, konnte Selana nicht sagen. Noch ein Stück und noch ein Stück. Dann endlich wurde es leichter, sie hatten die Anhöhe erreicht.

Menschen drängten sich um kleine Feuer, bemüht, ihre geplagten Körper aufzuwärmen. An anderen Stellen hockten sie nur eng unter Decken zusammen, um sich gegenseitig zu wärmen und vor dem Regen zu schützen. Weiter vorn versuchten ein paar Männer, noch ein Feuer zu entzünden, doch wer kein trockenes Holz hatte, mühte sich vergebens.

Korrel war auf das Rad des Karrens geklettert und stützte sich an Osses Schulter ab, um sich einen Überblick zu verschaffen. Nicht einfach, dachte Selana, denn es wurde schnell dunkel. Doch als er wieder heruntersprang, führte er sie mit selbstbewussten Anweisungen quer durch die unzähligen Schlafstätten an den Rand des Lagers. Arias Halbbruder hatte ein gutes Auge.

Neben einem klapprigen Fuhrwerk fanden sie Platz. Zwei Männer saßen unter einer Plane und grüßten. Ein Feuer brannte, darüber ein Topf, aus dem es appetitlich roch. Korrel ging zu den beiden hinüber; ein paar kumpelhafte Worte und kurzerhand wurde eine Gemeinschaft für die Nacht gebildet. Nachbarn auf Zeit.

Osse zog eine eigene Plane vom Karren, die die beiden Männer als Dach spannten. Während Aria den Boden von Zweigen und Steinen befreite, suchte Selana hangabwärts einen Ort, um ihre Notdurft zu verrichten. Zwischen zwei Büschen öffnete sie den Umhang, raffte umständlich ihre Röcke und nestelte an ihren Wollhosen. Wenn es doch bloß nicht so dunkel und nass wäre. Etwas ausgekühlt, aber erleichtert hatte sie es schließlich geschafft. Eben war sie fertig, als ihr ein Schatten entgegentrat.

»Na Süße, verlauf dich nicht im Dunkeln.«

Ihr Herz stockte. »Osse! Du hast mich erschreckt.«

»Tut mir leid. Ich wollte nur, dass unserer Süßen nichts passiert. Wär schade drum.« Er packte ihre Schultern und zog sie näher.

Unwillkürlich zuckte sie zusammen und versuchte ihn abzuschütteln. Sein säuerlicher Atem trieb ihr Ekel ins Gesicht. Als er den Griff verstärkte, begann ihr Herz wild zu pochen.

»Lass mich los!« Ein Druck in ihrem Magen ließ Selana keuchen, sie spürte, dass sie kurz davor war, zu schreien.

Doch dann ließ er plötzlich von ihr ab. »Natürlich, Süße, wollte nur, dass es dir gut geht.«

Immer noch glaubte sie, seinen lüsternen Blick auf sich zu spüren. Ein Schaudern durchlief ihren Körper, stumm vor Schreck wandte sie sich ab und lief zum Lager zurück.

»Ich werd mich immer um dich kümmern, wirst schon sehen!« Sein heiseres Lachen flog ihr hinterher.

Schwer atmend erreichte sie wenig später ihr Nachtlager.

Aria war eben mit dem Feuermachen fertig geworden. »Da bist du ja. Kannst mir helfen, was zu essen zu machen. Ist was? Du siehst blass aus.«

»Ich ... ach, nichts. Osse war mir nachgegangen und ich habe mich erschreckt, weiter nichts.«

»Ist er zudringlich geworden? Dann kann er was erleben!«

»Schwesterlein, *ich* habe Osse hinterhergeschickt, auf Selana achtzugeben.« Korrel trat hinzu. »Und das wird er weiter tun, er wird dich schön im Auge behalten.« Fest sah er Selana an, ein wissendes Lächeln um die Lippen.

Sie hielt seinem Blick stand, doch in ihr rührte sich etwas. War es Angst? Hilflosigkeit? Selana spürte in sich hinein. Das Druckgefühl in ihrem Bauch flackerte wieder auf.

»Korrel, du weißt, wie Osse ist. Du hast erlebt, was er mit mir machen wollte, und du hast versprochen ...« Arias Stimme vibrierte, sie packte ihren Halbbruder bei den Armen und fixierte ihn.

Harsch machte er sich los von ihr. »Ich habe dir versprochen, dass er *dir* nicht mehr zu nahe kommt. Und das wird er auch nicht. Auf Osse kann ich mich verlassen! Aber er ist ein Mann. Und Männer müssen sich nehmen, was sie brauchen.«

Selana durchzuckte es bei diesen Worten. Wie behütet war ihr Leben als Dienstmagd gewesen. Und dies war nun also das Leben auf der Flucht? Das Leben der unteren Viertel? *Allein heißt wehrlos!*

»Korrel ...« Aria war blass geworden.

»Ich habe gesagt, wir passen auf euch auf. Kein fremder Mann wird euch anrühren. Und nun Schluss, macht jetzt Essen!« Er drehte sich um und ging.

»Bravo!«

Jetzt erst fiel Selana wieder ein, dass sie nicht allein waren. Die beiden Männer am Feuer klatschten Beifall und amüsierten sich prächtig. Noch zwei vom Typ Osse. Sie sah zu Aria hinüber. Regentropfen perlten über ihr Gesicht. Selana glaubte zu spüren, wie zwischen ihnen ein unsichtbares Band wuchs, genährt aus gegenseitigem Verständnis und Vertrauen. Kraft schöpfen aus der Anwesenheit der anderen und füreinander einstehen. Aria nickte ihr zu. Sie hatten einen Pakt geschlossen, ohne Worte, doch in tiefer Übereinstimmung. Dann wandten sie sich ab und bereiteten das Essen.

Den restlichen Abend ließ Osse Selana in Ruhe. Es wurde gegessen, die Männer tranken Wein, der aus Sparsamkeit mit Wasser verdünnt wurde, die Frauen begnügten sich mit Tee. Sie verhielten sich still, während die Männer das Gespräch bestritten. Selana hatte beschlossen, sich auf keinen Fall *vor* den Männern schlafen zu legen, und machte sich auf langes Warten gefasst. Nach kurzer Zeit jedoch forderten die Strapazen des Tages auch von Korrel und Osse ihren Tribut und die beiden schliefen ein.

Aufgewühlt von den Ereignissen des Tages, fand Selana selbst noch keine Ruhe. Sie lauschte auf den Atem der Männer, unsicher, ob sie wirklich schliefen. Irgendwo bellte ein Hund, ein Stück weiter hustete jemand sich die Seele aus dem Leib. Dann hörte Selana, dass auch Aria leise schnarchte, und musste lächeln. Sie durfte sich nicht verrückt machen. So unangenehm es war, es würden wieder andere Zeiten kommen.

Einen Moment lang sah sie in die Glut des verlöschenden Feuers, dann kam ihr ein Gedanke und sie stand vorsichtig auf. Es wäre tröstlich, nach Wandas Päckchen zu schauen. Tagsüber hatte es keine Gelegenheit dazu gegeben. Immer wieder hatte sie an das Geschenk ihrer Momm gedacht, es dann aber wieder verdrängt. Sie setzte sich dicht an die Glut und legte noch ein Holzscheit nach, um etwas mehr Licht zu bekommen. Endlich gab sie ihrer Neugier nach und öffnete das Leinentuch.

Nach wenigen Augenblicken hielt sie den Inhalt in der Hand. Es war ein Bruchstück von einer Art Medaillon, ein zerstörtes Schmuckstück. Die Oberfläche fühlte sich rau und zugleich warm an. Was hatte es damit auf sich? *Wanda, du bist geheimnisvoller, als ich dachte.*

Ein Geräusch ließ sie zusammenfahren. Doch es war nur Osse, der sich im Schlaf gedreht hatte. Erleichtert packte sie das Schmuckstück wieder ein und verstaute es in ihrem Bündel im Karren. In Gedanken an Wanda schlich sie zu ihrem Schlafplatz und legte sich hin. Sie war so müde. Eine Zeit lang schwirrten noch Fragen durch ihren Kopf. Doch sie fanden keinen Halt mehr, schwebten träge wie Hummeln vor dem Winter. Kamen und gingen, ungelenk und ohne dass eine Blüte in Sicht wäre. Bis sie schließlich in einen unruhigen Schlaf fiel.

Atharu

7

Atharus Mutter hatte recht behalten. Nachdem der Trauergesang der Frauen verklungen war, verließen die Tangora die Feuer, um sich zu ihren Gebeten zurückzuziehen. Zu Atharus Freude war Brandan gekommen und hatte ihm und Lara Beistand angeboten. Dankbar hatte er sich mit seinem Freund ans Feuer gesetzt, um noch einmal mit ihm zu sprechen; und es war ihm schwergefallen, Brandan nicht einzuweihen.

Kurz darauf war Teehl erschienen. Es hatte Lara einige Überredungskunst gekostet, den Obersten zu überzeugen. Nur widerwillig hatte er ihnen bis zum Morgen Zeit für die Totenwache eingeräumt und war wieder gegangen. Und erst einige Zeit später, als auch Brandan fort war, hatte Atharu es wagen können, von seiner Mutter Abschied zu nehmen und sich aus der Felsenstadt zu schleichen.

Inzwischen lagen die Behausungen der Tangora hinter ihm. Er stand auf einer Felskuppe am Rand der Hügelkette, in die das Ophringebirge westlich eines großen Waldes auslief. Die Sonne ging bereits auf und tauchte die Baumkronen in sanftes Morgenlicht. Erst zögerlich, dann beinahe eilig, so schien es, zog das Dunkel der Nacht sich über das grüne Meer der Bäume zurück.

Unten sah Atharu das klare Wasser des Jiguelazh. Wenn er das Ufer des Sees erreicht hätte, wäre es bis zum Fluss nicht mehr weit. Ondara hatte ihm schon früh den Lauf des Uwentengoa erklärt, der sich wie ein blaues Band durch die Ebene von Cambal zog. Noch weiter entfernt, jenseits des Horizonts, dort, wo der Uwentengoa ins Meer mündete, lag die Stadt Gelder.

Atharu blieb stehen und blickte zurück. Hinter ihm erhob sich majestätisch die weite Gebirgswand. Sie erstreckte sich an den südlichen Hängen des Ophringebirges über eine Länge von nahezu zwei Meilen. Eine steile Felswand, die über 800 Fuß emporragte. *Kann es einen schöneren Ort geben?* Eben, im Dunst der Morgendämmerung noch abweisend, beinahe bedrohlich, jetzt im Licht des neuen Tages ein Anblick von faszinierender Schönheit. Durchzogen von Gängen, Treppen und Wegen, an denen sich Fenster und Türen entlangreihten. Er wurde nie müde, seine Heimatstadt zu bewundern. Besonders die farbigen Sonnensegel liebte er, die vor der Hitze des Tages schützten und Tangris Leben einhauchten.

Atharu seufzte. Die Zeit drängte. Teehl war sicher bereits auf dem Weg zu seiner Mutter, und nur Atharpazh allein konnte wissen, wann der Tausch des Armreifs ihm auffallen würde. Entschlossen wandte er sich dem Weg zu. Durch die schnelle Bewegung rutschte er mit dem linken Bein über eine blanke Felsstufe und stolperte. Für einen Moment sah er sich den hohen Hang hinunterstürzen. Taumelnd und mit den Armen rudernd fand er nur knapp sein Gleichgewicht und sprang auf den Weg zurück. Ein größerer Stein löste sich, rollte den Hang hinab und nahm weitere Steine mit sich. Atharu kam es vor, als riefe jeder einzelne zur Stadt hinauf: »Hier ist er – haltet ihn!« Eine Staubwolke wirbelte auf; besorgt blickte er nach oben. *Unsinn, wer soll das aus dieser Entfernung sehen?* Natürlich blieb alles ruhig.

Rasch eilte er weiter, froh, dass er den Reisebeutel auf den Rücken geschnallt und nicht verloren hatte. Seine Mutter hatte ihm darin Wegzehrung, einen Umhang und eine Decke für die Reise vorbereitet. Etwa das Gleiche hatte er auch selbst zusammengepackt. Aber er nahm ihren Beutel. Er würde stets der Sohn bleiben, und sie die Mutter. Ein Säckchen mit Heilkräutern hatte er noch eingesteckt. Das Schmuckstück und ein paar Münzen trug er in einem Gürtel am Körper. Insofern war er gerüstet. Was sollte passieren? In zwei oder drei Wochen wäre er wieder zurück.

Mit jedem Schritt löste sich die Anspannung, seine Gedanken klärten sich. Ondara hatte ihn so vieles gelehrt. Er vertraute darauf, dass er mit all dem Wissen auch das Geheimnis um das Medaillon lösen könnte, zumindest aber den Auftrag erfüllen würde. In Gedanken sah er das Bruchstück vor sich: Es musste elbischen Ursprungs sein. Dann stammte es vielleicht aus Erellgorh? Ondara hatte von der Elbenstadt erzählt, die auf einer Insel im Nebelsee lag, den Menschen verborgen durch undurchdringliche magische Nebelschwaden, die jeden in die Irre führten. Und seine Urmutter hatte ihn in der alten Sprache unterwiesen. Hatte sie Kontakt zu den Elben gehabt? Unglaublich, dass er sie nie danach gefragt hatte. Er hatte ihr schier grenzenloses Wissen einfach hingenommen, aufgesogen wie ein Schwamm. Hatte ihre Lehren verinnerlicht, wusste um den Ursprung der Welt, der Pflanzen, Tiere und Völker. Kannte Geschichten und Sprachen, Schriften und Runen, wusste Heilkräuter einzusetzen. Mit Ondara hatte er sogar Zugang zu seiner Magie gehabt.

Bei diesem Gedanken zog er die Brauen zusammen, seine Lippen wurden schmal. Der Einsatz von Magie würde ohne sie nicht funktionieren! Selbst wenn er kleine Zauber hinbekäme, ihm fehlte der Zugang zu seiner ureigenen magischen Kraft. Nicht einmal Ondara hatte sagen können, welcher Art sie war. Und jetzt, nach ihrem Tod?

Er schüttelte den Kopf. *Ich bin noch nicht so weit. Du hast mich zu früh verlassen! Wie soll ich das ohne dich schaffen?* Ärgerlich beschleunigte er seine Schritte. Dornen und Zweige streiften seine Beine und Arme. Dann lag plötzlich der Duft von Kräutern in der Luft.

»Nichts ist so mächtig wie ein Geist, in dem wache Erinnerungen leben!« Er hörte ihre Stimme, als wäre sie bei ihm, eine raue, doch leise, fast flüsternde Stimme, in der die Erfahrungen eines reichen Lebens am Faden der Zeit rieben.

»Atharu, übe das Bewahren deiner Gefühle, deiner Gedanken und Träume! Alles, was ist und was war, wird dir Kraft geben, wird dir Kraft geben müssen, mehr, als du oder ein anderer Tangora heute ermessen mag. Durch die Macht deiner Erinnerungen wirst du Kraft schöpfen. Durch die Macht deiner Gedanken wirst du sehen und hören. Übe dich in Meditation, und deine Magie findet einen Weg.«

Beinahe wäre er gestürzt, so kraftvoll war die Erinnerung in seinen Geist getreten. Er keuchte, blieb stehen und sank auf die Knie. Tränen verschleierten seinen Blick, die Welt um ihn schien zu verstummen. Plötzlich war er allein mit sich und seinen Gefühlen, seiner Trauer. *Ich kann nicht, Ondara, ich brauche dich!*

Nach einiger Zeit versiegten die Tränen, und der Gesang der Vögel, der Geruch der Pflanzen und Kräuter kehrten in seine Wahrnehmung zurück. Doch während er den Weg wieder aufnahm, kreisten seine Gedanken weiter um seine Ur-Mutter. Meditation! Ja, sie hatte ihm beigebracht, sich in die Tiefen des Geistes zurückzuziehen, alle Anspannungen fallen zu lassen und seiner Seele Zutritt zur magischen Quelle in seinem Inneren zu verschaffen. Ondara hatte ihn lehren wollen, in reinem Quellwasser Botschaften des Lebens zu sehen. So, wie sie es konnte. Bilder, die aus der Nähe oder aus weiter Ferne kamen, zu empfangen und zu deuten.

Doch jedes Mal, wenn er seine Kräfte gebündelt hatte, war der Knoten in ihm gewachsen, immer größer, bis es brannte. Schmerzen hatten seine Seele gepeinigt. Dann hatte er laufen müssen, sich verausgaben, seine Energie wieder loswerden, um den Knoten, mit dem er nun schon so lange lebte, nicht zu spüren. Alles hatte er von Ondara lernen können, aber die Überwindung dieser Sperre war ihm erst in der Stunde ihres Todes gelungen, das erste Mal und offenbar ohne ihr Zutun. Er konnte es nicht glauben, zweifelte noch immer daran. Viel zu oft hatte er mit ihr geübt, sich verkrampft, bis der Knoten gewachsen und Schweiß auf seine Stirn getreten war.

Noch vor einigen Tagen hatte er bei ihr gesessen.

»Sag mir, was du spürst. Ich weiß, da ist etwas.«

»Es tut mir leid, Ondara, ich kann mich nicht konzentrieren. Ich bin nicht sehend so wie du.«

»Atharu, ich weiß, du machst es gut, du konzentrierst dich – aber es sind nicht deine Augen, in denen die Energie wirkt. Wo spürst du deine Energie?«

»Es ist wie ein Knoten – hier im Bauch.«

Ondara hatte die Hand darübergelegt und den Blick gesenkt. Nach einem Moment der Stille hatte sie ihn nachdenklich angesehen. »Es ist mein Fehler, Atharu. In dir schlafen andere Kräfte als in mir – ich habe sie falsch gedeutet.« Sie hatte die Brauen gehoben, ihre Augen hatten sich geweitet.

Atharu hatte noch nie ein so ungläubiges Staunen in ihrem Gesicht gesehen. »Was meinst du damit? Was für Kräfte?«

»Ich kann nicht alles sehen, Atharu. Wenn es Zeit ist, wird Atharpazh es dir zeigen. Übe dich in Geduld und achte auf die Zeichen deines Körpers.«

Atharu spürte jetzt noch die Enttäuschung ob dieser Antwort. Doch er schüttelte den Gedanken ab. Im Moment gab es Wichtigeres. Er brauchte keine Magie, sondern ein Boot.

Mit einem Satz sprang er über einen umgestürzten Baum auf dem Weg. Er hatte ein gleichmäßiges Tempo eingeschlagen und erreichte nach kurzer Zeit den steinigen Pfad, der zum Jiguelazh hinabführte. Das Rauschen des Wasserfalls drang an sein Ohr, die Luft wurde merklich feuchter. Immer häufiger wichen die Felsen zurück und machten erdigen Flächen Platz, auf denen Dornenbüsche und weiches Moos wuchsen.

Ein paar Augenblicke später hatte er den See erreicht und blieb stehen. Ein flacher Felsvorsprung überragte das Ufer. Moose und Algen gediehen in der Feuchtigkeit und überzogen den Fels, der in frischgrünem Schimmer zum Ausruhen einlud. Ein sorgloser Wanderer könnte hier schnell ins Rutschen geraten und ins Wasser stürzen. Der Vorsprung war zwar nicht sehr hoch, aber die Strudel des Sees zogen jeden ungeübten Schwimmer erbarmungslos in die Tiefe. Trotzdem war dieser Ort für Tangora eine beliebte Stelle zum Angeln, und durch den aufsteigenden Dunst des Wasserfalls war man zur Stadt hin vor Blicken geschützt.

Atharu trank etwas Wasser und erfreute sich an einigen Flimmlys, die an ihm vorbeischwirrten. Unwirklich schön mit geschmeidigen Körpern und schillernden libellenartigen Flügeln. Sie flogen immer in Paaren, durch ein gesponnenes Netz verbunden. Ihre Jagd nach Mücken und anderen Insekten wirkte beinahe wie ein Tanz. Nur hier, wo die Luftfeuchte hoch genug war, konnten sie auf Dauer existieren.

Ein paar Schritte weiter schloss ein scheinbar undurchdringlicher Dornenwald das Plateau ein. Atharu ging direkt darauf zu, denn er kannte die versteckten Gänge, die hindurchführten. In unauffällige Höhlungen unter dem weitläufigen Buschdickicht zogen sich junge Tangora mit ihren Freundinnen zurück, wenn sie den romantischen Teil mit »Gemeinsam ins Sternenzelt schauen« bewältigt hatten und die jungen Frauen zu mehr bereit waren.

Seine ersten Küsse unter den Büschen waren zwei Jahre her. Melda hieß sie und war die Tochter einer der Kräuterfrauen. Sie hatte ihn mit allen Mitteln bezirzt. Eine heiße Nacht, aber für beide nur ein Ausprobieren. Er seufzte beim Gedanken, dass nicht mehr daraus geworden war. Sie hatte sich schnell einen anderen gesucht, einen Jäger.

Atharu ließ die Dornenhecken hinter sich und kam zügiger voran. Hier wuchsen hohe Buchen, unter deren dichten Kronen es kaum Unterholz gab. In nahezu gerader Richtung strebte er auf die Bucht zu, dankbar für den Schatten. Zu dieser Jahreszeit konnte es ausgesprochen heiß werden.

Es war Mittag, als er den Wald durchquert hatte und die Bucht erreichte. Stunden war er gelaufen, ohne sich eine Pause zu gönnen. Sicher hatte man seine Abwesenheit längst bemerkt. Wenn Teehl eins und eins zusammenzählte, mussten bereits Jäger hinter ihm her sein.

Atharu setzte sich auf einen Baumstamm und nahm einen Schluck aus der Fellflasche. Er sah sich um. Irgendwo musste das Boot versteckt sein, von dem Brandan erzählt hatte. Schon oft hatten sie darüber gesprochen, wie aufregend es wäre, in die Stadt Gelder zu reisen. Über Land eine Reise von Wochen, aber mit dem Boot dauerte es nur wenige Tage. Am Trauerfeuer hatte er gestern versucht, etwas über das Bootsversteck zu erfahren, und sein Freund hatte bereitwillig erzählt. Gern hätte Atharu ihn in seine Pläne eingeweiht, doch die Gefahr, dass Brandan Ärger bekäme, war zu groß.

Er stand auf, suchte das Ufer ab und entdeckte einen ungewöhnlich geformten Schilfhaufen. »Wer sagt's denn.« Freudig machte er sich daran, das Boot freizulegen.

Plötzlich hörte er ein Geräusch hinter sich. Als wäre ein Zweig zerbrochen. Seine Nackenhaare stellten sich auf. Dann ließ ein Rascheln ihn herumfahren.

PITU

8

Der Obmann schloss die Kajütentür hinter ihnen ab und steckte den Schlüssel ein. Was hatte er vor? Pitu ließ den Blick durch den Raum schweifen. Eine zweite Tür gab es nicht. Der Große lächelte. Und noch etwas war da in seiner Mimik. Worüber freute er sich so? Dass er Pitu für sich allein hatte? Nein, da war ein fast unmerkliches Nicken, wie eine Bestätigung. Als beglückwünschte er sich zu einem langersehnten Fang.

»Wie heißt du?« Der Große deutete auf einen Stuhl.

»Freunde nennen mich Pitu.« Demonstrativ lehnte er sich an die Kajütentür. Er würde sich nicht setzen, nur weil dieser Hüne es wollte. Wie hatte der Hauptmann ihn noch genannt?

»Ah, Pitu also.«

»Für *Freunde*! *Du* darfst mich ›Meister‹ nennen!«

Der Obmann lachte. »Gut, *Meister*! Ihr seid reichlich selbstbewusst für Euer knabenhaftes Äußeres.«

Pitu war irritiert. Eigentlich hatte er den Großen provozieren wollen. Der Hüne sollte näherkommen, ihn zurechtweisen oder schlagen. Ein kurzer Zusammenstoß und Pitu hätte mit geschickten Händen unbemerkt den Schlüssel entwenden können. Taschendiebstahl war seine Spezialität. Aber dieser Pelldings, oder wie er hieß, stand da wie ein Fels in der Brandung und lächelte ihn an. *Gut, so schnell gebe ich mich nicht geschlagen.* »Also Pelle, wie sieht denn nun meine Bestrafung aus? Hast du mich als persönliches Spielzeug mit in die Kajüte genommen? Brauchst du eine Massage der speziellen Sorte?«

Ein kurzes Funkeln glitt über das Gesicht des Großen, dann breitete sich wieder das Lächeln aus. »Pelldor nennt man mich und nach einer Massage verlangt es mich zurzeit weniger. Aber gut, zu wissen, womit Ihr Euer Gold verdient, *Meister*. Habt Dank für Eure Offenheit!«

Pitu lief rot an. Der Punkt ging an den Obmann. Aufgeblasener Hahn. »Dann also keine Massage für Pelle.«

»Pelldor!«

»Ich nenne dich Pelle, das erscheint mir angemessen für so einen großen, schwerfälligen Sack wie dich. Also, sag schon, *Pelle* – was soll ich hier?«

In der Tat gebührte diese Kajüte einem Edelmann. Sie war groß, die Wände mit Schnitzereien vertäfelt, edle Teppiche bedeckten den Boden. Die Sitzgelegenheiten waren sämtlich mit Bezügen gepolstert, Lampen aus Messing hingen von der Decke und in den bleiverglasten Fenstern prangten aufwendige Wappen aus buntem Glas.

»Für eine Hafenschwester bist du reichlich aufgeblasen.« Pelldors Lächeln war verschwunden.

»Hafen..., hast du Hafenschwester gesagt?«

Pitu sprang vor, um sich auf ihn zu stürzen, der Große duckte sich jedoch und warf ihn mit geübtem Griff über den Rücken. Pitu vollführte eine Drehung in der Luft und landete auf den Füßen. Pelldor, zwei Schritte zurückgewichen, blickte ihm mit ausgebreiteten Armen grinsend entgegen. Noch immer wütend über die Beleidigung, entdeckte Pitu zwei Schwerter an der Wand. Rasch sprang er auf den Stuhl, mit einer Flugrolle über Pelldor hinweg und griff nach den Schwertern. Blitzschnell drehte er sich um – und starrte entgeistert auf die Schwertgriffe in seinen Händen. Die Klingen hingen noch an der Wand. In dem Moment nahm er eine

Bewegung wahr, ließ die Griffe fallen, sein Körper spannte sich wie eine Feder. Doch der Große hatte sich nur auf einen Stuhl fallen lassen und begann zu lachen.

»Friede – Friede, *Meister*. Bitte lasst uns miteinander sprechen. Aufrichtig von Mann zu Mann. Ich will Euch nichts antun, sondern Euch um Hilfe bitten.« Er sah ihn abwartend an.

Pitu war unschlüssig, setzte sich aber ebenfalls auf einen Stuhl. Er konnte sich nicht daran erinnern, jemals so respektvoll angesprochen worden zu sein. Natürlich ein Trick. Aber warum? Was immer dahintersteckte, er wollte es wissen. Es schadete nicht, ein wenig mitzuspielen. Ein Straßendieb als helfende Hand? Das wäre mal eine Rolle nach seinem Geschmack.

Pelldor streckte ihm die Hand entgegen. »Also, wollen wir die Beleidigungen und sonstige Spielchen lassen?«

Pitu schlug ein. »Friede – bis ich weiß, was du willst.«

»Gut, *Meister*, dann hört zu!«

Es klopfte an der Tür.

»Obmann? Alles in Ordnung?«

Pelldor nahm den Schlüssel und öffnete die Tür einen Spalt. »Ja, was gibt es?«

»Die Beladung ist fast abgeschlossen und dieses Schiff soll als erstes ablegen.«

»Danke. Wenn du hier fertig bist, kümmere dich darum, dass bei der Bezahlung der Arbeiter alles ruhig bleibt. Ich geleite meinen Gast zum Schloss.« Pelldor blickte sich mit einem gewinnenden Lächeln zu Pitu um. »Kommt, *Meister*.«

»Wieso zum Schloss?« Davon war keine Rede gewesen. Pitus Kopf arbeitete. »Was soll ich im Schloss?«

»Der Magister sucht nach Euch. Wenn ich es richtig verstehe, benötigt er Eure Hilfe.«

»Aber natürlich. Der Magister sucht nach mir! Nach Pitu, dem Meister. Wir haben uns ja auch lange nicht gesehen. Ts, wer soll das denn glauben?«

»Nun ja«, gab der Große zu, »zumindest *könntet* Ihr derjenige sein, nach dem er sucht. Klein, tief gebräunt, auffallend grüne Augen und flink wie ein Eichhorn. Ein Urda eben. Da Ihr der Erste seid, der dieser Beschreibung entspricht, werde ich Euch zu ihm führen. Es liegt mir sehr daran, dass Magister Lieburus die Hilfe bekommt, die er sich wünscht.«

»Meine Hilfe? Das kann ich echt nicht glauben. Aber ich will mal nicht so sein.« Erst einmal folgsam sein und vom Schiff hinunter. Mit festem Boden unter den Füßen würde Pitu schon etwas einfallen. Auf keinen Fall ginge er mit zum Schloss, da war der Kerker nicht weit. Und mal ehrlich: Seine Hilfe wurde im Schloss gebraucht? *Wer's glaubt!*

Während er hinter Pelldor über das Brett zum Kai balancierte, schaute er sich unauffällig nach einer Gelegenheit zur Flucht um. Er musste nicht lange suchen. Die Zahlstelle lag unweit größerer Kisten und Säcke, die noch auf ihre Verladung warteten. Eine große Menge Arbeiter drängte sich dort, und vier Soldaten hatten Mühe, dem Zahlmeister Luft für seine Arbeit zu verschaffen.

»Pelle, bevor wir zum Schloss gehen, hol ich meinen Lohn!«

Pelldor schaute ihn stirnrunzelnd an. »Ihr habt Ware vernichtet und wollt dafür Geld, Meister?«

»Dann bekomme ich eben nur vier von fünf Stunden schwerer Arbeit bezahlt. Aber eine Bezahlung steht mir zu. Schließlich habe ich die meisten Waren sicher verladen.« Innerlich musste er grinsen. Eine halbe Stunde oder fünf, was machte das schon.

Der Obmann sog die Wangen ein und musterte ihn. »Gut«, erwiderte er, »Ihr sollt Euren Lohn haben. Magister Lieburus wird noch ein paar Augenblicke warten können.« Er führte ihn zur Menschenmenge hinüber. Offensichtlich war wieder eines der Schiffe fertig beladen, denn die Gruppe der Arbeiter war weiter angewachsen.

»Ich werd mich nach vorn drängeln, damit es schneller geht.« Pitu zwängte sich zwischen die Arbeiter. Der Obmann, längst nicht so schmal und wendig, konnte in der Menge unmöglich an ihm dran bleiben. *Und jetzt ein wenig Verwirrung stiften.* Zwei Arbeiter, die ihren Sold bereits erhalten hatten, standen neben dem Zahlmeister und beratschlagten, wo sie einen Teil des Geldes in Flüssiges umwandeln könnten. Pitu rempelte den Rotbärtigen an, entschuldigte sich aber sogleich bei ihm und beschimpfte stattdessen einen anderen. »Kannst du nicht aufpassen, wo du hinläufst?«

»Ich steh hier nur in der Schlange. Pass gefälligst selbst auf.«

»Red nicht. Ich muss zählen, sonst werd ich auch betrogen.«

Ein zweiter Arbeiter schaltete sich ein. »Wieso betrogen? Hier geht alles mit rechten Dingen zu.«

»Dann lass doch den Kollegen da mal nachzählen.« Pitu zeigte auf den Angerempelten. »Ihm hat der Zahlmeister zwei Münzen zu wenig gegeben.«

Der Rotbärtige schaute ihn ungläubig an und nestelte in seiner Tasche, um die Münzen zu zählen. »Fünf, sechs, sieben – sieben? He, mir fehlen zwei Münzen. Betrug!« Er schubste Pitu zur Seite und drängte sich zum Zahlmeister zurück.

Pitu nutzte die Gelegenheit, fiel einem anderen Arbeiter in die Arme und rief: »Alle, die bereits Sold bekommen haben, sollten nachzählen!«

Wieder fehlten bei einem zwei Münzen. Binnen kurzer Zeit gab es einen Aufruhr, der sich gewaschen hatte. Nun fühlten sich auch die betrogen, die noch gar nicht beim Zahlmeister gewesen waren. Pitu witschte zwischen den aufgebrachten Männern hindurch. Er konnte nicht sehen, ob dieser Pelldor ihm dicht auf den Fersen war, glaubte aber nicht daran, denn er hörte, wie der Obmann Befehle rief. Seine Soldaten zogen die Schwerter, wahrscheinlich, um den Zahlmeister vor der wütenden Meute zu schützen.

Pitu hatte es derweil aus der Menge heraus geschafft und duckte sich schnell zwischen einige aufgestapelte Kisten und Säcke. Grinsend hörte er, wie Pelldor wütende Befehle bellte. Ein Horn wurde geblasen. Gleich würde es hier vor Soldaten nur so wimmeln. Vorsichtig lugte Pitu über eine Kiste. Die ersten Arbeiter liefen schon auseinander, der Aufruhr ebbte ab. *Mist, jeden Moment kann er mich finden.*

»Meister Pitu! Wo seid Ihr? Kommt hervor! Die Gefahr ist vorüber.«

Pitu zuckte zusammen, als er die Stimme in unmittelbarer Nähe vernahm. Pelldor musste direkt hinter den Kisten stehen. Hektisch blickte er sich um. Könnte er sich unter die Säcke schieben? Dann lächelte er. Einige waren nur halb gefüllt und nicht zugebunden. Das Letzte was er sah, ehe er in einen der Säcke schlüpfte, war ein Obmann, der wütend gegen die nächstbeste Kiste trat. Dumpf hörte er die Stimme des Kapitäns.

»He, beschädigt mir nicht die Waren. Rerrik von Akra lässt sie peinlich genau prüfen.«

»Verzeiht, ich war in Gedanken.« Pelldors Stimme. »Ihr habt nicht zufällig den kleinen Trampel von vorhin gesehen?«

»Der den Ballen versenkt hat? Nein.«

Direkt neben sich hörte Pitu ein Geräusch, als zöge sich ein Seil straff. Dann schien sich der Boden unter ihm zu heben. Was war los? Alles um ihn herum schwankte, die Stimmen wurden leiser.

»Aber wie wichtig kann so ein Zwerg schon sein. Und seien wir ehrlich: Ein Ballen mehr hilft Akra auch nicht über den Winter.«

Winter in Akra? Was mochte es damit auf sich haben?

Pitus dunkles Versteck schien sich zu drehen. Er musste auf einer Plattform gelandet sein, die von einem Lastkran an Bord eines Schiffes gehoben wurde. Tatsächlich! Er unterdrückte einen Schmerzenslaut, als der Sack unsanft auf Deck landete.

»Klar bei Vor- und Achterleine!«

»Leinen klar!«

»Anker klar!«

»Setzt die Segel!«

»Segel gesetzt!«

Pitu stellte sich vor, wie der Kai sich leerte und der Obmann einsam und verlassen da stand, fassungslos, weil sein Mitbringsel für den Magister flöten gegangen war. Ob er darauf kommen würde, dass sein Urda mit einem Schiff auf und davonsegelte? Auf hoher See – für Tage und Wochen ... Pitu schluckte.

Selana

9

Stimmen und klappernde Geräusche drangen durch den Dunst ihrer Träume. Sie war so müde. Und doch: Irgendetwas war anders als sonst. Der Geruch! Schweiß und saurer Atem. Selana riss die Augen auf und erschrak. Sie wollte aufspringen, doch Osse hinderte sie daran. Sein massiger Körper dicht über ihr, rechts und links seine muskelbepackten Arme.

»Guten Morgen, Süße«, hauchte er.

Ihr wurde speiübel. Mit aller Kraft stieß sie ihn von sich und stand auf, bemüht, sich die Angst nicht anmerken zu lassen. Die Männer vom Nachbarkarren lachten laut auf.

»Morgen«, antwortete sie und wünschte, ihre Stimme würde nicht zittern. Sie begann, ihre Decke zu säubern, nahm sie hoch, klopfte sie aus. Etwas tun, sich ablenken, nicht daran denken. Selana wusste, sie hätte ihn nicht wegstoßen können, wenn er es nicht zugelassen hätte. Ein schwacher Trost. Nur nicht in seine Richtung schauen.

Dann erst wurde ihr bewusst, dass Aria nicht da war. Auch Korrel fehlte. »Wo ist Aria?«

»Wo ist Aria?«, äffte Osse nach. »Deine Aria ist pissen und Korrel schaut, ob er Bekannte im Zug findet.« Seine Augen blitzten. »Und ich hab Hunger. Sieh zu, dass wir Frühstück bekommen.« Er ließ sie stehen und gesellte sich zu den feixenden Nachbarn.

Was für ein Tagesbeginn! Selana wandte sich zum Karren und mühte sich mit dem Schloss der Vorratskiste ab.

»Guten Morgen, Selana. Endlich wach?« Arias Stimme ließ sie zusammenzucken.

»Abwarten, ob das ein guter Morgen ist«, grummelte sie.

»Was hast du gesagt?«

»Ich wünsche dir auch einen guten Morgen«, sagte sie nun lauter. »Und was mich betrifft, kann er nur besser werden.«

»Oh. Lass mich raten: Osse?«

»Ja, Osse. Er wollte mich wohl mit einem Kuss wecken. Kannst du dir vorstellen, wie es ist, die Augen aufzumachen und das Gesicht von Osse nur einen Zoll entfernt zu sehen?«

»Ich glaube, das will ich mir gar nicht vorstellen.« Aria schob Selana sanft beiseite, um ihr mit der Kiste zu helfen. »Tut mir leid, ich musste so nötig.«

»Kein Problem, ich habe mich schon wieder beruhigt.« Selana atmete tief durch. »Aber versprichst du mir etwas?«

»Klar, was?«

»Egal, zu welcher Tages- oder Nachtzeit du wach wirst und aufstehst – weck mich!«

»In Ordnung. Ab jetzt wird gemeinsam gepullert.«

Selana rang sich ein Lächeln ab.

»Seid ihr eingeschlafen? Warum ist noch kein Frühstück fertig? Wir können hier keine Wurzeln schlagen!« Korrel war zurück und durchbrach den friedlichen Moment.

»Es wird wirklich Zeit!« Aria reckte den Hals und schaute in die Runde. Die Geräusche hatten zugenommen, Töpfe klapperten, Kinder tobten umher und wurden von ihren Eltern zum Frühstück gerufen. Vereinzelt packten schon Leute zusammen, um sich einen Platz weit vorn im Treck zu sichern.

Aria und Selana beeilten sich mit dem Frühstück. Wenig später aßen sie das restliche Königsbrot, das Selana aus dem Schloss entwendet hatte, leerten den letzten Topf Pflaumenmus aus Arias Vorräten und tranken schweigend ihren Tee. Korrel beendete das Frühstück mit knappen Worten und trieb sie zum Aufbruch an. Sie verstauten ihre Habseligkeiten, wobei Selana sorgsam achtgab, dass ihr Bündel sicher im Karren verwahrt war.

Schwerfällig setzte der Treck sich in Bewegung. Nach und nach fanden alle einen Platz in der endlosen Schlange der Flüchtenden. Der Regen war in leichtes Nieseln übergegangen, die dunkle Wolkendecke hellte sich ein wenig auf. Vielleicht würde der Regen ganz aufhören? Selana war schon zufrieden, wenn es so blieb.

Entlang der Handelsstraße nach Myxa und durch die Küstenhügel von Akra zogen sie weiter, über Anhöhen, durch Senken und nur selten auf ebener Strecke. Fester Untergrund wechselte mit aufgeweichtem Schlamm, in dem kaum ein Fortkommen möglich war. Es kostete viel Kraft, den Karren immer wieder aus dem Dreck zu ziehen. Bald war aus dem Nieselregen das Hundewetter vom Vortag geworden; die Feuchtigkeit kroch unter ihren Umhang und durch die Hemden. Manchmal blickte Selana sich um und sah Menschen trübsinnig vor sich hinstarren, während sie einen Fuß vor den anderen setzten. Erst am Abend könnten sie sich an größeren Feuern aufwärmen und ihre Kleider trocknen.

Selana war erschöpft und müde. Doch sie wagte nicht, in den kurzen Ruhepausen die Augen zu schließen. Immer wieder blickte Osse sich zu ihr um. Und wenn er an ihr vorbeiging, streifte er sie anzüglich mit seiner Hand. Auch als sie abends für die Nacht lagerten, mochte Selana sich ihrer Erschöpfung nicht hingeben, sondern achtete besorgt darauf, dass Aria an ihrer Seite blieb.

Der nächste Tag verging, ohne dass Osse sich ihr wieder genähert hatte. Den lüsternen Blicken und dem höhnischen Spott konnte sie jedoch nicht entfliehen. Trotzdem hatte Selana das Gefühl, sich an die Situation zu gewöhnen. Während sie sich langsam eine dickere Schale zulegte, verfinsterte sich die Laune der beiden Männer allerdings zusehends. Auch Korrel, angespornt von Osses anzüglichen Fantasien, gaffte Selana jetzt mit begehrlichen Blicken nach.

Am vierten Tag besserte sich das Wetter endlich. Der Regen ließ nach, und irgendwann rückten sogar die Wolken auseinander, sodass immer wieder kleine Flecken blauen Himmels zu sehen waren. Der Zug erreichte Abringarth, einen Ort, der davon profitierte, dass er am einzigen Zugang zur Hochebene Abrinor lag. Damit kreuzten sich hier zwei wichtige Handelsstraßen.

Am Ortseingang war der Zug zum Stillstand gekommen. Korrel hatte sich weiter vorn umgeschaut und berichtete, dass es im Ort vor Flüchtlingen nur so wimmelte. Wer konnte, kaufte Vorräte für die Reise, andere suchten nach trockenen Schlafplätzen oder bettelten an den Türen der Häuser. Im mittleren Teil des Trecks, wo Selana mit Aria, Korrel und Osse stand, drängelten sich Frauen, die von weiter hinten kamen, um bei den Händlern noch etwas abzubekommen. Entrüstete Stimmen wurden laut und von vorn drang plötzlich der Lärm einer Schlägerei an ihr Ohr.

Osse nahm Korrel zur Seite und redete auf ihn ein. Immer wieder zeigte er nach vorn und dann auf die beiden Frauen. Die beiden sprachen aber so leise, dass Selana nichts verstehen konnte.

Als die Männer fertigdiskutiert hatten, zogen sie ohne ein weiteres Wort den Karren von der Straße hinunter. Selana blickte Aria fragend an, doch die zuckte nur mit den Schultern und rief ihren Bruder.

»Was habt ihr vor, Korrel?«

»Du hörst doch, was da vorn los ist. Zwecklos, sich zu den Händlern durchzukämpfen. Bis wir dort sind, ist nichts Gescheites mehr zu kriegen. Aber wenn wir hier keine Zeit verschwenden, können wir außen rum zumindest an die Spitze des Zugs gelangen.«

»Und für eine kleine Rast wird auch noch Zeit sein«, setzte Osse mit einem schäbigen Grinsen hinzu.

»Und wenn Osse nicht dabei wäre, würde ich es beinah für eine gute Idee halten«, raunte Selana Aria zu.

Obgleich hier am Ortsrand nicht mehr als ein schmaler Pfad existierte, kamen die vier besser voran als auf der zerfahrenen Handelsstraße. Nach einer Stunde hatten sie Abringarth bereits ein gutes Stück umrundet. Dann hielten die Männer plötzlich an.

»Da vorn!« Korrel streckte den Arm aus. »Sieht aus wie ein Gehöft. Ihr solltet versuchen, Vorräte für uns zu kaufen.« Er zog einige Münzen aus seinem Geldbeutel und drückte sie Aria in die Hand, ohne zu fragen oder zu bitten.

Selana schaute ihre Freundin an, doch die steckte die Münzen wortlos ein, hakte sich bei ihr unter und zog sie auf den heckengesäumten Weg, der zum Hof führte.

»Schau nicht so finster! So sind wir die Männer mal los.«

Sie zwinkerte ihr zu und Selana entspannte sich. Das war die große Kunst: stets das Positive sehen.

Bis zum Hof war es nicht mehr als eine halbe Meile, aber Zeit genug, ein wenig zu plaudern. Als die beiden bereits die Hälfte des Weges zurückgelegt hatten, hörten sie Korrel rufen: »Aria, wart mal kurz.«

Selana sah sich um, er kam ihnen nachgelaufen.

»Was willst du?«, stöhnte Aria.

»Ich muss kurz mit dir sprechen. Unter vier Augen.«

»Aha. Muss ja was Spannendes sein.«

Sie warteten, dass er zu ihnen aufschloss.

»Geh ruhig vor, Selana.« Aria gab ihr die Münzen. »Wenn ich mit meinem Bruderherz gesprochen hab, komm ich nach.«

Selana nickte und schmunzelte. »Bruderherz!« Das war wieder Arias Masche, schon mal vorzubauen.

Während sie weiterging, sah Selana sich noch einmal um. Was war eigentlich mit Osse? Sie entdeckte ihn beim Karren. Offenbar hatte er kein Interesse, hinterherzukommen. Korrel hielt Aria am Arm und schien eindringlich auf sie einzureden. Stritten sie? Am liebsten hätte Selana gelauscht, aber ihre Freundin würde es ihr früh genug erzählen.

Der kleine Hof wurde von einer jungen Familie bewirtschaftet, einem sympathischen Paar mit drei kleinen Kindern, die vor dem Haus spielten. Der Mann freute sich über die Möglichkeit, etwas zu verkaufen, ohne Marktgebühren entrichten zu müssen. Und Selana genoss es, ein wenig zu plaudern. Es fühlte sich fast an wie in Akralahr.

Mit einem halben Schinken, etwas Butter und zwei Laib Brot machte sie sich zufrieden auf den Rückweg. Als dann auch noch die Sonne durch die Wolken blitzte, spürte sie fast so etwas wie Glück in sich aufkeimen. Es würde alles gut!

Erst jetzt wurde ihr bewusst, dass Aria nicht nachgekommen war. Als sie den Platz erreichte, an dem sie Korrel und ihre Freundin zurückgelassen hatte, war niemand mehr da. Auch den Karren, zu dem sie von hier zurückgeblickt hatte, konnte sie nicht mehr sehen. Sie blieb stehen. Ein Schauer von Unbehagen überlief sie.

Dann hörte sie ein Geräusch. Es klang wie Wasser. Wasser, das aus einem Krug gegossen wurde, vielleicht. *Wie unsinnig!* Langsam ging sie weiter. Das Geräusch verstummte, wurde abgelöst durch Klimpern – eines Gürtels? Sie erstarrte. Aus den Augenwinkeln nahm sie eine Bewegung wahr und drehte sich abrupt um. Vor ihr stand Osse und starrte sie an, eine Hand in der offenen Hose.

Instinktiv ließ sie die Sachen fallen, reagierte aber einen Moment zu spät. Er sprang auf sie zu und riss sie von den Beinen. Sie landeten halb neben-, halb aufeinander. Sofort ergriff er ihre Arme und drückte sie über ihrem Kopf zu Boden, umklammerte ihre Handgelenke fest mit einer Hand. Verzweifelt wand sie sich, um freizukommen. Doch er hockte mit seinem ganzen Gewicht auf ihren Beinen. Mit der freien Hand fingerte er an ihrem Umhang. Kälte zog vom regennassen Boden durch ihre Kleidung, saurer Atem stieg ihr in die Nase. Doch sie kämpfte das Ekelgefühl nieder. Sie wollte keine Schwäche zeigen, nicht zittern und schreien. Den Triumph wollte sie ihm nicht gönnen.

Hasserfüllt blickte Selana in Osses feistes Gesicht, in ihrem Bauch wuchs ein unangenehmer Druck. Sie versuchte, sich nur auf seine rot unterlaufenen Augen zu konzentrieren. Nicht das pockennarbige Gesicht zu sehen oder seine Hände zu spüren. Inzwischen hatte er sich durch ihren Umhang gegraben und ihr Hemd aufgerissen. Seine grobe Hand umfasste rüde eine ihrer Brüste und packte schmerzhaft zu.

»Du widerst mich an, Osse«, spie sie ihm entgegen. »Was hast du erreicht, wenn du hier fertig bist?«

»Dich gevögelt, kleine Hure.« Er legte sich auf sie und sie fühlte etwas Hartes an ihrem Schenkel. Ungestüm riss er an ihren Röcken.

»Und fühlst du dich dann besser? Meinst, du wärst ein echter Mann? Du bleibst ein stinkendes, aufgedunsenes Tier. Selbst Korrel hasst dich.«

Mit einem Mal setzte er sich auf und schlug ihr hart ins Gesicht. Schmerz durchfuhr sie und sie stöhnte auf.

»Hexe, spar dir deine dreckigen Lügen. Wir sind wie Brüder.«

»Brüder? Weil er der Einzige ist, der dich erträgt? Warum wohl? Hast du dich das scho...«

Wieder ein Schlag ins Gesicht und noch einer. Selanas Oberlippe riss, Blut lief ihr in den Mund. Sie schluckte schwer, doch ihr wurde bewusst, dass Osse von ihren Kleidern abgelassen hatte. Er war zornig, schäumte vor Wut, aber seine Geilheit verrauchte – oder irrte sie sich?

»Er weiß, dass er sich auf mich verlassen kann. Wir sind jeder für den andern da. Davon verstehst du Drecksfotze nichts.« Den Blick voller Verachtung spuckte er ihr ins Gesicht.

»Du bist für ihn nur der Esel vor dem Karren. Er ist bequem und benutzt dich. Doch du bist ja zu dumm ...«

Seine Faust schnellte vor und ihre Nase gab knirschend nach. Schmerz durchzuckte ihren Körper, der plötzliche Geschmack von Eisen verursachte ihr Übelkeit. Aber sie kämpfte dagegen an. Der Druck im Bauch wurde stärker, lenkte ab von den anderen Schmerzen. Ihre Gedanken wurden klar, und auf einmal wusste sie, dass sie lieber sterben würde, als sich von ihm nehmen zu lassen.

Selana hustete und schluckte Blut. Ihr linkes Auge war verklebt, doch aus dem rechten starrte sie Osse an – starrte in sein wutverzerrtes Gesicht, die groben Poren, den Dreck, den Schweiß. Sie fixierte ihn, wollte ihn niederzwingen mit ihrem bloßen Willen und ihrer Verachtung. Seine Lider zuckten und mit einem Mal verzog seine Miene sich zu einem irren Grinsen. Er hob den Arm und Selana stockte der Atem. In seiner Hand sah sie ein Messer.

Atharu

10

Der Angriff kam plötzlich; ehe Atharu reagieren konnte, hatte er schon ein Netz über dem Kopf. Blitzschnell ließ er sich zur Seite fallen, machte eine Rolle und stand wieder auf den Füßen. Er zerrte an dem Netz, doch sein Gegner riss ihn zu Boden und umklammerte ihn mit eisernem Griff. Atharu spannte die Muskeln an, versuchte mit aller Kraft, sich zu befreien. Im Nacken spürte er den heißen Atem seines Widersachers. Er beugte sich vor und ließ den Kopf ruckartig nach hinten schnellen. Ein dumpfer Schmerz zeigte, dass er getroffen hatte.

»Au!«, jaulte eine Stimme, die Umklammerung löste sich.

Atharu befreite sich aus dem Griff und sprang nach vorn. Noch während er das Netz abstreifte, kam ihm in den Sinn, dass die Stimme seltsam vertraut klang. »Brandan!«

Seine angriffslustige Miene wich einem Staunen, dann einem Grinsen und schließlich musste er lachen. Vor ihm stand sein bester Freund, nestelte mit einer Hand ein Tuch aus der Hose und hielt mit der anderen die blutende Nase.

»Hallo Atharu«, näselte er, »nette Begrüßung.«

»Das wollte ich auch gerade sagen. Warum um der Seelen willen musst du mich so erschrecken? Und was machst du überhaupt hier?«

»Ich hab darüber nachgedacht, warum du wohl nach meinem Boot gefragt hast. Und das am Trauerfeuer von Ondara. Das passte nicht zu dir. Und die besonders herzliche Verabschiedung hat mich zusätzlich stutzig gemacht.«

»Ach ja?« Vielleicht hatte Atharu seinen Freund beim Abschied ein wenig zu lange umarmt. Aber es war ihm richtig erschienen und hatte ihm Kraft gegeben. Eine positive Energie.

»Und ich hab darüber nachgedacht, warum Teehl den Ältestenrat so dringend für heute einberufen hat, wo dies eigentlich für nächste Woche geplant war. Das hat mir zumindest mein Vater berichtet.« Brandan nahm probehalber das Tuch von der Nase, doch die Blutung war noch nicht gestillt. »Jedenfalls«, näselte er weiter, »habe ich mir ein paar Sachen geschnappt und bin noch in der Nacht aufgebrochen, um vor dir hier zu sein.« Sein Frettchen kam wie aus dem Nichts herangesprungen.

»Vorsicht! Ja, ist ja gut.« Er versuchte, Jiga von seinem Gesicht fernzuhalten. »*Wir* sind in der Nacht aufgebrochen!«

»Und jetzt«, Atharu hielt sich die Nase zu, um Brandan zu imitieren, »siehst du, was du davon hast.« Er lachte, während er ein eigenes Tuch ins Wasser tauchte und dem Freund reichte.

»Sehr witzig!«

»Tut mir leid. Es klingt einfach zu komisch, wie du sprichst.«

Brandan tupfte mit dem Tuch das Blut aus dem Gesicht. Es kam beruhigenderweise kein weiteres mehr nach.

»Brandan, ich danke dir für deine Überraschung. Aber ich habe keine Zeit mehr. Ich muss fort. Falls wir ...«, er hielt kurz inne, »*bis* wir uns wiedersehen, wirst du sicher ohne mich auskommen.« Er legte ihm die Hände auf die Schultern und schaute ihn an. Ein Schatten huschte über sein Gesicht und er wandte sich ab. »Bitte sei so gut und hilf mir, das Boot ins Wasser zu lassen.«

Brandan wusch die Tücher aus und reichte Atharu das seine zurück. Dann setzten die beiden das Boot ins Wasser.

»Du irrst dich«, sagte Brandan.

»Wieso? Womit?« Atharu legte ein Paddel ins Boot und schaute seinen Freund an.

»Du irrst dich, was deine Zeit angeht.« Brandans Nase war deutlich angeschwollen, aber er brachte ein Lächeln zustande. »Du wirst genügend Zeit haben, mir zu erzählen, was eigentlich los ist.« Er schnappte sich sein Bündel, ein zweites Paddel und stieg ins Boot.

Atharu brauchte einen Moment, um die Sprache wiederzufinden. »Aber du weißt doch gar nicht, wo ich hinmuss.«

»Umso wichtiger, dass du es mir erzählst. Ich hab eine Menge Fragen.«

»Brandan, steig wieder aus. So einfach geht das nicht. Außerdem habe ich meiner Mutter gesagt, sie kann sich an dich wenden, wenn sie Hilfe braucht.«

»Viele Grüße von ihr. Ich hab mir nämlich gedacht, dass ich noch kurz mit ihr sprechen sollte, nachdem du dich so auffällig rührselig verhalten hast. Und sie meinte, dass es eine gute Idee sein könnte, dich zu begleiten.« Wie zur Bestätigung sprang das Frettchen zu Brandan ins Boot.

»Siehst du? Jiga ist auch der Meinung.«

»Aber du kannst doch nicht einfach ...«

»Doch! Und deine Mutter wird sich an meinen Vater wenden, wenn etwas ist. Für sie ist das in Ordnung. Ich glaube sogar, sie war erleichtert. Und bevor du fragst, ich habe meinem Vater gesagt, dass ich einen letzten Versuch starte, dir das Jagen beizubringen.« Brandan grinste.

»Das hast du nicht.« Wie konnte sein Freund das alles so schnell geplant haben?

»Doch, hab ich. Aber er meinte, ich sollte mir da keine Hoffnung machen.«

»Sehr witzig!«

»Fand ich auch.«

»Jetzt mal im ernst, Brandan, ich weiß doch gar nicht, was auf uns zukommt. Wenn es gefährlich wird, kann ich für dich keine Verantwortung übernehmen.«

»Immerhin hast du jetzt schon mal ›uns‹ gesagt. Und wenn es gefährlich wird, umso besser. Langweilen kann ich mich schließlich zu Hause.« Er zwinkerte. »Verantwortung übernehme ich schon selbst. Mein Kopf ist hart wie Stein vor lauter Verantwortung. Zumindest bis auf die Nase.« Brandan betastete sie vorsichtig. »Nun steig schon ein. Ich denke, du hast keine Zeit, hier herumzustehen.«

Dieser Dickkopf. Lachend stieg Atharu zu seinem Freund ins Boot. Wenn Brandan sich etwas vorgenommen hatte, half kein Wenn und Aber. Sie stießen sich ab und trieben auf den See in Richtung Uwentengoa.

Eine Zeit lang glitten sie schweigend mit dem Boot dahin. Dann aber konnte Brandan seine Neugier nicht länger zügeln und fragte, was es mit der Reise auf sich hatte. Und während Atharu berichtete, gelangten sie zum Fluss, der sie in seine sanfte Strömung aufnahm.

Am späten Nachmittag wichen Bäume und Büsche zurück und gaben den Blick auf eine ausgedehnte, offene Landschaft frei. Die Ebene von Cambal mit ihren üppigen Weidegründen. In jedem Frühjahr trat der Fluss über die Ufer, verwandelte das Land in einen riesigen See und sorgte für anhaltende Fruchtbarkeit. Ein Schauspiel, das bei guter Sicht von Tangris aus zu sehen war. Atharu hatte im vergangenen Jahr sogar einmal eine Lehrstunde bei Ondara verpasst, weil er von dem Anblick so fasziniert gewesen war. Die Ebene hatte wie ein gewaltiger Spiegel gewirkt und den Horizont zwischen Himmel und Erde verschwinden lassen. Es war, als wäre die Welt gleich hinter den Bäumen im Blau des Himmels versunken.

Hier am Oberlauf des Uwentengoa grasten noch die großen Melbos, gehörnte Panzerechsen von gut acht Fuß Rückenhöhe, die einstmals von den mutigsten Tangorajägern als Reittiere unterworfen wurden. Melbos waren eigentlich gutmütige Grasfresser – allerdings nur, wenn man sie in Ruhe ließ. Kam man einem zu nahe und blickte ihm womöglich direkt in die Augen, riskierte man, von den Dornen des Schwanzes erschlagen oder direkt totgetrampelt zu werden. Atharu und Brandan verstummten ehrfürchtig, als sie eine kleine Herde erblickten, und stellten das Paddeln ein, um sich treiben zu lassen.

»Irgendwann werde ich auch einen Melbo reiten.« Brandans Augen leuchteten.

Atharu blickte seinen Freund an. »Das wirst du, Brandan. Ich bin sicher, das wirst du.«

Einen Moment ließen sie den Anblick auf sich wirken, dann nahmen sie wieder Fahrt auf und glitten unter gleichmäßigen Paddelschlägen dahin.

In den folgenden zwei Tagen kamen sie gut voran. Ihre Nachtlager schlugen sie unter größeren Bäumen auf und abends nahmen sie sich Zeit, zu fischen. Das sommerliche Wetter hielt an und bescherte ihnen laue, trockene Nächte. Nachdem der Fluss sie am zweiten Tag nach Süden geführt hatte, wechselte sein Lauf nunmehr in westliche Richtung. Die Ebene von Cambal hatten sie hinter sich gelassen, kleine Auwälder lösten die Schilfgürtel ab. Inzwischen war Atharu froh, dass er die Reise nicht allein machte. Es war wohltuend, mit jemandem sprechen zu können, und immer wieder versuchten sie, die jüngsten Ereignisse gemeinsam zu deuten.

»Atharu, lass mich das noch mal verstehen. Deine Mutter hat dir den Armreif Ondaras gegeben, konnte dir aber nicht erzählen, wozu er gut ist?«

»Richtig.«

»Ondara hat dir ein kaputtes Schmuckstück gegeben, das du einem gewissen Quendus bringen sollst, aber nicht gesagt, warum?«

»Richtig.«

»Und sie hat dich bestärkt, deine Kraft zu üben, von der sie aber nicht wusste und auch du nicht weißt, was für eine Kraft das ist?«

»Du hast alles verstanden.« Atharu zog die Brauen zusammen. Nachdem er Brandan in den letzten Tagen immer wieder all die verworrenen Vorkommnisse und Details geschildert hatte, wurmte ihn diese einfache Zusammenfassung. Im Grunde waren es nur drei Aufgaben: Weder Teehl noch sonst jemand durfte in den Besitz des Armreifs gelangen. Das Schmuckstück musste nach Gelder gebracht werden. Und Atharu musste seine magischen Fähigkeiten finden und lernen, sie einzusetzen. Aber wie?

»Ich glaube, es hat keinen Zweck, länger auf diesen Fragen rumzukauen«, begann Brandan erneut. »Wir werden es erst verstehen, wenn noch eine weitere Frage beantwortet ist.«

»Und die wäre?«

»Was hat das alles miteinander zu tun?«

Die Frage war gut. Was hatte der Armreif mit dem Schmuckstück, oder besser: dem Bruchstück davon zu tun? Gab es überhaupt eine Verbindung? Und wenn ja – was konnte ein Mann in Gelder darüber wissen? Die Tangora hatten keine Handelsbeziehungen zu Geldermark. Atharu kannte niemanden, der schon einmal in der Hauptstadt gewesen war. Auch Ondara hatte nie davon erzählt. Beide schwiegen für einen Moment.

»Brandan?«

»Ja?«

»Ich bin froh, dass du mich begleitest.«

»Dachte ich mir.«

Atharu grinste. »Aber bitte keine Fragen mehr. Lass uns einfach einen Platz für unser Nachtlager finden, in Ordnung?«

»In Ordnung.«

»Morgen ist auch noch ein Tag.«

Bald hatten sie ihr Boot unter einer Trauerweide festgebunden und ihr Lager unter dem Dach einer mächtigen Buche aufgeschlagen. Ein kleines Feuer vertrieb die Dunkelheit.

Brandan hatte sich schon hingelegt, strich sanft über das Fell seines Frettchens und starrte ins Feuer. Atharu wollte vor dem Schlafen noch die Übungen machen, die Ondara ihn gelehrt hatte. Er lächelte, als ihm in den Sinn kam, was Brandan von Meditation hielt. Still da sitzen sei für ihn in Ordnung. Aber den Geist leeren und an nichts denken, sei absoluter Blödsinn. Eine Verschwendung von Zeit und Gabe, wie er sagte. Er hatte ja keine Ahnung, wie sehr es die Energie des Körpers bündeln oder befreien konnte.

Atharu atmete den Duft der glimmenden Kräuter ein und schloss die Augen. Die Flammen des Feuers blieben haften und tanzten auf der Innenseite seiner Lider weiter. Länger, als er es bisher kannte. Wärme durchzog seinen Körper. Die Handflächen wurden heiß. Saß er zu dicht am Feuer? *Nicht denken! Nur auf den Atem achten.* Ein – aus, ein – aus. In seinem Geist stiegen

Bilder auf. Feuer flackerte, Funken stoben hoch, seine Hände glühten; dann, ganz langsam, züngelte eine Flamme auf ihn zu. Strebte seiner Hand entgegen, wollte mit ihm spielen.

Ein plötzliches Geräusch holte Atharu zurück, er riss die Augen auf. Brandan saß da und hielt einen Zweig in der Hand.

»Entschuldige, ich dachte, ich hätte was gesehen. Und als ich mich aufgesetzt hab ...« Wie zur Bestätigung brach er den Zweig, das Geräusch wiederholte sich.

»Was hast du gesehen?« Atharu dachte an die feurigen Bilder seiner Meditation. Sein Freund wusste ja nicht, was er verpasste. »Alles in Ordnung?«

Brandan zögerte. »Ich denke schon.« Nachdenklich starrte er ins Feuer. »Wahrscheinlich sollte ich einfach schlafen.«

»War ein langer Tag, ich lege mich auch hin.« Atharu war von den Kräutern ein wenig betäubt. Trotzdem kontrollierte er, wie jeden Abend, ob sein Reisegürtel, in dem das Amulettbruchstück steckte, festsaß. Er nahm den Umhang, rollte ihn zu einem Kissen zusammen und holte die leichte Decke aus der Tasche. Zum Schutz gegen die Kühle der Nacht reichte sie.

Der Boden war durch die Wurzeln des Baumes hart und uneben. Nach zahllosen Versuchen, eine angenehme Schlafposition zu finden, entschied Atharu sich doch dafür, den Reisegürtel abzunehmen. »Schon besser«, seufzte er zufrieden und spürte, wie ihn der Schlummer überkam. Ein leises Rascheln im Unterholz drang noch in seinen Geist, doch es hatte nicht die Kraft, ihn aus dem Schlaf zu reißen.

Wilde Träume schüttelten ihn. Sein Geist mischte Reales und Unwirkliches. Es wurde kälter um ihn, kein Feuer wärmte ihn, Schnee und Eis überall, Schatten huschten durch die Dunkelheit, ein Schlag, ein dumpfes Geräusch, doch kein Schmerz.

Atharu fuhr aus dem Schlaf auf. Es war dunkel und still. Wie lange hatte er geschlafen? Nach den Sternen zu urteilen, konnte nicht viel Zeit vergangen sein. Aber warum war das Feuer aus? Angestrengt horchte er in die Nacht. Der Atem seines Freundes klang flach und verändert.

»Brandan?« Nur schemenhaft sah er ihn neben sich liegen. »Wach auf!« Atharu streckte die Hand aus und fühlte etwas Feuchtes – Blut! »Verdammt! Was ist passiert?« Er kniete sich neben Brandan, tastete nach der Wunde. »Ich brauche Licht!«

Hektisch suchte er nach der Tasche mit den Feuersteinen. Doch er fand nichts. Seine Kehle schnürte sich zu, wieder spürte er den Druck im Bauch. Den Knoten, der sich blähte wie ein Kadaver in der Sonne. *Nicht jetzt!* Er versuchte, den Schmerz zu ignorieren.

»Wo sind die Taschen? Bei den Seelen, es ist zu dunkel.« Immer verzweifelter suchte er die Umgebung ab. »Atharpazh – so hilf doch!«

Vielleicht war noch genug Glut da? Er stocherte in der Asche, doch nichts geschah. Wie sollte er Brandan helfen, ohne etwas zu sehen? Hilflos spürte er den Knoten anwachsen, den lähmenden Schmerz. Doch er würde sich ihm nicht ergeben. Unbändige Wut flammte in ihm auf und loderte durch seine Eingeweide.

Plötzlich zerbarst der Knoten und entließ pure Energie, die heiß in seine Brust strömte. Prickelnd bahnte sie sich ihren Weg durch den Körper, in die Arme, die Hände. Atharu starrte fassungslos auf seine Finger, die feuerrot glühten. Dann warf er die Arme nach vorn und Flammen schossen aus seinen Händen.

Pitu

11

Pitu steckte in einem Sack voller Bohnen, Staub kitzelte ihn in der Nase und er durfte keinen Mucks von sich geben. Klar, er war diesem Pelldor entkommen. Aber von stumpfsinnigen, womöglich brutalen Seemännern als blinder Passagier entdeckt zu werden, war auch keine verheißungsvolle Aussicht.

Plötzlich wurde rüde an dem Sack gezogen, in dem er steckte. Pitu schwante nichts Gutes. Er spürte eine Kante unter sich, einer der Männer schrie »Achtung!«, dann stürzte der Sack in die Tiefe. Der Aufprall war hart und Pitu konnte einen Schmerzenslaut nicht unterdrücken.

»Hast du was gesacht?« Eine raue und mürrische Stimme, glücklicherweise nicht direkt neben Pitu.

»Nee, wieso?« Diese viel jüngere Stimme klang dafür sehr nah. Pitu seufzte innerlich.

»Mir war, als hättst du gestöhnt, Junge.«

»Nee, das war ich nicht.«

»Also hast du auch was gehört?«

»Nee, wieso?«

»Weil du sachst, du hast nich gestöhnt.«

»Hab ich ja auch nicht.«

»Aber wer dann?« Der Ältere schien näherzukommen.

»Der Sack da unten.« *Nein, bitte nicht.*

»Velbert, willstu mich auf den Arm nehmen? Säcke können nich stöhnen.«

»Jo, da hast du recht, Rodger.«

»Also hastu doch gestöhnt.«

»Jo, denn muss ich das wohl gewesen sein.«

»Mann, Mann, Mann, du bist ganz schön dösig. Sieh bloß zu, dass du unter Deck bleibst und die Ladung verzurrst, während wir auslaufen. Und danach in die Kombüse und Erdknollen schälen.«

»Jo. Knollen zurren und Ladung verschälen.«

»Pass bloß auf!«

Pitu amüsierte sich. Der Junge hatte Humor. Doch der Ältere wirkte auch nicht wirklich böse. Er schien den Jungen zu mögen. Endlich entfernten sich die Schritte, eine Luke knarrte auf und die Befehle und Rufe an Deck klangen deutlich herein. Dann fiel die Tür ins Schloss und es wurde ruhig. Sehr ruhig. Kein einziger Laut war mehr zu hören. War der Junge mit hinaufgegangen? Oder gab es noch einen zweiten Laderaum?

Pitu fluchte innerlich. Was hatte ihn geritten, sich in einen Sack Bohnen zu zwängen, ohne dessen Bestimmungsort zu kennen? Immerhin hatten die Hülsenfrüchte seinen Aufprall gedämpft und rochen ganz angenehm. Es mussten Pelengo-Bohnen sein. Er konnte sich erinnern, einmal welche gegessen zu haben. Richtig zubereitet wurde aus den kleinen gelben Bohnen ein türkis-blauer Brei, der sehr süß schmeckte und heilende Kräfte besitzen sollte. In diesem Fall hatten die Bohnen auf jeden Fall Schlimmeres verhindert, schon bevor Heilung nötig war.

Dafür steckten sie jetzt überall. Im Hemd, in den Schuhen und der Hose. Pitu beschloss, die unscheinbaren Bohnen in Zukunft mehr zu würdigen. Aber fürs Erste musste er sich aus diesem Sack befreien. Angestrengt horchte er noch einmal nach einem Geräusch. Nichts. Erleichtert begann er, an der

Schnur zu friemeln, mit der er den Sack nach innen zugezogen hatte. Plötzlich wurde ihm ein stumpfer Gegenstand in die Seite getrieben.

»Ah!« Er stöhnte auf und verfluchte sich dafür.

»Noch weiß keiner, dass wir einen Gast an Bord haben. Wenn du willst, dass das so bleibt, solltest du ganz still liegen und mir sagen, wer du bist.«

Die Stimme des Jungen klang angenehm. *Keine 15 Sommer!* Wenn er nicht außergewöhnlich kräftig war, sollte er zu überwältigen sein.

»Mein Name ist Pitu.«

»Und was bist du?« War da ein leichtes Zittern in der Stimme? Sehr selbstsicher klang sie nicht. Eher jugendliche Neugier. Ein wenig schlicht, aber für Pitu vielleicht ein Verbündeter auf diesem Schiff. Also einen auf Freundschaft machen.

»Ich bin ein Mensch. Klein, jung und vollkommen harmlos.«

»Warum sollte ich dir glauben?«

»Weil ich sonst nicht in einem Sack voller Pelengo-Bohnen zu deinen Füßen liegen würde. Und wie ist dein Name?«

»Velbert.«

»Ein guter Name.« Pitu überlegte rasch, wie er weitermachen könnte. »Hör mal, du bist bewaffnet, kennst das Schiff und hast auf Zuruf eine ganze Mannschaft raubeiniger Seeleute an deiner Seite. Ich hingegen liege unbequem in einem Leinensack, bin allein, und wenn ich aus dem Sack rauskomme, hab ich nur ein paar Bohnen, um dich zu bewerfen. Meinst du, du kannst es riskieren, mich rauszulassen?«

»Ich denke schon.« Die Stimme klang zögerlich, trotzdem fuhr Pitu fort, an der Schnur zu fummeln.

»Au!« Wieder ein Stoß, aber weniger hart diesmal.

»Vielleicht rufe ich lieber doch jemanden. Für alle Fälle.«

Pitu seufzte innerlich. »Wenn du das gewollt hättest, wäre schon längst jemand hier. Du hast dir doch was dabei gedacht, als du dem anderen nichts gesagt hast.« Pitu schnaubte kurz, als sich eine Bohne in seine Nase verirrte, und musste niesen. »Entweder du meldest mich, dann hilfst du weder mir noch dir, denn Dank ist Geistesgold und das kannst du bei hart gesottenen Seeleuten wohl kaum erwarten.

Oder du hilfst mir und gewinnst einen Freund fürs Leben. Im ersten Fall entgehen dir meine Erlebnisse, von denen ich dir erzählen könnte, im zweiten hast du jemanden, der deinen Geschichten lauscht, und bekommst meine noch obendrauf.«

»Hä?«

Gut, die Rede war etwas lang, aber eigentlich doch ganz klar. Dann eben in Kurzform: »Ich brauch einen Freund und du vielleicht auch! Bitte! Bitte befreie mich aus diesem Bohnensack. Es drückt und kribbelt überall!« Kam dieser bettelnde Unterton tatsächlich aus seinem Mund? Dem eines Überlebenskünstlers der Straße? *Haltung bewahren, Pitu!* Was war das jetzt für ein Geräusch? Lachte dieses Bürschchen etwa? »Was gibt es da zu lachen?«

»Ich ... ähm ... ich lache gar nicht. Ich stellte mir nur gerade einen Feind vor, dem Bohnen aus den Ohren wachsen.« Er räusperte sich. »Also komm schon aus dem Sack, dann können wir uns kennenlernen.«

»Atharpazh sei mit dir, Vel... äh, Vel-dings.« Pitu strampelte sich aus dem Sack und schüttelte die Bohnen aus den Haaren.

»Vel-bert.«

»Wie? Ach ja. Freut mich, deine Bekanntschaft zu machen.«

»Gleichfalls. Aber bevor wir uns kennenlernen, sollten wir ein Versteck für dich finden. Rodger wird den Laderaum heute sicher noch überprüfen.«

»In Ordnung.« Pitu begann sich auszuziehen.

»Äh, was wird das denn jetzt?«

»Entschuldige, aber die Bohnen sind überall und reichlich lästig. Insbesondere zwischen den Backen. Und ich meine nicht, dass ich welche gegessen hätte.«

Der Schiffsjunge lachte. »Verstehe schon. Befrei du dich von den Bohnen. Ich verzurre die Ladung.«

Nachdem Pitu sich wieder angezogen hatte, half er Velbert beim Verzurren der Ladung und fegte die »Pitu-Bohnen« zusammen. Beide beschlossen schon mal vorsichtshalber, auf dieser Fahrt keine Bohnen zu essen. Das Zusammenfegen gestaltete sich schwierig. Offenbar hatten sie den Hafen bereits hinter sich gelassen, die Bohnen kullerten ständig hin und her. Aber was tat man nicht alles, um einen auf Freund zu machen.

»Und wohin jetzt?« Pitu sah sich um, als die Pelengos endlich eingesackt waren.

»Gar nicht so einfach. Rodger ist immer sehr gründlich bei seiner Kontrolle.«

»Stimmt!«, donnerte eine tiefe Stimme.

Unwillkürlich zuckte Pitu zusammen und drehte sich um. Das unrasierte Ungetüm in der Tür musste Rodger sein.

»Velbert! Was geht hier vor? Wer ist dieser Zwerg?«

Pitu stand sprachlos da und konnte es nicht fassen. Ein Ungemach jagte das nächste. Konnte er nicht einfach aufwachen und alles wäre nur ein böser Traum? Morgens war er noch in seiner gewohnten Welt gewesen, hatte sein Frühstück gestohlen und das Leben im Griff gehabt. Nun ja, vielleicht nicht ganz. Die Sache mit den Marktbeschickern war eher ungeplant gewesen. Aber zumindest nicht ungewöhnlich. Alles hatte mit der alten Vettel am Brunnen angefangen. Und was kam jetzt? Würde er einfach über Bord geworfen oder am höchsten Mast aufgebaumelt?

»Das ist Pitu, mein ... Vetter.«

Pitu erstarrte und rang um Fassung. Der Kleine kannte ihn überhaupt nicht. Und doch nahm er ihn in Schutz?

»Die Grünhaut? Eher ein Urda, aber kein Vetter von dir.«

»Ein ... äh ... entfernter Vetter. Es fing damit an, dass mein Großvater seine Schwester einst mit auf Fahrt genommen hatte. Ich hab dir doch schon von meinem Großvater erzählt? Er war Kapitän ...«

»Ja, ja. Wie dem auch sei. Dein Vetter hat an Bord nichts zu suchen. Oder weiß der Käpt'n davon?«

»Wir hatten doch kein Geld, und da dachte ich, er könnte so mitkommen. Er ist doch nur klein und isst auch nicht viel.«

Pitu blickte verblüfft von einem zum anderen. Was passierte hier?

»Der fällt doch gar nicht ins Gewicht. Ich hab gedacht, wenn ich ihn gut verstecke ...«

»Hör auf zu sabbeln. Reden wie ein Wasserfall, aber keine Traute, den Käpt'n zu fragen? Jammerlappen!«

So langsam, fand Pitu, musste er sich auch mal zu Wort melden. Der Knabe konnte doch nicht alles auf seine Kappe nehmen. »Darf ich was sagen? Der Vel – äh – Vetter konnte gar nichts dafür ...«

»Halt die Klappe. Ihr seid jetzt beide still. Ich bring euch zum Käpt'n. Er entscheidet, was passiert.«

Pitu fügte sich. In dieser Situation galt es, Ruhe zu bewahren und möglichst unschuldig zu wirken. An Flucht war nicht zu denken. Immerhin hatte er einen Fürsprecher, und das war doch schon was. Auch wenn der gerade selbst in Ungnade gefallen war.

Rodger führte sie an Deck und dann zum Heck. Neben dem Steuermann stand ein Mann in blauem Mantel an der Reling und blickte zur Küste.

»Käpt'n. Wir haben hier ein ›kleines‹ Problem.«

Der Kapitän blickte sich zu Rodger um. Dann sah er Pitu. »Sieh mal einer an.«

Am Liebsten hätte Pitu sich in Luft aufgelöst. Ausgerechnet der Kapitän, der mit dem Hauptmann seinen Fehltritt beobachtet hatte. Hätte er nicht eines der beiden anderen Schiffe befehligen können?

»Was machst du auf meinem Schiff?«

»Ich bin der Vetter von ... äh ... meinem Vetter.« Er musste unbedingt etwas gegen sein schlechtes Namensgedächtnis tun.

Die Stirn des Kapitäns runzelte sich unwillig.

»Von mir, Kapitän.« Der Schiffsjunge sprang wieder helfend ein. »Verzeiht mir. Es war eine dumme Idee und noch dümmer, nicht zu Euch zu kommen. Aber wir hatten nicht genug Münzen, um die Überfahrt zu bezahlen. Und er muss unbedingt zu seiner Mutter nach Myxa. Und wir werden dort doch anlegen, um Vorräte aufzunehmen. Und dann kann er dort wieder von Bord gehen. Bitte seid nicht zornig auf uns. Wir meinten es nicht böse.«

Pitu bewunderte die Fantasie des Jungen und machte sich nebenbei damit vertraut, dass er ab heute eine Mutter in Myxa hatte. Ihm war noch nicht klar, warum er diese unbedingt besuchen musste, aber wichtig war ja auch nur, heil aus dieser Situation herauszukommen. Die schroffe Stimme des Kapitäns holte ihn aus seinen Gedanken zurück.

»Ich dulde keinen Ungehorsam. Und ich kann mir keine Almosen leisten. Dein Vetter wird keine Extra-Rationen erhalten. Du wirst dein Essen mit ihm teilen. Außerdem seid ihr bis zum Ende der Reise für die Goldeimer der Besatzung zuständig. Ihr werdet das Deck schrubben und den Männern auch sonst behilflich sein, wenn ihr gefragt werdet. Ist das klar?«

Die Goldeimer? Waren das nicht die Kübel, in die die Matrosen ihre Notdurft verrichteten? Pitu schluckte seine Verwünschungen herunter und nickte. Er hatte sie im wahrsten Sinne des Wortes in die Scheiße getrieben.

Selana

12

Das Messer blitzte in der Sonne. Selana sah Osses irres Grinsen und schloss die Augen. *Das soll das Ende sein? Im Dreck liegend unter diesem Widerling?* Zorn und Trotz flammten in ihr auf. Mit einem Ruck riss sie ihren Arm aus der Umklammerung und hielt sein Handgelenk. Doch die Klinge näherte sich, langsam, unaufhaltsam. Selana bot alle Kraft auf. Ihr Arm zitterte vor Anstrengung. Der Druck in ihrem Unterleib verstärkte sich plötzlich und das Messer verharrte. Von Osses Stirn tropfte Schweiß auf ihr Gesicht. Das irre Funkeln in seinen Augen bekam einen fragenden Ausdruck. Sie spürte, wie der Druck einem kühlen Strom wich, der ihren ganzen Körper durchzog. Neue Kraft strömte in ihre Arme. Konnte sie es doch schaffen? Gegen seine Kraft und sein Gewicht?

Jäh nahm sie eine Bewegung wahr, dann ein dumpfes Geräusch. Mit einem Stöhnen sackte Osse über ihr zusammen. Selana keuchte. Der kühle Strom in ihrem Inneren riss ab und ließ nur einen leichten Druck zurück. Was war geschehen?

»Selana! Halt durch, ich komme!« Arias Stimme. War ihre Freundin die Rettung gewesen?

Selana erwachte aus der Erstarrung und mühte sich unter dem schweren Körper hervor. »Keinen Moment zu früh«, ächzte sie, als Aria angelaufen kam und ihr auf die Beine half.

»Das Taubenwerfen hat sich ausgezahlt. Ich treffe ein Ziel auf 80 Fuß mit jedem kleinen Stein.« Aria versuchte ein Lächeln, doch sie klang abgehetzt, und das Entsetzen war ihr deutlich ins Gesicht geschrieben. Sie umarmten sich, aber ein Blick auf Osse brachte die Angst und den Ekel so abrupt zurück, dass Selana die Nähe nicht ertragen konnte und sich entzog.

Korrel kam angelaufen. Sofort drehte Selana sich weg und brachte voller Scham ihre Kleidung in Ordnung.

»Aria! Bist du wahnsinnig?« Grob stieß er die beiden zur Seite und kniete sich zu Osse.

»Nein, ich nicht. Aber dein Freund Osse. Sieh nur, wie er sie zugerichtet hat.«

Erst jetzt nahm Selana den Schmerz wieder wahr und betastete vorsichtig ihr blutiges, geschwollenes Gesicht.

Korrel warf ihr einen mitleidlosen Blick zu und herrschte seine Halbschwester an: »Sieh zu, dass du ihr hilfst, sich frisch zu machen. In diesem Zustand kann sie nicht zum Treck zurück. Ich kümmere mich um Osse. Wir sprechen später darüber.« Seine Wut war unverkennbar.

Die beiden wandten sich ab, Aria hakte Selana unter. Als sie ein paar Schritte gegangen waren, hörten sie, wie Osse stöhnend wieder zu sich kam. Unwillkürlich liefen sie schneller.

Erst als sie außer Hörweite waren, traute Selana sich zu fragen. »Wo wart ihr? Ich habe keinen von euch gesehen.«

»Es ist meine Schuld. Ich hab mich von Korrel ablenken lassen. Zuerst redete er davon, jemanden auf dem Karren mitzunehmen, gegen Münzen, versteht sich, und ob ich nicht nach einem alten Mütterchen suchen könne, für das der Weg zu mühsam sei.«

»Und was hast du gesagt?«

»Dass ich gerne suche, aber unsere Hilfe natürlich umsonst anbieten würde. Was glaubt er, wer er ist, die Not anderer auszunutzen?«

»Und dann?«

»Nachdem er mir einen Vortrag gehalten hat, was eine Schiffspassage kosten würde, bla bla, warst du schon auf dem

Hof verschwunden. Korrel meinte, du würdest allein zurechtkommen und wir sollten lieber Osse helfen, den Karren ein Stück weiter unter die Bäume zu bringen.« Sie sah Selana verlegen an. »Du musst entschuldigen. Ich dachte, wenn Korrel und Osse mit mir beim Karren sind, kann nichts geschehen.«

Selana glaubte ihr. Und doch fielen ihr die nächsten Worte schwer. »Mach dir keine Vorwürfe. Schließlich bist du rechtzeitig hier gewesen!«

»Ich war so erschöpft. Nachdem Korrel und Osse die Plane gespannt und sich hingelegt hatten, hab ich mich gesetzt und nur ein wenig ans Karrenrad gelehnt.« Beschwörend sah sie Selana an. »Ich hätte es mir nie verziehen, wenn er dich ...« Die Worte blieben unausgesprochen, aber die Angst, die von ihnen ausging, war spürbar und ließ das Gespräch verstummen.

Am Karren angekommen, holte Aria saubere Tücher, und sie gingen zu einem Bach, der das naheliegende Feld begrenzte. Aria half ihr vorsichtig, das Gesicht vom Blut zu reinigen, und kühlte die geschwollene Nase. Selana biss die Zähne zusammen. Aber der Schmerz drängte die Gefühle der Ohnmacht und Scham in den Hintergrund. Ihre Gedanken wurden mit einem Mal klar und ein Entschluss formte sich.

»Es geht so nicht weiter, Aria. Es ist nur eine Frage der Zeit, wann Osse wieder über mich herfällt. Ich bleib nicht bei euch.« Sie schrie auf, als ihre Freundin das Tuch zu fest aufdrückte.

»Oje, entschuldige.« Schnell nahm Aria das Tuch weg und sah sie besorgt an. »Ohne dich halt ich es auch nicht mehr aus.«

»Du hast doch noch deinen Halbbruder.«

»Die Bruderherz-Geschichte zieht nicht mehr. Außerdem ist auch er nichts anderes als ein schmutziges Ungeheuer.« Aria spuckte aus.

Alarmiert sah Selana ihre Freundin an. »Was ist passiert?«

»Eigentlich wollt ich es nicht erzählen.« Sie senkte den Blick.

»Nun komm schon, sag es einfach.«

»Also gut. Auf dem Weg zurück zum Karren meinte er, ich soll nicht ständig an dir kleben. Wenn ich dich unbedingt vor Osse schützen wollte, sollte ich eben selbst dafür sorgen, dass er mal ›etwas Druck abbauen‹ könnte.«

»Wie hat er das denn ...? Doch nicht ...?«

»Er hat mir mit seiner schmierigen Hand in die Wange gekniffen und mir ins Gesicht gesäuselt, ich sei ja auch nicht hässlich. Und ich könnte nicht ewig unberührt bleiben.«

»Dieser Mistkerl!« Selana fühlte Wut in sich aufsteigen, einen zunehmenden Druck in ihrem Inneren, der sich wieder zu einem Knoten verhärtete. Unbewusst hielt sie die Hände auf den Bauch. Sie erinnerte sich an dieses Gefühl, aber es war nie so deutlich gewesen wie heute. Kein Schmerz, unangenehm nur, weil sie es nicht einordnen konnte. Die Ursache war ihr schleierhaft. Für einen kurzen Moment musste sie an den angenehmen, kühlen Strom denken, der das Bauchgefühl abgelöst hatte. Oder wie war das gewesen?

»Selana?«

»Was?«

»Du gucktest plötzlich so abwesend. Alles in Ordnung?«

»Ich weiß nicht«, entgegnete sie nachdenklich, schüttelte die Gedanken aber ab. »Ich bin mir sicher, dass wir den Zug verlassen müssen. Willst du mitkommen?«

Aria nickte verhalten, dann überzeugter. Die beiden lächelten, und Selana fühlte wieder diese angenehme Verbundenheit vom Tag ihres Kennenlernens.

Nachdem ihre Freundin sie versorgt hatte, gingen sie zurück zum Karren, wo Korrel und Osse bereits warteten. Osse war äußerlich mit einer Schwellung und einer derben Schramme an der Schläfe davongekommen. Doch Selana fürchtete, dass in seinem Inneren Dämme durchbrochen waren, die ihn und andere nie wieder vor den Auswirkungen seines kranken Geistes schützen würden.

Sie selbst würde durch die Verletzungen, die sie davongetragen hatte, immer an diesen Tag erinnert. Die Wunde an der linken Braue würde eine Narbe zurücklassen. Und ihre Nase, die Aria zu richten versucht hatte, behielt vielleicht eine leichte Krümmung. Doch sonderbarerweise fühlte Selana sich gut. Sie war gestärkt durch die Freundschaft zu Aria und durch die Ahnung, dass ihrem Bauchgefühl etwas Gutes innewohnte.

Nachdem die vier Abringarth umrundet hatten, schlossen sie sich dem Treck wieder an. Sie hatten tatsächlich Boden gut gemacht und waren der Spitze des Zuges viel näher. Doch auch hier war die Straße in schlechtem Zustand. Der Regen fiel unablässig und füllte die tiefen Spuren der Karren mit Wasser. An manchen Stellen war es so morastig, dass sie Hilfe brauchten, um den Karren überhaupt zu bewegen. Wann würde der Regen endlich aufhören?

Die kurzen Ruhepausen reichten nicht aus, um die Nässe aus der Kleidung zu vertreiben. Aber es gab kleine Momente, in denen Selana und Aria ihre Flucht planen konnten. Beide waren sich einig, dass sie den Treck noch in der kommenden Nacht verlassen würden. Je eher sie Osse loswurden, umso besser. Als sie am Abend mit den Männern das Lager aufschlugen, hatten sie einen groben Plan. Der müsste reichen.

Tagsüber hatten sie sich geschont, wo es möglich war, damit sie Kraft für ihre nächtliche Flucht hätten. Sie hatten den Karren nur noch wenig geschoben, gleichzeitig aber für vier gestöhnt. Korrel und Osse sollten von der Plackerei am liebsten tot umfallen, zumindest aber todmüde werden. Trotzdem war sich Selana nicht sicher, ob sie die ganze Nacht hindurch laufen konnten. Doch wie sollten sie sonst entkommen? Keine von beiden konnte einschätzen, ob die Männer sie suchen oder einfach weiterziehen würden.

Außerdem hatten die Frauen, immer wenn die Männer in den Rastpausen für ihre Notdurft verschwunden waren, die Taschen und Bündel auf dem Karren so umgepackt, dass sie des Nachts mit zwei Handgriffen abmarschbereit wären.

Die schwierigste Frage war, wohin sie fliehen sollten. Selana und ihre Freundin wussten, dass sie nicht mehr den geplanten Weg nach Idomark gehen konnten, dort würden sie sofort gefunden. Außerdem wären Korrel und Osse die ganze Zeit auf derselben Straße hinter ihnen. Nein, sie mussten den Weg über die Hochebene Abrinor einschlagen. Denn die Wüste Idoteh zogen sie gar nicht erst in Betracht.

Aria wusste von den Karten ihres Vaters, dass über die Hochebene eine Handelsroute Richtung Tyklahr verlief. Diesen Weg wollten sie nehmen.

Nachdem das Nachtlager errichtet war, bereiteten die Frauen den Männern ein reichhaltiges Essen und mischten den Wein mit weniger Wasser als gewöhnlich. Satt schlief es sich schneller und der Alkohol täte das Übrige.

Als die Männer schläfrig wurden, legten sich auch Selana und Aria auf ihr Lager. Alles sollte wie gewohnt sein. Am Nachmittag noch hatten die beiden Frauen Sorge gehabt, dass sie vielleicht wirklich einschlafen und ihre eigene Flucht verpassen könnten. Doch Selanas Herz pochte jetzt so laut in ihrer Brust, dass sie das Gefühl hatte, niemand in der Nähe könnte Schlaf finden.

Korrel und Osse schnarchten. Anscheinend ging der Plan auf. Selana horchte auf die Menschen, die in unmittelbarer Nähe neben ihnen schliefen. Aber der Regen, der seit einigen Stunden wieder auf die Plane prasselte, machte es fast unmöglich, Genaueres zu hören. Gerade wollte sie aufstehen, als Aria ihren Arm packte. Selana spähte in die Dunkelheit. Ein Stück weiter war ein Mann aufgestanden, um sich an einem Busch zu erleichtern.

Sofort war die Erinnerung an Osse da, das Klimpern seiner Gürtelschnalle, kurz bevor er sich auf sie stürzte. Nein, sie durfte nicht daran denken. Sie schüttelte den Kopf, schob die grauenhafte Erinnerung beiseite und sperrte sie in eine dunkle Ecke ihres Kopfes. Sie würden das hinter sich lassen und alles würde leichter. Arias Griff ließ nach, als der Mann sich wieder hinlegte und die Decke über den Kopf zog. Einen langen Moment noch, dann standen sie auf, nahmen ihre Umhänge und griffen ihre Bündel.

Die vereinzelten Feuer brachten kaum Licht, die Erde war nass und glitschig. Jetzt bloß nicht auf jemanden treten oder gegen etwas laufen. Aria stolperte, Selana konnte sie gerade noch auffangen. Leise durchquerten sie das Lager bis zum Ende des Zuges und folgten dem Weg zurück nach Abringarth. Selana zog ihren Umhang eng um sich. Durch die Kälte der Nacht war der Regen noch unangenehmer. Aber er würde ihre Spuren verwischen. Bei Anbruch des Tages wären im Treck so viele Menschen auf den Beinen, dass an eine Verfolgung nicht zu denken wäre.

Ihr Marsch war beschwerlicher, als sie erwartet hatten. Immer wieder rutschte eine von ihnen im Schlamm aus, durch den Regen und die Dunkelheit konnten sie kaum die Straße erkennen, oder das, was davon übrig war. Anfangs hatten sie ein wenig geschwatzt, sich ihre Zukunft in bunten Farben ausgemalt und damit ihr Unbehagen verdrängt. Doch dann nahm die Anstrengung des Marsches sie in Anspruch, es wurde zu einem stummen Kampf. Schritt für Schritt mühten sie sich durch die Nacht, und beklemmende Gedanken krochen Selana unter die Haut wie Asseln unter einen Stein.

Eigentlich hatten sie bis zum Morgen in Abringarth sein wollen. Doch als es dämmerte, waren keine Häuser zu sehen. Hungrig und erschöpft suchten sie einen Platz zum Rasten.

»Atharpazh sei Dank, dort!« Aria zog Selana von der Straße. »Schau, ich glaube, das ist ein Jothosbaum. Dort können wir uns für ein paar Stunden ausruhen.«

»Was ist ein Jothosbaum? Sollten wir nicht nach einem Stall oder Verschlag suchen? Ein Dach wäre mir lieber.«

»Nicht, nachdem du unter einem Jothosbaum geschlafen hast. Als Kinder haben wir manchmal drunter gespielt, wenn wir mit Mutter auf dem Land ...« Aria brach ab. Als Selana ihre Freundin darauf ansprechen wollte, schüttelte diese kurz den Kopf und nahm den Satz wieder auf. »... wenn wir auf dem Land waren, um als Erntehelfer Münzen für den Winter zu verdienen. Wir haben sie Elfenschirme genannt. Es bleibt unter ihnen immer trocken, egal, wie stark es stürmt und regnet.«

Aria zog Selana unter das Blätterdach. Tatsächlich war es dort trocken und der Boden angenehm weich. Selana konnte ihr Glück kaum fassen. Sie würden gut schlafen und ausgeruht weiterreisen können.

»Es riecht angenehm«, meinte Selana.

»Nach Kuchen, findest du nicht?« Arias Stimmung hellte sich auf. »Mutter sagte damals, es käme von den ledrigen Blättern. Sie fallen unter den Baum, zersetzen sich ganz langsam und geben dabei diesen Geruch ab.«

»Und es ist – warm?« Verblüfft tastete Selana mit den Händen den laubbedeckten Boden ab.

»Auch von den Blättern.«

»Wachsen in dieser Gegend viele dieser Bäume?«

»Sie sind selten, nur wenn man Glück hat, entdeckt man sie. Bei Licht wirst du sehen, warum. Sie sind niedrig und unscheinbar. Häufig hält man sie für normales Buschwerk.«

»Und wie hast du diesen im Dunkeln entdeckt?«

»Nur weil es schon dämmerte. Die Jothosbäume lassen kein Licht durch. Ein tiefer Schatten, schwärzer als die Nacht, kann nur ein dunkles magisches Geschöpf oder ein Jothosbaum sein. Warte, es gibt noch einen Trick; ich hoffe, der funktioniert auch bei diesem hier. Pass mal auf.«

Aria gab fiepende Geräusche von sich. Winzige Punkte leuchteten auf, bis plötzlich ein grünes Schimmern durch alle Zweige ging. Selana blickte fasziniert ins Blätterdach. Das schwache Leuchten kam von winzigen Käfern, die auf den Zweigen krabbelten. Unter ihren Flügelpanzern strahlten sie grün.

»Lillibells«, stellte Aria sachlich fest.

Selana hatte von ihnen gehört. Kleinen Kindern wurden zum Einschlafen gern Geschichten über Lillibells erzählt, damit sie keine schlechten Träume hatten. Auch ihre alte Momm hatte das getan.

»Ich bin völlig fertig.« Aria gähnte herzhaft. »Erst schlafen, dann essen, in Ordnung?«

Die beiden breiteten ihre nassen Mäntel und Kleider auf dem warmen Boden aus und wickelten sich in ihre Decken.

Kurz bevor Selana einschlief, ging ihr noch eine Frage durch den Kopf. »Aria? Was meintest du eigentlich mit dem ›dunklen magischen Geschöpf‹?«

Doch ihre Freundin schlief bereits.

Atharu

13

Es kam aus seinen Händen. Gebannt starrte Atharu auf die Flammen. Er spürte sie pulsierend aus seinen Fingern fahren. Dann zuckte er zurück. Sein Atem ging schnell, sein Puls raste. Vor ihm war das Lagerfeuer wieder entfacht. Das konnte nicht ... Fassungslos starrte er ins Feuer, das nun friedlich vor sich hinprasselte, während die Glut in seinen Händen verblasste. Schweiß trat ihm auf die Stirn. Seine Finger waren unversehrt. Ungläubig versuchte er, die Gedanken zu sortieren.

Dann hörte er Brandan stöhnen. Mit einem Kopfschütteln löste er sich von dem Unglaublichen und wandte sich seinem Freund zu. Im Licht der Flammen sah er das Blut am Kopf des jungen Tangora. Und ein Stück weiter eine der Taschen. Mit einem Satz war er dort, kramte ein Tuch und eine Fellflasche hervor und kniete sich neben seinen Freund.

»Brandan, um der Seelen willen, wach auf!« Gewissenhaft reinigte er die Wunde an dessen Kopf und stellte erleichtert fest, dass es sich nur um eine kleine Platzwunde handelte. Während er ein paar getrocknete Blätter aus seinem Kräuterbeutel nahm und einen Verband anlegte, kam Brandan zu sich.

»Was ist ... aah!« Er wollte sich aufsetzen, hielt jedoch mit verkniffenen Augen inne.

»Bleib ruhig. Ich bin gleich mit dem Verband fertig, dann kannst du meinetwegen wieder herumspringen.«

»Ehrlich gesagt ...«, Brandan verzog das Gesicht, »... ist mir gerade nicht nach Springen zumute. Was ist passiert?«

»Das wollte ich dich fragen. Ich habe nämlich verschlafen, was immer passiert ist.«

»Oh. Na ja, ich wohl auch. Zumindest den Rest von dem, was passiert ist.« Brandan setzte sich vorsichtig auf und prüfte, ob sonst alles heil geblieben war.

»Und der Anfang? Nun erzähl schon.«

»Den Anfang hab ich auch nicht ganz mitbekommen. Als ich aufwachte, waren sie schon da.« Er befühlte den Verband und blickte sich um. »Fehlt was? Haben sie was gestohlen?«

»Brandan! Wer denn? Erzähl endlich.« Atharu konnte es nicht fassen. Doch dann sah er seinen Freund grinsen.

»Na hör mal, ich bin gerade erst von den Toten erwacht, da werd ich's doch wohl etwas spannend machen dürfen.«

»Wenn du es noch spannender machst, schicke ich dich zu den Toten zurück.« Atharu hob drohend eine Faust, musste aber grinsen. Er freute sich, dass es seinem Freund gut ging, und merkte, wie die Anspannung nachließ.

Brandan blickte sich suchend um. »Hast du Jiga gesehen?« Er pfiff nach ihr. »Typisch, anstatt uns zu verteidigen und die Angreifer zu verjagen, schlägt sich meine Kleine ganz allein die Nacht um die Ohren.«

»Du und deine Frauengeschichten.« Atharu lächelte. »Aber nun erzähl erst einmal, was genau passiert ist.«

»Als ich aufgewacht bin, waren drei dunkle Gestalten dabei, unsere Taschen zu durchwühlen. Ich wollte aufspringen und dich warnen, aber da bekam ich einen Schlag versetzt und das war's.«

»Das war's?«

»Ja.«

»Nicht gerade viel ...» Atharu versuchte, sich einen Reim darauf zu machen. »Die drei waren anscheinend sehr selbstsicher, wenn sie hier einfach so ins Lager spazierten.«

»Es müssen mindestens vier gewesen sein. Ich hab nur drei gesehen. Aber von denen hat mir keiner den Schlag versetzt.«

»Meinst du, es waren einfache Diebe?«

»Diebe – oder ...« Brandan überlegte. »Oder vielleicht Gellwicks.«

»Gellwicks?« Atharu versuchte, sich zu erinnern. Gehört hatte er den Begriff schon mal.

»Sie sahen ziemlich heruntergekommen aus, und soweit ich sehen konnte, benutzten sie eine Art Zeichensprache, während sie die Taschen durchsuchten. Ich weiß nicht viel über Gellwicks, nur dass es Ausgestoßene sind, die nicht sprechen. Das könnte also passen.« Brandan betastete noch einmal vorsichtig seinen Verband und fuhr dann fort: »Außerdem haben sie gestunken. Als wenn sie sich seit Wochen nicht gewaschen hätten.« Er verzog das Gesicht.

»Dann waren unsere nächtlichen Besucher also nur Verbannte. Menschen, die sich keinen besseren Rat wissen, als andere zu bestehlen. Damit kann ich leben. Auch wenn unser Brot weg ist, werden wir schon nicht verhungern.«

»Hm«, sein Freund zögerte. »Irgendwas hab ich mal über Gellwicks gehört. Mit Brot hatte das nichts zu tun. Aber ich kann mich beim besten Willen nicht erinnern.« Er setzte sich auf und ließ den Blick schweifen. »Egal. Was können sie schon bei uns gesucht haben? Fehlt überhaupt was?«

Mit einem Mal sprang Atharu auf und begann hektisch zu suchen. Erst um den Schlafplatz herum, dann im größeren Umkreis. »Der Reisegürtel ist weg. Das Medaillonbruchstück!«

Nun kam auch Brandan auf die Beine und suchte ebenfalls im Lager umher. »Diese elenden Stinker.«

Sie drehten jeden Stein und jeden Stock um, doch schnell war klar, dass der Reisegürtel fort war. Erschöpft setzten sie sich ans Feuer und starrten in die Flammen.

»Wenn es hell wird, machen wir uns auf die Suche. Ich bin ein Jäger, Atharu. Du weißt, ich bin gut in solchen Dingen.«

Atharu sah seinen Freund an. Die Tangorajäger waren ausgezeichnete Fährtenleser. »Das weiß ich. Aber können wir mit vier oder womöglich mehr Gellwicks allein fertig werden? Und wie viel Zeit wird es uns kosten?«

»Ich hab keine Ahnung. Aber wir können auf keinen Fall wieder zurück, um Hilfe zu holen. Mal abgesehen davon, was Teehl dazu sagen würde: ›Oh, wie schön, euch zu sehen. Ihr könnt gern ein paar Leute mitnehmen, wenn ihr wollt. Unsere Jäger haben eh Langeweile.‹«

Sein Freund verlor einfach nie den Humor. Aber Atharu selbst war alles andere als zum Lachen zumute. Er raufte sich die Haare. Ondaras Vermächtnis, sein Auftrag. Wie sollte er das diesem Quendus beibringen?

»Überleg doch, Atharu, stromaufwärts würde es Tage dauern, nach Tangris zurückzukehren.«

Atharu nickte und kreiste ziellos ums Feuer. In seinem Kopf nahm ein Plan Gestalt an, aber war der richtig? »Du hast recht. Dann also stromabwärts. Wenn das Bruchstück so wichtig ist, dass ich es nach Gelder bringen soll, kann nur das der rechte Weg sein. Vielleicht vermag Quendus zu helfen.«

»Und wenn wir die Fährte der Gellwicks später nicht wiederfinden? Nach Gelder sind es sicher noch zwei Tage. Das macht schon mindestens vier! Mit jedem Tag wird die Spurensuche schwerer.«

»Überleg doch, Brandan! Vielleicht weiß Teehl auch von Quendus! Wenn er seine Pläne verbissen weiterverfolgt, *mich* verfolgt, darf er auf keinen Fall vor mir in Gelder sein!«

Sein Freund schaute ihn mit großen Augen an. »Du hast recht. Daran hab ich gar nicht gedacht. Aber das Bruchstück ist zu wichtig, um es seinem Schicksal zu überlassen, oder?«

Atharu sah ihm in die Augen und schluckte. Es gefiel ihm nicht, doch er wusste keinen anderen Rat. »Wir werden nicht zusammen nach Gelder gehen. Wir müssen uns trennen.«

Erstaunt neigte Brandan den Kopf zur Seite, eine Falte trat zwischen seine Brauen. Er wollte etwas erwidern, aber Atharu kam ihm zuvor.

»Du hast völlig recht. Die Spur muss aufgenommen werden, solange sie frisch ist. Deshalb werde ich allein Hilfe holen müssen.«

»Ich habe recht? Aber ...«

»Ja, es war richtig, mich zu erinnern, dass du von uns der Jäger bist. Und ja, du bist gut darin, Fährten zu lesen, und wirst diesem Diebesgesindel auf die Schliche kommen. Und wenn es zu viele Gellwicks sind, wartest du einfach, bis ich mit Hilfe zurück bin.«

»Aber ...«, Brandan schüttelte ungläubig den Kopf, »aber, das habe ich doch gar nicht gesagt. Oder doch?«

»Aber gemeint. Ich danke dir. Ich weiß, für dich ist es gefährlicher als für mich. Es fällt mir schwer, dich allein zu lassen.«

»Als ob ich ein Problem hätte, allein zurechtzukommen. Darüber mach dir mal keine Sorgen.«

»Genau, wenn jemand das schaffen kann, dann du.«

»Eben.«

»Eben!« Atharu war nicht ganz wohl in seiner Haut. Er wollte seinen Freund nicht übertölpeln. Doch er wusste, wie stur Brandan sein konnte und dass er Atharu ungern allein weiterreisen ließe.

Beide hatten sich wieder dem Feuer zugewandt und hingen ihren Gedanken nach. Dann unterbrach Brandan die Stille. »Wenn du nur Magie beherrschen würdest. Diese Kraft, von der Ondara sprach. Alles wäre viel einfacher.«

Atharu warf seinem Freund einen Blick zu und starrte wieder ins Feuer. Die Ereignisse hatten sich überschlagen, er war nicht mehr sicher, was wirklich geschehen war. Er sah auf seine Hände und spreizte die Finger. Waren die Flammen wirklich daraus hervorgeschossen? Die Finger kribbelten, als er sie in Richtung des Feuers streckte. Züngelten die Flammen ihnen entgegen? Wirkte es nicht gerade so, als wollten sie sich neu ausrichten? Was könnte er alles tun, wenn es tatsächlich so wäre? Wenn er durch bloße Konzentration den Flammen Befehle, eine Richtung, ja sogar eine Form geben könnte.

Er sammelte sich und konzentrierte sich auf ein inneres Bild. In den Flammen regte sich etwas, vage und kaum merklich. Das Bild in seinem Kopf nahm Gestalt an. Weite Flügel glitten anmutig durch seinen Geist. Atharu konzentrierte sich, und vor seinem inneren Auge flog ein Rotmilan auf ihn zu. Schon als Kind hatte er diese Greifvögel bewundert. Vielleicht schlummerte auch in ihm ein Jäger?

Dann bewegte sich etwas im Feuer, das kompakter war als Flammen. Brandan gab einen erschrockenen Laut von sich und sprang auf, Atharu fuhr zusammen und zuckte mit den Armen zurück. Die Form verschwand, das Feuer prasselte vor sich hin, als ob nie etwas gewesen wäre.

Brandan keuchte aufgeregt. »Hast du es auch gesehen? Da war was im Feuer. Die Flammen haben sich bewegt, es war, als ob sie sich vom Feuer lösen wollten, um etwas Neues zu formen. Ich bin mir sicher, also zumindest fast. Ich bin doch nicht verrückt, oder?«

Wenn Atharu nicht selbst so verblüfft gewesen wäre, hätte er sich über die Verwirrung seines Freundes amüsiert. Doch die Situation war alles andere als komisch. Hier war etwas vorgegangen, etwas, das mit ihm zu tun hatte. Er starrte in die Flammen und dachte an seine Ur-Mutter.

Im Geist hörte er Ondaras Stimme. »Glaub an deine Macht, hab keinen Zweifel. In dir schlafen andere Kräfte als in mir.« Mit einem Mal wusste Atharu: Er hatte das Element seiner Magie gefunden.

»Nun sag doch was. Vielleicht war es auch der Schlag auf meinen Kopf. Ja, das kann es natürlich gewesen sein.« Brandan befühlte seinen Verband.

»Brandan.«

»So was hab ich schon gehört. Einer der Jäger ist mal auf den Kopf gefallen und wusste kurze Zeit nicht mehr, wer er war.«

»Brandan.«

»Dabei schien es so real.« Der junge Tangora starrte ins Feuer und seufzte.

»Brandan, es war real. Ich habe es getan.« Atharu blickte seinem Freund in die Augen. »Du bist nicht verrückt und dein Kopf ist gesund.«

»Oh, gut. Da bin ich beruhigt.« Brandan setzte sich wieder und sah in die Flammen. Plötzlich hob er den Kopf, in seinem Gesicht zeichnete sich eine Mischung aus Ungläubigkeit, Erleichterung und schließlich Erkenntnis ab. »Du hast sie gefunden, deine Kraft. Du hast sie tatsächlich gefunden.« Er strahlte. »Wann?«

»Als ich aufgewacht bin und du bewusstlos neben mir gelegen hast. Das Feuer war aus. Ich brauchte Licht, um etwas zu sehen, und ich war zornig.« Atharu erinnerte sich wieder. »Die Energie sammelte sich in mir und wollte raus.«

Er suchte nach Worten, um Brandan das Unglaubliche zu erklären – um sich selbst das Unglaubliche zu erklären. Sein Freund blickte ihn gebannt an und schwieg. Als ob er ahnte, dass er die Gedanken jetzt nicht unterbrechen dürfte, um die Worte nicht versiegen zu lassen.

»Es ballte sich in meinem Bauch, dann löste sich mit einem Schlag der Druck und Wärme strömte durch meinen Körper. In meine Arme, in die Hände.« Als geschähe es erneut, hob er die Hände und blickte auf seine Finger. »Meine Finger glühten, und als ich sie auf das Feuer richtete, schossen Flammen aus den Fingerkuppen.« Wieder versuchte Atharu, sich zu konzentrieren, wies auf das Feuer. »Es kam aus mir selbst heraus. Vielleicht reagieren die Flammen deshalb auf mich. Ich versuche es noch einmal.«

Im Geist suchte er nach einer einfachen Form und entschied sich für eine Kugel. Er zentrierte seine Kräfte, bis sich ein spürbarer Druck im Bauch aufgebaut hatte, und leitete diese Energie dann in seine Arme, immer darauf bedacht, die Kugel Gestalt werden zu lassen. Gebannt blickte er ins Feuer und sah, wie einzelne Flammenzungen sich trafen, übereinanderschoben und langsam zu einer dichten Form verwoben. Schweiß trat auf seine Stirn, seine Arme begannen vor Anspannung zu beben. Die Kugel war jetzt deutlich zu sehen.

»Atharu, kannst du sie bewegen?«

Sein Freund sprach leise, der Sinn der Worte erschloss sich Atharu nur zögerlich. Die Anspannung nahm ihn beinahe ganz in Anspruch. Doch er wollte es versuchen. Er erhob sich ungelenk, immer bedacht, die Verbindung zwischen Geist, Händen und der Feuerkugel aufrechtzuerhalten. Mit den Armen schien Atharu nun auch die Kugel aus den Flammen zu heben. Es kostete ihn so viel Kraft, dass seine Beine zu zittern begannen. Er drehte sich, um die flackernde Kugel aus der Glut zu lösen. Doch stattdessen wurde sie immer größer. Dann verschwamm alles vor seinen Augen, und plötzlich zerstob die flammende Kugel zu einem Funkenregen. Seine Beine gaben nach, er stürzte und alles wurde schwarz.

Pitu

14

Den ganzen Nachmittag hatten Pitu und Velbert geschuftet. Kaum dass sie sich hinsetzten, um eine Pause zu machen, kam schon wieder jemand und schrie nach ihnen.

»Schrubbt das Unterdeck!«

»Leert die Goldeimer!«

»Helft dem Schiffskoch!«

Auch Rodger machte mit und hatte stets neue Aufgaben für sie. Doch Velbert beharrte darauf, dass Rodger anders sei als die anderen. Tatsächlich schanzte er den beiden abends einen Apfel und zwei Scheiben Brot extra zu. Pitu saß mit Velbert unter dem Niedergang im Laderaum, wo sie mit zerschlissenen Kaffeesäcken eine halbwegs behagliche Ecke eingerichtet hatten, um ihr karges Mahl zu vertilgen.

»Ich spüre jeden Knochen und außerdem tun mir sämtliche Muskeln weh. Was für eine Eberscheiße, in der ich gelandet bin.« Pitu stöhnte nach jedem Bissen.

»Glücklicherweise ist es schon dunkel. Bis Sonnenaufgang haben wir Ruhe.« Velbert strahlte einen unerschütterlichen Gleichmut aus.

»Wie hältst du das hier nur aus? Jeden Tag rackern. Und dann diese rüden Scherzbolde von Schiffsbesatzung.«

»Ich bin das Arbeiten gewohnt. Als Schiffsjunge musst du spuren oder kannst dich gleich über Bord schmeißen lassen. Nur das mit den Goldeimern musste ich bisher nicht machen.« Er blickte ihn streng an.

Pitu seufzte schuldbewusst und senkte den Blick.

Sein neuer Freund fuhr jedoch unbekümmert fort. »Ach was soll's. Es gibt Schlimmeres. Wichtig ist nur, dass du auch zu den Dingen eine leidige Miene machst, die dich gar nicht stören. Dann freut sich die Mannschaft und es setzt keine Schläge. Nicht zu langsam sein, etwas schauspielern und den Menschen ihre Schadenfreude lassen. Der Rest findet sich.« Velbert lehnte sich entspannt an ein Fass und blickte Pitu erwartungsvoll an, während er den Apfel am Hemd polierte.

»Was ist?«

»Du hast gesagt, ich würde von dir Geschichten über dein Leben hören. Dann leg mal los. Außer Schiffen und Häfen kenne ich nicht viel von der Welt. Ich bin ziemlich gespannt.«

Pitu seufzte und versuchte, sich bequemer hinzusetzen. Velbert hatte ihm geholfen, so viel war sicher. Wer weiß, wie es ihm sonst ergangen wäre. Er war ihm etwas schuldig.

»Na gut. Also, ich bin ein Urda, zumindest sagen das häufiger mal Leute zu mir. Selbst kann ich mich nicht erinnern, wo ich herkomme. Ich ziehe von Stadt zu Stadt, bleibe mal kurz und mal lang. In Gelder hat es mir bisher am besten gefallen. Ich war ziemlich lange dort.«

»Und deine Eltern?«

»Keine Ahnung. Solange ich denken kann, lebe ich auf der Straße. Ich kann mich nicht an Vater oder Mutter erinnern.«

»Mann, das ist sicher nicht einfach.«

»Weiß nicht. Es ist in Ordnung. Ich kenne es nur so, und außerdem komme ich prima allein zurecht. Auch ohne Familie.« Pitu blickte den Jungen an.

»Den Eindruck hatte ich nicht.« Velbert sprach die Worte sehr gelassen aus, und Pitu schnaubte mürrisch.

»Was weißt du schon.«

»Keine Ahnung.« Er hatte den Apfel verspeist und schnippte das Kerngehäuse fort. »Ich muss gerade an deinen schmerzhaften Aufprall im Laderaum denken. Warum hast du in dem Pelengo-Sack gesteckt? Warum wolltest du überhaupt auf das Schiff? Die Mutter in Myxa ist ja meine Erfindung gewesen.«

Pitu seufzte. »Ich wollte gar nicht aufs Schiff. Das kam alles ganz anders.«

»Wie denn? Erzähl schon!« Velbert verschränkte die Arme über den Knien und lehnte sich erwartungsvoll vor.

»Also gut.« Er erzählte die Geschichte von der alten Vettel, von seinem Missgeschick mit dem Wollballen, von Pelldor, dem drohenden Aufenthalt im Schloss oder gar im Kerker und seinem Trick beim Zahlmeister, um schließlich zu flüchten. Als er geendet hatte, blickte er Velbert erwartungsvoll an. Der saß mit gerunzelter Stirn vor ihm und schien zu grübeln. Pitu räusperte sich, aber Velbert reagierte nicht.

»Hallo?«

»Äh, ja?«

»Na hör mal, ich erzähle dir meine Geschichte und von dir kommt nicht ein Mucks. Irgendeine Reaktion darf ich doch wohl erwarten, oder?«

»O ja, natürlich. Ich danke dir. Es war interessant. Ich frage mich nur ...« Velbert hielt inne.

»Bitte? Ob ich mir das alles ausgedacht hab, oder was? Hab ich doch gleich gewusst. Reden bringt nichts.«

»Ich glaube, du hättest mitgehen sollen.«

»Was?« Velbert schien ihm überhaupt nicht zugehört zu haben. »Bei wem mitgehen?«

»Du hörst mir nicht zu, Pitu.«

»Ich höre dir nicht zu? Das ist ja wohl ein Witz.« Pitu stand auf und fiel unsanft wieder hin. Er schaute sich irritiert um. »Der Seegang hat zugenommen, oder?« Erst jetzt bemerkte er, dass einige Säcke im Laderaum stetig hin und her rutschten.

»Pitu, hör zu. Du hast von diesem Pelldor erzählt, richtig?«

»Richtig.«

»Und er hat gesagt, der Magister brauche deine Hilfe!«

»Ja.«

»Eben drum. Du hättest mitgehen sollen!«

»Ins Schloss? Ich? Ein Meisterdieb, der sein Leben lebt, indem er andere beraubt? Nee, so dumm bin ich wirklich nicht.«

»Ach, diesen Teil deiner Geschichte kenne ich noch nicht.«

Pitu wurde rot. »Was glaubst du, wie man auf der Straße überlebt?«

»Ich ... äh ... natürlich – ich wollte nur sagen, dass ich darüber auch gern etwas erfahren würde. Das hört sich spannend an. Aber ich glaube, dass du mithilfe des Magisters einen ganz anderen Weg einschlagen könntest.«

Pitu schaute ihn entgeistert an. »Wie kommst du darauf?«

»Die Hafenobmänner sind immer dem König unterstellt. Oder aber dem Prinzen, wenn es einen gibt, richtig?«

»Ich denk schon, ja.«

»Die Magister am Hofe sind in der Regel die Berater oder Heiler der Könige und machen vielleicht noch ein wenig in Magie, wie man so hört, richtig?«

»Heiler, ich denke schon. Magie? Keine Ahnung.«

»Nehmen wir an, dieser Obmann sollte dich gefangen nehmen, um dich in den Kerker zu werfen oder dir mindestens den Prozess zu machen. Warum darfst du ihm dann ungefesselt folgen? Warum lässt er dich sogar zum Zahlmeister gehen? Und warum soll er den Magister ins Spiel bringen, mit dem ein Obmann eigentlich nichts zu tun hat? Na?«

Pitu schaute verwirrt drein. »Keine Ahnung. Wenn du es so sagst, klingt es ganz anders, als es sich angefühlt hat.«

»Dein Bauchgefühl kann dich retten, aber dein Verstand kann deine Zukunft gestalten! Das hat zumindest meine Mutter immer gesagt. Sie wollte nicht, dass ich zur See fahre. Denk an deinen Großvater, hat sie immer gesagt.«

»Was ist mit ihm passiert?«

»Er hat seine schwangere Frau daheim gelassen und ist im Sturm raus auf See, um Gold mit einem Todesritt zu machen.«

»Todesritt?«

»Ein Segeltörn, der keine Rückkehr verspricht.«

Pitu schauderte.

»Aber zurück zu dir. Sieh einfach zu, dass du in Myxa das nächstbeste Schiff zurück nach Gelder nimmst, und melde dich bei dem Magister.« Velbert nickte, wie um sich selbst zu bestätigen, und schaute den Urda abwartend an.

»Velbert«, Pitu holte tief Luft, »ich glaube, da ist was dran. Vielleicht mach ich das tatsächlich. Und das andere werde ich mir auch vornehmen – das mit Bauch und Kopf, meine ich.«

»Dein Bauchgefühl kann dich retten, aber dein Verstand kann deine Zukunft gestalten!«

»Ja, genau, danke!«

»Keine Ursache. Ich denke, wir sollten ...«

Plötzlich flog die Tür über ihnen auf und Rodgers Stimme schallte zu ihnen herunter. »Nehmt die Ersatztaue und zurrt die Ladung fester. Alles sichern, so gut es nur geht. Wir segeln direkt in einen Sturm!«

Alarmiert sprangen die beiden auf. »Geht klar, Rod!«

Aus der im Heck gelegenen Gefängniskajüte, die auch als Lager für Tauwerk und Ähnliches diente, holten sie Netze, die sie zusätzlich über die Ladung spannten. Velbert sorgte gewissenhaft dafür, dass jede Kiste, jedes Fass und jeder Sack doppelt überprüft war.

»Muss ich mir Sorgen machen, Vel?« Pitu war schon unwohl dabei, überhaupt auf einem Schiff zu sein. Ein Sturm war das Letzte, was er erleben wollte.

»Jeden Sturm muss man ernst nehmen, weil er eine Gefahr für Leib und Leben darstellt. Aber die Prinz Galdir hat schon einige Stürme hinter sich und ist immer sicher in den Hafen gekommen.« Die Worte sollten wohl aufmunternd klingen, aber Pitu spürte die Anspannung in Velberts Stimme.

Unwillkürlich griff er sich an die Brust und umfasste seinen schwarzen Stein.

»Ein Talisman?«

»Was? Ach so, ja.« Pitu zog den Anhänger unter dem Hemd hervor und zeigte ihn Velbert. »Er könnte das Einzige sein, was ich von meinen Eltern habe. Ich trage ihn schon, solange ich denken kann.« Er steckte ihn wieder zurück.

»Ein wenig ungewöhnlich. Ich glaube, ich habe so einen schwarzen Stein noch nie gesehen. Und schon mal gar nicht mit so einem kantigen Schliff.«

»Er ist immer ganz warm und es beruhigt, ihn bei mir zu haben. Wahrscheinlich habe ich ihn deshalb auch noch nicht versetzt.« Pitu seufzte und lächelte dann.

»Immer warm? Auch im Winter?« Sein Freund zog wieder die Stirn in Falten.

»Ja, wieso? Was grübelst du nun schon wieder?«

»Meinst du, dein Stein ist magisch?«

»Wie? Nee, bestimmt nicht.« Pitu lachte. »Ich meine, keine Ahnung. Und wenn? Ist das wichtig?«

»Ich weiß nicht, ich dachte nur ... egal. Lass uns nach oben gehen und schauen, wie ernst die Wetterlage ist.«

Die beiden stiegen die Stufen zum Oberdeck hinauf, beim Öffnen der Luke schlug ihnen Regen ins Gesicht. Der Wind kam bereits in heftigen Böen und erschwerte das Gehen auf den feuchten Planken.

»Am besten, du hältst dich immer an irgendwas fest.«

Pitu hätte Velberts Rat nicht gebraucht. Das Schiff hob und senkte sich so stark in den Wellen, dass er es sowieso nicht ohne Festhalten geschafft hätte, auf den Beinen zu bleiben.

Um sie herum war die Mannschaft emsig damit beschäftigt, das Schiff durch den Sturm zu bringen. Befehle hallten von achtern über das Deck, wurden wiederholt und beantwortet. Der Kapitän stand hinter dem Steuermann, der einen weiteren Mann an seiner Seite hatte, um das gewaltige Rad zu halten.

»Schau, dort vorn braut es sich richtig zusammen.«

Da es schon fast dunkel war, konnte Pitu zuerst nichts erkennen. Er hob die Hand und schützte seine Augen vor dem Regen. Doch dann sah er Steuerbord voraus die dunklen Wolkensäulen, die sich inmitten zuckender Blitze bedrohlich auftürmten. »Sollten wir nicht umkehren?« Sein Herz klopfte merklich schneller.

»Was?«

»Sollten wir nicht umkehren?« Pitu schrie, um sich gegen Regen und Wind durchzusetzen.

»Wenn der Sturm Gelder erreicht, müssen die großen Schiffe den Hafen sowieso verlassen. Sonst werden die Kais zerstört!«

»Aber was dann? Drumherum fahren?«

»Wir segeln am Wind, das heißt, der Wind kommt von vorn. Ich denke, der Kapitän wird versuchen, an den Iklieten noch vorbeizukommen. An diesem felsigen Küstenabschnitt gibt es zu viele Riffe.«

Velbert blickte nach Backbord und kniff die Augen zusammen. »Da drüben müsste die Küste sein. Ich kann aber keine Leuchtfeuer ausmachen. Vielleicht sind wir doch schon vorbei.«

»Und wenn nicht?« Im selben Moment bereute Pitu die Frage.

Eine grimmige Stimme antwortete über seine Schulter hinweg. »Wenn wir an den Iklieten nicht vorbeikommen, bevor uns die Sturmsäulen erreichen, werden wir versuchen, die Segel einzuholen und gegen den Sturm ankern, damit wir nicht an der Küste zerschellen. Und nun unter Deck mit euch. Prüft die Ladung noch mal. Schlagseite wäre unser Tod! Hier könnt ihr nichts tun.«

Die beiden kämpften sich zurück unter Deck und überprüften erneut die Ladung. Dann winkte Velbert Pitu zum Bug und machte sich an einer Planke zu schaffen.

»Was hast du vor?«

»Ich will dir was zeigen. Keiner weiß davon, aber heute Nacht ist es egal.« Neugierig wankte Pitu näher und mühte sich, auf den Beinen zu bleiben. Velbert hatte die Planke entfernt und zog alte, gefettete Hosen und Jacken aus dem Loch, das sich aufgetan hatte.

»Alte Klamotten?«

»Die ich selbst genäht habe.« Endlich hatte er alles zutage gefördert, reichte Pitu eine Hose und blickte ihn stolz an. Pitu befühlte das Kleidungsstück und zog die Augenbrauen hoch.

»Was ist denn da drin? Fühlt sich nach kleinen Steinen an. Ist aber zu leicht dafür, oder?«

Velbert grinste. »Müsstest du eigentlich wissen. Pelengos!«

Pitu hatte keinen Schimmer, warum sein Freund ihm die Sachen zeigte. »Schön. Schneidern kannst du auch.« Er wollte sie ihm zurückgeben, doch der Seegang warf ihn auf die Knie.

Velbert schüttelte den Kopf. »Zieh sie an!«

»Jetzt? Draußen tobt ein Sturm! Und was soll das überhaupt? Meine Sachen gefallen mir eigentlich ganz gut.«

»Ich merk schon, du verstehst es nicht.«

Pitu kam sich langsam etwas dumm vor und Ärger stieg in ihm auf. »Mann, dann erklär es mir doch. Ich kann keine Gedanken lesen.«

»Entschuldige, ich dachte, dir sind Pelengo-Bohnen vertraut.«

»Sehr witzig, ha ha.«

Velbert knuffte ihm in die Seite und konnte sich ein Lachen nicht verkneifen. Wie konnte er so seelenruhig Späße machen, während um sie herum die Welt unterging?

»Ich erklär's dir. Pelengos sind hohl und schwimmen. Wenn überhaupt, gehen sie erst nach Stunden unter. Wenn du mit normalen Klamotten ins Wasser fällst, saugt sich deine Kleidung voll und du hast keine Chance, bei hohem Wellengang über Wasser zu bleiben.«

Pitus Miene erhellte sich. »Du meinst, mit diesen Bohnensachen schwimmt man oben?«

»Ich denke schon.«

»Warum sagst du das nicht gleich?« Sofort zog Pitu sich um. »Und du weißt bestimmt, dass es funktioniert?«

»Ich habe es bisher nicht ausprobieren können, ohne dass die Mannschaft es mitbekommen hätte.«

»Ach, wird schon schiefgehen.« Pitu grinste und schlug der Länge nach hin, als der Wellengang das Schiff auf die Seite legte. Velbert war auch gerade in ein Hosenbein geschlüpft, als er plötzlich neben Pitu lag.

»Au!« Er kämpfte sich in die Klamotten und beide überprüften erneut die Ladung.

»Alles fest. Und jetzt wieder an Deck.«

»Aber Rodi, oder wie er hieß, wollte doch ...«

»Ist mir egal! Wenn was passiert, sind wir hier unten gefangen.« Velbert schaffte es wirklich, Pitu Angst zu machen. Nein, auch er wollte nicht im Laderaum eingesperrt sein.

Sie kehrten zurück an Deck und kämpften sich zum Großmast, wo sie in ihren neuen Sachen ausharrten. Regen und Gischt peitschten ihnen ins Gesicht, das Tosen des Sturms machte eine Unterhaltung unmöglich. Gebannt verfolgten sie die Bemühungen von Kapitän und Mannschaft. Pitus Magen rebellierte und er wollte zur Reling. Doch Velbert hielt ihn fest.

»Nein, ich muss ...« Er hielt sich die Hand vor den Mund.

»Kotz hier, wenn du musst. An der Reling gehst du sofort über Bord!«

Wieder legte das Schiff sich bedrohlich auf die Seite und Pitu wurde an den Mast geworfen. Er erbrach sich und hielt sich dann mühsam an einem Tau fest.

Im Morgengrauen kamen schließlich Leuchtfeuer in Sicht. »Die Iklieten! Drei Feuer an Backbord!« Die Rufe wurden aufgenommen und vielstimmig über Deck getragen. Pitu sah Velbert fragend an.

»Höchste Warnstufe!«, rief sein Freund. »Der Sturm ist anlandig und treibt uns direkt auf die Riffe zu. Ich weiß nicht, ob uns das Abwettern auf offener See gelingt.«
Der Sturm hatte inzwischen ungeahnte Ausmaße erreicht, die Mannschaft hatte Mühe, im hohen Wellengang das Schiff unter Kontrolle zu halten. Große Wellen schlugen auf die »Prinz Galdir« ein. Pitu und Velbert hielten sich an den Aufbauten zwischen Fock- und Großmast fest. Ein Rettungsboot riss aus der Verankerung, stürzte in die See, um haltlos den Klippen entgegenzutreiben. Wenig später konnte Pitu sehen, wie es unter zuckenden Blitzen auf den Riffen zerschellte.

Dann hörte er Velbert rufen. »Mein Schicksal ist mit dem Meer verknüpft wie bei Großvater. Mutter hatte recht!« Der Regen perlte in unablässigen Strömen über das Gesicht des Jungen, doch sein Blick wirkte seltsam gefasst.

»Red keinen Unsinn.« Pitu fasste ihn am Arm. »Wir schaffen das, Atharpazh wird uns beistehen.«
Gern wollte er selbst daran glauben und versuchte verzweifelt, irgendetwas auszumachen, das Hoffnung versprach. Aber ihnen blieb nichts, außer sich festzuhalten. Unter Aufbietung aller Kräfte schaffte die Mannschaft in einem gefährlichen Manöver eine Wende, um das Schiff von den Iklieten fort und hinaus auf die offene See zu bringen. Velbert erklärte alles. Der Sturm tobte inzwischen mit ungeheurer Wut und das Schiff pflügte hinaus aufs Meer, wobei das Vordeck immer tiefer in die Wellenberge eintauchte.

Dann jedoch wurde Pitu bewusst, dass das Schiff einen Bogen beschrieb und wieder aufs Land zusteuerte. »Velbert, wir drehen!«

»Das Schiff gerät ins Treiben!« Velberts Stimme überschlug sich, Pitu konnte Panik in seinen Augen erkennen.

»Was heißt das? Können wir was tun? Sollen wir dem Steuermann helfen?« Pitu starrte durch den Regen, die Sturmböen pressten ihm die Luft aus den Lungen und die Gischt trübte seinen Blick. Am Steuerrad zerrten schon vier Männer.

Rodger kämpfte sich zu ihnen und drückte Velbert ein Tau in die Hand. »Bindet euch fest. Diesem Todesritt ist keine Kraft gewachsen. Und fleht. Fleht zu Atharpazh!«

Noch bevor sie sich festgebunden hatten, gellte ein Schrei durch den Sturm, und ein Schatten fiel aus dem Fockmast vor ihnen aufs Deck. Mit schmerzgeweiteten Augen und unnatürlich verdrehten Gliedern schrie der Verletzte und rutschte auf die Reling zu. Pitu machte sich los, um den Mann zu erreichen, doch Velbert hielt ihn zurück und schlang das Tau um ihn.

Dann legte sich das Schiff plötzlich hart nach Backbord, und beide schlugen der Länge nach hin. Entsetzt sah Pitu, wie der gestürzte Seemann über Bord ging und von den tosenden Wellen verschlungen wurde. Mühsam band Velbert Pitu an die Aufbauten.

»Binde dich mit fest!«, schrie Pitu.

»Das Tau ist zu kurz.« Velberts Stimme ging fast unter im Getöse des Sturms.

»Dann hake dich mit dem Arm ans Tau. Ich halt dich fest.«

Als das Schiff der Küste wieder gefährlich nahekam, ging ein merklicher Ruck durch den Rumpf.

»Kappt das Großsegel!« Der Schrei erscholl über Deck, für einen kurzen Moment schien die Szene zu erstarren. Dann jedoch wurde der Ruf aufgenommen. »Kappt das Großsegel!«

Nacheinander wurden drei Segel gekappt. Zwei weitere Männer stürzten in die Fluten, und Pitu sah, wie sich andere an Masten und Aufbauten anbanden. Auch die Männer am Steuerrad waren vertäut, hielten aber Stellung. In manche Wellen tauchte die »Prinz Galdir« so tief ein, dass Wasser übers gesamte Deck schlug. Alles, was nicht niet- und nagelfest war, ging über Bord.

Das Getöse der Wogen und das Heulen des Sturms mischte sich bedrohlich mit dem Lärm der knarrenden Takelage und der ächzenden Masten.

Pitu hörte Velbert gegen den Wind anschreien, doch er verstand kein Wort mehr. Mit der nächsten Welle schlug die »Prinz Galdir« quer zur See und trieb auf die felsige Küste zu. Schlagartig wurde ihm klar, dass es keine Rettung für das Schiff und seine Besatzung gab.

Für einen Moment schien erneut alles stillzustehen. Gischt und Brandung hüllten sie ein. Pitu hielt Velbert fest am Arm, ihre Blicke trafen sich. Er lächelte. Dann warf eine gewaltige

Welle das Schiff auf ein Riff. Aufbauten brachen und Masten barsten von der Wucht. Das ablaufende Wasser legte das Schiff auf die Seite, zog Trümmer und Menschen mit sich. Die Zeit erstarrte. Doch dann traf ein weiterer Brecher das Wrack wie ein Hammer; es rollte, rutschte vom Felsen hinunter und versank im Meer.

Selana

15

Als die beiden Frauen erwachten, hatte das trübe Licht eines verhangenen Himmels das Dunkel der Nacht abgelöst. Selana konnte sich nicht erinnern, in letzter Zeit einmal so tief geschlafen zu haben. Sie frühstückten unter dem Jothosbaum, zogen sich ihre trockenen und warmen Kleider an und verstauten alles andere wieder sorgsam in ihren Bündeln.

»Aria, ich glaube, dein Jothosbaum war unsere Rettung. Ich fühle mich richtig erholt. Wahrscheinlich könnte ich jetzt tagelang ohne Pause weiterlaufen.« Selana strahlte ihre Freundin an.

»Mir geht es genauso. Aber wir werden diese Kraft bestimmt brauchen. Wir wissen nicht, wo Korrel und Osse sind. Wenn sie uns zurückholen wollen, könnten sie schon recht nah sein.«

Bestürzt erhob Selana sich. »Dann lass uns aufbrechen. Mir steht der Sinn nicht nach einem Wiedersehen.« Sie lugte durch die Zweige. »Dieser Dauerregen tötet bei mir jedes Zeitgefühl, aber wahrscheinlich haben wir ziemlich lange geschlafen, oder?«

»Das ist der Nachteil unter einem Jothos, zu schön, um aufzuwachen.« Aria lachte beseelt. »Jetzt sollten wir uns beeilen.«

Schnell verstauten sie ihre Sachen.

»Ich glaube, es ist besser, abseits des Weges zu gehen. Vielleicht in Sichtweite, damit wir auch nach Abringarth zurückfinden. Und gleichzeitig weit genug entfernt, um hinter Büschen abtauchen zu können, wenn sich Leute nähern.« Vorsichtig blickte Aria durch die Zweige. Dann gab sie ein Zeichen, und die beiden machten sich auf den Weg.

Jetzt, am Tage, kamen sie sehr viel besser voran. An den Regen hatten sie sich längst gewöhnt und abseits der Straße blieb ihnen der knöcheltiefe Matsch erspart. Außerdem war Selana von dem Gedanken beflügelt, Korrel und Osse mit jedem Schritt weiter hinter sich zu lassen. Kraftvoll und zügig gingen die beiden voran, und auch wenn das nasse Gras etwas glitschig war, strauchelten sie nur selten.

Nach geraumer Zeit kam endlich Abringarth in Sicht. Sie hielten sich nordöstlich, auf die Straße zur Hochebene zu.

»Bist du sicher, dass wir die Handelsstraße finden?« Selana bewunderte den Orientierungssinn ihrer Freundin. »Ohne dich wäre ich vollkommen verloren.«

Aria reckte sich stolz. »Früher ging der Weg direkt nach Akralahr. Auf der Karte meines Vaters ist Abringarth noch gar nicht drauf. Da gab es nur ein paar Höfe, bei denen du frische Packtiere bekommen konntest. Ein findiger Bauer hat einfach die Straße umgelegt und seither gibt es Abringarth.«

»Aber die Händler hätten die neue Strecke nicht nehmen müssen, wenn es ein Umweg ist, oder?« Selanas Interesse war geweckt, sie freute sich über jedes Gespräch. Zum einen lernte sie dazu, zum anderen verging die Zeit viel schneller.

»Kennst du Doka?«

»Sind das nicht die Packtiere? Die, mit denen die Bauern ihre Waren in die Stadt bringen. Eine Art Büffel, oder?«

»Genau. Aber du kennst sie sicher nur zahm und mit so verhornten Beulen am Kopf, richtig?«

Selana konnte sich nicht vorstellen, worauf Aria hinauswollte. »Aber was hat das mit der alten Handelsstraße zu tun?«

Aria musste lachen. »Hört sich komisch an, was? Ich erzähle es dir. Bevor Doka zu Packtieren werden, sind sie vor allem eins: wild! Und die runden Verhornungen sind Überbleibsel der Hörner, die ihnen nach der Zähmung abgenommen werden. Die Bauern von Abringarth haben auf dem Gebiet der alten Handelsstraße wilde Doka-Herden grasen lassen. Ein wilder Doka-Bulle allein reicht schon aus, um dich das Fürchten zu lehren. Mit seinen vier mächtigen und äußerst spitzen Hörnern lässt er keinen Menschen in seinen Weidegrund.« Aria lachte wieder. »Es soll Händler gegeben haben, die es versuchten und empfindliche Verletzungen davon trugen. Andere wollten einen neuen Weg suchen und sind in der moorigen Umgebung mit ihren Karren und Wagen steckengeblieben. Sie mussten Hilfe holen. Das hat manchmal Tage gedauert. In den Schenken der unteren Viertel werden sogar Lieder über die Bauern und die Doka gesungen.«

»Das gibt es ja nicht.« Selana war erstaunt. »Das nenne ich mal schlaue Bauern!«

»Unterschätze nie einen Bauern. Besser, er ist dein Freund als dein Feind!«

Selana lachte und genoss die Unbeschwertheit, mit der die beiden nun voranschritten. Langsam wurde der Weg steiniger und ihre Füße fanden sicheren Halt. Zu ihrer Rechten schälten sich die ersten Felsen der Hochebene Abrinor aus dem Grau.

»Bis zur Nacht sollten wir den Fuß des Bergpasses erreicht haben.« Aria blieb stehen und blickte mit zusammengekniffenen Augen in den Regen. »Außerdem steigt der Weg jetzt schon gut an. Schau!« Sie hob den Arm. »Da vorn ist eine Kieferngruppe. Wollen wir eine kurze Rast einlegen?«

Bei den Bäumen angekommen, spannten die beiden ihre kleine Plane über sich, aßen ein wenig von ihrem Hartbrot und tranken Wasser.

»Aria, sag, kennst du eins dieser Lieder über die Doka?«

Selanas Freundin grinste. »Kann schon sein, dass da eins in meinem Kopf hängen geblieben ist.«

»Bitte, du musst es mir vorsingen!« Selana stupste ihre Freundin und blickte sie erwartungsvoll an. »Sonst kann ich nicht mitreden. Wanda hat mir nie Lieder aus den Schenken vorgesungen.«

Wieder lachte ihre Freundin. »Das wird schon seinen Grund gehabt haben. Na gut, weil du es bist.« Sie überlegte kurz und sprach dann mit rauer Stimme. »So könnte es gehen. Soll ja nach Wirtshaus klingen!«

Dann begann sie:

Kam einst ein Händler ganz von droben,
schick gewandet und noch eitel,
mit vollem Karren angeschoben
und schlau von Stirn bis hin zum Scheitel.
Dem hatten Bauern dies empfohlen,
durch Abringarth hinfort zu reisen.
Er dacht, sie wollten ihn verkohlen,
das sollt als Fehler sich erweisen.

Auf Bauern nicht zu hören
und Doka dann zu stören,
bringt spät Erkenntnis ziemlich barsch
und mächtig Aua dann im Arsch!
Hei-di-hi hei-di-ho,
egal, ob arm, schlau, dumm und reich,
hei-di-hi hei-di-ho,
dem Doka-Horn ist alles gleich.
Hei-di-hi-ha-ho.

Ab den Worten »mächtig Aua« schaffte Aria es kaum noch, das Lied zu Ende zu bringen, und Selana krümmte sich vor Lachen. »Wie derbe.« Sie schnappte nach Luft. »Erkenntnis ziemlich barsch.« Herzhaft lachten die beiden. »Und deine Stimme, herrlich, du solltest damit auftreten.«

Noch ein Weilchen genossen die beiden Freundinnen glucksend ihre Pause. Damit Selana den Text des Liedes besser behalten konnte, musste Aria es wiederholen. Gerade wollte sie es zum dritten Mal singen, als sie plötzlich verstummte. Dann hörte auch Selana das tiefe Grollen hinter sich. Sie griff nach Arias Arm und erstarrte vor Schreck, als ein lautes Schnauben erklang. Dann eine Art Stampfen, und der Boden bebte.

Ihre Freundin wurde blass. »Ach du dampfende Kacke!«

Selana warf einen ängstlichen Blick über die Schulter, und ihr Herz setzte für einen Schlag aus. Nur einige hundert

Schritte von ihnen entfernt stand ein mächtiger Dokabulle. Übermannsgroß, ein Berg von Muskeln, scharrte er bedrohlich mit den Vorderhufen. Von den vier riesigen Hörnern war eines gebrochen. Die anderen drei aber blitzten ihnen wie Dolche entgegen. Der Koloss starrte sie an und senkte den Kopf.

»Ganz langsam aufstehen!«

Selana ließ sich von ihrer Freundin aufhelfen.

»Keine schnellen Bewegungen. Lass uns einfach rückwärtsgehen und ihn im Auge behalten, ja?«

Selana nickte, die Angst schnürte ihr die Kehle zu. Beide setzten langsam einen Fuß zurück und ein tief grollendes Schnauben entfuhr dem Tier.

»Nur nicht nervös werden«, flüsterte Aria, trat wieder einen Schritt zurück und zog Selana mit.

Der Dokabulle stampfte auf. Sie machten einen weiteren Schritt. *Ganz ruhig bleiben.* Wieder einen Schritt und noch einen. Selana hörte Arias Stimme neben sich, die hilflos irgendwelche Worte wisperte.

»Ganz ruhig, bist ein feiner Doka, brauchst keine Angst zu haben, kannst einfach weitergrasen!«

Wieder einen Schritt und noch einen. Plötzlich riss der Dokabulle das Maul auf und stieß ein ohrenbetäubendes Grollen aus, ehe er den Kopf senkte und sich in Bewegung setzte.

»Lauf Selana, lauf!«, schrie Aria und gab ihr einen Stoß.

Und sie lief. Nein, sie rannte. So schnell es der schmale Pfad zuließ. Hinter sich hörten sie die donnernden Hufschläge. Immer näher erklang das Schnauben des Untiers und pure Angst krallte sich in Selanas Bauch. Sie schien ihre Eingeweide zu verknoten.

»Schneller, er kommt immer näher.«

Selana hörte die Panik in Arias Stimme und ihre Ohnmacht paarte sich mit Wut. Wut, diesem stumpfsinnigen Tier ausgeliefert zu sein.

Sie liefen um ihr Leben. Es glich einem Wunder, dass sie auf dem steinigen Weg nicht stolperten. Immer näher kam der Doka. Der Boden erbebte unter dem riesigen Tier. Sie würden es nicht schaffen, wenn nicht jemand zu Hilfe käme.

Selana blickte sich hektisch um, suchte nach irgendetwas oder irgendjemandem, der ihnen helfen könnte.

Dann schrie Aria auf. Selana sah, wie ihre Freundin stürzte und plötzlich weg war, einfach so. Den lehmigen, glitschigen Boden, der Aria zu Fall gebracht hatte und der neben dem Pfad jäh abbrach, bemerkte Selana erst, als sie selbst abglitschte. Der Aufprall raubte ihr den Atem. Hilflos rutschte sie eine Böschung hinunter und kam schließlich neben ihrer Freundin zu liegen.

Nach einem kurzen Moment der Stille durchschnitt das Grollen des Doka die feuchte, modrige Luft. Es regnete Lehmbrocken, als der Bulle über ihnen an der Böschung erschien. Sein Fell dampfte, seine Augen blitzten unter gewaltigen Hörnern zu ihnen herab. Hektisch versuchten sie aufzustehen, aber der glitschige Schlamm machte jeden Versuch zunichte. Schließlich blieb Selana auf den Knien hocken und funkelte den Dokabullen zornig an.

»Wir sind Osse nicht entkommen, um von einem stumpfsinnigen Ochsen getötet zu werden!« Plötzlich spürte sie die Energie in ihrem Bauch. Wie ein Ball, der sich blähte und endlich zerbarst. Ein kühler Strom, der in die Arme und bis in die Finger schoss. Unwillkürlich riss Selana die Hände nach oben. Der lehmige Dreck auf ihren Handflächen wurde blass, platzte ab und zerfiel zu Staub. Staub, der aufstieg und über ihren Händen tanzte. Sie riss die Augen auf, erschrocken und fasziniert von den pulsierenden Staubwirbeln, die dem Rhythmus ihres Herzschlags folgten.

Der Doka stampfte auf. Aus einem Impuls heraus warf Selana sich dem Bullen mit ausgetreckten Armen entgegen und schrie ihren ganzen Zorn heraus. Sie sah, wie sich die kleinen Staubwirbel über ihren Händen blitzartig streckten und dem Tier entgegenschossen. Nahezu unsichtbar trafen sie auf die Vorderhufe des Tieres und hoben es von den Beinen. Ein schriller Schrei entfuhr dem Dokabullen. Dann hatte er wieder Boden unter den Hufen, aber seine Augen waren weit aufgerissen, und das Weiß darin verriet, dass Panik das Tier erfasst hatte. Selana war noch immer zornig und stieß erneut ihre Hände in Richtung des Bullen, doch nichts geschah mehr. Der Doka aber stampfte rückwärts und donnerte davon.

Selana keuchte und starrte auf ihre Hände. Dann sah sie an sich hinab. Der angenehm kühle Strom hatte nachgelassen und das Druckgefühl im Bauch war verschwunden. Hatte *sie* diese Wirbel erzeugt? Aber wie sollte das gehen? Durch ihre Wut?

»Hab ich ihn getroffen?«, rief Aria.

Selana erschrak, so sehr hatten die Geschehnisse sie vereinnahmt. »Was?«

»Mit den Steinen. Ich meine, getroffen habe ich sicher zwei oder drei Mal. Aber dass er tatsächlich abhaut, hätte ich nicht gedacht.«

Jetzt erst sah Selana, dass ihre Freundin Steine in der Hand hielt, die sie aus dem Schlamm gezogen hatte. Konnte es das gewesen sein? Aria hatte auch Osse mit einem gezielten Wurf außer Gefecht gesetzt. Das wäre zumindest eine natürliche Erklärung. Aber da war noch etwas anderes passiert. Etwas, das nur mit ihr zu tun hatte. Sie konnte sich das nicht eingebildet haben, oder?

»Alles gut?« Aria blickte sie fragend an.

»Aber ja, ich will nur aus dem Schlamm heraus.«

Mühsam kletterten sie zurück auf den Pfad. Zogen sich an Wurzeln hoch und klammerten sich an Gestrüpp. Sie schlichen zu den Kiefern und holten ihre Sachen. Die Flucht vor dem Doka hatte sie erschöpft, doch sie konnten hier nicht länger rasten. Vielleicht kam das dreihörnige Ungetüm wieder. Entschlossen gingen sie weiter. Der Pfad stieg stetig an, sie schafften es kaum noch, einen Fuß vor den anderen zu setzen. Trotzdem quälten sie sich weiter den Hang hinauf.

Als es dunkel wurde, hatten die Freundinnen die Straße zum Pass noch nicht erreicht. Sie hielten Ausschau nach einem Platz für die Nacht. Aber es gab keine Bäume und ein Jothos war erst recht nicht in Sicht. Schließlich gaben sie sich mit zwei größeren Felsen zufrieden, zwischen denen gerade genug Platz für beide war und über die sie ihre Plane spannen konnten.

»Jetzt noch eine Stütze in der Mitte, damit sich kein Regenwasser sammelt und sich über uns ergießt, wenn wir schlafen.«

Selana nahm den Rat ihrer Freundin sofort auf und machte sich auf die Suche nach einem Stock oder Ast. Immerhin gab es Buschwerk in der Nähe. Wenig später war ihr Lager komplett. Die Felsen waren kalt, der Boden steinig und nass, aber zumindest waren sie vorm Regen geschützt. Selana hätte gern ein Feuer gemacht, um die schlammdurchtränkten Umhänge zu trocknen. Doch es war einfach zu nass. Eingewickelt in ihre Decken und die Kleidungsstücke, die sie noch bei sich trugen, schliefen sie erschöpft ein.

Ein erholsamer Schlaf wurde es nicht. Immer wieder musste Selana sich drehen, um auf dem steinigen Untergrund eine erträgliche Position zu finden. Wilde Träume suchten sie heim. Einige Male hatte sie das Gefühl zu stürzen, dann wieder sah sie wirbelnde Dokahörner. Und während sie zurückschreckte, überkam sie schwarze Finsternis, die alle Bilder verbarg. Dann plötzlich eine Flammenkugel, die sich aus einem Feuer emporhob. Die Hitze drohte sie zu ersticken. Schließlich wieder ein Schatten, der sich davorschob. Groß wie ein Baum. Dunkelheit und der Versuch, nach dem Feuer zu schauen, und Glut, wo vorher Flammen waren. Schlief sie oder wachte sie? Dann ein Schnauben und plötzlich Osses Gesicht über ihr. Im Magen der unangenehme Knoten. Ein Gegenstand, der vor ihr schwebte und sich in Luft auflöste. Und wieder der Schatten, aber kein grünes Licht. Nur dieser tiefschwarze Schatten vor ihr und der kühle Strom in ihrem Körper.

Als sie aufwachte, fühlte sie sich wie gerädert. Der Druck im Bauch hatte ihr zugesetzt. Sie hatte dem Moment entgegengefiebert, da der angenehm kühle Strom in Arme und Hände floss, um schließlich ungestüm nach außen zu brechen – so wie gestern, als der Dokabulle über ihnen stand. Doch dann hatte die Empfindung unvermittelt nachgelassen.

Mit dem furchtbaren Gefühl, gar nicht richtig geschlafen zu haben, stand sie auf. Die meisten der traumhaften Erinnerungen verblassten bereits. Was blieb, mischte sich mit Empfindungen, die ihr zugleich unwirklich und real vorkamen.

»Ich hab schlecht geschlafen und wildes Zeug geträumt.«

»Das hab ich gemerkt!« Aria rollte mit den Augen.

»Wieso?«

»Weil du alles andere als ruhig warst. Du hast gepfiffen oder es zumindest versucht. Was hast du bloß geträumt? Wolltest du den Dokabullen zähmen?«

»Sonderbarerweise habe ich kaum vom Doka geträumt.« Selana schaute Aria an und merkte, dass diese schlecht gestimmt war.

»Immer dieses Gefiepe, das hat mich ständig geweckt.«

»Warum hast du mich nicht angestoßen?«

»Hab ich ja, du hast nichts gemerkt. Nach dem Scheißerlebnis gestern hätte ich echt eine ruhige Nacht gebraucht. Ich hoffe, dass das bei dir nicht häufiger so ist.«

»Blödsinn – meinst du, ich habe mir mit Absicht die Nacht um die Ohren geschlagen?« Selana blickte sie vorwurfsvoll an.

»Nein, meine ich natürlich nicht. Aber immer, wenn ich wach geworden bin, hat mich so eine mistige Angst beschlichen. Und mit Angst wieder einschlafen, ist echt mies.«

Selana nickte schwach und starrte für einen Moment vor sich hin. »Ich glaube, ich habe von einem Jothosbaum geträumt. Der stand hier in der Nähe und ich wollte, dass die Käfer leuchten.« Selana war auch jetzt noch etwas mulmig, wenn sie an den Traum dachte; sie hoffte, dass er in ihrer Erinnerung schnell verblassen würde.

»Na, dir zeig ich noch mal was. Und, haben sie geleuchtet?« Ihre Freundin versuchte, einen unbeschwerten Ton anzuschlagen.

»Nein, haben sie nicht. Und dann hatte ich das Gefühl, ich hätte etwas verloren, und suchte immerzu danach. Aber egal, wohin ich schaute, immer stand dieser Jothos-Schatten vor mir, der nicht leuchten wollte.«

Aria erstarrte. »Hast du wirklich tief geschlafen? Oder hattest du den Eindruck, eigentlich wach zu sein?«

Selana war irritiert. »Na ja, um zu träumen, muss man doch schlafen, oder? Aber tief sicher nicht. Der Boden war einfach zu hart. Warum fragst du?« Dann fiel es ihr selbst wieder ein: *Wenn sich ein tiefer Schatten vor der Dämmerung abhebt, der schwärzer als die Nacht ist, kann es nur ein dunkles magisches Geschöpf oder ein Jothosbaum sein.*

Selana schluckte. »Aria, was meintest du eigentlich mit dem ›dunklen magischen Geschöpf‹?«

Ihre Freundin zögerte. »Ich kann es dir nicht so genau sagen. Ich weiß nur, was mir meine Mutter erzählt hat und was ich hier und da mal aufgeschnappt habe.«

»Und? Sag schon!« Selana fasste ihre Freundin am Arm.

»Es gibt Menschen, die erzählen, dass diese dunklen Geschöpfe seit einiger Zeit immer wieder in Akra auftauchen. Sie sind beinahe unsichtbar, weil sie irgendwie ihre Umgebung spiegeln. Nachts können sie besser entdeckt werden. Sie saugen Dunkelheit in sich auf und sind schwärzer als die Nacht. Schwärzer als alles, was es gibt. Wie sie wirklich aussehen, ob sie Menschen oder Tieren ähnlich sind, weiß keiner.«

Aria verstummte, und Selana wusste nicht, ob sie mehr hören wollte. Ihr schauderte. Doch noch kämpfte Neugier ihre Furcht nieder. Was wäre, wenn ... »Du weißt noch mehr, oder?«

Aria senkte den Blick.

»Nun erzähl schon. Ich muss es einfach wissen.«

»Ich weiß nichts Genaues.« Sie zögerte. »Nur, ... wo die Schatten gesehen wurden, verschwanden Menschen oder wurden tot zurückgelassen. Sehr tot!«

Mit den letzten Worten war die Grenze erreicht. Mehr wollte Selana erst mal nicht wissen. Sie stand auf und rollte ihre Decke zusammen. »Ich denke, wir sollten weitergehen.«

Aria nickte, und wenig später machten sie sich daran, den steinigen Hang weiter hinaufzusteigen.

»Deine Geschichten von gestern gefielen mir besser.« Selana warf ihrer Freundin einen Blick zu. »Die Schatten machen mir Angst.«

Aria schwieg.

»Völliger Unsinn, sich vor Träumen zu ängstigen, oder? Das mit dem Dokabullen gestern, das war kein Traum! Vor so was kann man Angst haben.«

»Vor allem war es knapp«, entgegnete Aria.

Eine Weile sprach keine von beiden, dann jedoch meinte Aria: »Selana, tut mir leid, wenn ich dir Angst gemacht habe. Aber du hast gefragt. Und außerdem hab ich ein ungutes Gefühl. Bist du sicher, dass es nur ein Traum war?«

Selana dachte einen Moment nach. Ihr Bauchgefühl hatte sich deutlich bemerkbar gemacht. War ihr das jemals im Schlaf passiert? Nein! »Ich kann es nicht wirklich sagen. Aber je mehr ich darüber nachdenke, desto weniger glaube ich an einen Traum.«

Schweigend mühten sie sich weiter den Hang hinauf. Manchmal ging es nur gebückt voran, damit sie Halt an kleinen Felsen oder niedrigen Büschen finden konnten, wenn es zu nass und glitschig wurde. Unablässig fiel der Regen, und das Zwielicht des bewölkten Himmels drückte zusätzlich auf die Stimmung. Einmal rutschte Aria weg und blieb einfach im Schlamm sitzen.

»Aria, was ist?«

»Ich weiß nicht. Vielleicht war die Idee doch nicht so gut?«

»Was denn?« Sie half ihrer Freundin auf.

»Allein nach Tyklahr zu gehen. Wer weiß, was noch passiert?«

Selana nahm ihre Freundin in den Arm. »Aria, wir schaffen das. Ich hadere auch mit der Situation. Von zu Hause weg, den Treck verlassen und ohne zu wissen, was der nächste Tag bringt. Aber wir sind nicht allein. Wir haben uns.«

Aria machte sich los und wischte sich mit dem Ärmel über das nasse Gesicht. »Wir sind zusammen, du hast recht. Mist und Dokadreck noch mal. Ich weiß gar nicht, was mich geritten hat.« Sie seufzte tief. »Echt, da komme ich aus den unteren Vierteln, hab derbste Sachen und abstoßende Männer überstanden, von dem Dokabullen gestern mal ganz abgesehen, und dann flenne ich fast wie eine Sechsjährige!« Sie blickte Selana an. »Meinst du wirklich, dass wir das schaffen? Ich meine, schlimm genug, wenn wir wer weiß wem in die Hände fallen. Aber magische Geschöpfe? Besser, es wäre doch nur ein Traum gewesen, oder?«

Selana strich sich eine Haarsträhne aus dem Gesicht und zog die Kapuze weiter nach vorn. »Ja, das wäre wohl besser. Aber wenn es so was wie Magie in unserer Welt gibt, dann müssen wir darauf gefasst sein, dass wir ihr begegnen können. Auch wenn es beängstigend ist.«

Noch während Selana das sagte, durchzog sie ein Gedanke: Der Energiestrom aus ihrem Körper und die Staubwirbel auf den Händen – fühlte sich so Magie an? Aber rasch verblasste der Gedanke wieder. »Wenn man über seine Ängste nicht spricht, haben sie mehr Macht, weil sie dann im Kopf nagen und wüten. Das hat meine alte Momm immer gesagt. Uns kann vieles geschehen und wir sollten zumindest gedanklich vorbereitet sein, so gut es geht. Erst in Tyklahr werden wir wieder sicher sein.«

Aria griff nach einem Ast, um ihr Gleichgewicht zu halten. Doch sie nickte Selana aufmerksam zu.

»Deshalb müssen wir uns alles sagen, was uns auffällt oder was wir beobachten, richtig?«

Wieder nickte Aria. »Ich glaube, es ist der Regen.« Sie blinzelte in den grau verhangenen Himmel. »Wenn der nicht wäre, ginge es uns besser!«

Doch das Wetter hatte kein Erbarmen. Unablässig fiel Wasser vom Himmel, mal in großen Tropfen, dann nieselig, wie ein Vorhang aus feinstem Nebel. Oftmals rutschten sie auf moosigen Stellen aus, zweimal blieb Selana an Wurzeln hängen, mit denen die Bäume auf dem steinigen Hang nach Halt suchten. Aber außer ein paar Schrammen tat sie sich nichts, und Aria half ihr schnell wieder auf. Es war Nachmittag, als sie endlich die Handelsstraße erreichten.

»Atharpazh sei Dank!« Selana grinste über beide Ohren und Aria drehte sich lachend um die eigene Achse.

»Komm!« Sie hakte Selana unter. »Lass uns noch ein Stückchen gehen, bevor wir rasten, ja?«

»Klar! Die ersten Schritte auf einem vernünftigen Weg, herrlich.«

Die beiden setzten sich in Bewegung. Diese Straße war nicht ausgefahren oder matschig, das Laufen war deutlich leichter als über den steinigen Hang. Selana hatte das Gefühl zu schweben. Zumindest fast.

»Ich habe noch einmal nachgedacht«, meinte Aria. »Es heißt, dass die Schatten, also diese dunklen Geschöpfe, von Magie angezogen werden. Aber wir haben ja keine magischen Sachen. Deshalb sind wir für sie uninteressant. Insofern muss es doch ein Traum gewesen sein und wir bleiben verschont.«

Selana war sich nicht so sicher. »Und wenn es kein Traum war?«

»Auch egal. Keine magischen Sachen, und schon hauen sie wieder ab.«

»Ja, so muss es wohl sein«, entgegnete Selana leichthin. »Magische Sachen, woher sollten wir so was haben?« Trotzdem spukte etwas in ihrem Kopf herum.

»Genau, wie sollte unser einer schon an so was kommen.«

Das war es. Ruckartig blieb Selana stehen. Das Päckchen von Wanda! Hastig nahm sie ihr Bündel von den Schultern. Nein, wenn es magisch wäre, wäre der Schatten nicht abgehauen. Aber wenn es nicht magisch wäre, wäre er doch gar nicht erst aufgetaucht. Fahrig nestelte sie an dem Knoten, um ihre Tasche zu öffnen. Inzwischen war es für sie beinahe Gewissheit, dass die Schatten in der Nacht da gewesen waren. Sie wühlte in ihren Sachen und förderte endlich das Päckchen zutage. Erleichtert öffnete sie es. Aber es lag nur ein einfacher Stein darin. Das Medaillon war weg!

Atharu

16

Als Atharu zu sich kam, graute der Morgen. Brandan saß neben ihm und kraulte Jiga, die sich auf seinem Schoß eingerollt hatte. Das Frettchen war von der nächtlichen Wanderschaft zurückgekehrt.

Sein Freund blickte ihn besorgt an. »Bist du in Ordnung? Hast du Schmerzen?«

Atharu setzte sich vorsichtig auf. »Ja, nein – alles gut. Ich fühle mich nur ein wenig schwach. Was ist denn passiert?«

»Du hast eine Feuerkugel aus den Flammen gehoben. Bei dem Anblick habe ich richtig Herzrasen bekommen. Echt beeindruckend! Dann bist du ohnmächtig zusammengebrochen und die Feuerkugel ist in tausend Funken zerstoben. Ich hab versucht, dich wach zu bekommen, aber da war nichts möglich.« Brandan schluckte. »Im ersten Moment dachte ich, du wärst tot.«

Atharu erinnerte sich wieder. Die Flammen, die sich zu einem Feuerball verdichteten und seinem Willen zu gehorchen schienen. »Das mit der Kugel hat meine ganze Kraft aufgebraucht. Besser, ich lasse solche Kunststücke einstweilen.«

Erst jetzt bemerkte Atharu den köstlichen Duft von Gebratenem. Sein Gesicht hellte sich auf.

»Ich wusste nicht, was ich machen sollte. Da hab ich mir gedacht, ein deftiges Frühstück könnte helfen, wenn du zu dir kommst.« Brandan setzte sein gewohnt verschmitztes Lächeln auf und strich sich eine braune Strähne aus der Stirn.

»Und ob das das Richtige ist!« Atharu schlug sich lachend auf den Bauch. »Ich habe einen Bärenhunger.«

Die warme Mahlzeit und ein strahlender Sonnenaufgang verdrängten ihre Probleme für eine Weile. Ringsherum begrüßten Vögel den neuen Tag mit stürmischem Gezwitscher und ein leichter Wind zauberte ein Rauschen in die Luft.

Satt und zufrieden lehnte Brandan sich an den knorrigen Stamm der Eiche, unter der sie geschlafen hatten. »Wie schön wäre es, wenn wir einfach nur zum Jagen oder Angeln hier wären, ganz ohne Pläne und Aufgaben.« Er schnippte Jiga einen Rest gebratenen Speck zu. »Das haben wir lange nicht gemacht, oder? Einfach so in den Tag hineinleben?«

»Ich fürchte, das werden wir auch in Zukunft nicht.« Atharu stand auf. »Ich habe keine Ruhe, Brandan. Je eher ich auf dem Weg zu Quendus bin, desto besser. Und du solltest den Spuren der Gellwicks folgen. Das Medaillon-Bruchstück ist zu wertvoll, um es aufzugeben. Ich hoffe, in vier Tagen zurück zu sein. Und zwar mit Hilfe, wenn die Seelen mit uns sind.«

Sein Freund packte bereits die Sachen zusammen. »Ich stelle mich sicherheitshalber auf fünf Tage ein. Wir wissen nicht, wie weit es wirklich noch bis Gelder ist.«

Wenig später standen sie reisefertig am Ufer unter der Trauerweide, dort, wo sie ihr Boot angebunden hatten. »Wie werde ich dich finden? Du wirst kaum in der Gegend bleiben können, wenn du den Gellwicks folgst.«

»Bring einfach einen guten Fährtenleser mit.« Brandan grinste. »Ich werde es ihm nicht schwer machen, versprochen.«

»Vor allem musst du mir versprechen, nichts allein zu unternehmen, hörst du?« Atharu sah seinen Freund ernst an.

»Habe ich jemals etwas Unvernünftiges gemacht?«

»Wo soll ich anfangen?«

Die beiden lachten.

»Nein, im Ernst«, sagte Brandan schließlich. »Du brauchst dir keine Sorgen zu machen. Und außerdem bin ich nicht allein.« Er pfiff kurz und Jiga kam angesprungen. Wie ein Blitz kletterte sie ihm auf die Schulter. »Wir behalten die elenden Stinker im Auge, nicht wahr, meine Kriegerin?«

Lachend breitete Atharu die Arme aus, um den Freund zu verabschieden. Doch das Frettchen zischte eifersüchtig, und so wurde es nur ein Schulterklopfen. Dann setzte er sich ins Boot.

»Im Auge behalten und ... was sonst noch möglich ist«, setzte Brandan nach. Mit einem Handzeichen verschwand er lachend im Unterholz, ehe Atharu etwas erwidern konnte.

Seufzend sah er ihm nach. Immerhin war sein Freund keinen mordgedungenen Söldnern auf der Spur. So schlimm würde es hoffentlich nicht werden. Atharu stieß sich vom Ufer ab. Allein auf dem Weg nach Gelder.

Die Sonne wärmte seinen Rücken, während er dem Lauf des Flusses nach Westen folgte. Hin und wieder konnte er zu seiner Rechten eine karge Steppenlandschaft ausmachen. Meist jedoch war der Bewuchs am Ufer zu hoch, um etwas zu erkennen. Das stetig wechselnde Bild, mal mit Baumbestand und Buschwerk, mal mit Flusslilien und Gräsern, wurde durch Tiere bereichert, die an flachen Uferstellen tranken. Atharu sah eine Herde Lannpinns, die mit ihrer anmutigen, schlanken Gestalt die schnellsten Steppenläufer überhaupt waren. Diese Tiere hier am Wasser so nah und ungestört beobachten zu können, war wie ein Geschenk. An einer anderen Stelle entdeckte er mehrere Doka-Bullen, die sich vor ihrer Herde versammelt hatten und einem Rudel Gibbos die Stirn boten. Gegen die langen Hörner der Doka konnten die Gibbos nicht viel ausrichten. Doch Atharu wusste aus Erzählungen, dass diese katzenähnlichen Jäger, kaum größer als kleine Wildschweine, äußerst gerissen waren. Wahrscheinlich schlich sich der größere Teil des Rudels bereits von einer anderen Seite an.

Immer wieder musste Atharu bei diesen Bildern an Brandan denken, der seine wahre Freude daran gehabt hätte. Wie schön würde es, diesen Abschnitt der Reise noch einmal gemeinsam mit ihm zu machen, wenn alles gut verlief.

Als die untergehende Sonne die Landschaft in rotes, dann ockerfarbenes Licht tauchte, erreichte Atharu eine Stelle, an der der Fluss sich teilte. Wie konnte das sein? Der Fluss des Lebens führte nach Gelder. Nie hatte er davon gehört, dass der Uwentengoa sich teilte. Welchem Arm sollte er folgen? Er wollte auf keinen Fall den falschen Weg einschlagen, also paddelte er ans Ufer, um sich zu orientieren. Während der eine Flusslauf weiter nach Westen verlief, schien der andere sich nach Süden zu winden. Gelder lag südwestlich von Tangris, das wusste Atharu. Aber er hatte keine Ahnung, wie weit nach Westen er inzwischen vorangekommen war.

Er würde sich morgen entscheiden. Es war ohnehin Zeit fürs Nachtlager. Das letzte Tageslicht nutzte er, um nach Kräutern zu suchen. Eine Beschäftigung, die ihn beruhigte und zufriedenstellte. Ondara hatte ihm unzählige Pflanzen gezeigt und deren Wirkungen erklärt. Und sie hatte ihn ermahnt, sich nur auf wenige zu beschränken. Es war Sache der Kräuterfrauen, die Pflanzenbestände neben der Wirkung auch nach Farbe und Duft immer weiter auszubauen. Sie hatten Zeit und Muße dazu. Für Ondara hatte ausschließlich die Wirkung gezählt. Farbe, Duft oder Geschmack war nur dazu da, die verkopften Besonderheiten der Menschen zu befriedigen. Gelehrte hatten das nicht nötig, hatte Ondara gemeint. Atharu musste lächeln. Sie hatte ganz schön herrisch sein können. Aber sie war in diesen Dingen auch unübertroffen gewesen. Wahrscheinlich hatte sie mehr über Pflanzenkunde gewusst als alle Kräuterfrauen zusammen.

Drei Kräuter hatte Ondara ihm eingeschärft. Das Ellmächtskraut, ein Fünfblattklee, der als Tee überaus schmerzlindernd wirkte. Das Breithornblatt, das sich von einem Hirschzungenfarn nur durch die Blaufärbung an der Blattwurzel unterschied. Es bewirkte rasche Heilung als Wundauflage. Und als Letztes die Kehlandalilie. Sie war äußerst selten, aber wunderschön. Ihre Blätter enthielten krampflösende Wirkstoffe und die Essenz ihrer sternenweißen Blütenblätter konnte Mensch oder Tier in einen todesähnlichen Schlaf fallen lassen. Alle drei Pflanzen wuchsen meist in Ufernähe. Und tatsächlich fand Atharu sowohl Ellmächtskraut als auch Breithornblatt. Es war ein gutes Gefühl, die schmalen Vorräte auffüllen zu können. Auch wenn ihm vor allem das krampflösende Kehlanda-Pulver fehlte. Von der Essenz hatte er nur noch die Menge eines Fingerhuts. Er hütete sie, seit Ondara sie ihm überlassen hatte. Nur zweimal hatte er ein wenig davon zur Behandlung von Fieberkrämpfen an eine der Kräuterfrauen weitergegeben.

In der Nacht holten ihn die Ereignisse der letzten Tage wieder ein. Er schlief unruhig. Das leichenblasse Gesicht Ondaras tauchte vor ihm auf. Plötzlich öffneten ihre Augen sich weit, Atharu starrte in schwarze Löcher, die sich immer bedrohlicher ausbreiteten und alles zu verschlingen schienen. Lichtpunkte tanzten ihm rasch entgegen. Die Punkte wurden zu Flammen, die Flammen zu Feuern. Vögel erhoben sich aus dem Feuer und zerstoben zu einem mächtigen Flammenregen, der auf die Erde niederprasselte. Doch wo sie auftrafen, entbrannte nichts. Stattdessen bildeten sich Lachen aus Blut. Mehr und mehr, bis schließlich ein tiefroter See vor ihm lag, in dessen Mitte Brandan stand. Atharu wollte zu ihm. Er hob die Hände, um ihm ein Zeichen zu geben, und blickte auf glühende Finger, aus denen Blut troff. Dann plötzlich bildeten sich Eiskristalle an seinen Fingerspitzen. Das Bild vor ihm schien einzufrieren. Raureif überzog das Ufer des Sees, breitete sich rasch aus und knisterte in immer schnellerem Tempo auf seinen Freund zu, bis auch dieser ganz und gar von einem Mantel aus Frost bedeckt war. Eine Statue aus Eis, starr und leblos; bis sie jäh mit lautem Krachen zerbarst.

Atharu schreckte hoch. Schwitzend und keuchend setzte er sich auf. Der Morgen graute, Vögel sangen, ein leichter Wind strich ihm übers Gesicht. Er brauchte einen Moment, um die Gegensätzlichkeit zu begreifen und den grausigen Traum hinter sich zu lassen. Obwohl er noch immer nicht wusste, was seine Aufgabe war, beschlich ihn das ungute Gefühl, dass die Zeit am Ende knapp werden könnte.

Er kniete sich ans Ufer. Das kühle Nass milderte die trüben Gedanken und erfrischte ihn. Die Schrecken des Traums verloren an Kraft, verblassten hinter den Farben der Wirklichkeit, der beeindruckenden Natur, die ihn umgab. Er aß und trank etwas, ehe er sich wieder dem Problem des Vortags zuwandte. Welchem Flussarm sollte er folgen?

Ein Stück entfernt stand ein hoher, einzelner Baum. Von einer spontanen Idee getrieben, lief Atharu hin und kletterte hinauf. Das würde ihm einen Überblick verschaffen. Die Aussicht war besser als erwartet. Er konnte über die meisten Bäume hinwegsehen. Doch außer einer dunklen Wolkenbank am westlichen Horizont entdeckte er nichts Auffälliges. Der Fluss schien in der einen Richtung etwas kurvenreicher, in der anderen eher gerade zu verlaufen. Aber es war nicht auszumachen, welcher der Flussarme nach Gelder verlief. Geschweige denn, dass die Stadt zu sehen gewesen wäre.

Zurück am Boot blickte er nachdenklich auf den Fluss. Er war allein mit seiner Entscheidung. Keine Ondara, die ihm einen Rat geben konnte, kein Brandan, der ihm sagen konnte, ob die Strömung oder der Bewuchs einen Hinweis gaben. Möge Atharpazh verhüten, dass er den falschen Abzweig nähme und unter Umständen weit entfernt von Gelder zur Mündung gelangte. Brandan erwartete ihn in vier Tagen zurück! Aber hier herumstehen und Löcher ins Wasser starren half auch nicht. *Ich muss mich entscheiden!* Und gegebenenfalls die Konsequenzen tragen. Atharu seufzte. Das gehörte wohl dazu, wenn man auf sich gestellt war. *Nein, nicht nur dann. Ich bin erwachsen, oder etwa nicht? Wenn ich Verantwortung übernehmen will, muss ich auch entscheidungsfähig sein.*

Als er ins Boot stieg, wusste er, was er tun würde. Entscheidungsmäßig vielleicht ein bisschen geschummelt, aber besser als nichts. Mit einem zufriedenen Grinsen lenkte er das Boot in die Mitte des Flusses. Er würde sich treiben lassen.

Der Uwentengoa hatte für ihn den westlichen Zweig gewählt und Atharu legte sich jetzt ordentlich ins Zeug, um gut voranzukommen. Die Strömung nahm stetig zu und trieb ihn zusätzlich an. Doch das hatte seinen Preis. Es war schwere Arbeit, immer wieder gegen die vielen Strudel zu lenken. Mehrfach musste er ans Ufer und eine Pause einlegen.

Als die Sonne schon weit im Westen stand, wurde es immer mühsamer, das Boot an Felsen und untiefen vorbeizusteuern. Er war erschöpft, die Muskeln in seinen Armen brannten vor Anstrengung. Wenn er sich den Stromschnellen nicht machtlos ergeben wollte, musste er eine längere Rast einlegen. Rechts voraus entdeckte er eine Bucht.

Fast im selben Moment streifte das Boot einen Felsen. Fluchend zog Atharu das Paddel ein, damit es keinen Schaden nahm. Sofort kam er ins Trudeln, und das Boot legte sich quer. Ein Schwall kalten Wassers stürzte herein. *Nein, nein, nein!* Er kämpfte gegen die Strudel an. Noch ein Felsen. Gegenlenken. Vorbei. Immer schneller stach er das Paddel ins wilde Wasser, um die Gewalt über das Boot zurückzuerlangen. Die Bucht, er durfte sie nicht verpassen. Dort wäre das Wasser ruhiger. Mit eisernem Willen kämpfte er sich über den Fluss. Sein Herz schlug wild und sein Atem überschlug sich. Dann, kurz vor der absoluten Erschöpfung, erreichte er die Bucht. Das Ufer war seichter, als er zu hoffen gewagt hatte. Atharpazh meinte es gut mit ihm. Mit zitternden Armen und weichen Knien zog Atharu das Boot an Land.

Am liebsten wäre er an Ort und Stelle eingeschlafen. Doch er zwang sich, erst zu essen und zu trinken. Wenn die Strömung auch am unteren Lauf des Uwentengoa nicht nachließ, hätte er seine Kräfte bitter nötig. Dann wickelte er sich in seinen Umhang und eine weitere Decke. Nachts konnte es kalt werden, und ein Feuer wollte er nicht riskieren. Wer würde ihm bei einem erneuten Zusammenbruch wieder auf die Beine helfen, wenn er seine Fähigkeiten noch einmal ausprobierte? Nein, in Gelder wäre Zeit, sich dem Feuer zuzuwenden. Er musste dahinterkommen, warum ihn seine eigene Magie von den Beinen gehauen hatte. Ondara hätte es gewusst. Oft reichten schon ihre Vermutungen aus, um einem Rätsel auf die Spur zu kommen. »*Wenn es Zeit ist, wird Atharpazh es dir zeigen. Übe dich in Geduld und achte auf die Zeichen deines Körpers.*« Mit der Erinnerung an ihre Worte schlief er ein.

Am Morgen brauchte er eine Weile, um die starren Glieder aufzuwärmen. Erst nach einigen Übungen für die Arm- und Schultermuskeln stieg er wieder ins Boot. Mit kräftigen Schlägen paddelte er zurück in die Stromschnellen.

Der Tag verlief ohne größere Probleme. Ein oder zwei herausfordernde Strudel zwischen mächtigen Felsen, doch letztlich brachte er die wilden Fluten hinter sich. Der Fluss wurde breit und die Strömung gemächlich. Ruhige, rhythmische

Paddelschläge reichten aus, um gut voranzukommen. Endlich zeigten sich sogar Spuren menschlichen Lebens. In der Ferne sah er hin und wieder die kreisenden Flügel eine Windmühle, am Nachmittag glitt sein Boot unter einer Brücke hindurch.

Zum Abend hin wich der höhere Uferbewuchs weiten Wiesen und Atharu hielt Ausschau nach einem Lagerplatz für die Nacht. In einiger Entfernung ging das Grün der Gräser in leuchtendes Gelb über. Es dauerte einen Moment, ehe er begriff, was er dort sah. Angestrahlt vom warmen Licht der untergehenden Sonne ragten mächtige Mauern vor ihm empor. Gelder! Er hatte es geschafft.

Unweit der Stadt machte er an einem Holzsteg fest, an dem einige kleine und zwei größere Boote vertäut lagen. Am Ufer standen windschiefe Häuser, aus deren Kaminen Rauch aufstieg. Die Luft roch nach verkohltem Holz und Fisch und schmeckte nach Salz. Aus den Fenstern der Häuser fiel Licht auf einen breiten Weg, der in Richtung Stadtmauer führte. Atharu nahm sein Bündel aus dem Boot, verließ den Steg und betrat den Weg zur Stadt.

»Halt! Wer da?« Ein Mann trat aus dem Schatten.

»Verzeiht, ich habe Euch nicht gesehen.« Atharu blieb erschrocken stehen und hob beschwichtigend die Hände. »Ich bin gerade erst mit meinem Boot angekommen und kenne mich nicht aus.«

»Neu, soso. Und das sind dann sicher auch *deine* Sachen, die du mit dir trägst?« Der Mann klang misstrauisch.

»Natürlich. Oder meint Ihr, ich wäre ohne Kleider und Proviant unterwegs?« Atharu setzte ein freundliches Lächeln auf. »Sagt, ist das der Weg zum Stadttor?« Ondara hatte immer gesagt, Menschen wollen gefragt werden. *Wer fragt, lenkt das Gespräch.* Hoffentlich in eine gute Richtung.

»Ja. Hier lang kommst du zum Südtor. Vielleicht hast du Glück. Das Südtor ist das kleinste der Stadttore, aber meist länger offen.«

Na also, geht doch. »Besten Dank. Dann will ich mich beeilen.«

»Und in Zukunft solltest du bei Tage reisen. Nicht jeder fragt so nett, ehe er seine Waffe benutzt.« Wie zur Bestätigung trat der Mann einen Schritt vor und das Licht des Fensters fiel auf ein blankes Kurzschwert, das er in der Rechten hielt.

Atharu schluckte. »Ihr habt recht, ich werde daran denken.«

»Und immer hübsch auf dem Weg bleiben!«

Er nickte und ging mit zügigen Schritten aufs Südtor zu. Auf den letzten Metern beleuchteten Feuer in hohen eisernen Körben den Weg. Erleichtert sah er, dass das Tor noch offen stand. Bewaffnete Männer in ledernen Harnischen hielten davor Wache. Hoffentlich ließen sie ihn passieren. In Gedanken legte Atharu sich einige Worte der Erklärung zurecht. Immerhin half ihm die Anspannung, seine Erschöpfung für einen Moment zu vergessen.

Gerade noch ins Gespräch vertieft, trat einer der Wachleute plötzlich auf ihn zu. »Halt! Was ist Euer Begehr zu so später Stunde?«

»Ich komme aus der Felsenstadt Tangris und habe eine Botschaft für einen Bewohner der Stadt.«

»Habt Ihr ein Schreiben, um Euch auszuweisen?«

»Ich ... äh ... nein. Ich wusste nicht, dass ich so etwas brauche.« Atharus Puls beschleunigte sich. Warum nur hatte er nie darüber nachgedacht?

Der Wachmann lächelte ihn überlegen an. »Meint Ihr, die Tore stehen jedem Tölpel offen? Wer bürgt für Euch?«

»Ich weiß nicht.« Das entwickelte sich ganz und gar nicht so, wie Atharu gehofft hatte.

»Ihr werdet doch sicher einen Bürgen genannt bekommen haben, wenn Ihr im Auftrag hier seid.« War da ein leicht spöttischer Unterton zu hören?

»Nein. Ich weiß nur, dass ich mit niemandem außer Quendus sprechen soll.«

»Aber klar. Wahrscheinlich sogar *Magister* Quendus.« Der Mann blickte sich zu seinen Kameraden um.

Magister, aber ja, warum war Atharu noch nicht darauf gekommen. Natürlich hätte Ondara ihn nicht zu irgendeinem Mann geschickt, sondern zu einem Gelehrten der Orden.

Der Wachmann grinste spöttisch und fuhr mit erhobener Stimme fort: »Ihr sollt also *nur* mit Magister Quendus sprechen?«

Die leisen Gespräche der Wachleute waren verstummt. Alle hatten sich Atharu zugewandt. Nur nicht einschüchtern lassen. *Ich habe es Ondara versprochen und außerdem brauche ich*

Hilfe für Brandan. »Ich bin im Auftrag Ondaras hier, der Urmutter der Tangora. Und ich denke, dass Magister Quendus es nicht schätzen würde, wenn meine Botschaft ihn nicht erreicht!«, sagte er, so fest er es vermochte.

»Habt ihr das gehört?« Wieder blickte der Wächter sich zu den anderen um. »Magister Quendus würde es nicht schätzen.« Er machte eine Pause, ehe er weitersprach, und schien seine Worte mit Bedacht zu formulieren. »Dann ist es wohl besser, wir helfen Euch, dahin zu kommen, wo auch Magister Quendus ist. Denn die Botschaft ist ja nur für ihn, richtig?«

Atharu hatte ein ungutes Gefühl. Die Worte beschrieben, was er wollte, doch der Tonfall klang arglistig. Er blickte in die Runde und sah lauter breit grinsende Gesichter. Welche Wahl hatte er? »So ist es. Ich wäre Euch dankbar, wenn Ihr mich zu ihm brächtet.«

»Nun, es ist schon dunkel.« Der Mann schaute zum Himmel. »Ich muss Euch daher sagen, dass es zu spät ist, um heute noch zu Magister Quendus zu gehen.« Seine Überbetonung von »Magister Quendus« irritierte Atharu.

»Zu spät!«, wiederholte einer der anderen.

»Wohl wahr, wohl wahr«, meinte ein Dritter und leises Gelächter ging durch die Runde.

Der Wortführer nahm das Gespräch wieder auf, nachdem er die anderen mit einem Handzeichen zum Schweigen gebracht hatte. »Schluss mit der langen Rede. Wir bieten Euch eine angemessene Unterkunft für die Nacht. Zwei meiner Kameraden werden Euch geleiten.« Er wies die zwei Größten an, Atharu zu führen.

»Habt Dank für Eure Hilfe.« Ihm war zwar nicht ganz klar, wofür er sich bedankt hatte, aber letztlich blieb ihm kein anderer Weg in die Stadt.

Die Wachleute durchsuchten seine Sachen und geleiteten ihn dann durchs Tor. Dahinter lag ein Innenhof, von hohen Mauern eingeschlossen. Auf der gegenüberliegenden Seite stand ein weiteres Torhaus, vor dem wieder eine Wache postiert war. Atharu wurde unruhig. Doch auf ein Zeichen konnten sie ungehindert passieren. Endlich war er innerhalb der Mauern, angekommen in der Stadt Gelder. Von hier aus herrschte König Seron über das Reich Geldermark.

Die Wachleute führten Atharu eine breite Straße entlang, der Stadtmauer folgend. In unregelmäßigen Abständen zweigten Gassen ab. Nach einiger Zeit wiesen sie ihn in eine schmale Straße, die vielleicht ins Innere der Stadt führte. Atharu mochte nicht fragen, versuchte aber, sich den Weg einzuprägen. Wieder und wieder kreuzten sie Gassen und Straßen. Die Torwächter nahmen mal einen Weg nach rechts, mal einen nach links. Bald hatte Atharu die Orientierung hoffnungslos verloren und sein ungutes Gefühl nahm mit jedem Abzweig zu.

Gleichzeitig konnte er nicht umhin, die Häuser zu bestaunen, deren hölzernes Fachwerk mit Steinen ausgemauert war. Insbesondere verblüffte ihn, dass einige der Straßen nachts beleuchtet wurden. Gelder musste wirklich reich sein. Im Licht der Feuerlampen erkannte er Schnitzereien im Fachwerk der Häuser. Wie würde es wohl drinnen aussehen? Die Stadt unterschied sich vollkommen von Tangris. Reisende hatten ihm einmal von Gelder berichtet, aber es selbst zu sehen, war etwas völlig anderes.

Die Männer hielten vor einem dunklen Gebäude, das hoch hinaufragte. Ein vergittertes Tor versperrte den Eingang.

»Halt!« Ein Mann mit einer Pike trat ihnen entgegen. »Ach, du bist es, Schwager. Wen bringst du denn zu dieser späten Stunde?«

»Einen Gast für dich. Der junge Herr will zu Magister Quendus. Aber nicht mehr heute.« Er lachte dreckig und der andere stimmte mit ein, während er das Gitter öffnete.

»Dann mal herein mit ihm!«

Zwei schwere Türflügel aus Holz standen offen, geradeaus gab es einen großen runden Raum, der nur zu einer Seite beleuchtet war. Gleich links und rechts hinter dem Eingang sah Atharu Treppen, eine führte nach oben, eine nach unten.

Er räusperte sich, um etwas sagen zu können. »Dann sind wir wohl da, nehme ich an.« Er wandte sich an den Wächter, der sie eingelassen hatte. »Ihr habt hier einen Raum für mich, wo ich nächtigen kann?«

Der Mann schaute für einen Moment verblüfft drein und lachte dann wieder. »Schwager, Schwager. Da hast du ja einen ganz Wohlerzogenen gebracht.« Er wandte sich Atharu zu. »Kommt nur mit. Ich zeige Euch Euren *Raum*.« Wieder ein derbes Lachen. Sie führten ihn die Treppe hinunter und blieben vor einer Gittertür stehen.

»Das ist dein *Raum*.«

Der Tritt kam so unvermittelt, dass Atharu von den Beinen gerissen wurde und hart auf den Steinboden schlug.

Pitu

17

Die Schreie der Männer und das Krachen auseinanderbrechender Aufbauten mischten sich mit dem Getöse des Sturms zu einem Höllenlärm, der Pitu die Panik ins Blut schießen ließ. Krampfhaft hielt er den Arm seines Freundes. Dann zerbarst die Planke hinter ihm. Holzsplitter bohrten sich ihm in die Seite, seine Taille riss auf. Der Schmerz war unbeschreiblich. Die Beine sackten unter ihm weg, und er stürzte aufs Deck. Die Planken, an die er vertäut war, krachten auf ihn und zerschmetterten seinen Oberschenkel. Pitu riss den Mund zu einem Schrei auf, der sofort vom Salzwasser erstickt wurde. Beinahe hätte er Velbert losgelassen, doch instinktiv krallte er sich umso fester in den Ärmel des Freundes. Die Wogen rissen alles von Bord, und Pitu tauchte mitsamt den Planken in die Fluten.

Eisiges, wirbelndes Wasser umgab ihn. Das Salz biss in den Augen, in den Strudeln verlor er jede Orientierung. Obwohl alles in ihm nach Luft schrie, mühte er sich, den Mund geschlossen zu halten. Sein Brustkorb drohte zu zerspringen, jeden Moment musste er dem Drang nachgeben und einatmen.

Plötzlich schleuderte ihn ein Sog an die Oberfläche einer hohen Welle. Pitu hustete Wasser und schnappte nach Luft. Kaum hatte er die Lungen gefüllt, schlugen die Wogen erneut über ihm zusammen. Wirre Gedankenfetzen folgten ihm in die Tiefe, während er panisch auf ein Auftauchen hoffte.

Atharpazh – Velbert ...

Wieder an der Oberfläche – Luft! – und schon zog es ihn zurück in die wirbelnde Brandung.

Velbert – mein Freund – mein Stein ...

Mit unvergleichlicher Macht drückten die Wellen ihn auf den Grund, der Schmerz durchzuckte seinen Körper wie ein Blitz. Dann zerbarst die Planke, an der er hing, an einem Felsen. Die Taue lösten sich, er tauchte auf und um ihn wurde alles schwarz.

Als Pitu zu sich kam, umfing ihn ein dumpfer, lähmender Schmerz. Er konnte nur stoßweise und in flachen Zügen atmen. Aber da war kein Wasser mehr. Erleichterung, dann Panik. Er konnte sich kaum bewegen und die Augen nicht öffnen. Waren sie vom Salz verklebt? Er zwang sich, ruhig zu bleiben, versuchte, mit den Händen nach seinem Gesicht zu tasten. Doch vor Schmerz zuckte er zurück.

Erst jetzt bemerkte er, dass kein Sturm mehr um ihn toste. Dass er auf einem weichen, trockenen Untergrund lag. Vorsichtig tastete er umher: ein Leinentuch und Stroh darunter. Wie in weiter Ferne hörte er das Knistern eines Feuers und nahm einen appetitlichen Geruch wahr – als würde jemand eine gute Suppe kochen. Atharpazh hatte sie gerettet!

Pitu fasste nach seinem Stein und stellte erleichtert fest, dass er ihn noch immer um den Hals trug. Heiser versuchte er, sich bemerkbar zu machen. »Velbert?«

Ein Geräusch, als ob ein Stuhl verschoben würde.

»Velbert, geht es dir gut?«

Schritte kamen näher. »Ah, gut ist, nicht? Du wach.« Die Stimme war fremd, der Sprecher hatte einen Akzent, den Pitu nicht kannte.

»Wo bin ich? Wo ist Velbert?« Pitu versuchte, sich der Stimme zuzuwenden, doch seine rechte Seite brannte wie glühende Kohlen.

»Nicht bewegen, nicht? Du krank.«

Pitu versuchte, ruhig zu bleiben. Ihm blieb keine andere Wahl, als dem Mann zu vertrauen und das Gefühl der Hilflosigkeit zu unterdrücken. Wichtig war, dass er lebte. Alles andere würde sich finden.

»Ich heiße Pitu. Was ist passiert?« Rasch setzte er noch ein »Danke ... für deine Hilfe« hinzu.

»Wetter stürmisch. Vor vier Tagen war sehr schlimm, nicht? Ich nicht fischen gehen. Erst Tag später, und da ich dich gefunden. Wrackteile überall. Großes Schiff gewesen, nicht?«

Vor drei Tagen? Du meinst, ich habe drei Tage geschlafen?

»Du drei Tage kämpfen gegen Tod, nicht? Aber du überleben.«

Pitu schluckte. »Und wo ist Velbert? Du musst doch noch jemanden gefunden haben?« Wenn er selbst überlebt hatte, hatte sein Freund auch eine Chance gehabt.

»Es tut leid. Habe Freunden erzählt, wir suchen gemeinsam, nicht? Aber nur Leichen aus Meer fischen seit Sturm. Wir sehr traurig.«

Pitus Brust wurde eng, er spürte Tränen aufsteigen.

Eine Hand legte sich auf seine. »Du Freund verloren. Es tut leid. Aber Fludo da und helfen, nicht?«

»Aber Velbert. Ich hab ihn doch festgehalten ...«

»Deine Kleider dich gerettet, nicht? Sie dich getragen über Wasser. Gute Idee mit Pelengo in Kleider. Fludo sie waschen und ausbessern, nicht?«

Velbert hatte also mit der Bohnen-Idee richtig gelegen. »Aber mein Freund hatte auch so was an. Ihr müsst ihn finden.«

Sein Retter seufzte schwer. Er stand auf, ging ein paar Schritte und kehrte zu Pitu zurück. Vorsichtig gab er ihm etwas in die Hand. »Du fühlen? Du das in Hand haben und nicht loslassen wollen, trotz krankem Schlaf, nicht? Gehörte Freund, nicht?«

Pitu erkannte einen ausgerissenen Ärmel, in dessen Futter Pelengos eingenäht waren. Alles in ihm krampfte sich zusammen. Schlaff ließ er den Ärmel fallen. »Nein! Nicht Velbert.«

In den nächsten Tagen kümmerte Fludo sich aufopfernd um Pitu. Er hatte sein Bein geschient und die Plankensplitter aus den Wunden entfernt. Er machte ihm heilende Kompressen für die Augen, wechselte die Verbände und gab ihm zu essen und zu trinken.

Bereits am nächsten Tag konnte Pitu die Augen öffnen, nach zwei weiteren Tagen mit Fludos Hilfe sogar den Oberkörper aufrichten. Wie sich herausstellte, war Fludo ein Urda. Er war etwa so groß wie Pitu und hatte dieselben stechend grünen Augen des Sumpfvolks. Seine Statur war jedoch, anders als bei Pitu, eher pummelig und sein Kopf rund wie ein Kürbis. Fludo berichtete, dass das Schiff auf dem letzten Riff südöstlich vor dem Arroda-Delta zerschellt sein musste. Es hatte nicht viel gefehlt und sie hätten die Iklieten hinter sich gehabt.

Immer wieder verfing Pitu sich in tristen Gedanken. Warum war allein er verschont geblieben? Warum nicht Velbert? Sein Freund – sein *einziger* Freund. Der ihn gerettet hatte. Ohne ihn wäre wer weiß was auf dem Schiff passiert. Zum ersten Mal hatte er zu jemandem Vertrauen gefasst. Ein gutes Gefühl, das nur zwei Tage gewährt hatte. Und was hatte er selbst getan? Er hatte von ihm die Pelengo-Kleider genommen, sich anbinden lassen, ohne darüber nachzudenken, wie er Velbert hätte helfen können. Hätte er doch darauf bestanden, dass Velbert sich zuerst anband. Hätte er ihn nur besser festgehalten. Dann wäre sein Freund noch am Leben. Was blieb, war eine tiefe Leere, die sich mit Schuld füllte und der Pitu nichts entgegenzusetzen hatte. Warum war Atharpazh so ungerecht?

Fludo gab sich alle Mühe, ihn aufzumuntern. Anfangs erzählte er vom Leben in den Sümpfen. Doch da Pitu kein Interesse an der eigenen Heimat zeigte, ließ er es sein. Er verlegte sich darauf, seinen Gast zu befragen. Und nach einer Weile fing Pitu an, auf die Fragen zu antworten. Er war dem Fischer schließlich etwas schuldig.

Schuld! Ein kleines Wort, aber ein mächtiges Gefühl. Es fraß sich durch Pitus Eingeweide wie Todeswürmer durch verwesende Kadaver. Fludo schien zu merken, dass Pitu es vermied, über das Unglück und über Velbert zu sprechen. Doch er ließ nicht locker. Er konnte wahrlich eine Nervensäge sein.

»Du reden und dem Schmerz stellen müssen, das gut sein für dich, nicht?« Hatte der eine Ahnung.

Aber irgendwann lenkte Pitu ein, schon damit die Grünhaut endlich Ruhe gab. Und bald merkte er, dass Fludo recht hatte. So begann er zu reden. Meist über seinen verunglückten Freund. Es war, als müsste Pitu sich jede Einzelheit, jeden Moment, den sie in den zwei Tagen erlebt hatten, ins Gedächtnis einbrennen. Die Erinnerung gab ihm Halt, langsam nahm das Geschenk dieser Freundschaft einen festen Platz ein und verlieh ihm Zuversicht. Er hatte einen Freund gehabt. Einen wirklichen Freund!

Als Pitu von Velberts Rat berichtete, mit dem nächstbesten Schiff nach Gelder zurückzukehren, um mit dem Magister des Königs zu sprechen, fiel ihm dessen rätselhafte Bemerkung ein, über die sie nicht mehr hatten sprechen können. »Er fragte mich, ob mein Stein magisch sei. Und er guckte dabei so nachdenklich. Genauso hat er auch geguckt, als er mir das mit dem Obmann und dem Magister erklärt hat.«

Fludo horchte auf. »Und ist Stein magisch?«

»Ich weiß es nicht, zumindest ist er immer warm. Aber ob das schon Magie ist? Ich kenne mich da nicht aus.«

Fludo rutschte nervös auf dem Stuhl hin und her. »Du mir zeigen, ich herausfinden, nicht?«

»Kannst du das denn?«, fragte Pitu verunsichert. Fludo war doch nur ein einfacher Urda-Fischer. Abgeschieden im Arroda-Delta, wo es nicht mal einen richtigen Hafen gab.

»Wenn Stein lange ist bei dir, vielleicht hier aus Sümpfe von Athür stammt. Dann ich kann, nicht?« Der Fischer lächelte.

Vorsichtig nahm Pitu das Lederband mit dem Stein ab, zögerte einen Moment. »Er kann aber nicht kaputt gehen, oder? Ich meine – ich weiß ja nicht, was du vorhast.«

Mit einem schnellen Griff hatte Fludo ihm das Band mitsamt dem Stein abgenommen. »Nicht Sorge machen. Stein selbst muss entscheiden. Wenn dir gehört und magisch, er helfen, nicht?« Fludo löste den Stein vom Lederband und reinigte ihn vorsichtig mit klarem Wasser. Danach legte er ihn in eine Schale mit Kräutern.

Pitu verfolgte das Vorgehen etwas enttäuscht. Ein bisschen mehr Tamtam hätte der Fischer schon machen dürfen. Magie hatte doch wohl mit Beschwörungen zu tun, mit Rauch und

Knalleffekten. So kannte er es von den Zauberern auf den Marktplätzen. Die beherrschten das ja schließlich.

Als Fludo ihn bat, sich hinzulegen, stutzte Pitu, kam der Aufforderung aber nach. Vielleicht wurde es ja doch noch etwas aufregender.

»Ich Verband öffnen muss, nicht?«

Verbandswechsel waren die Tiefpunkte der vergangenen Tage gewesen. Obgleich Fludo immer betont hatte, wie »gut wird heile«, wäre Pitu in diesen Momenten fast vor Schmerz umgekommen.

»Muss das sein? Was hat die Magie des Steins mit meiner Wunde zu tun?«

Auf Fludos ungeduldige Handbewegung verdrehte Pitu genervt die Augen und öffnete Hemd und Hosenbund, sodass der Taillenverband frei lag. In einer weiteren Schale holte der Fischer etwas von dem Kräutersud, den er immer auf den Verband träufelte, damit dieser sich besser vom heilenden Fleisch löste. Pitu biss die Zähne zusammen, als ihm nach und nach die leinenähnlichen Pflanzenblätter von der Wunde gezogen wurden. Es war ihm schleierhaft, wie eine Verletzung heilen sollte, wenn man das frische Fleisch mit den Verbänden ständig wieder abriss.

»Ahh! Vorsichtig!« Pitu stöhnte auf, als das letzte Stück von seiner Flanke gezupft wurde.

»Ich immer vorsichtig, nicht?«

»Weiß nicht, merk ich nicht.« Der schlimmste Teil war überstanden. Den neuen Verband aufgelegt zu bekommen, war angenehm kühl und erfrischend.

»Ich Verband bereiten und dann auflegen, nicht?«

»Ja, ich freue mich darauf.« Pitu entspannte sich etwas. Aber das unterdrückte Lachen des Fischers irritierte ihn. »Was ist denn so komisch?«

»Du freuen, ich auch, nicht?«

»Na dann. Noch mehr freue ich mich, wenn alles verheilt ist.«

»Du still liegen und Augen schließen, nicht? Nicht schrecken, wenn Verband kommt.«

Fludo machte es wirklich spannend. Ergeben schloss Pitu die Augen. Dann schrie er auf! Ein unerträglicher Schmerz jagte durch die Taille, als würden glühende Kohlen in die Wunde gedrückt. Er bäumte sich auf, wollte aufspringen, dem Schmerz entkommen, doch Fludo hielt ihn mit kräftigen Händen fest. Schweiß trat auf Pitus Stirn, er wimmerte. Dann, ganz langsam, ebbte der Schmerz ab.

»Was hast du getan, alte Sumpfnatter?«, zischte Pitu durch die zusammengebissenen Zähne. »Willst du mich umbringen?«

»Besser werden jetzt? Schmerz nachlassen, nicht?«

»Schmerz nachlassen? Und wenn nicht, nicht?« Pitus Lebensgeister waren definitiv zurück. »Warte nur, bis ich aufstehen kann, dann jage ich dich in die nächstbeste Steppe, um dich einem Rudel Gibbos zum Fraß vorzuwerfen!«

Hätten Blicke töten können, wäre Fludo auf der Stelle zu Staub zerbröselt. Doch er lächelte Pitu tapfer an, während er ihn weiter fest im Griff behielt. »Du erst heilen sollst, nicht?«

»Was denn nun. Sollst oder sollst nicht? Entscheide dich mal.« Plötzlich veränderte sich Pitus Miene. »Was machst du jetzt schon wieder?« Die Schmerzen wichen einem Kribbeln und Jucken. Pitu wand sich unter den Händen seines vermeintlichen Peinigers.

»Schmerz fort, Kribbel da, nicht? Dann Magie wirken.« Der pummelige Fischer gluckste vor Freude.

In diesem Moment wurde auch Pitu klar, was geschah. Die ganze Zeit spannte er den Oberkörper und wand sich wie ein Aal, um Fludos Griff zu entkommen – aber der Schmerz war weg! Auf einmal merkte er erstaunt, dass der einzige Schmerz, den er noch spürte, sein kaputtes Bein betraf. Er lächelte, grinste Fludo dann breit an und lachte schließlich. »Du grünäugiger Sumpfangler. Wie hast du das gemacht? Für einen Moment dachte ich, meine letzte Stunde hätte geschlagen.«

Sein Retter wischte sich den Schweiß von der Stirn. »Anstrengend dich halten. Sonst ich nichts gemacht außer Stein in Wunde, nicht?«

Pitu setzte sich auf und nahm den Verband ab, den Fludo auf seine Taille gedrückt hatte. Der Stein rollte ihm in die Hand. Wo vorher die zerfetzte, fleischige Verwundung brannte, spannte sich frische Haut, die sich rosarot von seinem dunklen Teint abhob.

»Wie ... wie?« Verblüfft betastete er die Haut. »Ha! Das ist ja ...« Er lachte. »Du kleiner fischiger Wunderheiler.«

Fludo freute sich sichtlich über die Anerkennung.

»Jetzt das Bein.«

»Oh, das vielleicht schwieriger, nicht?« Sein Retter wog den Kopf zweifelnd hin und her.

»Wieso?«

Sorgenfalten traten in Fludos Stirn. »Stein wirken, wo Wunde ist, nicht? Stein auf kaputten Knochen muss, aber kein Loch da, nicht?«

Pitu starrte seinen Retter an und schluckte. »Das heißt, wenn wir den Knochen mit dem Stein heilen wollen, müssen wir ein Loch bis zum Knochen schneiden, um den Stein da reinzustecken?«

Irrigerweise hoffte er, dass Fludo etwas anderes antworten würde, doch der Urda nickte nur.

»Dokadreck, verwünschter!«

»Schmerzen sicher mehr als eben, ich denke, nicht?«

»Äh ...«, kiekste Pitu und räusperte sich. »Mehr Schmerzen als eben kann ich mir gar nicht vorstellen.« *Will ich vor allem nicht!* Doch wie auch immer, er brauchte zwei gesunde Beine und wollte endlich wieder an die frische Luft, raus aus dieser Hütte. »Ich denke, dann solltest du mich vorher mit Stricken festbinden, sonst kann ich für nichts garantieren.«

Der Fischer nickte zerknirscht. »Aber morgen machen, nicht?«

»Nein, nicht. Heute machen.« Nur nicht darauf warten müssen, sonst überlegte er es sich womöglich anders. Die Schmerzen waren ihm nur zu deutlich in Erinnerung. »Und zwar gleich.«

Wenig später hatte Fludo alles zusammengesucht, was er brauchte. Er half Pitu auf den massiven Holztisch und band ihn mit starken Seilen fest. Dann holte er ein scharfes Messer und reinigte sowohl dieses als auch den Stein. »Du bereit?«

»Nein, Atharpazh steh mir bei, aber fang trotzdem an.«

Fludo steckte Pitu einen Lederriemen zwischen die Zähne. »Lieber Leder beißen als Zunge, nicht?«

Behutsam ertastete der Fischer den Bruch im Oberschenkel und setzte das Messer an. Als er den ersten Schnitt machte, stöhnte Pitu geräuschvoll auf, sofort tanzten bunte Flecken vor seinen Augen. Fludo schnitt tiefer und Pitu warf den Kopf hin und her, während die Tränen ihm in Strömen aus den Augen liefen. Als das Messer auf den Knochen stieß, schrie er laut auf. Dann spreizte Fludo das Fleisch und Pitu wand sich heulend in seinen Fesseln. Der Fischer holte tief Luft, rammte den Stein in die Wunde und presste einen Verband darauf. Pitu bäumte sich auf, brüllte vor Schmerz. Der Lederriemen fiel ihm auf die Brust. Alles verschwamm vor seinen Augen, er sackte zusammen.

Als er erwachte, war es fast dunkel im Raum. Nur eine flackernde Kerze auf dem Tisch spendete etwas Licht. Fludo saß auf einem Stuhl, den Kopf auf dem Arm.

»Ha-o.« Pitu räusperte sich. »Hallo?«

Müde hob der Fischer den Kopf. Dann lächelte er. »Ich sagen: Schmerzen mehr, nicht?«

Selana

18

Fassungslos starrte Selana auf den unförmigen Stein in ihrer Hand. Tränen liefen über ihre Wangen.

Aria hockte neben ihr und legte tröstend den Arm um sie. »Was ist denn los?«

»Es ist weg. Das Medaillon von meiner Ziehmutter, es ist weg.« Selana konnte es nicht glauben. Das Schmuckstück war der entscheidende Grund für ihre Flucht gewesen. Ihr Auftrag! Auch wenn sie nicht wusste, was es damit auf sich hatte. Der Brief ihrer alten Momm hatte eindringlich klar gemacht, wie wichtig es war, das Bruchstück nach Tyklahr zu bringen. *»Halte das Päckchen sicher verwahrt und zeige es niemandem! Es hängt viel davon ab ...!«*

»Tut mir leid. Wo kannst du es verloren haben? War es wertvoll?« Aria klang aufrichtig besorgt, doch Selana stieß sie weg.

»Ach was, verloren!« Sie schniefte verächtlich. »Man verliert nichts aus einem verschlossenen Päckchen und findet dann einen Stein darin. Und ja – es war mir etwas wert. Mehr weiß ich auch nicht. Keine Ahnung, was es für jemand anderen wert wäre. Es war ja nicht mal heil. Es war nur die Hälfte von einem Medaillon. Ein Bruchstück.« Selana war aufgestanden und ging rastlos umher. »Was soll ich nur tun?«

»Aber dann ... dann hat es jemand absichtlich genommen?« In Arias fragendem Blick lagen Verwirrung, Nachdenklichkeit und schließlich Ärger. Oder Enttäuschung? »Du glaubst doch nicht etwa, dass ich ...?«

Selana hielt inne, ihr Blick fixierte die junge Frau aus Akralahr. Als ihr Tränen in die Augen traten, wurde Selana die Brust eng. »Aber nein, natürlich nicht.« Sie fasste ihre Freundin bei den Händen. »Wir sind Freundinnen, oder?«

Aria seufzte erleichtert.

»Ich verstehe nur nicht, dass überhaupt jemand davon wusste. Ich habe es niemandem gezeigt.«

»Wann hast du es das letzte Mal in der Hand gehabt?«

»Das ist schon einige Tage her. Noch im Treck, denke ich. Ja, jetzt fällt es mir wieder ein. Alle schliefen und ich wollte endlich sehen, was in dem Päckchen drin ist. Bis dahin hatte ich es selbst nicht gewusst.« Selana versuchte, sich an Einzelheiten zu erinnern. Sie hatte das Medaillon in den Händen gehalten. Alles war ruhig gewesen. Nur einmal hatte ein Geräusch sie erschreckt. Dann begriff sie: »Osse!«

»Osse?« Aria nickte. »Zuzutrauen wäre es ihm.«

»Ich erinnere mich, wie er sich hinter mir bewegte, aber ich dachte, er hätte sich nur im Schlaf gedreht. Er muss doch wach gewesen sein!«

»Und er hat sich die letzten Abende immer um den Karren gekümmert«, meinte Aria. »Was sollen wir jetzt tun?«

»Erst mal suchen wir einen Platz für die Nacht.« Selana brauchte Ruhe. Unüberlegtes Handeln brächte sie nicht weiter. »Und wir machen heute ein größeres Feuer. Unsere Sachen müssen endlich mal wieder trocknen. Und wir auch.«

»Ja, du hast recht. Und wie geht es weiter? Abwärts oder aufwärts?« Aria blickte in die Richtung, aus der sie kamen, dann in die Richtung, in die sie wollten.

Eine Antwort auf diese Frage war mehr als eine bloße Richtungsangabe. Es ging um Fortschritt oder Rückschritt. Und eins wusste Selana sofort: Sie wollte keinen Rückschritt!

Dennoch zögerte sie. Fortschritt um jeden Preis? Auch wenn es bedeutete, das Medaillon zurückzulassen? Sie sah zurück. Inzwischen waren sie schon recht hoch. Wäre die Sicht besser, oder zumindest der Regen vorbei, könnten sie vielleicht bis Abringarth sehen. Erinnerungen durchzuckten sie. Ihr beschwerlicher Aufstieg, die Nacht mit dem Schatten, der Doka und Osse. Osse, wie er sie an den Schultern packte. Osse wie er auf ihr lag. Sein saurer Atem in ihrem Gesicht. »Aufwärts!«, sagte sie entschlossen. »Es soll aufwärts gehen!«

Aria seufzte und ihre Schultern strafften sich. »Da bin ich echt froh. Auf noch 'ne Begegnung mit diesem Hornochsen hätte ich echt wenig Lust!«

»Wem sagst du das. Osse ist ein Widerling.« Arias plötzliches Lachen verwirrte Selana. »Meintest du etwa Korrel?«

»Nein, was für Beleidigungen für jeden Ochsen, ob mit oder ohne Horn. Ich meine natürlich dieses Doka-Vieh.«

Selana zog eine Flunsch und lachte dann auch.

»Also aufwärts!«, wiederholte Aria.

»Allen Dokas und Osses zum Trotz!«

»Ja, und wenn wir meinen Stiefbruder und seinen pockennarbigen Fettsack je wiedersehen, können sie sich auf was gefasst machen, das sich gewaschen hat. Denn das schwöre ich dir, ich ramme ihnen mein Knie mit so einer Wucht ins Gemächt, dass ihr Schwanz am Arsch wieder rauskommt!«

Selana verschluckte sich fast wegen der Heftigkeit, mit der es aus Aria herausbrach. Die derbe Ausdrucksweise ihrer Freundin war ihr immer noch fremd.

Aria grinste selbstzufrieden und blickte sie herausfordernd an. »Und du? Was machst du bei einem Wiedersehen?«

Selana überlegte. Rache? Würde das etwas ändern? Beinahe im selben Moment wusste sie, dass das für sie nicht im Vordergrund stand. Dennoch – bei dem Gedanken, wie Osse winselnd vor Aria auf dem Boden lag, mischte sich ein wenig Schadenfreude in ihre Gedanken.

»Nun komm schon!«, drängelte Aria. »Lass es raus!«

»In Ordnung. Wenn die beiden vor mir stehen, werde ich ihnen gehörige Schläge auf den ... den Mund geben, damit ...«, Selana suchte nach Worten, »... damit sie tagelang kein Essen mehr zu sich nehmen können!« Froh über diese Eingebung blickte sie ihre Freundin an.

Die grinste frech. »Schon nicht schlecht. Du könntest es vielleicht ein *wenig* deutlicher sagen.«

»Und wie?«

»Wenn sie mir jemals wieder unter die Augen treten, ramme ich ihnen meinen Ellenbogen so tief ins Maul, dass sie bis in alle Ewigkeit keinen Bissen mehr kauen können und elendig krepieren!« Arias Augen hatten sich verengt, zwischen den Brauen lag eine Zornesfalte, ihr Tonfall war von einem Lidschlag zum nächsten so bedrohlich geworden, dass Selana unwillkürlich einen Schritt zurücktrat.

Dann lachte ihre Freundin laut auf. »Du musst mal lockerer werden und dich was trauen. Mit ein bisschen Tamtam reichen manchmal schon ein paar Worte, um Männer in die Flucht zu schlagen.«

Selana nickte. Worte konnten mächtig sein, das wusste sie auch. Allerdings dachte sie dabei eher an die alte Sprache der Elben, von der ihre Ziehmutter ihr Einiges beigebracht hatte. Oder an die Sprache bei Hofe, mit der sich Menschen manipulieren ließen, ohne es zu merken. Für jeden Ort gab es wohl eine passende Sprache. »Ich werde darin mit Sicherheit nie so gut wie du. Aber solange wir zusammen sind, muss ich das ja auch nicht.« Sie grinste und stieß mit der Schulter neckend an die ihrer Freundin. »Und jetzt lass uns gehen und ein vernünftiges Nachtlager finden!«

Sie mussten ein ganzes Stück in die Böschung klettern, ehe sie endlich einen Felsvorsprung entdeckten, der auf einen trockenen Platz hoffen ließ. Leider gab es überall dornige Büsche, und es dauerte eine ganze Weile, bis sie diese umgangen hatten. Doch der Umweg lohnte sich, denn es wartete ein trockener Platz unter einem tiefen Felsvorsprung. Sogar welkes Laub, einige Äste und Zweige lagen herum. Vielleicht war dies einmal der Unterschlupf eines Einsiedlers gewesen. Oder von Vogelfreien, wie Aria düster raunte.

Später, im Schein der Flammen, entdeckten sie kleine Knochen und Schädel. Selana schauderte. Das sah nicht nach Menschen aus, eher nach wilden Tieren. Was, wenn sie zurückkämen? Die beiden fachten das Feuer weiter an.

Erst jetzt, als sie langsam zur Ruhe kamen und die Wärme des Feuers nach und nach die Feuchtigkeit aus ihren Kleidern trieb, breiteten sie auch die anderen Sachen zum Trocknen aus. Allmählich wurde ihnen richtig warm, und nachdem sie gegessen und getrunken hatten, fühlte es sich fast so gemütlich an wie unter dem Jothosbaum.

Endlich mochte Selana wieder über ihre Situation nachdenken. »Ich kann das Medaillon nicht wiederbeschaffen.«

»Aber Osse kann es im Treck auch nicht versetzen, oder? Sicher hat er es noch.«

Es rührte Selana, dass Aria ihr Hoffnung machen wollte. »Könnte sein. Selbst wenn er jemanden finden würde, der Schmuck kauft, wird er für ein Bruchstück nicht viel bekommen. Aber das ist nicht der Punkt. Wir sind schon seit über zwei Tagen unterwegs. Falls Osse und Korrel nicht hinter uns her sind, sind sie weitergezogen, und zwar in die andere Richtung. Uns trennt eine Wegstrecke von mindestens vier Tagen!« Sie blickte Aria an und seufzte. »Was meinst du? *Sind* sie hinter uns her? Würden sie ernsthaft versuchen, uns zurückzuholen?«

»Das hab ich mich auch schon gefragt. Jedenfalls kann sich bestimmt keiner dieser überheblichen Drecksäcke vorstellen, dass wir ohne sie zurechtkommen.« Aria nahm einen Stock und stocherte im Feuer herum. »Schrumpfhirne, die sie sind!«

»Aber Korrel ist dein Bruder. Halbbruder«, korrigierte Selana sich. »Er wird sich Gedanken um dich machen, oder?«

»Hmm, ich würd's gern glauben. Nur ist er nicht allein – und Osse ...« Aria verstummte.

Selana sah ihre Augen feucht werden. Wie konnte sie ihre Freundin trösten? »Osse wird ihn darin bestärkt haben, dass wir von allein zurückkommen. Insbesondere, wo er eine Trophäe von mir hat. Aber Korrel wird mit jedem Tag, den wir nicht kommen, daran denken, dass er nicht auf Osse hätte hören sollen. Die Trennung von dir wird zwischen ihnen stehen, da bin ich mir sicher. Das ist unser kleiner Sieg.« Sie stieß ihre Freundin aufmunternd an.

Aria lächelte ein wenig. »Nur bringt das dein Medaillon auch nicht wieder.«

»Stimmt. Aber inzwischen glaube ich fest, dass Osse es nicht versetzen wird. Denn das ist sein armseliger Triumph über mich. Und den braucht er, um sich mächtig zu fühlen.«

Selana blickte in die Flammen. Das Gespräch hatte ihre Gedanken geklärt, ihr neuen Mut gegeben. Sie würde sich nicht den Widrigkeiten ergeben, sondern ihr Schicksal in die Hand nehmen. Das Medaillon könnte sie diesem Eldarh, von dem ihre Ziehmutter im Brief geschrieben hatte, zwar nicht bringen. Aber sie könnte ihm berichten, wer es hatte und wohin dieser auf dem Weg war. Dann müsste er entscheiden. Ihre Verantwortung lag jetzt einzig darin, mit ihrer Freundin heil nach Tyklahr zu gelangen.

»Egal, was passiert, wir gehen nach Tyklahr. Wir schaffen das! Und wer weiß, vielleicht wird es für dich sogar eines Tages ein Wiedersehen mit Korrel geben. Atharpazhs Schutz ist mit uns. Er war es gestern, als der Doka uns angegriffen hat, und auch in der letzten Nacht. Und er wird es weiter sein.«

Aria straffte sich. »Du hast recht. Wir blicken nach vorn und denken nur an unseren Weg!« Sie stand auf und hob ihren Teebecher auf einen Trinkspruch. »Keine Macht den Osses dieser Welt!«

Auch Selana sprang auf und erwiderte den Ruf. »Keine Macht den Osses dieser Welt! Auf nach Tyklahr!«

»Auf nach Tyklahr!«

Voller Begeisterung wandten die Freundinnen sich zum Gehen, hielten aber inne, als sie gewahr wurden, dass sie ihr Nachtlager gerade erst eingerichtet hatten und kaum Kleider am Leibe trugen. Lachend fielen sie sich in die Arme und setzten sich zurück ans Feuer.

Am nächsten Morgen waren sie ausgeruht und konnten trotz eines kargen Frühstücks das unbeschwerte Gefühl des Abends neu entfachen. Sie hatten in Osse einen gemeinsamen Gegner, über den sich trefflich herziehen ließ, mit Tyklahr ein gemeinsames Ziel, auf das sie zusteuern konnten, und vor allem ihre Freundschaft, die sie stärkte. Wie dankbar war Selana für eine Freundin, mit der sie über alles sprechen konnte. Bisher hatte Wanda diese Rolle gespielt, auf der Burg war für echte Freundschaft kein Platz gewesen. Natürlich hatte sie sich mit der einen oder anderen Magd gut verstanden. Aber für mehr war keine Zeit gewesen. Die Arbeit war hart gewesen und im Gesindehaus hatten sie zu acht in einem Schlafsaal gelegen. Selana mochte es nicht, wenn quasi jeder zuhören konnte. Jetzt war Aria da, und alles, was sie sagten, taten und besprachen, ging nur sie beide an.

Am späten Vormittag forderte das stete Berganlaufen seinen Tribut. Sie mussten ihren Atem sparen, um weiter einen Fuß vor den anderen setzen zu können. Manchmal war der Boden zwar recht eben, doch Moos oder Algen bedeckten an vielen Stellen den steinigen Grund. Kleine und größere Pfützen forderten weite Schritte und nicht selten drohten sie zu stürzen, wenn sie auf glitschigem Moos ins Rutschen gerieten. Immerhin war der starke Regen der letzten Tage jetzt nur mehr ein feiner Sprühregen.

Selana hing ihren Gedanken nach. Was mochte noch vor ihnen liegen? Wie sähe ihr Leben in der Zukunft aus? Zumindest das Leben als Küchenmagd war vorbei, das wusste sie. Ohnehin hatte sie dort nicht wirklich hingehört. Es war eine Arbeit, um zu überleben. Überleben! Ja, das hatte jetzt eine ganz neue Bedeutung. Innerhalb einer Woche hatte sich alles verändert. Die Umstände dafür waren abenteuerlich gewesen. Dramatisch und verstörend. Doch manchmal brauchte es schlimme Erlebnisse für gute Erfahrungen! Wie den Angriff des Dokabullen.

Sie dachte an das angenehme Gefühl, als der kühle Strom ihren Körper erfüllt hatte. Und die Energie, mit der er sich aus ihren Händen entladen hatte. Verborgene Energie aus ihrem Bauch oder aus dem Knoten, der sich im selben Moment gelöst hatte. Sie legte die Hände auf den Bauch. War es ihre eigene Energie gewesen? War sie vielleicht noch immer da? Hatte sie diesen Sandwirbel wirklich selbst bewirkt? Sie musste das herausfinden, unbedingt!

Auf Arias Zuruf drehte Selana sich um. Ihre Freundin war stehen geblieben, wischte sich die Stirn und schnappte nach Luft. »Ich brauche eine Pause!«

»Ja, geht mir auch so. Lass uns ausruhen.« Die beiden ließen sich am Wegrand nieder. Feuchte, neblige Luft umhüllte sie.

»Es regnet nicht mehr.« Arias Stimme klang seltsam hohl in der dumpfen Stille.

Erst jetzt fiel Selana auf, wie laut ihr Atem und ihre Schritte in den Ohren gedröhnt hatten. »Stimmt. Dafür umhüllt uns der Nebel wie ...« Sie kam auf keinen passenden Vergleich, ihre Gedanken kreisten noch um die Staubwirbel, die sie dem Doka wie eisige Luftgeschosse entgegengeworfen hatte.

»Wie nasse Tentakel verlorener Geister auf der Suche nach rettenden Lebensfunken?«, bot Aria an.

»Bitte?« Selana blinzelte verwirrt.

»Wie nasse Tentakel verlorener Geister auf der Suche nach rettenden Lebensfunken!« Ihre Freundin grinste.

»Was meinst du denn damit?«

Aria kicherte. »Das hat meine Mutter immer gesagt. Sie wollte, dass wir bei Nebel im Haus blieben. Ich glaube, sie hatte einfach nur Angst, dass wir uns verlaufen.«

Selana schüttelte den Kopf. »Es ist schon erstaunlich, was uns als Kindern so alles erzählt wurde.«

»Hat deine Ziehmutter nie etwas über Geister, Schatten oder Gellwicks erzählt, wenn du nicht gehorchen wolltest?« Aria rückte näher und blickte Selana gespannt an.

»Gellwicks? Was sind Gellwicks?«

»Erzähl ich gleich. Erst mal du!« In Arias Stimme schwang etwas Nachdenkliches mit. Selana überlegte, ob sie fragen sollte, entschied sich aber dagegen.

»Bei mir war das anders.« Sie blickte versonnen in den Nebel. »Wanda hat mir auch Dinge erzählt. Sachen, die mir einen Schauer über den Rücken trieben. Aber es fühlte sich immer eher wie eine Lehrstunde an. Als wollte sie, dass ich mich gedanklich für Dinge öffne, die in unserem Alltag nicht vorkamen, aber doch real waren.«

»Jetzt erzähl noch, was anderes musste nicht sein, weil du immer brav warst.«

Selana grinste. »Blödsinn! Welches Kind ist immer brav? Aber ich erinnere mich, dass Wanda mir erklärt hat, Geister seien verlorene Seelen. Wenn wir sterben, löst sich unsere Seele vom Körper, um sich mit anderen zu vereinigen. Nur so können Seelen sich verjüngen, um wiedergeboren zu werden.«

»Das ist ein schöner Gedanke.«

»Ja. Und ich erinnere mich jetzt auch, dass Wanda mir sagte, wenn jemand stirbt, soll ich eine Schale Wasser aufstellen.«

»Oh, das kenn ich auch. Eine Tante aus den unteren Vierteln hat es erklärt. Sie war eine Seelenflüsterin, hat meine Mutter gesagt.«

»Eine Seelenflüsterin? Davon hat Wanda nichts erzählt.«

»Das sind Frauen, die mit den Seelen sprechen können. Es ist wohl eine Art Magie, oder so. Ziemlich selten jedenfalls.«

»Magie. Das hört sich spannend an.« Selana hing wie gebannt an Arias Lippen.

»Ich mochte sie nicht besonders. Sie tat immer so geheimnisvoll. Und ständig wollte sie etwas leihen. Mal Brot, dann wieder Milch für ihr Kind. Und wir hatten selbst nicht viel.«

Selana grinste. »Keine wirklich hilfreiche Magie, was?«

»Nein, wohl nicht. Aber sie sagte immer: Seelen ziehen Kraft aus Wasser. Und wenn es an der Zeit ist, treten sie eine letzte Reise an. Sie gelangen über den Fluss der Seelen zum Grehum.«

»Auch ein schöner Gedanke.« Selana verstummte, und die beiden blickten versonnen in den Nebel.

Von einer Klippe über ihnen erhob sich kreischend ein Schwarm Vögel. Plötzlich war die Luft erfüllt von ihren Warnrufen. Selana erstarrte.

»Schnell!« Aria packte sie am Arm. »Wir sind auf der Straße vielleicht nicht sicher!«

Die beiden sprangen auf, liefen ein Stück zurück und stiegen hastig die Böschung hinab. Zweige niedriger Sträucher verfingen sich in ihrer Kleidung und behinderten sie. Wieder flogen zeternde Vögel auf, bedrohlich nahe. Geröll und Wurzeln brachten Selana zum Straucheln. Dann ließen sich beide fallen und krochen unter das Dornendickicht.

»Was ist denn? Man hört doch gar nichts«, flüsterte Selana.

»Das macht mir ja Sorgen. Wir sollten nicht sprechen!«

Selana starrte auf das Weiß in Arias Augen. Warum war sie so panisch? Eine Ewigkeit hockten sie dort und warteten. Steine pressten sich in ihre Kniescheiben, Dornen hatten sich in eine Hand gebohrt. Doch sie wagte kaum zu atmen, spürte die Anspannung ihrer Freundin, die ihren Arm umklammerte.

Dann stieg ihr ein unangenehmer Geruch in die Nase und Arias Griff wurde fester.

»Gellwicks!«, flüsterte sie.

Atharu

19

Mit lautem Krachen fiel die Gittertür ins Schloss, noch ehe Atharu sich aufrappeln konnte.

»Was soll das? Warum werde ich eingesperrt?« Er rüttelte an der Tür.

»Tob dich ruhig aus. Stört mich überhaupt mal nich. Und hör'n kann dich eh keiner.« Der Wächter rotzte auf den Boden, grinste und ging.

»He, kommt zurück. Wo sind meine Sachen? Wann kann ich wieder raus?«

Als keine Antwort kam, trat er wütend gegen das Gitter. Das durfte doch nicht wahr sein! Endlich in Gelder und dann landete er hier? Er sah sich um. Es war fast dunkel. Nur die Fackel auf dem Gang spendete Licht. In einer Ecke der Zelle fand er immerhin ein Lager aus Stroh. Gegenüber stand ein Eimer. Er konnte schon von hier aus riechen, was es damit auf sich hatte. Wenigstens müsste er seine Notdurft nicht direkt auf dem Boden verrichten. Welch ein Trost. Unterhalb der Decke erblickte er eine kleine Öffnung. Vielleicht ein Lichtschacht, der zumindest den neuen Tag ankündigen würde.

Resigniert ließ er sich auf dem Stroh nieder. Für den Moment konnte er nichts tun, außer zu ruhen und seine Kraft zu schonen. Die Fahrt durch die Stromschnellen war anstrengend gewesen, und seine letzte Mahlzeit lag schon länger zurück. Schließlich war es die Müdigkeit, die schwerer wog und ihn erschöpft einschlafen ließ.

Ein Scheppern am Gitter schreckte ihn auf. Licht fiel durch den Schacht über ihm und blendete ihn. Wie lange hatte er geschlafen?

»Frühstück!« Eine andere, jüngere Stimme als in der Nacht.

Atharu blinzelte. Der Wachmann war noch sehr jung. Fünfzehn, vielleicht sechzehn. Er schob eine Art Futternapf unter dem Gitter durch. Auch einen schmalen Krug mit Wasser stellte er auf den Boden.

»Hab Dank.« Mühsam erhob Atharu sich. Sein Körper war von der klammen Kälte der Nacht ausgekühlt und die Glieder steif. »Mein Name ist Atharu. Wie darf ich dich anreden?«

Der junge Mann hielt inne und schaute ihn zögernd an. »Mit Gefangenen spreche ich nicht.« Er wandte sich zum Gehen.

»Verzeih. Aber ich bin unschuldig in diese Situation geraten. Ich komme von weit her. Aus Tangris, mit einer Botschaft für Quendus, den Magister der Stadt. Irgendwer muss mich doch anhören!«

Atharu spürte, wie der junge Mann nochmals zögerte. Dann ging er – ohne ein weiteres Wort. Das konnte alles nicht wahr sein. Brandan allein auf der Spur von Gellwicks und er saß hier fest?

»Komm zurück!« Wütend rüttelte er an der Gittertür.

Schweiß stand ihm auf der Stirn. Wieder und wieder versuchte er, die Tür aus den Angeln zu heben.

Doch schließlich ließ er davon ab und kauerte sich auf den Boden. Nicht die Nerven verlieren. Auf die Atmung konzentrieren, ein – aus, ein – aus.

»Nur aus der Ruhe erwächst wahre Kraft.« Es war, als hörte er Ondara selbst. Beinahe erschrak er, so wirklich war die Stimme.

»Ondara?« Aber nein – eine Erinnerung. Auch wenn sie so nahe, so lebendig wirkte. Ondara hatte ihn oft ermahnt, geduldig zu bleiben. Das immerhin ließ sich hier gut üben.

Diese Probe würde er bestehen. Von der Gittertür aus starrte er in die Flammen der Fackel. Der junge Wächter käme irgendwann zurück. Dann müsste Atharu unbedingt die richtigen Worte wählen. Vielleicht würde er mit ihm sprechen.

Nach einiger Zeit gab er dem Hunger nach und würgte den zähen Brei aus dem Napf hinunter. Wenigstens das Wasser war frisch. Angestrengt versuchte er, Geräusche auszumachen. Vielleicht von draußen. Doch außer den leisen Klickergeräuschen, die die winzigen Beinchen der Schaben machten, während sie über den Zellenboden flitzten, gab es kaum etwas zu hören. Einmal quiekte eine Maus. Das war es auch schon. Die Zeit floss zäh dahin wie das Harz gefällter Bäume.

»Und nun? Was anfangen?«

Eine Schabe hatte den Weg in seinen Futternapf gefunden und streckte kurz die Fühler in seine Richtung.

»Eingesperrt und hilflos mit ansehen, wie die Tage vergehen, während Brandan auf meine Rückkehr wartet?«

Natürlich hatte die Schabe Besseres zu tun, als ihm zu antworten. Gierig schlürfte sie sich an den letzten Breispuren entlang. Was hätte seine Urmutter ihm geraten? Atharu versuchte, sich ihre Sicht der Dinge vorzustellen. Er bemühte sich, den Geist zu leeren und den Gedanken an Ondara Raum zu geben. Dann war sie da, eine Erinnerung – und ihre Stimme, die leise und rau durch die Luft schwebte: »Die Möglichkeiten deines Lebens entstehen einzig aus deiner Bereitschaft, anzunehmen, was ist, und damit umzugehen. Den Schlüssel findest du nur in dir selbst! Sammle dich und suche.«

Sammle dich und suche! Bei ihr klang es immer so einfach. Doch er wusste: Sie hatte recht. Getragen von der Erinnerung reinigte er seinen Geist, blendete alles aus und versank in Meditation.

Mit offenem Blick, doch dem Hier und Jetzt entrückt, starrte er in das feurige Licht der Fackel. Seine Gedanken wurden eins mit den Flammen und sein Atem bestimmte ihren Puls. Die Erkenntnis hob das Feuer ins Zentrum seines Bewusstseins. Im Geist sah Atharu eine feurige Kugel – rund und lodernd. Er sandte seine Gedanken zur Fackel im Gang. Konzentrierte sich darauf, verstärkte den Willen mit einer Geste seiner Hände.

Wenn das Feuer wirklich sein Element war, musste es seinen Willen verstehen. Wie zur Antwort flackerte die Fackel hell auf. Dann ließ Atharu den Feuerball aus den Flammen aufsteigen. Er spürte das Pulsieren der Macht. Den Strom von Energie, der aus seinem Inneren strömte. Doch er dosierte ihn sorgsam, darauf bedacht, sich nicht zu erschöpfen. Der Feuerball zerrte an seinem Energiestrom, drohte, größer zu werden. Aber Atharu besänftigte diesen Drang, trennte den Feuerball von der Fackel. Instinktiv hatte er gespürt, dass er mehr von seiner Energie verbrauchen würde, wenn der Feuerball größer würde.

Als der Ball das Feuer, aus dem er geboren war, nicht mehr berührte, war es plötzlich einfach. Es kostete kaum noch Kraft. Atharu konnte ihn auf die Größe zweier Fäuste begrenzen und lenkte ihn zu sich. Fasziniert ließ er ihn einen Moment vor sich schweben. Dann streckte er die Handflächen aus. Er wusste nicht, was ihn erwartete. Schmerz? Verbrennungen? Seine Hände zitterten vor Erregung, als der Feuerball auf sie niedersank. Es war wie ein angenehmes Kitzeln, als striche eine Feder sanft über die Handflächen. Dann verging die Form der Kugel und das Feuer sickerte in seine Hände wie Regentropfen in trockenen Sand. Pure Energie strömte durch seinen Körper. Atharus Augen weiteten sich, verblüfft genoss er den wohligen Schauer, der ihn durchdrang.

Diesmal fühlte er sich alles andere als geschwächt. Im Gegenteil! Die Kraft, die er aufgewendet hatte, war zu ihm zurückgekehrt. Und mehr noch! Ein Teil der feurigen Energie aus der Fackel schien auf ihn übergegangen zu sein. Er sprang auf. Es verlangte ihn nach Bewegung. Nach einer Möglichkeit, dieses Gefühl feuriger Energie in Aktion umzusetzen. In einer Mischung aus Tanz und Kampf spürte er der Kraft nach, die jeden seiner Muskeln durchdrang. Er balancierte auf imaginären Linien, stemmte seinen Körper kopfüber durch den Raum und trainierte im Liegen die Bauchmuskeln, bis ihm der Schweiß vom Körper lief. Er zog das Hemd aus, warf es auf den Boden und betrachtete fasziniert seinen Körper. Genoss die kraftvolle Wärme, die in ihm pulsierte. *Danke Atharpazh! Danke für diesen Kerker!*

Als Atharu wieder zur Ruhe kam, wiederholte er den Feuerzauber, einmal, dann viele weitere Male, bis die Fackel schließlich erlosch. Doch die Dunkelheit war ihm egal. Er fühlte sich wie neugeboren. Die Wächter würden eine neue Fackel bringen, wenn sie selbst etwas sehen wollten.

Lange musste er nicht darauf warten. Gerade hatte er sein Hemd wieder übergestreift, als er Schritte hörte. Jemand grummelte oder schimpfte, scheppernd fiel etwas zu Boden. Die Schritte entfernten sich und kehrten wenig später zurück. Als eine neue Fackel entzündet wurde, erkannte Atharu den jungen Wächter. Von der Treppe holte er einen weiteren Napf mit Brei und einen Krug Wasser. Atharu reichte ihm die leeren Gefäße durchs Gitter, doch der Mann wich zurück.

»Entschuldige. Ich dachte, du wolltest die mitnehmen.« Er fing den Blick des Wächters ein. Mit Zuversicht und Selbstsicherheit in der Stimme sprach er weiter: »Ich bin ein Freund der Stadt. Ich verstehe, dass es für dich Regeln gibt und du mit mir nicht sprechen darfst. Ich habe nur eine Bitte. Wenn es einen ehrbaren Vorgesetzten für dich gibt, einen, dem du vertraust und dem das Wohl der Stadt am Herzen liegt, dann schick ihn zu mir. Es ist sehr wichtig. Bitte!«

Noch einen Moment lang erwiderte der junge Mann Atharus Blick, dann wandte er sich ab und ging.

Zu gern hätte er in den Kopf des Knaben geschaut. Seine Miene war ernst gewesen, nachdenklich. Er hatte dem Blick lange standgehalten, was von innerer Kraft, vielleicht gar von ehrlichem Interesse zeugte. Doch ob er seinen Worten Glauben schenkte, konnte Atharu nicht wissen. Er musste sich in Geduld fassen. Solange er zu essen und zu trinken bekam und auf dem Gang eine Fackel brannte, war nichts verloren. Brandan käme sicher auch eine Zeit allein zurecht. Schließlich war er ein Jäger. Und heute war erst der dritte Tag.

Inzwischen musste es Abend geworden sein, es fiel kein Licht mehr durch den Deckenschacht. Essen und Trinken hatte jetzt wieder der ältere, ungehobelte Klotz von Wächter gebracht. Atharu hatte sich bedankt, aber nicht versucht, ein Wort zu wechseln. Morgen, so hoffte er, käme der junge Wächter wieder. Mit diesem Gedanken legte er sich hin und schlief schließlich ein.

Als er erwachte, fiel erneut Licht durch den Deckenschacht und Schritte näherten sich. Diesmal jedoch waren es Schritte zweier Männer, die die Treppe herunterkamen.

Atharu erhob sich. Zwei Möglichkeiten gingen ihm durch den Kopf: Entweder war einer von ihnen ein Vorgesetzter des jungen Wächters, so wie Atharu es erbeten hatte; oder aber eine Art Richter, der sein Urteil verkündete.

»Hier, Obmann. Gleich in der ersten Zelle auf der linken Seite. Ich wusste nicht, dass er in Eure Zuständigkeit fällt. Dann hätte ich es natürlich schon gestern gemeldet.«

Ein stattlicher Soldat trat in den Fackelschein. Er überragte den Wachmann um einen halben Kopf und trug ein kunstvoll geprägtes Lederwams. Er musste in den mittleren Jahren sein, doch seine Statur war stattlich und die Haltung kraftvoll. Sein fester Blick strahlte große Selbstsicherheit aus.

»Ich mache dir keine Vorwürfe. Gib mir den Zellenschlüssel. Danke. Du kannst gehen.«

»Sicher Obmann, natürlich. Wenn Ihr mich braucht, ruft einfach.«

Der Soldat wartete, bis der Wächter verschwunden war, wandte sich dann Atharu zu und sah ihm direkt in die Augen. »Ein junger Wachsoldat, der für kurze Zeit bei mir in Ausbildung war, kam heute nach seinem Dienst zu mir und meinte, ich sollte mir persönlich einen Gefangenen anschauen.«

Atharu erwiderte den Blick. »Habt Dank, dass Ihr gekommen seid.«

»Danken könnt Ihr dem jungen Soldaten, der mich einstweilen überzeugt hat. Ob Ihr *mir* danken wollt, wird sich zeigen. Was hat Euer Besuch mit dem Wohl der Stadt zu schaffen?«

Atharu schluckte. Jetzt musste er die richtigen Worte finden. Eine zweite Chance gab es nicht. »Mein Name ist Atharu. Ich komme von den Tangora.«

»Tangora, sagt Ihr?« Die Augen des Soldaten wurden schmal.

»Ja. Ich weiß, dass ich nicht dem Bild eines Tangora entspreche«, beeilte Atharu sich zu sagen, »die Tangora haben dunklere Haut und dunkles Haar. Es gibt aber eine Linie in Tangris, die wie ich hellere Haut und blondes Haar hat. Aus dieser entstamme ich.« Er schaute den Älteren abwartend an; wusste er davon?

Der Soldat zögerte. »Ich will Euch glauben. Vorerst!«

Atharu schluckte und fuhr fort. »Vorgestern am späten Abend bin ich angekommen und am Südtor vorstellig geworden. Ich habe gesagt, dass ich eine Botschaft für Quendus habe und unbedingt zu ihm müsse. Eine Botschaft der Urmutter der Tangora! Doch dann wurde ich hierhergeführt und weggesperrt. Ich verstehe nicht, aus welchem Grund.«

»Ich schon«, entgegnete der Soldat.

Atharu sah ihn fragend an. »Aber warum?«

»Quendus ist seit mehr als 10 Wintern tot.«

Nein, das nicht auch noch. Warum hatte Ondara davon nicht gewusst? Von wem sollte er jetzt Hilfe erhalten, wenn die einzige Verbindung zwischen ihm und Gelder tot war?

»Kaum jemand kennt noch seinen Namen. Und was in diesem Zusammenhang der Begriff ›Urmutter der Tangora‹ in den Köpfen einfacher Soldaten auslösen mag, will ich mir gar nicht vorstellen. Aber sei's drum. Ich habe von der Urmutter der Tangora gehört. Als ich lesen lernte, hat mein Lehrer auch Ondaras Erzählungen durchgenommen. Er hat oft von der weisen Tangora erzählt.«

Er kannte ihren Namen. Atharu konnte es nicht fassen.

Der Obmann setzte sich auf den Boden und fuhr lässig an die Wand gelehnt fort: »Ihr habt meine volle Aufmerksamkeit. Bevor ich Euch entlasse, müsst Ihr mir alles offen und frei heraus berichten. Was hat die ehrwürdige Ondara gesagt, was ist geschehen?«

Etwas benommen setzte er sich dem Soldaten gegenüber. »Ihr kennt den Namen unserer Urmutter? Und ihre Schriften?«

Der Ältere nickte.

Ein Soldat in Gelder, der Ondara kannte. Das für sich genommen erstaunte Atharu schon über die Maßen. Aber dass er auch noch die *Schriften* seiner Urmutter kannte, dass überhaupt jemand außerhalb von Tangris ihre Bücher gelesen hatte, machte Atharu sprachlos. Er konnte sich nicht erinnern, dass Ondara irgendjemanden außer seiner Mutter und ihn selbst darin hatte lesen lassen. Doch gerade deshalb musste Atharu es als Zeichen werten, diesem Mann vertrauen zu können.

Und so berichtete er vom Auftrag Ondaras, von seiner Reise mit Brandan und dem Überfall der Gellwicks. Er ließ auch den Diebstahl nicht aus, ebenso wenig die Übereinkunft zwischen Brandan und ihm und die damit verbundene Hilfe, die vielleicht notwendig wäre. Schließlich gelangte er zu seiner Ankunft am Südtor und dem Gang zum Kerker, ehe er mit einem Gedanken an seine Urmutter schloss: »Ich vermute, Ondara hat Zeichen gedeutet, die meine Reise dringend machten. Doch sie ist vor meiner Abreise gestorben, und ich konnte nicht mehr von ihr erfahren.« Atharu ließ den Kopf sinken und seufzte schwer. Es entstand eine drückende Pause.

»Das tut mir leid.« Der Soldat erhob sich. »Ich kann mir denken, dass es ein großer Verlust ist. Jeder muss seinen eigenen Weg finden, mit Trauer umzugehen. Dabei kann ich Euch nicht helfen.« Er hielt kurz inne. »Aber es gibt vielleicht andere Dinge, bei denen ich helfen kann.«

Atharu blickte auf. Sein Zuhörer trat an die Zellentür und öffnete sie. Atharu erhob sich, blieb jedoch stehen. »Aber was können wir tun? Quendus ist tot.«

Der Soldat lächelte. »Zum einen können wir Eurem Freund helfen. Denn wenn sich wirklich Gellwicks so weit westlich an den Grenzen von Geldermark herumtreiben, sind das wahrlich schlechte Nachrichten. Und Gelder hat ein ganz eigenes Interesse an der Lösung solcher Probleme. Zum anderen dürft Ihr nicht glauben, dass die Position von Quendus unbesetzt geblieben ist.«

Aber natürlich. Wenn der König von Geldermark einen Magister am Hof brauchte, ließ er auch einen Nachfolger suchen. Dass Atharu das nicht selbst eingefallen war. Erleichtert trat er auf den Älteren zu. »Habt Dank, dass Ihr gekommen seid und mir bereitwillig zugehört habt. Ich stehe in Eurer Schuld.«

»Wir stehen in *Eurer* Schuld. Denn Ihr habt zu Unrecht einen Tag und zwei Nächte Eures Lebens im Kerker verbracht. Aber genug davon. Ich führe Euch zu Lieburus, dem Magister des Königs von Geldermark.«

»Danke. Aber sagt: Wie kann ich Euch ansprechen? Wie ist Euer Name?«

»Nennt mich Pelldor.«

Pitu

20

Der Duft von frisch gebrühtem Kräutertee kitzelte Pitu in der Nase und lockte ihn aus seinen Träumen. Er hatte endlich wieder mal richtig gut geschlafen. Behutsam setzte er sich auf die Bettkante und lächelte. Er spürte keine Schmerzen.

Vorsichtig nahm er den Verband vom Oberschenkel. Klackernd fiel sein Talisman zu Boden. Müsste der nicht in der Wunde stecken? Nur war da keine Wunde. Anstelle des tiefen Schnitts, den Fludo gemacht hatte, um bis zum gebrochenen Knochen vorzudringen, war lediglich eine rosafarbene Narbe zu sehen. Magie war eine fantastische Sache!

Pitu streckte sich nach dem schwarzen Stein und hob ihn auf. Er machte ein paar vorsichtige Schritte und drehte sich. Nichts tat ihm weh. Weder die Taille, noch das Bein. Einfach wunderbar! Freudig sprang er zu dem Stuhl, auf dem Fludo seine Kleidung bereitgelegt hatte. Da lag auch das Lederband für den Talisman. Pitu fädelte den Stein wieder auf, band ihn um und schlüpfte in die Kleider. Er wollte vor allem eins: aus der Hütte ins Freie treten. Endlich nicht mehr eingesperrt und ans Bett gefesselt sein. Endlich sehen, wo er gelandet war.

Als er vor die Hütte trat, musste er schützend eine Hand vor die Augen halten. So viel Licht! Ein paar Wolken zogen träge über den Himmel und schienen das grelle Blau noch zu verstärken. Staunend blickte er auf eine ausgedehnte Bucht.

Dunkle Felsen eingebettet in hellem Sand. Dahinter üppiges Grün, aus dem sich Bäche über den Strand ergossen. Wie Beine eines Hundertfuß streckten die Pflanzen sich dem Salzwasser entgegen. Pitu entdeckte Bäume, die auf ebenso vielen Wurzeln thronten, wie Zweige gen Himmel strebten. Auf zwei größeren Felsen, die an breite Wasserläufe grenzten, standen weitere Hütten.

Er blickte sich um. Fludos Hütte sah genauso aus. Oval, mit kleinen Fenstern. Die Wände offenbar aus Gras geflochten und das gewölbte Dach, das auf der Meerseite bis zum Boden reichte, mit Palmwedeln gedeckt. Von innen wirkte die Hütte seines Retters geräumiger und vor allem stabiler. Sie thronte ebenfalls auf einem hohen Felsen. Fasziniert sog Pitu die Szenerie auf. Erfrischend lebendig und gleichzeitig so malerisch und friedlich wie in einem schönen Traum.

Er ging die paar Schritte zum Felsrand. In den Stein gehauene Stufen führten zu einem Holzsteg hinunter, an dem Fludo gerade ein kleines Boot vertäute. Sein Retter wuchtete einen großen Korb auf den Rücken und machte sich daran, ihn nach oben zu schleppen. Pitu kniff die Augen zusammen. Im Korb bewegte sich etwas.

Neugierig trat er zu dem Fischer hinab, der unter der Last ächzte und pustete. Was in dem Korb wimmelte, sah nicht aus wie die Fische, die Pitu von den Märkten kannte. Er streckte Fludo die Arme entgegen, um mit dem Korb zu helfen, und musste unwillkürlich die Nase rümpfen. Was für ein penetranter Geruch.

»Dir besser gehen, nicht?« Fludo wischte sich den Schweiß von der Stirn und lächelte breit.

»Wie neugeboren.« Pitu nickte, während er das sich windende Gewirr glitschiger Körper im Korb betrachtete.

»Gut Fang gemacht, nicht? Hier weiterbringen.« Fludo wies hinter die Hütte und beide trugen den Korb zu einer flachen Holzklappe auf dem Felsboden. Der pummelige Fischer hob sie an, und Pitu blickte in ein großes Loch, das fast bis zum Rand mit Wasser gefüllt war.

»Lebend halten länger, nicht?« Fludo öffnete den Korb und schüttete seinen Fang ins Wasserbecken.

Hastig trat Pitu einen Schritt zurück. Schlangenartige Fische flutschten aus dem Korb, ihre glitschigen Körper zuckten und in den Mäulern der großen Köpfe blitzten spitze Zähne. Ihm schoss das Blut in den Bauch, und er krümmte sich. Was war das jetzt wieder? Ihm würde doch nicht schlecht wegen dieser ekligen Schlangenviecher. Doch es war keine Übelkeit in dem Sinne, eher eine Art Wärmestau. Er trat einen weiteren Schritt zurück und versuchte, sich nichts anmerken zu lassen. Der Druck im Bauch flaute schon wieder ab. Auf keinen Fall wollte er, dass sein rundlicher Pfleger ihn zurück in die Kammer und ins Bett schickte. Er wollte sich bewegen und draußen sein. Wie er es kannte. Räume waren nichts für ihn.

»Crullmahr, Schlangen aus Wasser.« Fludo hatte die Arme in die Seiten gestemmt, schaute erst ins Wasserbecken und lächelte dann Pitu an.

»Wo hast du die alle her? Und was willst du damit?« Widerwillig blickte er auf die Masse sich windender Körper. »Die riechen furchtbar. Nicht nur nach Fisch, sondern auch sauer und ranzig.« Er zog erneut die Nase kraus und sah, wie Fludo sich lächelnd mit einer Hand den Bauch rieb.

»Oh nein. Nicht wirklich, oder?«

»Du probieren, du begeistert, nicht?«

»Ich begeistert nicht mal von dem Gedanken daran.« Pitu schüttelte sich.

Sein Retter nahm eine lange Zange von der Hauswand. Im Nu hatte er eine der Crullmahr gegriffen, hob sie aus dem Becken und ließ den Deckel mit dumpfem Knall zufallen. Die Schlange wand ihren schleimigen Körper im Griff der Zange. Etwa drei Ellen lang war das Vieh. Der übergroße Kopf hatte warzenartige Auswüchse, zwei große milchig-glasige Augen und ein lippenloses Maul, aus dem lange spitze Zähne krumm in verschiedene Richtungen standen.

Mit der freien Hand griff Fludo nach einer Art Knüppel, der in ein breites, brettartiges Ende auslief. Mit der Zange drückte er die Crullmahr auf einen glatten Felsblock und holte aus. Ehe Pitu reagieren und sich abwenden konnte, schlug das Brett auf den Kopf der Wasserschlange, und Blut spritzte.

»Kannst du nicht Bescheid geben?« Pitu war zur Seite gesprungen und blickte nun, abwechselnd auf dem linken und dem rechten Bein stehend, suchend an sich herab.

»Brett breit, damit nur nach unten spritzen, nicht?«

»Dein Glück.«

Fludo gluckste.

»Was?« Pitu blickte ihn entgeistert an. Dann lachte Fludo.

»Was?« Er blickte verwirrt um sich und wieder an sich herab, während Fludo Zange und Knüppel fallen gelassen hatte und sich vor Lachen den Bauch hielt.

»Nun sag schon, was so komisch ist, du Schlangenschreck!«

»Du hüpfen wie Kröte und tanzen wie Kranich!«

Fludo hüpfte nun auch von einem Bein auf das andere und starrte übertrieben hektisch mit aufgerissenen Augen hin und her, bevor er sich wieder lachend den Bauch hielt. Pitu konnte nicht anders. Die Bewegungen seines Freundes sahen so unbeholfen aus, dass er in das Lachen einstimmte. Bald musste er sich ebenso den Bauch halten wie Fludo. Es war befreiend. Er konnte sich nicht erinnern, wann er sich das letzte Mal vor Lachen gekrümmt hatte.

Später saßen sie zusammen in der Hütte und aßen geschmorte Crullmahr. Anfangs hatte Pitu sich strikt geweigert, doch sein neuer Freund hatte derart verführerische Gewürze benutzt, dass ihm das Wasser im Mund zusammenlief und der Appetit ihn zwang, über seinen Schatten zu springen. Vom ranzigen Geruch war nichts mehr zu merken. Schließlich musste er Fludo gestehen, dass es köstlich war.

Gesättigt setzten sie sich vor die Hütte, und sein neuer Freund bot ihm eine Pfeife an. Aber Pitu lehnte dankend ab. Zum einen hatte er noch nie geraucht, zum anderen mochte er sich nicht vorstellen, woraus das Rauchkraut hergestellt sein mochte. Doch als ihm mild-würziger Tabakduft in die Nase zog, schlich sich ihm ein Lächeln aufs Gesicht. Vielleicht würde er sich doch mal eine Pfeife zulegen. Allein schon wegen des Geruchs.

So saßen sie eine ganze Zeit beieinander. Nach und nach entspann sich ein längeres Gespräch, in dessen Verlauf sie auf Velbert zu sprechen kamen.

»Weißt du, ich glaube, ich hab es damals auf dem Schiff nicht ernst gemeint, dass ich nach Gelder zurückkehren wollte.«

Fludo blies den Rauch seiner Pfeife aus und blickte zu Pitu herüber. »Aber du jetzt anders denken, nicht?«

»Ja. Nicht, dass ich es ihm schuldig wäre. Ich bin niemandem was schuldig. Warum wohl? Mir hat auch nie jemand geholfen.«

Fludo hatte die Pfeife abgesetzt und schaute ihn ernst an. »Es tut leid.« Er wandte sich ab und blickte über die Bucht.

Pitu schaute auf. »Nein, äh, ich meinte natürlich bisher.« Hatte er seinen Freund gekränkt? Rasch fuhr er fort: »Jetzt ist alles anders. Erst Velbert, dann du. Ich bin euch ehrlich dankbar. Ich bin *dir* dankbar! Aber das ist alles neu für mich. Wann hat sich mal jemand um mich gekümmert? Wahrscheinlich muss ich jetzt ganz neu denken, oder?«

»Du Velbert nichts schuldig, du mir nichts schuldig. Aber dir schuldig, nicht? Wenn Leben Sturm macht, Änderung gut, nicht?«

»Ja, ich denke schon.«

Eine Weile sprach keiner der beiden ein Wort. Dann nahm Pitu das Gespräch wieder auf. »Wie um Atharpazhs willen komme ich von hier zurück nach Gelder?«

»Mit kleinem Boot nicht gehen. Du laufen müssen, nicht?«

Pitu seufzte. »Ich hab befürchtet, dass du das sagst, nicht?« Er zuckte. »Himmel, jetzt fange ich auch schon an.«

Doch Fludo schien das nicht mitbekommen zu haben. »Ich mit Fischerfreunden sprechen über Stein. Dein Stein mächtiger, als alle wir vorstellen, nicht? Sie meinen, du Malin zeigen. Er Stein vielleicht kennen, nicht?«

»Wer ist Malin?«

»Malin, Ältester der Urda. Alles wissen er. Vielleicht auch helfen, nach Gelder kommen, nicht?«

»Aber ob dieser Älteste der Urda mit mir sprechen will?«

Sein Freund nickte und blies einen Rauchring in die Luft.

»Und du weißt, wie man zu ihm kommt?«

Fludo nickte erneut und Pitu sprang begeistert auf. »Worauf warten wir dann noch. Auf geht's!« Endlich hatte er eine Idee, wie es weitergehen konnte. Ein überschaubares Ziel. Sofort durchströmte ihn der Tatendrang, der ihn früher angetrieben hatte. Er blickte auf Fludo, der gemächlich an seiner Pfeife sog und ihn anlächelte.

»Malin in Wullutu, nicht?«

»Aha. Und?«

»Wullutu, Urda-Stadt, andere Seite Athür, nicht?«

Pitu setzte sich ernüchtert wieder hin. »Du meinst, wir müssen durch die ganzen Athür-Sümpfe?«

Fludo nickte.

»Das schaffen wir heute wohl eher nicht.«

Fludo nickte erneut und gluckste in sich hinein.

»Würdest du mich überhaupt dahinbringen? Ich meine, hast du so viel Zeit, mich hinzubringen?«

Wiederum nickte Fludo und schaute ihn an. »Sonst du nicht ankommen, nicht?«

Pitu seufzte. »Wohl eher nicht.«

»Wir mit Boot fahren, gleich im Morgen früh.« Fludo klopfte seine Pfeife aus.

»Nicht ›nicht‹?« Pitu schaute Fludo grinsend an.

Sein Freund hob fragend die Brauen.

»Du hast vergessen, ›nicht‹ zu sagen, nicht?« Er knuffte dem Fischer in die Seite und lachte.

»Ich nicht immer ›nicht‹ sagen, nicht?« Fludo blickte ihn fragend an, stutzte und lachte dann auch.

Im Morgengrauen hatte Fludo ihn geweckt. Nachdem sie Proviant, einige Kleidungsstücke und ihre Reisedecken im Boot verstaut hatten, öffnete Fludo einen Tiegel, dem sofort ein übler Geruch entströmte. Eine bräunliche Paste glänzte darin.

»Boah. Was ist denn das? Das stinkt ja fürchterlich!«

»Gut sein für Reise durch Athür, nicht?« Fludo griff mit zwei Fingern in den Tiegel, nahm etwas von der Paste und rieb sich die Hände ein.

»Oh nein. Nein, nein, nein. Das stinkt erbärmlich!«

»Du nehmen oder du gegessen von Pixxis, nicht?« Fludo griff erneut in den Tiegel.

»Pixxis? Hast du zur Abwechslung mal gute Nachrichten?«

Pitu hatte in den Spelunken der Stadt hin und wieder Reisende über diese lästigen Stechmücken sprechen hören. Wenn man in einen Schwarm geriet, konnten die Bisse einen bis zur Unkenntlichkeit entstellen. Da tröstete es auch nicht, dass die Meisten bislang mit dem Leben davongekommen waren. Ergeben griff also auch Pitu in den Tiegel und rieb sich sorgfältig die Hände und Handgelenke ein.

»Doch, ich können.«

Pitu verfolgte angewidert, wie sein pummeliger Freund das Zeug auch auf Gesicht und Hals einmassierte. »Was ›ich können‹?« Mit Todesverachtung griff Pitu erneut zu. Es kostete ihn wahrlich Überwindung, das Zeug ins Gesicht zu schmieren. Was für ein Gestank!

»Ich können Gutes berichten: Crullmahr-Pisse wirklich gut helfen gegen Pixxis, nicht?«

Pitu erstarrte, während Fludo kichernd in das Boot stieg.

Die Athür waren für Pitu wie ein Labyrinth. Ein Wald von unüberschaubarem Wurzelgeflecht, vom Wasser freigespült. Daneben immer wieder sumpfige Flächen mit Moosen und Kräutern, die wie Inseln zwischen den Bäumen auftauchten und den Wasserwegen unvorhersehbare Windungen aufzwangen. Bereits nach einer kurzen Wegstrecke sah für Pitu alles gleich aus. Allein hätte er hier niemals herausgefunden.

»Wie schaffst du es, dich hier zurechtzufinden?«

»Nicht wissen, aber oft Glück haben, nicht?«

»Bitte?« Entsetzt drehte sich Pitu um. »Du meinst ...?« Dann sah er, wie Fludo grinste und gluckste. »Altes Sumpfdottergewächs! Findest das wohl komisch, nicht?« Doch auch Pitu musste grinsen. Fludo hatte einen wunderbaren Humor.

»Trick sein Wurzeln. Kopf machen Bilder aus Wurzeln. Ich merken Bilder, nicht? Suchen Bilder, finden Bilder, Weg wissen, nicht?«

»Merken, suchen, finden, wissen. Klingt ganz einfach.«

Und während Fludo das Boot durch die Sümpfe lenkte, schaute Pitu sich die Wurzeln der unzähligen Bäume an und versuchte, darin Bilder zu erkennen. Das da vorn sah aus wie ein Fallgitter mit Hörnern. Oder eher wie das Maul von einem

... na, so einem ..., oder doch eher ... Aber inzwischen waren sie schon vorbei gefahren. Dafür sah das da aus wie ein Doka – zwei Doka! Oder eher wie Lannpinns, die auf dem Rücken lagen. Könnte aber auch ... Pitu versuchte, sich schneller festzulegen. Ein krummes Haus mit Gitterstäben, ein Tisch mit 12 Beinen oder doch wieder ein Fallgitter. Und noch ein Maul mit langen Zähnen. Oder tanzende Flusswürmer? Es war vergeblich. Selbst, wenn er sich etwas ausdachte, das zu dem Bild passen könnte, würde er sich nur einen Moment später für das dasselbe Bild etwas ganz anderes ausdenken.

Irgendwann hielt Fludo für eine kurze Rast an einem knorrigen Wurzelstumpf an. Gleich daneben lag eine einladende Moosinsel, auf die sogar vereinzelte Sonnenstrahlen fielen. Pitu freute sich über die Pause. Vor lauter Wurzelbildern schwirrte ihm schon der Kopf.

»Soll ich das Boot an Land ziehen, damit wir uns etwas hinlegen und ausstrecken können?« Schon war er dabei, mit einem Bein ins Wasser zu steigen.

»Nein!«

Fludos Ruf war so erschreckend laut, dass Pitu das Bein ruckartig zurückzog und der Länge nach ins Boot fiel. Hätte sein Freund es nicht mit einem festen Griff am Wurzelstumpf stabilisiert, wären sie beide ins Wasser gefallen.

»Hast du mich erschreckt!« Pitu keuchte und rappelte sich ungelenk wieder hoch. Fast sofort spürte er, wie in seinem Bauch diese seltsame Wärme zusammenströmte.

»Du schauen.« Fludo nahm einen Stab, den er im Boot mitführte, und tauchte ihn langsam neben dem Boot ins Wasser.

»Es ist hier nicht tief. Das habe ich längst gesehen.« Pitu verstand nicht, was Fludo wollte. Was sollte schon passieren?

»Nicht tief, aber du schauen, nicht?«

Pitu starrte auf den Stab, der sich immer weiter ins Wasser senkte. »Und? Was willst du eigent...«

In dem Moment, da der Stab auf den Grund stieß, wirbelte Schlamm auf, und in Sekundenschnelle wimmelte es von Crullmahr, die sich am Stab festbissen. Pitu hatte das Gefühl, sämtliches Blut würde in seinen Bauch schießen, ihm wurde schwindelig. Das Wasser brodelte, als würde es kochen.

Fludo hatte Mühe, den Stab herauszuziehen und die Crullmahr abzuschütteln, die sich ins Holz verbissen hatten.

Er keuchte: »Du helfen!«

Pitu ergriff den Stab und zog, das Boot schwankte bedrohlich. Einige der Crullmahr ließen los, als sie dem Wasser entrissen wurden. Doch die scharfen Zähne von zwei größeren Exemplaren steckten tief im Holz.

»Da...hin ... schlagen!« Fludo stöhnte, sein Gesicht war rot vor Anstrengung.

Jetzt erst merkte Pitu, dass sie den Stab in unterschiedliche Richtungen zogen. Sofort ließ er nach und folgte der Führung seines Freundes. Unbeholfen schlugen sie den Stecken an einen Baum. Beim zweiten Versuch klappte es mit mehr Wucht und eine der Crullmahr ließ ab. Der dritte Versuch zerschmetterte den Kopf der letzten. Das eklige Schlangentier fiel tot vom Stock und Fludo und Pitu setzten sich mit einem Ruck auf den Hosenboden. Noch einmal brodelte das Wasser, als sich die Crullmahr über den Kadaver ihrer Artgenossin hermachten.

Pitu schluckte. »Ich glaube, ich will dieses Boot niemals mehr verlassen.«

Er rieb seinen Bauch. Der Druck ließ nach, auch der Schwindel schwand. Warum war er plötzlich so empfindlich? Das kannte er nicht. Er fühlte sich eigentlich nie krank. Es war ja auch kein Schmerz gewesen, eher ein Druck, der schon wieder abflaute. Sonderbar! Vielleicht hatte er sich noch nicht gänzlich von den Verletzungen erholt? Oder war etwas nachgeblieben?

»Schnell man Crullmahrfutter werden, nicht?« Fludo holte ihn aus seinen Gedanken zurück.

Tatsächlich blieben sie im Boot, aßen und tranken dort und schliefen später sogar darin. Ihre Notdurft stehend über den Rand zu verrichten, war eine wackelige Angelegenheit. Aber es funktionierte. Pixxis bemerkte Pitu kaum. Ob das Crullmahr-Zeugs wirklich so gut half? Oder gab es vielleicht gar nicht so viele, wie Fludo behauptet hatte?

Nein, mit der Nacht kamen endlich auch die Pixxis. Ganze Schwärme dieser widerlichen kleinen Viecher, jedes gerade so groß wie eine Stecknadel. Die Schwärme hätten einen Menschen spielend einhüllen können. Feines Sirren erfüllte die

Nacht und schwoll bedrohlich an, wenn ein Schwarm sich dem Boot näherte. Fludo und Pitu hatten die Paste noch einmal aufgetragen und sich zum Schlafen im Boot ausgestreckt. Der Gestank war bestialisch, aber sie wurden nicht gebissen.

Gegen Mittag des nächsten Tages änderte sich die Vegetation. Die Bäume waren deutlich größer, die Wasserwege führten teilweise unter den Wurzeln hindurch wie durch kleine Tunnel. Inselartige Flächen gab es nicht mehr. Als Pitu gerade überlegte, ob man hier überhaupt eine Stadt errichten könnte, erblickte er gigantische Felssteine zwischen beeindruckenden Baumriesen. Mitten im Nirgendwo der Athür wuchs eine Mauer aus den Sümpfen. Das musste Wullutu sein!

Selana

21

Die Schritte wirkten fast schleichend. Man hörte sie nur näherkommen, weil es so viele waren. Sie bewegten sich so leise, dass man nicht sagen konnte, wo genau sie sich befanden.

Es schien Selana, als läge sie schon eine Ewigkeit im Dornengestrüpp. Der Schmerz in der Hand wurde unerträglich. Umständlich drehte sie sich, um die Hände freizubekommen und einen größeren Dorn aus dem Fleisch zu ziehen. Ein Zweig knackte, ihre Freundin packte sie warnend am Arm.

Auf dem Weg über ihnen erklang ein Pfiff, die Schritte der vielen Füße verstummten sofort. Selana hatte keine Ahnung, was Gellwicks waren oder wozu sie in der Lage waren. Aber sie sah Arias blasses Gesicht, den Schweiß auf ihrer Stirn und den flehenden Blick. Erst jetzt wurde ihr klar, dass sie sich kein Zoll mehr bewegen durfte, egal, wie sehr die Dornen schmerzten. Angespannt wartete sie mit ihrer Freundin und ertrug die zermürbende Stille, die nach dem Pfiff eingesetzt hatte. Dieser beißende Geruch. Hatte sie so etwas jemals gerochen? Sie spürte erneut den wachsenden Knoten im Bauch, diesmal aber beruhigte er sie. Das war keine Übelkeit und fühlte sich auch nicht krank an. Aber woher kam es?

Auf einmal presste Aria sich eine Hand auf den Mund und kniff die Augen zusammen, Tränen rannen ihr übers Gesicht. Selana erstarrte bei diesem verstörenden Anblick. Der erste Impuls war, Aria zu trösten, in den Arm zu nehmen. Doch dann tat sie es ihr gleich und drückte sich ebenfalls eine Hand auf den Mund.

Plötzlich durchbrach etwas Schweres die Büsche und landete direkt neben ihr. Die Hand auf dem Mund erstickte den Laut, den sie erschreckt von sich gab. Ein schwerer Stein hatte sie nur knapp verfehlt. Quiekend huschte ein Tier durch das Dickicht davon, begleitet von etwas anderem – einer Art Lachen? Es klang kehlig, gurgelnd. Dann erneut das Geräusch vieler Füße auf dem Weg. Schleichend, leiser werdend, bis es nicht mehr zu hören war.

Die Anspannung der beiden Frauen ließ nach. Aria hatte die Hand vom Mund genommen, legte jedoch gleich wieder einen Finger auf die Lippen. Es war immer noch Vorsicht geboten, verstand Selana. Nahezu unbeweglich lag sie neben ihrer Freundin und ertrug den anschwellenden Schmerz in den Gliedern. Inzwischen hatten die Vögel ihren Gesang wieder aufgenommen, und endlich verflüchtigte sich auch der unangenehme Geruch. Eine Mischung aus Schweiß und Urin? Ihre Freundin bewegte sich, Selana wagte ein Flüstern.

»Sind sie fort?«

»Ja. Ich glaub schon.« Es klang gepresst und Aria machte keine Anstalten, sich zu bewegen. Sie lag einfach nur da.

»Ich denke, wir können aufstehen, oder?«

»Ja, denke ich auch.« Doch sie tat es nicht. »Selana, ich kann mich nicht mehr bewegen.«

»Warte, ich kann mich selbst kaum rühren. Autsch! Moment, ich helf dir gleich.«

Selana setzte sich vorsichtig auf und entfernte endlich den Dorn, der ihr so zugesetzt hatte. Blut quoll aus der Wunde und Schmerz pochte in ihrer Hand. Sie biss die Zähne zusammen, nestelte ein Tuch aus der Tasche und wickelte es um die blutende Hand. Dann half sie Aria, massierte ihre Arme und

Beine, um die Durchblutung wieder anzuregen, und half ihr auf. Steifbeinig gelangten die beiden zurück auf den Weg.

Selana untersuchte Hände und Arme ihrer Freundin und entfernte die Dornen. Zwei davon hatten sich tief in den Handballen gebohrt. Aria musste Schmerzen haben; doch sie starrte nur apathisch vor sich hin. Mit einem Tuch und etwas Wasser säuberte Selana die Wunden. Außer weiteren Schürfungen und Kratzern war nichts zu sehen. Die Verspannungen durch die verkrampfte Haltung im Dornengestrüpp würden ihnen mehr zu schaffen machen.

»Aria?« Sie fasste ihre Freundin bei den Schultern und sah in die immer noch ausdruckslosen Augen. »Es ist gut. Sie sind fort. Wir können uns wieder auf den Weg machen.« Sie schüttelte sie sanft und ihre Freundin hob den Blick.

»Entschuldige. Es war ...« Eine Träne rollte über ihre Wange.

»Lass uns weitergehen, in Ordnung? Die Gellwicks kamen uns doch entgegen. Wenn wir bergan gehen, vergrößern wir den Abstand zu ihnen.«

Aria nickte, und die beiden setzten den Aufstieg zur Hochebene fort. Selana spürte, dass ihrer Freundin mehr auf der Seele lag als das gerade Erlebte. Aber darüber könnten sie später sprechen. Jetzt war es wichtig, vorwärtszukommen.

Mit jedem Schritt, den sie gingen, kehrte Selanas Zuversicht zurück. Auch Arias Schritte wurden fester, die Erschöpfung wich grimmiger Entschlossenheit. Zeitweilig hatte Selana sogar Mühe, ihrer Freundin zu folgen.

Gegen Ende des Tages – es hatte keine weiteren Störungen gegeben – fanden sie unweit der Straße einen Platz für die Nacht. Der Nebel hatte sich aufgelöst, und obgleich der Himmel immer noch grau verhangen war, hatte es nicht wieder angefangen zu regnen.

Nach einem kargen Mahl, das sie durch Beeren vom Wegrand ergänzten, wickelten sie sich in ihre Decken und legten sich eng zueinander.

»Aria, magst du mir was über die Gellwicks erzählen? Oder lieber nicht?«

»Ach Selana, tut mir leid, dass ich noch kein Wort rausgebracht hab.«

»Es setzt dir nicht nur wegen heute so zu, oder? Dich bedrückt doch was.«

»Ja.« Ihre Freundin seufzte. »Vielleicht ist es gut, mal darüber zu sprechen.«

Selana war neugierig, hielt aber den langen Moment aus, in dem sich ihre Freundin sammelte.

»Ich hab dir doch erzählt, dass wir früher mit Mutter häufig auf dem Land waren, als Erntehelfer. Meist sind wir in einem Weiler nordöstlich von Akralahr gewesen. Hekota, ein kleiner, sehr schöner Ort. Alle waren freundlich da. Und immer gut gestimmt.«

»Hekota ...« Etwas blitzte in Selanas Erinnerung auf, verschwand jedoch gleich wieder. »Und wieso ›waren‹?«

»Es ist nichts mehr davon übrig.« Aria schluckte. »Es war im vergangenen Jahr. Mutter wollte mit uns beiden wieder bei der Ernte helfen. Korrel hatte Osse kennengelernt und ließ sich nicht mehr bitten, geschweige denn, etwas sagen. Also ist Mutter mit mir allein nach Hekota gegangen. Wir wurden erneut sehr freundlich aufgenommen. Die Arbeit auf dem Feld war schwer, aber mit netten Menschen macht es mir nichts, hart zu arbeiten. Es bringt dann trotzdem Spaß.« Für einen Moment huschte ein Lächeln über Arias Gesicht, doch dann verdüsterte sich ihre Miene.

»Ich weiß, was du meinst.« Kurz dachte Selana an ihre Arbeit in der Küche der Burg und noch einmal blitzte eine Erinnerung auf. Hekota ... Als Aria fortfuhr, vergaß sie jedoch den Gedanken.

»Eines Abends geschah es. Es war furchtbar. Das Dorf wurde von Gellwicks überfallen. Das sind Vogelfreie. Weißt du, was das bedeutet?«

Selana hatte davon gehört und nickte.

»Vogelfreie haben nichts zu verlieren, sie haben nur den Tod zu erwarten. Aber Gellwicks sind schlimmer. Zungenlose, stinkende Widerlinge, die Spaß daran haben, zu morden und zu plündern. Als wir die ersten Schreie hörten, wollten wir aus dem Dorf laufen, um uns zu verstecken. Aber das Dorf war von einer hohen Dornenhecke umgeben. Zum Schutz gegen wilde Tiere. Da war kein Durchkommen. Viele haben versucht, unter die Hecke zu kriechen, einige haben es geschafft. Ein kleiner Jothos wuchs auch im Dornendickicht und Mutter schob mich drunter. Für sie selbst war kein Platz mehr, sie kroch aber direkt daneben unter die Dornen.

Wir hörten die Schreie der Männer, die von den Gellwicks getötet wurden, und sahen die Feuer, die jedes Haus und jede Hütte erfassten. Ich verfolgte durch die Zweige, wie sie Frauen zusammentrieben und ihnen die Kleider vom Leib rissen. Die älteren wurden getreten und an den Haaren über den Boden geschleift. Und dann schlugen sie ihnen die Köpfe ab. Einfach so.«

Selana hörte die Aufregung und den Schmerz in der Stimme ihrer Freundin. Selbst ihr eigener Puls beschleunigte sich.

»Während der ganzen Zeit hörte man das kehlige Lachen der Gellwicks. Sie haben keine Zungen, weißt du? Sie verständigen sich nur durch Handzeichen und Pfeiflaute. Aber dieses gurgelnde, dreckige Lachen, das können sie auch ohne Zunge von sich geben.« Aria kniff die Augen zusammen und schüttelte den Kopf, als wollte sie die Bilder abschütteln, die in ihrem Kopf eingebrannt waren.

»Du musst nicht weitererzählen.« Selana strich ihrer Freundin sanft über den Arm. »Ich glaube, ich hab verstanden, zu was sie fähig sind.«

»Nein! Wie könntest du!«

Selana zuckte zurück, so heftig war der Ausbruch ihrer Freundin.

Aria senkte die Stimme sofort wieder. »Verzeih, aber wie könntest du. Wie könnte irgendjemand es verstehen, der nicht selbst dabei war?« Ihre Stimme zitterte. »Sie haben sich über die jüngeren Frauen hergemacht und sie vergewaltigt. Die ganze Nacht hindurch hörten wir die Mädchen schreien und schluchzen. Die Gellwicks haben sich Zeit gelassen, denn sie ahnten, dass sich einige versteckten. Wir sollten es hören.« Sie verstummte kurz, nur ihr heftiges Atmen war zu hören.

»Dann im Morgengrauen war plötzlich alles still. Keiner von uns traute sich heraus, denn wir wussten, dass sie noch da waren. Als die ersten Sonnenstrahlen ins Dorf fielen, spähte ich durch die Zweige und sah die nackten Frauenkörper auf dem blutdurchtränkten Boden. Sie hatten ihnen die Kehlen durchgeschnitten. Frauen, mit denen wir auf dem Feld gearbeitet und abends zusammen am Feuer gesessen hatten. Die uns von ihren Plänen und Träumen erzählt hatten.« Aria blickte Selana an und fuhr sich mit dem Handrücken über die Augen, um ihre Tränen wegzuwischen.

»Es war ein unwirkliches Bild. Einige der Gellwicks standen grinsend inmitten der Leiber, Rauch stieg von den Brandstätten der Hütten und Häuser auf und der Boden leuchtete in dunklem Rot.« Wieder machte Aria eine Pause und Selana merkte, dass sie sich für eine weitere Erinnerung dieser grauenvollen Erlebnisse wappnete.

»Sie starrten in die Hecke. Ich glaube nicht, dass sie jemanden von uns sahen. Aber sie starrten hinein, weil sie vermuteten, dass noch jemand da sein musste. Bestimmt eine Stunde lang geschah nichts. Kein Laut, keine Bewegung, nur dieses Starren. Dann plötzlich flogen schwere Steine in die Hecke. Die erschreckten Laute der Frauen und Kinder verrieten sie. Meine Mutter hatte mir die ganze Zeit die Hand gehalten und mich beruhigend angeschaut, damit ich still blieb. Doch während sie geistesgegenwärtig eine Hand auf ihren Mund presste, habe ich vor Schreck aufgeschrien. Nur ganz kurz. Aber als wir nach vorn durch die Zweige blickten, sahen wir, wie die Gellwicks mit langen gespitzten Stäben auf die Hecke zugingen. Ganz gezielt gingen sie dorthin, wo sie jemanden gehört hatten. Auch zu mir hatte sich einer auf den Weg gemacht. Mutter drückte meine Hand und führte ihren Finger erst zu ihren Lippen, dann zu meinen. Tränen liefen über ihre Wangen. Aber als sie mir zuflüsterte, lächelte sie. ›Du wirst leben – für mich!‹ Dann kroch sie dem Gellwick entgegen.«

Atharu

22

Pelldor führte Atharu zum Schloss, vorbei an Häusern aus Stein und Holz, wie er sie schon in der Nacht seiner Ankunft gesehen hatte. Am hellen Tag wirkten die Häuser der Stadt ganz anders. Noch immer groß und imposant, aber auch verspielt und schön. Die Holzbalken der Wände, in deren Gerüst die Steine gemauert waren, trugen zum Teil wunderbare Schnitzereien. Und je breiter die Straßen und Plätze wurden, die Pelldor und er überquerten, desto höher und prachtvoller wurden die Häuser. Atharu konnte sich kaum sattsehen. Überall waren Menschen unterwegs. Eine stete Geräuschkulisse von rollenden Karren, scheppernden Töpfen, klingenden Krügen und Stimmengewirr. Wahrlich eine reiche und geschäftige Stadt, würdig eines Königsthrons.

Schließlich erreichten sie einen weiten Platz und Pelldor blieb stehen. »Wir sind da.« Er bewegte den Arm in einem einladenden Bogen. »Der Königssitz – das Schloss von Gelder!«

Atharu pfiff durch die Lippen. Diesen Anblick musste er auf sich wirken lassen. Der Platz war mit Steinen unterschiedlicher Farben gepflastert und lag zu Füßen eines sehr großen – nein, eines riesigen Bauwerks. Er hatte nicht gewusst, was er hätte erwarten sollen. Das, was er vor sich sah, sicher nicht. Wie auch? Allein die breiten Treppen, die zum mächtigen Königssitz hinaufführten, übertrafen alles, was er kannte. Im Gegensatz zu den Häusern war der Palast vollständig aus Stein erbaut. Vielleicht wirkte er deshalb auf den zweiten Blick eher wie eine Burg oder eine Festung. Doch die auf die Mauern gesetzten Säulen und die aus ihnen hervorspringenden Verzierungen verliehen diesem Bollwerk etwas Prächtiges und ließen es womöglich sogar kleiner wirken, als es war. Wenn eine Festung überhaupt massiv und mächtig und zugleich auch leicht und würdevoll wie ein Schloss wirken konnte, dann war es hier vollbracht.

Dennoch: Atharus Geschmack war es nicht. Sicher, eine großartige bauliche Leistung. Er konnte sich nicht im Ansatz vorstellen, dass die Tangora so etwas bewerkstelligen könnten. Aber es wirkte, als hätte man es von woanders hergenommen und einfach hier abgestellt. Nicht verwachsen mit dem Ort, zu dem es gehören sollte.

»Gefällt es Euch? Es ist vor drei Jahreswenden fertig geworden«, unterbrach Pelldor seine Gedanken.

»Ja. Es ist ... groß.« Atharu fehlten die Worte. Er sah Pelldor an, dass er auf mehr wartete. *Es ist groß.* Wie einfältig war das denn. Aber: »Nicht ganz mein Geschmack« wäre wohl auch nicht das Richtige. »Es sieht neu aus ...«, versuchte er es noch einmal, »hell ... und auf eine Art ... freundlich.«

Sein Begleiter schien sich über das Lob zu freuen, denn er nickte lächelnd. »Seron von Geldermark hatte es nach seiner Krönung vor mehr als 14 Jahreswenden in Auftrag gegeben. Der Bau hat nur 11 Jahre gedauert.«

»Es ist wirklich beeindruckend!« Atharu sah den Glanz in Pelldors Augen. Er konnte den Stolz spüren, mit dem der Soldat erfüllt war. Genauso ging es ihm selbst, wenn er daheim auf Tangris blickte. Wenn das Licht des Tages die Farben der Felsenstadt zum Leuchten brachte. Wenn die Sonnensegel sich leicht im Wind bewegten. Er seufzte bei dem Gedanken, wie weit entfernt seine Heimat war.

Der Obmann blickte ihn an und strahlte. »Im Inneren des Palastes befinden sich noch weite Teile des alten Schlosses. Das wird Euch sicher auch gefallen. Insbesondere der Bereich des Magisters ist erhalten geblieben. Quendus hatte es sich gewünscht, man kann sogar sagen: angemahnt!« Pelldor lächelte. »Nicht, dass man einem König von Geldermark etwas befehlen könnte. Aber als Magister hat man einen gewissen Stand. Und der alte König hat Quendus' Wunsch gemäß verfügt. Er soll seinem Sohn sogar am Sterbebett das Versprechen abgenommen haben. Doch nun kommt!«

Sie stiegen die Treppen hinauf, vorbei an Wachen in glänzenden Rüstungen. Ehrfürchtig folgte Atharu dem Obmann durch das mächtige Eingangstor, über einen Hof, durch ein anderes Tor, in eine weite Halle und einen großen Saal. Als Pelldor mit ihm vor einem der prächtigen Wandteppiche stehen blieb, hob Atharu irritiert die Brauen. Sollte ihm das Bild darauf etwas sagen? Im Vordergrund einer grünen Landschaft stand eine betörend schöne Frau, deren Haupt von einem grazilen, silbernen Diadem gekrönt war. Vor ihr kniete ein stämmiger Mann in goldener Rüstung, auf den Armen ein mächtiges Schwert. Gerade wollte Atharu nähertreten, um die Schrift auf der Klinge zu entziffern, da raffte Pelldor den Teppich zur Seite und offenbarte eine unscheinbare Tür. Verblüfft folgte Atharu dem Obmann in einen schlichten Gang, der mit leichtem Gefälle im weiten Bogen unter den Palast führte. Für einen Soldaten kannte er sich erstaunlich gut aus. Und offenbar durfte er im Palast ein- und ausgehen, wie er wollte.

»Pelldor, gestattet mir eine Frage.« Bisher hatte Atharu beeindruckt geschwiegen. Doch hier, unterhalb des Prunkbaus, gewann seine Neugier Oberhand. »Wir sind an mindestens fünfzig Wachen vorbeigekommen. Und abgesehen von einem flüchtigen Anheben der Schwerter oder Piken haben sie uns lediglich zugenickt und passieren lassen. Werden wir schon erwartet? Oder welchen Rang bekleidet Ihr?«

»Nein.« Pelldor lächelte wieder. »Wir werden nicht erwartet. Und mein Rang liegt unterhalb des Hauptmanns der Stadtgarde. Aber sagen wir einfach, ich bin hier bekannt.« Dann schaute er Atharu eindringlich an. »Versucht das aber lieber niemals allein.«

Der Gang wurde eben und machte schließlich eine scharfe Biegung, um sich direkt dahinter weit zu öffnen. Vor ihnen ragte eine Wand auf. Eine sehr alte Wand, wahrscheinlich direkt aus dem Fels gestemmt. In ihrer Mitte rahmte ein beeindruckend großes Fries eine schwere Holztür ein. Aufwendige Steinmetzarbeiten in Form verschiedenster Pflanzen- und Tiermotive. Atharu erstarrte und spürte ein leichtes Ziehen in der Brust.

»Was habt Ihr?« Pelldor musste es bemerkt haben. »Ist Euch nicht wohl?«

»Das ist ... es ist nur ... das Portal gleicht dem zu Ondaras Wohnstätte.« Atharu legte den Kopf in den Nacken und bestaunte die Ornamente, die ihm in dieser Art von Kindesbeinen an vertraut waren. Verwundert trat er näher. »Es gleicht ihm bis ins Detail.« Beinahe zärtlich fuhr er mit den Fingern an den kelchartigen Blüten entlang. Ebenso wie in Tangris waren einige Stellen geglättet von den unzähligen Berührungen staunender Besucher. Atharu blickte seinen Begleiter an.

Pelldor zog die Stirn in Falten. »Fürwahr, ich dachte, dieser älteste Teil des Schlosses wäre einzigartig. Es mag ein gutes Zeichen sein«, sagte er zögernd. »Auf jeden Fall zeigt es, wie richtig es ist, Euch zum Magister zu führen.« Er hob die Hand und klopfte.

»Tritt ein, Pelldor!« Eine helle Stimme klang gedämpft durch die schwere Tür.

Der Obmann öffnete und bedeutete Atharu einzutreten. Während sich hinter ihm die Tür schloss, blickte Atharu sich um. Ein übersichtlicher Raum, von dem nur zwei kleinere Türen abgingen. Eine Art Schrank auf der einen und ein mit Pergamenten überfülltes Regal auf der anderen Seite. In der Mitte ein großer Tisch mit zwei Bänken. Davor saß ein schmächtiger Mann, dessen schütteres, weißes Haar bis über die Schultern reichte. Wenn man die Pracht des Palastes bedachte, war dieser Raum außergewöhnlich schlicht. Der einzige Hinweis auf den Stand des Magisters waren vielleicht die diversen Teppiche, die den Boden voll und ganz bedeckten.

Der ältere Mann beugte sich über eine Karte und schien darin vertieft zu sein. »Pelldor, gerade dachte ich an dich.

Hast du schon etwas über die Seeschwalbe von Myxa erfahren? Wegen des Sturms? Sind die Gerüchte wahr?«

»Nein, Magister, ich habe noch nichts Eindeutiges gehört. Aber ich denke, in den nächsten Tagen bekommen wir Gewissheit.«

»Ja, so wird es wohl sein. Ich mag mir nicht vorstellen, dass sie auch ...« Der Alte sprach nicht zu Ende, sondern murmelte nur undeutliche Töne in seinen Bart. Erst als Pelldor sich räusperte, blickte er auf. Als er auch Atharu gewahr wurde, schaute er den Obmann fragend an.

»Verzeiht, Magister, dass ich unangemeldet komme. Aber ich denke, Ihr werdet erfreut sein, meinen Begleiter kennenzulernen. Ich bringe Euch Atharu von den Tangora, mit Botschaft von der ehrwürdigen Ondara.«

Unvermittelt sprang Lieburus auf. So blass und schmächtig er war, so lebendig wirkte er mit einem Mal. Seine Augen, ja, sein ganzes Gesicht versprühte eine heitere Neugier.

»Ondara? Die Urmutter der Tangora?« Er stürzte auf Atharu zu, fasste ihn bei den Händen und zog ihn zum Tisch. »Dann ist es wahr. Die Zeichen sind gedeutet. Aber setz dich doch, setz dich doch.« Er drückte Atharu sanft auf eine der Bänke. »Pelldor, wärst du so freundlich? Ich denke, es gibt ein wenig zu erzählen.« Er wies auf eine der beiden Türen.

Pelldor seufzte lächelnd und verschwand.

»Was bringst du für Botschaft? Weißt du, ich kenne Ondara nicht persönlich, aber Quendus kannte sie natürlich. Doch ich bin im Bilde, im Bilde.« Er lächelte und nickte begierig.

Atharu lächelte unbeholfen zurück, fühlte er sich doch für den Moment etwas überrumpelt.

»Aber nein, aber nein. Wo bleiben meine Manieren. Wir fangen einfach noch mal von vorn an.« Der Magister stand auf und verbeugte sich in aller Form.

»Jys bellzhahn tuhl e tuhr ezhanjo!«

(Ich grüße dich und deine Seele.)

Atharu war überrascht, die alte Sprache zu hören. Dann jedoch tat er es dem Alten gleich und entgegnete:

»Jyhr adorh jaln tuhr adorh!«

(Mein Herz ist dein Herz.)

»E yl brian i Atharpazh jaln zhar!«

(Und die Kraft in Atharpazh ist Friede.)

»Ihr sprecht die alte Sprache.« Atharu hatte bisher nur Ondara Iljaitt sprechen hören.

»Aber sicher doch, sicher doch. Ich bin Magister des Königs von Geldermark. Da sollte man das eine oder andere schon können, nicht wahr?« Lieburus lächelte.

»Hüter?« Endlich würde Atharu erfahren, was es damit auf sich hatte. »Könnt Ihr mir dazu mehr ...«

In dem Moment jedoch kam Pelldor mit gesenktem Kopf durch die kleine Tür zurück. Atharu starrte ihn an und musste unwillkürlich grinsen. Der Hüne von einem Mann in reichem Harnisch balancierte ein volles Tablett durch die Holztür. Der Soldat zog fragend eine Braue hoch und grunzte, als er verstand.

»Verzeiht.« Atharu senkte den Blick und versuchte verlegen, sich mit dem Muster der Teppiche zu beschäftigen.

Lieburus jedoch lachte. »Noch eine Schürze und das Bild wäre perfekt, was?«

»Noch ein Wort und Ihr könnt Euch künftig Euren Kräutertee selbst bereiten!«, brummte Pelldor, während er das Tablett vorsichtig auf dem Tisch abstellte.

»Vergib mir, Pelldor.« Lieburus wandte sich zu Atharu, während er die Becher verteilte und einen Teller mit Keksen in die Mitte des Tisches stellte. »Du musst wissen, Atharu, dass ich in meinen Räumen keine einfältigen Helfer oder gar Fremde dulde. Nur deshalb komme ich überhaupt auf die Idee, Pelldor um solch niedere Dinge zu bitten. Er genießt mein vollstes Vertrauen! Ich würde niemanden sonst allein in einen meiner Räume lassen. Im Übrigen genießt Pelldor als Hafen-Obmann auch das Vertrauen des Königs und ist in ganz Gelder hoch angesehen. Du tust also wohl daran, dich gut mit ihm zu stellen und dir das Bild von eben aus dem Kopf zu schlagen.« Lieburus neigte den Kopf in Atharus Richtung und zwinkerte ihm zu.

»Das habe ich gesehen, Magister.« Pelldor verdrehte die Augen und seufzte.

»Ja, ja.« Lieburus gluckste in sich hinein. »Aber nun zu dir, Atharu. Berichte mir bitte ausführlich, was dich den weiten

Weg von Tangris nach Gelder geführt hat. Und greif zu. Die Hafer-Dinkel-Kekse sind vorzüglich. Ein wenig trocken vielleicht, aber wofür hat man den Tee erfunden?«

Atharu nahm einen Schluck Kräutertee und hielt einen Moment inne. Als er merkte, dass er tatsächlich die volle Aufmerksamkeit hatte und der Magister keine Anstalten machte, weiterzureden, sondern ihn erwartungsvoll anschaute, während er zufrieden einen Keks in seinen Becher tauchte, begann Atharu zu berichten. Noch einmal erzählte er von Ondaras Tod, von seinem Auftrag, dem Bruchstück des Medaillons und seiner Reise mit Brandan.

Ein paar Mal stellte Lieburus die eine oder andere Frage. Insbesondere das Bruchstück interessierte ihn. Dann kam Atharu zum Überfall der Gellwicks.

Der Magister holte zischend Luft. »Gellwicks? Und ihr seid mit dem Leben davongekommen? Natürlich seid ihr das, sonst wärst du ja nicht hier. Aber es grenzt an ein Wunder, grenzt an ein Wunder!« Lieburus tauschte mit Pelldor besorgte Blicke.

Atharu lief ein kalter Schauer über den Rücken. »Aber sind Gellwicks denn so gefährlich? Es ist doch eher Diebesgesindel, das sich bei Nacht und Nebel an den Vorräten anderer gütlich tut, oder etwa nicht?« Schon während er sprach, sah er dem Obmann und dem Magister an, dass Brandan und er von falschen Voraussetzungen ausgegangen waren.

Lieburus nickte Pelldor zu, und dieser begann zu erzählen. »Gellwicks sind Ausgestoßene. Ausgestoßen aufgrund grausamer und niederträchtiger Verbrechen! Damit sie über ihre Schandtaten nicht prahlen können, wurden ihnen die Zungen herausgeschnitten. Man ließ diese Verbrecher am Leben, damit sie für ihre Taten büßen. Ein schwerwiegender Fehler! Keiner hatte sich denken können, dass die Vogelfreien sich organisieren und in Horden zusammenschließen würden. Doch mit den Jahren entwickelten sie eine Zeichensprache, mit der sie sich sehr gut verständigen können. Und inzwischen gibt es mächtige Anführer, die viele weitere Männer um sich scharen. Es kursieren Gerüchte, dass Gellwicks nur Zungenlose in ihre Horden aufnehmen. Falls nötig, wird das

Schneiden der Zunge nachgeholt.« Pelldor machte eine Pause und Lieburus schüttelte seinen Kopf.

»Furchtbar. Barbarisch. Wie furchtbar barbarisch! Ich glaube, ich will das gar nicht hören.«

»Aber dann sind sie gefährlich? Ich meine, dann ist Brandan in ernster Gefahr?« Atharus Herz schlug heftig, seine Brust schnürte sich zusammen.

»Ja. Ihre tonlose Verständigung haben sie zur Perfektion gebracht und auch sonst vermögen sie sich nahezu lautlos zu bewegen. Sie sind ernsthafte Gegner, die insbesondere mit Dolchen und Wurfmessern umgehen können. Und sie schrecken vor keiner Gräueltat zurück.« Pelldor sah Atharu mitfühlend an. »Es tut mir leid, aber Euer Freund ist in großer Gefahr!«

»Nun ja, nun gut«, schaltete der Magister sich beschwichtigend ein. »Immerhin lebt ihr. Und das ist doch erst einmal wichtig. Wäre, hätte, könnte, hilft ja auch nicht. Erzähl erst einmal weiter. Die Gellwicks sind also mit euren Vorräten davon. Und dann?«

»Vorräte? Nein.« Atharu berichtete vom Diebstahl des Medaillons und der Vereinbarung, die er mit Brandan getroffen hatte, dass dieser die Gellwicks verfolgen solle, um das Medaillon zurückzuholen.

»Das Bruchstück? Das Medaillon? Ist weg? Gestohlen?« Lieburus sprang auf.

»Deshalb ist Brandan ja da geblieben. Ich habe ihn allein zurückgelassen. Allein mit diesen Gellwicks!« Ursprünglich war Atharu über den Diebstahl beunruhigt gewesen, doch jetzt war er tief besorgt um seinen Freund. In der Hoffnung auf beschwichtigende Worte des Magisters starrte er Lieburus an.

»Pelldor, es ist Eile geboten. Und höchste Dringlichkeit!«

»Magister?« Pelldor stand von einem Moment auf den anderen stramm und wartete auf Anweisungen.

»Ich wollte ...« Atharu stand nun ebenfalls auf. »Ich hoffe, dass Ihr mir Hilfe zur Seite stellt. Mir und Brandan. Aber ich sollte noch den Rest berichten. Und ich hätte da auch einige Fragen ...« Er dachte an seine kürzlich entdeckten Kräfte. Ein Magister kannte sich vielleicht damit aus. Könnte ihn unterweisen.

»Keine Zeit, keine Zeit. Das Medaillon ist zu wichtig.« Lieburus wandte sich wieder Pelldor zu. »Deine vertrauenswürdigsten Männer, aber über das Medaillon zu niemandem ein Wort. Rettung des Tangora und Sicherung der Grenzen. Vielleicht noch den Grund herausfinden, warum die Gellwicks in dieser Gegend unterwegs sind. Das sollte an Argumenten reichen. Nun geht!«

»Und der König, Magister?« Während Lieburus die Hände rang und kaum stillstehen konnte, blieb Pelldor die Ruhe selbst.

»Ja, ja, natürlich. Ich werde gleich zu ihm gehen.« Er nahm Atharu bei den Schultern und schob ihn zur Tür. »Nun geh. Bei Pelldor bist du in sicheren Händen. Rette deinen Freund und vor allem bring das Bruchstück des Medaillons!«

Atharu blieb stehen, wandte sich ihm noch einmal zu und suchte den Blick des Gelehrten. »Ihr wirkt beinahe besorgter als ich. Was hat das alles zu bedeuten?«

Ihre Blicke trafen sich und für einen Moment schwand die nervöse Geschäftigkeit des Magisters. »Das Medaillon ist der Schlüssel. Vielleicht hängt das Wohl aller Völker Jukahbajahns davon ab!«

Pitu

23

Fludo steuerte das Boot auf die mächtigen Bäume von Wullutu zu, und Pitu starrte fasziniert auf die riesigen Steine zwischen ihren Wurzeln. Wie eine Mauer, die jeden Blick in die Stadt unmöglich machte. Sie erinnerte ihn entfernt an das Fachwerk der Häuser in Gelder. Die Formen jedoch waren andere – gewachsene. Hier bildeten die mächtigen Wurzeln das Gerüst, das mit großen Steinen gefüllt war. Teilweise umwallten sie ganze Felsblöcke. So eng umschlossen, als wären sie ihre Kinder, die sie hielten und schützten. Ein niedriges Tor bildete den Weg zur Stadt. Gerade mal so hoch und breit, dass ein Fischerboot hindurchpasste. Es erwies sich als längerer Tunnel, der schließlich in einen weiten See mündete.

Pitus Augen leuchteten, als er über das klare Wasser blickte. Als wäre er in eine andere Welt eingetaucht. Hier erinnerte nichts an den Sumpf, durch den sie gereist waren. Zu beiden Seiten zog sich die Mauer in einem großen Bogen fort und umschloss die Stadt, die weit voraus zu sehen war. Ein riesiger Baum beschirmte die Bauten der Urda, die darunter winzig erschienen. Als sie mit ihrem Boot auf die Stadt zu glitten, erkannte Pitu Hunderte von Fischerbooten und emsiges Treiben auf den Landungsstegen. Es verschlug ihm schier den Atem. Urda, so weit sein Auge blicken konnte. Und er war einer von ihnen. Boote legten an und ab. Über dem Kai hingen Netze in der Sonne. Und unterhalb des Kais – war nichts. Der Hafen hing über dem Wasser in der Luft? Pitu stellte verblüfft fest, dass alles zu schweben schien. Doch beim Näherkommen erkannte er den Grund. Die ganze Stadt war einige Fuß über der Oberfläche des Sees in das Wurzelgeflecht gebaut. Aus dem Wasser geboren und in den Schoß des mächtigen Baums gebettet. Der Anblick war überwältigend.

Bald hatte Fludo einen Platz für ihr Boot gefunden. Während Pitu noch versuchte, die vielen neuen Eindrücke zu verarbeiten, war Fludo schon auf den Kai geklettert. Mit federnden Schritten eilte er über den hölzernen Steg und führte sie durch das Getümmel auf den Straßen.

»Zum heiligen Schrein wir gehen. Ich freuen darauf, nicht?«

Immer wieder grüßte Fludo Urda, die ihnen entgegenkamen. Und Pitu war darauf bedacht, es seinem Freund gleich zu tun. Hände aufs Herz und verbeugen. In der Eile war es eher ein tiefes Nicken.

»Woher kennst du die nur alle?« Pitu war ganz außer Atem, während er Fludo hinterherlief.

»Wen ich kennen?« Sein Freund warf ihm einen Blick zu und zog die Brauen hoch.

»Die vielen Leute, die du grüßt?«

Fludos Gesicht verzog sich zu einem milden Lächeln. »Ich nicht kennen.«

»Nein?« Pitu blieb erstaunt stehen, eilte sich jedoch, wieder aufzuschließen. »Und warum dies Hand-Nicken-Dings?«

»Hand-Nicken-Dings.« Fludo gluckste. »Sein Begrüßung zu Freunde, nicht?«

»Freunde? Aber du hast gesagt, du kennst die alle gar nicht, oder wie jetzt?«

»Ja, ich nicht kennen, nicht?«

»Aber ...« Pitu hielt seinen Retter am Arm fest und blieb erneut stehen. »Hör mal. Was redest du da eigentlich? Seine Freunde kennt man doch. Da könnte ja jeder kommen.«

»Ja, nicht?«

»Wie, ja, nicht?«

Fludo seufzte. Dann nahm er Pitus Rechte in seine Hände und holte tief Luft. »Jeder Freund sein können. Aber Freund du erst erkennen, wenn du kennen. Vorher du Freund nicht erkennen können, nicht?«

Eine kurze Zeit starrte Pitu ihn verständnislos an. Musste er das verstehen? Vorsichtig zog er seine Hand weg und nickte. »Ist es noch weit bis zu Malin?«

»Nicht mehr weit.« Sie liefen noch an einem guten Dutzend größerer Wurzelhäuser vorbei und Pitu versuchte fasziniert, die vielen Bilder zu verarbeiten. Die Häuser waren eine Pracht. Völlig mühelos fügten sich die Wurzeln mit Hunderten kleiner schillernder Steine und hellem Lehm zu glatten Wänden. Häufig waren die Steinchen sogar zu bildhaften Mosaiken zusammengesetzt. Etwas so Schönes hatte Pitu noch nirgendwo gesehen.

Plötzlich bog Fludo rechts ab, was Pitu erst im letzten Moment mitbekam. Er hastete hinterher und rempelte direkt in seinen Freund hinein. Einige Schritte stolperten sie vorwärts, dann fingen sie sich.

»Dort sein!« Fludo zeigte nach vorn, seine Augen strahlten.

Vor ihnen, inmitten eines weiten Platzes, stand der mächtige Tempelbaum von Wullutu. Seine Wurzeln griffen in fast perfekter Symmetrie in den Boden. Dazwischen breiteten sich steinerne Flächen aus, mit unzähligen Ornamenten verziert. Ehrfürchtig gingen die Freunde dem Baumpalast entgegen.

Der Weg zum Eingang war von einer Pergola mit grünem Laub überdacht. Vor der Tür stand ein Urda in grauem Gewand. Er war noch kleiner als Fludo. Das war natürlich nicht wichtig, freute Pitu aber trotzdem. Sein Leben lang war er meist der Kleinste gewesen. Doch unter den Urda schien er einer der Großen zu sein.

»Yt zhar ezh tuhn!«

(Friede sei mit dir!)

Pitu schaute den Kleinen verständnislos an.

»Äh ...«

»E jigu i jylnuhn!«

(Und Leben in uns!)

Verblüfft wandte er den Kopf zu Fludo und dann wieder zu dem Grauen. »Ja, äh, wollte ich auch gerade sagen.«

Fludo zog die Brauen hoch. »Oh, du nicht kennen Iljaitt?«

»Ilja... was?« Pitu kam sich plötzlich reichlich dumm vor.

»Alte Sprache, Sprache von Elben, nicht?«

»Sprache von Elben, nicht«, äffte er genervt seinen Freund nach. »Nein, natürlich nicht. Hab noch nie ein Langohr getroffen. Was hat denn der Kleine gesagt?«

»Ich sagte: Friede sei mit dir!«

Pitu schoss das Blut in den Kopf. Er sprach also nicht nur Ilja... – was auch immer. »Äh – ja, danke. Mit dir auch.«

»Die traditionelle Antwort lautet: Und Leben mit uns!«

»Das dann natürlich auch.« Einigermaßen ärgerlich sah er zu Fludo. »Wie lange waren wir unterwegs? Hättest du mir das nicht beibringen können?«

»Es tut leid! Du aber jetzt nachsprechen: E ji-gu i jyl-nuhn!«

»Ed igu jylnuhn!« *Natürlich, mal eben eine andere Sprache lernen, wenn es weiter nichts ist.*

»E ji-gu!«

»E ji-gu!«

»Gut machen, nicht?« Fludo schien zufrieden.

»Was führt euch zum heiligen Schrein?«, schaltete sich der Graue wieder ein.

»Wir Malin aufsuchen wollen, nicht?«

»Ich werde ihn fragen, wann er empfangen kann. Wen darf ich anmelden?«

»Fludo, Fischer von Küste, und Pitu, überleben Schiffsunglück bei Sturm, nicht? Urda aus Gelder, nicht?« Fludo sah Pitu fragend an.

»Ja, genau.« *I-gu, i i-gu, wie war das gleich? I ylnuhn?* Pitu mühte sich, alles richtig im Kopf zu behalten.

Der Graue verschwand und kehrte wenig später zurück, um die beiden zum Ältesten zu geleiten. Zunächst führte er sie jedoch in einen Vorraum, in dem rundherum Bänke an den Wänden standen. Fludo setzte sich und begann, die Schuhe auszuziehen, während der Graue sich entfernte.

»Was ist denn jetzt schon wieder?«

Fludo schaute ihn mit großen Augen an. »O, du ...«

»Nein, sag nichts!« Pitu setzte sich genervt neben seinen Freund und ahmte dessen höhere Stimme nach. »Du nicht wissen, nicht? Hier man nur barfuß reingehen dürfen, nicht?« Als er den ersten Fuß aus dem Schuh gebracht hatte, verzog er das Gesicht. »Bin ja nicht sicher, ob dieser Malin weiß, was er sich damit antut. Wie lange sind wir schon unterwegs?«

Pitu stellte seine Schuhe neben Fludos unter die Bank. Gerade wollte er sich erheben, als der Graue einen Eimer abstellte und sich vor ihm niederkniete.

»Nein. Nein, nein!«, rief Pitu. »Du willst doch nicht meine qualmenden Fü...« Ihm stieg die Röte ins Gesicht, als der Graue ihn irritiert anblickte.

»Das hier so Sitte, nicht?«, versuchte Fludo eine Erklärung und legte ihm besänftigend eine Hand auf den Arm.

»Das mag ja sein. Aber vor allem ist es mir unangenehm und außerdem komm ich ja nicht von hier.« Flink nahm er dem Grauen Tuch und Lappen aus den Händen und tauchte die Füße direkt in das Wasser.

»Vor...«

»Ahhhh!« Blitzartig zog Pitu die Füße wieder heraus.

»...sicht heiß!«

Fludo gab ein Glucksen von sich, doch als Pitu empört zu ihm schaute, wandte er sich schnell ab.

Das kann doch alles nicht wahr sein! »Zwei volle Tage waren wir unterwegs und nichts hast du erzählt!« Grummelnd trocknete Pitu die Füße und gab dann Tuch und Lappen weiter, damit der Graue sich um die Füße seines Freundes kümmern konnte.

Endlich wurden die beiden weitergeführt. Angenehm überrascht stellte Pitu fest, wie weich die Teppiche sich anfühlten, mit denen der Boden ausgelegt war. Seine Stimmung hob sich wieder, und als der kleine Graue sie in den Empfangssaal des Ältesten führte, durchströmte ihn freudige Erwartung.

Wohlriechender Kräuterdunst durchzog den großen Raum und erzeugte zusammen mit Dutzenden flackernder Kerzen eine mystische Wirkung. Außer den Leuchtern gab es keine

Einrichtung. Keine Bänke oder Tische, nur ein Podest in der Mitte des Raums, ausgelegt mit besonders dicken und bunten Teppichen. Eine kleine Gestalt in dunklem Gewand hockte dort. Stechend grüne Augen lugten unter weißen, buschigen Brauen und einem kahlen Schädel hervor.

»Yl mijatäe crun Yrhdazh!«

Der kleine Graue schob die beiden weiter vor und zog sich mit tiefer Verbeugung zurück. Da Pitu nichts anderes einfiel, entbot er den Gruß mit den Händen auf dem Herzen und verbeugte sich. Aus den Augenwinkeln stellte er erleichtert fest, dass auch Fludo es so machte.

Dann sprach der Älteste. *»Yt zhar ezh tuhn!«*

»E jigu i jylnuhn«, entgegnete Fludo.

Zeitgleich stotterte Pitu: »Id ihjo ihlnuhn!«

»Was du sagen?«, zischte sein Freund mehr, als er sprach.

Pitu machte sich tapfer daran, den Gruß lauter zu wiederholen. »Id ihjo ihlnuhn!«

»Nein, nein, oh.« Fludos Stimme war jetzt eher ein leises Stöhnen; Pitu sah zögernd zu seinem Freund, der das Gesicht in den Händen vergrub.

»Verzeiht, ich, äh ...« Ängstlich schaute er den Ältesten an.

Doch Malins Blick war nicht böse oder streng. Eher freundlich. Seine Mundwinkel zuckten. Musste er husten? Oder was war das? Nein, plötzlich fing der Älteste an zu lachen.

Irgendwie lief alles anders, als Pitu gedacht hatte. Ihm kam der starke Verdacht, dass er selbst den Grund für das Gelächter geliefert hatte. Nur hatte er nicht die geringste Ahnung, wodurch. Aber wie auch immer. Das Lachen des Ältesten war derart ansteckend, dass Pitu mit einstimmte. Auch Fludo schaute aus seinen Händen hervor und erlaubte sich ein schüchternes Lächeln vor dem Ältesten der Urda.

»Was habe ich denn gesagt?«, wisperte Pitu Fludo zu, darauf bedacht, dass die Frage im Gelächter des Ältesten unterging.

»So etwas wie Fluch war: Dreihundertdrei Krötenkadaver!«

Die Anspannung, die Pitu vor dem Treffen mit dem Ältesten der Urda gespürt hatte, war durch das gemeinsame Lachen hinfortgespült. Ähnlich einem reinigenden Regen, der den Straßenstaub von den Waren der Märkte wusch. Pitu fühlte sich leichter und auf eine Art erfrischt.

Malin hatte ihnen bedeutet, Platz zu nehmen, und ihnen von weiteren Versprechern berichtet, die er in seiner Zeit als ältester bereits erlebt hatte. Und »dreihundertdrei Krötenkadaver« war fast nichts im Vergleich zu »lieber verwirrter Kältester«. Iljaitt war eine Sprache, die sich eben nicht so einfach lernen ließ.

Schließlich forderte der Älteste sie auf, von den Ereignissen zu berichten, die sie zu ihm geführt hatten. Fludo erzählte die Begebenheiten der letzten Tage, und Pitu steuerte seinen Teil der Geschichte bei, angefangen bei den Geschehnissen in Gelder. Mit gesenktem Haupt saß Malin bei ihnen und rührte sich die meiste Zeit nicht. Erst als von Pitus Stein die Rede war, hob er den Blick.

»Ich habe ihn gespürt.«

Beim heiseren Flüstern des Ältesten lief Pitu ein Schauer über den Nacken. Einen Moment hielt er verwirrt inne, ehe er fortfuhr. Am Schluss seiner Erzählung war die Anspannung wieder da. Der Bericht über Velbert und das Schiffsunglück hatte ihn aufgewühlt. Immerhin war er froh, es hinter sich zu haben. Aber insgeheim hoffte er, nie wieder darüber sprechen zu müssen. Die einsetzende Stille danach war jedoch beklemmend, ein Gefühl der Erleichterung blieb aus.

»Dich trifft keine Schuld!« Malins Worte, kaum mehr als ein Flüstern, waren kraftvoll und einnehmend. »Wir haben einen freien Willen. Wir können entscheiden, ob wir das Messer in unserer Hand in den Leib eines Freundes oder Feindes stoßen. Aber wir können nicht entscheiden, was ein Sturm anrichtet und wie viele Opfer er kostet. Und doch ist es unsere Bürde, mit Schuldgefühlen zu leben. Weil wir mit dem Schicksal hadern und in unserem Schmerz Atharpazh in seiner unendlichen Macht nicht sehen und anerkennen können.«

Malins Augen wurden feucht. Und Pitu spürte, wie auch ihm die Tränen kamen. Schnell senkte er den Blick und versuchte, sie zu verdrängen.

»Fludo, ich danke dir, dass du deinen Freund zu mir gebracht hast.« Die Stimme des Ältesten war jetzt fester. »Bitte geh zu Killdu, meinem treuen Bruder, der euch zu mir gebracht hat. Bereite mit ihm ein Essen für uns vier. Wir kommen nach.«

Pitu sah aus den Augenwinkeln, wie sein Freund aufstand, sich verbeugte und ging. Konnte er selbst nicht auch einfach gehen, statt hier mit seinen Gefühlen zu kämpfen? Warum war er plötzlich so nah am Wasser gebaut? Er wollte nicht heulen. Bislang war er gut ohne Heulen zurechtgekommen.

Dann spürte er die warme Hand des Ältesten auf seiner Schulter. »Du bist nicht schuld!« Nur vier Worte.

Vier Worte, die den Damm durchbrachen, und seine Tränen liefen ihm davon. Eine Flut von Gefühlen und unterdrückten Ängsten brach aus ihm heraus. Seine Emotionen schüttelten ihn, und als Malin ihn in die Arme nahm, schluchzte er wie ein Kind im Schoß seiner Eltern. Eltern, die er nie gehabt hatte.

Pitu wusste nicht, wie lange er geweint hatte, es war ihm auch egal. Er war mit dem Ältesten allein. Es war ihre Sache, damit umzugehen. Die Welt da draußen wusste nichts von alledem. Dennoch hatte er das Gefühl, sich entschuldigen zu müssen, als der Strom versiegt war. »Es tut mir leid.«

»Das braucht es nicht. Tränen reinigen die Seele. Warum, glaubst du, kann dein Körper weinen, wenn es keinem Zweck diente?«

»Ich, ähm, aber es ist mir unangenehm.«

»Das verstehe ich. Tränen sind wie ein Hilferuf. Und wer gibt schon gern zu, dass er Hilfe braucht? Wir wollen immer stark sein und allein zurechtkommen.« Malin lächelte milde. »Glaub mir, es werden nicht deine letzten Tränen gewesen sein. Vor dir liegt noch eine schwere Bürde.«

Pitu zog die Stirn in Falten und blickte den Ältesten fragend an.

»Du spielst eine Rolle in dieser Welt!«

»Wie meinst du das? Hat es etwas mit meinem Stein zu tun?« Pitu versuchte, aus der Andeutung des Ältesten schlau zu werden. »Sollte ich tatsächlich nach Gelder zum Magister des Königs reisen?«

»Ja und nein. Erst einmal muss ich dir Dinge erzählen, die du wissen solltest. Mach es dir bequem und fasse dich, es dauert eine Weile.« Malin schaute ihn vielsagend an. »Ich kannte deine Eltern!«

Selana

24

Stumm und verbissen setzte Selana einen Fuß vor den anderen. Ihr war nicht nach Reden zumute. Immer noch verstört von den gestrigen Erzählungen ihrer Freundin, konzentrierte sie sich umso entschlossener auf ihr Ziel. Doch in ihren Gedanken formten sich immer wieder Bilder. Bilder zu Arias Bericht, die sie beharrlich zu verdrängen versuchte. In der Nacht hatte ihre Freundin weinend in ihren Armen gelegen. Und sie hatte mit ihr geweint.

Wie grausam konnten Menschen sein? Warum taten sie so etwas? Aria hatte berichtet, dass sie ihre Mutter hatte aufhalten wollen – dass sie unter dem Jothosbaum hervorgekrochen war. Dann Schmerz und Schwärze. Die Gellwicks hatten erneut Steine geworfen und einer davon musste sie getroffen haben. Als sie wieder zu sich gekommen war, war niemand mehr da gewesen, kein Lebender. Sie war durch die Brandstätten gestreift, um nach ihrer Mutter zu suchen, doch sie hatte sie nicht finden können. Nur Leichen. Zu Haufen zusammengetragen und verbrannt. Verkohlte Gestalten, die kaum noch an Menschen erinnerten und kein Erkennen möglich machten. Irgendwann war Aria gefunden worden und man hatte sie zurück nach Akralahr gebracht. Alles war vorbei gewesen. Und doch – ganz vorbei wäre es nie. Es hatte sich eingebrannt.

Nach der Erzählung hatte Aria sich bei ihr bedankt. Es hatte ihr gutgetan, alles zu erzählen. Selana hatte nicht gewusst, was sie sagen sollte. Gab es für so etwas richtige Worte? Sie hatte Aria in die Arme geschlossen, froh, dass keine weiteren Tränen flossen. Als wären die letzten bereits geweint.

Unwillkürlich schüttelte Selana den Kopf, um die Bilder loszuwerden. Doch sie waren nun auch Teil ihrer Erinnerung, obgleich sie niemals dort gewesen war. Dafür ging es ihrer Freundin besser und mit jedem Schritt entfernten sie sich von Akralahr und vom Ort des Schreckens. Kaum zu glauben, dass es jemandem besser gehen konnte, der so etwas erlebt hatte. Selana musste daran denken, wie behütet sie doch als Küchenmagd in der Burg gelebt hatte. Es gab auch Streit, sicher, und setzte schon mal Hiebe, wenn man nicht spurte. Aber keine Gellwicks, kein Hekota.

Kein Hekota ... Wieder blitzten Erinnerungen auf. Diesmal war Selana entschlossen, sie festzuhalten. Die Küche der Burg und der Name Hekota? Wie passte das zusammen? Sie kam einfach nicht darauf. Wie auch. Von Gellwicks hatte sie noch nie etwas gehört. Bloß dieser widerliche Geruch ...

Mit einem Mal wirbelten alle Gedankenfetzen an ihren Platz und eine Erinnerung wurde greifbar. Genau dieser Geruch im kleinen Hof hinter dem Küchentrakt. Gesprochene Worte, Hekota, Hecco-Tia. Und Dunkelheit.

»Selana? Sollen wir Rast machen?«

»Was?« Sie hatte gar nicht gemerkt, dass sie stehen geblieben war. »Nein. Es war nur ... ich hatte gerade einen Gedanken.«

»Welchen?«

»Ach nichts, nur eine Erinnerung. Aber ich kann sie nicht greifen.« Sie blickte ihre Freundin an und lächelte schwach. Dann schaute sie nach vorn und stutzte. Ihr Gesicht erhellte sich. »Rast machen? Jetzt? Wo wir es endlich geschafft haben?«

Sie wies mit der Hand nach vorn. Tatsächlich schien der Weg nicht weiter anzusteigen und zwischen letzten Felsen hindurch auf die Hochebene zu führen.

Auch Aria strahlte. »Dann rasten wir da oben. Komm! Wer zuerst da ist!« Sie stürmte los, und Selana folgte ihr lachend.

Wenig später lehnten sie sich an die Felsen, völlig außer Atem, überwältigt vom Anblick. Die Hochebene Abrinor. Sie standen auf einer Anhöhe, zu ihren Füßen erstreckte sich weites grünes Land. Sie konnten einige Baumgruppen und in der Ferne kleinere Seen ausmachen. Die Handelsstraße zog sich in leichten Bögen wie ein helles Band in Richtung Osten. Aria deutete auf einen Bach, den sie nicht allzu weit vor ihnen entdeckt hatte. Ab jetzt würde es einfacher.

Das leichte Gefälle schonte die Kräfte. Auch wenn Selana inzwischen das Gefühl hatte, ihre Beine könnten bei jedem Schritt zusammenknicken. Doch nachdem sie sich mit dem munter gurgelnden Wasser des Baches gewaschen und etwas gegessen hatten, war die Erschöpfung beinahe vergessen.

Die beiden lagen rücklings im Gras. Über ihnen zogen weiße Wolken gemächlich dahin. Immer wieder brachen Sonnenstrahlen hindurch und ließen die Wollknäuel des Himmels dahinschmelzen wie das Wachs einer Kerze. Wie lange war es her, dass sie die Sonne gesehen und ihre wärmenden Strahlen gespürt hatten?

»So müsste es immer sein«, seufzte Aria.

Selana lächelte. »O ja. Ich könnte hier ewig liegen bleiben.«

Doch Aria erinnerte sie daran, wie lang ihr Weg noch wäre. Also füllten sie ihre Wasserschläuche und zogen weiter.

Am Nachmittag verließen sie den Handelsweg, um zu einem kleinen Weiher zu gelangen. Selana kniete sich ans Ufer und tauchte ihre Hand ins Wasser, es war viel wärmer als im Bach. Sie grinste ihrer Freundin aufmunternd zu. Kurzerhand entledigten sie sich ihrer Kleidung und sprangen lachend in den Weiher. Eine wunderbare Erfrischung, für den Moment fielen alle Erinnerungen an die Mühen und Sorgen der letzten Tage von ihnen ab. Sie spritzten und planschten wie Kinder, ihr Lachen perlte über das Wasser wie weicher Sommerregen.

Noch nass vom Baden legten sie sich ins Gras und ließen sich von der Sonne trocknen. Erst als eine breite Wolkendecke vorbeizog, wurde ihnen kühl, und sie zogen sich an. Dann brach die Sonne erneut durch die Wolken und sogleich ließ Selana sich wieder ins Gras fallen. Aria lachte und plumpste neben sie. *Nur noch einen Moment!* Die Wärme der Sonnenstrahlen durchwärmte jeden Zoll ihres Körpers. Brummbienen summten ihr dunkles Lied in die Luft, ein Stück entfernt stritten zwei Weidenschreiter um einen Wurm. Warum man diese Vögel so nannte, war ihr schleierhaft. Mit ihren kurzen krummen Beinen war von Schreiten keine Rede. Aber das mit den Weiden mochte stimmen.

Aria summte eine leise Melodie, Selanas Gedanken trieben dahin wie Herbstlaub auf stillem Wasser. Sie brachten kleine Erinnerungen von früher, streiften das Hier und Jetzt und führten sie unweigerlich zu dem, was ihnen bevorstehen mochte. Welche Gefahren müssten sie bestehen? Und wie lange wären sie überhaupt noch unterwegs?

»Weißt du, Selana«, Aria setzte sich auf, »ich fürchte, wir sind schon viel zu lange an diesem Weiher.« Sie erhob sich und klopfte einige Gräser von ihrem Umhang.

»Aber das hat es gebraucht. Findest du nicht?« Selana stand auf und sammelte ihre Sachen zusammen.

»Schon. Nur sollten wir nicht zu sorglos sein. Auch wenn wir nicht mehr klettern müssen und sogar die Sonne scheint.«

Selana seufzte. »Du hast recht. Es ist nur so schön gewesen.«

»Stimmt. Aber lass uns weiterkommen und wieder etwas aufmerksamer sein.«

Mit großen Schritten zog Aria los, und Selana beeilte sich zu folgen. Sie bewunderte diese Frau mit jedem Tag mehr. So viele Schicksalsschläge, die ihr selbst erspart geblieben waren. Eigentlich sollte man meinen, dass diese Erlebnisse Aria hart und unnachgiebig oder aber gebrochen und krank hätten machen müssen. Doch sie steckte voller Energie, war aufrichtig und manchmal sogar sanftmütig. Eine starke Frau. Bei allem, was kommen würde, hatte das Schicksal es mit ihr selbst gut gemeint, als es ihr diese Freundin geschenkt hatte. Wanda wäre froh, wenn sie darum wüsste.

Unweigerlich fiel ihr das Schmuckstück ein. War es wirklich für immer verloren? Oder fände es doch seinen Weg zu ihr zurück? Sie musste an ihre Unterhaltung über den Schatten denken. Wenn Magie einen Abdruck hinterließ, lockte es die Schatten auch noch, wenn der Gegenstand schon gar nicht mehr da war. Und wenn es ein paar Nächte zuvor kein Traum gewesen war, dann musste das Bruchstück magisch gewesen sein und hatte einen Abdruck hinterlassen. Würden weitere Schatten kommen? Oder waren sie jetzt hinter Osse und Korrel her? Brachte das Schmuckstück ihnen womöglich Unglück? Die Hand glitt zu ihrem Bauch. Was war mit ihr selbst? War diese Energie in ihrem Inneren auch so etwas wie Magie? So viele Fragen, auf die Wanda vielleicht Antworten gewusst hätte. Sie *mussten* einfach heil nach Tyklahr gelangen! Hauptsache, sie blieben vor weiteren Begegnungen mit Gellwicks verschont.

Selana merkte, dass sie zurückgefallen war, und eilte sich, wieder zu Aria aufzuschließen, die mit forschen Schritten gen Osten marschierte. Als wollte sie ein für alle Mal die Gellwicks der Welt hinter sich lassen.

Gellwicks und Hekota ... Selanas Gedanken kehrten zurück zu ihren Erinnerungen aus Akralahr. Dieser widerliche Geruch, der kleine Hof hinter dem Küchentrakt. Mondlicht war durch die Verbindungstür zum Vorhof der Burg gefallen. Sie hatte offen gestanden. Selana erinnerte sich wieder. Eigentlich hatte sie nachts außerhalb des Gesindehauses nichts zu suchen. Aber Merla, die zweite Küchenmagd, war krank gewesen und Selana hatte ihr Kräuterwickel machen wollen. Deshalb hatte sie sich noch einmal in die Küche geschlichen. Auf dem Rückweg war ihr der beißende Geruch aufgefallen. Und dann hatte sie eine Männerstimme gehört. Ihr wäre damals beinahe das Herz stehen geblieben. Wenn sie nachts erwischt worden wäre, wie sie ohne Erlaubnis Kräuter aus der Küche nahm, hätte sie *mindestens* mit Stockschlägen zu rechnen gehabt.

Plötzlich sah sie alles wieder vor sich. Vor der Verbindungstür standen zwei Männer. Einer der beiden gestikulierte, während der andere in gedämpftem Tonfall antwortete: »Hekota, ja. Ein Weiler im Nordosten. Die Felder sind erntereif, soweit ich weiß. Nehmt euch dort, was ihr braucht. Und verschwindet aus Akra.«

Wieder Gesten des Ersten.

»Mehr als dieses Opfer und die allgemeine Duldung deiner Horde kann auch der Kreh nicht von mir verlangen.« Der Zweite schien ungehalten, fast zornig zu sein.

Dann, ja, kehlige Laute, eine schwache Verbeugung des Ersten und er war verschwunden. Eine Zeit lang hatte der Zweite noch dort gestanden, dann war er zurück durch die Öffnung getreten. Als er sich umgedreht hatte, um die Tür zu schließen, war das Mondlicht auf sein Gesicht gefallen.

Selana blieb ruckartig stehen. »Aria!« Ihre Freundin war wieder ein Stück voraus und sie rief ihr nach. »Der Prinz, es war der Prinz. Randor von Akra!«

»Was?« Ihre Freundin wäre beinahe gestürzt, so schnell, wie sie sich zu ihr umdrehte. »Der Prinz? Wo?« Hektisch blickte Aria sich um und kam schließlich auf Selana zugelaufen. Der Schrecken stand ihr ins Gesicht geschrieben.

»Doch nicht hier – damals!«

»Damals?« Die Akralanerin blickte sie verständnislos an.

»Ja. Ich hab dir doch erzählt, dass ich eine vage Erinnerung an etwas hatte. Sie ist zurückgekommen.«

Aria ließ ihr Bündel fallen und setzte sich an Ort und Stelle auf den Boden. »Mach das nie wieder, hörst du?«

»Was? Mich erinnern?« Selana setzte sich daneben und stupste ihre Freundin an. »Entschuldige.« Sie grinste. »Ich wollte mich nicht auf deine Kosten amüsieren.«

»Pah.« Die Farbe kehrte in Arias Gesicht zurück.

»Na gut, ein wenig. Du hättest dich sehen sollen: ›Der Prinz? Wo?‹«

Aria knuffte Selana gehörig in die Seite. »Ist ja gut, ich hab's verstanden. Aber bei allem, was passiert ist, hätte mich auch das nicht gewundert.« Sie grinste verlegen. »Stell dir doch mal vor: Der Prinz von Akra reitet über die Hochebene von Abrinor und trifft auf zwei junge, unschuldige, allein reisende Frauen.« Ihre Wangen röteten sich.

Selana schaute ihre Freundin verblüfft an. »Du hast dich nicht in den Prinz verguckt, oder?«

»Ach Quatsch.« Jetzt wurde Aria wirklich rot. »Wie könnte ich. Ich hab ihn vielleicht ein- oder zweimal von Weitem gesehen ... Aber du musst zugeben, er ist ein ausgesprochen gut aussehender Mann, oder?«

Selana musste einen Moment überlegen. Derartige Gedanken hatte sie sich nie erlaubt. Er war der Sohn des Königs – und sie eine Küchenmagd. Aber wenn sie darüber nachsann ... Sie neigte den Kopf zur Seite. »Doch, jetzt, wo du es sagst. Er ist ganz stattlich.«

»Ganz stattlich?« Aria lachte auf. »Nee, damit kommst du mir nicht davon. Schließ die Augen und schau noch mal hin. Versuch doch mal, den Mann in ihm zu sehen und nicht den Prinz. Ich meine den *Mann*!« Das letzte ›Mann‹ zog sie gurrend in die Länge.

Selana grinste verlegen, doch ihre Freundin nickte ungeduldig.

»Selana, wir sind allein, kein Mensch weit und breit. Wir sind dem Tod nur knapp entronnen und haben uns Freundschaft fürs Leben geschworen. Und wer weiß schon, wie lange das dauert. Wenn du mit *mir* nicht über Männer sprechen kannst, wirst du es mit niemandem tun.«

»Ist ja gut, ich werde es versuchen. Aber nur, damit du Ruhe gibst.« Sie schloss die Augen. »Also, er ist groß. Er ist ... kräftig. Breite Schultern und ... und ein glattes Gesicht.« Zufrieden öffnete sie ihre Augen wieder.

»Ein glattes Gesicht?« Aria schaute sie an und Selana wusste nicht recht, wie sie den Gesichtsausdruck ihrer Freundin deuten sollte. Enttäuscht? Erstaunt? »Selana, sein Gesicht ist nicht einfach nur glatt. Es ist perfekt, mit diesen markanten und aufregend männlichen Zügen. Seine Lippen sind so sinnlich, dass dich allein die Küsse von ihm wahrscheinlich zum Höhepunkt bringen, ohne dass er seinen muskulösen, athletischen Körper überhaupt zum Einsatz gebracht hat. Seine Hände sind groß und stark, um dich vor allem schützen zu können, und gleichzeitig weich und sanft, um dich zu liebkosen. Mit seinem festen Griff umfasst er deine nackten Brüste und streicht dann mit seinen rauen Fingern über deine Nippel, bis sie sich ihm hart entgegenrecken, während du in seinen hellgrünen Augen versinkst.« Aria seufzte.

Jetzt war Selana rot geworden. Sie senkte den Kopf, um es zu verbergen, aber ihre Freundin hatte es schon gesehen und fasste sie bei der Schulter.

»Nein! Du hast es noch nie getan, oder? Ich meine, mit einem Mann geschlafen?«

Selana war das alles unangenehm. Natürlich hatte sie schon darüber nachgedacht. Und sie hatte auch schon geküsst, gut, sich küssen lassen. Aber zu mehr war es nie gekommen. Und bis jetzt, erkannte sie, hatte ihr das nicht gefehlt. Wie kam sie nur aus diesem Gespräch wieder heraus? Schließlich stand sie einfach auf. »Ich denke, wir sollten weitergehen und einen geeigneten Platz für die Nacht finden.«

Ihre Freundin folgte ihr. »Ist doch nicht schlimm. Vor mir kannst du es zugeben.«

Selana schüttelte unwirsch den Kopf und stapfte davon. Es war ihr einfach peinlich. Konnte ihre Freundin das Thema nicht ruhen lassen?

»Ich vergesse immer, wie unterschiedlich unsere Leben waren, bis wir uns getroffen haben. Aber Liebe machen ist etwas Wunderbares. Und notwendig, denke ich. Das staut sich sonst alles auf. Du solltest es bei Gelegenheit mal versuchen.«

»Es bei Gelegenheit mal versuchen?« Selana drehte sich um und schaute ihre Freundin fassungslos an. »Sich hingeben, nur um der Fleischeslust willen? Ich warte lieber, bis der Richtige kommt. Ein Mann, der mir den Hof macht, zu dem ich Vertrauen fassen kann. Und dann in einer romantischen Nacht vielleicht, wenn der Mond am Himmel scheint ...« Selana brach ihre Erzählung abrupt ab.

»Was dann? Komm, der Mond steht hell am Himmel und du erzählst nicht weiter? Jetzt kommt doch der spannende Teil.« Aria blickte sie enttäuscht an.

»Nein, du bringst mich völlig durcheinander. Ich wollte erzählen, was mir wieder eingefallen ist. Die Erinnerung ist doch zurück. Ich hab schon mal einen Gellwick gesehen. Der widerliche Geruch hat mich darauf gebracht, und der Name des Dorfes, in dem du ...« Sie brach ab.

Der Blick ihrer Freundin wurde ernst, Selana merkte, dass sie ihre ungeteilte Aufmerksamkeit hatte. Gleichzeitig fiel ihr ein, welche Erinnerungen sie in Aria wecken würde. In diesem Moment verstand sie erst die Tragweite dessen, was sie damals mitbekommen hatte. Sie erkannte jedoch auch, dass sie weitersprechen musste. Sie war weit vorgeprescht und es gab keine Möglichkeit mehr, umzukehren. Am Gesicht ihrer Freundin konnte sie sehen, dass die sich wappnete. Aria ahnte, dass es mit ihrem Schicksal zu tun hatte.

Und schließlich erzählte Selana vom Innenhof hinter dem Küchentrakt der Burg und von dem, was sich dort zugetragen hatte. Sie spürte förmlich, wie Aria sich versteifte. Sah, wie ihre Lippen schmal wurden und ihr Blick sich verschleierte.

»Aria. Es tut mir leid.«

Selana streckte die Hand aus, doch ihre Freundin wandte sich ab. Und dann, plötzlich, lief sie einfach los.

Selana brauchte einen Moment, um zu reagieren. »Aria! Halt an!«

Doch Aria lief. Erst langsam, dann schneller. Selana rannte hinterher. Wo nahm ihre Freundin nur die Energie her? Sie selbst war eben schon erschöpft gewesen und hielt bereits nach wenigen Schritten an, völlig außer Atem.

Wieder rief sie: »Aria! Ich musste es dir sagen. War das falsch? Bitte verzeih mir!« Selana blickte ihr nach. Endlich blieb auch Aria stehen. Blieb einfach stehen, ohne sich umzuschauen, und sackte in sich zusammen.

Atharu

25

Es war alles sehr schnell gegangen. Pelldor eilte mit ihm zum Marstall, bellte ein paar Befehle und wenige Augenblicke später waren 12 Soldaten abmarschbereit. Dann rutschte Atharu das Herz in die Hose: Sie würden reiten. Er hatte noch nie auf einem Pferd gesessen! Die Tangora wohnten in den Felsen und besaßen keine Pferde. Lediglich die besten ihrer Jäger lernten überhaupt das Reiten. Und das auch nur, wenn sie es schafften, einen Melbo zu zähmen. Doch dieser Tage verzichteten viele darauf, denn manch ein Jäger ließ beim Zweikampf mit einer der großen Panzerechsen sein Leben.

Für Atharu war es ohnehin nie eine Option gewesen. Er war einer der wenigen Gelehrten seines Volkes – ein Heiler. Oder zumindest auf dem besten Weg dorthin. Die Idee, auf Vierbeinern unterwegs zu sein, war ihm immer gänzlich fremd gewesen.

Entsprechend furchtbar ging es ihm jetzt. Wie ein Sack Stroh wurde er auf dem Rücken des Pferdes hin- und hergeworfen. Ohne Gespür für die richtige Körperspannung war er jeder Bewegung des Tieres ausgeliefert. Pelldor ritt an seiner Seite und gab ihm immer wieder geduldig Tipps, bis Atharu sich einigermaßen halten konnte. Und dann, außerhalb der Stadt, war keine Zeit mehr, sich über Haltung und Körperspannung Gedanken zu machen. Pelldor bellte einen seiner Befehle und sie wechselten vom Trab in den Galopp.

»Hintern hoch und in die Steigbügel stellen!«, rief er Atharu noch zu und überließ ihn sich selbst. Tatsächlich schien das Galoppieren zunächst einfacher als das Traben. Doch dann erkannte Atharu, dass er es als Anfänger über längere Zeit kaum durchhalten konnte. Obgleich sie gut ausgebaute Wege nutzten, hatte er bald das Gefühl, Hintern und Oberschenkel bestünden nur noch aus Schmerz. Unbarmherzig trieb Pelldor die Truppe an, als gälte es, ihr eigenes Leben zu retten. Schnell war das Fell der Pferde nass vom Schweiß, Schaum triefte aus den Nüstern der Tiere.

Bis zum Abend hatten sie an zwei Gehöften die Pferde gewechselt. Atharu war mit schmerzverzerrtem Gesicht abgesessen und Pelldors Leute hatten ihn mit vereinten Kräften auf das nächste Pferd hieven müssen. Allein hatte er es nicht mehr geschafft. Trotzdem gönnte der Obmann ihnen keine Pause. Essen gab es nicht, getrunken wurde während des Ritts. Gleich beim ersten Versuch war Atharu die Fellflasche entglitten und in der Staubwolke hinter ihm verschwunden. Ein Kamerad hatte ihm eine neue gereicht.

Jetzt, nach diesem mörderischen Tag, lag er im Zimmer einer einfachen Herberge nackt auf dem Bauch, während Pelldor seinen wunden Hintern mit einer Kräuterpaste verarztete. Atharu konnte sich kaum etwas Entwürdigenderes vorstellen.

»Ihr habt Euch wacker gehalten.«

»Ich bin nicht runtergefallen, meint Ihr. Das war auch schon alles.« Atharu sog scharf die Luft ein, als die Kräuterpaste an einer besonders wunden Stelle heftig brannte.

»Ich habe meinen Leuten erklärt, dass die Tangora keine Pferde haben und Ihr noch nie im Leben auf einem gesessen habt. Sie zollen Euch Anerkennung.«

Atharu biss die Zähne zusammen und zischte: »Welch Freude.«

»Ich bin gleich fertig, dann sollten die Schmerzen nachlassen. Ich habe diese Kammer im Übrigen für Euch allein gemietet. Außer mir wird also niemand Euch so zu Gesicht bekommen, ich verspreche es. Bleibt auf dem Bauch liegen, dann kann die Heilpaste wirken. Morgen wird es Euch wieder besser gehen.«

»Wenn das Ihr *gehen* meint, kann ich mir das nicht vorstellen.«

»Keine Sorge, Ihr müsst morgen nicht gehen.«

»Ach nein? Wie kommen wir dann weiter?« Atharu verdrehte den Kopf, um Pelldor anzusehen.

»Wir reiten natürlich!«, lachte der und wandte sich zur Tür.

»Sehr witzig!«, murmelte Atharu. Die Innenseiten seiner Oberschenkel brannten wie Feuer. Feuer! Plötzlich kam ihm ein Gedanke. »Pelldor?«

»Ja?«

»Ihr könntet mir noch einen Gefallen tun.«

»Wenn es in meiner Macht steht, gern.«

»Lasst ein paar Fackeln oder Kerzen bringen. Am besten beides. Ich brauche etwas Feuer. Also Wärme, damit ich nicht auskühle, meine ich. Wunden heilen mit Wärme besser.«

Pelldor runzelte die Stirn. »Aus meiner Sicht ist es warm genug. Meint Ihr nicht, ein leichtes Laken würde reichen?«

»Bitte, ich hätte gern ein paar Fackeln.« Atharu stützte sich auf die Ellenbogen und sah Pelldor eindringlich an.

»Nun gut, das sollte sich machen lassen.«

Es war eine spontane Idee, Atharu hätte nicht erklären können, was ihn zu der Bitte bewog. Mochte Pelldor ruhig denken, die Tangora seien verweichlicht. Ihm ging es um etwas anderes, und das wäre einen Versuch wert. Das erste Mal an diesem Tag stahl sich ein Lächeln auf seine Lippen.

»Ich gebe dem Wirt Bescheid«, meinte Pelldor. Dann grinste er anzüglich. »Oder würdet Ihr lieber die Magd empfangen?«

»Untersteht Euch!« Atharu schaute spontan, was in Reichweite war, ergriff einen Stiefel und warf ihn ungelenk nach Pelldor. Mit einem Satz rettete der sich durch die Tür und aus dem Raum. Doch auch Atharu konnte sich ob dieser aberwitzigen Situation ein Grinsen nicht verkneifen. Die Magd bekäme den Schock ihres Lebens. Ein splitternackter Mann mit milchigem Kräuterbrei auf dem glutroten Hintern.

Er war in Gedanken versunken, als der Wirt die Fackeln brachte. Ungeduldig wartete er, dass der gute Mann das

Zimmer verließ. Dann, als die Schritte auf der Treppe verklungen waren, wandte er sich den Flammen zu.

Wie schon im Kerker formte er eine Kugel vor seinem inneren Auge, gebündelt aus bloßen Gedanken, und sandte sie einer der Fackeln entgegen. Sofort materialisierte sich ein kleiner Feuerball, den Atharu aus den Flammen aufsteigen ließ. Er spürte den steten Strom der Energie, dosierte ihn und leitete die lodernde Kugel auf sich zu. Aufgestützt auf den linken Arm streckte er ihr die freie Hand entgegen. Er berührte sie kurz, dann lenkte er sie mit einem Gedankenimpuls und einer leichten Bewegung der Finger an seiner Flanke vorbei zum geschundenen Hinterteil. Konzentriert darauf, eins zu sein mit dem Wesen des Feuers und dem Züngeln der Flammen, legte er sich langsam zurück auf den Bauch, entspannte sich und gebot der Feuerkugel, nur kraft seiner Gedanken über seinen Körper zu streichen. Wo Schmerzen ihn plagten, ließ er die Form der Kugel vergehen und die Flammen in die Haut sickern. Mit einem wohligen Seufzen nahm er die Kraft des Feuers in den Körper auf und spürte sofortige Linderung.

Sechs Fackeln und drei Kerzen brannten im Raum. Als Atharu die vierte Fackel verbraucht hatte, überlegte er, ob die Flammen ausreichen würden. Doch mit dem Verlöschen der fünften Fackel fühlte er keinen Schmerz mehr. Dann, mit dem Anzapfen der sechsten, überkam ihn jenes überwältigende Gefühl purer Energie, das ihn bereits im Kerker angetrieben hatte. Er erhob sich geschmeidig vom Lager, ein Strahlen überzog sein Gesicht. Die wunde Haut war verheilt, die Schmerzen nurmehr eine ferne Erinnerung. Er reinigte sich von der Kräuterpaste und vollführte einige Körperübungen, um sicher zu sein, dass alles wieder gut war.

»Ondara, ich habe meine Magie gefunden und werde sie beherrschen lernen!«

Zufrieden kleidete er sich an und ließ sich zur Meditation nieder, um auf den Tagesanbruch zu warten.

Als es an der Tür klopfte, stand Atharu bereits am Fenster und sah, wie die Sonne ihre ersten Strahlen über die windschiefen Dächer des Weilers sandte.

»Tretet ein.« Er drehte sich zur Tür.

Pelldor blieb abrupt stehen und starrte ihn an. »Meine Behandlung hat besser geholfen als erwartet. Ich dachte, Ihr würdet Hilfe beim Ankleiden benötigen.«

»Danke, es geht mir schon viel besser.« Atharu freute sich, als die Verwunderung in Pelldors Miene einem Ausdruck der Erleichterung Platz machte. »Und wo wir gerade von guter Behandlung sprechen: Ich weiß nicht, ob es mir zusteht, aber nachdem Ihr wahrlich *alles* von mir gesehen habt, könnten wir vielleicht wie Freunde miteinander reden?« Er sah dem älteren und zweifelsohne mächtigeren Mann in die Augen.

Pelldor erwiderte den Blick und lächelte. »Wahrlich, der Förmlichkeiten ist Genüge getan. Wir haben ausreichend gegenseitiges Vertrauen bewiesen.«

Er nickte Atharu zu und klopfte ihm freundschaftlich auf die Schulter. Auch wenn Ondara und Quendus nicht mehr waren, gab es eine neue Verbindung, die vielleicht zu einer tiefen Freundschaft werden konnte.

Nachdem sie unten im Gastraum mit den anderen eine ordentliche Mahlzeit zu sich genommen hatten, winkte Pelldor zwei seiner Leute heran, schob das Geschirr zur Seite und breitete eine Karte auf dem Tisch aus. Atharu war beeindruckt. Noch nie hatte er eine so detaillierte Karte gesehen. Nicht einmal in Ondaras Schriften gab es etwas Ähnliches. Der gesamte Lauf des Uwentengoa mit all seinen Wegmarken war abgebildet. Sogar die Dörfer und Weiler der weitläufigen Umgebung.

Pelldor nickte ihm lächelnd zu. »Beeindruckend, nicht wahr? Und hier steht der Mann, dem wir diese Karte zu verdanken haben.«

Der Soldat neben Atharu winkte ab. »Wenn ich nicht geholfen hätte, hätte sich ein anderer gefunden.«

»Glaub ihm nicht, Atharu. Wäre Kentso nicht gewesen, hätten wir die Karte noch lange nicht auf diesem Stand. Er ist unser bester Fährtenleser und kennt die Gegend wie seine Hemdsärmel!« Pelldor klopfte Kentso auf die Schulter. Atharu nickte ihm ebenfalls anerkennend zu und konzentrierte sich dann wieder auf die Karte.

»Die Schwierigkeit wird darin liegen, die Stelle zu finden, an der du dich von deinem Freund getrennt hast. Du bist mit dem Boot unterwegs gewesen und wir kommen von der Landseite. Von da sieht alles völlig anders aus.«

Darüber hatte Atharu auch schon nachgedacht. Er hatte versucht, sich markante Landmarken einzuprägen, aber würde das reichen? »Hier an der Gabelung habe ich mein erstes Nachtlager ohne Brandan aufgeschlagen.«

»In Ordnung.« Kentso fuhr mit dem Finger auf der Karte flussaufwärts. »Mit einem kleinen Boot, etwa einen Tag unterwegs, solltet Ihr von hier gekommen sein.« Er tippte auf eine Stelle, wo der Uwentengoa eine weite Kurve beschrieb.

Atharu zog die Stirn kraus. »Ich denke, es war eher in diesem Bereich. Ich weiß noch, dass ich die Sonne im Rücken hatte, als ich mich auf den Weg machte. Es muss ein Abschnitt gewesen sein, wo der Fluss gen Westen fließt. Nicht weit davon war eine flache Uferstelle, an der eine Herde Lannpinns trank. Solche seichten, offenen Stellen gibt es nicht oft, oder?« Er sah den Fährtenleser an. »Zumindest sind mir nicht viele aufgefallen. Sagt dir das etwas?«

Kentso lächelte. »Wie groß war die Herde?«

»30 bis 40 Tiere. Aber es hätten sicher mehr Platz gefunden.«

»Und?« Pelldor blickte den Soldaten erwartungsvoll an.

»Ich denke, ich kenne die Stelle. Die Farmer treiben dort auch ihre Dokaherden hin.«

Pelldor schaute zu Atharu. »Kentso hat auf der Farm seines Vaters gearbeitet, ehe er Soldat geworden ist.« Er wandte sich wieder an den Fährtenleser: »In welche Richtung reiten wir und wie lange werden wir brauchen?«

»Wir reiten am besten Richtung Osten«, Kentso wies auf die Karte, »über die Ebene«, er fuhr mit dem Finger auf der Karte entlang, »und wenden uns an dieser Anhöhe nach Norden. Die Tränke sollte gut zu finden sein, da wir den Herdenspuren folgen können.«

»Gut!« Pelldor zeigte auf die Karte. »Hier ist ein Weiler, in dem wir vielleicht die Pferde noch mal wechseln können. Führe uns so, dass wir auf jeden Fall dort vorbeikommen!«

Nachdem alle ins Bild gesetzt worden waren, saßen sie auf. Kentso und ein weiterer Mann eilten Atharu zu Hilfe. Doch der schwang sich zum Erstaunen der Soldaten ganz allein und behände aufs Pferd. Vom schmerzverzerrten Gesicht des gestrigen Tages war nichts mehr zu sehen, und er genoss die anerkennenden Blicke.

»In ihm steckt mehr, als man vermutet«, raunte Kentso.

Sie kamen gut voran, und Atharu hielt sich viel besser im Sattel als am Tag zuvor. Er spürte, wie er langsam mit dem Pferd eine Einheit bildete. Immer wieder beugte er sich im Galopp über das Tier, um in sanften Tönen mit ihm zu sprechen. Und es schien zu wirken. Ein leichter Schenkeldruck reichte und das Pferd reagierte.

Plötzlich erscholl ein Ruf Pelldors, und ihr Trupp kam abrupt zum Stehen. Die Pferde wieherten störrisch bei dem starken Zug, mit dem sie zum Halten gezwungen wurden. Atharu blickte sich verwirrt um.

»Ich denke, wir sollten absteigen und die Pferde am Zügel führen.« Pelldors Stimme klang eisig. »Tiere zum Wechseln werden wir wohl nicht finden.«

Der junge Tangora folgte den starren Blicken der anderen und entdeckte die dunkle Rauchsäule am Horizont.

Pitu

26

»Was?« Pitu war wie vom Donner gerührt. »Du ... äh ... Ihr kanntet meine Eltern? Aber das geht doch gar nicht.« Das war wirklich zu viel. Er schaute den Ältesten an und versuchte, etwas in dem faltigen Gesicht zu erkennen, das ihn Lügen strafen würde. Doch er fand nur Aufrichtigkeit und Güte darin. Er musste das ernst meinen.

»Verzeiht, ehrwürdiger Malin«, Pitu bemühte sich, einen respektvollen Ton anzuschlagen, doch in seinem Kopf ging alles drunter und drüber, »ich bin, solange ich denken kann, auf mich allein gestellt. Nie hat sich irgendjemand um mich gekümmert.« Er holte Luft. »Natürlich bin ich irgendwo von irgendeiner Frau geboren worden. Geht ja nicht anders, aber das war's dann.«

Malin hatte einen wunden Punkt berührt. Wie oft hatte Pitu sich danach gesehnt, zu einer Familie zu gehören! Wie viel einfacher wäre sein Leben gewesen mit einem Ort, an den er hätte gehen können, wo er gemocht worden wäre, bloß weil er jemandes Sohn war! Inzwischen hatte er damit abgeschlossen. Zumindest hatte er das geglaubt – bis heute!

Und nun erdreistete sich dieser Alte, alles wieder hervorzuholen. Pitu spürte die ob dieser Ungerechtigkeit angestaute Wut in sich aufsteigen. »Was mich angeht, so habe ich keine Eltern! Ich bin allein. Und das war ich schon immer. Als kleines Kind bin ich anderen Straßenkindern hinterhergelaufen, weil ich dachte, die sind wie ich. Aber sie waren nicht wie ich. Ich musste für sie betteln gehen. Hatte ich Erfolg, waren sie nett, wenn nicht, wurde ich beschimpft und getreten. Jemand da gewesen, der das verhindert hätte? Keiner! Woher auch? Ich hab mich immer allein durchgeschlagen. Ich hab gelernt zu lügen, zu betrügen und zu stehlen wie kein Zweiter. Hat das jemand nötig, der Eltern hat?« Jetzt wurde Pitu zornig. Zornig auf die Welt, auf die »Eltern«, auf sich selbst. Er funkelte Malin an.

Doch dieser schwieg.

»Ich bin verfolgt und verprügelt worden. Ich hab in der Gosse geschlafen. Und Ihr sitzt vor mir und sagt, Ihr kanntet meine Eltern? Selbst wenn es sie gab, kann man sie in meinem Fall wohl kaum so nennen!« Pitu schnaufte, sein Herz hämmert in der Brust. Die Luft um ihn herum schien wie Feuer zu knistern. Er starrte den Alten an und wartete eine gefühlte Ewigkeit auf eine Reaktion.

Doch sie kam nicht. Malin sah ihn einfach nur an.

Und mit einem Mal legte sich Pitus Zorn. Der Gefühlsausbruch wich purem Unverständnis, er sah den Ältesten irritiert an. Schließlich erkannte er das Mitgefühl und das Verständnis, das in Malins Blick lag.

»Ich kann mich nicht entsinnen, jemals hier in den Sümpfen, geschweige denn, in dieser Stadt gewesen zu sein«, fügte er leise, beinahe zögerlich hinzu. »Kein Mensch kann wissen, wer meine Eltern waren, oder?« In diesem letzten »oder« keimte plötzlich Hoffnung auf, Hoffnung, die er all die Jahre sorgsam verdrängt hatte.

Malin zögerte, ehe er antwortete: »Du hast recht. Recht, mit mir zu schimpfen, und Recht, wütend zu sein. Natürlich kann niemand wissen, wer deine Eltern waren. Ich hätte anders beginnen sollen und nicht so plump sein dürfen. Aber auch Älteste fehlen manches Mal!« Er seufzte schwer. »Ich will es dir erklären. Denn es gibt gute Gründe, warum ich *glaube*, deine Eltern gekannt zu haben. Aber lass mich anders beginnen. Weißt du um die Geschichte unserer Welt? Von den Kriegen, die unsere Vorfahren durchlebten?«

Pitu nickte zögerlich. »Ich weiß nur, was ich hier und da aufgeschnappt habe. Manchmal habe ich Geschichtenerzählern zugehört. Man trifft sie häufig auf den Marktplätzen.« Er überlegte kurz. »Da war einmal die Zeit der Zwei Kriege und dann noch der Große Krieg. Oder umgekehrt. Das weiß ich nicht genau. Es hatte wohl was mit den Elben- und Zwergenvölkern zu tun.«

»So in der Art. Tatsächlich verdunkelte zuerst die Zeit der Zwei Kriege unsere Welt. Unheilige Allianzen, geschmiedet zwischen den Königreichen der Menschen, den Stämmen der Zwerge und den Häusern der Elben. Das Königreich Akra bildete seinerzeit eine Allianz mit dem zweiten Haus der Elben, den Azhark. Gegen den Zwergenstamm Eskrindarh.«

»Eskrindarh? Gab's die wirklich? Und auch die anderen Zwergenstämme? Nicht, dass ich nicht schon Zwergen begegnet wäre. Aber eine Zwergenstadt hab ich nie gesehen. Und ich bin weit rumgekommen.« Pitu war stolz darauf, sich in mehreren Städten auszukennen. Neben kleineren Orten wie Idsand, Hifruh oder Tonda kannte er auch den Süden Tyklahrs recht gut – und Gelder wie seinen rechten Hemdsärmel. Er setzte sich aufrecht hin, das Interesse an diesen Erzählungen fegte die verstörenden Gefühle von eben beiseite.

Malin nickte anerkennend und fuhr fort: »Wenn wir von den Stämmen, also den drei Zwergenvölkern sprechen, kann man nur von den Abrindarh behaupten, dass es sie heute noch gibt. An die anderen erinnern lediglich Namen, die geblieben sind. Die Bucht von Eskrin an den Stamm der Eskrindarh und das Ophringebirge an die Ophrindarh.«

»Ich muss gestehen, ich hab mir das alles nie so genau gemerkt. Aber von der Bucht hab ich gehört. Da gibt es eine Stadt, Crem, da wollte ich eigentlich mal hin.« So langsam schwante Pitu, dass an den Geschichten mehr dran war, als er bisher geglaubt hatte.

Malin lächelte. »Ich denke, für den Anfang ist es gut, wenn du es einmal hörst. Das waren also die Parteien eines der Zwei

Kriege. Für den anderen war das Königreich Geldermark verantwortlich, das sich mit den Ophrindarh gegen das dritte und fünfte Haus der Elben, Idor und Grydor, verbündet hatte.«

»Moment, es gibt doch vier Königreiche, oder?«

Malin nickte.

»Dann habt Ihr zwei Königshäuser nicht aufgezählt. Und mindestens noch einen Zwergenstamm – oder waren die beim Krieg nicht dabei?« So langsam verstand Pitu, warum Menschen lesen und schreiben lernten. Wer konnte so viele Informationen schon im Kopf behalten?

Wieder lächelte der Älteste. Wahrscheinlich machte es ihm Spaß, sein Wissen zum Besten zu geben. »Richtig. Das Zwergenvolk Abrindarh und die Königreiche Myzehren und Tykalden gehörten nicht zu den Kriegsparteien. Ebenso wie die beiden Elbenhäuser Elamarh und Yrhdazh.«

Pitu ließ die Schultern hängen und seufzte. »In Ordnung, aber bevor mein Hirn vor Namen raucht, könntet Ihr die Geschichte vielleicht etwas abkürzen?«

»Ich werde es versuchen. Also: Die Letztgenannten mühten sich, den Frieden herzustellen. Dennoch dauerten die Kriege fünf lange Jahre. Danach haben die Friedensstifter mit den Kriegsparteien nach Lösungen gesucht, damit es nie wieder einen Krieg gäbe. Das dauerte noch einmal einige Jahre. Aber was wichtig ist, und das ist ein entscheidender Punkt, es wurden Werkzeuge erdacht, die den Frieden sicherstellen sollten! Magische Artefakte, die ...«

»Arte... was?« Langsam wurde es anstrengend. Irgendwie war das nicht die Abenteuergeschichte, auf die Pitu sich gefreut hatte. Und überhaupt, wie lange sollte das so weitergehen? Mit seiner abnehmenden Geduld wuchs der Unmut. Worum ging es noch mal? Wollte der Alte nicht eigentlich etwas über seine Eltern erzählen?

»In diesem Fall meine ich mit ›Arte...was‹ Amulette, also Schmuckstücke.« Malin grinste und Pitu überlegte gerade, ob er sich darüber ärgern sollte, als der Älteste einen entscheidenden Satz von sich gab. »Drei Amulette wurden hergestellt und für jedes wurden seinerzeit schwarze Steine mit magischen Eigenschaften geschliffen.«

Mit einem Mal hatte er Pitus ungeteilte Aufmerksamkeit. »Was sagt Ihr da? Schwarze Steine? Geschliffene schwarze Steine?« Malin nickte und Pitu griff nach seinem Lederband.

»Und mein Stein ist einer davon? Dieser hier?«

»So ist es.«

»Einer von nur drei Steinen! Dokahornscharfe Sache, oder?«

»Wenn du es so ausdrücken willst. Darf ich noch ein wenig weitererzählen? Oder sollen wir eine Pause machen? Möchtest du vielleicht lieber erst etwas essen? Wahrscheinlich warten Fludo und Killdu längst mit einer herzhaften Mahlzeit auf uns.«

Pitu überlegte kurz. Einerseits war sein Kopf schon voll, andererseits war er neugierig, wie diese Geschichte letztlich zu ihm führen sollte. »Das kommt darauf an, wie lange du, äh, Ihr noch braucht, um darauf zu kommen, was ich damit zu tun habe. Oder meine sogenannten Eltern. Ich meine, ich kann wahrscheinlich keinen Bissen runterkriegen, wenn das so in der Luft hängt.« Da meldete sein Magen sich mit einem unüberhörbaren Knurren und Pitu drückte die Hand auf den Bauch. Malin hob schon an, als Pitu sicherheitshalber noch ein rasches »Aber wirklich kurz! *Hunger* hab ich nämlich schon« hinzusetzte.

»Ich versuche es. Also: Der Frieden währte nur 12 Jahre, denn ein wahrlich schlechter Mensch schaffte es, erneut Streit zwischen den Völkern zu entfachen, worauf es zum Großen Krieg kam. Ein Krieg, der unsere Welt erschütterte und ganze Völker hinwegraffte. In der Folge wurden die Ar... die Schmuckstücke zerstört oder verschwanden, und mit ihnen die Steine. Zu dieser Zeit, als ganz Jukahbajahn aus dem Gleichgewicht gebracht wurde, öffnete sich über unseren Sümpfen im Arroda-Delta ein Spalt der Zeiten und Atharpazh schenkte einem Schamanen unseres kleinen, vielleicht unscheinbaren Sumpfvolks einen Blick in das Gewesene, das Sein und das Werden. Seither gibt es eine Prophezeiung!«

Pitus Magen knurrte erneut. Mit einem leichten Stöhnen erhob er sich. »Nein, so geht das nicht.«

»Was geht so nicht?« Malin schüttelte irritiert den Kopf.

»Lasst uns doch erst essen.« Pitu musste grinsen, als er in das erstaunte Gesicht des Ältesten blickte.

»Das war wahrlich die Kurzform!«

»Mag sein, aber mir wird gerade klar, dass ich schon lange ohne diese Geschichte und meine Möchtegern-Eltern ausgekommen bin, aber noch nie lange ohne Essen.«

Später, als Pitu und Fludo mit Malin und Killdu gegessen hatten, saßen sie in der Speiseecke der großen Küche zusammen, um gemeinsam von der Prophezeiung zu hören.

Doch Malin enttäuschte sie gleich zu Beginn. »Den genauen Inhalt der Prophezeiung kenne ich nicht. Ich war damals noch zu jung, und Urloff, der Schamane, von dem ich berichtet habe, hat nur vage Andeutungen gemacht.«

Pitu lehnte sich gegen die Wand und strich sich behaglich über den Bauch. »Verehrter Malin, seid mir nicht böse, aber Prophezeiungen sind, nach allem, was ich weiß, nur dazu gedacht, Menschen was vorzumachen. Ich glaube nicht an so was. In den Straßen der Städte hab ich schon zu viele gehört.«

Der Älteste schaute ihn mit erhobenen Brauen an und schüttelte leicht den Kopf. »Da gehen unsere Meinungen auseinander. Aber nun hör weiter zu. Da du anscheinend gut gesättigt bist, sollte das ja möglich sein.«

Malin blickte auf Pitus Bauch, dann auf die leeren Teller. Auf dem von Pitu türmten sich beinahe so viele Gräten wie auf dem von Fludo. Der Fischer rülpste plötzlich, und als der Älteste ihn tadelnd anblickte, wurde er rot und hielt rasch eine Hand vor den Mund. Pitu unterdrückte erfolglos ein Lachen und sah, wie auch Killdu grinste.

»Demnach bist du ebenfalls satt, lieber Fludo. Lehnt euch zurück. Der spannende Teil meiner Erzählung kommt jetzt.« Malin sah mit wachem Blick in die Runde und Pitu hätte ihn am liebsten geschüttelt, damit er endlich weitererzählte. Doch das brauchte es nicht.

Als Malin sich der ungeteilten Aufmerksamkeit sicher war, setzte er seinen Bericht fort: »Urloff machte sich auf, um Fellen-Kehlanda, die Elbenfürstin des Hauses Elamarh, aufzusuchen. Sie war die Friedensstifterin gewesen und hatte sich immer zu *allen* Völkern bekannt. Wer, wenn nicht sie, sollte von der Prophezeiung erfahren, um zu entscheiden, was damit zu tun war? Doch als er ihren Palast erreichte, war die ehrwürdige Fellen-Kehlanda nicht mehr. Sie war hinübergeglitten in den unbekannten Nebel der Seelen, um in das unbeschwerte Nichtsein zu gelangen, das uns alle umfängt, bis wir dazu bestimmt sind, an einem anderen Tag durch die Früchte der Erde in einem Kind der Völker wiederzukehren.«

Malin hielt inne und Pitu nutzte die Gelegenheit. »Ich dachte immer, Elben leben ewig?«

»Gemessen an unseren Leben mag es so scheinen. Aber auch Elben müssen sterben, wenn ihre Magie verbraucht ist. Und Fellen-Kehlanda war selbst für eine Elbenfürstin sehr alt gewesen!« Malin nickte bedächtig. »Aber lasst mich fortfahren. Urloff war bereits seit einigen Jahren zurück in den Sümpfen und hatte eine Familie gegründet, als er zum Ältesten der Urda gewählt wurde. Er war der, dem ich nachfolgte. Aber erst auf dem Sterbebett erzählte er mir von dem einen Stein, den er von der Tochter Fellen-Kehlandas bekommen hatte, um ihn zu hüten und zu bewahren, bis die Prophezeiung sich erfüllen sollte.«

»Aber wie ist er dann zu mir gekommen?«

»Nun, du musst wissen, dass unser Volk während der Kriege als einziges verschont geblieben war. In einem seiner weisen Träume hatte Urloff die Sümpfe brennen sehen, zumindest Teile davon. Deshalb hatte er entschieden, den Stein, der eine unweigerliche Verbindung zur Geschichte der anderen Völker herstellte, zurückzubringen. Als ich an seinem Sterbebett saß, war der Stein schon lange nicht mehr bei uns in den Sümpfen. Und es fiel Urloff sichtlich schwer, mir zu berichten, was all die Jahre auf ihm gelastet haben musste.«

Wieder machte Malin eine Pause und blickte in die Runde. Pitu verkniff sich ein Stöhnen. War das bei Ältesten üblich? Mussten sie sich ständig vergewissern, dass alle aufmerksam zuhörten?

Malin fuhr fort. »Er hatte seine Tochter Lillja mit ihrem Mann Kendolff zum Nebelsee gesandt, um den Stein zu den Elben zurückzubringen. Ihr müsst wissen, dass Lillja ebenfalls die Gabe hatte, zu sehen. Und sie hatte die Vision gehabt, dass ihr Neugeborenes am Nebelsee den Segen der Elben empfangen würde. Der Krieg lag bereits viele Jahre zurück und alle dachten, die Reise wäre sicher. Weder Urloff noch Lillja zweifelten daran, dass dies der einzige Weg wäre, das Urda-Volk zu schützen.«

Eine Pause entstand, in die Fludo sich zu Wort meldete. »Aber schützen wovor? Kriege vorbei waren, nicht?«

Pitu konnte der Frage nicht folgen, ihn beschäftigte etwas anderes. Er schluckte schwer. »Sie kamen nie an, oder?«

Malin gab Fludo ein Zeichen und schaute ihm in die Augen. »Nein, Pitu, sie kamen nie an. Nach drei Monden schickte Urloff eine Handvoll Urda hinterher, Jäger und Spurenleser. Lillja, Kendolff und ihr kleiner Sohn hätten längst zurück sein müssen.«

»Und?« Fludos Stimme klang zögerlich. »Sie gefunden, oder? Nicht?«

»Ja.« Malin nickte schwer. »Sie haben ihre Überreste am Nebelsee gefunden. Unweit der Stadt Tyklahr. Von ihrem Sohn und dem Stein jedoch fehlte jede Spur!« Malin blickte Pitu ernst an. »Ich glaube, du bist dieser Sohn.«

Das war es also? Pitu schnaubte. Was bedeutete das schon. Für einen Ältesten war »Glaube« das tägliche Geschäft. Für Pitu nicht. Mit *Glauben* war er noch nie satt geworden.

»Das ist doch alles Mist.« Er stand auf und begann, in der Küche umherzugehen. »Genauso gut könnte das Kind gestorben und der Stein auf anderem Weg zu mir gekommen sein.«

»Aber wie wahrscheinlich ist es, dass ein weiteres Urdakind ohne Eltern außerhalb der Sümpfe aufwächst und gerade ihm der Stein zufällt?«

»Ist ja schon gut.« Pitu raufte sich die Haare. Das wäre wirklich ein sehr großer Zufall. Er blieb vor dem Ältesten stehen. »Ich hab also Eltern gehabt, gut. Und als Andenken hab ich einen Stein von ihnen. Aber sie sind lange tot! Und es hätte auch nichts geändert, wenn ich es früher gewusst hätte, oder?« Er blickte Malin herausfordernd an.

Kurz schien es, als wolle der Alte etwas entgegnen. Doch er besann sich und nahm den Faden seiner Erzählung wieder auf. »Ich sprach eben von der Prophezeiung. Ich will euch berichten, was ich darüber weiß, auch wenn ich den genauen Wortlaut nicht kenne. Und damit komme ich zu deiner Frage, Fludo. Wovor wollte Urloff die Urda schützen?«

Erneut eine Pause des Ältesten. Pitu ließ sich ergeben auf die Bank fallen.

»Es heißt, ein Mensch wird die Magie der Welt missbrauchen, um der eigenen Macht willen. Unwetter und Kälte werden die Welt heimsuchen und das Böse wird mordend durch die Lande ziehen. Keine Armee der Welt wird stark genug sein, ihn zu besiegen. Nur die magischen Fragmente der Ahnen, verknüpft mit der Geschichte des einen und der anderen, können ihn stürzen und das Gleichgewicht wieder herstellen!«

In dieser Pause richteten sich alle Blicke auf Pitu.

»Was?« Er sah fragend in die Runde. »Warum schaut ihr mich so an?«

»Schwer sein für dich, nicht?« Fludo legte eine Hand auf seinen Arm.

Doch Pitu schüttelte sie ab. »Wieso schwer?« Hektisch zog er sich das Lederband mit dem Stein über den Kopf und reichte es Malin. »Da ist nichts schwer. Hier! Wenn Ihr meint, dass dieser Stein eines der magischen Fragmente ist, bitte, ich gebe ihn Euch.«

Malins Stirn krauste sich ein wenig und er lächelte.

»Nein, nein, nein. Nicht wieder so ein Blick.« Pitu fuhr sich mit der freien Hand durch die Haare. »Ich gebe Euch den Stein. Was wollt Ihr denn noch?«

»Er nicht verstehen.« Fludos Stimme klang leise und sanft.

Trotzdem hätte Pitu ihn in diesem Moment am liebsten dafür verprügelt. »Was ich nicht verstehen?«, zischte er zornig.

»Es nicht nur um Stein gehen, nicht?« Sein Freund sah von ihm zu Malin und Pitu folgte seinem Blick.

»Nur die magischen Fragmente der Ahnen, verknüpft mit der Geschichte des einen und der anderen«, wiederholte der Älteste. »Der Stein ist mit dir, mit deinem Leben verknüpft. Ohne dich wird es nicht gehen.«

Pitu starrte die drei fassungslos an. »Ihr wollt mir nicht sagen, dass keine Armee der Welt den Wen-auch-immer-

Bösewicht besiegen kann, aber ich kann es? Ein elternloser Urda, Straßenköter und Dieb?«

»Doch. Genau das will ich damit sagen! Und wenn ich mich nicht täusche, schlummern in dir Kräfte, von denen du selbst noch nichts ahnst!«

Selana

27

Selana rannte tief besorgt zu ihrer Freundin und ließ sich neben ihr auf den Boden fallen. Aria lag zusammengekrümmt auf der Seite. Ihr Atem ging schnell, ihr Gesicht war von Schmerz gezeichnet. Selana umfasste sie und zog sie auf den Schoss. Hätte sie bloß nicht davon angefangen. Tröstend wiegte sie ihre Freundin, während ihr stumme Tränen über die Wangen liefen.

Irgendwann öffnete Aria die Augen; ihre Stimme war eine einzige, kalte Anklage: »Sie sind gestorben für einen Handel. Es war kein mieses Schicksal. Es war geplant!« Sie setzte sich auf und starrte Selana an, ohne dass sie sie wirklich zu erkennen schien. »Ein Kackplan vom Sprössling *der* Familie, für die wir die Ernte einbringen sollten. Ein billiger Handel von einem Scheißprinz, dem nur sein eigener Arsch wichtig ist!« Aria sprang auf und schrie nun fast: »Meine Mutter, die vielen guten Menschen! Männer, Frauen, Kinder! Er hat sie auf dem Gewissen. Verkauft für nichts!«

Selana war völlig erstarrt und wusste nicht, was sie tun sollte. Sie schwieg.

»Ich schwöre dir, bei Atharpazh und allem, was mir heilig ist. Wenn das Schicksal es will, werde ich mich am Prinzen rächen. Ich werde ihn umbringen! Und dafür wird mir jedes Mittel recht sein!«

Dann ging Aria weiter, Selana folgte ihr. Die Erinnerung an die damalige Nacht war jetzt ganz klar, benommen dachte sie darüber nach, was die Begebenheit wirklich zu bedeuten hatte. Warum ließ der Prinz sich mit den Gellwicks ein? Und wer war der Kreh, von dem er gesprochen hatte? Sie hatte diesen Namen nie gehört. Er musste ein mächtiger Mann sein. Der Sohn des Königs hatte trotzig geklungen, aber schwang dahinter nicht auch eine gewisse Ohnmacht mit? War dieser Kreh mächtiger als Prinz Randor? Oder gar als der König selbst?

Am Abend fanden die Freundinnen einen geschützten Platz für ihr Nachtlager. Selana verlor kein Wort mehr über die damaligen Geschehnisse. Vielmehr versuchte sie, ihre Freundin mit belanglosen Geschichten über ihre Zeit auf der Burg zu unterhalten. Aber sie schaffte es nicht, Aria aufzumuntern.

Der folgende Tag kam Selana endlos vor. Der Weg schlängelte sich durch eine Landschaft voll niedriger krüppeliger Kiefern und kleinerer Büsche. Immer wieder lagen Felsen wie hingeworfen auf der steppengleichen Hochebene. Selana hatte keinen Anhaltspunkt, wie weit sie schon gekommen waren oder wie viel Wegstrecke noch vor ihnen liegen mochte. Immerhin kamen sie auf der Handelsstraße bislang ohne größere Störung voran. Einige Male sprangen sie, aufgeschreckt durch plötzliche Geräusche aus dem Unterholz der Kiefern, in die Felsen oder Büsche seitlich des Weges. Doch es waren nur Tiere, die ihrerseits erschreckt und geräuschvoll davonstoben.

Gegen Mittag schnürten die Freundinnen ihre Umhänge an die Bündel, denn inzwischen hatten sich die letzten Wolken verzogen und die Sonne trieb ihnen den Schweiß auf die Haut. Aria war etwas besser aufgelegt. Dennoch mied Selana das gestrige Thema. Im Stillen ging sie die Situation wieder und wieder durch. Und sie glaubte, dass ihrer Freundin insbesondere die Erkenntnis zu schaffen machte, dass der Prinz

Mitschuld trug am Tod ihrer Mutter. Hatte sie nicht zuvor so begeistert, ja beinahe verliebt vom Prinzen geschwärmt? Vielleicht käme Aria irgendwann selbst darauf zu sprechen.

Auch dieser Tag, so lang er Selana vorkommen mochte, ging vorüber. Wieder hatten sie einen Platz für das Nachtlager gefunden, wieder ein karges Mahl zu sich genommen und geschlafen.

Der nächste Morgen begann ernüchternd. Aria förderte aus ihrem Bündel zwei runzelige Äpfel und etwas Dörrfleisch zutage. »Das ist der Rest. Jetzt können wir noch essen, was du übrig hast, und dann müssen wir uns was einfallen lassen.« Sie ließ resigniert die Schultern fallen und seufzte.

Selana schluckte, ihr wurde heiß und kalt. »Ich ... äh ... hab in meinem Bündel auch nichts mehr.«

Hilflos schaute Aria sie an. »Und was machen wir jetzt?«

Selana hatte nicht die leiseste Idee, wie sie an etwas Essbares kommen sollten. Klar, ab und zu gab es Beeren am Weg, die sie pflücken konnten. Aber weit kämen sie damit nicht.

»Immerhin haben wir unsere Wasserflaschen bis jetzt immer wieder auffüllen können.« Aria schlug einen heiteren Ton an, doch Selana verstand, dass sie ihr nur Mut machen wollte.

»Du hast recht. Hauptsache, wir haben was zu trinken. Ohne Essen geht es mal ein oder zwei Tage.« Selana lächelte, bemüht, ihrer Freundin Hoffnung zu geben. Doch in den letzten Tagen hatten die beiden nur wenig gegessen. Ihr war klar, dass sie irgendwann langsamer würden und mehr Pausen benötigten. Konnten sie es so bis zur anderen Seite der Hochebene schaffen? Ihre Kräfte mussten zwangsläufig nachlassen.

Als sie eben ihren Weg fortsetzen wollten, hörte sie Geräusche. Sie fasste Aria beim Ärmel. »Hörst du das?«

Die beiden lauschten. Ein Klirren. Dazu ein Trampeln? Stimmen?

»Weg hier!«, zischte Aria und stieß Selana vom Weg.

Die beiden hetzten zurück zwischen die vereinzelt liegenden Felsbrocken. Wo war die kleine Senke, in der sie genächtigt hatten? Hinter ihnen wurde es lauter, sie konnten hören, dass es sich um feste Schritte und Stimmen von Männern handelte. Viele Männer! Auch das Klirren von Metall wurde deutlicher. Rüstungen? Waffen?

In ihrer Hast waren sie ein Stück zu weit nach rechts gelaufen, bemerkten aber ihren Irrtum und steuerten im letzten Moment auf die Senke zu, um sich hineinfallen zu lassen. Schwer atmend lagen sie hinter den Felsbrocken und hörten die lärmende Gruppe näherkommen. Einzelne johlende Rufe und gröhlende Lacher übertrafen immer wieder den Stimmenbrei, der vom Stampfen Hunderter Stiefel begleitet wurde.

»Keine Gellwicks, Atharpazh sei Dank«, flüsterte Selana.

»Das ist aber nur ein kleiner Trost. Besonders sympathisch klingen diese hier auch nicht.« Aria drehte sich auf den Bauch und stützte sich ein wenig auf ihren Armen auf.

»Immerhin machen sie so viel Lärm, dass sie uns nicht hören«, gab Selana zurück. Sie rollte sich ebenfalls auf den Bauch und brachte sich damit in eine bessere Lage.

»Lass mich einen Blick durch die Felsen riskieren.« Ihre Freundin richtete sich auf, doch Selana hielt sie zurück.

»Warte! Deine Haare könnten auffallen.«

Hastig zog sie ein graues Tuch aus ihrem Bündel. Aria wand es um den Kopf und streckte sich weiter. Langsam und vorsichtig.

»Und? Was siehst du?« Der Lärm kam Selana inzwischen ohrenbetäubend vor.

Ebenso langsam wie zuvor bewegte Aria sich wieder zurück. »So was hab ich noch nie gesehen.« Sie sah Selana an. Aber ihr Blick war nicht entsetzt oder erschreckt. Eher erstaunt.

»Was denn?«

»Es ist so eine Art Armee. Soldaten mit schweren Stiefeln und großen Waffen. Äxte, Morgensterne und so grobes Zeug!«

Selana konnte sich keinen Reim darauf machen. »Soldaten mit Rüstungen und Waffen laufen in Akralahr doch ständig rum.«

»Aber keine Zwergenarmee!«, gab Aria verblüfft zurück.

Für einen Moment fehlten Selana die Worte. Zwergenarmee?

»Her mit dem Tuch. Das will ich selbst sehen!«

Sie schlang sich das Tuch um den Kopf und setzte sich langsam auf. Aria hatte recht. Diese kleinen, grobknochigen

Männer mit teils buschigen, teils geflochtenen Bärten waren zweifelsfrei Zwerge. Die überdimensionierten Waffen betonten den gedrungenen Wuchs zusätzlich. Ihre Rüstungen bestanden mal mehr aus Metall, mal mehr aus Leder. Einige trugen Helme, andere Kettenhemden, die teilweise sogar den Kopf bedeckten. Alle aber hatten ockerfarbene Bänder an den Schultern befestigt. Während eine kleine Nachhut mit nur wenig Abstand vorbeizog, blickte Selana dem Tross hinterher und versuchte, die Anzahl abzuschätzen.

Schließlich ließ sie sich wieder neben ihrer Freundin nieder und schnaufte. »Ich wusste gar nicht, dass es noch so viele Zwerge gibt. Ich hab immer mal welche in der Stadt gesehen. Sie sind gute Arbeiter, sagt man. Aber so viele?«

»Was meinst du, wie viele es waren?«, fragte Aria.

»Ich kann es nicht genau sagen. An die zweihundert, denke ich!«

Die Freundinnen blieben in ihrem Versteck liegen, bis der Lärm der Zwergensoldaten gänzlich verklungen war. Als sie aufbrachen, hielten sie sich seitlich der Straße, zu beeindruckt von dem Ereignis, um sich direkt auf den Weg zu trauen. Es war zwar mühsamer, zwischen Felsen, Kiefern und Büschen zu laufen, aber es fühlte sich sicherer an. Sie waren wieder schweigsamer unterwegs und horchten vermehrt auf ungewöhnliche Geräusche.

Selana hing sorgenvollen Gedanken nach. Was passierte hier überall? War es außerhalb der Stadtmauern schon immer so gewesen? Oder kamen doch zu viele Dinge zusammen? Anhaltende Wetter, die die Menschen aus der Stadt und dem Land trieben. Gellwicks, die in die Gegend von Akralahr zogen und offenbar von höchster Stelle geduldet wurden. Dann die Schatten, die nach magischen Gegenständen suchten, wenn es denn kein Traum gewesen war. Und jetzt noch ein ganzer Tross von Zwergensoldaten, der über die Hochebene marschierte?

Nein, das mussten neue Entwicklungen sein. Sonst hätte sie davon gehört. In der Küche und den Gesindehäusern wurden stets Dinge erzählt, die man in der Burg aufschnappte. Auch wenn Selana sich nie selbst daran beteiligt hatte, hätte sie etwas mitbekommen müssen. Zu viele erschreckende Ereignisse auf einmal, oder? Und dann war da ja noch der Brief von Wanda. Hatte sie nicht von »deutlichen Zeichen« geschrieben? Und dass die Welt »im Wandel« sei? Aber was hatte das mit ihr zu tun? Was meinte Wanda mit der »wichtigen Aufgabe«, die sie zu erfüllen hatte?

Selana stolperte über eine Baumwurzel. Wie unaufmerksam sie durch ihre Überlegungen geworden war! Aria war schon ein ganzes Stück voraus, schien jedoch auf sie zu warten. Als Selana aufgeschlossen hatte, sah sie, warum ihre Freundin stehen geblieben war. Die Felsen diesseits und jenseits der Handelsstraße standen hier dicht an dicht, schroff und scharfkantig. Abseits der Straße war kein Durchkommen mehr.

Aria sah sie an. »Zwei Möglichkeiten: Wir nehmen die Straße mitten durch oder wir suchen einen Weg außen rum.«

Selana blickte sich um. Die Felskette war nicht hoch, erstreckte sich aber, soweit sie von hier sehen konnte. Sie betastete den schroffen Felsen. »Obendrüber ist auf jeden Fall zu gefährlich. Was schlägst du vor?«

»Außen herum könnte sehr kräftezehrend sein und wir haben keine Vorräte mehr, um unsere Reserven aufzufüllen. Die Straße verläuft durch die Schlucht. Bestimmt wurde sie künstlich in den Fels gehauen. Verstecken können wir uns da nicht.«

»Beides birgt also Gefahren. Hm ...« Selana zögerte. »Die Straße ist sicher der einfachere Weg. Wie wahrscheinlich ist es, dass noch mal so eine Truppe Zwerge vorbeikommt?«

»Ich hab keine Ahnung. Bis heute hätte ich gedacht, so was passiert nie!« Aria seufzte. »Ich kann das nicht entscheiden.«

Zusammen traten sie auf die Straße und warfen einen Blick in die Schlucht. Leider konnten sie den Ausgang auf der anderen Seite nicht sehen, die Straße verlief in einer Kurve.

»Lass uns ein paar Schritte hineingehen und horchen.« Selana zog an Arias Arm und lächelte aufmunternd.

Ihre Freundin sog eine Wange ein und nickte ergeben. Dann betraten sie die Schlucht. Nach einigen Schritten blieben sie stehen und lauschten. Sie hörten den Wind in leichten Böen durch den Hohlweg fegen. Ein paar Vogelrufe tönten aus der Ferne. Sonst nichts. Keine Stimmen, keine Stiefel, kein

Hufschlag oder Waffenklirren. Sie blickten sich an und Aria zog fragend ihre Brauen hoch. Selana zuckte nur mit den Schultern, nickte dann aber entschlossen. Es hatte keinen Zweck, hier herumzustehen.

Langsam gingen sie tiefer in die Schlucht. Die Straße verlief in einer langen Geraden und machte zum Ende hin einen weiten Bogen. An den steilen Wänden entdeckte Selana gleichmäßige Rillen, die darauf hindeuteten, dass hier mit großen Meißeln gearbeitet worden war. Was für eine Kraftanstrengung musste es gewesen sein, diese Straße aus dem Fels zu hauen. Der Felsenweg war nur so breit, dass ein Fuhrwerk gerade hindurchpasste. Dann sah Selana, dass die Bauherren auch an Nischen gedacht hatten, an denen entgegenkommende Händler einander passieren konnten.

Doch bei aller Bewunderung für die Leistung der Erbauer – je weiter sie in die Schlucht vordrangen, umso bedrückender empfand Selana diesen Hohlweg. Nichts als kalter, grauer Fels. Hier wuchs kein Gras, kein Moos. Ihre Schritte hallten in den Ohren und der Schall verstärkte das Gefühl von Isolation. Obwohl die Sonne hoch am Himmel stand, lag die Schlucht im Dunkeln. Selana fröstelte, feinen Nackenhaare stellten sich auf und eine ungute Ahnung beschlich sie.

Sie waren dem geraden Abschnitt der Schlucht gefolgt und gelangten jetzt an die Stelle, an der die Felsgasse eine Kurve beschrieb. Als Selana sich umblickte, konnte sie den sonnigen Eingang nicht mehr sehen. Rundherum nur noch schattiger, kalter Fels. Sie musste hier raus! Unwillkürlich beschleunigte sie ihren Schritt. Endlich hatten sie die Wegbiegung hinter sich, die Straße wurde wieder gerade, Licht schimmerte am fernen Ausgang. Ihr Gesicht erhellte sich. »Aria!«

Eben wollte sie ihrer Freundin zurufen, dass sie es geschafft hatten, als sie die Augen zusammenkniff und in die Helligkeit am Ende der Schlucht blinzelte. Was war das? Da erkannte sie die sich bewegenden Lichtreflexe. Rüstungen! Schon hörte sie die Geräusche des nahenden Soldatentrosses. Sofort machte sie kehrt und lief ihrer Freundin entgegen. Heiß schoss ihr das Blut in die Glieder, ihr Puls beschleunigte sich. »Aria, Soldaten! Wir müssen zurück!«

Panik blitzte in Arias Augen auf, gemeinsam hasteten sie den Weg entlang, den sie gekommen waren. Am zunehmenden Lärm erkannte Selana, dass die Zwergenkrieger den Hohlweg erreicht hatten. Bedrohlich hallte das Stampfen Hunderter Füße und das Klirren der Waffen durch die Schlucht, verfolgte sie und trieb sie mit mächtiger Wucht vor sich her. Hatte man sie entdeckt? Die Kurve gab ihnen Deckung. Selanas Herz raste, hinter sich hörte sie den keuchenden Atem ihrer Freundin. Konnten sie es schaffen?

Plötzlich stimmten die Krieger einen Gesang an, der tief und dröhnend, einer Flutwelle gleich, durch die Felsen brandete und ihnen erbarmungslos hinterherjagte. Endlich hatten sie den weiten Bogen hinter sich und die Gerade erreicht. In dem Moment hörte Selana Aria aufschreien und bremste abrupt ab. Ihre Freundin war gestürzt. Sofort war Selana bei ihr und half ihr auf die Beine.

»Geht es?«

»Ich kann nicht mehr.« Aria beugte sich keuchend vor.

Angstvoll blickte Selana sich um. Das Dröhnen und Stampfen ließ Panik in ihr aufsteigen, die sie kaum unterdrücken konnte. Ihre Gedanken überschlugen sich, ihr Atem raste. Ruhe bewahren!

»Aria, hör mir zu. Versuch, so ruhig wie möglich ein- und auszuatmen, in Ordnung? Dann gehen wir weiter, ja?« Sie richtete ihre Freundin auf und sah ihr in die Augen. »Hast du mich verstanden? Wir schaffen das. Ich zähle und bei 10 laufen wir langsam wieder los.«

Aria hob den Kopf und nickte schwach. Hinter ihnen schwoll der dröhnende Gesang zu einem triumphalen Crescendo an. Doch mit einem schnellen Blick sah Selana, dass die Zwergenarmee noch nicht in Sichtweite war.

»Eins und zwei, ein und aus, fünf und sechs ...« Ihr Atem beruhigte sich, das Trommeln ihres Pulses im Kopf nahm ab. »... ein und aus, neun und zehn!«

Sie nahm Aria beim Arm und merkte erleichtert, dass sie sich in Bewegung setzte. Zwar liefen sie nur langsam, aber sie liefen.

»Atme – regel – mäßig!«, stieß sie hervor.

Noch zwei- bis dreihundert Fuß, jetzt noch hundert. Der Gesang brach ab und löste sich in Gegröle und Gelächter. Das

Klirren der Waffen gewann die Oberhand und das Stampfen der Stiefel ließ den Boden dröhnen.

Noch sechzig Fuß, noch zwanzig. Einzelne Schreie, waren sie entdeckt worden? Sie liefen aus der Schlucht und verließen sofort die Straße. Fürs Erste waren sie aus dem Sichtfeld. Erschöpft fielen sie auf die Knie. Selana hoffte, dass sie schnell genug zu Atem kommen würden, um weitere wertvolle Schritte bis zu einem Versteck zu schaffen. Hektisch blickte sie sich um und suchte nach einem Felsen, einer Senke oder einer Baumgruppe.

Dann blieb ihr beinahe das Herz stehen, als sie einen Handelskarren auf die Schlucht zukommen sah. Gezogen von einem Dokabullen, an den Zügeln ein rotbärtiger Zwerg, der ihr finster entgegenblickte.

Atharu

28

Ein wogendes Meer aus Gräsern erstreckte sich über die weite Ebene und bedeckte die geschwungenen Hügel mit einem Mantel aus schimmerndem Grün. In jeder Senke entglitten die von rauchigem Dunst umhüllten Hütten Atharus Blick. Ein Schwarm Rabenvögel kreiste über der Stelle und wies ihnen unablässig die Richtung. Erst als sie die letzte Anhöhe nahmen, wurde das Ausmaß der Zerstörung deutlich. Wie viele Häuser es einmal gewesen waren, konnte Atharu nicht erkennen. Einige Balkengerüste standen im Nebelrauch wie geschwärzte Skelette. Andere Hütten oder Häuser waren bis auf die Grundmauern niedergebrannt. Grauer Qualm kräuselte sich in der Luft, nur wenige Flammen züngelten noch hier und dort.

»Wir sind zu spät gekommen«, sagte einer der Männer.

Zu spät wofür? Was hätten sie verhindern können? Atharu blickte sich suchend um, ein schlimmer Verdacht erwachte in ihm. »Der Weiler ist komplett niedergebrannt, weil es keine Versuche gegeben hat, den Brand zu löschen!« Er sah Pelldor an.

»Nein. Die Menschen müssen überrascht worden sein.« Der Obmann gab einem seiner Leute die Zügel. »Passt auf die Pferde auf! Kentso und ihr drei, ihr kommt mit uns. Wir wollen sehen, ob wir die Bewohner finden können.«

»Oder ihre Reste«, raunte Kentso heiser.

Atharu folgte ihnen, ein flaues Gefühl im Magen. Langsam gingen sie durch die schwelenden Grundmauern, nur ihre Schritte und das leise Knistern des Holzes in den Ohren. Plötzlich brach eines der Skelette zusammen. Atharu erschrak, Pelldor und seine Leute zogen ihre Kurzschwerter. Nur Kentso hob die Armbrust und hielt sie im Anschlag. Der beißende Geruch verbrannter Stoffe und Farben nahm zu, während die Männer weitergingen. Ein anderer ätzender Geruch mischte sich hinzu, Atharu entdeckte verkohlte Tierkadaver, die innerhalb quadratischer Grundmauern lagen. Das Vieh hatte keine Chance gehabt, aus seinem Gefängnis zu entkommen. Für Tangora war es befremdlich, Tiere in Behausungen einzusperren. Sie gehörten in die Natur, in ihren angestammten Lebensraum. Diese Tiere waren nur deshalb sinnlos zu Tode gekommen und Atharu schauderte es bei dem Gedanken, wie sie panisch versucht hatten, die Wände einzutreten. Ihre Schreie mussten ohrenbetäubend gewesen sein.

»Atharu, komm. Wir sollten zusammenbleiben. Wir wissen noch nicht ...« Pelldors Stimme brach ab und Atharu beschleunigte den Schritt. Dann erstarrte er.

Beißender Gestank trieb ihm Tränen in die Augen. Er brauchte nur einen Moment, um zu erkennen, was da zu einem schwelenden Haufen aufgetürmt vor ihnen lag. Einzelne verkohlte Gliedmaßen und Köpfe ragten aus der schwarzen Masse. Das Feuer hatte ganze Arbeit geleistet und es war nur mehr der Fantasie überlassen, Menschliches an diesen Leibern zu erkennen, die achtlos wie Unrat übereinandergeworfen waren.

Wer macht so etwas? Das Bild brannte sich in Atharus Kopf und löschte damit einen kleinen Teil seiner Seele, die bisher so behütet und unbeschadet geblieben war.

»Sichert den Weiler zu allen Seiten und gebt Signal, wenn ihr jemand Lebenden entdeckt.« Pelldor gab jedem seiner

Leute Zeichen und wies in verschiedene Richtungen. »Kentso, such nach Spuren – ich will wissen, in welche Richtung der Abschaum gezogen ist, der das hier zu verantworten hat!«

Atharu sah zum Obmann auf und wandte sich wieder den Menschen zu, den Opfern, die hier lagen, verbrannt bis zur Unkenntlichkeit. Ihre Gräber würden namenlos bleiben.

»Atharu!« Pelldor fasste ihn bei der Schulter und zog ihn herum. »Du musst den Blick abwenden. Wir können hier nichts mehr tun.«

»Ich ...« Atharu räusperte sich, seine Stimme kam ihm für einen Moment seltsam rau und fremd vor. »Wir müssen sie begraben. Kein Mensch hat das verdient. So viel Angst und Schmerz. Sie sollten nicht auch noch den Aasfressern anheimfallen.« Er schaute zu den schwarzen Vögeln über ihnen.

Pelldor seufzte. »Das ehrt dich. Aber du kannst nichts mehr für sie tun.«

»Ich werde sie begraben. Das zumindest kann ich tun.« Atharu wandte sich suchend um. »Es müssen doch Schaufeln oder etwas in der Art zu finden sein.«

»Atharu!« Pelldor packte ihn erneut, diesmal fester. »Sie sind tot! Und ihre Seelen sind schon im Zeitpunkt des Todes gegangen. Hier liegen nur noch die Hüllen.« Pelldor sah ihm eindringlich in die Augen. »Hörst du? Ihre Seelen sind frei. Atharpazh sorgt für sie.«

Atharu nickte langsam, widerstrebend. Es fiel ihm schwer, einen klaren Gedanken zu fassen. Dieses Bild, dieser Gestank.

»Wir sollten nicht länger hierbleiben. Komm mit zu den Pferden und gönn deinen Augen den Blick über die Ebene. Du musst dich vor seelischer Ohnmacht schützen. Solche Erlebnisse können dich sonst für immer verfolgen!«

Der Tangora nickte und ließ sich mitführen. Fassungslos blickte er um sich, während sie zu den Pferden zurückgingen. »Dass Feuer so etwas anrichten kann! Es darf nicht sein. Feuer soll helfen, wärmen, Kraft und Geborgenheit spenden.«

Pelldor nickte. »Feuer ist Energie. Nützlich und zerstörerisch. Es liegt an den Menschen, was es aus- oder aber anrichtet!«

Es liegt an den Menschen. Ja, so war es. Doch ehe Atharu den Gedanken weiterführen konnte, kam Kentso hinzu.

»Obmann, ich habe die Spuren gefunden. Sie kamen aus östlicher Richtung zu Fuß und sind jetzt mit Pferden auf dem Weg in Richtung Norden. Nach den Spuren wahrscheinlich sechs bis acht Pferde.«

»Sie kamen also zu Fuß.« Der Obmann überlegte laut und mit eisiger Stimme. »Keine Überlebenden, das Dorf niedergebrannt, die Leichen verstümmelt und wie Dreck auf einen Haufen geworfen. Eindeutig das Werk von Gellwicks!«

Atharu lief es eiskalt über den Rücken. »Gellwicks? Zu so etwas sind diese Ausgestoßenen fähig? Und wir meinten, es wären einfach nur stinkende Diebe.« Er dachte an Brandan, sein Herz schien auszusetzen. »Ich habe meinen Freund zurückgelassen! Allein auf der Spur von – von Meuchelmördern!« In diesem Moment wurde seine Sorge zu Angst. Angst, die sein Herz mit eisiger Hand umklammerte.

Pelldor schaute nach Norden. »Wir finden ihn, das verspreche ich dir.«

»Obmann!« Kentso meldete sich erneut zu Wort. »Es sind ...«, er zögerte, »es sind unter Umständen zu viele für uns.«

»Wie meinst du das?« Pelldors Ton war streng und Atharu spürte, wie sehr die Geschehnisse dem Obmann zu schaffen machten.

»Es hat den Anschein, dass die Gellwicks zu zweit auf den Pferden sitzen, denn die Hufabdrücke sind tief. Außerdem gibt es Fußabdrücke neben den Pferdespuren. Es laufen also noch weitere Gellwicks neben den Tieren.«

Pelldor zog die Stirn in Falten und atmete geräuschvoll aus. »Wie viele?«

»Ich denke, wir haben es mit einer Horde von 30 bis 40 Mann zu tun!«

Atharus Knie wurden weich und er suchte Halt am Sattel seines Pferdes. »Brandan!«

Pelldors Blick streifte ihn nur kurz. »Und diese Horde reitet auf Brandan zu, Kentso? Dahin, wo wir auch hinwollen?«

»Ja!« Kentso legte eine Hand auf Atharus Schulter. »Aber natürlich wissen wir nicht, wo Euer Freund inzwischen ist.«

Atharus Gedanken überschlugen sich. »Womöglich sitzt Brandan in der Falle. Eine Falle, aus der wir ihn nicht befreien können.«

»Kein Kampf ist von vornherein verloren.« Pelldor schlug einen sanfteren Ton an. »Lasst uns die Situation durchdenken. Was wissen wir? Brandan folgt den Spuren einer Gruppe von Gellwicks, die euch überfallen und beraubt hat. Etwa fünf Männer, sagst du?«

»Ja.« Atharu war dankbar für die Ruhe, die Pelldor ausstrahlte.

»Eine andere Gruppe Gellwicks kommt von Osten. Wie wahrscheinlich ist es, dass die beiden Gruppen voneinander wissen?« Er blickte seinen Fährtenleser an.

»Eher unwahrscheinlich. In der Regel sind Gellwicks ohne Pferde unterwegs. Nach den Spuren zu deuten, war das auch hier so. Selbst wenn sie sich kennen, muss ihr Zusammentreffen schon vor Wochen stattgefunden haben. Unwahrscheinlich, dass diese Horde weiß, wo die anderen gerade sind oder was sie getan haben.«

»Gut! Das bedeutet zumindest, dass Brandan nicht zwangsläufig zwischen die beiden Gruppen gerät.« Pelldor hob den Kopf. »Ihr beide reitet zurück nach Gelder und berichtet dem König. Sorgt dafür, dass Verstärkung geschickt wird.« Er hielt inne. »So große Gruppen von Gellwicks kennen wir in Geldermark bisher nicht. Was haben sie vor?«

Er blickte Kentso fragend an, doch der schwieg.

Dann wandte er sich noch einmal den Männern zu, denen er die Rückkehr nach Gelder befohlen hatte. »Übermittelt dem König außerdem meine Empfehlung, einige Dutzendschaften jenseits des Uwentengoa patrouillieren zu lassen. Insbesondere die Weiler, wo Pferde gehalten werden, sollten mit Soldaten bemannt werden. Kentso, du nimmst dir einen Begleiter und kundschaftest den Weg aus. Wir folgen euch mit Abstand. Seid vorsichtig und kehrt um, sobald ihr den Gellwicks auch nur nahekommt.«

Sie saßen auf und blickten den anderen nach, ehe sie sich ebenfalls in leichtem Trab auf den Weg machten. Atharu war dankbar, dass Magister Lieburus Pelldor mit der Führung des Trupps betraut hatte. Er war wie ein Fels in den Stromschnellen des Uwentengoa. Ruhig und beherrscht.

»Haben wir eine Chance, Brandan rechtzeitig zu finden?«

Die Angst um seinen Freund machte Atharu zu schaffen, auch wenn Pelldor das Gefühl der Ohnmacht durch sein planvolles Vorgehen etwas mildern konnte. Atharu kannte sich mit kämpferischen, gar strategischen Notwendigkeiten nicht aus. Wie konnten sie mit dieser Situation umgehen? Was konnte man überhaupt tun, wenn der Gegner in der Übermacht war? Ein Gegner, dem nichts heilig zu sein schien.

Pelldor schwieg eine Zeit lang, ehe er zu einer Antwort ansetzte. »Wir wollen die Horde nicht einholen, wir wollen sie im Auge behalten. Vielleicht können wir herausfinden, was sie planen. Unser Vorteil ist, dass wir von ihnen wissen. Doch sie nicht von uns.«

»Aber was ist mit Brandan? Können wir ihm helfen? Sind wir nicht zu wenige?« Atharu musste sich zusammenreißen, damit ihn die Furcht um den Freund nicht vollends in Besitz nahm. Angst war ein schlechter Ratgeber, denn sie lähmte.

»Gellwicks sind leise unterwegs. Wenn sie nicht voneinander wissen, und davon gehe ich aus, ist die Wahrscheinlichkeit gering, dass sie sich begegnen. Vielleicht sollten wir uns aufteilen. Einige, um die größere Gruppe im Auge zu behalten, und die anderen, dazu würden dann auch wir beide gehören, um nach Brandan zu suchen.«

Pelldors Worte beruhigten ihn nur wenig und linderten nicht die Vorwürfe, die er sich machte. Er hätte Brandan nicht zurücklassen dürfen.

»Atharu?«

»Ja?«

»Du, nein, ihr habt angemessen gehandelt. Auch wenn ich keine Einzelheiten kenne. Da Lieburus dem Schmuckstück so großen Wert beimisst, kann deine Entscheidung nur richtig gewesen sein!«

»Ich hoffe es!«

Während sie den Spuren folgten, kündigten die länger werdenden Schatten die Nacht an. Viel Zeit blieb ihnen nicht.

An einer kleinen Anhöhe warteten Kentso und sein Begleiter auf sie.

»Es ist, wie ich gedacht habe«, eröffnete Kentso seinen Bericht, während sie absaßen. »Sie sind von hier in nordwestlicher Richtung weitergezogen. Also direkt zur Tränke. Ich nehme an, sie wollen den Fluss überqueren.«

»Das deutet darauf hin, dass sie ein konkretes Ziel haben und von der kleineren Gruppe nichts wissen«, meinte Pelldor.

»Es sei denn, die ist auch zur Tränke unterwegs«, wandte Atharu ein.

Pelldor nickte nachdenklich und öffnete seine Satteltasche. »Aber das wäre herauszufinden.« Er holte die Karte hervor und entrollte sie. Dann schaute er Kentso an. »Nach Atharus Beschreibung fand der Überfall in etwa hier statt.« Er wies auf die Karte. »Ist es sinnvoll, dass wir uns aufteilen?«

Der Fährtenleser fuhr nachdenklich mit dem Zeigefinger den Flussverlauf ab. Auf der Karte war es nur ein sehr kurzes Stück, aber in Wirklichkeit lagen einige Meilen dazwischen. »Falls sie ebenfalls zur Tränke gezogen wären, müsste ich ihre Spuren finden.« Er schaute zu Pelldor, dann zu Atharu. »Zumal Euer Freund Brandan sicher Zeichen für uns hinterlassen hat. Ja, ich denke, es ist auf jeden Fall sinnvoll, dort nach Eurem Freund zu suchen!« Kentso tippte auf die Stelle, wo der Überfall stattgefunden hatte.

»Dann ist es beschlossen.« Pelldor winkte seine Männer zusammen. »Wir teilen uns auf!«

Pitu

29

Lange war Malin nicht mehr bei ihnen sitzen geblieben. Killdu hatte auf das Nachtgebet verwiesen, für das Malin als Ältester die Hoheit hatte. Und Fludo waren nach dem Essen die Augen schwer geworden. Natürlich hatte sein Freund nichts gesagt, sondern versucht, vollkommen wach zu wirken. Pitu musste grinsen, wenn Fludos Kopf langsam herabsank und dann mit einem Ruck wieder hochschnellte. Er selbst war viel zu aufgewühlt, um mitzubekommen, wie spät es bereits war. Trotzdem blieb ihm nichts anderes übrig, als sich mit Fludo zu den Schlafräumen führen zu lassen. Eigentlich eher Schlafkammern, wie Kildu betonte.

Als der Graue sie nach oben in den Tempelbaum führte, wurde ihre Kondition schmerzhaft auf die Probe gestellt. Die Wendeltreppe schien unendlich lang. Schließlich wies Killdu Pitu eine winzige Kammer zu. Zu dem Zeitpunkt zog Fludo sich mehr, als dass er ging, die letzten Stufen am Handlauf hinauf. Als der Diener ihnen eröffnete, dass Waschgelegenheit und Abort noch weiter oben, aber unterhalb von Fludos

Kammer lägen, sackte der Fischer mit einem herzerweichenden Stöhnen und rot glühendem Kopf gegen die Wand. So wie er da stand, musste er einem einfach leidtun.

»Was meinst du, Fludo, würdest du mit dieser Kammer vorliebnehmen? Ich möchte gern die höhere Aussicht genießen. Wo ich doch das erste Mal hier bin.« Pitu zwinkerte seinem Freund zu. Der hatte zwar keine Luft mehr, um zu sprechen, legte aber dankend die Hände aufs Herz. Dann wankte er durch die Tür zum Bett und ließ sich seufzend fallen.

Wenig später lag auch Pitu in seiner Kammer und starrte an die hölzerne Decke. Er dachte über den Tag, die Begegnung mit Malin und all die aufwühlenden Neuigkeiten nach. Plötzlich hatte er eine Geschichte. Eine Heimat und Eltern! Eltern, die sogar dem Ältesten der Urda bekannt waren. Wie verrückt war das; nach dem Leben, das er bisher geführt hatte! Vielleicht gab es sogar noch andere Verwandte? Er musste Malin unbedingt danach fragen.

Aber was mochte der Älteste gemeint haben, als er von diesen Kräften sprach, die in ihm schlummern könnten? Sein Großvater sollte ein Sehender gewesen sein. Und hatte Malin nicht gesagt, seine Mutter hätte die Gabe auch gehabt? Seine Mutter. Noch mehr als einen Vater hatte er eine Mutter vermisst. Wie mochte sie gewesen sein? Sah er ihr ähnlich? Hatte er sogar Eigenschaften von ihr geerbt? Lillja – oder wie hieß sie noch? Vielleicht besaß er auch die Gabe des Sehens? Nein, den Gedanken konnte er gleich verwerfen. Sonst wäre er nicht so oft in irgendeinem Schlamassel gelandet. Fragen über Fragen kreisten in seinem Kopf, selbst als die Augen längst zugefallen waren und er dem Schlaf näher als dem Wachsein war. Ein Talent? Eine Gabe? Irgendwann fiel er endlich in einen erholsamen Schlaf.

Am kommenden Morgen trat Pitu zuerst ans Fenster. Doch außer Ästen, Zweigen und Laub war nichts zu sehen. Eine Treppe tiefer fand er im Waschraum einen Krug mit Wasser und eine große Schale. Begeistert stellte er außerdem fest, dass ein polierter Kristall in der hölzernen Wand steckte. Es war Wochen her, dass er sich im klaren Wasser eines Brunnens gespiegelt hatte. Er grinste, weiße Zähne strahlten ihn an. Seine Grübchen hatte er früher nicht gemocht, wie so oft blies er die Backen auf. Doch inzwischen wusste er, dass die jungen Frauen sie besonders an ihm liebten. Er sog die Wangen zu einem Fischgesicht ein und lachte. Da waren sie wieder, die Grübchen. Doch, sie passten in sein ansonsten recht ebenmäßiges Gesicht. Und glatt. Keine Bartstoppeln, die mühsam abgeschabt werden mussten. Auch das liebten die Frauen. Es hatte Vorteile, ein Urda zu sein.

Pitu wusch sich und probte noch den einen oder anderen Gesichtsausdruck. Wenn man schon mal einen Spiegel hatte! Für den Moment vergaß er völlig, was alles passiert war und was ihn heute an Neuigkeiten erwarten würde. Doch als es ihm wieder einfiel, beeilte er sich, nach unten zu kommen.

Er setzte sich zu Fludo und Malin in die Küche. Das Tagewerk des Ältesten hatte wohl schon mit Sonnenaufgang begonnen, denn er berichtete Fludo gerade etwas in der Art. Aber das interessierte Pitu nicht. Schließlich waren sie ja seinetwegen hier. Darum nutzte er die erstbeste Gesprächspause, um seiner persönlichen Neugier Raum zu verschaffen.

»Ehrwürdiger Malin, was meintet Ihr eigentlich mit den Kräften, die in mir schlummern würden?«

Malin schaute ihn wissend an. »Ich dachte mir, dass du das heute als Erstes fragen würdest. Tatsächlich weiß ich nicht, ob wirklich etwas da ist.«

»Ich auch manchmal nicht wissen.«

Pitu warf Fludo einen mahnenden Blick zu. »Vom Treppensteigen erholt?«

Der Fischer hatte sich schnell eine Hand vor den Mund gehalten. Aber das verschmitzte Grinsen sah Pitu trotzdem.

»Es ist mehr eine Ahnung«, fuhr Malin fort, ohne auf ihre Albernheiten einzugehen. »Und es gibt natürlich Gründe, warum ich es annehme. Zum einen stammst du aus einer langen Linie von Sehern. Urda, die besondere empathische Fähigkeiten hatten. Das bedeutet mehr Magie im Blut. Deinen Ahnen wurden vom Schöpfer immer wieder Blicke in die Zukunft gewährt. Es waren keine klaren Bilder, aber sie reichten aus, um Ereignisse vorauszuahnen. Deshalb waren sie auch sehr anerkannt im Volk der Urda. Ihre Voraussagen ermöglichten es unserem Volk, Nöten und Kriegen aus dem Weg zu gehen.« Er machte eine Pause und schaute ihn eindringlich an. Schließlich nickte er und zeigte auf Pitus Brust. »Und zum anderen trägst du seit Kindertagen, ja, schon seit du ein Baby warst, einen magischen Stein bei dir!«

Pitu spürte mit einem Mal die Wärme, die der Stein ausstrahlte, und zog ihn unter dem Hemd hervor.

»Was weißt du über Magie?« Malin blickte ihn prüfend an.

»Nichts Genaues. Nur dass sie mächtig ist oder sein kann. Und dass sie mit dem Leben unserer Welt verbunden ist. Aber das sind nur Worte, die ich aufschnappe, wenn ich Geschichtenerzählern auf den Märkten zuhöre oder an den Brunnen den Gesprächen der alten Frauen lausche. Ich mache mir dann meine Gedanken, aber ich weiß nicht, was wahr ist.«

»Offene Ohren sind in diesen Tagen wichtiger denn je. Bedenke, dass Worte immer etwas Wahres haben, selbst wenn sie uns in die Irre führen sollen. Und es ist richtig, was du sagst. Die Magie ist mit dem Leben verbunden. Oder vielmehr das Leben mit ihr. Aber wie? Und wo?«

Malin schaute ihn auffordernd an und es kam Pitu vor, als wolle er prüfen, ob er wirklich Lilljas Sohn vor sich habe. Unbehaglich rutschte er auf seinem Platz hin und her. Er hatte keine Ahnung, worauf der Älteste hinauswollte, und zuckte schließlich mit den Schultern. »Sagt es mir.«

»Das will ich tun. Magie pulsiert! Deshalb ist es magisch begabten Wesen möglich, sie zu spüren. Nur das ist der Grund, weshalb ich deinen Stein gespürt habe, ehe ich ihn sah.«

Pitu schaute auf. »Ist er deshalb immer warm?«

Malin nickte. »So wie Steine die Wärme der Sonne aufnehmen und längere Zeit halten können, so erwärmen sich Kristalle, wenn sie Magie aufnehmen. Durch das Pulsieren der Magie bleiben sie warm. So lange, bis alle Magie verbraucht ist.« Der Älteste nahm Pitus Hand und schloss sie über dem Kristall. »Was spürst du?«

Gar nichts, hätte Pitu beinahe gesagt. Aber das stimmte nicht. Er spürte natürlich die Wärme.

»Fühl genau hin. Denk an nichts anderes. Konzentriere dich nur auf das Gefühl des Steins in deiner Hand!«

Pitu bemühte sich, an nichts zu denken. Auch wenn er nicht wusste, wie das gehen sollte. Schließlich drückte er einfach fester zu. Und siehe da, es klappte. Er fühlte noch etwas anderes. Die Wärme bewegte sich, nein, sie schwoll in gleichmäßigen Abständen an und flaute wieder ab. Unwillkürlich öffnete er die Hand und starrte auf den Kristall. Dann sah er Malin an, der wissend lächelte.

»Mit jedem Impuls deines Steins geht ein kleiner Teil der Magie auf dich über. Hast du ihn immer bei dir getragen?«

»Solange ich denken kann, trage ich ihn an dem Lederband um den Hals.«

»Dann ist es so, wie ich mir dachte. Je länger Menschen einen magischen Gegenstand bei sich tragen, umso mehr Magie wird ihnen selbst zu eigen. Und bei dir ruht der Kristall besonders nahe am Herzen.«

»Das bedeutet, ich kann irgendwas Außergewöhnliches tun? Dinge schweben oder verschwinden lassen?« Pitu schob seinen Teller zur Seite und beugte sich über den Tisch zu Malin, begierig, mehr zu erfahren.

Der Älteste lächelte. »Wenn man so will, ja. Aber es gibt unzählige Möglichkeiten, wie Magie sich auswirken kann. Sie kann im Hintergrund wirken und sie kann als offensichtliche Macht zutage treten. Da du ein Teil der Prophezeiung bist, würde ich Letzteres annehmen. Hast du je Ungewöhnliches erlebt oder überstanden?«

Pitu überlegte. Irgendwie war sein Leben ja immer aufregend gewesen – und ungewöhnlich.

Plötzlich stupste Fludo ihn von der Seite an. »Das man sagen kann. Keiner können eigentlich Schiffsunglück überleben, nicht? Schlimmste Verletzungen du hattest, nicht?«

»Nun, das meinst du. Aber es war ja wohl auch knapp mit dem Überleben. Mit richtiger Magie hätte es doch schmerzfreier sein dürfen, oder?« Pitu blickte den Ältesten an und überlegte, was ihm sonst noch widerfahren war.

»Magie kann schützen. Aber das bedeutet nicht, dass Folgen ausbleiben oder Schmerzen um jeden Preis vermieden werden können. Im Gegenteil! Magie erschöpft sich sogar. Wenn du sie bewusst einsetzt und nicht rechtzeitig aufhörst, rinnt sie aus deinem Körper wie Sand aus einem Stundenglas und lässt nur eine leere Hülle zurück!«

Pitu schluckte. »Dann ist sie gefährlich? Ich meine, nicht nur für andere, sondern auch für den, der sie anwendet? Wie mistig ist das denn?«

»An erster Stelle ist Magie der Funke des Lebens. Die Kraft, die alles antreibt.«

Pitu ließ sich zurückfallen und stöhnte. »Aber dann wäre jeder magisch. Jeder Mensch, jedes Tier und jede Pflanze. Wo hebe ich mich da denn ab? Ich dachte, ich bin jetzt was Besonderes?«

Malin nickte. »Beides. Alles, was lebt, trägt den Funken der Magie in sich. Aber ob jemand darüber hinaus außergewöhnliche Eigenschaften hat, liegt letztlich an der Menge der Magie, die einem Lebewesen innewohnt. Je mehr Magie, desto mehr Leben und desto mehr Fähigkeiten.«

Die Worte hingen im Raum, für den Moment fiel Pitu keine weitere Frage ein. Er war fasziniert von den Erläuterungen des Ältesten. Pulsierende Magie, mehr Leben und mehr Fähigkeiten? Vielleicht auch für ihn selbst. Oder sogar wahrscheinlich, wie Malin meinte. Könnte er dann tatsächlich einer derer sein, die sich dem Bösen entgegenstellten und eine Möglichkeit fanden, zu siegen? Ein Dieb, der das Schicksal der Welt beeinflussen könnte? Aber halt, halt. Jetzt nicht übermütig werden. Ein Schritt nach dem anderen.

»Das bedeutet, solange Magie in einem steckt, wird man leben? Und erst wenn sie aufgebraucht ist, stirbt man?«

Der Älteste nickte erneut und Pitu blickte zu Fludo, der ihn kameradschaftlich in die Seite boxte.

»Du bestimmt viel Magie haben. Schwerste Verletzungen überstanden, nicht? Andere tot gewesen wären.«

Pitu wurde ganz kribbelig. Er sprang auf und wanderte in der Küche umher.

»Der Stein, den du bei dir trägst«, nahm Malin den Faden wieder auf, »ist ein Speichermedium für Magie. Kristalle sind geeignet, äußerst viel Magie aufzunehmen und über lange Zeiträume zu bewahren. Aber auch sie verlieren Magie. Sie geben sie nach und nach wieder ab. In diesem Fall an dich.«

Die Aussicht auf Macht, wie sie andere nicht hatten, war berauschend. Nicht mehr der Dieb und der Verfolgte sein, sondern am anderen Ende der Tafel speisen. Zu schön, um wahr zu sein. Pitu raufte sich die Haare. Und dann, mit einem neuen Gedanken, geriet diese Aussicht bereits ins Wanken.

»Womöglich habe ich nahezu alle Magie verbraucht, um zu überleben?« Wie ein Blitz schoss ihm dieser Einfall in die Glieder und verursachte unmittelbares Magendrücken.

»Das kann sein.«

Malin brachte dies so nüchtern hervor, dass Pitus Augen sich weiteten und ihm die Kinnlade herunterfiel.

Doch dann lächelte der Älteste und blickte zu Fludo. »Aber dein Freund hier hat dich mit deinem Stein geheilt. Und er hat dir dazu, wie ihr mir gestern erzähltet, den Kristall ins Fleisch, also in dein Inneres gedrückt. Die schnelle Heilung und die Bewusstlosigkeit deuten auf eine große magische Entladung hin. Ich gehe davon aus, dass du jetzt mehr Magie in dir hast als je zuvor!«

Pitu entfuhr ein nervöses Lachen. Dann lachte er noch mal. Als er sah, wie Fludo mit hochgezogenen Brauen zwischen ihm und Malin hin und herblickte, fasste er sich wieder. »Wisst Ihr, ich möchte das gern glauben.« Er setzte sich. »Aber ich kann nicht. Irgendwas müsste ich doch gemerkt haben. Das ist einfach zu ... zu fantastisch.«

»Vor allem ...«, Malin streckte den Arm aus und legte seine knochige Hand auf Pitus, »... sind das sehr viele Neuigkeiten, die du zu verarbeiten hast. Lass uns in Ruhe überlegen. Hat sich seit deiner Heilung irgendetwas verändert?«

»Nein.« Pitu blickte auf die alte Hand des Greises und konnte nicht anders, als seine wegzuziehen.

»Hast du andere Träume?«

»Nein.« Was sollten diese Fragen? Er war und blieb doch, wer er war.

»Kannst du besser hören oder sehen?«

»Auch nicht. Alles wie vorher.«

»Gibt es nicht irgendetwas, über das du dich gewundert hast? Etwas, das vielleicht nicht ganz in Ordnung ist, trotz der Heilung?« Malin schien nicht aufzugeben.

»Nein, nein, nein. Ihr habt Euch in mir geirrt. Da ist nichts. Ich sehe nichts, ich höre nichts. Im Gegenteil. Wenn Fludo nicht gewesen wäre, wäre ich sogar wie blind in ein Nest Crullmahr getreten.«

Malin schaute zu Fludo, der nickte.

»Da ist keine Macht in mir. Mir ist sogar schlecht geworden. Oder zumindest so was Ähnliches.«

»Was sagst du da?« Jetzt war es Malin, der sich über den Tisch beugte.

»Mir ist beinahe schlecht geworden. Ein schöner Held und Magiebegabter, dem wegen ein paar Schlangen übel wird.«

»Nein, Pitu. Erzähl mir, wie es genau war!« Malin schaute ihn durchdringend an.

Doch Pitu verzog genervt das Gesicht. Bei Atharpazh, ihm war einfach nur übel gewesen. Crullmahr hin oder her, dieses Bauchgefühl war ihm unangenehm. Warum hackte der Älteste so darauf herum? Er hatte keine Lust, als anfällig oder schwach dazustehen.

»Es wäre ein Fehler, deine Empfindungen als Schwäche zu sehen. Gefühle und Empfindungen sind grundsätzlich eine Stärke!«

Konnte der Mann Gedanken lesen? Na ja, immerhin war Malin der Älteste der Urda. Wem sollte man glauben, wenn nicht ihm? *Gefühle können also eine Stärke sein ...* Nachdenklich legte er die Hände auf den Bauch. »Es war, als würde sämtliches Blut in meinen Bauch strömen. Aber rasend schnell. Mir wurde schwindlig, aber es war nicht wirklich ein Schmerz. Nur warm. Vielleicht wäre es sogar angenehm gewesen, wenn ich darauf vorbereitet gewesen wäre.«

»Hattest du dieses Gefühl schon vorher?«

Pitu dachte noch einmal nach. Er war sich ziemlich sicher: »Erst zweimal. Beide Male im Zusammenhang mit diesen Crullmahr. Vorher noch nie!«

Malin nickte bedächtig. »Crullmahr. Geschöpfe der Finsternis. Wir Urda jagen sie seit Jahrhunderten, als wären sie ganz normale Fische. Doch das sind sie nicht. Sie haben etwas Bedrohliches und sie sind gefährlich! Und ...«, der Älteste stand auf und stützte sich schwer auf den Tisch »... Magie reagiert auf Bedrohung und Gefahr!«

Selana

30

Das konnte nicht wahr sein. Hinter ihr eine ganze Zwergenarmee, der sie um Haaresbreite entkommen waren, und nun kam noch einer aus der anderen Richtung? Um der Seelen willen! Doch mit einem Mal starrte der Zwerg in die Luft. Nach links, nach rechts, als würde er etwas suchen. Atharpazh sei Dank.

Selana nutzte die Gelegenheit und mobilisierte ihre letzten Kräfte, um Aria aufzuhelfen und sie weiterzuziehen. »Komm! Wir müssen hier weg. Nur noch ein Stück!« Hektisch sah sie sich um. »Da – der Felsen. Wir legen uns dahinter.«

Aria stolperte mehr, als dass sie ging, und Selana mühte sich, sie zu stützen. Ihr Herz trommelte, im Bauch machte sich der Knoten bemerkbar. Aber was half es in dieser Situation? Wenn sie nur die Ruhe gehabt hätte, sich damit auseinanderzusetzen. Vielleicht könnte sie irgendetwas Hilfreiches mit diesem Bauchgefühl machen.

Endlich hatten sie den Felsen erreicht und ließen sich dahinter erschöpft zu Boden fallen. Nervös fingerte Selana ihr graues Tuch aus der Tasche und band es um den Kopf. Hatte er sie angeschaut? Oder hatte sie sich das nur eingebildet? Sie hoffte inständig, dass er sie nicht gesehen hatte. Vorsichtig lugte sie am Felsen vorbei zum Eingang der Schlucht.

Der Zwerg hatte seinen Handelskarren auf der gegenüberliegenden Seite der Straße ein Stück weit vom Weg abgestellt und war abgestiegen. Mit festen Schritten stapfte er zu seinem Doka und tätschelte dem mächtigen Tier die Flanke. Es überragte ihn bestimmt um zwei Fuß. Diesem Dokabullen waren nicht, wie sonst üblich, die Hörner abgenommen worden. Selana wurde mulmig bei dem Anblick. Die Hörner waren etwa um die Hälfte gekürzt und an den Enden abgerundet, aber wenn es darauf ankäme, hätten sie sicher eine verheerende Wirkung.

Unwillkürlich legte sie eine Hand auf den Bauch und spürte dem Knoten nach, der sich noch immer bemerkbar machte. Der Lärm der herannahenden Zwergenkrieger war ohrenbetäubend. Jeden Moment kämen sie aus dem Hohlweg. Doch Selana konzentrierte sich vorerst auf den Zwerg mit dem Dokakarren. Unter dem breiten Kopf mit der roten Mähne und dem geflochtenen Bart dominierte ein mächtiger Bauch, der die kurzen Beine in die Knie zu zwingen schien. Der Zwerg trug einen Umhang aus grauem Pelz, der ihm bis zu den Kniekehlen reichte. Darunter waren Wams und Hosen aus Leder in unterschiedlichen Farben zu sehen. An einem breiten Gürtel, der zum Teil vom Bauch verdeckt war, hing zu jeder Seite eine Axt.

»Was siehst du?«, keuchte Aria mehr, als dass sie es flüsterte.

Selana zog sich wieder hinter den Felsen zurück und berichtete von dem Zwerg. Ihre Freundin sog die Luft scharf ein. »Kacke auch. Bleibt uns denn nichts erspart? Aber gut, dass du ihn entdeckt hast. Was machen wir jetzt?«

»Abwarten. Was anderes bleibt uns nicht.« Immer noch hielt Selana sich den Bauch. Energie, schoss es ihr in den Kopf – in ihr drin, das war ihre Energie. Wenn sie sie nur einsetzen könnte. Aber wie? Sie wand sich ihrer Freundin zu. »Uns wird schon was einfallen, wenn es nötig ist. Erst mal behalte ich den Zwerg einfach im Auge. Ruh dich aus und versuch, zu Kräften zu kommen.«

Vorsichtig rückte Selana an den Rand des Felsens und lugte erneut darüber. Der Zwerg stand jetzt an der Handelsstraße und starrte vor sich hin. Nein, er starrte zu ihr herüber. Er sah ihr direkt in die Augen – schon wieder. Der Schreck durchfuhr sie wie ein Schlag. Und mit ihm die Erkenntnis, dass sie entdeckt waren.

Plötzlich blickte der Zwerg zur Schlucht, drehte sich um und stapfte zurück zu seinem Karren. Mühsam wuchtete er sich hinauf, nahm einen langen Stecken, befestigte ihn am Bock und hängte einen Wimpel daran. Kaum hatte er sich gesetzt, traten die ersten schwerbewaffneten Männer zwischen den Felsen hervor und der Lärm von klirrendem Metall, dumpfen Stimmen und stampfenden Stiefeln erfüllte die Luft. Auch bei diesen Soldaten waren die Schultern mit ockerfarbenen Bändern geschmückt. Dieselbe Farbe, die seit Kurzem den Karren schmückte. Ein ums andere Mal hob der Rotbärtige die Faust zum Gruß, während der Tross an ihm vorbeizog und alles in eine Staubwolke hüllte.

Niemand blickte in Selanas Richtung. Und wenn, hätte man sie wohl nicht entdecken können. Beschützt von Sandstaub, der durch das Stampfen der vielen Stiefel in die Luft gewirbelt wurde. Wirbel aus Sand ... Selana starrte auf ihre Hände, mit denen sie unbewusst den gleichen feinen Sand aufgenommen hatte. Nun ruhte er still auf ihren Handflächen. Da bewegte sich nichts, kein Körnchen. Sie spürte dem Knoten nach. Doch, er war da. Eine geheime Quelle der Energie, der Macht. Das wollte sie glauben. Nein, das glaubte sie, es musste so sein. Wie war das gewesen? Der kühle Strom, der durch ihren Körper zog, wie war er ausgelöst worden? Oder besser: Wie konnte sie ihn auslösen? Sie war wütend gewesen. Auf sich, auf die Situation, auf den Doka. Selana konzentrierte sich auf dieses Gefühl und spürte ihm nach. Eine starke Emotion. War das der Schlüssel? Mit einem Mal fühlte sie die einsetzende Kühle in ihrem Bauch. Erstaunt und erschrocken zugleich sah sie um sich, als müsste die Regung für alle sichtbar sein. Die Zwergenkrieger jedoch zogen ungerührt weiter. Im selben Moment erkannte Selana, wie gefährlich es wäre, die Aufmerksamkeit einer ganzen Armee von

Zwergenkämpfern durch Luft- oder Sandgeschosse auf sich zu ziehen. Die Kühle zog sich zurück, doch den Energieknoten spürte sie weiterhin. Ein schwaches Lächeln stahl sich auf ihre Lippen und sie duckte sich zu Aria.

»Du siehst zufrieden aus«, bemerkte diese.

»Ja. Die Zwergenkrieger ziehen vorbei. Der Rotbärtige hat sie nicht angehalten. Wir brauchen nur zu warten. Dann haben wir es hoffentlich nur noch mit einem zu tun.« Ihr Blick verdüsterte sich.

Aria sah sie scharf an. »Er hat uns also doch entdeckt?«

»Ich gehe davon aus! Aber er ist wieder auf seinen Karren gestiegen. Kann gut sein, dass er gleich weiterzieht. Zumindest hoffe ich das.«

Einige endlose Momente saßen die Freundinnen schweigend da und warteten, bis der Tross vorbeigezogen wäre. Schließlich ebbte der Lärm ab und Selana wagte erneut einen Blick, um nach dem Rotschopf zu schauen. Die Sicht war trüb, denn der Staub der marschierenden Zwerge hatte sich noch nicht gelegt. Dennoch erkannte Selana, dass der Handelskarren an derselben Stelle stand. Doch der Bock war leer. Wo war der Zwerg? Der Doka gab ein unwilliges Schnauben von sich und Selana versteifte sich. Sie konzentrierte sich auf den Knoten in ihrem Bauch. Der Rotbärtige war nirgends zu sehen. Nicht gut. Ein kühler Strom begann von ihrem Bauch aus durch den Körper zu ziehen. Dann hörte sie Arias erschrockene Stimme und fuhr herum.

»Selana!«

Auf der anderen Seite, nur wenige Schritte vor Aria, stand der Rotbart. Breitbeinig, die Hände an seinen Äxten. Selana griff in den Sand unter sich. Der kühle Strom hatte schon ihre Finger erreicht. Sie öffnete die Handfläche ihrer Rechten, die Sandkörner tanzten darauf und bildeten einen Wirbel. Sie sah, wie Aria erschrocken auf ihre Hand starrte. Dann schaute sie den Zwerg an, der gerade den Mund öffnete.

Doch bevor er einen Ton herausbringen konnte, stieß Selana die Hand nach vorn, der Sandwirbel zog sich blitzartig in die Länge und schoss dem Zwerg entgegen. Kaum mehr als ein pfeilartiges Flirren, das blitzartig durch die Luft schnellte. Die Druckwelle aber war beträchtlich. Als sie den Zwerg vor den Bauch traf, hob es ihn vom Boden und warf ihn an die zehn Fuß nach hinten.

»Heilige Scheiße! Was war das denn?« Aria starrte Selana mit aufgerissenen Augen an. Dann warf sie einen kurzen Blick zum Zwerg. »Ist der tot?«

Selana war zu erschrocken, um zu antworten. Es hatte funktioniert! Die Freude darüber wurde jedoch von dem Entsetzen vertrieben, das Aria mit ihrer Frage auslöste. »Du meinst, ich hab ihn getötet? Oh nein, das wollte ich nicht.« Sie sprang auf und lief zu dem Rotbart hinüber.

»Vorsicht!«, warnte Aria. Doch auch sie beeilte sich nachzusehen.

Die Freundinnen knieten sich neben den Zwerg. Während Selana ihr Ohr an seine Brust presste, um nach dem Herzschlag zu lauschen, nahm Aria ihm geistesgegenwärtig beide Äxte ab, stand auf und wog die schweren Waffen in den Händen.

»Was machst du denn da?«

»Ich entwaffne ihn. Kann doch sein, dass du ihn nicht ganz umgebracht hast.«

Selana schüttelte verärgert den Kopf. »Nein, das habe ich nicht. Sein Herz schlägt noch!«

»Noch!«

»Danke! Sehr witzig! Meinst du, es geht mir gut damit? Ich wollte ihn doch nicht umbringen. Ich hatte nur Angst, er könnte uns was antun.« Selana stand nun auch wieder auf.

»Auf jeden Fall ein toller Trick, den du da auf Lager hast, Freundin!« Das letzte Wort betonte Aria reichlich abfällig.

»Wie meinst du denn das jetzt wieder?« Selana war nicht nach schlechten Scherzen zumute.

»Tust so, als ob du kein Wässerchen trüben kannst. Von wegen ›Wer sollte denn von uns etwas Magisches haben?‹ oder so ähnlich. Wenn das keine Magie war, dann erklär es mir mal«, rief Aria zornig.

Selana fühlte sich in die Enge getrieben. »Ich ... ich wusste das bis vor ein paar Tagen doch selbst nicht.«

»Aber sicher, kleines Burgfräulein. Hast du sonst noch Lügen für mich? Der Dummen aus den unteren Vierteln kann man ja so einiges weismachen.«

Nein, das war nicht gerecht. Selana durfte auf keinen Fall klein beigeben. Jetzt nicht. »Halt einfach mal die Klappe!«, schrie sie. »Es stimmt, was ich sage. Das erste Mal ist es beim Angriff des Dokabullen passiert. Und ja, ich hätte es dir sagen sollen. Aber ich war mir selbst nicht sicher, was passiert war.«

Sie starrte ihre Freundin an und fuhr leiser fort: »Außerdem hab ich nicht gelogen. Und du solltest endlich mal mit diesem Gerede von wegen Burg und unteres Viertel aufhören. Mag sein, dass wir unterschiedliche Erfahrungen haben. Aber Mensch ist Mensch. Egal, wo wir herkommen. Wenn du in den letzten Tagen nicht gemerkt hast, dass ich deine Freundin bin, dann kann ich dir auch nicht helfen.« Sie verstummte.

Aria schaute weg, sagte aber nichts mehr.

»Seid ihr endlich fertig?«

Erschrocken sprangen die Freundinnen ein Stück zurück. Der Zwerg verdrehte genervt die Augen und fuhr mit tiefer, leicht knarrender Stimme fort: »Ich würde mich gerne aufsetzen. Meint ihr, ihr könntet es zulassen, ohne mit etwas auf mich zu schießen oder gar meine eigenen Äxte nach mir zu werfen?«

»Nein!«

»Ja.« Selana blickte Aria an. »Wieso nicht?«

»Wer weiß, was der vorhat?«

»Bei den Göttern der Himmelsschmiede. Da fahr ich tagein, tagaus Meilen um Meilen, hab Gemetzel von Söldnern und Vogelfreien überlebt und werde dann von zwei hysterischen Ziegen zu Tode genervt?«

»Sag noch einmal hysterische Ziege zu mir!« Aria holte mit einer Axt aus.

»Nein!« Selana hob die Hand, um ihre Freundin zu bremsen. »Tu das nicht!«

Der Zwerg schaute von Aria zu Selana. »Aha. Also haben wir eine intelligente Ziege dabei!«

»Ich meinte: *Noch* nicht!«, erwiderte Selana scharf und Aria begann zu grinsen. »Zwerg, versprichst du, uns nichts zu tun?«

Wieder verdrehte der Rotbärtige die Augen. »Ja, der Zwerg verspricht es.«

»Bei den Göttern der Himmelsschmiede?« Selana hatte das Gefühl, das Versprechen sollte etwas verbindlicher gemacht werden.

Der Rotbart stierte sie an. »Ja, bei den Göttern der Himmelsschmiede! Versprecht ihr es denn auch? Denn *ihr* habt schließlich *mich* angegriffen. Und nicht umgekehrt.«

»Wir versprechen es auch.«

Der Zwerg warf einen misstrauischen Blick zu Aria.

»Ja doch, ich auch. Wenn es sein muss!«, lenkte sie ein.

Selana gab ihr ein Zeichen, und endlich senkte sie den Arm, nicht ohne ein missmutiges Schnaufen von sich zu geben.

»Und es tut mir wirklich leid«, nahm Selana das Wort wieder auf. »Lass es mich erklären.«

»Nur das nicht!« Der Zwerg setzte sich vorsichtig auf. »Du brauchst nichts zu erklären. Ich will nichts wissen und ich weiß nichts. Damit bin ich immer gut gefahren. Gebt mir einfach meine Äxte und dann bin ich auch schon wieder weg!« Mühsam wendete er sich auf eine Seite und stemmte den schweren Körper auf die kurzen Beine.

»Ich geb ihm die Äxte mit Sicherheit nicht zurück, solange er in Reichweite ist.«

Der Rotbärtige seufzte verdrießlich. »Dann bring sie eben in den Karren. Und ich gehe erst hinüber, wenn du wieder hier bist.«

Die Idee schien Aria zu gefallen, sie machte sich direkt auf den Weg.

Selana schaute ihr nach. Dann sah sie nachdenklich zum Karren. Sie blickte kurz den Zwerg an und rief schließlich ihrer Freundin zu: »Halt!«

Als Aria sich umdrehte, sagte Selana lächelnd: »Ich hab eine bessere Idee.«

Atharu

31

Nachdem Pelldor seinen Männern die Anweisungen gegeben hatte, waren diese aufgebrochen, um der größeren Horde Gellwicks zu folgen und sie im Auge zu behalten. Wenn sie glaubten, deren Plan zu durchschauen, sollten sie Nachricht nach Gelder schicken.

Kentso, Pelldor und Atharu hatten sich zu dritt auf den Weg gemacht, um Brandan zu finden. Sie waren über die Ebene nach Norden geritten und hatten noch im schwindenden Licht der untergehenden Sonne den Waldgürtel erreicht, der den Fluss in weiten Flächen säumte.

Während seine beiden Begleiter sich schlafen legten, übernahm Atharu die erste Wache. Er war etwas enttäuscht, dass sie kein Feuer machen durften. Aber natürlich sollten die Gellwicks nicht auf sie aufmerksam werden. Außerdem hatte Kentso gemeint, dass schon das Knistern eines Feuers manches Geräusch überdecken würde, das sie sonst warnen könnte. Und nachdem sie erfahren hatten, mit welcher Grausamkeit die Gellwicks die Ländereien brandschatzten, war äußerste Vorsicht geboten.

Der beruhigende Blick in die züngelnden Flammen eines kleinen Lagerfeuers fehlte Atharu dennoch. Gern hätte er die Zeit für Meditation genutzt, um die schrecklichen Ereignisse des Tages verarbeiten und einordnen zu können. Aber die Gefahr, in sich selbst zu versinken und nichts mehr um sich herum mitzubekommen, war einfach zu groß. So saß er im schwachen Schein des Mondlichts und lauschte in die Nacht.

Pelldors regelmäßiger Atem und das leichte Schnarchen Kentsos waren die beruhigende Untermalung der nächtlichen Geräusche, die, mal weiter entfernt, mal näher, immer wieder seine Aufmerksamkeit auf sich zogen. Die Gefahr einzuschlafen bestand nicht. Zu sehr nahm ihn die Sorge um seinen Freund gefangen, die ihn jetzt, wo er um die wirkliche Bedrohung durch die Gellwicks wusste, förmlich erdrückte. Wie würde er damit fertig, wenn Brandan etwas zugestoßen wäre? Nein, es war wichtig, alles im rechten Licht zu betrachten. Noch war vielleicht nichts passiert.

An welchem Punkt der Reise hätte er anders handeln können? Hätte er darauf bestehen sollen, allein zu reisen? Oder mit Brandan zusammen auf der Spur der Gellwicks bleiben sollen? Die Reise war seine Aufgabe, das war eindeutig. Und Brandans Entscheidung war es gewesen, ihn zu begleiten. Zwar hatte Atharu die Idee gehabt, sich wegen des Medaillons zu trennen, aber damit war Brandan einverstanden gewesen. Andererseits hatte Atharu ihn schon damit überrumpelt, oder? Nein, auch wenn sie die Lage anders besprochen hätten, wäre das Ergebnis dasselbe gewesen. Dennoch fühlte Atharu sich verantwortlich. Aber so würde sich wohl jeder fühlen. Jeder Mensch trug Verantwortung – hatte ein Recht auf Verantwortung. Denn das bedeutete auch, entscheiden zu können. Und wer war Atharu, dass er seinem Freund Entscheidungen absprechen wollte? Stellte er sich dann nicht über ihn? Pelldor hatte recht. Er hatte alles richtig gemacht. Und »hätte« und »wäre« waren ohnehin keine guten Ratgeber. Es galt stets, das zu tun, was man im entscheidenden Moment mit sich vereinbaren konnte. Später wusste man immer mehr. Und jetzt musste er eben mit der neuen Situation umgehen.

Brandan war ein Tangorajäger. Auch wenn er noch nicht die großen Weihen der Ältesten erkämpft hatte – er war intelligent, besonnen, hatte Muskeln aus Stein und die Reflexe einer Felsviper. Und dann war da ja auch noch Jiga. Brandan wäre schon aus Sorge um sein Frettchen vorsichtig. Atharu lächelte, als er an das Tier dachte, das bissig wie ein tollwütiger Hund sein konnte und sich nur streicheln ließ, wenn es einem von allein auf den Schoß sprang. Brandan war der Einzige, den Jiga nie gebissen hatte. Atharu seufzte.

Dann kamen ihm Worte Ondaras in den Sinn und er war sich fast sicher, dass sie sie auch in dieser Situation wiederholt hätte: »Spüre die Macht der Seelen, vertraue dem von Atharpazh gegebenen Schicksal und tu, was in deiner Kraft steht und was dein Herz dir erlaubt.«

Er spürte die Zuversicht zurückkehren und war dankbar für die Ruhe der Nacht. Sorgen? Ja. Angst? Nein. Sie war hinderlich und in diesem Fall wohl überflüssig. Außerdem hatte er zwei Männer an seiner Seite, die überaus erfahren waren und denen er vertraute.

Einige Zeit später weckte er Kentso, damit dieser ihn ablöste, legte sich hin und schlief schnell ein.

»He, komm schon. Es ist Zeit!« Ein fester Griff an der Schulter riss Atharu aus dem Schlaf. Pelldor lächelte ihn an und wandte sich ab, um zu Kentso und den Pferden zu gehen. Atharu sprang auf, schnappte seine Decken und rollte sie hastig zusammen. Er schämte sich, dass er noch so tief geschlafen hatte, während seine Begleiter schon reisefertig waren. Auf dem Sattel eines der Pferde hatten Pelldor und Kentso die Karte ausgebreitet. Im Licht der aufgehenden Sonne konnte man auch Details bereits gut erkennen.

»Kentso ist eben schon mal den Waldgürtel gen Westen entlanggeritten, um nach Spuren zu suchen.«

»Aber müsste Brandan nicht östlich von uns sein?« Atharu blickte Pelldor fragend an.

»Nur, wenn er noch dort ist, wo ihr euch getrennt habt.« Der Obmann blickte konzentriert auf die Karte und wies mit dem Finger auf eine Stelle. »Kentso, berichte, was du gefunden hast.«

»Etwa eine halbe Meile westlich führt ein Pfad Richtung Fluss. Er scheint von Reitern des Weilers regelmäßig genutzt worden zu sein, denn er ist breit und gut ausgetreten. Der Boden ist weich, mir scheint, das wäre ein guter Ausgangspunkt für unsere Suche.«

Atharu nickte. »Ich verstehe. Wenn unsere Gellwicks ebenfalls nach Westen wollen, müssen sie den Weg überquert haben. Und wir müssten Spuren finden.«

Pelldor rollte die Karte wieder zusammen und verstaute sie in der Satteltasche. »Es sei denn, sie sind über die Ebene weitergezogen – oder aber östlich von uns geblieben.«

»Wie wahrscheinlich ist das?« Atharu schaute von einem zum anderen.

Kentsos Miene war nachdenklich. »Wenn Ihr mich fragt, unwahrscheinlich. Seit gestern lässt mich der Gedanke nicht los, dass etwas Übles vor sich geht. Ich glaube, die Gellwicks ziehen wirklich nach Westen, und zwar alle!«

Pelldor nickte düster. »Je größer die Horden werden, desto verheerender wird ihr Zug nach Westen sein. Wir müssen Brandan rasch finden und schnellstens nach Gelder zurück!«

Sie stiegen auf ihre Pferde und ritten los. Als sie den Weg erreichten, von dem Kentso berichtet hatte, saßen sie ab. Der Fährtenleser ging ein Stück voraus, um nach Spuren zu suchen. Atharu folgte mit Pelldor, die Pferde am Halfter führend. Immer wieder blieb Kentso stehen, sah sich suchend um und kniete sich hin. Dann berichtete er von Wildtieren, die den Weg gequert hatten. Es war faszinierend, wie er das Treiben der letzten Nacht anhand der Spuren zum Leben erwecken konnte. Offenbar nutzten auch Lannpinns diese Schneise, um zum Fluss zu gelangen. Kentso erzählte, wie die Lannpinns getrabt und dann plötzlich in weiten Sprüngen davongestoben waren. Eines hatte es nicht rechtzeitig geschafft. Schleifspuren und Tatzenabdrücke wiesen auf die erfolgreiche Jagd von Gibbos hin. Wahrscheinlich in der Abenddämmerung des vergangenen Tages.

Atharu konnte nichts erkennen außer Hufabdrücken, die schon Tage alt zu sein schienen. Er war froh, wenn er überhaupt etwas entdeckte. Ganz zu schweigen davon, auch noch zu enträtseln, von wem oder was die Abdrücke stammten.

»Mist, verdammter!« Kentso war stehen geblieben.

»Was ist?« Pelldor trat neben ihn und starrte auf den Boden.

»Diese Schweine! Das ist nicht gut.«

Atharus Puls beschleunigte sich. »Hast du ihre Spur gefunden? Wie viele waren es?«

»Ist das wichtig?« Kentso blickte ihn fragend an.

»Ich dachte schon. Oder nicht?« Atharu schaute unsicher von Kentso zu Pelldor und zurück.

Der Fährtenleser sah sich suchend um und zuckte mit den Schultern. »Etwa ein Dutzend, würde ich meinen. Der Weg ist völlig umgepflügt. Hier ist nichts mehr zu entdecken!«

»Ein Dutzend?« Brandan war nur von fünf ausgegangen. Atharu fühlte sich mit einem Mal ziemlich flau.

»Du bist ganz blass. Was ist los?« Pelldor trat neben ihn und legte eine Hand auf seine Schulter.

»Ein Dutzend!« Wie konnte Pelldor so ruhig bleiben?

»Egal«, meinte Kentso, »und wenn es zwei Dutzend waren. Sie werden schon nicht den ganzen Weg bis zum Fluss aufgewühlt haben. Vielleicht finden wir noch Spuren, aus denen sich etwas lesen lässt.« Er ging weiter.

Atharu war verwirrt. Was meinte der Fährtenleser?

Pelldor schaute ihn fragend an. Ein leichtes Zucken umspielte seine Mundwinkel. Er grinste, lachte plötzlich auf und schlug ihm fest auf die Schulter. »Schweine, Atharu! Wilde Schweine!«

Atharu spürte, wie ihm das Blut ins Gesicht schoss. Er war so auf die Suche nach den Gellwicks konzentriert, dass er auf eine so naheliegende Erklärung gar nicht gekommen war. Verlegen schaute er zur Seite. Wo war seine Aufmerksamkeit geblieben? Sein Gespür für die Natur, die grundlegende Eigenschaft eines jeden Tangora?

Als hätte er seine Gedanken gelesen, meinte Pelldor: »Mach dir nichts draus. Das passiert mir auch manchmal, wenn ich vertrauensselig hinter Kentso her laufe und mein Kopf woanders ist. Da ihm in der Regel nichts entgeht, sind wir hier glücklicherweise nur die Nachhut. Aber wir sollten dennoch aufmerksam sein. In Ordnung?«

»Ja. Natürlich.« Atharu schwor sich, dass ihm so etwas nicht wieder passieren würde, und konzentrierte sich genauer auf die Umgebung. Pelldor und Kentso folgend, heftete er den Blick auf den Boden und lauschte in den Wald. Die Luft war feucht und roch erdig. Ein wenig nach Pilzen. Tatsächlich nahm Atharu jetzt auch den typischen Wildgeruch wahr, den die Rotte Schweine hinterlassen hatte. Es konnte noch nicht lange her sein, dass sie hier waren. Und das wiederum bedeutete, dass die Gellwicks zumindest in der vergangenen Nacht nicht vorbeigekommen sein konnten. Die Tiere waren zu scheu, als dass sie sich sonst so lange an Würmern und Engerlingen gütlich getan hätten.

Zu beiden Seiten des Pfads gab es dichtes Unterholz. Vögel sangen in den Zweigen. Die Bäume waren noch nicht sehr alt und ließen genug Licht hindurch für Beerensträucher und Farne, die hier üppig wuchsen. Gerade fragte Atharu sich, weshalb es hier überhaupt einen Weg gab, als sie an eine Lichtung kamen. Sie war groß und wurde offensichtlich häufig genutzt, denn der Boden war eben und ausgetreten. Zur gegenüberliegenden Seite wurde sie von einem Weidendickicht begrenzt, durch dessen Zweige Wasser schimmerte. Sie hatten den Uwentengoa erreicht.

Auf der Lichtung lagen zwei Boote. Etwas weiter stand eine Art Gestell, über dem ein Netz hing. Außerdem gab es eine Feuerstelle und Sitzgelegenheiten aus Baumscheiben.

»Bleibt stehen.« Kentso hob warnend die Hand. »Und bindet die Pferde an. Ich will mich rasch umschauen, bevor unsere Spuren andere verdecken.«

»Bei Atharpazh.« Pelldors Stimme klang heiser und unheilvoll. »Immerhin können wir davon ausgehen, dass wir die Spur der Gellwicks gefunden haben!«

Atharu war sofort alarmiert und folgte seinem Blick. Einen Moment lang wusste er nicht, was er da sah, dann hielt er den Atem an. Neben der Feuerstelle lag eine Reisedecke, die etwas verbarg. Ein länglicher Haufen, der auf den zweiten Blick die Form und Größe eines Männerkörpers hatte.

Kentso hatte die Armbrust bereits im Anschlag, Pelldor zog sein Kurzschwert. Atharu blieb im Schatten der Bäume stehen und lauschte angestrengt. Auf diesem offenen Platz gaben sie ein viel zu gutes Ziel ab. Doch außer dem Zirpen einiger Grillen und den fernen Rufen eines Greifvogels war nichts zu hören.

Kentso trat mit dem Fuß gegen den vermeintlichen Körper und die Decke verschob sich so weit, dass eine Hand zum Vorschein kam. Ein summender Schwarm winziger Aasfresser erhob sich in die Luft.

»Tot! Nach dem Geruch und den Fliegen wahrscheinlich zwei bis drei Tage.«

Während seine Begleiter die Lichtung weiter in Augenschein nahmen, trat Atharu an den Leichnam heran. Mit einem Mal blieb er stocksteif stehen, das Blut gefror ihm in den Adern. Wie gebannt starrte er auf den gewebten Stoff.

»Sie sind von Osten auf die Lichtung getreten und dann westlich durch das Dickicht verschwunden. Die Spuren könnten drei Tage alt sein.« Kentso war an die Feuerstelle getreten und kniete sich nieder.

»Die Boote waren beschädigt. Aber ...«, Pelldor machte eine kurze Pause, »sonderbar! Anscheinend haben sie das eine repariert. Das Harz klebt noch.«

Die Worte des Obmanns drangen kaum an Atharus Ohr. Das Webmuster von Tangris, da gab es keinen Irrtum. Brandans Reisedecke. Alles in ihm sträubte sich dagegen, sie hochzuheben. Langsam glitt sein Blick zur verwesenden Hand, widerstrebend trat er näher an die Leiche. Dann nahm sein Puls wieder Fahrt auf. Eine kräftige Männerhand, ja, aber sie war hell, viel zu hell. Die Erkenntnis fegte die schrecklichen Befürchtungen hinweg. Wer immer da lag, es war nicht Brandan.

Kentsos Stimme riss ihn aus seinen Gedanken: »Männer, wir haben ein Problem!«

Atharu blickte ihn fragend an und runzelte die Stirn.

»Eigentlich deutet alles darauf hin, dass die Gellwicks fort sind. Aber die Asche ist noch warm!«

Pelldor kam von den Booten herüber. »Und das Harz an einem der Boote ...« Sein Blick glitt zur Leiche. »Vorsicht!« Er riss das Kurzschwert hoch, und Atharu sprang zur Seite.

Die Decke bewegte sich. Als höbe sich ein Arm. Kentso zielte mit der Armbrust und schoss. Mit kurzem Zittern blieb der Bolzen im Bündel stecken.

»Nein!« Ein Schrei gellte über die Lichtung.

Ruckartig drehten sich alle drei um. Pelldor und Kentso hechteten hinter das Gerüst mit dem Netz, um Deckung zu suchen. Zweige knackten und Laub raschelte. Atharu stand vor Schreck wie gelähmt auf der offenen Lichtung, während die unheilvollen Geräusche sich näherten.

Pitu

32

Pitu stand am Ufer und sah ins klare Wasser des Sees. Malin hatte ihn und Fludo gebeten, in den Garten zu gehen, während er das Vormittagsgebet für den mächtigen Tempelbaum zelebrierte. Nun, Garten war zu viel gesagt. Es handelte sich um ein Holzplateau auf der Rückseite des Baumpalasts, das direkt an eine Bucht grenzte. Diverse hüfthohe Kisten fanden hier Platz, in denen unterschiedliche Pflanzen wuchsen. Fludo saß auf dem Rand einer Kiste und stopfte sich die Pfeife, während sein Blick über die Gewächse schweifte.

»Ein guter Garten sein. Hier du finden Kräuter, die kaum sonst zu finden, nicht?«

Pitu zupfte an einem Kraut und steckte sich gedankenverloren einen Stängel zwischen die Zähne.

»Nicht machen!« Fludo riss ihm energisch den Stängel aus dem Mund. »Du nicht Wirkung wissen!« Er schüttelte den Kopf und fügte noch ein »nicht?« hinzu.

Pitu sah ihn nur kurz an, blickte dann wieder versonnen aufs Wasser. »Was passiert jetzt?« Er brachte kaum mehr als ein Flüstern heraus.

»Wir uns gleich wieder treffen mit Malin, nicht?«

»Nein, das meine ich nicht!« Pitu wandte sich seinem Freund zu. »Was passiert jetzt mit mir? Noch vor Kurzem habe ich gedacht, ich hätte mein Leben im Griff. Ich meine, ich wusste, wie ich durchkomme. Hin und wieder ein wenig Ärger, aber im Grunde nicht mehr als die eine oder andere Portion Abenteuer.« Er setzte sich neben Fludo auf die Kiste und seufzte, während ihm der wohltuende Geruch des Tabaks durch die Nase zog. »Plötzlich lerne ich Menschen kennen wie Velbert oder dich. Menschen, die mich anscheinend mögen. Den Straßenköter, den Dieb. Und Menschen, die ich ...« Er verstummte.

Fludo blies einen Rauchkringel aus und knuffte ihn in die Seite. »Wir Freunde sind, nicht? Natürlich du mir bedeuten.«

»Ja, verdammter Dokamist.« Pitu sprang auf und raufte sich die Haare. »Aber warum dieses unselige Schiffsunglück! Und dann noch dieser, dieser wie auch immer Böse, der unsere Welt beherrschen will. Mal ganz abgesehen von dem Magie-Schlamassel, in dem ich stecke, und einer Prophezeiung, die zu blöd ist, um sich den richtigen Helden auszusuchen. Ein bisschen viel, oder?«

Während die letzten Gedanken aus ihm herauspurzelten, packte er Fludo bei den Schultern, als könnte er aus seinem Freund die Antworten herausschütteln, die er so dringend brauchte. Genauso plötzlich ließ er wieder von ihm ab. »Entschuldige.« Seine Unbeherrschtheit trieb ihm die Röte ins Gesicht. »Ich hab nur überhaupt keinen Schimmer, wie es weitergehen soll. Was erwartet Malin von mir? Was soll ich tun?«

»Du ihn das am besten gleich fragen. Ich sicher bin, alles gut werden, nicht?« Fludo schaute ihn wieder mit diesem entwaffnenden Lächeln an. In dem Lächeln steckte so viel positive Energie, dass Pitu es spontan erwidern musste.

Nicht lange danach wurden sie in den großen Raum zurückgeführt, in dem sie den Ältesten das erste Mal getroffen hatten. Sie ließen sich auf den Teppichen nieder und sahen Malin erwartungsvoll an. In diesem Raum wirkte der Älteste wissender und mächtiger. Nicht so vertraut wie in der Küche beim Frühstück, obwohl es derselbe Mensch war. Ehrfurcht ergriff Pitu und trieb kleine Wellen unterschiedlichster Gefühle durch seinen Körper, während er auf Antworten wartete.

Doch Malin sagte nichts. Er schaute Pitu nur an und nickte ihm zu. Fludo stieß ihn unauffällig an.

»Gut.« Pitu flüsterte es mehr zu sich selbst und räusperte sich. Dann sah er dem Ältesten fest in die Augen. »Was soll ich tun?« Noch ein Räuspern. »Was *kann* ich überhaupt tun?«

Pitu wartete, doch Malin nickte wieder nur kurz.

»Ich meine, was nützt mir die Magie? Oder besser gesagt, wie nutze ich sie? Und wo überhaupt? Ich gehe davon aus, dass ich hier in Wullutu kaum etwas ausrichten kann, oder?«

»So ist es«, sprach der Älteste endlich. »Du hast die richtigen Fragen gestellt. Und ich habe noch einiges zu erzählen, ehe du deine Reise fortsetzen musst. Aber ich wollte sichergehen, dass ich dich nicht wie gestern langweilen werde.«

Pitu wurde rot. »Da war alles anders.« Er senkte den Kopf.

»Das stimmt. Und auch wieder nicht. Du bist noch derselbe. Allerdings bereichert von der Erkenntnis, dass sich etwas ändern wird und ändern muss. Erkenntnis ist das Tor zur Entwicklung! Und Entwicklung die Voraussetzung für Bewegung, damit alles im Fluss bleiben kann.«

Pitu schaute Malin gespannt an, für die nächsten Momente hing er förmlich an seinen Lippen.

»Ich habe euch von den Artefakten erzählt. Es gibt mehrere davon. Und für jedes wurde ein Hüter auserwählt, um das Geheimnis seiner Existenz zu wahren. Es wird wohl keinen Hüter aus der Zeit der Kriege mehr geben. Außer vielleicht bei den Elben, denn ihre Lebensspanne ist sehr lang. Aber sicher lehrten die Hüter ihre Nachfolger und gaben das Geheimnis und die Aufgabe weiter. So wie mir das Geheimnis weitergereicht wurde. Nur dass wir unser Artefakt – den Stein – verloren glaubten. Ohne, dass du davon wusstest, ist diese Aufgabe an dich gegangen. Und du hast sie gut erfüllt. So wie ich wird auch Magister Lieburus in Gelder der Nachkomme eines Hüters sein. Er wird deinen Stein gespürt haben. Auch wenn er dich nicht selbst kennt, weiß er doch, dass die Urda eine Rolle für das Schicksal spielen. Deshalb hat er durch seine Mannen Ausschau halten lassen.«

»Kennt Ihr den Magister? Soll ich nach Gelder zurück?«

»Nein und nein. Die Prophezeiung und welche Möglichkeiten das Schicksal durch sie bereithält, wird in Erellgorh gehütet! Der ältesten der Elbenstädte.«

»Oh, wir Elben sehen werden?« Fludo rieb sich die Hände.

»Nein.« Der Älteste blickte den Fischer einfühlsam an. »Dein Platz ist in den Sümpfen. Diesen Weg muss Pitu allein gehen.«

»Was?« Pitu schaute Malin alarmiert an. »Aber ich kenne mich doch gar nicht aus. Ich meine, Fludo ist mein Freund! Zusammen sind wir ... irgendwie gut ... sogar besser, nicht?« Hilfesuchend wendete er sich an Fludo, der wild nickte.

»Ja! Ja, ja, ja!«

»Dein Freund kann dich bis an den Rand der Sümpfe begleiten. Denn hier kennt er sich aus. In der Welt da draußen kennst du dich besser aus.« Der Älteste hob die Stimme. »Fludo ist dort nicht sicher!« Der letzte Satz kam so bestimmt, dass weder Pitu noch sein Freund weitere Versuche unternahmen, Malin umzustimmen.

»Du wirst nicht allein bleiben. Dein Weg richtet sich gen Norden. Wende dich an den ehrwürdigen Hüter der Tykalden. Sein Name ist Eldarh, er ist Heiler in Tyklahr. Die Nachfolge seines Magisters hat er vor noch nicht langer Zeit angetreten. Doch vorher führte ihn schon einmal ein Auftrag zu mir, deshalb kenne ich ihn. Ich werde dir den Weg nach Tyklahr beschreiben.«

Es entstand eine Pause, in der Pitu verstohlen zu seinem Freund blickte. Er hatte sich an Fludo gewöhnt, mochte ihn. Nach Velbert war Fludo erst der zweite Mensch, mit dem ihn etwas verband. Doch er musste es wohl abschütteln und nach vorn schauen. So wie er es immer gemacht hatte: Bevor er Gefahr lief, sich zu gewöhnen, sich vielleicht zu Hause zu fühlen oder sich für Menschen zu interessieren und sie kennenzulernen, wechselte er die Stadt.

Er schaute zu Malin auf. »Aber vorerst bleibe ich noch hier, nicht? Ihr lehrt mich, meine Magie zu nutzen, nicht?« Pitu zuckte zusammen, als er merkte, dass er Fludos Angewohnheit übernommen hatte. Ganz abschütteln könnte er die Zeit mit dem Fischer sicher nicht.

»Nein und nein! Zum einen bin ich nicht befähigt, deine Magie zu wecken und dich den Umgang mit ihr zu lehren. Und zum anderen drängt die Zeit! Die Zeichen der Veränderung sind klarer denn je. Ganze Fischschwärme ziehen an der Küste gen Osten. Uns wurde von Kälte und Unwetter in Akralahr berichtet, obgleich dort der Sommer Einzug halten sollte. Seit einiger Zeit beobachten wir Krähen, die in geraden Linien die Sümpfe passieren. Und heute am frühen Morgen erreichten mich beunruhigende Nachrichten von unseren Jägern im Osten der Athür. Eine Horde Gellwicks versuchte, in die Sümpfe vorzudringen!«

Fludo schlug sich die Hand vor den Mund. »Das bestimmt nicht gut, nicht?«

Auch Pitu wurde es mulmig bei dieser Nachricht. Er selbst hatte nie Ausgestoßene getroffen. Aber er hatte genug mitbekommen, um zu wissen, dass sie äußerst gefährlich waren.

»Nein, das ist ganz und gar nicht gut. Bislang haben Gellwicks die Sümpfe immer gemieden!«

»Und warum jetzt nicht mehr?«, fragte Pitu den Ältesten.

»Man befiehlt es ihnen? Oder sie suchen etwas? Ich kann es nur vermuten.«

»Aber was?« In dem Moment, da Pitu die Frage ausgesprochen hatte, glaubte er, die Antwort zu kennen: »Mich?«

Malin blickte ihn ernst an. »Es kann Zufall sein. Vielleicht ein Anführer, der meint, es gäbe hier Schätze zu holen. Doch ich fürchte, sie sind auf der Suche nach bestimmten Artefakten. Und deshalb drängt die Zeit. Du musst sofort abreisen! Killdu bereitet in diesem Moment euer Boot vor und vertäut es beim Garten.«

Malin erhob sich und zog eine kleine Schriftrolle aus seinem Umhang. Stumm hielt er sie Pitu hin, der immer noch wie erstarrt dasaß. Fludo hatte sich schneller wieder im Griff und stieß seinen Freund an. Endlich nahm Pitu die Schriftrolle von Malin entgegen.

»Das ist eine Botschaft für Eldarh. Und nur für ihn!«

Wenig später saßen die beiden Freunde in ihrem Boot und glitten auf die Stadtmauer zu. Fludo nestelte an seiner Tasche, und gerade als Pitu ihn fragen wollte, wonach er suchte, hielt er ihm einen Tiegel entgegen und öffnete ihn.

»O nein, nicht schon wieder!«

Fludo lachte. »Ich doch nicht wollen, dass hübsches Gesicht zerstochen werden, nicht?«

Ergeben rieb Pitu sich mit der stinkenden Crullmahrpaste ein. Er war so froh gewesen, sich gestern das Zeug vom Körper zu waschen. Aber inzwischen wusste er, wie gut der bestialische Gestank gegen das stechende Ungeziefer half, und maulte dieses Mal etwas weniger.

Bald lag Wullutu hinter ihnen. Wieder und wieder hatte Pitu sich umgedreht. Beeindruckt von der mächtigen Mauer, die sich, unerschütterlich und aufgetürmt für die Ewigkeit, mit jedem Paddelschlag mehr in der Umgebung aufzulösen schien, als wäre sie nur die Einfriedung kleiner Häuser. Und dann, nach zwei Biegungen auf ihrem Weg durch die Athür, war Wullutu verschwunden, nur noch eine Erinnerung. Würde er jemals hierher zurückkehren? Seufzend drehte Pitu den Kopf nach vorn. Erst einmal würde er das Zusammensein mit seinem Freund genießen. Tatsächlich stellte sich schnell wieder die Unbeschwertheit ein, die er auch auf der Hinfahrt nach Wullutu empfunden hatte.

»Kurz anhalten, nicht?«

Fludo steuerte das Boot an einen toten Baum, der aus dem Wasser ragte. Pitu hielt mit dem Paddel dagegen und bekam schließlich den Stamm zu fassen.

»Gut! Du halten und ich schauen, nicht?«

Pitu musste gleichzeitig seufzen und grinsen. »Schauen oder nicht schauen?« Er blickte sich zu seinem Freund um, der gerade das Pergament entfaltete, das Malin ihm als Wegbeschreibung mitgegeben hatte.

»Was? Ja. Ich schauen, nicht?«

»Dann gib sie mir. Ich schaue gern.« Er grinste noch breiter.

»Nein, ich doch schauen, nicht?«

»Eben drum.« Nun gut, er wollte Fludo nicht völlig verwirren. Außerdem wäre es ja auch irgendwie schade, wenn sein Freund sich das »nicht« abgewöhnen würde.

»Was?« Fludo war nun doch abgelenkt.

»Nein, nein. Ich meinte dich nicht.« Pitu mühte sich, ernst zu bleiben, musste beim letzten Wort aber doch auflachen.

Auch Fludo grinste jetzt. »Du lachen über mich, nicht?«

»Nein, nicht doch, nicht?«

Pitu prustete los und dann lachten beide, bis sie sich die Bäuche hielten. Das tat gut. Die Wehmut des Abschieds von Wullutu war vertrieben, noch ehe sie ganz von Pitu Besitz ergreifen konnte.

Nachdem Fludo das Pergament eingehend studiert hatte, paddelten sie weiter, und Pitu konnte seine Gedanken auf das richten, was vor ihnen lag. »Wie lange sind wir unterwegs? Ich meine, bis zum nördlichen Rand der Sümpfe?«

»Ich hier noch nicht gewesen. Aber Wullutu liegen schon weit nördlich und Bilder kommen schnell, nicht?« Fludo lenkte das Boot nach links an einem Wurzelgeflecht vorbei, das mit etwas Fantasie aussah wie ein Dokabulle, der auf dem Kopf stand und auf seinen Hufen einen Handkarren balancierte.

Pitu hatte auf dem Pergament solche und ähnliche Bilder gesehen. Aber obgleich er wusste, wie sich die Urda in den Sümpfen orientierten, wäre er ohne Fludo hilflos verloren gewesen. »Und was bedeutet das?« Er wies nach vorn.

Wieder lenkte Fludo das Boot um. Diesmal nach rechts.

»Vielbeiniger Tisch mit Kerze?« Pitu drehte sich zu Fludo.

Der nickte lächelnd. »Du besser werden. Du jetzt auch Bilder sehen, nicht?«

»Ich geb mir Mühe. Aber noch mal zu meiner anderen Frage. Sag schon: Wie lange sind wir noch zusammen unterwegs?« Ja, das war die eigentliche Frage. Pitu hoffte, noch möglichst viel Zeit mit Fludo zu verbringen. Wer wusste, wann sie sich wiedersehen würden? *Ob* ...

»Nicht mehr lange unterwegs. Am Abend wir sicher Arro-Yrdazh erreichen, nicht?«

»Arro-Yrdazh? Was soll das sein?« Pitu hatte den Namen noch nie gehört. Er klang nach der alten Sprache. Iljaitt.

»Das Elbensprache. Es heißen Fluss der Sümpfe, nicht?«

Pitu nickte und versuchte, sich den Namen einzuprägen. Arro-Yrdazh!

Fludo seufzte. »Dort werden trennen unsere Wege, nicht?«

»Was?« Pitu erstarrte. »Schon heute?«

Selana

33

Aria stand auf halbem Weg zwischen dem Zwerg und seinem Karren, beide Streitäxte in den Händen. Auf Selanas Ruf war sie stehen geblieben und hob fragend die Brauen. »Was denn?«

»Meinst du nicht auch, wir sind schon ganz schön weit gelaufen?« Selana schaute Aria an und lächelte.

Ihre Freundin zuckte die Schultern. Selana nickte in Richtung Karren. Aria runzelte die Stirn. Doch mit einem Mal lächelte sie ebenfalls.

Auch der Rotbärtige sah zu seinem Karren. Er kniff die Augen zusammen und schüttelte den Kopf. Erst langsam, dann schneller. »Oh nein! Nein, nein, nein. Das ist *mein* Karren und mein Dokabulle. Nur über meine Leiche!« Entschlossen stampfte er Aria hinterher.

Doch Selana überholte ihn und hatte die kurze Strecke zu Aria überwunden, ehe der Zwerg auch nur zehn Schritte gemacht hatte. »Halt!« Es rührte sich zwar gerade kein Knoten oder kühler Strom in ihr, dennoch hob sie in einer anmutigen Geste ihre Hände und versuchte, so selbstbewusst dreinzublicken, wie es ihr möglich war.

Der Zwerg verlangsamte den Schritt. Als Aria drohend die Äxte hob, blieb er stehen. »Ihr Zicklein habt mich vielleicht entwaffnet – weiß der Himmel, wie –, aber ich lass mich nicht auch noch bestehlen. Solange ich auf den Beinen stehe, werde ich kämpfen. Bei meiner Ehre!« Rasch griff er unter sein Wams und förderte zwei Messer zutage. Die Klingen blitzten in der Sonne, und Selana trat unwillkürlich einen Schritt zurück.

»Glaubst du wirklich, mit deinen Messern kannst du uns Angst einjagen?«, lachte Aria. »Meine Freundin beherrscht Magie. Bevor du auch nur mit der Wimper zuckst, liegst du wieder auf dem Rücken wie ein dicker Käfer und strampelst mit den Beinchen!«

»Aria!« Selana war sich nicht sicher, ob oder wann sie überhaupt noch einmal so eine Druckwelle hinbekäme. Nur nicht zu dick auftragen! Aber als sie sah, wie der Rotbärtige argwöhnisch das Gesicht verzog und einen Schritt zurücktrat, war sie ihrer Freundin doch dankbar.

Zuversichtlich fuhr sie selber fort: »Zwerg, du hast meine Freundin gehört. Und gespürt haben solltest du es bereits.«

Der Zwerg gab ein unwilliges Grunzen von sich.

»Allerdings war es keine Absicht, dich gleich so weit durch die Luft zu schleudern. Hättest du mich nicht so erschreckt, wäre dir nichts geschehen. Außerdem weiß ich nicht, wie du auf die Idee kommst, wir wollten dir etwas stehlen.«

Der Rotbärtige lachte verächtlich. »Jetzt sag bloß, du willst meinen Karren und den prächtigsten aller Doka nur borgen.«

»Natürlich nicht.« Selana lächelte ihn freundlich an. »Wir wollen einfach nur, dass du uns mitnimmst.«

»Hä?« Aria ließ verständnislos die Äxte sinken.

»Ich euch mitnehmen? Zwei junge Ziegen auf meinem Karren?« Der Zwerg schüttelte heftig seinen runden Kopf. »Nein, nein, nein. Menschentransporte, und dann hier auf der Hochebene? In diesen Zeiten?«

Selana senkte den Blick und legte alle Enttäuschung und Traurigkeit in die nächsten Sätze. »Wenn du uns nicht helfen kannst, werden wir eben sehen müssen, wie wir zurechtkommen. Fahr nur allein weiter und lass uns zurück. Wir werden dich nicht länger behelligen.«

»Was? Du willst ihn doch nicht ohne uns weiterfahren lassen?«, rief Aria.

Selana konnte ihren Ärger förmlich spüren, doch sie musste ihrem Instinkt folgen. Und der Kampf mit Worten war aussichtsreicher als der Kampf gegen Messer. »Ich habe mich wohl in dir getäuscht. Als ich dich versehentlich niederstreckte, kam mir zu spät der Gedanke, dass du uns vielleicht nur helfen wolltest.« Selana hob den Blick und schaute ihn sanft an. »Du wirktest irgendwie besorgt und deine schönen blauen Augen nahmen mich sofort gefangen. So klar, so ehrlich, so großmütig.«

»Blabla-blab, was für ein Unsinn. Besorgt und großmütig, Humbug! Ich bin ein Zwerg. Ein Händler und Kämpfer!« Der Rotbärtige sog die Luft ein und streckte seine Brust.

»Und ein ausgesprochen kräftiger Kämpfer, das ist mir gleich aufgefallen.«

»Ja, das bin ich!« Er reckte das Kinn.

»Deine Arme sind wie Baumstämme und dein Brustkorb steht dem deines Doka in nichts nach.«

»Genau!« Stolz steckte der Zwerg die Messer wieder ein und stemmte die Fäuste in die Seiten. Aria murmelte ein paar unverständliche Worte und ließ die Äxte resigniert fallen.

»Du könntest es im Kampf zweifelsohne mit drei Männern gleichzeitig aufnehmen!«, fuhr Selana ehrfurchtsvoll fort.

»Zehn, wenn ich meine Äxte wirbeln lasse!«

Sie nickte. »Aria, leg die Äxte in den Karren.«

Ihre Freundin seufzte, hob jedoch die Äxte wieder auf und brachte sie zum Karren des Zwergs.

»Wir können verstehen, dass es bei all deiner Stärke aber doch zu gefährlich ist, uns mitzunehmen.«

Der Zwerg ließ seine Arme hängen und rollte mit den Augen. »Nein, das könnt ihr wahrscheinlich nicht verstehen.«

»Komm, Aria.« Selana nahm ihre Freundin beim Arm. »Was soll uns schon geschehen. Hier kommen ja bestimmt wieder Soldaten vorbei. Sicher werden darunter auch Männer sein, die uns weiterhelfen mögen. So leb denn wohl!«

Der Rotbärtige trat von einem Fuß auf den anderen und grummelte in seinen Bart. Er fuhr sich durch die Haare, murmelte ebenfalls ein »Lebt wohl!« und stampfte zum Karren. Selana hakte sich bei ihrer Freundin ein und zog sie langsam in die schmale Schlucht, in der sie eben erst so knapp den marschierenden Kriegern entkommen waren.

»Was haben wir jetzt gewonnen?«, flüsterte Aria.

»Mal sehen.« Selana versuchte, positiv zu klingen. Doch insgeheim fürchtete sie, dass sie gescheitert war.

Hinter ihnen setzte der Karren sich unter dem Zug des Dokabullen ächzend in Bewegung. Er würde sie gleich überholen. Dann wäre noch ein letzter Versuch möglich.

Die beiden Freundinnen drückten sich an die Felswand, um den Zwerg ungehindert passieren zu lassen. Selana lächelte ein, wie sie hoffte, trübes und bemitleidenswertes Lächeln und winkte ihm zu. Nach einem kleinen Stoß mit dem Ellenbogen hob auch Aria die Hand und winkte resigniert. Der Rotbärtige hob den Arm, besann sich dann aber und nahm die Hand schnell zurück an die Zügel.

»Herr Zwerg?«, rief Selana ihm auffordernd zu. »Herr Zwerg, nur eine kurze Bitte noch!«

Tatsächlich bremste der Rotbärtige den Karren und blickte sich um, nicht ohne missmutiges Grummeln. »Was denn?«

»Bitte lass uns unsere Namen austauschen!«

Der Zwerg stöhnte.

»Ich bin Selana und das hier ist Aria. Wenn wir uns wiedersehen – *falls* wir uns wiedersehen, ...«, Selana rieb sich die Augen, in der Hoffnung, ein paar Tränen herauspressen zu können, »... dann versprich bitte, dass wir uns als Freunde begegnen.«

Der Zwerg verdrehte die Augen und murmelte unverständliche Worte in seinen Bart.

»Als Freunde, *bitte*! Ja?« Selana klang beinahe verzagt und plötzlich wurde ihr klar, dass sie die Bitte genau so meinte. Es sollte eine Finte sein, doch es war ehrlich. Sie kannte diesen dicken, ungelenken Zwerg nicht, aber sie mochte ihn irgendwie. »Wo wir hingehen, haben wir nämlich keine ...«

»Schrundenschwert und Knorzenknüppel!« Der Zwerg zauste sich fahrig seine rote Mähne, griff sich mit beiden Händen an den Kopf und ließ schließlich seufzend die Arme in den Schoß sinken. »Bei allen Pickeln meines Hinterns, hört schon auf und steigt auf den Karren!«

»Was? Du würdest ... wir dürfen mitfahren?« Selana konnte ihr Glück kaum fassen.

»Steigt auf, bevor ich es mir anders überlege!«

Selana warf dem Zwerg einen dankbaren Blick zu, doch der starrte jetzt stur geradeaus. Rasch stieg sie hinten auf den Karren, wo Aria sich bereits einen Platz suchte.

»Macht mir ja nichts kaputt!«, wetterte der Zwerg. Dann setzte er kaum hörbar hinzu: »Bei der Himmelsschmiede, hoffentlich bereue ich das nicht!« Er schwang die Zügel, und der Karren setzte sich knarrend wieder in Bewegung.

»Und?« Selana hatte sich direkt hinter den Bock gesetzt.

»Und was?«

»Wie ist dein Name?«

»Der tut nichts zur Sache.«

»Wir haben dir auch unsere Namen gesagt: Selana und Aria.«

»Ja, ja.«

»Ich dachte, wir wollen Freunde sein? Da kannst du uns doch deinen Namen verraten. Oder was meinst du, Aria?« Selana zwinkerte ihrer Freundin zu. »Freunde tun das. Zumindest da, wo ich herkomme. Wenn einer dem anderen den Namen sagt, dann gehört es sich, dass der andere auch seinen Namen sagt. Meine Mutter hat immer gesagt, ...«

»Ist ja gut!« Der Rotbärtige erhob kurz seine tiefe, knarzende Stimme und setzte dann leiser hinzu: »Ich sage euch meinen Namen, wenn ihr versprecht, euren Mund zu halten. Ich bin es nicht gewohnt, Ziegengeplapper hinterm Rücken zu haben!«

»In Ordnung! Wenn du endlich aufhörst, uns Ziegen zu nennen. Weder stinken wir wie Ziegen noch meckern wir den ganzen Tag!«

»Hört sich aber so an!«, murmelte er mehr, als dass er es sagte.

Selana war sich nicht einmal sicher, ob sie es richtig verstanden hatte. »Was?«

»Nichts weiter. Mein Name ist Semje. Und nun ist Ruhe auf dem Karren!«

Semje. Der mürrische Rotbart hatte einen guten Namen. Klang irgendwie freundlich. Selana machte es sich so bequem, wie es eben ging, und tauschte mit Aria einen zufriedenen Blick.

Während der Karren weiter in den Schatten des Hohlwegs rumpelte, versuchte sie, das unangenehme Gefühl zu ignorieren, das sie überkam. Ein Schauer lief ihr über den Rücken, als sie daran dachte, wie knapp ihnen die Flucht vor den herannahenden Zwergenkriegern geglückt war. Was wäre geschehen, wenn die Kämpfer sie bemerkt hätten? Selana schüttelte den Gedanken ab. Besser war es, sich darüber zu freuen, dass Semje sie auf seinem Karren mitnahm.

Es war ein gemächliches Tempo, mit dem sie vorankamen. Vielleicht nicht einmal schneller, als sie zu Fuß wären. Aber ungleich angenehmer. Selana blickte in die Schlucht zurück. Was für eine Leistung die Menschen hier vollbracht hatten. Hunderte von Tonnen Fels waren aus dem Berg geschlagen worden, um diesen kargen Weg zu schaffen. Ein steter Wind verwirbelte den Staub hinter dem Karren. Wirbel aus Staub und Sand!

Ja, zweimal hatte sie selbst Sandkörner auf ihrer Hand tanzen lassen und sie dann durch die Luft gestoßen. Oder eher geschossen? Sie war sich nicht sicher. Aber kein Wirbel ohne Wind oder Luft. Also hatte ihr Innerstes vielleicht eine Verbindung mit der Luft, nicht mit dem Sand. Besaß sie die Gabe, mit der eigenen Energie Luft zu befehligen? Wie unvorstellbar war das? Selana atmete tief ein – die Luft, die sie umgab. Ein wenig trocken und mit dem Geruch des Doka versetzt, durchströmte sie ihren Körper. Vielleicht war es gar nicht so unvorstellbar.

Bewegungen zu ihrer Rechten lenkten sie ab. Sie warf einen Blick auf die Felswände und sah viele kleine Echsen davonhuschen. Schwach graugrün gesprenkelt, waren sie wahrscheinlich überhaupt nur zu entdecken, weil sie auf ihren sechs Beinen davonhuschten.

»Gelbies.« Aria war ihrem Blick gefolgt.

»Gelbies?« Selana fand den Namen nicht ganz passend. »Besser Graugrünlies, oder?« Sie grinste.

»Von unten sind sie gelb, daher.«

»Niedlich.«

»Giftig«, gab Aria knapp zurück.

Endlich fuhren sie aus der schmalen Schlucht heraus und tauchten wieder ein in das warme Licht der Sonne. Selana und Aria suchten die gesamte Umgebung ab, um Soldaten rechtzeitig zu entdecken. Doch es war weit und breit nichts zu sehen. Nicht mal ein Staubwölkchen am Horizont. Sie lehnten sich zurück und entspannten sich. Das erste Mal an diesem Tag fühlten sie sich einigermaßen sicher.

Die schroffen Felsen wurden kleiner hinter ihnen, Gras und Buschland zogen vorüber. Über ihnen kreisten zwei Milane, alles war friedlich.

Dann aber vernahmen sie ein Geräusch wie von einem Reibeisen. Selana blickte irritiert auf. Aria drehte sich ebenfalls fragend um und zog sich schließlich am Bock des Karrens hoch, um nach Semje zu schauen. Sie ließ sich zurückplumpsen und grinste Selana an.

»Ich glaube es nicht«, gluckste sie.

»Ist *er* das?«, fragte Selana ungläubig.

»Ja, unser Rotbart schläft!«

»Einfach so?«

»Einfach so. Offenbar kennt sein Doka den Weg.«

»Hoffen wir mal das Beste!«

»Wir müssen in jedem Fall wach bleiben.« Aria sah wieder ernst drein. »Falls der Weg sich gabeln sollte, müssen wir darauf achten, dass wir in östlicher Richtung weiterreisen.«

Selana schaute sie fragend an und schlug sich vor die Stirn. »Wir haben ihn gar nicht gefragt, wo er hin will.«

»Macht nichts. Solange er auf dem Handelsweg gen Osten bleibt, ist es der richtige Weg.«

Eine Zeit lang lauschten sie Semjes Schnarchen und hingen ihren Gedanken nach. Dann nahm Aria das Gespräch wieder auf. »Selana, ich muss immer daran denken, wie du den Zwerg hast fliegen lassen. War das echte Magie? Wie hast du das bloß gemacht?«

Selana vergewisserte sich mit einem Blick zu Semje, dass er noch schlief, senkte aber vorsichtshalber die Stimme zu einem Flüstern: »Wenn ich das wüsste. Ich denke die ganze Zeit darüber nach. Es muss etwas mit dem Knoten in meinem Bauch zu tun haben.«

»Knoten?« Arias Augen weiteten sich. »Du hast doch hoffentlich kein böses Fleisch, das in dir wuchert, oder? So was muss rausgeschnitten werden. Ich habe das in den unteren Vierteln mal miterlebt. Die Bäckersfrau hatte das und ich musste dem Medikus helfen. Mann, war das viel Blut.«

»Nein, Aria. Doch nicht so ein Knoten. Zumindest glaube ich das nicht. Ich nenne es nur so, weil mir kein anderes Wort einfällt. Es ist wie ein Knoten aus Energie, und wenn er sich löst, ist es, als strömt pure Kraft durch mich hindurch.«

Selana erzählte ihrer Freundin, wie sie es zum ersten Mal ganz kurz gespürt hatte, als sie unter Osse lag. Und wie sie es bei den Erlebnissen mit dem Doka und dem Rotbärtigen erneut gefühlt hatte, wie der kühle Strom bis zu den Fingerspitzen gezogen war, sie die kleinen Wirbel von Sandkörnern auf ihren Händen hatte tanzen lassen und dann, aus einem Impuls heraus, diese Wirbel nach vorn geworfen hatte.

»Meinst du, du könntest es wieder tun?«

Unwillkürlich legte Selana eine Hand auf ihren Bauch. Da war jetzt kein störender Knoten. Dennoch war da etwas. Eine sanft pulsierende Energie. Sie lächelte. »Ja, ich denke, ja.«

Aria starrte sie mit offenem Mund an. »Bisher habe ich nur in alten Geschichten was über magische Sachen gehört. Ich dachte aber immer, dass es so was schon ewig nicht mehr gibt. Man erzählt sich, dass die Magister der Könige ein wenig Magie beherrschen. Zeichen deuten, Gedanken erraten und so Zeug. Aber was du gemacht hast, davon hab ich noch nie gehört.« Sie schüttelte den Kopf. »Weißt du überhaupt, wie hilfreich das sein kann? Unglaublich! Im Prinzip kann uns nichts mehr passieren. Ich hab tatsächlich eine ...« Sie stutzte. »Himmel, wie nennt man so was wie dich? Magisterin? Magiebegabte? Oder einfach nur Hexe?« Sie knuffte Selana in die Seite und lachte.

Doch Selana war nicht zum Lachen zumute. Ihr war gerade aufgegangen, was es für eine Verantwortung war, mit dieser Gabe durch die Welt zu laufen. Oder war es eher ein Fluch? Und wenn ja, wie konnte sie sich und andere davor schützen? Sie kannte niemanden, den sie hätte fragen können. »Hexen sind was aus Kindergeschichten!«, grummelte sie.

»Dann nenne ich dich eben Wirbelwind.« Aria musste erneut lachen.

»Himmel, Axt und Dokadreck – immer dieses Geplapper!« Erschrocken zuckten die beiden Freundinnen zusammen.

»Nenn deine Freundin einfach bei ihrem Namen! Und ich rate euch, kein Wort über Luftmagie zu verlieren! Törichte Mädchen! Es gibt schlimme Mächte, die ihr heraufbeschwören könntet!«

Atharu

34

Alles passierte so schnell. Am Rand der Lichtung brachen Zweige und ein Mann stürmte hervor. Er bewegte sich kraftvoll und flink. Sein Oberkörper war nackt und strotzte vor Muskeln. Zwar hatte er keine Waffen bei sich, doch würde er offensichtlich auch keine brauchen. In dem Moment, da Kentso seine Armbrust anlegte und Pelldor mit erhobenem Kurzschwert aus der Deckung schnellte, um sich dem Angreifer zu stellen, erkannte Atharu den Angreifer.

»Nein!« Er musste seine Begleiter aufhalten, bevor ein Unglück geschah. »Brandan! Langsam!«

Doch sein Freund lief unbeirrt weiter. Kentso drückte ab, verriss jedoch durch Atharus Ruf die Armbrust. Der Bolzen verfehlte Brandan. Pelldor schaute zu Atharu und bremste abrupt ab. Aber er behielt Brandan im Auge, das Schwert weiter erhoben und in Kampfposition.

»Jiga!« Brandan stürzte förmlich neben die Leiche, verharrte nur einen kurzen Moment, ehe er den Bolzen ergriff, der tief in sein Ziel gedrungen war. Er zog so stark, dass seine

Muskeln vor Anspannung zitterten. Hatte das Geschoss sich in einem Knochen verkantet? Zögernd schritt Atharu auf seinen Freund zu. Er mochte sich nicht vorstellen, dass ausgerechnet Brandans Frettchen sich unter der Decke bewegt hatte. Wenn Kentso es getötet hätte, wäre das für Brandan ein schwerer Verlust. Endlich löste sich der Bolzen mit einem Ruck und glitt aus dem Bündel heraus.

»Jiga!« Brandans Schultern hoben und senkten sich einige Male, ehe er die Decke langsam zur Seite zog. Atharu gab Pelldor und Kentso ein Zeichen und die beiden senkten endlich ihre Waffen, während er sich wieder dem Freund zuwandte und den Atem anhielt. Dann durchbrach ein klägliches Quieken die Stille.

Brandan zog hastig die Decke vom toten Körper. Im selben Moment sprang etwas zur Seite, und er zuckte zusammen. Kaum mehr als ein Stück Fell, machte es einen Satz und drehte sich noch im Sprung, bevor es geduckt auf der Erde landete und Brandan zähnebleckend anfauchte. Die angespannte Stille, die folgte, weckte in Atharu leise Zweifel. War das wirklich Brandans Frettchen?

Dann legte das Tier den Kopf schräg und sprang den Tangorajäger an. Es krallte sich vorn in die Hose und Brandan gab einen Schreckenslaut von sich. »Jigaaa, autsch!« Das Tier stieß sich ab, sprang die Hand seines Herrchens an, rotierte um den Unterarm, den Bizeps und huschte von dort weiter auf die Schulter. Unbeholfen versuchte Brandan, das Temperament des Tieres zu bändigen, während das Frettchen zwei Runden um seinen Kopf drehte und sich dann mit einem Satz auf den Scheitel in die Haare krallte, nur um schließlich wieder zurück auf die Schulter zu rutschen.

»Aiii!« Brandan verzog das Gesicht und Jiga schnüffelte harmlos an seinem Ohr, als wäre nichts gewesen. Schulterzuckend schaute Atharus Freund auf und schenkte allen ein strahlendes Lächeln. Er streichelte sein Begleittier und setzte es vorsichtig herunter. »Ungestümes Ding. Bist mal wieder ohne Kratzer davongekommen, was?«

»Was man von dir nicht behaupten kann.« Atharu grinste und betrachtete die Spuren, die Jigas Krallen auf Arm, Schultern und sogar der rechten Wange hinterlassen hatten.

»Ich mag meine Liebhaberinnen eben stürmisch!« Der Tangorajäger grinste breit. »Das Wichtigste ist, dass Jiga nichts abbekommen hat.« Er blickte zu Kentso hinüber und fügte ernst hinzu: »Du darfst also am Leben bleiben.«

Die beiden Männer schauten sich in die Augen. Dann nickte der Fährtenleser, ohne etwas zu entgegnen.

»Da bin ich aber froh«, übernahm Atharu das Wort und überlegte, wie er die Situation schnell wieder entspannen könnte. »Das ist Kentso. Ihm ist es zu verdanken, dass wir dich überhaupt gefunden haben. Aber nun lass dich begrüßen, bevor ich euch einander vorstelle.«

Er trat auf seinen Freund zu und beide nahmen sich herzlich in die Arme. Jetzt erst fiel die Last der Sorge von Atharu ab.

»Danke, dass du gekommen bist!«, raunte Brandan ihm ins Ohr.

»Danke, dass du lebst!«, flüsterte er zurück.

Sie traten auseinander und blickten sich in die Augen. Einmal mehr spürte Atharu die enge Verbundenheit zwischen ihnen. Er machte die drei Männer miteinander bekannt und wandte sich dann wieder seinem Freund zu.

»Aber nun erzähl mal: Wie ist es dir ergangen? Die Gellwicks sind nach Kentsos Spurendeutung bereits seit zwei Tagen fort, ist das richtig?«

Brandan sah zu Kentso und nickte dem Fährtenleser anerkennend zu. »Zwei Tage, stimmt.« Er ging zur Feuerstelle und machte eine einladende Geste, bevor er sich setzte.

»Alle weg, bis auf den da.« Brandan wies auf den Leichnam, den Pelldor gerade an den Rand der Lichtung gezogen hatte. Der Gestank, der von dem Gellwick ausging, war bestialisch.

»Hat er sich mit dir angelegt? Oder du dich mit ihm?« Atharu konnte sich nicht vorstellen, was geschehen war.

»Weder das eine noch das andere, möchte ich denken«, meinte Pelldor nach einem Blick auf die Leiche. »Ein sauberer Schnitt durch die Kehle und keinerlei Waffe zur Gegenwehr. Weder in den Händen noch am Körper. Außerdem vermute ich ...«, er löste Brandans Decke, die am Gürtel des Opfers hängen geblieben war, und zog sie gänzlich vom Leichnam herunter. »Habe ich mir gedacht. Keine Stiefel mehr. Also haben die Gellwicks ihn selbst hingerichtet und dann geplündert, was sie brauchen konnten, richtig?«

Brandan nickte. »Japp!«

»Aber was ist das?« Pelldor kniete sich neben die Leiche und machte sich an einem Arm zu schaffen. Der Ärmel hatte unterhalb der Schulter ein Loch, das der Obmann weiter aufriss. »Ein Armreif ... mit Runen? Viel zu stramm. Das Fleisch ist ganz entzündet. Hm.« Er erhob sich und nahm die Reisedecke auf. »Nun, manche Rätsel werden wohl bleiben. Oder wisst Ihr etwas darüber?« Er schaute Brandan an.

»Nicht wirklich. Aber ich hab gesehen, dass sich der eine oder andere den Oberarm gerieben hat.« Der Tangorajäger zog die Brauen hoch. »Ihr seid sehr aufmerksam. Atharu, du hast bei deinen Begleitern wahrlich gut gewählt.«

»Nun, ich habe nicht direkt gewählt. Aber das ist eine andere Geschichte. Erst bist du dran. Spann mich nicht länger auf die Folter.« Atharu wollte, dass sein Freund endlich zu erzählen begann. Musste er ihm alles aus der Nase ziehen? »Ihm haben sie die Schuhe und sein Leben genommen und dir nur die Kleider?«

Brandan blickte an sich herab und lachte. »Natürlich nicht.« Er stand wieder auf, ging zu dem reparierten Boot und zog seine Sachen darunter hervor. Jiga wuselte um ihn herum und ließ sein Herrchen nicht aus den Augen, oder vielmehr aus der Nase, denn ihr Kopf und das Schnäuzchen waren ständig in Bewegung. »Ich war bei den Reparaturarbeiten etwas ins Schwitzen geraten.« Er zog sich das Leinenhemd über. »Dann hab ich jemanden kommen hören; wie sich herausstellte, euch. Hab die Sachen unter das Boot gepfeffert und mich pfeilschnell in den Wald verzogen. Ich konnte von meiner Position aber nur Kentso und Pellfor sehen.«

»Pell-dor!« Der Obmann übergab Brandan seine Decke. »Ich würde die hier erst einmal waschen. Sonst geht der Gestank womöglich nicht mehr raus.«

»Pell-dor. Mit d also, wie Danke.« Brandan grinste und schaute dann zu seinem Freund. »Auf jeden Fall habe ich dich nicht gesehen, sonst hätte ich mich früher zu erkennen gegeben.« Er hielt inne, blickte auf die Decke und rümpfte die Nase. »Bin gleich wieder da!« Er ging durchs Weidendickicht zum Fluss und die drei hörten, wie es plätscherte.

Atharu und Kentso warfen Pelldor vorwurfsvolle Blicke zu.

»Was denn? Ich konnte doch nicht wissen, dass er es sofort macht. So wörtlich war das nicht gemeint.«

»Ach nein«, meinte Kentso und ergänzte hämisch: »Pelldor, mit d wie Danke!«

Die drei lachten. Kurz darauf kam Brandan zurück und fing endlich an zu erzählen. Er berichtete, wie er die Fährte der Gellwicks aufgenommen hatte und ihnen bis hierher gefolgt war. Im Fluss war er bis zum Weidendickicht getaucht und hatte sich, mit Schlamm und Moos bedeckt, immer weiter darin vorgearbeitet, bis er die Lichtung gut im Auge hatte. Jiga hatte ihm anfangs Sorgen bereitet, aber letztlich schien sie verstanden zu haben, wie gefährlich die Situation war.

»Das Schlimmste war der Gestank. Die Gellwicks stinken grauenhaft. Abgesehen davon, dass ich nicht mitbekommen habe, dass sich mal einer ernsthaft gewaschen hätte, haben sie sich Gesichter und Hände mit so einem Zeug eingerieben. Das krempelt einem die Zehennägel hoch.«

»Und hast du etwas über das Amulett herausfinden können?« Atharu wollte seinen Freund eigentlich nicht unterbrechen, aber die Frage brannte ihm die ganze Zeit unter den Nägeln, und Brandan kam einfach nicht zum Punkt.

»Der stiefellose Stinker da drüben hatte deinen Reisegürtel. Immer wieder haben sie den Gürtel untersucht, nachdem sie die wenigen Münzen unter sich verteilt hatten. Der da durfte das Bruchstück vorerst behalten. Alle anderen haben dem Amulettteil kaum Beachtung geschenkt. Aber als sie nichts anderes im Reisegürtel entdeckt hatten, meinte der Oberste der Truppe, dass das Bruchstück vielleicht das eigentlich Wichtige wäre. Zumindest habe ich mir das so zusammengereimt.« Brandan schüttelte langsam den Kopf. »Wobei ich nach vier Tagen noch nicht wirklich schlau geworden bin aus ihrem Händegefuchtel und den kehligen Lauten.«

»Und wo ist der Reisegürtel jetzt?« Selbst Pelldor schien es nun zu lange zu dauern.

Brandan blickte ihn nachdenklich an. »Weg. Ich nehme an, die verbliebenen vier haben ihn mitgenommen.«

»Aber dann ... dann ist das Bruchstück verloren?« Atharu wollte es nicht glauben. Er blickte in die Runde und ließ die Schultern hängen.

»Der Reisegürtel ist weg. Aber er war dir eh immer zu unbequem, oder?« Brandan war aufgestanden und packte seelenruhig seine Sachen zusammen.

»Ja, verstehst du denn nicht.« Atharu erhob sich. »Was meinst du, warum ich in Gelder überhaupt so viel Hilfe bekommen habe? Es geht um das Amulett. Wir können unmöglich ohne das Bruchstück zurückkommen.« Er starrte seinen Freund an, eben noch froh darüber, ihn wiederzuhaben, hätte er ihn jetzt am liebsten geschüttelt.

Doch der griente ihn treuherzig an. »Der *Gürtel* ist weg!«, wiederholte Brandan fest und sein Ton ließ keinen Widerspruch zu. Er schaute bedeutungsvoll in die Runde. »Aber das Amulettbruchstück ist hier.«

Mit einem Griff in sein Bündel holte er etwas hervor und übergab es Atharu. Der starrte mit großen Augen auf den Beutel in seiner Hand.

»Bedank dich bei dem Stinker da. Wenn der vorsichtiger gewesen wäre, hätte Jiga ihm den Beutel nicht stibitzen können. So aber waren seine Mitstreiter ein wenig sauer. Deshalb kann er jetzt keiner Fliege mehr was zuleide tun, dafür aber die Fliegen ihm.« Brandan warf einen kleinen Stein auf den Gellwick und ein schwarzer Schwarm stob in die Luft.

Atharu stierte seinen Freund sprachlos an.

»Mach den Mund zu, dein Herz wird kalt!«, lachte Brandan.

Dann erst stimmten Atharu und schließlich auch Pelldor und Kentso in sein Lachen ein.

»Ich hoffe, Ihr macht es nicht immer so spannend«, fasste Pelldor sich als Erster wieder. »Immerhin können wir jetzt zurückreiten.«

»Und wir sollten uns *gleich* auf den Weg machen!«, setzte Kentso hinzu.

Atharu boxte dem Freund in die Seite. »Du Lump. Wart's nur ab. Ich revanchiere mich.« Er merkte, wie die Anspannung von ihm abgefallen war. Sie hatten es geschafft. Hatten einander wiedergefunden und das Bruchstück gerettet. Auf einmal, wie aus dem Nichts, schnellte Jiga an Brandan hoch, setzte sich auf seine Schulter und zischte Atharu an.

»Sag noch einmal Lump zu ihm und das Frettchen beißt dir einen Finger ab.« Kentso grinste.

»Sie wollte euch wohl eher sagen, was sie vom Reiten hält«, meinte Brandan. »Wir nehmen in jedem Fall das Boot. Es ist schneller und außerdem hab ich es nicht umsonst repariert.«

Atharu hatte derweil das Leinensäckchen mit dem Amulett an einem Lederband um seinen Hals befestigt. »Ich persönlich habe auch nichts dagegen, ein paar Tage auf Pferde zu verzichten.« Er ging zum Boot und besah es sich.

»Wie viele passen da rein?«, fragte Pelldor.

»14 Fuß lang. Drei, denke ich«, antwortete Brandan.

Pelldor blickte zu Kentso, doch der nickte bereits. »Ich folge meinen Kameraden und bringe ihnen die Pferde nach. Mal sehen, ob die überhaupt ohne mich zurechtkommen.« Er zwinkerte Pelldor zu.

»Ich danke dir, mein Freund. Und wenn ihr etwas über die Gellwicks herausfindet, bringt Botschaft nach Gelder!« Die beiden fassten sich zum Abschied beim Arm.

»Ich lasse euch eure Satteltaschen und Decken da.« Kentso nickte Atharu und Brandan zu und schritt zu den Pferden am Eingang der Lichtung. Kurz darauf war er fort.

Zusammen schafften die drei das Boot zum Fluss und verstauten alles darin. Atharu und Brandan nahmen die Paddel, Pelldor setzte sich in die Mitte. Die Sonne stand bereits im Zenit und sie beschlossen, möglichst wenig Pausen zu machen und häufig die Plätze zu wechseln. Dann könnten sie vielleicht sogar die Nacht durchfahren.

Doch vorher galt es, einer möglichen Gefahr ins Auge zu blicken: Sie würden am Nachmittag die Tränke passieren, die laut Kentso als Furt taugte und an der nach seiner Einschätzung auch die Gellwicks den Fluss durchqueren würden. Es stellte sich die Frage, ob die Vogelfreien schon vorbeigezogen waren oder sich genau an der Stelle sammelten.

»Immerhin wollten die Stinker ausschließen, dass jemand mit dem Boot nach Gelder gelangen kann, um Hilfe zu holen oder die Überfälle zu melden. Sonst hätten sie die Boote nicht beschädigt«, meinte Brandan, als sie die Situation besprachen.

»Und sie haben bestimmt nicht damit gerechnet, dass jemand sie reparieren könnte«, freute sich Atharu.

»Das war reines Glück. Während bei dem anderen Boot das Holz regelrecht herausgebrochen ist, sind bei diesem die Löcher nur eingedrückt gewesen. Und außerdem habe ich in einer Kiste Reparaturmaterial gefunden, mit dem die Gellwicks offenbar nichts anfangen konnten. Zumindest haben sie die Kiste nur einmal geöffnet und dann nicht mehr angerührt.«

»Ich frage mich nur«, warf Pelldor ein, »ob diese Gellwicks etwas mit der großen Horde zu tun haben, die das Dorf ausgelöscht hat. Zu viele Gellwicks in der Gegend für meinen Geschmack.«

Atharu hatte Brandan inzwischen über die schrecklichen Ereignisse unterrichtet.

»Aber wenn ich Kentso und dich richtig verstanden habe, *können* sie einander nicht über den Weg gelaufen sein.« Atharu drehte sich zu Pelldor um. »Die Spuren kamen aus östlicher Richtung, oder?«

»Sie setzen Krähen ein«, sagte Brandan.

»Was?« Jetzt blickte auch Pelldor sich um.

Brandan hielt mit dem Paddeln inne. »Ja. Vielleicht sind die Vögel auf ihren Gestank abgerichtet. Zweimal habe ich mitbekommen, dass sie ankommende Krähen mit Fleisch gefüttert haben. Kann gut sein, dass sie Nachrichten dabei hatten. Zumindest aber haben die Stinker an ihren Krallen kleine Papierrollen befestigt, mit denen sie dann davonflogen.«

»Atharpazh sei uns gnädig. Wenn die Gellwicks es geschafft haben, auf diese Art in Kontakt zu treten und sich so zu vereinen ...« Pelldor verstummte, doch Atharu sprach aus, was ihm vielleicht durch den Kopf ging und grausame Gestalt annehmen mochte.

»Dann drohen der Bevölkerung weitere Massaker. Dorf um Dorf würde dem Erdboden gleich gemacht.«

»Und nicht nur das«, nahm Pelldor den Faden wieder auf. »Die Menschen in den Städten und auch in Gelder selbst werden Hunger leiden. Weil niemand mehr da ist, der die Ernte einbringen kann.«

»Umso wichtiger, dass wir schnell in den Palast zurückkehren. Wir müssen sofort beim König vorsprechen, egal, zu welcher Tageszeit wir ankommen!«

»Apropos ankommen«, meinte Brandan, »müssten wir nicht bald die Furt erreichen?«

Sie beschleunigten ihre Fahrt wieder und Atharu konzentrierte sich darauf, seine Beobachtungen ins Gedächtnis zurückzuholen. Er erinnerte sich daran, mehrere seichte Uferstellen gesehen zu haben, an denen Tiere tranken, bevor er schließlich dicht an der Herde Lannpinns vorbeigeglitten war. Jetzt war ihm klar, dass dort die Furt sein musste, denn die Tiere hatten damals zum Trinken weit im Wasser gestanden. Vor ihnen tauchte ein Pulk üppig blühender Flusslilien auf. In der Sonne glühte das Gelb der Blüten, als wollte es dem Himmelskörper mit ebenbürtiger Kraft entgegenstrahlen.

Unwillkürlich zog Atharu das Paddel aus dem Wasser und blickte sich zu seinen Gefährten um. »Wir sind gleich da«, raunte er.

Pitu

35

Das sirrende Geräusch nagte an Pitus Nerven. Der Schwarm Pixxis war wie aus dem Nichts aufgetaucht und schwirrte bedrohlich heran. Die dichte Wolke der Stechmücken schien vor ihnen in der Luft zu kleben. Pitu hob in einer schnellen Bewegung das Paddel und schlug nach den Pixxis. Wasser spritzte zu allen Seiten, doch der Schwarm stob nur kurz auseinander und fügte sich dann wieder zusammen.

»Nicht schlagen! Nichts bringen und aus Rhythmus kommen, nicht?«

Das Boot schwankte bedrohlich, Pitu verstand sofort, was Fludo meinte. Augenblicklich trieben sie zur Seite ab. Die Strömung war hier deutlich stärker als in den Tiefen der Sümpfe und es kostete mehr Kraft, das Boot voranzutreiben und zu lenken. Sie mussten dem Fluss schon sehr nahe sein. Doch durch die Stechmückenwolke konnte Pitu kaum etwas sehen. Auf einmal verließen einige der Plagegeister den Schwarm und schwirrten direkt auf sein Gesicht zu. Verlor die stinkende Schutzpaste ihre Wirkung? Als sich die erste der Mücken auf seine Stirn setzte, schüttelte Pitu hektisch den Kopf. Dann ließ sich eine weitere auf seiner Nase nieder. Wild warf Pitu den Kopf hin und her und schaffte es, die vorwitzigen Viecher abzuschütteln. Doch wieder landete eine, diesmal auf seiner Wange. Er versuchte, sie mit der Schulter zu erreichen und beim Paddeln nicht aus dem Rhythmus zu kommen.

»Au!« Das Vieh hatte ihn gebissen. Panisch dachte Pitu an die Berichte, die er gehört hatte: Durch einen Schwarm Pixxis bis zur Unkenntlichkeit zerstochen! Und inzwischen sirrten Dutzende um seinen Kopf. *Nein, bitte nicht!*

»Nicht schlagen?« Pitu schaffte es, verbissen weiterzupaddeln. Wieder ein Biss. »Wenn nicht gleich was passiert, spring ich über Bord!«

Hinter ihm stellte Fludo das Paddeln ein. »Du weiterpaddeln, wechseln, rechts, links, nicht?«

Pitu mühte sich, das Boot weiter vorwärtszubringen. Fludo war offenbar mit ihren Sachen beschäftigt und fluchte. Dann lachte er auf und kurz darauf drang eine Wolke vertrauten Gestanks an Pitus Nase.

Von einem Moment auf den anderen verschwanden die Pixxis. Als hätten die beiden eine unsichtbare Grenze passiert, die für die Mücken tabu war. Was für eine Erlösung! Trotzdem hatte Pitu immer noch den Kopf zwischen die Schultern gezogen und blickte argwöhnisch um sich.

Tatsächlich änderte sich jetzt auch die Vegetation um sie herum. Die mit Moos und Flechten bedeckten Büsche und Bäume blieben zurück, vor sich konnten sie den breiten Fluss erkennen, der die Sümpfe gen Norden begrenzte.

»Arro-Yrdazh! Ohne ihn ... keine Athür!« Die Stimme von Fludo klang ehrfürchtig, doch sein Atem ging schwer, denn er paddelte wieder mit und strengte sich ebenso an wie Pitu. »Und ... keine Heimat ... für Urda, ... nicht?«

Pitu lief der Schweiß von der Stirn. Eine gefühlte Ewigkeit waren sie nun ohne Pause unterwegs. Und die stetig stärker werdende Strömung forderte zusätzlichen Tribut. Außerdem schmerzten die Bisse im Gesicht. Er brauchte eine Rast.

»Andere Seite ... wir ... rüber müssen!« Im Rauschen des Wassers war Fludo kaum zu verstehen.

Als die beiden das breite Flussbett erreichten, wurde ihr Boot von der Strömung so heftig erfasst, dass es ins Trudeln geriet. Auf die andere Seite kommen, wie sollte das gelingen? Pitu mobilisierte seine ganze Kraft und hörte, wie sein Freund hinter ihm stöhnte und ächzte. Immer weiter wurden sie mit der Strömung gerissen. Pitus Muskeln spannten sich, während er nur noch linksseits paddelte, um gegenzusteuern. Die Adern traten hervor und sein Herz schlug einen wilden Takt, als wollte es dem lauten Rauschen des Flusses ein kriegerisches Trommeln entgegensetzen.

Schon längst zogen sie die Paddel nicht mehr durch. Aber noch immer schafften sie es, im gemeinsamen Rhythmus zu bleiben, und arbeiteten sich langsam voran. Mit der Strömung Stück für Stück zum rechten Ufer. Es war ein mühsames Unterfangen und sie wurden eine weite Strecke nach Westen abgetrieben, ehe sie schließlich das nördliche Ufer erreichten. Ein seichter, steiniger Strand. Zumindest das Anlegen und Aussteigen machte hier kein Problem. Sie zogen das Boot mit letzter Kraft an Land und sanken völlig erschöpft zu Boden.

In Pitus Ohren gab es nur noch das Rauschen des Flusses und das wilde Pochen seines Herzens. Die Augen geschlossen, spürte er dem Atem nach, der sich nicht beruhigen wollte. Doch endlich sog er tief die frische Luft ein und fühlte, wie sein Herzschlag sich beruhigte. Das Pochen in den Ohren ebbte ab und ließ Raum für andere Geräusche: das Zirpen von Grillen, den Schrei eines Greifvogels. Er setzte sich auf und blickte sich um. Vor ihm strömten die Fluten des Arro-Yrdazh. Ein Stück weiter im Westen berührte die Sonne schon beinahe den Horizont.

»Und jetzt?« Pitu sah zu Fludo hinüber, der immer noch ermattet auf dem steinigen Boden lag und stöhnte, ehe er sich mühsam aufrichtete.

Sein Freund brauchte einen Moment, ehe er antworten konnte. »Jetzt meine Reise gehen zurück und deine gehen weiter.« Es klang traurig.

»Aber ...« Pitu seufzte.

»Aber ...«, Fludo lächelte schwach, »nicht gleich reisen. Zu dunkel werden, nicht? Außerdem ich Eingang zu Athür wieder suchen müssen. Wir Boot zurückziehen flussaufwärts und dann Feuer machen, nicht?«

»Ja.« Pitu erhob sich, traurig, aber ein wenig getröstet, weil er noch einen Abend mit Fludo verbringen würde.

Auf dem Kieselstrand konnten sie sich gut bewegen und dem Flusslauf zurück nach Osten folgen. Pitu hatte zwar das Gefühl, dass jeder Muskel aus seinen Armen verschwunden war, aber den Beinen ging es gut. An einem Seil geführt, glitt das Boot im Schlepptau hinter ihnen her. Auf dem Weg klaubten sie trockene Zweige und Äste auf und warfen sie ins Boot, um später ein Feuer zu machen. Pitu versuchte unterdessen, trotz der zunehmenden Dämmerung die Stelle auszumachen, an der sie aus dem Sumpf gekommen waren. Doch natürlich entdeckte Fludo sie zuerst. Er hatte einfach den besseren Blick dafür. Mit seinem geübten Urda-Auge würde er sie auch morgen wiederfinden, denn sie mussten noch ein ganzes Stück weiter flussaufwärts gehen, damit Fludo am nächsten Tag nicht durch die Strömung daran vorbeigetrieben würde.

Als sie später ihr Boot an Land gezogen und ein Feuer entfacht hatten, war die Sonne untergegangen. Einmal noch lagerten sie zusammen, lauschten ihren Geschichten und schauten gemeinsam in die Flammen. Pitu ließ die Nase vom frischen Kräuterduft aus Fludos Pfeife umschmeicheln, während er immer neue Fragen stellte. Keine einzige davon zu seiner Situation, der Art der Magie, die womöglich in ihm schlummerte, oder der Aufgabe, die ihm der Prophezeiung zufolge auferlegt war. Er wollte jeden Augenblick nutzen, um mehr über Fludo zu erfahren und über die Urda im Allgemeinen. Er wollte wissen, wie es war, in den Athür zu leben. Sich ein wenig einfühlen in die Heimat, die auch seine hätte sein sollen.

Und Fludo erzählte. Er berichtete von eigenen Erlebnissen, von denen seiner Eltern und solchen, die ihm von anderen zugetragen wurden. Er erzählte von den Tieren und Pflanzen der Sümpfe, den Schönheiten der Natur, die das Leben bereicherten. Und von den Bedrohungen, von Schattenwesen, dunklen magischen Geschöpfen. Und schließlich vom Hain der Jothosbäume, einem Hort des Friedens auf dem heiligen

Eiland in den Athür. Der einzige Ort, dem jedwedes Wesen der Finsternis fernblieb. Es war wunderbar, Fludo zuzuhören, Pitu konnte die Lillibells beinahe vor sich sehen, wie sie verborgen unter den Jothosbäumen im grünen Lichterspiel miteinander um die Wette leuchteten. Dafür, dass sein Freund nur ein einfacher Fischer war, wusste er erstaunlich viel zu erzählen. Warum das so war, blieb ein Geheimnis, denn irgendwann übermannte Pitu die Müdigkeit und er schlief ein.

Vogelgezwitscher sickerte in seine Träume, während er langsam erwachte. Irgendetwas streifte seine Nase, und unwillig versuchte er, es mit dem Kopf abzuschütteln. Doch es kam immer wieder und ärgerte ihn. Unbeholfen wedelte Pitu mit der Hand und stöhnte auf. Wie gerne hätte er weitergeschlafen. Aber inzwischen kamen ihm die Geräusche um ihn herum so laut vor, dass ihm bewusst wurde, wie sinnlos der Versuch war. Wie hatte er beim Rauschen des Flusses und dem Gezeter der Vögel überhaupt schlafen können? Wieder etwas an seiner Nase. Er ruckte hoch und öffnete die Augen.

Fludo gab sein glucksendes Lachen von sich und wedelte mit einem langen Grashalm hin und her.

»Sehr witzig.« Pitu streckte sich gähnend.

»Schlafmütze sein, Tag schon traurig, dass du helle Zeit stehlen, nicht?«

»Dass ich helle Zeit stehle? Dieser Tag kommt auch ohne mich zurecht.« Pitu gähnte erneut, stand auf und ging zum Fluss, um sich die Müdigkeit aus dem Gesicht zu waschen.

»Tag ohne dich ja, aber du nicht ohne Tag, nicht?«

Pitu schüttelte das Wasser aus den Haaren. »Bitte nicht gleich nach dem Aufstehen solche Weisheiten. Lieber erst einen Tee.« Sein Blick fiel auf die Feuerstelle und er grinste zufrieden.

»Schon fertig sein, nicht?« Fludo reichte Pitu einen Becher und hatte auch einen Laib Brot zur Hand.

Doch Pitus Appetit war nicht groß. Es war ihr letztes gemeinsames Frühstück, der Abschied von Fludo stand ihm bevor. Immerhin genoss er den heißen Tee. Ob er sich auf dem weiteren Weg noch welchen machen würde? Oder müsste er auf Feuer verzichten?

Als Fludo begann, Malins Wegbeschreibungen zu wiederholen, stellte Pitu den Becher zur Seite. Es hatte keinen Zweck, in Gedanken über mögliche zukünftige Ereignisse zu versinken. Irgendwie würde es weitergehen. Das war es bisher immer.

»Du nach Norden gehen. Bald auf Handelsweg zwischen Myxa und Tyklahr treffen, nicht? Später auf Alten Wald.«

Fludo hatte eine sandige Fläche freigelegt, auf der er mit einem Stock einen groben Plan zeichnete. »Malin von kurzer und langer Weg sprechen. Kürzerer gen Osten nach Tyklahr gehen. Hier! Längerer gen Norden um Wald herum, nicht? An Wüste Idoteh grenzen. Schlangen und Skorpione, aber vielleicht besser sein wegen Gellwicks, nicht?«

Pitu dachte kurz an die Schreckensgeschichten, die er über die Ausgestoßenen kannte. Vor Tieren könnte er sich vorsehen, im Kampf gegen eine Horde Gellwicks zu bestehen, wäre wohl eher ein Wunder. »Dann lieber Schlangen und Skorpione!«

»Ich auch so machen würde, nicht?«

Fludo erhob sich, packte Schlafumhang, Becher, Messer und einige andere Sachen in seinen Reisebeutel und verstaute ihn im Boot. Pitu stand einfach nur da und sah zu. Er fühlte sich hilflos und rang um Fassung. Ungewohnte Gefühle, gemischt aus Traurigkeit und der Angst, gleich allein zu sein. Was für dumme Gedanken. Er war ein Leben lang allein gewesen. Eine Träne rann ihm über die Wange, ärgerlich wischte er sie fort. Das war das Letzte, was er wollte.

Fludo trat auf ihn zu, auch in seinen Augen schimmerte ein trauriger Glanz. »Ich dir Proviant gelassen. Du alles schaffen werden, nicht?« Er packte Pitu freundschaftlich bei den Schultern.

»Natürlich.« Pitu versuchte ein Grinsen. »Ich bin ein Straßenköter und Überlebenskünstler, schon vergessen?«

»Und du haben magischen Stein! Nicht vergessen, nicht?«

Fludo schloss ihn kurz und fest in die Arme. Dann schob er das Boot ins Wasser. Schon im Boot, drehte er sich noch einmal um und warf Pitu einen kleinen Beutel zu. Pitu fing ihn und lief ein paar Schritte hinterher, sah zu, wie sein Freund mit dem Paddel ins Wasser stach und sich entfernte.

»Danke!«, rief er. »Ich werde an dich denken. Wir sind beste Freunde, nicht?«

»Immer wir werden sein. Und wir uns wiedersehen, nicht?« Die letzten Worte Fludos verklangen im Rauschen des Flusses.

Pitu stand da und blickte ihm nach. Die Strömung hatte das Boot sofort erfasst und Fludo paddelte eifrig, um auf die andere Seite des Flusses zu gelangen. Langsam, aber stetig näherte er sich dem gegenüberliegenden Ufer. Aus der Entfernung konnte Pitu nicht ausmachen, wo der Flussarm in die Sümpfe führte. Einige bange Momente verfolgte er, wie Fludo sich kraftvoll und zäh mit den Paddeln bewährte, spürte, wie seine eigenen Muskeln sich spannten, als wäre er bei seinem Freund im Boot. In Gedanken lenkte er gegen und trieb das Tempo mit an. Rechts, links, rechts, links. Dann hatte Fludo es geschafft, er verschwand im Grün der Athür und auf Pitus Gesicht legte sich ein dankbares Lächeln.

Lange stand er so am Ufer, ehe er sich an den Beutel erinnerte, den Fludo ihm zugeworfen hatte. Er öffnete ihn, und ein vertrauter Duft stieg ihm in die Nase. In den Händen hielt er den Tabak und die Pfeife seines Freundes.

Selana

36

Es dauerte einen Moment, ehe Selana und ihre Freundin sich von dem Schreck erholt hatten. Vertieft in ihr Gespräch hatten sie überhaupt nicht mehr auf Semje geachtet.

»Wir dachten, du schläfst!«, meinte Aria.

»Hätte ich auch gern!«, fuhr er sie an und raunzte unverständliches Zeug in seinen Bart.

»Entschuldige bitte«, setzte Selana beschwichtigend hinzu.

»Entschuldige bitte, entschuldige bitte.« Semje äffte sie übertrieben nach. »Junge Zicklein meckern, ich wusste es. Warum nur habe ich mich breitschlagen lassen?« Wieder grummelte er den letzten Satz nahezu unverständlich in seinen roten Bart.

»Und olle Schafsköppe blöken!«, polterte Aria. Sie konnte ebenso unfreundlich sein wie der Zwerg, das stand fest.

»Was hast du eigentlich damit gemeint, wir sollten kein Wort über Luftmagie verlieren? Und mit den schlimmen Mächten, die wir heraufbeschwören könnten?«

Selana wollte sich von den Streitereien nicht ablenken lassen. Irgendetwas wusste der Zwerg über Magie. Und sie wollte es unbedingt erfahren. Doch alles, was sie als Antwort bekam, war eisiges Schweigen. Nur das stete Knarren der Räder und das Rumpeln des schweren Karrens auf dem Handelsweg waren zu hören. Unterbrochen höchstens durch das Schnauben des Dokabullen. Selana versuchte es noch ein, zwei Mal. Dann gab sie es auf, lehnte sich zurück und schloss resigniert die Augen.

Zwei kurze Pausen machten die drei, bis der Zwerg seinen Doka am späten Abend abseits der Handelsstraße an eine Baumgruppe führte, um das Nachtlager aufzuschlagen. Semje spannte eine Plane und legte seine Decken darunter. Dann machte er ein Feuer, setzte sich und kramte etwas Essbares aus seinem Bündel. Als er merkte, wie die beiden Frauen ihn anstarrten, wies er unter den Karren und grunzte etwas wie »Ihr könnt da drunter schlafen!«

Inzwischen hatte er eine Scheibe von einem Laib Brot abgeschnitten und stocherte mit dem Messer in einem Topf mit weißem Käse. Nach dem Gestank zu urteilen, musste er einfach köstlich schmecken. Herzhaft biss der Rotbärtige ein viel zu großes Stück von seinem Käsebrot ab und kaute mit offenem Mund. Als er merkte, dass die beiden Freundinnen ihn immer noch anstarrten, hielt er inne.

»Waw?« Mit zusammengezogenen Brauen starrte er zurück.

Selana schluckte schwer, konnte aber kein Wort über die Lippen bringen.

»Waw g-opft i-a ho, ver-dan...« Mit vollem Mund konnte der Zwerg nicht wirklich fluchen, und prompt fiel ihm das halbe Brot wieder heraus. Er bückte sich, wischte das Brot grob am Ärmel ab und steckte es erneut in den Mund.

Die Frauen schluckten hörbar, Selana fragte sich, ob ihr bei diesem Anblick wirklich das Wasser im Munde zusammenlaufen oder nicht eigentlich der Appetit vergehen sollte. Aber der weiße Streichkäse roch so verführerisch und selbst das Brot duftete verlockend. Wann hatten sie das letzte Mal etwas Vernünftiges gegessen?

Sie fasste sich ein Herz. »Semje, ich ... wir haben nichts mehr zu essen. Du hast nicht zufällig etwas für uns übrig? Wir könnten es bezahlen.«

Aria stieß sie verblüfft in die Seite und verzog das Gesicht zu einem Fragezeichen.

»Doch, doch. Ich hab ein paar Kupfermünzen.« Selana nahm ihr Bündel und begann darin zu suchen.

»Bei den schartigen Schwertern von Nehrbor!« Semje rollte mit den Augen. »Ich werd ja wohl keinen hungern lassen, während ich mir den Bauch vollschlage.« Er reichte den beiden Brot und Käse, nicht ohne sich vorher noch eine ordentliche Portion gesichert zu haben. »Aber zu trinken habt ihr doch wohl, oder?«

»Ja, m-nke«, meinte Aria, während sie schon am ersten Bissen Brot kaute.

»Nehrbor? Wer ist das?« Selanas Neugier war geweckt.

»Was!« Semje gab einen schmatzenden Laut von sich.

»Wer Nehrbor ist«, setzte sie nochmals nach.

»Rrrr. *Was! Was* ist Nehrbor.«

»Oh, ich glaube«, Aria schluckte hörbar, »ich glaube, es ist eine Festung oder Burg, östlich der Hochebene.«

Semje starrte sie ungläubig an. »Woher weißt du das?«, fragte er barsch. »Bist du schon mal da gewesen?«

Selana sah, wie seine Augen sich zu schmalen Schlitzen verengten. Doch ihre Freundin war mit essen beschäftigt, und die Antwort ging in ihrem Schmatzen unter.

Daher antwortete Selana für sie: »Von ihrer Mutter, oder nein, ihrem Vater. Der war Reisender und hatte eine Karte, auf der wohl auch dieser Name eingezeichnet war.«

»Hm.« Semje nickte bedächtig und kümmerte sich wieder um sein Abendbrot.

Eine Zeit lang aßen alle drei stumm. Dann meldete sich Aria wieder zu Wort: »Ah, ich weiß es wieder.« Sie schluckte den letzten Bissen herunter und wischte sich mit dem Ärmel über den Mund. »Nehrbor, die schwarze Festung! Auf der Karte war sie ganz in Schwarz gezeichnet. Und meine Mutter hat mal erzählt, dass Vater von dort schlimme Narben nach Hause gebracht hat. Muss ein düsterer Ort sein!«

Selana schaute von Aria zu Semje und zog fragend die Brauen hoch.

Der Zwerg starrte ins Leere. »Ein düsterer Ort – o ja!« Seine Stimme war kaum mehr als ein dunkles Schnarren.

Doch Selana und Aria hatten es verstanden. Sie schwiegen, die einsetzende Stille trieb Selana ein Frösteln über den Rücken. Dann durchbrach der Ruf einer Eule die trüben Gedanken der drei und der Zwerg stand auf, um sich in einiger Entfernung zu erleichtern. Die Geräusche waren eindeutig und Selana schüttelte sich.

»Männer sind echt schmerzfrei, wenn es um ... so was geht.«

»Du meinst, weil sie überall hinpissen, egal ob sie allein sind oder nicht?« Aria grinste. »Na, drin behalten können sie's jedenfalls nicht. Und wir im Übrigen auch nicht, kommst du mit?«

»Ja. Aber bitte ein paar Schritte weiter weg.«

Nachdem sie in ausreichender Entfernung ihre Notdurft verrichtet hatten, krochen sie unter den Karren und legten sich schlafen.

Selana wandte sich noch einmal an Semje. »Wir haben noch gar nicht darüber gesprochen, aber wir beide sind auf dem Weg nach Tyklahr. Wie weit kannst du uns eigentlich mitnehmen?« Selana hatte keine Ahnung, ob dies ein passender Zeitpunkt war, aber letztlich wollte sie nicht ewig darauf vertrauen, dass der Zwerg in die richtige Richtung fuhr.

Der Rotbart grummelte etwas Unverständliches.

»Ich, äh, ich konnte dich leider nicht verstehen«, setzte sie zaghaft nach.

»Die Frage ist falsch!«, gab er mürrisch von sich.

»Aber ...«

»Es geht nicht darum, wie weit ich kann, sondern wie weit ich gewillt bin! Und jetzt schlaft!« Er knurrte unwillig.

»Oh, natürlich. Entschuldige, Semje.« *Wie kann man nur so stur sein?* Selana nahm einen neuen Anlauf. »Es ist nur, ich könnte viel besser schlafen, wenn ich wüsste, wie lange wir einen starken Mann wie dich an unserer Seite haben.«

Der Zwerg seufzte auf. »Wenn ihr Ruhe gebt, bekommt ihr eine Antwort.«

»In Ordnung.« Selana stieß Aria an.

»Äh – ja. Wir versprechen es.«

»Ich nehme euch mit nach Nehrbor! Bis zur schwarzen Festung! Wenn ihr jetzt besser schlafen könnt, träumt schön!«

Er gab leise rasselnde Laute von sich und Selana wusste im selben Moment, dass er sich über irgendetwas freute.

Schon wenige Augenblicke später setzte das Schnarchen des Zwergs ein, und auch Arias Atem deutete darauf hin, dass sie eingeschlafen war. Selana aber konnte keine Ruhe finden. So viel war passiert, das ihre bisherigen Vorstellungen sprengte. Ihre Magie, mit der sie den Zwerg durch die Luft geworfen hatte. Und der Zwerg selbst – Semje. Sie konnte ihn einfach nicht einschätzen. Was sollte das mit der schwarzen Festung? Irgendwann wurden ihre Überlegungen träge und lückenhaft. Schließlich schlief sie ein.

Doch später in der Nacht begann sie, sich ruhelos hin- und herzuwälzen. Gedanken stoben durch ihren Kopf wie Schneeflocken im Wind. Sie setzten sich auf ihre Handflächen, greifbar und nah. Dann schmolzen sie dahin, ehe sie auch nur einen Finger krümmen konnte. Der Schnee verblasste und eisiger Nebel löste die Szenerie. Schemen bewegten sich um sie herum. Weiße Schatten, die unter Eiskristallen verborgen blieben. Einer davon trat ihr entgegen, die Umrisse wurden deutlicher, das Gesicht weißgrau gefroren. Wanda! – Es war ihre alte Momm, die den Mund öffnete, um zu ihr zu sprechen. Eissplitter sprangen von ihren Lippen und hinterließen blutlose Risse.

»Mein Herz ... wo ist das Bruchstück ... komm zum Nebelsee ... prüfe und vertraue ...«

Plötzlich fiel ein Schatten über Wanda, und sie zerbarst in tausend Splitter. Selana wollte schreien, doch Hände hielten ihren Mund verschlossen, ihre eigenen Hände. Sie hob sie, bewegte die Finger, streckte sie vor sich und Raureif bröckelte von ihnen wie trockener Lehm von alten Wänden. Dann überzog ein Glühen jedes einzelne Fingergelenk. Verwunderung löste den Schrecken, Schmerz die Verwunderung. Ihre Gefühle tanzten in wildem Durcheinander, flohen davon und stürmten zurück. Rote Schleier hatten den eisigen Nebel verdrängt, und sie hatte das Gefühl, in die Luft emporgehoben zu werden. Wieder Schatten und schemenhafte Gestalten, die sich umeinander wanden wie Schlangen in ihrem Nest. Und ein Gesicht, das ihr entgegenstrebte.

»Hekota ... erntereif ... der Kreh ...« Der Prinz und noch ein weiteres Gesicht im Hintergrund, das sie nicht kannte.

Dann das Gefühl, zu fallen, rote Schleier, die an ihr vorbei in die Tiefe stürzten, um sich unter ihr in einen blutroten See zu ergießen. Blut, alles voller Blut. Der Knoten in ihr pulsierte. Unwillkürlich schlug sie mit den Armen, ihr Fall verlangsamte sich. Sie schwebte, in der Luft gehalten, und blickte plötzlich in kalte weißgraue Augen.

»Wer bist du?« Die Frage in ihrem Kopf ließ sie erstarren. *»Wer bist du?«*

Sie wollte antworten, und auch wieder nicht. Die Stimme war nur leise, aber fordernd, bedrohlich, umschmeichelnd – hinterhältig? Nein, ich will nicht! Ein kühler Strom durchfuhr ihren Körper. Sie warf sich hin und her.

»Selana! Wach auf!« Diese Stimme kam ihr bekannt vor, vertraut.

»Lass mich mal, Kleine!« Eine dunklere, knarzende Stimme, dann traf sie ein Schwall Wasser mitten ins Gesicht.

Prustend schreckte Selana hoch. »Was soll das?«

Sie blickte in Semjes Gesicht. Der Zwerg hockte vor ihr und hielt einen leeren Becher in der Hand.

»Musste das sein? Du, du ... Rotbart!«

Aria schob sich in Selanas Blickfeld und warf dem Zwerg einen strengen Blick zu. »Jetzt hat sie es dir aber gegeben!«

Wenig später saßen sie im dämmernden Licht des Morgens an einem wärmenden Feuer, das Semje für sie entfacht hatte. Aria bereitete einen Tee, um die Kälte der Nacht aus ihrem Inneren zu vertreiben, und Selana hatte Gelegenheit, sich von ihrem beängstigenden Traum zu erholen.

Trotz der Schrecken, die sie heimgesucht hatten, versuchte sie, sich zu erinnern, das Erlebte festzuhalten – doch es entglitt ihr bereits. Träume sind nicht gleich Träume, hatte ihre Wanda immer gesagt. Manchmal sind sie eine Warnung und manchmal sind sie ein Weg. Und manche, das hatte sie allerdings auch gesagt, manche sind nur Gedankenabfall. Doch dieser Traum war mehr, das fühlte Selana. Er war so real. Sie hatte Wanda gesehen, hatte ihre alte Momm nicht sogar zu ihr gesprochen? Es war schon zu verschwommen. Jeder Versuch wurde überdeckt von der einen Erinnerung, die sich festbrannte. Diese eine würde bleiben: die kalten, weißgrauen Augen und die Stimme. »*Wer bist du?*«

Selana erzählte Aria von ihrem Traum. Oder zumindest von dem wenigen, was sie noch wusste.

»Und kannst du dich an die Augen erinnern? Ich meine, hast du sie schon mal in Wirklichkeit gesehen?«

»Nein.« Selana schüttelte zögerlich den Kopf und versuchte, die unzähligen Gesichter vor ihrem inneren Auge vorbeiziehen zu lassen, um sich vielleicht doch zu erinnern. Aber nein, diese Augen waren so außergewöhnlich hell und kalt. »Nein! Ich würde mich erinnern, bestimmt.«

»Und die Stimme?«

Die Stimme? Sonderbar, sie erinnerte sich an keine Stimme. »Jetzt, wo du fragst ... ich weiß nicht, ob da eine Stimme war.«

»Aber die Frage ›Wer bist du?‹, die hast du doch gehört, oder?«

Selana schüttelte erneut den Kopf. »Nein, sie war da, in meinem Kopf. Aber eine Stimme ... hab ich nicht gehört – die Frage war einfach in meinem Kopf ...« Sie blickte erst Aria, dann Semje an. »Was kann das bedeuten?«

Der Zwerg hatte kein Wort von sich gegeben. Doch sein Gesicht verriet, dass er aufmerksam zuhörte. Die buschigen Brauen ließen seiner Mimik wenige Versteckmöglichkeiten. Auch jetzt betonten sie seine geweiteten Augen, in denen Selana so etwas wie Erkenntnis zu entdecken glaubte.

»Sagt dir das etwas? Hast du solche Augen schon mal gesehen?«

Semje erhob sich. »Packt eure Sachen, wir müssen weiter!«

Aria und Selana sahen sich an, kamen aber der Aufforderung nach. Nicht lange, und die drei waren wieder unterwegs. Gezogen von dem Dokabullen mit den gekürzten Hörnern.

Der Tag war dahingegangen, ohne dass etwas Außergewöhnliches passiert war oder ihnen weitere Trupps von Zwergen begegnet waren. Die Sonne war aufgegangen, hatte ihnen angenehme Wärme gespendet und war wieder untergegangen. Selana hatte sich mit Aria über dies und jenes unterhalten, und wenn Semje lauter in seinen Bart gegrummelt hatte als gewöhnlich, hatten sie geschwiegen, damit er eine Weile Ruhe hatte. Der Zwerg hatte den Karren für das Nachtlager wieder von der Handelsstraße heruntergelenkt und liebevoll seinen Doka versorgt, ehe er sich zum Essen niederließ. Gesprochen hatte er den ganzen Tag so gut wie nichts. Aber zugehört, da war Selana sich sicher, zugehört hatte Semje sehr aufmerksam.

In dieser Nacht kamen die Träume wieder. Oder zumindest Teile davon. Die weißgrauen Augen blitzten kurz auf. Doch als die Frage in ihren Kopf drang – *»Wer bist du?«* –, durchfuhr sie ein plötzlicher Strom kühler Energie, ihr Knoten pulsierte, der Traum schwand und sie schlief tief und fest bis zum Morgen.

In der folgenden Nacht waren die Träume ganz ausgeblieben. Jetzt saßen sie wieder auf dem Karren und rollten weiter gen Osten. Nachdem Selana am vergangenen Tag immer wieder vergeblich versucht hatte, mit Semje ins Gespräch zu kommen, hatte sie sich heute einfach neben ihn auf den Bock gesetzt. Er hatte entnervt mit den Augen gerollt und in seinen Bart gegrummelt.

Doch Selana störte sich nicht daran. Die Mimik und das Grunzen und Murmeln des grobschlächtigen Zwergs mit dem mächtigen Bauchumfang wirkten in ihren Augen keineswegs einschüchternd oder beängstigend. Es weckte in ihr eine Art Verbundenheit oder Zuneigung. Natürlich half das nichts. Wenn er weiter so mürrisch bliebe, würde sie nie erfahren, was es mit der schwarzen Festung auf sich hatte. Außerdem wollte sie wissen, wie weit es noch bis Tyklahr war. Es schien ihr, als wären Aria und sie bereits eine Ewigkeit auf Reisen.

»Semje, ich weiß, wir sind dir lästig. Du bist lieber allein unterwegs und kannst uns nicht gebrauchen!«

Er schaute kurz zu ihr herüber und gab einen zustimmenden Laut von sich.

»Du bist ein Händler und Kämpfer. Männer wie du kommen am besten alleine klar, richtig?«

Wieder ein kurzer scharfer Blick und dann ein Kopfnicken.

»Außerdem reden wir zu viel und lassen dir keine Ruhe!«

Der Rotbärtige seufzte ergeben und wendete ihr den Kopf zu. »Was willst du?«

Na also. Immerhin antwortete er mal in Worten.

»Ich möchte wissen, was uns erwartet. Wann oder ob wir jemals in Tyklahr ankommen werden. Mit wem wir hier eigentlich unterwegs sind. Du weißt inzwischen viel zu viel über uns. Aber wir wissen von dir gar nichts außer deinem Namen und Beruf. Vor allem aber möchte ich wissen, was du mit ›bösen Mächten‹ meintest!« Sie schwieg und starrte ihn unverwandt an, bis er schließlich den Blick abwandte und wieder nach vorn auf den Weg schaute. Selana fixierte ihn. *Jetzt kommst du mir nicht mehr davon.*

Der Zwerg begann, unruhig auf seinem Platz hin- und herzurutschen. Und sie starrte ihn an – unentwegt! Schließlich hob er abrupt die Arme und ließ sie wieder fallen.

»Bei den Göttern der Himmelsschmiede! Ist ja gut. Aber schau gefälligst mal woanders hin!«

Selana drehte sich nach vorn und wartete mit einem leisen Lächeln auf das, was kommen würde.

»Ich halte nichts von zu viel Gerede. Und mitgenommen hab ich euch nur, weil ich so ein verdammt gutes Herz hab. Vielleicht seid ihr nicht so hilflos, wie ihr ausseht, aber mit Sicherheit auch nicht so stark, wie ihr es brauchen werdet.« Er holte tief Luft. »Zwischen der Hochebene von Abrinor und der Stadt Tyklahr liegt Nehrbor. Genau an dem Ort, an dem der einzige Weg von der Hochebene hinunterführt. Die Festung ist uralt und war schon in den Zeiten der Ahnen umkämpft. Die größte Schlacht aber, die dort gefochten wurde, war zur Zeit der Zwei Kriege. Als die Abrindarh Seite an Seite mit den Tykalden gegen die Armeen des Königreichs Akra und die Elbenkrieger der Azhark standhielten. Seither sind die Mauern und Ruinen der Feste schwarz.«

Selana hatte sich umgedreht und sich vergewissert, dass ihre Freundin zuhörte. Aria nahm ihre Hand und drückte sie kurz, beide blickten gebannt auf Semje, in der Hoffnung, dass er mit seiner spannenden Erzählung nicht abbrach. Tatsächlich fuhr er nach einiger Zeit fort.

»Während große Teile von Nehrbor zerstört wurden, blieben andere unbeschädigt. Noch immer geht der einzige Weg von der Hochebene gen Osten durch die Tore von Nehrbor. Und noch immer quert man hier den Fluss der Seelen, der durch eine breite Schlucht am Fuße der Feste fließt. Einige Straßen der schwarzen Festung sind wieder instand gesetzt und werden bewacht. Hier zahlt man hohe Preise, um sicher passieren zu können. Andere Straßen sind ebenfalls passierbar, aber unbewacht! Man kann sein Gold sparen – wenn man Glück hat. Hat man Pech, ist der Preis, den man zahlt, ungleich höher!« Er sah Selana an und warf auch einen Blick zu Aria, ehe er fortfuhr. »Eins aber, eins ist sicher.«

Der Karren rumpelte lauter und unterstrich die dunkle Stimme des Zwergs. »Frauen müssen immer zahlen – nur nicht mit Gold!«

Bestürzt blickten sich Selana und Aria an.

Dann hob Semje seinen Arm. »Das«, rief er und wies nach vorn, »ist trotz allem der einzig mögliche Weg!«

Sie hatten das Ende des Plateaus erreicht. Vor ihnen am Rand der Hochebene erhob sich, wie aus Trümmern geboren, die schwarze Festung.

Atharu

37

Langsam und fast lautlos glitten sie mit dem Boot dahin. Sobald Atharu erkannt hatte, dass sie sich der Furt näherten, hatten sie das Paddeln eingestellt. Nur ein leises Plätschern war noch von dem Paddel zu hören, mit dem Brandan das Boot lenkte. Der Fluss war hier breit, sie hielten sich dicht am Ufer, um nicht schon aus weiter Entfernung aufzufallen. Auf ein Zeichen Atharus lenkte Brandan das Boot zurück in die Mitte des Uwentengoa. Deckung gab es hier keine. Aber wenn tatsächlich Gellwicks in der Nähe wären, müssten sie für einen Angriff zumindest weit in den Fluss laufen.

Die Anspannung trieb Atharus Puls hoch, die Stille um sie herum stand in völligem Widerspruch zu der Ahnung, die in seinem Kopf Gestalt annahm. Ein leichter Wind strich über die aufrechten Halme des Schilfs. Vogelgesang drang aus der Ferne herüber. Sonst war nichts zu hören.

Plötzlich ein Krächzen vor ihnen. Doch auch das waren nur Vögel. Nur? Im selben Moment stiegen Krähen auf und flogen davon. Atharu durchfuhr der Gedanke wie ein Blitz: Die Gellwicks waren noch hier! Genau an der Furt!

»Vorwärts Freunde!« Pelldor hatte es auch erkannt. »Paddelt so kräftig und schnell ihr könnt!«

Atharu und Brandan hieben sofort mit ihren Paddeln ins Wasser, getrieben vom Gedanken, einem Kampf zu entgehen, den sie nicht gewinnen konnten, wenn wirklich die ganze Horde Gellwicks hier war. Das Peitschen des Wassers trommelte in Atharus Ohren. Fliegende Tropfen hüllten ihn ein, während ihr Boot dahinzischte. Dann sah er aus dem Augenwinkel zu ihrer Rechten zwei Gestalten ins Wasser laufen.

Ein Schrei ertönte, der zweifellos alle anderen Gellwicks mobilisieren würde. »Ih-Aaaaaaaaaa!«

Schon waren die drei Gefährten auf der Höhe der Furt, und Atharu schaute zum Ufer. Was er sah, ließ sein Blut in den Adern gefrieren. Mindestens ein Dutzend Männer stürmte auf sie zu. Einige versuchten bereits, durch den Fluss zu laufen oder zu springen, kamen aber nicht schnell genug voran. Andere blieben im hüfthohen Wasser stehen und zogen ihre Wurfmesser. Würden sie treffen?

»Schneller!«, rief Brandan von hinten.

In dem Moment zischte das erste Messer an Atharu vorbei. Unwillkürlich zuckte er mit dem Kopf und geriet beim Paddeln aus dem Rhythmus. Das Boot reagierte sofort und driftete in Richtung Ufer. So gaben sie ein noch besseres Ziel ab.

»Was machst du denn? Weiter, weiter!« Die Stimme seines Freundes klang drängend, fast panisch.

Atharu nahm sofort das Tempo wieder auf. *Plock!* Ein Messer traf das Boot und blieb zitternd im Holz stecken. *Plock! Plock!* Zwei weitere Treffer. Er warf einen Blick über die Schulter. Immer mehr Gellwicks standen an der Furt und warfen ihre Messer. Doch der Abstand wurde größer, die meisten Geschosse landeten im Wasser.

»Gleich haben wir's geschafft! Nicht nachlassen!«, drängte Pelldor.

Dann mischte sich ein weiteres Geräusch ins wirbelnde Rauschen des Wassers. Zunächst konnte Atharu es nicht zuordnen. Die Menge hinter ihnen grölte undefinierbare Laute. Aber da war noch etwas. Hufschlag? Er blickte sich suchend um. Natürlich, die Gellwicks hatten jetzt Pferde. Drei Reiter preschten am Ufer entlang.

»Pferde!« Brandan hatte die Reiter auch bemerkt. »Sie sind schneller als wir!« Er keuchte vor Anstrengung.

»Aber sie werden uns gleich nicht mehr sehen. Ein Stück noch, dann haben wir den Uferbewuchs auf unserer Seite.«

Pelldor hatte recht. Nicht mehr weit, dann wären sie durch dichten Baum- und Buschbewuchs geschützt.

Plock! Wieder blieb ein Messer im Boot stecken. Dann traf etwas Atharus Schulter. Es fühlte sich an wie ein dumpfer Stoß, er war sich nicht einmal sicher, dass etwas passiert war. Er spürte kaum Schmerzen. Doch das Paddel glitt ihm aus der Hand. Verwirrt starrte er auf seinen Arm. Dann folgte ein zweiter Hieb in den Rücken, und für einen Moment blieb ihm die Luft weg. Alles lief plötzlich auf sonderbare Weise langsamer ab. Er sah, wie sein Paddel in Zeitlupe vom Boot rutschte und ins Wasser glitt. Wassertropfen erhoben sich wie in Trance und schwebten vor ihm in der Luft. Als dehnte die Zeit sich endlos und erstarrte in träger Langsamkeit zu Eis.

»Atharu!« Brandans Stimme. Er schrie, doch sein Schrei klang leise, dumpf – weit entfernt – ängstlich? Atharu wollte sich zu ihm umdrehen, schauen, was los war. Doch in der beginnenden Bewegung durchstieß ihn ein unfassbarer Schmerz, als würde sein Körper in zwei Teile zerrissen. Ein Schrei entrang sich seiner Kehle, alles um ihn wurde schwarz.

»Atharu!«

Aus weiter Ferne wehte ihm eine Stimme entgegen. Nicht viel mehr als eine schwache Erinnerung. Aber der Name, den sie mit sich trug, erregte seine Aufmerksamkeit. Eben noch im Nichts des Seins, in der Schwärze des Unbewussten geborgen, entrückt von der Welt, trieb er jetzt an die Oberfläche und lauschte auf diese Stimme.

»Atharu, wach auf!«

Irgendetwas am Klang der Stimme rührte ihn. Erinnerungen schwirrten durch seinen Kopf, kaum greifbar entglitten sie sogleich wieder. Er sollte antworten. Sagen, dass er hier war. Doch wo war hier? Er spürte nichts. Nein, das war nicht wichtig. Er konzentrierte sich auf seine Empfindungen. Wollte sich Stück für Stück durch seinen Körper tasten. Aber er kam nicht weit. Kopf, Hals, Schulter, mehr war da nicht. Panik stieg in ihm auf. Was war passiert?

Dann endlich spürte er etwas. Sein Puls trommelte im Kopf, hämmerte gegen die Schläfen, als wären da Türen, die es einzutreten galt. Er wollte rufen, schreien, aber seine Zunge reagierte nicht. Konnte er sich überhaupt bewegen? Hatte sein Kopf gezuckt? Das Pochen im Schädel war ohrenbetäubend. Das musste jemand bemerkt haben, oder? Bei allen Seelen, er war doch hier! Ein stummer Schrei, dann sank er wieder ins Nichts zurück.

»Atharu. Nun komm schon, wach endlich auf!«

Die Stimme seines Freundes holte ihn erneut zurück an die Oberfläche. Inzwischen war es angenehm, wieder geweckt zu werden. Nur wurde er noch immer nicht gänzlich wach. Er hatte es bisher nicht einmal geschafft, die Augen zu öffnen. Immerhin waren die Erinnerungen zurückgekommen, und er lauschte den Gesprächen, die an seinem Bett geführt wurden.

»Mach mir nichts vor. Ich weiß, dass du da bist. Der Magister hat es mir versichert!«

Ja, sie waren in Gelder. Pelldor und Brandan war es gelungen, ihn mit dem Boot hierherzuschaffen. Sie waren Tag und Nacht gefahren, um ihn so schnell es ging zum Magister zu bringen. Das hatte Lieburus ihm erzählt, während er seine Wunden versorgt hatte. Eine unter dem linken Schulterblatt, eine direkt neben der Wirbelsäule. Der Magister schien zu wissen, dass Atharu alles mitbekam, und berichtete immer ausführlich, was gerade vor sich ging.

»Lieburus wird gleich kommen und etwas Neues ausprobieren. Ich hab ihm vom Abend des Überfalls erzählt. Die Geschichte mit dir und dem Feuer. Du erinnerst dich, oder? Jedenfalls wurde er plötzlich ganz hibbelig. Er sagte, nein, er bellte mir einen Befehl zu: Ich soll dich sofort ausziehen und die Wundverbände ablösen.«

Atharu versuchte, sich ein Bild von der Situation zu machen. Brandan, groß, breitschultrig, braungebrannt von der heißen Sonne über Tangris. Und vor ihm Lieburus, ein schmächtiges und blasses Männlein, das rastlos um ihn herumwieselte. Innerlich musste er grinsen.

Dann hörte er Brandan lachen. »Schade, dass du es nicht miterlebt hast. Ich erzählte ihm von der Feuerkugel, die du aus den Flammen gehoben hast. Erst war er wie erstarrt. Dann hob und senkte er ein paar Mal den Kopf. Das sah aus wie das Zucken einer Taube.« Wieder lachte sein Freund und sprach dann mit fisteliger Stimme: »Feuerkugel? Du hast Feuerkugel gesagt? Aber warum hast du das nicht früher gesagt! Feuerkugel aus den Flammen, ja, das kann sein, das kann sein.«

Atharu stellte sich vor, wie sein Freund das Gesicht verzog, während er den Magister nachahmte. Er machte das wirklich gut. Dann fuhr Brandan wieder mit normaler Stimme fort: »Jedenfalls wieselte er direkt los, nicht ohne ein paar Anweisungen über seine Schulter zurückzurufen und die erstbeste Wache nach Pelldor zu schicken.«

Pelldor! Seit Atharus Bewusstsein ihm diese innerliche Wachheit schenkte, hatte er nichts vom Obmann des Königs gehört. Sie hatten ihm viel zu verdanken, und Atharu freute sich darauf, die warme Bassstimme wieder einmal zu hören.

»Du musst wissen, dass Pelldor viel um die Ohren hat. Er plant alles für unsere Abreise. Wir sollen umgehend los, sobald es dir besser geht. Außerdem ist er wegen der Sache mit den Gellwicks sogar als Ratgeber in den Zirkel des Königs aufgenommen worden. Zumindest vorübergehend. Er befehligt nicht weniger als vierhundert Mann, von denen er bereits die Hälfte mit Kentso als Führer losgeschickt hat, um die Weiler zwischen Gelder und der weiten Ebene im Norden zu sichern. Wusstest du, dass die Geldermärker sie die Ebene der Gebeine nennen?«

Ja, das wusste Atharu. Aber er hatte nicht daran gedacht. Es schien eine Ewigkeit her, dass Ondara ihm davon erzählt hatte. Vom Großen Krieg und was auf der Ebene zwischen dem Nebelsee und dem Uwentengoa geschehen war. Das größte Schlachtfeld, das je gesehen ward. Tausende Opfer, deren Leiber an Ort und Stelle verwesten, weil niemand mehr da gewesen war, der sie hätte bergen können. Brandan kannte die meisten von Ondaras Erzählungen nicht, erinnerte sich Atharu. Er war bereits ab dem Knabenalter immerzu mit den Jägern unterwegs gewesen. Wenn sie wieder zu Hause wären, würde er ihm eines ihrer Bücher zu lesen geben.

»Die anderen zweihundert Mann werden mit uns in Richtung Nebelsee aufbrechen. Eine Vorhut kundschaftet schon die Gegend aus. Aber dazu wird dir Lieburus später mehr berichten. Jedenfalls ist alles sehr aufregend.«

Atharu konnte sich das Leuchten in Brandans Augen vorstellen. Sein Freund liebte Spannung und Abenteuer. Deshalb war er Jäger geworden. Und deshalb machte er vor keiner Gefahr halt. In großen Gruppen war Brandan still und unauffällig. Aber wenn es darum ging, an einer Steilwand emporzuklimmen, um Eier aus Gelbie-Nestern zu rauben, war er der Erste, der die Hand hob.

Plötzlich wurde die Tür aufgerissen.

»Bist du so weit?« Die Stimme des Magisters. »Gut, gut. Leg ihn auf den Boden.«

»Auf den Boden? Das kann nicht Euer Ernst sein.«

Atharu hörte die Empörung in der Stimme des Freundes. Fast hätte er ihm zugestimmt. Aber zum einen gehorchte ihm seine Zunge nicht und zum anderen machte es für ihn zurzeit keinen Unterschied, wo er lag. Er spürte es ohnehin nicht.

»Der Boden ist hart und kalt und er ist nackt! Und verletzt!«

Nackt? Hatte Brandan nackt gesagt? Aber doch sicher nicht ganz nackt, oder?

»Atharu«, jetzt sprach der Magister ihn an, »mein Vorgehen erschreckt dich vielleicht. Aber es ist zu deinem Besten, zu deinem Besten. Und sei gewiss, es kommt keine Frau in diesen Raum, die deine Blöße sehen könnte.« Lieburus räusperte sich und Atharu stellte sich vor, wie ihm die Schamesröte ins Gesicht stieg, während er versuchte, nicht auf seinen nackten Körper zu schauen.

»Brandan hat mir von deinen Fähigkeiten erzählt. Von der Feuerkugel. Ich weiß natürlich nicht, wie weit deine Magie bereits entwickelt ist, aber ich habe bei meinen Studien einmal etwas gelesen, etwas gelesen, ja. Deshalb wird dein Freund dich auf den Steinboden legen und wir werden das Holzbett mit den Kissen und Decken aus dem Raum bringen!«

Atharu kam eine Ahnung, was Lieburus vorhatte, und Hoffnung keimte in ihm auf.

»Das Bett soll ganz aus dem Raum?« Brandans Stimme wirkte immer noch trotzig, aber weniger barsch. Anscheinend sah er langsam ein, dass der Magister wusste, was er tat.

»Ihr zwei da! Kommt rein. Und raus. Ich meine, schafft alles raus, was brennen könnte.«

Atharu hörte Schritte. Doch bevor er vor seinem inneren Auge zählen konnte, wie viele Leute inzwischen bei ihm waren, schwankte der Raum. Oder nein, es war eher, als bewegte er sich selbst. Und dann pochte sein Herz so aufgeregt wie der Schnabel eines Spechts. Er spürte, wie er hochgehoben wurde. Ja, er fühlte sogar den starken Arm seines Freundes unter der Achsel. Diese Empfindung brachte seine Emotionen völlig in Aufruhr. Endlich fühlte er wieder etwas! Die Hoffnung auf Heilung war mit einem Mal so gewaltig, dass ihm Tränen in die Augen schossen. Tränen! Und auch die konnte er spüren!

»Magister! Er hat Schmerzen. Seht doch – Tränen!« Brandans Stimme klang aufgeregt. »Lasst bitte das Bett wieder hereinschaffen.«

»Nein, nein. Lass sehen.« Kleine schnelle Schritte näherten sich. »Ei und jei. Tränen, du hast recht. Und auch wieder nicht. Nein, es werden keine Schmerzen sein. Freude vielleicht? Vor allem Hoffnung. Hoffnung für uns. Aber was ist das?«

Atharu hörte die Überraschung in Lieburus Stimme.

»Ach das. Soweit ich weiß, hat er den von seiner Mutter bekommen. Ein Andenken an seine Urmutter Ondara.«

Aber ja, Lieburus musste den Armreif entdeckt haben. Atharu hatte schon gar nicht mehr daran gedacht. Er trug ihn um den Knöchel, weil er dort am wenigsten auffiel und bei niemandem Begehrlichkeiten weckte.

»Es könnte ein – ja wirklich, ein Ordensring. Lass mich mal sehen. Ach so, Atharu, verzeih, er wäre für die Prozedur gleich ohnehin eine Gefahr. Ich nehme ihn derweil an mich.«

»Vergesst nicht, ihn ihm zurückzugeben!«

Es rührte Atharu, wie Brandan sich um ihn und seine Habseligkeiten sorgte. Doch bei Magister Lieburus mussten sie wohl keinen Zweifel haben.

»Was denkst du? Ich würde nie – was mir nicht gehört ... Es ist nur so interessant, ja wirklich interessant. Ich spüre ein leichtes Pulsieren ...« Die Stimme des Magisters war immer leiser geworden, meldete sich jedoch lautstark zurück. »Nun schlag keine Wurzeln und leg deinen Freund schon hinunter! Auf den Boden, so ist es gut. Und ihr da draußen ...«, die tippeligen Schritte entfernten sich ein Stück, »bringt die Eisenkörbe mit den Holzscheiten herein und holt die Fackeln.«

Pitu

38

Pitus Schritte waren immer noch leichtfüßig, obgleich er inzwischen einen halben Tag auf den Beinen war. Es hatte etwas gedauert, bis er seinen Rhythmus gefunden hatte. Am Anfang war es ihm nicht gelungen, sich auf den Weg vor ihm zu konzentrieren. Immer wieder hatte er an Fludo denken müssen. Und als er Rast gemacht und den Tabaksbeutel in die Hand genommen hatte, waren seine Augen feucht geworden. Aber dann hatte er den Beutel weit nach unten in die Reisetasche gesteckt und sich geschworen, ihn erst in Tyklahr wieder hervorzuholen. Erst dort würde er sich mit einer Pfeife belohnen und seinem Freund den Pfeifenrauch gen Süden entgegenblasen.

Seither schritt er mit grimmiger Entschlossenheit voran. Er war Pitu, ein Dieb und Überlebenskünstler. Und ein Urda mit Magie! Mit welcher auch immer ...

Als er den Blick hob, entdeckte er weit voraus eine grüne Kuppe. Das musste der Alte Wald sein, von dem Fludo berichtet hatte. Schwer einzuschätzen, wie weit es bis dahin war. Heute würde er ihn nicht mehr erreichen. Vielleicht käme er morgen an die Weggabelung. Und dann müsste er wählen, welchen Weg er gehen wollte. Eigentlich hatte er sich ja schon entschieden. Aber wollte er wirklich am Rand der Idoteh Skorpionen und Schlangen begegnen? War denn ein Zusammentreffen mit Gellwicks auf der östlichen Route wirklich wahrscheinlich? Links herum oder rechts herum ... Warum nicht einfach mittendurch? Das müsste doch der kürzeste Weg sein. Er hätte Fludo fragen sollen. Aber die Zeit war am Ende zu knapp gewesen.

Pitu lief und lief. Anfänglich hatte er noch Augen für die Umgebung gehabt, hatte in der Ferne wilde Dokaherden gesehen. Sogar einen großen Wüstenadler, dem ein Fallandir hoch oben in scharfen Flugattacken böse zusetzte. Der kleine Greifvogel musste schon ein mutiger Recke sein, wenn er den wesentlich größeren Adler so offensiv anging. Mit einer Flügelspannweite von über fünfzehn Fuß waren Wüstenadler die größten Vögel überhaupt. Sie hatten messerscharfe Krallen und ihre Schnäbel waren spitz gezähnt. Dennoch waren sie bildschön mit ihrem sandfarben gesprenkelten Gefieder und den blaugrauen Flügelunterseiten, deren Flugfedern in leuchtend blaue Spitzen ausliefen. Selten erblickte man dieser Tage noch welche. Doch einst, so hieß es, hatten sie den Himmel von der Idoteh bis zum Ocka-Tang im Nunahzhar-Gebirge beherrscht, weit im Nordwesten. Dort sollten sie noch immer zahlreich sein, so sagte man.

Nicht, dass Pitu je da gewesen wäre. Doch aus den Mären der Geschichtenerzähler wusste er davon. Viele Stunden hatte er damit verbracht, auf den Märkten den Poeten, den Sängern und den Bettlern zuzuhören. Dabei waren die arroganten Poeten keineswegs die besten Erzähler. Manchmal gaben die Bettler die großartigsten Geschichten zum Besten. Gerade sie hatten wirklich etwas zu sagen. Doch letztlich musste man selbst in die Welt, um zu sehen und zu erleben, worauf die Geschichten einen neugierig machten.

Und hier war er nun. Von den Gassen, Märkten und Hinterhöfen in die weite Welt geworfen. Er hatte das Meer und seine grausame Macht im Zusammenspiel mit den Stürmen erlebt. Hatte die Sümpfe durchkreuzt und Geschöpfe der Dunkelheit kennengelernt. Und jetzt war er dabei, unbekannte Steppen und Wälder zu durchschreiten.

Doch Pitu nahm immer weniger davon wahr. Die Welt hatte sich seinem Blick entzogen, war zusammengeschrumpft wie eine alte Frucht. Sie bestand nur noch aus dem Weg zu seinen Füßen und dem Willen, voranzukommen. Er stierte auf den Boden vor sich, hob selten den Blick.

Schritt für Schritt, Fuß um Fuß.

Mitunter kreisten seine Gedanken um die Dinge, die Malin ihm gesagt hatte. Doch verflüchtigten sie sich ebenso schnell, wie sie gekommen waren.

Am folgenden Morgen fand Pitu endlich den alten Handelsweg, der einst von Wullutu nach Tyklahr geführt hatte. Was hatte Malin berichtet? »Nachdem die ›weite Brücke‹ über den Arro-Yrdazh von einer Flutwelle hinfortgerissen wurde, ist der Weg jetzt beinahe unberührt. Er führt dich sicher auf die Handelsstraße zwischen Myxa und Tyklahr. Wenn du dich nördlich hältst, sollest du gut vorankommen.«

Beinahe unberührt. Kann dies dann der richtige Weg sein? Pitu starrte auf die Spuren. Eindeutig Stiefelabdrücke. Bei näherem Hinsehen erkannte er unterschiedliche Größen und Sohlen. Zu viele! »Beinahe unberührt« galt hier nicht mehr. Aufmerksam hörte er auf Geräusche, um im Fall des Falles ins Dickicht zu springen. Den Weg sofort zu verlassen, kam nicht infrage. Er war für ihn Richtung und Sicherheit, selbst in so unsicheren Zeiten.

Nach einiger Zeit erreichte er die größere Handelsstraße. Noch immer lief er mit grimmiger Entschlossenheit voran. Schritt für Schritt, Fuß um Fuß.

Und plötzlich roch er es!

Es war nur ein Hauch. Irgendwo in nicht allzu großer Entfernung musste es gebrannt haben. Aber wieso? Weder hatte es Gewitter gegeben, noch strahlte die Sonne so stark vom Himmel, dass sich etwas entzünden würde. Pitu blieb stehen und schaute sich aufmerksam um. Wo Feuer war, waren auch Menschen. Er sog die Luft durch die Nase ein. Nichts mehr. Hatte er sich geirrt?

Langsam ging er weiter. Und je mehr er vorankam, desto stärker roch es nach Qualm. Dann sah er in einiger Entfernung Rauchschwaden aufsteigen. Er wurde noch langsamer, horchte intensiv auf jedes Geräusch. Nichts! Vielleicht waren die Leute, die das Feuer entzündet hatten, längst fort. Immer näher kam Pitu und blieb dann unvermittelt stehen, als sich in den Geruch von verbranntem Holz noch etwas anderes mischte. Eine strenge Note! Er hatte das schon einmal gerochen. Aber wo? War es Fleisch? Nein, das roch anders. Inzwischen konnte er Einzelheiten auf dem Weg erkennen. Die Reste eines Karrens. Ein Rad stand aufrecht, die andere Seite war zusammengebrochen und rußte nur mehr verkohlt vor sich hin. Der Gestank wurde stärker und Pitu schlug die Erkenntnis wie eine Faust in den Magen. Abrupt blieb er stehen.

Haare! Das war der Geruch von verbrannten Haaren! Er schluckte schwer, zwang sich aber, weiterzugehen. Tod und Feuer waren der Gestank der Gellwicks! Er wappnete sich ob der Dinge, die ihn erwarteten. Aber er musste Gewissheit haben. Vielleicht konnte er noch jemandem helfen. *Du bist ein Narr!* Malin hatte ihn eindringlich gewarnt. Gellwicks ließen niemanden am Leben! Doch nach dem schwachen Qualm zu urteilen, musste das Feuer schon einen halben Tag alt sein. Er atmete durch. Dann waren die Gellwicks sicher fort.

Als Pitu den Karren erreichte, erkannte er das Ausmaß dessen, was hier geschehen sein musste. Dies war nur der Endpunkt eines langen Trecks, der zerstört und verbrannt die Handelsstraße überzog. Vorsichtig ging er an verkohltem Holz vorbei, stieg über Reisetaschen und Bündel. Ein Esel lag mit aufgeschlitztem Bauch halb auf der Straße, halb im Dickicht. Sein Gedärm war herausgequollen und ein Schwarm von Fliegen stob auf, als Pitu daran vorbeischlich. Fetzen von blutigen Kleidungsstücken lagen auf dem Weg, und beinahe wäre er auf etwas getreten, das ein verkohltes Baby sein mochte. Pitu sog scharf die Luft ein, doch als er sich zwang, noch einmal hinzuschauen, erkannte er eine Puppe.

Erschüttert vom Ausmaß der Zerstörung, schleppte er sich mit schweren Beinen durch die Trümmer, vorbei an Aschehaufen, zerbrochenem Geschirr und den Kadavern einiger

Hunde. Es war eine Sache, etwas darüber zu hören. Aber eine ganz andere, es selbst vor sich zu sehen. Was ihn zusehends beunruhigte, war, dass er noch keinen Menschen, keine Leiche gesehen hatte. Wieso dann dieser Gestank? Konnte er sich täuschen? Übelkeit stieg in ihm auf.

Etwas weiter vor ihm stand ein Wagen, der nicht vollends verbrannt war. Während die Plane und der gesamte Aufbau den Flammen zum Opfer gefallen waren, schien der untere Teil mit den Rädern noch intakt. Dahinter kam ein Berg verkohlten Unrats in sein Blickfeld. Wozu sollte das ...

Pitu blieb neben dem Wagen stehen, unfähig, sich weiterzubewegen oder den Blick abzuwenden. Grotesk entstellt, mit schwarzen Fratzen und verstümmelten Gliedern, lagen die Opfer der Gellwicks aufgetürmt vor ihm. Übelkeit schoss ihm durch den Körper, er krümmte sich und übergab sich. Obwohl seine letzte Mahlzeit schon längere Zeit her war, schüttelte der Brechreiz ihn heftig und trieb grüne Galle hervor. Erschöpft sank Pitu neben den Karren, Tränen liefen ihm übers Gesicht. Wie viel Leid, wie viel Schmerz.

Dann ballte er die Fäuste. Er wollte trauern, um die Menschen, um ihr Leid. Doch noch stärker war die Wut, die heiß in ihm aufwallte. Das hitzige Gefühl knäulte sich im Magen zu glühendem Zorn. Zorn auf die stinkenden Kreaturen, die das angerichtet hatten.

Pitu spürte, wie Energie in seinem Inneren zusammenfloss und sich im Bauch bündelte. Ähnlich dem Gefühl in den Sümpfen, als die Crullmahr sich in den Holzstab verbissen hatten. Es irritierte ihn und beruhigte ihn zugleich. Das war seine Magie. *Und wenn ich erst gelernt hab, sie einzusetzen, müssen die Gellwicks der Welt sich in Acht nehmen.* Er spürte, wie Zorn und Übelkeit vergingen. Sein Blick klärte sich.

Und dann entdeckte er etwas, das ihm vorher nicht aufgefallen war. Nicht alle toten Leiber waren vollständig verbrannt. Die Gellwicks hatten die Körper dicht neben einen weiteren Wagen geworfen. Hatten sie gehofft, ein noch größeres Feuer damit zu entfachen? Sicher hatte auch hier der Aufbau des Wagens lichterloh gebrannt, denn es war nichts mehr davon übrig. Doch dann war das Feuer offenbar erloschen, ehe es sein grausiges Werk hatte vollenden können. Pitu richtete sich auf und ging langsam um den Leichenberg herum. Auf dem Wagen standen große Fässer, teilweise halb verbrannt, teilweise nur angekohlt und aufgerissen. Die Leichen in unmittelbarer Nähe waren besser erhalten. Pitu blickte in das halbe Gesicht eines Jungen, die andere Hälfte war zerschlagen, der Schädel zertrümmert. Eine junge Frau lag über ihm, bar jeder Kleidung, die Schenkel blutverkrustet.

Pitu wandte sich ab. Unsägliches Leid war über diese Menschen gekommen, so viel war sicher. Am Ende waren die Flammen eine qualvolle Erlösung gewesen für die, die noch gelebt haben mochten. Ein letztes Mal zwang er sich, den Blick über die Leichen gleiten zu lassen, während er zu den Fässern hinüberging. Hier war nichts mehr zu tun. Kein Leben rührte sich.

Er untersuchte die Fässer. Wasser! Auf diesem Wagen hatten die Trinkwasservorräte für den Treck gestanden. Vorsorge für den Fall, dass man in die Wüste ausweichen musste. Demnach wollten auch sie den westlichen Weg um den Alten Wald nehmen. Pitu streckte den Arm nach dem kleinsten der Fässer. Vielleicht könnte er es mit sich tragen? Er balancierte auf den Zehenspitzen, um das Fass zu greifen. Dann packte etwas seinen Fuß.

Er schrie auf, entwand sich dem Griff und sprang vom Wagen zurück. Sein erster Impuls war, davonzulaufen. Doch ein Husten ließ ihn innehalten.

Und auf einmal hörte er eine schwache Stimme: »Helft. Bitte helft!«

Vorsichtig kniete er sich neben den Wagen. Eine alte Frau in Lumpen lag darunter. Wasser tropfte hin und wieder herab und hatte den Boden unter ihr in eine matschige Pfütze verwandelt.

»Seid Ihr verletzt? Oder könnt Ihr allein hervorkommen?«

»Am Bein, ja. Aber es wird gehen. Helft erst einmal der Kleinen. Bitte nehmt sie in Eure Arme und bringt sie ein Stück fort von diesem Elend. Vielleicht wachsen ein paar Blumen am Wegrand, die Ihr ihr zeigen könnt? Hier gibt es Dinge, die sie besser nicht sehen sollte. Ich werde es schon allein schaffen und Euch folgen.«

Pitu sah, dass sich unter den Lumpen noch etwas bewegte.

»Lysa, schau mal, der nette Mann dort.« Die heisere Stimme der Alten klang liebevoll, fast zärtlich. »Er hat ein freundliches Gesicht und seine schönen Augen blicken sehr vertrauensvoll. Vor ihm musst du keine Angst haben.«

Ein Mädchen schälte sich aus den Lumpen und starrte Pitu misstrauisch an.

»Grüne Augen«, fuhr die Alte fort, »wenn ich es richtig erkennen kann. Das ist doch deine liebste Farbe, oder?«

Das Mädchen mochte sieben oder acht Winter alt sein. Und wie es sich auf einen Arm stützte und den Kopf schieflegte, fielen leuchtend rote Locken über seine Schulter. In diesem Moment schien es das schönste Geschöpf auf Erden zu sein. Es runzelte die Stirn, und Pitu musste lächeln.

»Er sieht wirklich freundlich aus.« Die Kleine kroch hervor und Pitu schloss sie unbeholfen in die Arme.

Ihm wurde bewusst, dass er noch nie ein Kind gehalten hatte. Ein ganz unbekanntes Gefühl. »Lysa ist dein Name?«

Die Kleine nickte und schmiegte sich an ihn.

Pitu überlief ein warmer Schauer und unmittelbar war er sich der Verantwortung bewusst, die ihm in diesem Moment zufiel. »Ein schöner Name. Lysa, wir gehen jetzt ein Stück voraus. Schau mit mir zusammen immer schön auf den Boden, damit wir nicht stolpern, ja?«

Wieder nickte die Kleine. Pitu strich ihr unbeholfen über die roten Locken.

Schritt für Schritt lenkte er sie durch die Trümmer, darauf bedacht, allem auszuweichen, was zu blutig oder grausig wäre. Während Lysa den Kopf auf den Boden richtete, schaute Pitu immer ein Stück voraus, um ausweichen zu können. Einen kopflosen rotgoldenen Katzenleib, der in einer Blutlache lag, hätte er fast übersehen. Sein Herz pochte schneller, als er Lysa erschrocken in die andere Richtung drehte und nach einer Ablenkung suchte. Beinahe wäre er mit ihr hingestürzt, fing sich aber im letzten Moment.

»Äh ... schau mal, die Blume da. Kennst du die?« Pitu trat mit ihr an den Wegrand. Lysa schaute neugierig nach vorn. »Aber ja, das ist ein Breithornblatt. Die Tante hat es mir schon ein paar Mal gezeigt.«

»Da hast du aber gut aufgepasst.«

Hinter ihm stöhnte die Alte.

»Die Tante!« Lysa wollte sich umdrehen, doch Pitu hielt sie fest und blickte nur selbst über die Schulter.

»Alles gut!«, kam der heisere Ruf. »Meine Knochen sind bloß ein wenig alt. Ich schaffe es, geht nur weiter!«

Doch Pitu konnte auch aus der Entfernung sehen, wie mühsam die Alte sich aufrichtete. Er war nicht sicher, ob sie es allein schaffen würde, so wie sie da am Wagenrad hing und sich festhielt. Doch vorerst galt seine Sorge der Kleinen. Er führte Lysa am Wegrand weiter und hatte schließlich die grausigen Überreste des Trecks hinter sich gelassen. Ein einzelner Handkarren lag neben der Straße auf der Seite, anscheinend vollkommen intakt.

Pitu hielt an. »Lysa, das haben wir ganz toll hinbekommen. Danke, dass du so gut auf den Weg geachtet hast.« Er nahm sie fest in den Arm und nutzte die Gelegenheit, um einen Blick zurück zu werfen. Von hier aus war nichts mehr vom grausigen Massaker zu sehen. Nur ein paar Trümmer und Rauchschwaden. Erleichtert ließ er die Kleine los. »Du bist ganz schön tapfer, weißt du das?«

Lysa nickte. »Hat die Tante auch gesagt!«

Pitu trat einen Schritt zurück und blickte ihr ins Gesicht. Große braune Augen mit einem Hauch von Grün schauten ihn erwartungsvoll an. Er lächelte unsicher. »Lysa, meinst du, du kannst dich einen Moment hier neben den Karren setzen, damit ich der Tante helfen kann?«

Noch ehe er den Satz beendet hatte, war Lysa vorgeschnellt und umklammerte ihn. Pitu hob hilflos die Arme und sah auf sie hinab. Ein warmes Gefühl durchfuhr ihn, er strich ihr zärtlich durchs Haar. Dann hörte er hinter sich das Geräusch von brechendem Holz und ein schmerzhaftes Aufstöhnen. Erschrocken blickte er sich um. Die Alte war kaum vorangekommen und hatte sich wohl an einem verkohlten Karren abgestützt, der unter der Belastung zusammengebrochen war. Jetzt lag sie auf dem Weg und rührte sich nicht mehr.

Pitu löste die Kleine und schob sie etwas von sich. Er schaute ihr ernst in die Augen. Große, glänzende Augen voller Tränen. »Hast du das auch gehört?«

Lysa nickte.

»Die Tante braucht meine Hilfe!«

Lysa nickte wieder.

»Du musst dich jetzt hinsetzen und warten, bis ich sie geholt habe, ja?«

Lysa nickte ein drittes Mal, und Pitu trat einen Schritt zurück. Blitzschnell sprang das Mädchen vor und klammerte sich erneut an ihn. Was sollte er tun? Er schaute sich hilflos um, strich der Kleinen übers Haar. Neben dem Weg wuchs das Breithornblatt. Da kam ihm eine Idee. »Schau, Lysa. Breithornblatt, richtig?«

Lysa sah sich um und nickte. Sie wischte sich die Tränen mit dem Ärmel aus dem Gesicht.

Pitu kniete sich neben sie. »Weißt du, die Tante braucht unsere Hilfe. Deine und meine. Außer uns ist niemand da, der das tun kann, nicht?«

Lysa senkte den Blick und starrte zu Boden. »Ich weiß.«

»Und ich glaube, sie ist verletzt, richtig?«

»Ja.« Lysa zog ihren Tränenrotz die Nase hoch. »Die Tante hat ein kaputtes Bein. Das hat schlimm geblutet. Aber sie hat gesagt, dass es gar nicht weh tut.«

»Manchmal tun Wunden nicht weh, aber man muss sie trotzdem versorgen. Schau, ich glaube, dieses Breithornblatt ist genau das Richtige für ihre Wunde. Kannst du es pflücken und Blatt auf Blatt legen? Ganz ordentlich, damit kein Blatt in den Schmutz fällt?«

Lysa schaute ein paarmal zwischen dem Kraut und ihm hin und her. »Bleibst du hier und hilfst mir dabei?«

Pitu lächelte. »Nein. Du weißt, ich muss der Tante helfen.«

Lysa verzog den Mund, eine Träne stahl sich aus ihren Augen.

»Aber ich werde den Karren nehmen, und husch, bin ich wieder da.« Pitu drehte sich einmal um die eigene Achse und tat, als könnte er sich kaum im Gleichgewicht halten. »Oh, ich glaube, ich muss mich wieder hindrehen, wie ich war.« Erneut vollführte er die Drehung, diesmal anders herum, und landete auf dem Hosenboden.

Lysa dankte es mit einem Lächeln.

»Hahaha. Das kannst du auch nicht besser.«

»Doch, kann ich.« Die Kleine drehte sich elegant erst in die eine, dann in die andere Richtung.

Pitu riss Mund und Augen weit auf. »Du bist eine Tänzerin! Und du hast gar nichts davon gesagt.«

»Du hast ja nicht gefragt.« Stolz stützte sie die Arme in die Seiten.

»Kannst du mir das auch beibringen?«

Lysa legte nachdenklich den Kopf auf die Seite und eine rote Locke fiel ihr ins Gesicht. Sie blickte an ihm hinauf und hinunter. »Vielleicht!«, sagte sie gedehnt.

»Oh, wie schön!«, rief Pitu lachend, schnappte sie und schwang sie einmal im Kreis, ehe er sie wieder absetzte. »Aber erst sammelst du die Blätter und ich hol rasch die Tante mit dem Karren ab, in Ordnung? Ich bin schnell wie der Wind. Du traust mir doch zu, dass ich schnell bin, nicht?«

Pitu lief probehalber ein paar Schritte in die eine und dann in die andere Richtung, wobei er die Brust unnatürlich nach vorn ausstreckte und eine Grimasse zog. Lysa grinste und Pitu blieb keuchend neben ihr stehen.

»Gut, dann haben wir einen Plan. Du Blätter holen, ich Tante holen, nicht?«

Lysa schlug die Hand vor den Mund und kicherte. »Du sprichst aber komisch!«

»Ich bin ein Urda; manche von uns sprechen so.« Er reichte ihr die Hand und Lysa ergriff sie. »Auf geht's, nicht?«

Tatsächlich hockte Lysa sich sofort hin, um Breithornblatt zu pflücken. Pitus Puls ging immer noch schneller als gewöhnlich. Aber als er es geschafft hatte, der Kleinen ein Lächeln zu entlocken, war sein Herz aufgegangen.

Doch nun galt es, nach der Alten zu schauen. Flink wuchtete er den Handkarren auf die Räder zurück und kontrollierte, ob er intakt war. Bei all dem Elend hatte Atharpazh immerhin diese Hilfe gesandt. Der Karren war heil und groß genug, eine Person zu tragen. Noch einmal schaute er zu Lysa, die eifrig, aber sorgfältig pflückte und Blatt auf Blatt legte. Dann wandte er sich um und schob den Karren in Richtung der Alten. Sie lag noch an derselben Stelle und rührte sich nicht.

Selana

39

Der Schrei eines Greifvogels gellte über ihnen durchs Tal und Selana fühlte sich entdeckt. Als wären alle Augen der Festung auf sie gerichtet. Semje hatte kein Wort mehr gesagt, noch immer verharrten sie auf der steinigen Anhöhe und starrten auf Nehrbor. Ein Schauder überlief Selana. Sie konnte nur hoffen, dass die Geschichten des Zwergs übertrieben waren.

Schließlich brach Aria das Schweigen: »Wie weit ist es bis zur Feste? Schaffen wir es bis zum Einbruch der Dunkelheit?«

Semje lachte heiser. »Falsche Frage! *Wollen* wir es schaffen?«

»Ich denke, es ist der einzige Weg? Werd einer schlau aus einem Zwerg.« Aria rollte mit den Augen. »Oder gibt es keine Herberge dort?«

Der Zwerg gab ein genervtes Stöhnen von sich und wandte sich zu Aria um. »Hast du zugehört, Mädchen?«

»So gefährlich?«, fragte Selana.

Semje nickte und seine buschigen Brauen zogen sich unheilvoll zusammen. »Insbesondere nachts! Auch ein Kämpfer wie ich sollte sein Schicksal nicht unnötig herausfordern!«

»Aber tagsüber wird es doch sicherer sein, oder?« Sie blickte den Zwerg fragend an. »Oder?«

Der Rotbärtige starrte wieder stumm zur schwarzen Festung. Trotz des warmen Lichts der Abendsonne wirkte Nehrbor kalt und abweisend.

»Aber wenn man dafür bezahlt, dass man sicher durch die Festung kommt«, schaltete sich Aria wieder ein.

Der Zwerg gab ein unwilliges Grunzen von sich.

»Du zahlst doch für den sicheren Weg, oder wie jetzt?«

Selana hörte zweifelnden Klang in Arias Stimme und ein unguter Gedanke beschlich sie. »Du nimmst den unbewachten Weg.« Ihre Stimme klang belegt. »Ist es so?«

Semje fuhr zu ihr herum. »Natürlich! Bei den Pickeln meines Hinterns! Ich schmeiß doch diesen Halsabschneidern nicht meine schwer verdienten Münzen in den Rachen!«

»Das ist nicht dein Ernst. Ich glaub, *ich* krieg gleich Pickel.« Arias Stimme klang alles andere als freundlich. »Zwerg, wir haben uns dir anvertraut. Ich hab keine Lust auf so einen Scheiß. Jetzt sind wir so weit gekommen und du willst uns irgendwelchem Diebesgesindel auf dem Silbertablett präsentieren?«

»Nun mach mal halblang!«, knurrte Semje und seine tiefe knarzende Stimme wurde eine Spur dunkler.

Selana war noch dabei, die Auskünfte über Nehrbor zu verdauen, mischte sich aber dennoch in den Wortwechsel der beiden, um Schlimmeres zu verhindern. »Semje, bitte versteh uns nicht falsch.«

Sie fasste Aria beschwichtigend beim Arm, als diese gerade wieder den Mund aufmachte, wahrscheinlich um ihrem Unmut weiter Luft zu machen.

»Wir sind dir dankbar für das, was du für uns tust.«

»Dankbar?« Aria zog ihren Arm ruckartig weg, rutschte nach hinten und verschränkte die Arme.

Selana seufzte ergeben. »Erkläre uns einfach, wie es weitergehen kann, und wir wollen dir gerne vertrauen.«

Semje sah sie aus zusammengekniffenen Augen an, machte dann aber einen Vorschlag. »Auf halbem Weg zur Festung gibt es abseits des Weges einen guten Platz für die

Nacht. Dort werden wir lagern. Morgen, wenn es hell ist, machen wir uns auf den Weg. Ihr versteckt euch hinten auf dem Karren unter der Plane. Und dann fahre ich den Weg, den ich immer fahre.«

»Na toll!«, kam es von hinten und Selana verzog genervt das Gesicht.

»Bis jetzt bin ich stets mit diesen Vogelfreien fertig geworden!« Er wandte den Kopf und spuckte vom Karren hinunter. »Ihr bekommt meine Jagdmesser, nur für den Fall«, setzte er hinzu. Seine Stimme klang jetzt sanfter, beschwichtigender.

»In Ordnung. Wir machen es so, wie du sagst.«

Selana kletterte nach hinten zu Aria. Semje gab dem Doka einen Klaps mit den Zügeln, und der Karren rumpelte weiter.

»Messer, wie schön. Wir sehen zwar unter der Plane nicht, was vorgeht, aber falls uns keiner überfällt, können wir zumindest unsere Nägel reinigen!«, zischte Selanas Freundin.

»Aria!« Selana gab sich alle Mühe, ruhig zu bleiben, und flüsterte. »Was wäre denn gewesen, wenn wir allein so weit gekommen wären, hm? Hätten wir die Idee gehabt, bis zum hellen Tag zu warten? Oder wären wir in der Hoffnung auf Hilfe schnurstracks in die Festung gelaufen?« Sie senkte die Stimme noch weiter, in der Hoffnung, dass Semje sie nicht hörte. »Er ist die einzige Hilfe, die wir haben. Wir können nicht wählerisch sein!«

Den Rest des Weges bis zu ihrem Lagerplatz schwiegen sie. Auch beim Essen sprach niemand ein Wort. Dann aber wandte Selana sich noch einmal an den Zwerg.

»Semje, gestatte mir eine Frage. Es beschäftigt mich schon die ganzen Tage, aber ich traute mich nicht, dich anzusprechen. Was hat es mit den Soldaten auf sich? Es waren so viele. Beinahe so, als würden sie in den Krieg ziehen.«

Sie schaute den Zwerg unverwandt an und wartete geduldig auf eine Antwort. Inzwischen wusste sie, dass sie die Stille nach einer Frage einfach lange genug aushalten musste.

Und schließlich antwortete er, wenn auch zögerlich. »Ich weiß nichts Genaues. Halte mich raus aus diesen Dingen.«

»Mir genügt auch etwas Ungenaues.« Selana lächelte. »Wir sind doch dir gegenüber auch offen gewesen. Vertrauen funktioniert nur gegenseitig. Also bitte sag uns, was du weißt oder vermutest!«, sagte sie nachdrücklich.

Semje grummelte ein wenig, fuhr dann aber fort: »Du hast recht. Es riecht nach Krieg. Im Nordosten der Hochebene entsteht ein Heerlager. Die Krieger der Abrindarh sammeln sich. Es ist lange her, dass das Zwergenvolk der Hochebene sich zum Kampf rüstete. Vielleicht ist König Steinfaust unruhig, weil in Akra die Dinge aus dem Ruder laufen. Vielleicht auch, weil immer mehr Gellwicks das Land heimsuchen.« Er spuckte aus. »Sie sind wie ein Geschwür, wie Brotschimmel, der das Land überwuchert.«

»Das ist doch mal ein passender Vergleich!«, grunzte Aria. »Das Wetter in Akra ist für Schimmel zumindest goldrichtig. Das halbe Land steht unter Wasser und die unteren Viertel in Akralahr vergammeln in den Fluten. Und wahrscheinlich auch alle Bewohner, die nicht geflüchtet sind.«

»Aber irgendwann, wenn der Regen aufhört, werden die Menschen zurückkommen, oder nicht?« Selana wollte diese trüben Gedanken nicht zulassen. Wenn es nach ihr ginge, würde alles wieder gut werden.

Semje schaute Selana eindringlich an. »Dieser Regen ist mir nicht geheuer. Kein Wetter hat je so lange angehalten. Irgendetwas daran stimmt nicht.« Die buschigen Brauen über seinen Augen begannen wieder ihren unheilvollen Tanz. »Jeder meiner alten Knochen sagt mir, dass Böses in der Luft liegt. Und es kommt aus dem Norden, so viel ist mal sicher!«

Selana fröstelte und setzte sich dichter zu Aria.

Ihre Freundin hatte sich etwas entspannt und ließ sich auf das Gespräch ein. »Die Abrindarh werden wohl kaum gegen den Regen ins Feld ziehen. Es muss noch was anderes geben.«

»Ihr beide kommt doch aus Akra. Ich selbst war auch da. Erinnert ihr euch, wie es dort *vor* dem langen Regen war?«

»Natürlich. Vor allem trocken!«, antwortete Aria.

Selana musste unwillkürlich grinsen. »Semje, ich glaube, es ist einfacher, wenn du gleich sagst, was du meinst.«

Der Zwerg verzog das Gesicht und seufzte. »Ich erinnere mich vor allem an eins«, fuhr er fort, »es hat in der Stadt immer von Soldaten gewimmelt. Man hätte meinen können, König Rerrik hätte Angst vor seinem eigenen Volk.«

Aria setzte sich auf. »Stimmt! Jetzt, wo du es sagst.«

Selana versuchte, sich die Male in Erinnerung zu rufen, die sie außerhalb der Burg in der Stadt unterwegs gewesen war. Die beiden könnten tatsächlich recht haben.

»Wo sind die Soldaten hin?« Sie blickte von Aria zu Semje.

»Na, sie werden sich zumindest nicht die ganze Zeit nur wegen des Scheißregens untergestellt haben. Es sei denn, sie wurden eingesperrt, damit die Rüstungen nicht rosten«, frotzelte Aria.

»Noch etwas.« Die Stimme des Zwergs wurde eindringlicher. »Habt ihr von den Überfällen der Gellwicks gehört?«

Selana spürte, wie Aria sich versteifte. Schnell sprang sie ein und versuchte, den Zwerg unauffällig von diesem Thema abzubringen: »Ja, haben wir. Aber bitte lass uns diese schlimmen Dinge jetzt nicht besprechen.« Sie schaute Semje an und versuchte, ihm mit ihrem Blick die Botschaft zu vermitteln, dass es für Aria gerade nicht das beste Thema wäre.

Der Zwerg nickte unmerklich und schien zu verstehen. »Nur so viel: Sie hinterlassen eine Spur der Verwüstung, seit Monaten schon. Wenn die Soldaten also nicht in der Stadt sind, aber offenbar auch nicht damit beschäftigt sind, den Gellwicks das Handwerk zu legen, wo sind sie dann?«

Selanas Kopf schwirrte. Immer mehr Puzzleteile. Doch das Bild schien mit jedem Teil verworrener und erschreckender zu werden. Schließlich beschloss sie, Semje in ihre Vermutungen einzuweihen. »Die Gellwicks werden geduldet. Vom Prinzen selbst!«

Semjes Mund öffnete sich und schloss sich wieder. Als wäre er eine Puppe ohne Stimme. Dann jedoch sagte er: »Kind, das ist kein Spaß. Das ist Hochverrat, was du da von dir gibst. Du darfst so was nie, niemals zu irgendjemandem sagen. Was reimst du dir da zusammen?«

»Semje.« Sie blickte ihm so direkt in die Augen, wie es ging. »Ich *weiß* es!« Und dann berichtete sie von ihren Beobachtungen.

Als sie geendet hatte, sprach längere Zeit niemand ein Wort. Semje hatte immer wieder den Kopf geschüttelt. Endlich blickte er Selana an. Zum ersten Mal wirkte er auf sie unendlich müde.

»Wir sollten schlafen. Ich hoffe, dass wir ungeschoren durch die Festung kommen. Aber wenn nicht, müssen wir ausgeschlafen sein!«

»Und sonst sagst du nichts?« Das Erstaunen in Arias Stimme war unüberhörbar. »Ich meine, was Selana dir erzählt hat, ist doch der Hammer, oder? Fällt dir dazu nichts ein?«

Semje erhob sich schwerfällig. »Doch, aber vor morgen Abend spielt das keine Rolle. Legt euch schlafen. Ich versorge meinen Doka.«

Selana gab ihrer Freundin ein Zeichen und Aria drang nicht weiter auf den Zwerg ein. Sie machten sich für die Nacht fertig und rollten sich in ihre Decken. Es würde tatsächlich vor morgen Abend keine Rolle spielen, das verstand Selana. Dann erst wüssten sie, ob sie noch am Leben waren.

Wie viele Tage waren sie schon unterwegs? Oft war es gefährlich gewesen. Einige Male sogar sehr brenzlig. Aber die Gefahr, die jetzt vor ihnen lag, war viel konkreter. Denn sie kannten sie und konnten ihr trotzdem nicht ausweichen. Selana spürte, wie schwer es ihr heute vor dem Schlafen fiel, ihre Angst zu verdrängen. Und schließlich betete sie. Das erste Mal, seit sie Akralahr verlassen hatte.

Als sie erwachte, war es hell. Sie hatte wider Erwarten gut geschlafen. Aria schien es ebenso zu gehen, sie wachte gerade auf und blinzelte sie an.

»Schon hell?«

»Ja, und wir sollten schleunigst aufstehen. Semje scheint längst wach zu sein.«

Sie hörten den Zwerg herumwerkeln und krochen unter dem Karren hervor. Ihr rotbärtiger Freund hatte ein Feuer entfacht, über dem ein Suppenkessel hing, aus dem es appetitlich dampfte.

»Ein langer Schlaf ist gut für einen langen Tag! Esst von der Suppe und nehmt ordentlich Brot dazu. Bis zum Abend gibt es nichts mehr.« Er stapfte nach hinten zum Karren.

»Isst du nichts?« Aria streckte sich und gähnte herzhaft.

»Ich bin fertig. Esst nur, ich kümmere mich um alles andere!«

Beim Frühstücken beobachtete Selana, wie Semje seinem Doka schweres Ledergeschirr anlegte. Auf den zweiten Blick erkannte sie, dass das Geschirr zu einem guten Teil aus Metallplatten bestand. Ein bestmöglicher Schutz vor Pfeilen und Messern. Als der Zwerg fertig war, glich der Doka eher einer Panzerechse als einem Rindvieh. Das mächtige Tier sah beeindruckend aus. Kopf, Hals und auch Rücken und Flanken waren unter stumpfgrauen Platten verborgen. Auf die geschmiedeten Teile waren Runen geprägt, die der Rüstung eine zusätzliche optische Macht verliehen. Vielleicht hatten sie sogar andere Kräfte.

Eben hatten die Freundinnen ihr Frühstück beendet und sich erhoben, als der Zwerg eine Truhe vom Karren wuchtete und nach vorn schleppte. Gespannt verfolgte Selana das Geschehen. Sie hatte nicht die leiseste Ahnung, was Semje nun noch vorhatte. Als der Zwerg die Truhe öffnete und den Inhalt zutage förderte, pfiff Aria durch die Lippen.

»Eins steht fest«, raunte sie, »Rotbart ist gut vorbereitet.«

Selana nickte und sah staunend zu, wie der Zwerg nacheinander vier geschmiedete Schäfte aus der Kiste holte. An der einen Seite waren sie hohl und wirkten wie ein Trinkgefäß. Doch zur anderen Seite verjüngten sie sich und liefen in eine fast schwertartige Klinge aus. Während Semje beruhigend auf seinen Doka einredete, steckte er diese ungewöhnlichen Waffen mit drehender Bewegung fest auf die Hörner des Bullen. Sie hatten zuvor schon einschüchternd gewirkt. Jetzt allerdings trieb der Anblick einem den kalten Schweiß auf die Stirn. Die Klingen der Hörner blitzten messerscharf in der Sonne und die Freundinnen traten unwillkürlich ein paar Schritte zurück. Atemlos verfolgte Selana, wie Semje den letzten Schaft aufdrehte. Er befand sich dabei zweifellos selbst in größter Gefahr. Eine plötzliche Kopfbewegung seines Bullen könnte ihm schwerste Verletzungen zufügen. Doch dann hatte er es vollbracht und strahlte über das ganze Gesicht, als er zu ihnen herüberblickte.

»Was meint ihr denn, wie ich sonst durchkomme? Ich habe gesagt, dass ich Händler *und* Kämpfer bin!« Er trug die Truhe wieder nach hinten. Dann öffnete er eine weitere Kiste und entnahm ihr zwei Jagdmesser, die er Selana und Aria gab. Außerdem holte er noch ein leichtes Beil und einen Morgenstern hervor. Jetzt erst, als der Zwerg auf den Bock stieg und diese Waffen sowie seine beiden Äxte griffbereit positionierte, erkannte Selana, dass der Karren die perfekten Vorrichtungen dafür hatte. Von seinem Sitzplatz aus konnte Semje jede der Waffen greifen, ohne sich darauf konzentrieren zu müssen. Sie ruhten quasi handgerecht in Warteposition.

Schließlich stieg er hinten auf den Karren, wuchtete Kisten, Fässer und Säcke an die Seiten, verzurrte sie und schaffte auf diese Weise einen schmalen Gang, in dem Selana und Aria einigermaßen geschützt liegen konnten. Als er schnaufend wieder abgestiegen war, forderte er die beiden auf, sich hinten auf den Wagen zu begeben, damit er die Plane über sie ziehen könnte. Es wurde ernst, Selana spürte ihr Herz pochen.

»Wir sind noch einige Zeit unterwegs, bis wir durch die niederen Tore zu den unbewachten Pfaden kommen. Aber ihr könnt davon ausgehen, dass wir bereits weit vorher beäugt werden.«

Selana nickte, ein wenig nervös stieg sie auf. Durch die Rüstung des Doka und die vielen Waffen des Zwergs wurde die bevorstehende Gefahr immer realer. Am liebsten hätte sie sich auf und davon gemacht.

»Egal was ihr hört, ob jemand schreit, mein Doka brüllt oder Waffen klirren, ihr bleibt, wo ihr seid.« Er zog die Stirn kraus und seine Augen wurden schmal. »Habt ihr mich verstanden?«

Selana und Aria nickten.

»Es sind meist nur normale Vogelfreie und Diebesgesindel. Aber in diesen Zeiten könnten auch Gellwicks dabei sein!«

Aria holte hörbar Luft. Was mochte in ihrem Kopf vorgehen? Ständig war von diesen menschlichen Bestien die Rede, die grausamen Erlebnisse wurden wieder und wieder an die Oberfläche gewühlt.

»Und wenn ihr doch entdeckt werdet und mit den Messern außerhalb des Karrens kämpfen müsst, dann denkt an meinen Doka. Hier!« Er wies auf einen Holzpflock, der vor seinem Sitzplatz steckte und an dem verschiedene Lederbänder hingen. »Den ziehe ich bei einem Angriff raus. Und dann ist mein kleiner gehörnter Freund frei. Frei, um seinen Säbeltanz aufzuführen!« Ein scheppernder Lachen entfuhr dem Zwerg. »Ich habe es schon einmal erlebt.« Seine Augen blitzten vor Freude und er streckte ungestüm die Hände gen Himmel. »Es regnete Gulasch!«

Atharu

40

Die Holzscheite in den Feuerkörben knisterten und Atharu spürte die Wärme, die von ihnen ausstrahlte. Die Empfindungen kehrten langsam zurück. Er fühlte seine Schultern, seine Arme – und den Schmerz, der in ihm wütete. Dennoch überwog die Erleichterung, dass seine Isolation bald ein Ende haben würde. Lieburus hatte die Diener mit den Fackeln und Feuerkörben hin- und herdirigiert. Dann verließen sie auf sein Geheiß den Raum, Atharu war mit dem Magister und Brandan allein.

Nach Lieburus' Erläuterungen vermutete Atharu, dass er etwa in der Mitte des Raumes lag, zu allen Seiten Feuerkörbe neben sich. Außerdem hingen an jeder Wand Fackeln und zusätzliche Fackelständer waren aufgestellt worden. Die Hitze im Raum musste nahezu unerträglich sein. Doch Atharu nahm nur einen angenehmen Hauch von Wärme wahr. Brandan hatte einige Male protestiert, als Lieburus die Feuerkörbe noch näher an Atharu hatte heranschieben lassen.

Doch schließlich hatte der Magister ihm gedroht, ihn abführen zu lassen, wenn er sich weiter einmischte. Jetzt schwieg er, und Atharu konnte sich vorstellen, wie er mit zusammengepressten Lippen und verschränkten Armen vor sich hin grollte.

»So! Atharu, es ist an dir, an dir.« Der Magister klang beinahe feierlich. »Brandan und Pelldor haben dich lebend zu mir gebracht und ich konnte dich vor dem Übergang in die Schatten bewahren. Aber heilen, das musst du selbst, musst du selbst. Ich habe Feuer als Quelle deiner Energie für dich herschaffen lassen. Nach den Aufzeichnungen, die ich über die alte Magie studiert habe, solltest du in der Lage sein, dich selbst zu heilen!«

Nach den Aufzeichnungen über alte Magie? Atharu wiederholte den Satz im Geist. Es gab Aufzeichnungen? Schriften, in denen er etwas über *seine* Magie lernen konnte?

Lieburus, erzählt weiter. Ich muss unbedingt mehr darüber erfahren..

Doch der Magister sprach eine ganze Zeit lang kein weiteres Wort. Die Stille zerrte an Atharus Geduldsfaden. Dann kam ihm der Gedanke, dass es Lieburus vielleicht ähnlich ging. Er stellte sich den älteren, schmächtigen Mann in seinem etwas zu weiten Umhang vor, wie er bebend da stand, die leuchtenden Augen wartend auf ihn gerichtet. Aber was konnte Atharu tun? Wie sollte er dem Magister sagen, dass er so gut wie gar nichts wusste über seine Fähigkeiten? Ja, er hatte das schon einmal getan: sich mit der Magie der Flammen geheilt. Doch zu der Zeit hatten alle seine Sinne funktioniert. Er hatte die Flammen vor sich gesehen. Jetzt war er im Inneren seines Körpers gefangen. Und das Wissen, dass jemand in unmittelbarer Nähe mehr über seine Magie wusste als er selbst, machte es auch nicht besser. Es lenkte ihn ab. Aufzeichnungen über die alte Magie. Was hatte es damit auf sich?

»Hm, ich sehe, dass ich nichts sehe, wie Quendus immer zu sagen pflegte.«

Lieburus' Stimme schreckte Atharu aus seinen Gedanken auf. Schnell wandte er seine Aufmerksamkeit dem Magister zu, der jetzt viel nachdenklicher klang.

»Vielleicht erläutere ich noch ein wenig, was ich mir gedacht habe. Ja, natürlich. Ich weiß ja gar nicht, wie viel *du* weißt, richtig?«

Wieder eine lange Pause. Es schien, als wartete Lieburus auf eine Antwort, und Atharu hätte am liebsten ein hysterisches Lachen von sich gegeben oder den Magister gehörig geschüttelt, damit er endlich auf den Punkt käme.

»Er kann doch nicht antworten. So erzählt endlich, um der Seelen willen!« Für diese Worte hätte Atharu seinen Freund küssen können. Als hätte Brandan seine Gedanken gelesen.

»Ach so, ja, natürlich, natürlich. Wo fange ich an? Hm.«

Wieder eine Pause. Atharus Geduld wurde auf eine harte Probe gestellt. Er konzentrierte sich auf die Szenerie, die sich um ihn herum abspielen mochte, und versuchte, sich alles so bildhaft wie möglich vorzustellen. Und er merkte, wie es ihn beruhigte. Ein flammenerhellter Raum, darin Lieburus und Brandan, denen von der Hitze der Feuer die Schweißperlen auf der Stirn standen. Vor ihnen auf dem Boden ein nackter Körper, der keine Regung von sich gab. Lieburus, wie er seine Unterlippe knetete und versonnen zur Decke blickte, während Brandan vor Ungeduld die Stirn furchte und die Daumen sich in seinen Fäusten nervös hin- und herschoben.

»Fangt halt irgendwo an. Aber tut es endlich, bevor wir hier bei lebendigem Leibe gekocht werden!«

»Aber ja doch, ja doch.« Der Magister sog geräuschvoll Luft ein und ließ sie ebenso geräuschvoll aus, ehe er schließlich redete. »Ich fasse mich kurz, denke ich. Oder zumindest versuche ich es. Also: In der alten Zeit, noch vor den Zwei Kriegen, gab es neben der schnöden Magie, wie sie in den Orden gelehrt wurde und wie auch ich sie zuweilen ausübe, wenn ich das so sagen darf – ihr müsst wissen, dass ich durchaus über einige Kräfte verfüge. Zum Beispiel kann ich ein paar Heilzauber für Gebrechen der leichteren Art sprechen. Ich habe dem König einmal ...«

Wenn er es gekonnt hätte, hätte Atharu sich die Haare gerauft. Dieser Mann verstand es wirklich, unnötig Spannung aufzubauen.

»Magister!« Brandans Stimme durchschnitt die Luft wie ein scharfes Schwert, Dankbarkeit durchflutete Atharu.

»Äh, ja. Also, in der alten Zeit gab es noch die Magie der Elemente. In den Schriften wird sie die *Scheltarnas* genannt, die Magie der Auserwählten. Es heißt, sie wäre den Elbenhäusern vorbehalten gewesen. Und für jedes Element, als da wären Feuer, Wasser, Erde, Luft und Holz, könne es immer nur einen *Scheltar* in der Welt geben. Nach der Prophezeiung – dazu ein anderes Mal mehr – braucht es neben dem magischen Medaillon auch die Elemente, um das Gleichgewicht herzustellen, das nötig ist, um alles Leben zu erhalten – oder zu retten.«

Er räusperte sich kurz, bevor er in seiner dozierenden Art fortfuhr. »Wie auch immer. Als in den alten Zeiten die Magie gefangen wurde, in dem Wahn, das Wohl der Welt bestimmen zu können, starben die Scheltar. Bis auf eine zumindest. Schlimmer noch: Niemand hat bis heute davon gehört, dass wieder neue geboren wären. Jedenfalls ...«, mit einem Mal wurde Lieburus' Stimme ruhiger und ernster. »Atharu, du musst einer der Auserwählten sein. Ondara hat dich zu Quendus gesandt. Du bist der neue Hüter und nach Brandans Erzählungen hast du die Fähigkeit, Feuerkugeln aus Flammen emporsteigen zu lassen. Ich denke, es kann keinen Zweifel geben: Du bist, und deshalb die vielen Flammenspender im Raum, der wiedergeborene Feuer-Scheltar!«

Lieburus hatte die letzten Worte dramatisch betont. Durch die nachfolgende Stille, in der nur mehr das Knistern der Holzscheite zu hören war, hallten die Worte in Atharus Gedanken nach. Der Feuer-Scheltar. Konnte das sein? Zumindest würde das all seine bisherigen Erlebnisse erklären. Jetzt, wo die Worte des Magisters neue Hintergründe offenbart hatten, rückten auch Ondaras Andeutungen in ein verständlicheres Licht. Puzzleteile setzten sich zusammen und formten eine Geschichte, in der Atharu eine viel gewichtigere Rolle spielen müsste, als er bislang geahnt hatte. Und dennoch war das alles so unbegreiflich. Vor einigen Wochen war er noch ein einfacher Tangora gewesen. Und jetzt sollte er ein Auserwählter sein? Ein bisschen viel für seinen Geschmack.

»Atharu, Ondara hat dich gewiss nicht leichtfertig auf diese Reise geschickt. Mit Sicherheit geht dir vieles durch den

Kopf, vielleicht sogar, weil du das eine oder andere noch gar nicht weißt, aber das muss warten.« Die Stimme des Magisters wurde leiser und klang nun viel eindringlicher. »Konzentriere dich jetzt auf die Feuer um dich herum. Versuche, die Flammen vor deinem geistigen Auge zu sehen. Spüre die Wärme, atme die heiße Luft. Das Feuer wartet auf dein Zeichen. Spüre die Flammen und heile dich. Es wird Zeit!«

Lieburus hatte recht. Atharu musste sich auf das Wesentliche konzentrieren. Er hatte genügend Zeit im Dunkel zwischen Sein und Nichtsein verbracht. Viel zu lange den Dingen gelauscht, die um ihn herum passierten, ohne selbst einzugreifen. Er war jetzt ein Magier, vielleicht ein Scheltar. Und er hatte das Feuer als Verbündeten. Es war Zeit, etwas zu tun!

Atharu konzentrierte sich, atmete tief und gleichmäßig. Er lauschte dem Knistern des Feuers, spürte der Wärme nach, die davon ausging. Er malte sich aus, wie er sich in ein wogendes Meer züngelnder Flammen bettete, als wäre es ein warmer Teppich aus frisch duftendem Moos. Er stellte sich die Fackeln im Raum vor, jede einzelne. Dann die schweren Feuerkörbe. Er konzentrierte sich, bis er schließlich den ganzen Raum klar vor seinem inneren Auge sah. Sein Herz ging auf, Wärme durchströmte ihn, und er stellte zu jeder der Flammenquellen eine Verbindung her.

Tatsächlich sah er, wie das Feuer auf ihn reagierte. In heißen Farben verdichteten sich züngelnde Triebe, woben sich zu kleinen Feuerbällen, die aus den Flammen emporstiegen. Erst einer, dann zwei, fünf, sieben – immer mehr Kugeln schwebten schwerelos im Raum und glitten schließlich auf ihn zu. Eine unbändige Freude durchfuhr Atharu, als das Feuer näherkam. Dann waren die ersten Bälle bei ihm, strichen über seinen Körper und er konnte die Glieder wieder spüren. Ihm wurde bewusst, dass Brandan ihn auf die rechte Seite gedreht hatte, damit die Wunden an der Schulter und am Rücken frei lagen.

Plötzlich konnte er die Augen öffnen und wahrhaftig sehen, wie das Feuer ihn umgab. Er sah die leuchtenden Bälle einen schwebenden Tanz vollführen, über seinen Körper streichen und in die Haut sickern, als wäre sie trockene Erde, die den nährenden Regen in sich aufnahm. Er sah, wie einige der Flammenbälle über seine Schulter glitten, spürte, wie sie sich dem Zentrum der Schmerzen näherten. Und dann, auf einmal, erstickte der Schmerz mit einem letzten Aufbäumen.

Atharus Kehle entfuhr ein wohliges Seufzen. Langsam streckte er die Glieder, stützte sich mit dem rechten Arm auf und kam langsam, aber kraftvoll auf die Beine, bis er schließlich aufrecht dastand. Während die Flammen ihm Kraft und Energie zurückgebracht hatten, waren ihre Quellen nach und nach verloschen. Der Raum war jetzt dunkler. Eine einzige Fackel brannte noch hinter ihm und warf seinen Schatten an die Wand. Nur das rote Glimmen in den Feuerkörben spendete zusätzlich warmes Licht.

Vor ihm, neben seinem tanzenden Schatten, standen Brandan und Lieburus mit offenen Mündern und starr geweiteten Augen. Die Hand des Magisters krallte sich in Brandans Arm, als wäre hier sein einziger Halt zu finden. Die Szenerie wirkte wie eingefroren. Nur das Heben und Senken ihrer Brustkörbe deutete auf Leben hin.

»Ähm«, Atharu räusperte sich, »ich wäre dann wieder da. Jemand hier, der sich freut?«

Sein Freund löste sich als Erster aus der Erstarrung und kam Atharu mit beherzten Schritten entgegen, um ihn, nackt, wie er war, in die Arme zu schließen. Brandans Körper glühte förmlich und seine Kleider fühlten sich heiß und feucht an auf Atharus Haut. Aber er genoss die freundschaftliche Nähe, bevor sich beide wieder voneinander lösten.

»Ich glaube, du brauchst eine Abkühlung. Anscheinend bekommt dir so ein bisschen Wärme nicht.« Atharu schob Brandan mit einem Lachen von sich und trat auf Lieburus zu.

Der streckte ihm sofort Ondaras Reif entgegen und senkte dann verlegen den Blick. »Ich würde dich natürlich auch umarmen ... nur, äh«, er blinzelte kurz zu Atharus Körpermitte, »so, wie du bist, wäre es mir ... unangenehm. Aber ich freue mich. Du siehst wieder ganz gesund aus«, noch einmal schaute er flüchtig und kniff dann die Augen zusammen. »*Sehr* gesund, möchte ich sagen.« Er hob seufzend die Brauen.

Atharu nahm den Armreif entgegen und konnte sich ein Grinsen nicht verkneifen. Solange keine Frau in der Nähe war, störte ihn seine Nacktheit nicht. Aber der Magister war sichtlich verlegen und hätte selbst wohl nach dem erstbesten Stück Stoff gegriffen, um sich zu bedecken.

»Wie auch immer«, Lieburus legte sich eine Hand über die Augen. »Ich habe im Nachbarraum einen Waschzuber und frische Kleidung herrichten lassen. Auch für dich, Brandan. Ich wusste ja, dass es eine heiße Sache würde. Also, ich meine, dass es sehr heiß würde. Schweißtreibend – quasi.« Der kleine Mann wischte sich mit dem weiten Ärmel den Schweiß von der Stirn. »Meiner Treu, wenn ich länger hier stehe, zerlaufe ich wie ein Käse in der Sonne.«

Er wandte sich um und war schon auf dem Weg zur Tür, stoppte dann. »Wir sehen uns im Thronsaal. So schnell es euch möglich ist! Dein Freund kennt inzwischen den Weg, möchte ich meinen?«

Er sah Brandan fragend an und der nickte ergeben. Der Magister wandte sich erneut zur Tür, blickte sich aber noch ein letztes Mal um und fügte feierlich hinzu: »Ich bin froh, dass du bei uns bist, *Atharu-Scheltar*!«

Die Tür fiel hinter ihm ins Schloss und für einen Moment war es still. Dann brachen die beiden Freunde in Lachen aus.

»Hast du den Blick gesehen? Ich glaube, nackte Männer machen ihn nervös!« Atharu wischte sich glucksend eine Träne aus dem Auge.

»Nun ja, so im roten Schimmer des Feuers hast du durchaus etwas Sündiges an dir. Mag sein, dass er es mit der Angst bekommen hat.« Brandan klopfte ihm herzhaft auf die Schulter. »Aber jetzt mal im Ernst. Vielleicht hat es auch gar nichts *damit* zu tun. Weißt du, deine Wiederauferstehung, mit all den Feuerbällen und so, hat selbst mir den Atem geraubt. Es war beeindruckend – und irgendwie auch beängstigend.«

»Beängstigend? Für mich war es das absolute Glücksgefühl. Wie eine Offenbarung. Wieder in jedem Finger Gefühl zu haben, wieder jeden Körperteil zu spüren, keinen Schmerz mehr zu empfinden. Und das durch die eigene Magie. Endlich weiß ich, was mit mir los ist. Ich fühle mich so ...«, er überlegte einen Moment, »so vollständig!« Er seufzte.

»Das freut mich.« Brandan trat zu ihm und gab ihm einen Stoß. »Aber ein bisschen was fehlt noch zur Vollständigkeit.«

Atharu blickte an sich hinab. »Ja, das sollte ich ändern, *bevor* wir vor den König treten.« Lachend ging er in den Nebenraum.

Nachdem sie sich gewaschen und bekleidet hatten, machten sie auf Brandans Bitte noch einen kleinen Umweg, ehe sie in den Thronsaal gingen.

»Mach dir mal keine Gedanken«, meinte Brandan zu den Bedenken, die Atharu gerade geäußert hatte. »Der König und meine Jiga haben sich schon kennengelernt, als du noch tief und fest geschlafen hast.« Er holte das Frettchen aus seiner Kammer und hielt sie streichelnd im Arm, während sie auf die Tür des Saals zuschritten.

»Ich habe nicht geschlafen!« Atharu zog die Brauen hoch und schüttelte den Kopf. Diesen Wortwechsel würde Brandan jetzt sicher häufiger auskosten.

»Das kann jeder sagen. Immerhin haben wir inzwischen die gesamte Planung der nächsten Tage gemacht, während *du* reglos mit geschlossenen Augen geschnarcht hast.« Brandan beugte sich zu Jiga und raunte ihr zu: »Wer ist die größte Schlafmütze in Gelder? Na, wer wohl?« Und gleich darauf piepste er mit verstellter Stimme: »Der Atharrruuuuh!«

Als sie die hohen Türen des Thronsaals erreichten, nahmen die Wachen links und rechts Haltung an und kreuzten ihre reich verzierten Piken.

»Ich dachte, sie kennen dich«, raunte Atharu Brandan zu.

»Eben drum. Das ist hier immer so. Sei einfach still und lass mich machen.«

Atharu warf seinem Freund einen verstohlenen Blick zu und freute sich über dessen Selbstsicherheit, die er in Tangris noch nicht so gezeigt hatte. Was hatte Ondara immer gesagt: Der Mensch wächst mit seinen Aufgaben! Kurz fiel ihm ein, was Lieburus über den Reif seiner Urmutter gesagt hatte, doch die Gedanken wurden von den lauten Stimmen der Wächter unterbrochen.

»Dies ist der Thronsaal unseres Königs, Seron von Geldermark! Wer begehrt Einlass?« Sie sprachen gleichzeitig und ihre Stimmen hallten in den Gang zurück.

»Brandan aus Tangris, Jäger der Tangora, und Atharu aus Tangris, Heiler der Tangora!«

Atharu musste schlucken, als die Stimme seines Freundes ungewohnt laut und kräftig erscholl. Die Wachen verzogen keine Miene.

»Euer König erwartet uns und wäre sicher wenig amüsiert, wenn wir zu lange vor der Tür stehen gelassen werden.«

Einer der beiden nahm seine Pike und klopfte damit in mehrfacher Folge auf den Boden.

Atharu runzelte die Stirn und blickte seinen Freund fragend an.

Dieser lächelte jedoch ganz gelassen und zwinkerte ihm zu. »Und nun, mein Lieber, bin ich mal auf dein Gesicht gespannt.«

Atharu hörte, wie schweres Holz auf Holz rieb, und sah schließlich, wie sich die hohen Türflügel zum Thronsaal langsam öffneten. Dann verschlug es ihm die Sprache.

Pitu

41

Das knisternde Feuer gaukelte ihnen eine heimelige Atmosphäre vor. Pitu stellte einen kleinen Blechkrug in die Glut, um für Lysa einen Tee zu bereiten. Nachdem er die Alte mit dem Karren geholt hatte – was gar nicht so einfach gewesen war –, waren sie gut vorangekommen. Schließlich hatten sie die Gabelung der Handelsstraße erreicht. Pitu hatte gezögert, doch Lysa hatte darauf bestanden, den linken Weg zu gehen.

»Warum bist du dir da so sicher?«, hatte er gefragt.

»Die Tante hat es gesagt. Und sie meinte, auch wenn der ganze Treck den anderen Weg geht, nehmen *wir* diesen!«

Selbst wenn Pitu es besser gewusst hätte, wäre es ihm schwergefallen, Lysa zu widersprechen. Ihre glänzenden Augen und das Lächeln, das er auf ihr Gesicht gezaubert hatte, gingen ihm nicht mehr aus dem Kopf. Er würde alles dafür tun, es noch einmal zu sehen. Und auch das Gefühl, das ihn durchströmte, als sie ihn umklammerte, ließ ihn nicht mehr los. Doch als sie die Alte sah, wie sie still und reglos auf dem Karren lag, stiegen ihr Tränen in die Augen und ihre Miene wurde abermals trüb und ausdruckslos. Immer wieder versuchte Pitu, mit dem Mädchen zu sprechen, es abzulenken, während er den Karren über die Handelsstraße zog. Doch Lysa antwortete so gut wie gar nicht. Und wenn Pitu sich umblickte, sah er stets, wie sie ihren Blick auf die Alte richtete und immerzu ihre Hand hielt oder ihr über das Haar strich.

Für Pitu waren diese Tage die größte Kraftprobe, der er sich bisher gestellt hatte. Er war schon erschöpft gewesen, ehe er die verkohlten Überreste des Trecks erreicht hatte. Nur die Angst um sich und seine Schützlinge trieb ihm immer wieder das Blut durch die Adern und verlieh ihm die Kraft, durchzuhalten, morgens aufzustehen und weiterzulaufen.

Doch der Weg, den sie auf Lysas Wunsch genommen hatten und der auch Malins und Fludos Empfehlung gewesen war, nahm und nahm kein Ende.

Als sie erneut ein Nachtlager aufschlugen, half Lysa Pitu, die Alte neben die Feuerstelle zu betten. Im flackernden Licht der Flammen versorgten sie das verletzte Bein. Die Wunde sah selbst bei wenig Licht schlimm aus. Morgen bei Tageslicht müssten sie den Verband erneut wechseln.

Die Alte war in einen fiebrigen Schlaf gefallen, aus dem Pitu sie nur mit Mühe wecken konnte, damit sie etwas zu sich nahm. Dann kuschelte Lysa sich eng an sie und schlief kurz darauf ein.

Pitu sah nachdenklich von der anderen Seite des Feuers zu ihnen hinüber. *»Du nicht lang allein bleiben, nicht?«*, hatte Fludo gesagt. Das hier konnte er nicht geahnt haben, aber dennoch hatte er recht behalten. Nicht einmal zwei Tage war Pitu unterwegs gewesen. Doch so sehr er sich freute, dass er die beiden gefunden hatte, so schwer wog die Erkenntnis, dass *er* jetzt der Helfende war. Er starrte in die Flammen und überlegte, was das bedeuten mochte. Für Essen und Trinken sorgen, ja. Für die Wunden sorgen? Das war schon schwieriger. Immerhin schien das Mädchen sich bei der Tante einiges abgeschaut zu haben.

Pitu streckte sich und massierte seine Arme und Beine. Hoffentlich wäre der Muskelkater morgen nicht allzu groß. Er legte sich hin. Nur mal kurz ausstrecken, dann würde er Wache halten. Auch das war jetzt seine Aufgabe. Er starrte in den Himmel. Wolkenschleier verbargen die Sterne. Oder war es der Rauch des Feuers? Wie auch immer. Er konnte nicht erwarten, dass die Sterne ihm plötzlich etwas offenbarten. Nur weil er jetzt wusste, dass er aus einer Linie von Sehern stammte? »*Deinen Ahnen wurden vom Schöpfer immer wieder Blicke in die Zukunft gewährt*«, hatte Malin gesagt.

Pitu konnte sich nicht erinnern, dass der Eine ihm je auch nur irgendetwas gezeigt hätte. Dennoch hoffte er, dass Atharpazh ihnen Schutz gewähren würde. Was könnte Pitu schon tun, wenn sie überfallen würden? Seine Lider wurden schwer, die Hand glitt zu seinem Stein. Er umfasste ihn und spürte die Wärme, die er ausstrahlte. *Immerhin besitze ich Magie. Welche auch immer.* Dann schlief er ein.

»Aufwachen!«

Pitu wurde unsanft gerüttelt.

»Was ist los?« Er schlug die Augen auf und sah in ein von roten Locken gerahmtes Gesicht. Lysa rüttelte ihn immer noch.

»Ist ja gut, ich bin ja wach.« Pitu richtete sich auf und hielt ihre Arme fest. Es war taghell, erkannte er bestürzt. So viel zum Thema Wache halten.

»Der Tante geht es schlecht. Sie will nicht trinken und sie ist ganz heiß.«

Als Pitu sich erhob, protestierten seine Muskeln und Gelenke. Stöhnend streckte er sich, während er zur Alten hinüberblickte. Sie hatte Fieber, das sah er von hier. Langsam ging er um die Feuerstelle herum. Was sollte er tun? Das Mädchen erwartete sicher, dass er wüsste, was zu tun wäre. Schließlich war er der Erwachsene von ihnen beiden. Pitu trat zur Alten, kniete sich neben sie und fühlte ihre Stirn. Das Fieber war gestiegen. Dann schaute er sich das Bein an. Lysa hatte den Verband mit den Blättern schon entfernt.

»Ich habe die Wunde mit frischem Wasser gespült!«

Pitu blickte zu dem Fässchen neben dem Karren. »Das hast du sehr gut gemacht.« Wie lange würde das Wasser reichen, wenn sie damit auch die Wunde spülen mussten? Immerhin sah sie nicht so schlecht aus wie befürchtet. Sie war großflächig, aber nicht tief, die Ränder schimmerten rosig.

»Die Blätter haben der Wunde gutgetan. Magst du ihr einen neuen Hornblattverband machen?«

»Breithornblatt!«, sagte Lysa bestimmt.

»Genau.« Er strich ihr über die roten Locken und überlegte angestrengt, was er gegen das Fieber tun könnte. Wenn Fludo da wäre, wüsste der mit Sicherheit Rat. Aber hier war niemand, den er fragen konnte. Nein: Niemand war falsch.

Lysa war aufgesprungen und hatte die Tasche geholt, in der sie die Blätter verwahrte. Ein sehr aufgewecktes Kind.

»Lysa?« Wie fing er es am besten an, ohne sie zu verunsichern? »Willst du einmal Heilerin werden? Du machst das ja schon richtig gut.« Die Kleine hatte Wasser in ein Schälchen gefüllt und zuckte mit den Schultern, während sie die Blätter hineintauchte.

»Weiß nicht, wenn die Tante mir noch mehr beibringt.«

»Das mit dem Wunden verbinden, hat sie dir das gezeigt?«

Lysa nickte eifrig, schaute Pitu an und legt dann die Blätter auf die Wunde. »Ja, und noch viel mehr.« Stolz zog sie das Wort »viel« in die Länge.

»Was denn zum Beispiel?« Pitu nahm einen Stofffetzen, netzte ihn mit Wasser und tupfte die Stirn der Tante.

»Verbände machen und Kräuter pflücken und Blasen polstern und Splitter aus Fingern holen.«

»Kräuter?« Ein Hoffnungsschimmer keimte in Pitu auf. »So wie das Hornblatt, meinst du?«

»Breit-horn-blatt! Du hörst aber nicht gut zu!« Sie schaute ihn vorwurfsvoll an und krauste die Stirn.

»Entschuldige, ich werde mir mehr Mühe geben.«

»Naaa gut.« Lysa wendete sich wieder dem Bein zu. »Kannst du mal hochhalten? Ich kriege das nicht drumgewickelt.«

Pitu hielt Wandas Bein und Lysa wickelte sorgfältig, damit die Blätter hielten.

»Hat dir die Tante auch ein Kraut gegen Fieber gezeigt?«

Lysa nickte, ganz konzentriert auf ihre Beschäftigung.

»Meinst du, wir finden das?«

»Sternenmoos! Hab ich doch schon.« Sie deutete auf ein Häufchen neben dem Kopf der Alten. »Du hast ja so lange geschlafen.«

Pitu nahm etwas davon zwischen die Finger. »Und was hat die Tante dir erzählt, wie man das benutzt? Tee kochen?«

Lysas Miene wurde traurig. »Das ist es ja. Sie muss es kauen. Es wirkt wirklich gut, das habe ich selbst einmal gesehen. Es gibt nichts Besseres, hat die Tante gesagt. Aber nur, wenn es gekaut wird. Und sie macht ja den Mund nicht auf.« Tränen perlten über ihre Wangen und Pitu schluckte schwer. »Kauen und im Mund behalten, hat sie gesagt. Hat was mit dem Saft im Mund zu tun und wirkt nur im Mund. Und dann spuckt man es wieder aus.«

»Gut. Dann muss sie es also in den Mund bekommen.« Pitu dachte nach. Was tun?

»Aber sie kann doch nicht selbst kauen!«, schluchzte die Kleine und Tränen liefen ihr über die Wange.

»Dann kaust du für sie!«, meinte Pitu spontan.

Lysa schaute ihn verdutzt an. »Geht das denn?«

»Natürlich geht das.« Pitu hoffte, selbstsicher zu klingen. Zumindest selbstsicherer, als er sich fühlte. »Das hat was mit dem Speichel im Mund zu tun. Wirken tut es nur, wenn es kaputtgekaut und mit Speichel vermischt ist.« So hoffte er wenigstens. Die Vorstellung, etwas in den Mund zu bekommen, das jemand anders gekaut und ausgespuckt hatte, fand er zwar widerlich, aber die Alte bekam es ja nicht mit. Und etwas Besseres fiel ihm auch nicht ein.

»Ist das nicht eklig?«, unterbrach Lysa seine Gedanken.

O ja, genau das ist es. »Nein. Du willst ihr doch helfen. Helfen ist nie eklig!«

»Gut.« Die Kleine steckte sich sofort eine Portion Sternenmoos in den Mund, um es zu zerkauen. Wenig später spuckte sie es in ihre Hände. Eine weißgrüne Pampe.

»Und jetzt schiebst du es ihr mit den Fingern in die Wangentaschen.« Pitu verzog das Gesicht und schloss die

Augen, während sie sich gewissenhaft daran machte, der Alten den Brei links und rechts in den Mund zu schieben.

»Du erinnerst dich noch daran, wie oft es am Tag gekaut und im Mund behalten werden soll?«

Lysa nickte. »Achtmal am Tag!«

Pitu schluckte. Welche Möglichkeiten gab es sonst? »Meinst du, du kannst mit daran denken?«

Lysa nickte.

Pitu packte ihre Sachen zusammen. »In Ordnung. Du bist die Heilerin, ich der Karrenschieber. Einverstanden?«

»Einverstanden.« Die Kleine stand auf und wirkte ein wenig zuversichtlicher.

Er fasste sie bei den Schultern. »Weißt du, Lysa, ich bin so froh, dass du da bist. Du machst das mit den Verbänden und den Kräutern richtig gut. Wir wollen ganz viel Hoffnung haben, ja? Dann kann alles wieder gut werden.«

Sie presste die Lippen aufeinander und nickte entschlossen. »Ich bin auch froh, dass du da bist.«

Konnte man etwas Schöneres hören? Dieser Satz ging ihm durch und durch.

So zogen sie weiter. Die Alte auf den Karren gebettet, mit darauf ihre schmalen Wasservorräte und die wenigen Habseligkeiten. Lysa an der Seite. Mal streichelte sie die Alte, mal sang sie ihr ein Liedchen, dann wieder erzählte sie ihr, was sie gerade sah. Wenn Pitu eine Pause brauchte, kaute Lysa das Sternenmoos und gab es der Tante, und wenn es ein wenig bergauf ging, schob sie den Karren von hinten mit an.

Wolkenbänder verbargen die Sonne. Trotzdem war es fast unerträglich heiß. Der Wind trieb die Wüstenhitze gnadenlos zu ihnen. Je länger sie unterwegs waren, umso stiller wurde Lysa. Am Nachmittag konnte sie kaum noch Schritt halten, und als sie zurückfiel, ließ Pitu sie auf dem Karren mitfahren.

Inzwischen hatte sich der Weg gen Osten gewendet und Pitu kämpfte gegen die Erschöpfung an. Nur mehr auf das Vorwärtskommen konzentriert, setzte er einen Fuß vor den anderen. Immer kürzer wurden seine Schritte. Die Hände hatte er mit Leinenfetzen umwickelt, denn sie waren wund und schmerzten. Der Schweiß rann ihm von der Stirn und biss in den Augen. Aber er wollte nicht anhalten, um ihn fortzuwischen, sonst hätte er den Karren womöglich nicht wieder in Bewegung setzen können. Wäre er allein gewesen, hätte er sich abseits der Straße dichter am Wald halten können. Die knorrigen Bäume waren nur einen Steinwurf entfernt und ihr Schatten sah so verlockend aus. Doch mit dem Karren war nicht daran zu denken. Überall lagen Steine und totes Holz. Immerhin hatte Pitu aus einigen Ästen und ihren Reiseumhängen ein Dach über den Karren gespannt, um der Alten Schatten zu geben.

Inzwischen stand die Sonne weit im Westen und er brauchte dringend eine Pause. Er hielt den Karren direkt auf der Straße an, hatte keine Kraft mehr, ihn an die Seite zu lenken. Als er wieder zu Atem gekommen war, versorgte er mit Lysa die Tante. Wie immer war es das Schwierigste, ihr Wasser einzuflößen. Pitu stützte dazu ihren Oberkörper, so gut es ging, und die Kleine gab ihr Löffel für Löffel kleine Portionen, die sie dann schluckte. Ob es der Alten besser ging, vermochte er nicht zu sagen. Aber ihr Atem ging ruhig und ihr Herz schlug regelmäßig.

Pitu sank in den Schatten des Karrens und trank den Rest aus seiner Fellflasche. Lysa begann, ein leises Lied für die Tante zu singen. Sie stand am Karren und strich der Alten übers graue Haar. Die Verbindung zwischen den beiden rührte Pitu. Und die Last der Verantwortung, die er für die zwei empfand, schnürte ihm die Brust zusammen. Er versuchte, ein paar letzte Tropfen aus seiner Flasche zu schütteln, aber leer war leer, und so verkorkte er sie wieder.

Wenn er sie gesund nach Tyklahr bringen wollte, brauchten sie vor allem eins: Wasser! Das letzte Fässchen war längst angebrochen, und weit und breit war kein Bach oder Tümpel zu sehen. Auf dem verkohlten Karren des Trecks hatte noch mehr Wasser gestanden. Aber er war vor dem Gewicht zurückgeschreckt. Verzweifelt überlegte er, wie weit sie wohl kommen würden. Wie weit war es überhaupt noch bis Tyklahr? Er musste sich auf die Suche nach Wasser machen, alles andere wäre ein Glücksspiel. Das bedeutete jedoch, die beiden allein zu lassen. Denn die einzige Möglichkeit, auf

Wasser zu stoßen, vermutete Pitu im Alten Wald, und außer ihm konnte niemand suchen gehen. Was könnte in der Zwischenzeit alles passieren? Sie wären vollkommen hilflos. Aber waren sie das mit ihm nicht auch? Was hätte er einem Angreifer entgegenzusetzen?

Ich muss, es hilft ja nichts. Lange darüber nachzudenken, schob das Problem nur auf, und er sollte die Zeit nutzen, solange es noch hell war. Gerade wollte Pitu sich hochstemmen, da spürte er ein Vibrieren. Irritiert setzte er sich wieder und konzentrierte sich auf das, was er fühlte. Ein schwaches, rhythmisches Beben. Es übertrug sich vom Boden auf seine Hand. Nein, eher kleine Erschütterungen.

Lysa verstummte und Pitu blickte zu ihr hinüber. Sie schaute auf den Boden, ihr Gesicht wurde aschfahl. Dann hörten sie beide die Hufschläge!

Selana

42

Die Geräusche um sie herum klangen durch die Plane seltsam dumpf. Immerhin war es nicht stockfinster, so konnten die Freundinnen sich zumindest ansehen und zur Not mit Zeichen verständigen. Semje hatte ihnen das Versprechen abgenommen, sich nicht zu unterhalten. Auch wenn er darauf hoffte, mit seinem Bullen so großen Eindruck zu machen, dass sie ungehindert passieren konnten, wusste man nie, wie nah mögliche Feinde sein mochten. Und wenn jemand hörte, was für eine Fracht er beförderte, würde das die Hemmschwelle der Geächteten für einen Angriff um einiges senken. Frauen waren eine zu seltene und zu begehrenswerte Abwechslung für das hinterhältige Gelumpe, das sich dort herumtrieb.

Weil die Freundinnen direkt auf dem Holzboden des Karrens lagen, spürten sie jede Unebenheit. Selana hoffte, dass der Weg nicht noch schlechter würde. Schon jetzt schmerzten manche Stöße. Erst wenn sie am niederen Tor wären, würde der Zwerg seinem Doka das erste Mal zurufen, das hatten sie ausgemacht. Alles Weitere blieb abzuwarten. Anfangs hatten die

Freundinnen in den Planken des Karrens nach Astlöchern gesucht, um nach draußen sehen zu können. Aber das Einzige, durch das sie überhaupt etwas sehen konnten, zeigte ihnen nur die Absätze von Semjes Stiefeln. Es blieb ihnen nichts anderes übrig, als sich unter der niedrigen Plane auszustrecken und zu warten. Um sie herum nur das Rumpeln des Karrens und hin und wieder der gedämpfte Ruf eines Greifvogels.

Die Sonne stand hoch am Himmel, brannte erbarmungslos auf sie nieder und malte schmutzige Muster auf die Abdeckung. Schweißperlen rannen ihnen von der Stirn und Selana versuchte krampfhaft, an etwas zu denken, das sie ablenken konnte. Ihr fiel das kühle Wasser des Weihers ein, in dem sie mit Aria noch vor Tagen gebadet hatte. Es schien eine Ewigkeit her zu sein. Aber es war eine gute Erinnerung und zauberte ihr ein Lächeln aufs Gesicht.

Plötzlich fiel ein Schatten auf die Plane und sie hörten Semje rufen: »Die niederen Tore von Nehrbor! So mein Guter, wollen schauen, welch ein Geschmeiß deine Klingen kosten will.« Er lachte sein dunkles, schepperndes Lachen, und Selana spürte, wie das Holz unter ihrem Kopf vibrierte. »Wie viele haben wir beim letzten Mal in die ewigen Abgründe befördert, mein Guter? Sechs? Oder acht?«

Selana merkte, wie Aria ihre Hand nahm und drückte. Dankbar nickte sie ihr zu. Die Anspannung wuchs.

»Wollen schauen, wer uns diesmal zum Opfer fällt. Nur hübsch ruhig, mein Guter. Sie werden unsere Klingen früh genug zu spüren bekommen!«

Semje lachte noch einmal auf, dann war er still, und das Knarren der Räder wurde wieder das einzige Geräusch. Die schmutzigen Muster tanzten erneut über ihnen. Jetzt aber flogen immer neue Schatten über das durchscheinende Dach. Manchmal waren sie größer und dauerten an. Dann sah Selana im Dämmerlicht Schemen, die in ihre Augen eingebrannt schienen und schließlich seitlich davontrieben. War die Sonne wieder da, begann alles von vorn.

Sie schloss die Augen und drehte sich zur Seite. Der unstete Wechsel von hell und dunkel machte sie nur zusätzlich nervös. Wie lange waren sie schon unterwegs? Und wie lange bräuchten sie, um die Festung zu durchqueren? Die Zeit zog sich wie geschmolzener Käse zwischen Löffel und Schale. Unablässig kratzte das Geräusch der Räder in Selanas Kopf.

Plötzlich fuhren sie über ein Hindernis oder eine Schwelle. Der Karren machte einen Satz, dass die Freundinnen zur Seite geworfen wurden. Selana entfuhr ein Schreckenslaut. Sofort schlug sie die Hand vor den Mund. Was, wenn es jemand bemerkt hatte? Sie konzentrierte sich auf das, was sie hörte. Etwas war anders! Das Geräusch der Räder auf dem Untergrund hatte sich verändert. Es klang dumpfer. Die Sonne war verschwunden, Schatten hatte sich über sie gelegt. Im Zwielicht ihres Verstecks sah sie zu Aria hinüber, doch es war so dunkel, dass sie nur eben noch das Gesicht ihrer Freundin erkennen konnte, die mit den Lippen tonlose Worte formte.

Dann wurde es stockfinster. Waren sie im Inneren der Festung? Davon hatte Semje nichts erzählt. Andererseits hatten sie sich überhaupt nicht darüber unterhalten, wo der Weg entlangführen würde. Wenn sie doch nur etwas sehen könnten oder Semje etwas sagen würde! Aber außer den Geräuschen des Karrens war da nichts. Immerhin waren sie nicht stehen geblieben. Das war ein gutes Zeichen, oder?

Selana schloss die Augen, riss sie jedoch sogleich wieder auf, als ein tiefes Grollen und Schnauben erscholl. Mit der Rechten griff sie nach dem Messer.

Dann ertönte Semjes krächzende Stimme: »Das sind die Gebeine unserer Opfer! Ho, mein Guter! Freust dich, was? Hast ihnen mit deinen Klingen das Fleisch von den Knochen geschält! Nur weiter, nur weiter.« Seine Stimme hallte, sein Lachen klang bedrohlich und irre. Selana konnte förmlich hören, wie es durch den Raum brandete und von steinernen Wänden zurückgeworfen wurde.

Sie mussten in einer sehr hohen Höhle sein, es erinnerte sie an die große Halle der Burg, in der sie gearbeitet hatte. Auch die Geräusche des Karrens hallten. Das Schnauben des Doka, das Klirren seines Geschirrs – jeder Laut schien in ihrem Kopf ungeheure Ausmaße anzunehmen. Ihr Herz pochte schneller, und obgleich die Hitze unter der Abdeckung einer seltsamen Kälte gewichen war, standen ihr

Schweißperlen auf der Stirn. Das Gefühl von Angst und Machtlosigkeit steigerte sich immer weiter, schließlich machte sich der Knoten in ihrem Bauch bemerkbar.

Richtig, da war nicht nur das Messer. Da war noch ihre eigene Kraft, ihre Magie. Wie hatte sie die nur vergessen können? Sie konzentrierte sich auf diese Quelle und zapfte sie behutsam an. Einfach, um zu spüren, dass sie nicht machtlos war. Ein leichter, kühler Strom erfüllte sie und kämpfte die Panik nieder. Endlich atmete sie wieder tiefer.

Es wurde etwas heller, als führen sie einem großen Tor entgegen, dessen Lichtschein auf sie fiel. Selana sah zu ihrer Freundin und erschrak. Aria war schweißüberströmt. Aus den krampfhaft zusammengekniffenen Augen liefen Tränen, ihr Atem ging flach und stoßweise. Welche Szenarien mochten sich in ihrem Kopf abspielen? Könnte sie ihr doch auch etwas magische Kraft zukommen lassen. *Konnte* sie das?

Behutsam ergriff sie Arias Hand, legte die Handfläche an die ihrer Freundin und versuchte es, einer inneren Eingebung folgend. Sie konzentrierte sich darauf, die Energie von sich auf ihre Freundin übergehen zu lassen. Folgte mit ihren Gedanken dem Weg von ihrem Innersten – lenkte die Kraft hinauf zur Schulter, in den Arm, in die Hand und bis an Arias Handfläche. Sie spürte einen Widerstand. Wie dicken Stoff, durch den die Nähnadel nicht hindurchgehen will. Es brauchte einen festeren Druck, damit die Nadel gleiten konnte. Doch es war nur ein Moment, dann ließ sie die Kraft fließen und übertreten. Sie hielt den magischen Strom aufrecht, blickte zu ihrer Freundin und stellte erleichtert fest, dass sich der Atem beruhigte. Der kühle, besänftigende Strom drang in Arias Körper und schien bei ihr die gleiche beruhigende Wirkung zu entfalten. Denn sie öffnete die Augen, schaute Selana erschrocken, dann erstaunt an und lächelte sogar.

Zufrieden zog Selana die Hand zurück. Sie wusste nicht, wie viel Magie sie einsetzen durfte und ob sie heute noch welche brauchen würde. Als die Verbindung abbrach, war es für einen kurzen Moment, als würde sie an einer eisigen Klippe liegen, nur wenige Zoll vom freien Fall entfernt. Sie zuckte zusammen, doch im selben Moment war es schon wieder vorbei und sie spürte die harten Planken unter sich. Immer noch bewegten sich die Räder. Sie kamen voran, das zählte.

Unvermittelt ließ ein erneutes Hindernis den Karren holpern und der Doka schnaubte laut auf. Nur einen Moment später überflutete Sonnenlicht aufs Neue die Plane und die Freundinnen mussten ihre Augen mit den Händen schützen. Der laute Hall blieb zurück, die Geräusche verloren sich. Sie fuhren wieder im Freien. Keine steinernen Wände und Decken mehr, die sämtliche Laute zu erdrückendem Lärm auftürmten und erbarmungslos zurückwarfen. Selana hatte das Gefühl, sie wären endlich in Sicherheit. Draußen an der Luft und im Licht der Sonne. Hätten sie es bald geschafft? Die Fahrt kam ihr wie eine Ewigkeit vor. Sie wusste nicht, was schlimmer wog: die Anspannung vor dem, was passieren könnte, oder die sich langsam steigernden Schmerzen, verursacht durch das Liegen auf den bloßen Planken des Karrens und durch die Stöße, denen sie während der rumpelnden Fahrt ständig ausgesetzt waren. Erneut wischten Schatten über sie hinweg. Es musste gleich vorbei sein, oder?

Plötzlich gab es einen dumpfen Knall und die Ereignisse überschlugen sich. Der Doka brüllte auf und der Karren kam abrupt zum Stehen. Semje fluchte. Etwas oder jemand war hinten auf die Ladefläche gesprungen. Die Plane riss ein Stück ein, Selana und Aria rutschten so weit wie möglich zurück. Semje schrie voller Wut. »Feiges Pack! Endlich, hab schon gedacht, meine Klingen müssten trocken bleiben!«

Etwas schepperte, dann klirrten Waffen aufeinander. Im selben Moment wurde die Plane hochgerissen und Selana starrte in ein bärtiges, ausgezehrtes Gesicht, aus dem blutunterlaufene Augen sie irre anstarrten.

»Was haben wir denn da?« Der Angreifer hob sein Schwert, neben ihm tauchte ein weiterer Mann auf, der die schützende Abdeckung vom Karren zerrte. Er konnte gerade so über den Karrenrand schauen. Sie sprachen, schoss es Selana durch den Kopf, keine Gellwicks!

Aria sprang auf. Das Messer angriffslustig in der Hand, ihre Augen sprühten vor Zorn. »Gaff nicht so. Hast noch nie ne Frau gesehen, oder was?«

Auch Selana kam schnell auf die Beine und hob ebenfalls drohend ihr Messer. Die beiden Dreckskerle grinsten sie dämlich an. Während der eine mit der Plane beschäftigt war, war der andere anscheinend zu verblüfft, um zu entscheiden, wie er vorgehen sollte. Sie wandte sich Semje zu. Das Klirren der Waffen klang bedrohlich. Der Zwerg kämpfte mit einem grobschlächtigen Mann, sicher zwei Köpfe größer als er, der aber noch unten vor dem Bock stand. Das verschaffte ihrem Freund einen Vorteil. Semje hatte seinen Morgenstern in der Rechten und wirbelte ihn über dem Kopf, um den anderen auf Abstand zu halten. Dieser versuchte jedoch, den Zwerg mit seinem langen Schwertarm zu Fall zu bringen. Semje hatte alle Mühe, mit der Axt in der Linken die Schwertstöße des Hünen abzufangen. Dann warf Selana einen Blick über Semje hinweg; das Blut gefror ihr in den Adern. Weitere Männer kamen auf sie zu. Eben stiegen sie über einen riesigen Balken, der quer über der Straße lag.

»Semje! Da kommen noch mehr!«

Jetzt erst entdeckte der Angreifer Selana und hielt kurz inne. Semje nutzte den Moment, beugte sich nach vorn, zielte mit dem Morgenstern und traf den Hünen direkt in die Stirn. Die harten Stacheln der Kugel bohrten sich durch den Lederhelm, der Angreifer stürzte wie ein gefällter Baum zu Boden.

Rasch drehte der Zwerg sich um und zog erst mit einer, dann mit beiden Händen am Pflock zu seinen Füßen. »Bei der Himmelsschmiede, so komm doch raus.« Sein Gesicht lief rot an. »Du verflixtes ... elendiges ... dreckiges ... Stück ... Holz!« Er grunzte vor Anstrengung.

Einer der drei neuen Gegner war herangekommen und griff bereits nach dem Karren, um sich hochzuziehen. Selana reagierte blitzschnell, beugte sich vor und stieß ihm mit aller Kraft das Messer in die Hand. Es nagelte den Angreifer förmlich an den Karren. Sein Schrei war ohrenbetäubend.

Dann stürzte Semje nach hinten, der Pflock hatte sich gelöst. Glücklicherweise fing ihn die Rücklehne der Bank auf. »So, und jetzt tanz, mein Guter, tanz!«, schrie er und warf mit der Gerte nach seinem mächtigen Bullen, um ihn in Bewegung zu versetzen. Der Doka brüllte und tat einen Satz.

»Aus dem Weg!« Semje hatte wieder seine Axt in der Hand und holte zu einem Schlag aus, um dem festgenagelten Gegner endgültig den Garaus zu machen.

Hinter Selana schrie einer der Männer auf, die die Plane fortgerissen hatten. Während sie noch sah, wie Semjes Axt sein Ziel fand, drehte sie sich rasch zu Aria um. Ihre Freundin hatte ihr Messer geworfen und den Mann auf dem Karren in die linke Schulter getroffen.

Doch der zog das Messer einfach heraus und warf es auf den Boden. »Das hättest du nicht machen sollen, Schlampe!«

Aria war jetzt unbewaffnet, und auch Selana hatte kein Messer mehr. Hektisch blickte sie sich nach etwas anderem um und entdeckte Semjes kleines Beil.

»Aria!« Sie packte die Waffe und reichte sie ihrer Freundin. Für einen Moment wog Aria das Beil in der Hand, offenbar nicht ganz sicher, wie sie es anwenden sollte. Der zweite Mann zog sich nun auch auf die Ladefläche und brachte damit den Karren zum Schwanken. Sein widerlicher Gefährte musste sich seitlich drehen, um sich an einem Fass abzustützen. Beinahe wäre er gefallen. Aria nutzte den Moment, zielte und warf das Beil. Es zischte durch die Luft und traf ihn seitlich in den Hals. Das Blut schoss wie eine Fontäne heraus und der Mann griff verzweifelt nach der Wunde. Einen Lidschlag später sank er auf die Knie und fiel zwischen die Ladung. Der Zweite brüllte und hob sein Schwert, um auf Aria zuzustürzen.

Panik überkam Selana, doch es passierte alles zu schnell, sie konnte nichts tun. Keine Waffe in der Hand und keine Möglichkeit, den Angriff abzuwehren. Angstschweiß schoss ihr in die Poren. Der Knoten in ihrem Bauch drängte sich mit Wucht in ihr Bewusstsein. Beinahe schmerzte er – aber der Mann war schon heran und das Schwert sirrte von oben auf Aria hinab. Geistesgegenwärtig hatte ihre Freundin eine kleinere Kiste ergriffen und sie dem Feind entgegengestemmt. Das Schwert fuhr mit enormer Macht ins Holz. Aria fiel durch die Wucht der Erschütterung auf eine Truhe und blieb reglos liegen. Das Schwert hatte sie nur um einen Zoll verfehlt.

Für einen winzigen Augenblick fühlte Selana sich wie gelähmt, doch die sich überschlagende Stimme des Angreifers holte sie zurück: »Jetzt hab ich dich, Fotze. Ich mach Hackfleisch aus dir.« Die Augen des Fieslings flackerten irre, er hob sein Schwert für einen tödlichen Schlag gegen Aria.

In Selana platzte der Knoten, die Energie schoss durch ihren Körper. Jede Pore in ihr schien zu pulsieren. Sie hob die Arme und die Luft zog sich blitzartig zusammen, um gleich darauf als gewaltige Druckwelle dem Feind entgegenzuschießen. Der Angreifer wurde in die Luft gerissen und flog vom Karren. Der Stoß war so beachtlich, dass einige der Kisten und Fässer und sogar die Leiche des anderen mit von der Ladefläche geschleudert wurden.

Selana keuchte und beugte sich schnell zu ihrer Freundin. Aria lebte. Sie kam gerade wieder zu sich. Doch es war noch nicht vorbei. Selana sah nach vorn. Semje war in einen Kampf mit einem massigen Gegner verstrickt, der zwei Kurzschwerter gegen ihn führte. Dann sah sie Blut spritzen, ein Körper flog seitlich am Karren vorbei. Entsetzt drehte sie sich und sah, wie der Doka etliche Schritte voraus wütete. Weitere Feinde waren gekommen und versuchten, den Bullen zu Fall zu bringen. Das Tier wehrte sich tapfer und schwang den Kopf in beachtlichem Tempo. Doch trotz der tödlichen Klingen seiner Hörner hatte es schon einige Wunden davongetragen.

Ein Schrei lenkte ihre Aufmerksamkeit wieder auf Semje, der in diesem Moment längsseits auf den Karren fiel. Selana hob die Hände und der massige Gegner flog in weitem Bogen vom Karren. Er landete auf dunklen Felstrümmern und blieb seltsam verdreht und regungslos liegen. Der Doka brüllte, erneut spritzten Fleischfetzen der Angreifer durch die Luft.

»Selana!« Aria war nach vorn gestiegen. »Der Balken versperrt den Weg. Tu was mit deiner Magie. Wir kommen sonst nicht hier weg.« Ihre Freundin beugte sich über Semje. »Ich kümmere mich um unseren Rotbart.«

»Aber der Doka!«

Zwei Gegner waren noch übrig und umkreisten das Tier vorsichtig. Sah aus, als wären sie fest entschlossen, den Bullen mit ihren Schwertern zu töten.

»Du kannst da wohl kaum was tun, ohne ihn selbst wegzupusten. Er wird es schon schaffen. Und dann sollten wir schnellstmöglich verschwinden! Wer weiß, wie viele Ratten hier noch aus den Löchern kommen.«

Selana sah sich um. Überall lagen Leichen und Leichenteile. Der Platz war blutüberströmt. Ein Schlachtfeld! Ihr kam die Galle hoch und sie schluckte schwer. Das Gefühl, sich erbrechen zu müssen, war fast übermächtig.

»Selana! Mach schon!«

Sie sah, wie Aria eine Fellflasche öffnete und dem Zwerg Wasser über den Kopf goss. Tatsächlich rührte er sich. Erleichtert sprang sie vom Karren und trat auf den Balken zu. Er hatte die Ausmaße eines Baums. Der Doka brüllte, und sie sah, wie das Tier einen seiner Gegner abwehrte, der mit ein paar Ausfallschritten direkt einen weiteren Angriff startete.

Konzentrier dich erst mal auf ein Problem! Sie hob die Hände, spannte den Bauch und ließ die Magie durch ihre Adern schießen. Der kühle Strom erreichte ihre Hände, und sofort verdichtete ein blitzartiger Sog die Luft. Schneller als ein Katapult warf sie dem Hindernis die Druckwelle entgegen. Doch die Wucht verpuffte oberhalb des schweren Balkens. Er bewegte sich nur wenig und versperrte weiterhin die Straße. Selana war erschüttert. Wenn sie keinen Weg fand, ihre Magie besser zu lenken, würde sie ihnen nichts nutzen. Aber wie? Sie suchte den Blick ihrer Freundin, die ebenso fassungslos und enttäuscht dreinblickte.

»Ich weiß nicht, wie ich es besser kontrollieren kann. Und so bringt es nichts!« Selanas Stimme zitterte. Die Situation überforderte sie; viel länger könnte sie nicht standhalten.

Neben ihr klirrte ein Schwert, ruckartig drehte Selana sich herum und sah die Waffe ein paar Fuß von ihr zu Boden fallen. Gleichzeitig dröhnte ein jämmerlicher Schrei über den Platz. Der Doka hatte einen Gegner mit einem seiner Hörner aufgespießt. Die Glieder grotesk zuckend, hing der Mann in der Luft und wirbelte mit den Kopfbewegungen des Bullen hin und her. Dann lösten sich die Klingen, die ihn durchbohrt hatten, und er wurde gegen den Karren geschmettert.

»Los, Mädchen!« Semje schien wieder hergestellt. Er hatte sich in eine sitzende Position gezogen. »Sammelt alles an Waffen ein, was ihr bei den Opfern finden könnt, und ab auf den Karren!« Mühsam erhob er sich und kam schwankend auf die Beine.

»Aber der Balken! Ich schaffe es nicht!« Selana überlegte verzweifelt, was sie tun könnte.

»Scheiß auf den Balken! Das letzte Geschmeiß muss weg. Dreck, verdammter!« Der Zwerg zog ein Messer aus dem Stiefelschaft und trat dem verbliebenen Feind entgegen.

Dann war Aria bei ihm. »Lass mich!«

»So weit kommt das noch! Schrundenschwert und Knorzenknüppel! Kämpfen ist Männersache!« Er versuchte, sie daran zu hindern, ihm das Messer abzunehmen.

»Mag sein. Aber werfen kann ich nun mal besser!«

Mit dem letzten Wort trat sie dem Zwerg so heftig auf den Fuß, dass er mit einem Schmerzenslaut den Griff ums Messer lockerte und sie es ihm entwand. »Entschuldige, Rotbart.«

Sie sprang einen Schritt vor, zielte und warf mit voller Wucht. Der letzte Angreifer hatte gerade bemerkt, dass nicht mehr der Bulle allein sein Gegner war. Zu spät, das Messer bohrte sich in seine Brust und er sank auf die Knie.

»Du hast meinen Fuß gebrochen, Himmel, Axt und Dokadreck!« Erbost stampfte Semje auf und trat auf Aria zu.

»Das Ergebnis zählt!« Sie wies mit dem Daumen über die Schulter. Der letzte Widerling war soeben blutend zusammengebrochen.

Selana blickte besorgt um sich, konnte jedoch keinen weiteren Gegner ausmachen. Noch einmal versuchte sie, den Balken mit einer Druckwelle zur Seite zu fegen. Doch auch diesmal hatte sie keinen Erfolg. Immerhin lag das baumstammgroße Hindernis etwas schräger und gab an der Seite eine kleine Öffnung frei. Aber ob der Karren hindurchpasste?

»Bei der Himmelsschmiede, nun sammelt endlich die Waffen ein – alle! Ich spanne inzwischen meinen Doka wieder vor den Karren.« Semje stapfte mit langsamen Schritten auf das mächtige Tier zu, das dampfend da stand, das Fell schweißnass und blutverschmiert. Nervös scharrte der Bulle mit den Hufen, in seinen Augen das Weiß als Ausdruck mörderischer Angriffslust – oder Panik.

»Komm, mein Guter. Hast tapfer gekämpft, aber jetzt gaaanz ruhig.« Semje redete behutsam auf ihn ein, während er näherschritt. Mit einem Mal jedoch brüllte der Doka auf und stürmte dem Zwerg mit gesenktem Kopf entgegen!

Atharu

43

Die hohen Türen hatten Atharu auf einen großen Raum vorbereitet. Auf mehr nicht, denn er war noch nie in einem Thronsaal gewesen. Was er jetzt sah, sprengte seine Vorstellungen. Das Deckengewölbe, auf mächtige Säulen gestützt, überspannte hoch über ihnen einen Bereich, in dem ein ganzes Dorf Platz gefunden hätte. Der Boden aus Marmor schimmerte in unterschiedlichsten Farben. Reiche Ornamente zierten ihn, in ihrer Mitte führte eine Art gemalter Weg bis auf die andere Seite des Saals. Alles schien dorthinzustreben. Selbst das Licht war dort am hellsten. Breite Stufen führten zu einem prächtigen Podest hinauf, auf dem ein großes weißes Gebilde stand. Das war der Platz des Königs, erkannte Atharu sofort. Doch er konnte niemanden entdecken. Keinen König, keinen Lieburus und auch sonst niemanden.

Neben ihnen pochte es hallend auf den Boden und er schreckte aus seinen Gedanken.

»Brandan der Tangora und Atharu der Tangora!«

Atharu sah die Wache an und meinte, ein schwaches Lächeln in der sonst starren Miene des Soldaten zu entdecken.

Fast im selben Moment knuffte sein Freund ihn in die Seite. »Das machen die immer so. Haben einen Mordsspaß mit neuen Besuchern«, raunte er und verbeugte sich tief in Richtung Podest. »Mach einen Diener und komm mit.«

Atharu tat es ihm nach, obwohl er niemanden sah, vor dem er sich verbeugen konnte. Ehrfürchtig folgte er Brandan durch den Saal. Immer wieder blickte er an den Säulen empor, fasziniert von der Höhe, in die sie strebten. Aus schmalen Nischen schauten leblose Augen unzähliger Statuen auf ihn herab. Mit jedem Schritt wurde ihm bewusst, wie mächtig der König von Geldermark sein musste. Ihre Schritte hallten durch das riesige Gewölbe und vermittelten Atharu das Gefühl, einsam und klein zu sein.

»Der Saal ist ja vollkommen leer. Braucht der König keine Wachen? Oder hat er keine? Und wo ist er eigentlich?«, flüsterte er Brandan zu, doch es schien ihm, als könnte ganz Gelder ihn hören.

»Siehst du die Wandteppiche mit den historischen Motiven Geldermarks? Sie liegen im Schatten, weil heute nur am Hauptgang Kerzen brennen. Die Teppiche sind mit Gucklöchern versehen. Hinter jedem Teppich befindet sich eine Nische mit zwei Wachen.«

Atharu musste länger ins Halbdunkel schauen, um Bilder zu entdecken und sie schließlich als Teppiche zu erkennen. Demnach waren es eben so viele Nischen wie Säulen. Er überschlug im Geiste, wie viele Soldaten sich in diesem Raum befinden mussten.

»Einhundert Wachen?«

»Psst!«, zischte sein Freund. »Sei bitte etwas weniger beeindruckt. Muss ja nicht gleich jeder merken, dass wir vom Land kommen.«

»Einhundert Wachen?«, flüsterte Atharu erneut. »Um einen leeren Raum zu beschützen?«

»Er ist nicht leer. Von hier regiert Seron von Geldermark das ganze Königreich und außerdem befindet sich hier der größte Schatz des Reiches.«

»Jetzt machst du mich neugierig.«

»Wart's nur ab.«

Die beiden durchquerten den Saal und erreichten schließlich den Fuß der Treppe. Jetzt erkannte Atharu, dass es sich bei dem riesigen weißen Gebilde im Prinzip nur um einen großen Stuhl handelte. Allerdings eingebettet in eine mit Ornamenten überzogene Wand, die sicher an die 15 Fuß breit und an die 30 Fuß hoch war. Die feinen Steinmetzarbeiten ähnelten jenen, die Atharu zuvor an Lieburus' Tür entdeckt hatte, und denen der Heimstatt Ondaras.

»Du brauchst nichts zu sagen, mein Freund.« Brandan legte die Hand auf Atharus Schulter und drückte sie sanft. »Ich hab die Ähnlichkeit auch gleich erkannt. Unsere Geschichte scheint enger mit Gelder verknüpft zu sein, als wir jemals angenommen haben.«

Atharu nickte. »Vielleicht erhalten wir gleich Antworten darauf.« Er löste den Blick von der elfenbeinernen Wand und schaute seinen Freund fragend an.

»Eher nicht. Aber ich will nicht vorgreifen. Nur so viel: Seron ist ein Mann der Tat. Und es ist bereits entschieden, was als Nächstes passiert! Wir konnten nicht auf dich warten.« Atharu erkannte Bedauern in Brandans Gesicht.

»In Ordnung, das habe ich verstanden. Aber wo ist nun der König? Der Thron da oben ist leer.«

»Ach so.« Sein Freund lächelte. »Der Thron ist ihm zu unbequem und der Raum ist ihm auch zu groß. Deshalb hat er sich einfach in kleinerem Stil und wesentlich praktischer eingerichtet. Eine Art Regierungszimmer, wenn man so will. Komm mit!«

Brandan ging zur linken Seite des riesigen Podests, auf dem der Thron stand, und Atharu folgte ihm. Als sie um die Ecke bogen, entdeckten sie eine schlichte Tür, aus der just in diesem Moment der Magister trat.

»Ah, da seid ihr ja. Vortrefflich, vortrefflich. Seine Majestät erwartet euch schon. Tretet ein.«

Der Raum des Königs war groß genug, um eine längliche Tafel mit zwölf Stühlen sowie zwei große Schränke zu jeder Seite und eine Reihe Regale an der hinteren Wand zu beherbergen. Eine Türnische deutete an, dass es von dort in einen weiteren Raum ging.

Drei der Stühle waren besetzt. Als die beiden Freunde mit dem Magister eintraten, erhoben sich die Anwesenden. Einer davon war Pelldor. Der Mann am Kopf der Tafel, der einen goldenen Reif mit Edelsteinen auf dem Haupt trug, musste der König sein. Atharu schätzte ihn auf etwa dreißig. Sein Haar war haselnussbraun, ein schmaler Oberlippen- und Kinnbart verlieh ihm einen markanten Gesichtszug. Er blickte ihnen aufmerksam und freundlich entgegen.

Brandan knuffte Atharu in die Seite und verbeugte sich. Atharu folgte seinem Beispiel und wartete einen, wie er hoffte, angemessenen Moment, ehe er sich wieder aufrichtete. Zur Rechten des Königs stand ein älterer Mann mit grauem Vollbart, der ausgesprochen ernst dreinblickte. Er trug wie Pelldor einen Harnisch, der auf seinen militärischen Rang hinwies. Sicher handelte es sich um den Obersten der Garde oder etwas in der Art.

»Setzt Euch.« Der König hatte eine angenehme Stimme. Klar, selbstbewusst, aber nicht zu laut. »Mit Eurem Freund Brandan sind wir schon bekannt. Für Euch stelle ich uns gern noch einmal vor. Ich bin Seron von Geldermark, zu meiner Rechten steht Healod von Umbria, Oberster der Garde von Gelder und der erste Befehlshaber über alle militärischen Ämter in Geldermark. Zu meiner Linken Pelldor von Tergrys, Hafenobmann von Gelder und Hauptmann der Stadtgarde. Außerdem Vertrauter des Magisters. Aber ihn kennt Ihr ja bereits.«

Nachdem sich der König gesetzt hatte, fuhr er fort: »Nach der Abstimmung mit meinem Magister habe ich entschieden, dass wir lediglich zu viert mit Euch sprechen. Der Rat, der mir für die Regentschaft zur Seite steht, ist sonst größer, wie ihr unschwer an der Anzahl der Stühle abzählen könnt.« Seron lehnte sich zurück und schaute Atharu offen an. »Allerdings halte ich nichts davon, zu viele Menschen mit denselben Problemen zu beschäftigen. Es gibt drei Themen, die mit Euch zu tun haben und die von Wichtigkeit sind. Zum einen wären das die Verwüstungen und Massenmorde durch die Gellwicks, zum Zweiten die mögliche Rückkehr – und ich sage bewusst: die *mögliche* Rückkehr – der Scheltar und zum Dritten das Bruchstück des magischen Medaillons.«

Der König machte eine kurze Pause und blickte in die Runde, ehe er fortfuhr. »Bezüglich der Gellwicks haben und werden wir offen in meinem Regierungsrat sprechen. Die ersten Entscheidungen sind bereits gefällt und Maßnahmen eingeleitet. Pelldor wird Euch später über Einzelheiten unterrichten. Alle auf der Burg, von den Mitgliedern meiner Familie über die Wachen bis zu den Bediensteten, wissen, dass Ihr beide als Botschafter der Tangora hier seid, um Waffenhilfe von mir zu erbitten. Mehr nicht!«

Atharu tauschte einen kurzen Blick mit Brandan, der jedoch wissend nickte.

»Die anderen beiden Punkte sind von solcher Tragweite, dass sie unter keinen Umständen bekannt werden dürfen. Es geht hier um nicht weniger als die Erfüllung einer Prophezeiung, von der das Wohl meines Reiches abhängt. Und nicht nur das. Das Wohl aller Völker hängt davon ab.«

Seron von Geldermark machte erneut eine Pause und Atharu war hin- und hergerissen, selbst das Wort zu ergreifen, um nicht noch weitere Erläuterungen abwarten zu müssen. Schließlich hielt er es nicht länger aus.

»Königliche Majestät, bitte vergebt mir meine Neugier, aber ich muss einfach einige Fragen loswerden.«

Ein Lächeln umspielte die Mundwinkel Serons. »Nur zu. Und König Seron reicht vollkommen.«

»Danke, König Seron. Wisst Ihr, ich bin zwar mit vielen Dingen vertraut – Ondara, die Urmutter der Tangora, war meine Lehrerin –, die Prophezeiung kenne ich jedoch nicht. Was hat es damit auf sich? Wer weiß davon? Und warum muss das Bruchstück geheim bleiben? Oder meine Magie?« Er schaute den König erwartungsvoll an.

»Ich kann Eure Fragen verstehen. Und wenngleich ich glaube, dass die Zeit drängt, sollten wir uns dafür wohl etwas Zeit nehmen.« Seron sah zu seinem Magister hinüber. »Lieburus, ich denke, Ihr könnt hier Licht ins Dunkel bringen.«

»Natürlich, gern, mein König.« Der Magister rückte mit dem Stuhl an den Tisch und führte die Fingerspitzen aneinander, während er die Ellenbogen aufstützte. »Atharu, was weißt du über den Ursprung der Magie und über die Kriege?«

Atharu dachte kurz nach und fasste zusammen, was ihm dazu einfiel. »Am Anfang der Welt, als Atharpazh sich nach der Schöpfung zurückzog, oblag alle Magie den Elben. Ihre Völker waren für den Erhalt allen Lebens mit magischen Kräften gesegnet worden. Dann, in späteren Zeiten, konnten auch Zwerge sich die magischen Kräfte nutzbar machen. Sie schmiedeten Amulette, Medaillons und Ringe und versahen sie mit Runen. Auf diese Weise hatten die Zwerge, wenn auch begrenzte, so doch magische Fähigkeiten. Als Letztes erlangten erstaunlicherweise auch ein paar Menschen solche oder ähnliche Kräfte. Es entstanden die Orden und mit ihnen die Magister. Kurz gesagt!«

Atharu hoffte, dass er die wesentlichen Punkte genannt hatte. Natürlich war die Geschichte viel länger. Die ersten Magister hatten sich die Geheimnisse der Magie mit Arglist angeeignet. Der große Orden, der dann später in die kleineren zerfiel, gründete von Anfang an auf Täuschung und Verrat.

»So ist es! Immer mehr magische Leben«, meinte Lieburus nachdenklich. »Aber wisst ihr, woher die Magie kommt oder wohin sie geht?« Er sah von Atharu zu Brandan und zurück.

»Die Magie kommt aus der Erde und sucht sich das Leben. Und wenn Leben enden, sinkt die Magie in die Erde zurück«, versuchte jetzt Brandan eine Antwort. »Bei den Tangora heißt es, dass alle Seelen Magie enthalten, die der Menschen, der Tiere und der Pflanzen. Doch während des Lebens verbraucht sich ein großer Teil davon. Wenn die Magie schwindet, müssen die Körper sterben, damit die Seelen befreit sind und sich auf den Weg zur Erneuerung machen können. Seelenwanderung heißt es bei uns. Mit dem Wasser gelangen die Seelen und ihre Magie in die tiefsten Tiefen der Erde zurück, um von dort erfrischt wieder emporsteigen zu können.«

»Genau, genau.« Lieburus schien zufrieden. »Und mit jedem Verlust von Flüssigkeit verliert der Körper bereits während seines Lebens Magie, die ebenfalls mit den Wassern ins Erdreich wandert«, vervollständigte der Magister den Gedanken. »Die Magie ist in einem steten Fluss. Und es ist immer die gleiche Menge von Magie, die sich in diesem Kreislauf des Lebens befindet. Aber was passiert, wenn plötzlich mehr

Seelen mit viel mehr Magie gespeist werden müssen?« Wieder blickte er von einem zum anderen und rutschte ungeduldig auf dem Stuhl hin und her.

Brandan zog die Brauen zusammen und dachte offenbar angestrengt nach. »Doch immer das Gleiche, oder nicht? An diesem Kreislauf ändert sich doch nichts.« Sein Freund schaute erst ihn und dann Lieburus fragend an.

»Ich muss anders fragen, denke ich. Worin unterscheiden sich die magischen Seelen von denen der nicht magischen Wesen?«

»Wollt Ihr es nicht einfach sagen, mein Freund«, mischte sich nun Seron von Geldermark ein.

»Wartet!« Atharu hatte das Gefühl, er wäre kurz davor, etwas wirklich Wichtiges zu begreifen. »Was hat Ondara immer dazu gesagt? ›Seelen leiden die Zeit. Doch wo das Gefäß magisch ist, bleibt auch der Inhalt erfüllt!‹ Ich wusste nur nie genau, was sie damit meinte.« Er schaute den Magister an, der still lächelnd nickte. »Aber natürlich: Es bedeutet, dass die Seelen von magischen Wesen während ihres Lebens keine Magie verlieren, oder zumindest viel langsamer«, fuhr Atharu fort. »Und wenn es immer mehr magische Wesen gibt, ist immer mehr Magie gebunden.«

»Genau das ist passiert.« Der Magister nickte ihm anerkennend zu. »Und da die Lebensspanne von magischen Wesen um ein Vielfaches länger ist, blutete seinerzeit die Erde förmlich aus. Wir wissen nicht, wie viel Magie im Inneren der Welt steckt. Aber wir wissen, dass viel zu viel davon im oberen Kreislauf unterwegs war. Ich habe Quellen über Quellen studiert, um mir ein genaueres Bild darüber zu verschaffen. Doch es ist schwierig. Äußerst schwierig!« Lieburus blickte versonnen zur Decke und knetete seine Unterlippe.

Ein Räuspern lenkte Atharu ab. »Ich denke, ich kürze die Ausführungen ab«, meldete Seron von Geldermark sich wieder zu Wort. »Die Völker wussten um mächtige Orte. Orte, an denen seit jeher die meiste Magie in den Schoß der Erde zurückkehrte. Orte, an denen sich von Machthunger Besessene gütlich getan hatten. Menschen, die das Gleichgewicht der Natur zerstört hatten. Doch wie auch immer. Die Völker Jukahbajahns haben sich nach den Zwei Kriegen darauf geeinigt, die Magie dort zu schützen, wo der Zugang zu ihr offensichtlich war. Sie sollte ungehindert ins Innere der Erde fließen, um die Seelen der Welt zu stärken. Und das in der Hoffnung, dass weniger Magiebegabte geboren würden und das Gleichgewicht wiederhergestellt wäre. Mächtige Amulette wurden geschmiedet, als Schlüssel, die Schutzbarrieren zu kontrollieren und zu warten. Doch der Plan wurde durchkreuzt, und es kam zum Großen Krieg. Die Schlüssel und ihre Wächter wurden vernichtet. Sogar die magischen Speicher, die zur Speisung der Barrieren dienten, wurden zerstört oder gingen verloren. Alle, bis auf einen: das Grehum!«

Obwohl niemand einen Ton hervorbrachte, war es Atharu mit einem Mal, als schwebte ein Raunen durch den Raum.

Nach kurzem Zögern fuhr Seron fort: »Nirgends auf der Welt ist Magie wahrhaftiger. Hier brauchte es den größten Schutzzauber und damit auch die mächtigsten Magiespeicher. Und alle hielten stand. Bis heute.«

König Seron machte eine bedeutungsvolle Pause. »Die Völker haben nicht leichtfertig gehandelt und alles gut überlegt. Niemand konnte ahnen, dass ein Einzelner die Speicher des Grehum manipulieren könnte.« Er blickte ernst in die Runde, eine nachdenkliche Falte auf der Stirn.

Lieburus hatte die Augen geschlossen, Pelldor hielt den Kopf gesenkt.

Es war Healod, der das Wort ergriff und Atharu direkt in die Augen sah: »Wir glauben, dass ein Abtrünniger der Orden die Magie der Elemente missbraucht – vielleicht sogar danach trachtet, die Macht aller Scheltar in sich zu vereinen!«

Die Worte hingen wie scharfe Klingen über ihnen im Raum.

»Und es ist sehr wahrscheinlich, dass er die Macht des Grehum nutzt!«

Pitu

44

Die Hufschläge klangen noch weit entfernt. Aber Pitu zweifelte nicht daran, dass die Reiter jeden Moment bei ihnen sein mussten. Nicht viel Zeit um ..., ja, um was zu tun?

Lysa löste sich aus ihrer Erstarrung und ging rückwärts. Unbeholfen, stockend, einen Schritt, noch einen. Sie starrte in die Richtung, aus der die Hufschläge zu hören waren. Das Weiß in ihren Augen, aufgerissen und übergroß in dem kleinen Gesicht, schrie ihm ihre Angst entgegen. Plötzlich drehte sie sich um und rannte.

Pitu reagierte nur einen Bruchteil später. »Lysa!«

Sie war schnell, doch Pitu setzte ihr ebenso rasch hinterher.

»Lysa, bleib stehen!«

Sie reagierte nicht auf seine Rufe, sie rannte um ihr Leben. Aber kein kleines Kind konnte einem jungen Erwachsenen davonlaufen. Pitu erreichte sie bald und lief dann neben ihr. »Lysa, bleib bei mir und der Tante!«

Er griff nach ihr, wollte ihr Einhalt gebieten, sie einfangen; vorsichtig, ohne zu stürzen. »Lysa, bitte!«

Sie wehrte sich, wollte ihn abschütteln; schließlich stolperte er doch. Kurz vorher hob er sie an und drehte sich mit ihr, um nicht auf sie zu fallen. Dann schlug er hart auf den Boden. Den Schmerz nahm er nur am Rande wahr. Er barg Lysa in seinen Armen und ließ sie nicht mehr los.

So lagen sie auf dem Weg, eine zerbrechliche Ewigkeit. Ihre Herzen schlugen wild und wie ein unwirkliches Echo mischten sich Hufschläge dazu. Pitu stand auf, bedacht darauf, sie nicht loszulassen. Er schaute sie fest an und schüttelte sie sanft, bis sie ihm in die Augen sah.

»Lysa! Wir müssen zurück zur Tante. Wir dürfen sie nicht allein lassen.«

Tränen quollen aus ihren Augen. Pitu hob sie hoch, die Kleine schlang ihre Arme um ihn und klammerte sich auch mit ihren Beinen fest. Er brauchte nichts mehr dazu tun, so fest hing sie auf seinen Hüften und an seinem Hals.

Zügig ging er mit ihr zurück zum Karren. Das Vibrieren des Bodens durch die nahenden Pferde ließ seine Anspannung wachsen. Unruhig schaute er nach vorn. Was konnte er tun? Zur einen Seite der Wald, zur anderen unwegsames Gelände und Geröllwüste. Mit dem Karren gab es kein Durchkommen. Dann sah er die Staubwolke. Ein Wirbel trockenen Sandes, wo die Reiter in Sicht kamen. Sie galoppierten nicht mehr.

»Nicht die bösen Männer, mach sie weg, nicht, nicht ...« Lysa schluchzte an seiner Schulter. Er setzte sie auf den Karren, ohne sie loszulassen.

»Lysa, nicht alle Männer sind böse. Schau mich an!«

Die Kleine krallte sich noch fester an ihn.

»Au, du tust mir ja weh!«

Er spürte, wie sie ein wenig lockerließ. Gleichzeitig behielt er die Reiter im Auge. Drei Pferde konnte er ausmachen. Dann erkannte er, dass es sich aber nur um zwei Reiter handelte. *Immerhin. Keine Horde!*

»Schau, Lysa. Es sind nur zwei Männer. Und sie traben ganz gemächlich auf uns zu. Wenn sie Böses im Sinn hätten, würden sie galoppieren, damit wir nicht weglaufen können.«

Ganz kurz wagte Lysa einen Blick, verbarg ihren Kopf aber gleich wieder an seiner Schulter. Er streichelte ihr sanft über die roten Locken. Was mochte in ihr vor sich gehen? Wie viele Schrecken hatte sie bei dem grausamen Gemetzel gesehen, dem sie und ihre Tante so knapp entronnen waren? Wie viele Angst- und Todesschreie hatte sie gehört? Was würde, womöglich für den Rest ihres Lebens, in ihr widerhallen?

Die Reiter zügelten ihre Pferde. Keine Zeit, sich um die Zukunft Gedanken zu machen. Das Hier und Jetzt war herausfordernd genug. Pitu spürte Lysas Herz heftig pochen.

Und da war noch etwas. Sein Stein! Der Kristall pulsierte zwischen ihren Körpern. Pitu spürte die Magie, wie sie warm aus dem Stein in sie beide ausstrahlte. Kraft, die in sie hinüberglitt. Eine seltsame Ruhe erfasste ihn und er löste sich von Lysa. Sie sah ihn mit großen Augen an, legte den Kopf auf die Seite und streckte die Hand aus. Als sie die Stelle seines Hemds berührte, wo der Stein verborgen war, umspielte ein kurzes Lächeln ihre Lippen. Sie setzte sich aufrecht, ihre Augen strahlten und schließlich nickte sie ihm ernst zu. Dann ließ sie von ihm ab, ging zur Alten und begann, leise ein Lied zu summen. Von einem Moment auf den anderen schien sämtliche Angst verschwunden.

Was hatte Malin gesagt? »Der Stein ist mit dir, mit deinem Leben verknüpft. Ohne dich wird es nicht gehen.« *Aber mit mir?* Auf jeden Fall mit ihm. Er umfasste den Stein und hatte plötzlich das Gefühl, dass alles wahr sein könnte!

In dem Moment sprach ihn einer der Reiter an. »Hallo! Können wir helfen? Seid ihr etwa Überlebende des Trecks?«

Pitu blickte in die Gesichter der Männer. Der eine, der gesprochen hatte, war etwas größer, durchaus kräftig und trug einen sehr dunklen, gleichmäßig gewachsenen Bart. Bei dem anderen wirkte der Bart, als hätte man versucht, ihn mit einem Wetzstein loszuwerden. Es gab Stellen, an denen kein Haar wuchs und nur pockennarbige Haut durchschaute. An anderen Stellen sprossen die Haare in borstigen Büscheln und in unterschiedlichen Rot- und Brauntönen. Die Natur hatte es mit diesem Mann nicht gut gemeint. Schlimmer aber als das unattraktive Äußere war der misstrauische Blick, mit dem er zu Pitu herabschaute. Nein, nicht misstrauisch, eher verächtlich. Pitu stellten sich die Nackenhaare auf.

Die Bärte ließen die beiden Männer um einiges älter wirken, als sie vermutlich waren. Er schätzte sie auf 22 oder 23, denn um ihre Augen waren noch keine Fältchen zu sehen.

»Sprache verschlagen? Haste noch nie Männer zu Pferd gesehn?«

Pitu blickte in das Borstengesicht. *Wir zwei werden sicher keine Freunde!* »Entschuldigt, wir haben schlimme Tage hinter uns und«, Pitu wies kurz auf den Karren, »unsere Tante ist verletzt.«

Der Schönbart stieg vom Pferd und trat auf ihn zu.

»Du musst dich nicht entschuldigen! Mein Freund«, er warf dem Borstengesicht einen Blick zu, der streng oder genervt sein konnte, Pitu war sich nicht sicher, »ist etwas grob, wenn wir auf Fremde treffen. Wir haben auch schon das eine oder andere hinter uns.«

Er gab dem Borstenbärtigen ein Zeichen und der stieg ebenfalls vom Pferd. Seine Wampe spannte das abgewetzte Hemd, das er trug. Aber die Schultern und Arme wirkten muskelbepackt. Beide waren mindestens einen Kopf größer als Pitu, er könnte nichts gegen sie ausrichten, schoss es ihm durch den Kopf. Nein, nein, nicht solche Gedanken. Der Schönbart hatte doch gefragt, ob sie helfen könnten.

»Was hat sie denn, die Tante?« Das Borstengesicht trat an den Karren und Lysa verstummte.

»Was denn, was denn, Kleine, sing ruhig weiter. Der Onkel mag kleine Vögelchen, die süß zwitschern.« Er lachte schäbig und sein Bauch wippte.

Lysa kletterte auf den Karren und rutschte dicht an die Tante. Sie zog die Beine unters Kinn und umschlang sie mit den Armen.

»Du machst ihr Angst!« Pitu stellte sich dem Dicken in den Weg, um Lysa vor ihm abzuschirmen.

Das Borstengesicht hob beschwichtigend die Hände. »Aber wie denn? Ich wollte nur freundlich sein. Ein wenig plaudern. Das wird doch erlaubt sein, oder?« Das letzte Wort brachte er mit Nachdruck heraus.

Für Pitu klang es mehr nach Drohung, denn nach Frage. Doch ehe er etwas entgegnen konnte, packte der Schönbart seinen Freund beschwichtigend bei der Schulter und lenkte ihn ein wenig vom Karren zurück.

»Ihr wart bei dem Treck, richtig? Ist sie schwer verletzt?« Er nickte in Richtung der Alten. »Willst du erzählen, was geschehen ist? Seid ihr die Einzigen, die überlebt haben?«

»Ich ... äh ...«

Pitu sah zu Lysa, die anfing, sich still vor- und zurückzuwiegen. Eine ganz leichte Bewegung und doch ließ sie ihn verstummen. Er sah den Schönbart an und nickte kurz. Wie hätte er antworten können? Er war nicht dabei gewesen. Und was er gesehen hatte, könnte er nicht erzählen, nicht vor Lysa.

»Entschuldige uns kurz.« Das Borstengesicht schob sich dazwischen und drängte seinen Freund, mit ihm zu kommen. »Äh, wir besprechen uns mal. Wie wir euch ... *helfen* können.« Er grinste schief, aber das Lächeln wollte seine Augen nicht erreichen.

Während die zwei Bärtigen sich entfernten und die Pferde ein Stück vom Weg anbanden, hob Pitu Lysa vom Karren.

»Lysa, du bleibst immer schön an meiner Seite, hörst du?«

Die Kleine nickte.

Pitu sah zum Himmel und dann zu den zwei Bärtigen. »Es ist bald dunkel, wir werden hier rasten. Hilf mir mal mit dem Karren. Da vorn ist eine gute Stelle für ein Feuer, oder was meinst du?« Er warf noch einen Blick über die Schulter: Die Männer redeten gestikulierend aufeinander ein. Was sie sagten, konnte Pitu nicht hören, aber es wirkte auf ihn wie eine kleine Meinungsverschiedenheit. Er bezweifelte stark, dass von ihnen irgendeine Hilfe zu erwarten war. Oder doch? Er schaute zu den Pferden. Das dritte, das sie mit sich führten, trug, ordentlich am Sattel verzurrt, vier Wasserfässchen!

Endlich beendeten die beiden Männer ihre Besprechung. »Wir lagern mit euch, wenn ihr nichts dagegen habt«, rief der Schönbart über die Schulter. »Dann könnt ihr in Ruhe schlafen, wir übernehmen die Wache. In Ordnung?«

Pitu nickte nur. Während Schönbart und Borstengesicht sich ums Feuer kümmerten, bereitete er gemeinsam mit Lysa das Lager. Sie betteten die Alte in die Nähe der Flammen auf weiche Decken. Dann flößte Pitu ihr eine gute Menge Wasser ein, bevor Lysa ihr wieder durchgekautes Sternenmoos in die Wangentaschen schob.

»Boah, wie eklig.« Das Borstengesicht zog hoch und rotzte zur Seite aus.

»Ist gegen das Fieber! Und eklig bist hier nur du!« Lysa schien selbst zu erschrecken, dass sie so mit einem der Männer redete, und robbte schnell an Pitus Seite. Immerhin sprach sie wieder, ein gutes Zeichen. Sie hätte auch schimpfen, zetern oder fluchen dürfen. Hauptsache, sie ließ ihre Gefühle raus.

Der Schönbart lachte und schlug seinem Freund auf die Schulter. »Nachdem wir das geklärt haben und so hübsch beieinandersitzen, sollten wir uns gegenseitig vorstellen, oder?« Als Pitu nickte, fuhr der Schönbart fort. »Das hier«, er klopfte seinem Begleiter erneut auf die Schulter, »ist mein Freund Osse. Mein Name ist Korrel. Wir kommen beide aus Akralahr. Und ihr?«

»Ich bin Pitu. Und das hier ist Lysa.«

Eine Pause entstand, in der Pitu überlegte, was er noch sagen konnte. Über seinen Weg wollte er nichts preisgeben, und was seine Begleiterinnen betraf, wusste er nichts zu berichten. Es hatte bisher keine Gelegenheit gegeben, mehr über Lysa und die Alte zu erfahren. Dann fiel ihm ein, dass die Kleine ihm vielleicht aus dieser Situation heraushelfen könnte. »Magst du den Männern erzählen, wo *wir* herkommen?« Er zwinkerte ihr zu und hoffte, sie würde mitspielen.

»Wir ...«, hob sie an und Pitu sah aus den Augenwinkeln, wie sie hinter ihrem Rücken ihren kleinen Finger über den Daumen legte. Pitu verkniff sich ein Grinsen. Eigentlich legte man den Daumen auf den kleinen Finger: Groß schützt Klein. »Wir kommen auch aus Akra. Genauer gesagt, aus Helldo-Ta!«

»Genau.« Wo um der Seelen willen mochte das liegen?

»Wo zum Henker soll das sein?«, fragte Osse.

»Östlich von Akralahr«, sagte Pitu.

»Nördlich von Akralahr«, antwortete Lysa gleichzeitig und das Borstengesicht runzelte misstrauisch die Brauen.

»Genauer gesagt: im Nordosten ...«

»Genau«, stimmte Lysa Pitu zu.

»Dann sollen das die Reste des großen Flüchtlingtrecks sein, der mit als Erstes aufgebrochen ist?« Osse schaute Korrel zweifelnd an.

»Das kann schon sein. Durch die Pferde haben wir viel Zeit gutgemacht.« Korrel fuhr sich nachdenklich durch den Bart, während Pitu aufmerksam zuhörte. Hauptsache, er musste nichts erzählen.

»Also seid ihr aus dem gleichen Grund aus Akra fort?« Korrel schaute Pitu aus wachen Augen an.

»Ich nehme es doch an«, entgegnete Pitu zögerlich.

Osse starrte gedankenverloren in die Flammen. »Dann sind wir vielleicht vor den beiden in Tyklahr«, raunte er und rieb mit seinen schwieligen Händen über die Hosenbeine.

»Ach, ihr seid auf dem Weg nach Tyklahr? Mit wem trefft ihr euch?«, versuchte Pitu, die beiden im Gespräch zu halten.

»Das tut nichts zur Sache, Grünhaut!« So gedankenverloren war dieser Osse wohl doch nicht.

»Ich bevorzuge den Namen Pitu. Aber immerhin kannst du einen Urda von gewöhnlichen Menschen unterscheiden. Echt schlau!«

»Wir wollen doch nicht streiten«, schritt Korrel ein. »Immerhin müssen wir einander beistehen, falls die Horde Gellwicks zurückkommen sollte, oder?« Er lächelte hämisch.

»Was sagtest du, war der Grund für *deine* Reise?«

Pitu fröstelte. Hatte Korrel ihm nicht geglaubt, dass er zu Lysa und ihrer Tante gehörte? Und was hätte er zu verlieren, wenn er sagte, woher er wirklich kam? Ein Urda aus den Sümpfen. Glaubhaft, oder? Zumindest glaubhafter als ein Urda aus Akralahr. Aber sei es drum, er wollte nicht klein beigeben. Und außerdem war er der Begleiter von Lysa und – ja, wie hieß die Alte eigentlich?

»Hallo, Grünhaut! Korrel hat dich was gefragt?«

Eine Schweißperle rann Pitu von der Schläfe und suchte ihren Weg über die Wange zum Hals hinunter. Hastig wischte er sie mit dem Ärmel weg.

»Soll ich es erzählen?« Lysa stupste ihn an. »Das mit dem Regen und so?«

Regen ... Akralahr ... da war doch was! Irgendwo hatte er etwas darüber gehört. Plötzlich fiel es ihm wieder ein. Er bemühte sich, wiederzugeben, was er den Kapitän im Hafen von Gelder hatte sagen hören. »Ich weiß zwar nicht, was es bringen sollte, darauf zu antworten, denn ihr kommt doch selbst aus Akralahr. Und schon bevor wir loszogen, glich die Stadt einer Insel mit Wasserstraßen. Es regnete ununterbrochen und des Nachts sanken die Temperaturen bis zur Frostgrenze. Erst zu nass, dann zu kalt. Nichts zum Heizen und nichts zum Essen. Sterben, haben wir gedacht, können wir auch woanders.« Hoppla, hoffentlich war der letzte Satz nicht zu dick aufgetragen.

Korrel schaute ihn immer noch durchdringend an, nickte dann aber und stand auf. »Und wie es aussieht, hättet ihr das auch beinahe geschafft.« Er entfernte sich. »Muss mal eben, bin gleich wieder da.«

»Hm.« Osse räusperte sich und schlug dann einen etwas freundlicheren Ton an. »Musst entschuldigen, von wegen Grünhaut. Ich komm aus den unteren Vierteln. Da ist man nicht zimperlich mit Worten!«

»Schon gut, bin auf der Straße groß geworden.« Mist, wieder was ausgeplaudert! Pitu nahm sich erneut vor, weniger zu sagen, mehr zu fragen.

»Sag mal, Kleiner, ihr habt ja den schönen Handkarren und ganz schön viele Taschen drauf. Habt ihr was retten können? Ich meine, was von Wert?«

Deshalb die freundlichen Töne. *Dir werde ich helfen!* »Von Wert? Das liegt im Auge des Betrachters. Aber ja, die Tante hat in der einen Tasche einen Strumpf mit ihren kläglichen Ersparnissen.«

Pitu erntete von Lysa einen Knuff in die Seite, gab ihr jedoch mit Daumen über kleinem Finger zu verstehen, dass dies eine notwendige Posse war. »Ich würde den Strumpf mit den Münzen sofort gegen zwei Fässer Wasser eintauschen«, sagte er leichthin und beobachtete aus den Augenwinkeln, wie Osse sich plötzlich aufsetzte.

»Äh, ehrlich? Da wird die Alte aber traurig sein, oder?«

»Ich glaube nicht. Wir sind froh, wenn sie überlebt. Was helfen da Münzen?«

Pitu dachte nicht daran, dem Borstengesicht das Geld seiner Schützlinge zu geben. Womöglich besaßen sie nicht einmal welches. Aber er selbst hatte ein paar Kupferstücke und einen Silberling von Malin mit auf den Weg bekommen. Und es wäre ihm einiges wert, an Wasser zu kommen und die zwei bärtigen Gestalten loszuwerden.

Osse nickte eifrig und sah sich nach Korrel um, der noch nicht wieder in Sicht war. »Also Kleiner, wir könnten ins Geschäft kommen. Zufällig haben wir Wasserfässer dabei. Sag mir, wo die Münzen sind, und zwei davon gehören dir.«

Gierig schaute Osse ihn an. Im flackernden Schein des Lagerfeuers schienen aus den Augen des Borstengesichts pure Habsucht und Bösartigkeit zu blitzen.

Pitu sah sich zur Alten um und beugte sich dann vertraulich zu ihm hinüber. »Ich weiß nicht, wie viele Münzen es sind, reich wirst du sicher nicht davon. Aber wenn es dir recht ist«, er senkte die Stimme, »leg mir zwei Fässchen auf unseren Karren, und wenn alle schlafen, suche ich den Münzstrumpf und steck ihn in deine Satteltasche. Dein Pferd ist das gescheckte, richtig?«

Osse nickte. »Lass dir nur nicht einfallen, mich zu betrügen, dann kann ich nämlich richtig eklig werden!« Er lachte heiser und Pitu lief ein Schauer über den Rücken. »Abgemacht?«

»Abgemacht.«

Kurz darauf kam Korrel aus dem Dunkel ans Feuer zurück und setzte sich zu ihnen. »Ich habe mir gerade einiges durch den Kopf gehen lassen. Osse und ich werden in aller Frühe wieder aufbrechen.« Er fixierte Pitus Blick, der sich Mühe gab, seine Freude zu verbergen.

»Es geht um meine Schwester. Wir dürfen keine Zeit verlieren, weil wir sie sonst verpassen würden. Das verstehst du doch, oder?«

»Ich ... ja, natürlich. Ich dachte nur ...«, Pitu machte eine kunstvolle Pause.

»Ich weiß, ich hatte Hilfe angeboten. Aber mehr, als in dieser Nacht über euch zu wachen, geht nicht!«

»Doch!« Osse erhob sich. »Die Grünhaut hat mir gesagt, was ihnen helfen würde.«

Korrel schaute seinen Freund verdutzt an.

»Wasser!« Osse grinste breit. »Wir haben mehr, als wir brauchen, oder?« Er schlug den Weg zu den Pferden ein und rief über die Schulter: »Ich schaffe zwei der kleinen Fässer auf den Handkarren. Ist dir doch recht, Korrel?«

»Aber das ist ja ... großartig! Habt Dank!«, rief Pitu ihm hinterher und reichte Korrel die Hand. »Ich muss mich entschuldigen. Ich hab deinen Freund falsch eingeschätzt.«

Korrel sah zu, wie Osse die Fässer zum Karren brachte. »Das passiert mir auch hin und wieder«, entgegnete er versonnen.

Selana

45

Kalkweiß und stocksteif stand der Zwerg da. Selana hatte sich gerade hingekniet, um einem Toten die Waffen abzunehmen, als der Doka Semje mit gesenktem Kopf entgegenstürmte. Zwei der scharfen Klingen waren ihm abhandengekommen, dennoch bestand kein Zweifel, dass der Aufprall tödlich sein konnte. Dann entdeckte Selana, dass der letzte ihrer Widersacher hinter Semje blutend wieder auf die Beine gekommen war und eben sein Schwert mühsam über den Kopf hob. Was würde den Zwerg zuerst treffen?

»Semje, hinter dir!« Arias Stimme klang schrill im Getrampel der Dokahufe.

Doch der Zwerg bewegte sich keinen Zoll. Fast im selben Moment hatte der Bulle ihn erreicht, Selana schloss entsetzt die Augen. Das dumpfe Geräusch des Zusammenstoßes und nur einen Augenblick später der Aufprall des Körpers auf dem steinigen Grund der Straße, schnürten ihr den Magen zusammen. Ein Schrei war nicht zu hören. Wahrscheinlich hatte der Stoß des mächtigen Tiers seinem Opfer dazu keine

Möglichkeit mehr gelassen. Selana wappnete sich und sah ängstlich hinüber zu ihrem Gefährten, dem Mann, dem sie ihr Überleben verdankten.

Da stand er, noch immer stocksteif und kalkweiß. Für einen Moment traute sie ihren Augen nicht, bis sie erkannte, dass der Doka nicht seinen Herrn, sondern den letzten Gegner angegriffen und ausgeschaltet hatte. Der mächtige Bulle stand über der zerfetzten Leiche und schnaubte. Einen Moment benötigte Selana, um zu sich zu kommen. Dann lief sie zu Semje und fiel ihm erleichtert um den Hals.

Auch Aria war bei ihm. Umringt von den beiden Frauen fand ihr rotbärtiger Freund die Stimme wieder. »Was macht ihr – nun lasst doch – äh.«

Semje schüttelte sie ab wie lästige Fliegen. Seine Stimme klang etwas schüchtern. War da so etwas wie Rührung? Was es auch war, in wenigen Momenten wäre er wieder der Alte.

»Mann, ich dachte, du wärst gleich Zwergengulasch. Heilige Scheiße noch mal! Hättest uns ruhig sagen können, wie gut du deinen Doka unter Kontrolle hast.« Aria wischte sich eine Träne aus dem Augenwinkel und klopfte dem Zwerg auf die Schulter.

Semje grummelte etwas Unverständliches und verschaffte sich mit ausgestreckten Armen Platz. »Blablablab. Frauen! Hysterische Ziegen, wusste ich doch! Habe ich nicht gesagt: ›Waffen einsammeln‹? Ich muss mich um meinen Doka kümmern. Bei den Pickeln meines Hinterns, wir müssen hier weg! Los! Keine Zeit für ... für ... so Rührzeug-Schnick-schnack.«

Selana sah ein Lächeln über Arias Gesicht huschen und ihr wurde klar, dass auch sie den Zwerg ins Herz geschlossen hatte.

Die beiden machten sich daran, Waffen einzusammeln. Obwohl der Anblick des Blutes und der zum Teil arg verstümmelten Leichen Selana zu schaffen machte, überwog doch die Erleichterung, dass sie alle drei vorerst mit dem Leben davongekommen waren.

Kurze Zeit später hatten sie alle Waffen, die sie finden konnten, zusammen mit den Waren, die Selana vom Karren katapultiert hatte, auf der Ladefläche verstaut. Semje hatte dem Doka die letzten beiden Klingen abgenommen. Eigentlich hatte Selana damit gerechnet, dass er die anderen Klingen wieder aufsetzen würde. Schließlich waren sie noch nicht aus der Gefahrenzone heraus. Doch der Zwerg erklärte, dass der Doka erst den Balken wegschieben müsse. Und mit den Klingen würde er entweder im Holz oder aber im Untergrund stecken bleiben.

Während Semje den Bullen an das Hindernis heranführte, dachte Selana an ihre Versuche, die hölzerne Barriere mit Magie wegzuschieben. Sie ärgerte sich, dass ihr das nicht gelungen war. Ihre Magie schien so mächtig und war doch so unberechenbar. Würde sie lernen, ihre Kräfte zu lenken? Sie zielgerichteter einzusetzen? Wer könnte ihr das beibringen?

Der Doka senkte den Kopf und die Hörner umfingen den Balken. Seine massigen Muskeln spannten sich unter dem schweißglänzenden Fell. Das Tier schnaufte, die Anstrengung ließ die Adern am Hals hervortreten und aus der Flanke rann ein dünner Strom hellroten Bluts. Doch Semje feuerte den Doka unerbittlich an. Dann endlich bewegte sich der Balken. Zoll um Zoll verschob sich das schwere Hindernis. Immer wieder setzte der Doka die Hufe nach, fand Halt und trieb mit aller Macht sein Körpergewicht gegen den riesigen Balken.

Selana schritt die Lücke ab, die ihnen Durchgang bieten sollte. »Es reicht, es reicht. Wir werden durchkommen.« Ihr tat das Tier leid und sie wollte, dass der Bulle nicht unnötig weiter schob.

Sofort ließ Semje ab von seinem Tier. Er musste sich den Schweiß von der Stirn wischen, Selana konnte sich vorstellen, wie viel Überwindung es ihn gekostet hatte, das angeschlagene und verletzte Tier so zu fordern.

Wenig später hatte er den Bullen zum Karren zurückgeführt und ihm einen Eimer frisches Wasser zum Trinken hingestellt, in das er ein paar Kräuter gemischt hatte. Mit einem nassen Tuch rieb er behutsam das Fell ab und untersuchte die Verletzungen. Immer wieder ermahnte er die beiden Freundinnen, auf ihre Umgebung zu achten. Selbst hatte er seine Äxte und den Morgenstern parat gelegt, während Aria mit zwei Messern und Selana mit einem Kurzschwert bewaffnet waren.

Es dauerte eine zermürbende Zeit, in der Selana angespannt Ausschau hielt und immer wieder zu Semje sah, um mitzubekommen, wie es um den Doka stand. Der Zwerg hatte zwei Schwertwunden entdeckt, die er mit einer größeren Nadel und feinem Zwirn in groben Stichen zusammennähte. Allein dieser Anblick tat Selana so weh, dass sie sich abwenden musste.

Die Straße, auf der sie standen, war zu beiden Seiten von freien Flächen umgeben, auf denen nur noch Grundmauern kleiner Gebäude zu erkennen waren. Hinter ihnen, in der Richtung, aus der sie kamen, erhob sich eine beeindruckende Ruine. Sie hatte etwas von einer großen Zitadelle. Doch das Dach war in Teilen eingestürzt und Ruß hatte alles schwarz gefärbt. Auch sonst waren die Ruinen gänzlich grau und schwarz. Es musste ein mächtiges Feuer gewesen sein, das hier einst gewütet hatte. In einiger Entfernung erhoben sich zwei Türme, die anscheinend noch intakt waren.

»Das ist das Tor von Nehrbor. Dort führt der vermeintlich sichere Weg hindurch!« Semje war neben sie getreten. »Doch trotz allem glaube ich, dass dieser Weg der bessere ist!«

»Weil du dein geliebtes Silber oder deine Waren sparen wolltest!«, mischte sich Aria tadelnd ein, doch so richtig böse klang sie nicht mehr.

Selana schaute ihren rotbärtigen Freund nachdenklich an. »Es gibt noch einen anderen Grund, oder?«

Der Zwerg erwiderte ihren Blick und wandte sich dann ab. »Wir müssen schauen, dass wir wegkommen!« Er machte sich daran, den Doka einzuspannen, und wenige Augenblicke später setzte sich der Karren mit den drei Weggefährten wieder in Bewegung.

Ruinen und Trümmer säumten ihren Weg. Je weiter sie kamen, desto besser konnte Selana sich vorstellen, wie mächtig die Festung einst gewesen war. Der südliche Teil, durch den sie fuhren, schien eine Art Außenburg gewesen zu sein, in der dem Anschein nach Wohnhäuser gestanden hatten. Die Grundmauern waren zu klein für eine andere Nutzung. Weiter nördlich aber waren wesentlich mehr Mauern und Wehrtürme erhalten geblieben. Auch die mächtige Zitadelle stand innerhalb dieser höheren Mauern.

»Sind wir eigentlich mitten durch die Zitadelle gefahren?«

Der Zwerg grummelte nur etwas Unverständliches in den Bart. Keine Antwort. Selana blickte zu Aria und zuckte mit den Achseln.

Ihre Freundin verdrehte die Augen. »Hallo! Zwerg! Jemand zu Hause? Selana hat dir eine Frage gestellt.«

»Habe ich gehört«, kam die knappe Antwort.

»Und?«

»Nichts und.« Seine dunkle, knarzende Stimme ging nahezu unter im Geräusch des dahinrollenden Karrens.

»Er möchte nicht reden, also lassen wir ihn«, meinte Selana.

Doch ihre Freundin wollte es nicht auf sich beruhen lassen. »Hör mal, liebster Semje. Ich weiß ja nicht, ob du es bemerkt hast, aber ohne unsere Hilfe hättest du nahezu genauso blöd dagestanden wie wir ohne deine. Wohl eher tot da gelegen! Und während *du* die ganze Zeit einen freien Blick auf die schönsten schwarzen Ruinen weit und breit hattest, haben *wir* unter einer dämlichen Plane gelegen und nichts, aber auch gar nichts gesehen. Entweder du erzählst uns jetzt was, oder ich blab-blab-blabber dich so voll, dass du endlich mal erfährst, was eine hysterische Ziege ist. Verstanden?«

Aria war immer lauter geworden und Selana hatte den Eindruck, dass Semjes Kopf gleichzeitig immer tiefer zwischen den Schultern versank.

»Ist ja gut! Himmelsstahl, Eisen, Stein und Glut noch mal!« Er seufzte schwer, doch es klang eher wie eine Art Grunzen, Selana musste sich ein Lachen verkneifen.

»Und wenn du schon dabei bist«, setzte Aria nach, »nenn uns *alle* Gründe, die gegen den sicheren Weg durch die hohen Tore von Nehrbor sprachen!«

»Das mache ich. Aber erst mal dürft ihr unauffällig, und ich meine *wirklich unauffällig,* nach rechts zu den niederen Mauern schauen!«

Selana wendete sich Aria zu und begann, ihrer Freundin die Haare zu flechten.

»Bitte keine Zöpfe«, stöhnte Aria.

»Er hat gesagt ›unauffällig‹. Aber ich kann nichts entdecken. Was meinst du?«

»Oh, verdammte Scheiße!«, zischte Aria. »Weiter vorn, dort, wo der eingestürzte Turm ist. Siehst du?«

Dann sah auch Selana es und ihr Pulsschlag beschleunigte sich. Auf der Mauer hockten zwei Gestalten und waren offensichtlich mit Speeren oder Piken bewaffnet.

Semje raunte: »Wir sind noch nicht sicher! Ich verspreche, euch Rede und Antwort zu stehen. Später! Aber lasst uns erst aus der Festung raus sein und die Schlucht überqueren!«

Selana musste sich erst von dem Schreck erholen, dafür wirkte ihre Freundin gefasster. »Wie weit ist es noch?«

»Dort vorn müssen wir durch, dann geht es den Hügel abwärts zur Schlucht!«

Der Karren rumpelte in gemächlichem Tempo dahin. Für einen Beobachter deutete nichts darauf hin, dass die drei Reisenden mögliche Angreifer entdeckt hatten. Selana flocht die Haare ihrer Freundin und Semje sang in dunklen Tönen ein Lied seiner Ahnen. Immer näher kamen sie der Mauer. Inzwischen waren sie in Reichweite von Speeren. Zwei gezielte Würfe und der Doka wäre Geschichte. Selana und Aria wagten keinen Blick empor zur Mauer. Das Holz des Karrens vibrierte durch die dunkle Stimme des Zwergs, das Knarren der Räder schien lauter zu werden, je dichter sie der Mauer kamen. Dann tauchten sie in den Schatten des niederen Tors. Selana hielt den Atem an. Ob sie hindurchkämen? Oder wartete womöglich die eigentliche Gefahr hinter dem Tor?

Für einen Moment blendete die Sonne, als sie auf der anderen Seite aus den Schatten fuhren.

»Ein gutes oder ein schlechtes Zeichen, wer weiß das?«, murmelte Semje.

Selana und Aria hatten sich nach vorn umgedreht und stützten sich links und rechts neben Semje auf die hölzerne Rückwand des Bocks. Vor ihnen öffnete sich der Blick auf eine atemberaubende Kulisse. Die zerklüftete Felsenlandschaft, die sie noch zu überwinden hatten, fiel stetig ab und ging weit im Osten in Wiesen und Felder über, die in üppigem Grün leuchteten. Im Dunst der Ferne wand sich ein breiter Fluss durch hügelige Landschaft. Wie ein blau-weißes Band streckte er sich ihnen entgegen.

Dann machte der Weg eine Biegung und der Karren folgte ihm in nördlicher Richtung. Das Bild änderte sich. Von hier konnten sie eine Schlucht sehen, in die sich der Fluss tief eingegraben hatte. Im Kontrast zu den dunklen Felsen wirkte das Wasser nahezu weiß.

»Der Fluss der Seelen! Arro-Ezhanjotäe, wie die Elben ihn nennen.« Die Stimme des Zwergs klang ehrfurchtsvoll.

»Wenn wir sterben, löst die Seele sich von unserem Körper, um sich mit den anderen Seelen zu vereinigen. Mit den Wassern des Arro-Ezhanjotäe gelangen sie zum Grehum«, flüsterte Selana. Hier bekamen die Worte ihrer Ziehmutter ein Bild. Eine Wirklichkeit, die die tiefe Verbundenheit ihrer Wanda zur Natur deutlich machte.

In einiger Entfernung überspannte eine mächtige Brücke den heiligen Fluss. Bis tief in die Schlucht hinein waren die massiven Fundamente gemauert und verliehen dem Bauwerk dennoch einen Ausdruck von Leichtigkeit. Sie verjüngten sich nach oben stetig und setzten sich in Form von grazilen Obelisken oberhalb der eigentlichen Querung fort.

Der Weg, dem sie folgten, bog erneut ab und verlief wieder gen Süden. Jetzt blickten sie zur anderen Seite der Schlucht. Hier wölbten sich die Felsen viel weiter über den Fluss. Es war, als sprudelte der Arro-Ezhanjotäe aus einem Tunnel hervor. Eine kleine Steinbrücke überspannte den schmalen Felsspalt, weniger als eine Meile dahinter öffnete sich die Schlucht einem grünen Tal. Keiner der drei sprach ein Wort. Nur das Rauschen des Wassers, das tief aus der Schlucht zu ihnen heraufdrang, durchdrang die Luft.

Sie erreichten die Brücke, und Selana nutzte die kurze Zeit der Überquerung, um das Bild zu beiden Seiten der Klamm in sich aufzunehmen. Der Gedanke, auch ihre Seele dereinst mit diesem Wasser strömen zu lassen, erfüllte sie mit Ruhe und Dankbarkeit.

Dann hatten sie den Fluss hinter sich gelassen. Der Weg stieß nach kurzer Zeit auf die Handelsstraße, die hier in sehr gutem Zustand, breit und eben dem Tal entgegenstrebte.

Semje seufzte erleichtert. Er steckte die Zügel unter die Schenkel und fuhr sich mit den Händen durchs Haar. »Wir haben es geschafft. Wir haben es tatsächlich noch einmal geschafft, mein Guter!«

»Was willst du damit sagen? Tatsächlich noch einmal?« Selana sah zu ihm auf.

»Das heißt, dass ich in meinem Leben nie wieder diesen Weg nehmen werde. Aber lasst uns noch ein wenig die Stille in Frieden genießen. Wenn wir eine Rast gemacht und eine Stärkung zu uns genommen haben, löse ich mein Versprechen ein und beantworte eure Fragen!« Er seufzte erneut, reckte sich ein wenig und griff sich eine Fellflasche, die unter dem Bock versteckt war. »Nehmt einen Schluck von meinem besten Tropfen.«

Aria nahm die Flasche und trank. Sie verzog das Gesicht und reichte an Selana weiter. »Boah, das ist dein bester Tropfen?«

Auch Selana nahm einen Schluck und hätte beinahe die Flasche fallen lassen. Das Gesöff brannte wie Feuer in ihrem Hals. Doch sie schluckte es tapfer hinunter und schüttelte sich kräftig. »Was ist ...« Mehr bekam sie nicht heraus, aber ein warmes Gefühl breitete sich in ihrem Magen aus.

»Ziegenschnaps!«, brachte ihr rotbärtiger Freund hervor, sein Lachen dröhnte dunkel und scheppernd über das Tal.

Als sie eine kleine Wiese erreichten, von der sie einen grandiosen Blick ins Tal genießen konnten, lag die schwarze Festung bereits weit hinter ihnen. Semje hatte den Karren angehalten und den Doka abgespannt. Während das Tier graste, holte Selana einen Eimer Wasser und Semje rührte eine Kräuterpaste an, mit der er die Wunden des Bullen versorgte. Aria hatte ihm ein paar der Kräuter stibitzt und hackte sie mit dem Messer fein. Ihre Augen blitzten, während sie von einem Aufstrich schwärmte, der hervorragend zum dunklen knusprigen Brot des Zwergs passen würde.

Die Sonne stand schon tief über der Hochebene. Davor zeichnete sich scharf die schwarze Festung Nehrbor ab. Wie schartige Klingen erhoben sich ihre Türme und drohten jedem, der ihnen entgegenschritt. Ein Schauder überlief Selana, sie wandte sich ab. In entgegengesetzter Richtung durchzog der Fluss der Seelen die grüne Landschaft und verlor sich am Horizont. Schemenhaft war so etwas wie kleine Gebäude oder lehmfarbene Punkte zu sehen.

»Semje?« Selana starrte wie gebannt auf die Punkte, die mit der untergehenden Sonne immer undeutlicher wurden. »Semje, sind das Häuser? Dort, ganz weit, wo der Fluss kaum noch zu sehen ist?«

»Das, liebe Selana«, er trat neben sie, »ist Tyklahr!«

»Aber dann haben wir es bald geschafft!« Begeistert fiel sie dem Zwerg um den Hals, machte sich wieder los und stürmte Aria entgegen, die ebenfalls über beide Ohren strahlte.

Ungestüm fielen die zwei sich in die Arme. »Tyklahr! Wir kommen!«

Ihr Lachen klang hell und froh über die Wiese. Leicht schwindlig vom Freudentanz kam Selana wieder zum Stehen und blickte in das Gesicht ihres Freundes, auf dem sich ein breites Lächeln abzeichnete. Mit aufrichtiger Zuneigung sah sie ihm in die Augen.

Semje räusperte sich und wandte sich verlegen ab. »So, nun mal essen. Mein Magen knurrt schon wie eine ganze Herde Melbos.« Zügig stapfte er zu dem kleinen Lager. »Außerdem wollen wir noch ein Stück weiterziehen, bevor es ganz dunkel ist!«

Selana sah zu ihrer Freundin, die breit grinste und ihr zuzwinkerte. Sie setzten sich zu Semje, aßen und tranken und genossen die friedvolle Stille. Grillen zirpten und Vögel sangen den Abend herbei.

Dann spannte Semje den Doka wieder vor den Karren und sie zogen weiter. Selana hatte sich zu ihrem rotbärtigen Freund auf den Bock gesetzt und sah sorgenvoll auf den Rücken des mächtigen Bullen. Der Zwerg hatte ihn von der Rüstung befreit und auch die schweren Klingen entfernt.

»Semje, eigentlich freue ich mich ja, dass wir heute noch ein Stück weiterfahren. Aber ich mache mir Gedanken um deinen Doka. Braucht er nicht mal eine längere Pause? Wenn ich überlege, was er alles geleistet und durchgemacht hat.«

Der Zwerg sah kurz zu ihr herüber. »Das ehrt dich, Selana. Aber zum einen beflügelt ihn schon allein die Befreiung von der schweren Rüstung und zum anderen geht es jetzt stetig bergab. Die Straße ist gut im Stand. Hier könnten wir den Karren sogar selbst schieben. Es ist für ihn keine große Last mehr.« Semje schwieg einen Moment und setzte dann hinzu: »Wir sind in Tykalden. Sicheres Gebiet, möchte man meinen. Aber was bedeutet das dieser Tage schon. Je schneller wir in der Hauptstadt sind, desto besser.«

»Wie weit ist es bis dahin?«, fiel Aria ein. »Oder anders gefragt: Wie lange willst du uns noch auf deinem Karren dulden, bis du dich endlich wieder von den hysterischen Ziegen befreien kannst?« Sie zwinkerte Selana hinter dem Rücken des Zwergs zu.

Semje räusperte sich vernehmlich. »Nun ja, Ziegen, ihr dürft das einem alten Kämpfer nicht übel nehmen. Man ist da anderes gewöhnt. Also, ich meine ... na ja, ... Ziegen sind ja feine Tiere.« Er atmete geräuschvoll aus. »Also, wenn man so will ...«, setzte er leise hinzu und schaute erst zu Aria, dann zu Selana. Beide verkniffen sich schnell ihr Lächeln.

»Jedenfalls ...«, Semje machte einen erneuten Anlauf, »jedenfalls werden wir übermorgen dort sein.«

Später am Abend, als es schon dunkel war, schlugen sie ihr Lager direkt neben der Handelsstraße auf und fielen rasch in einen erholsamen Schlaf.

Der nächste Tag begann ebenso geruhsam und friedlich, wie der vorherige geendet hatte. Die Wunden des Doka sahen gut aus und das Tier machte wieder einen kräftigeren und gesunden Eindruck.

Inzwischen waren sie weit vorangekommen und von dem Bergrücken, der die Hochebene mit dem Tal verband, weiter in die Ebene gelangt. Hier wechselten sanfte Erhebungen sich mit weiten Senken ab, in denen das Gras noch grüner zu sein schien. Der Karren rollte stetig weiter gen Osten in Richtung Tyklahr. Hin und wieder konnten sie von den Kuppen kleinerer Hügel einen Blick auf die Häuser und Türme erhaschen, die sich immer deutlicher am Horizont abzeichneten. Selana und Aria waren hinten auf dem Karren geblieben und hatten sich Geschichten aus der Zeit vor dem großen Regen erzählt. In stillem Einvernehmen hatten sie den Zwerg nicht weiter bedrängt, ihnen von Nehrbor zu berichten. Oder ihnen seine Meinung über den Prinzen von Akra und die Gellwicks mitzuteilen. Doch irgendwann gingen ihnen die Themen aus, und bald hing jede den eigenen Gedanken nach.

Schweigsam ging der Tag zu Ende. An einem Platz, an dem die Handelsstraße unmittelbar neben dem Fluss der Seelen verlief, schlugen sie ihr letztes Nachtlager auf. Semje entfachte ein Feuer und schon bald dampfte aus dem Topf darüber der köstliche Geruch einer Suppe.

Selana und Aria starrten versonnen in die Flammen, niemand sprach ein Wort. Vielleicht würde dieses beharrliche Schweigen Semje dazu bringen, schließlich doch noch das Wort zu ergreifen, so dachte Selana.

Und dann begann er tatsächlich zu erzählen.

Atharu

46

Die Nachricht, es gebe jemanden, der sich die Macht der Scheltar zu eigen machen wollte, war für sich genommen schon aufwühlend. Doch dass dieser die Macht des Grehum missbrauchte, eines der heiligsten Orte Jukahbajahns, erschütterte Atharu. Kurz kam ihm in den Sinn, er und Brandan sollten nach Tangris zurückreisen. Im Grunde wünschte er sich einfach nur Zeit, um die vielen Geschehnisse zu durchdenken und zu verarbeiten. Und jemanden, der sich seine Gedanken anhörte und mit ihm sortierte. Jemanden wie Ondara. Schnell versuchte er, diesen Gedanken abzuschütteln. Er musste endlich allein zurechtkommen. Sich seinem Schicksal stellen. Doch dazu brauchte er mehr Wissen, um wirklich Entscheidungen treffen zu können. Vielleicht hatte Brandan Dinge erfahren, die ihm weiterhalfen. Sie hatten kaum Zeit gehabt, zu sprechen, seit er selbst wieder aus dem Schatten des Nichtseins zurückgekehrt war. Sicher hätten auch Lieburus und Seron noch einiges zu berichten.

Die Beratung mit dem König jedoch war schneller vorbei, als Atharu lieb war. Seron betonte, dass nur die greifbaren Dinge entscheidend seien. Er war nicht gewillt, sich über einen zweiten Scheltar Sorgen zu machen, solange es Naheliegenderes zu tun gab. Und naheliegend war für ihn, die Bruchstücke des magischen Medaillons wieder zu verbinden. Deshalb hatte er alles Nötige veranlasst, um Atharu und Brandan zum Nebelsee zu bringen.

Erst einige Zeit, nachdem der König die für ihn selbstverständlichen Fakten heruntergebetet und ihnen das Vorgehen als unabänderlichen Plan vorgestellt hatte, wurde Atharu bewusst, dass man nur dann Bruchstücke zusammenführen konnte, wenn es mehrere davon gab.

Doch er hatte keine Gelegenheit, das anzusprechen, geschweige denn, noch einmal nach der Prophezeiung zu fragen oder was eigentlich der Nebelsee damit zu tun hatte. Fragen über Fragen drehten sich in seinem Kopf umeinander, während Healod und Pelldor über Soldaten, Zahlen und Wegerouten berichteten.

Plötzlich stand König Seron auf, wünschte ihnen Erfolg in ihrem Tun, gab ihnen den Segen Atharpazhs mit auf den Weg und ging. Beinahe im selben Moment, als der König sich erhob, standen auch alle anderen auf. Atharu machte es ihnen hastig nach. Mit gesenkten Häuptern warteten sie schweigend, bis der König den Raum verlassen hatte. Nur Jiga sprang fiepend von Brandans Schulter und lief ihm nach.

Das riss Atharu aus seiner Erstarrung. »König Seron!«

Brandan gab ihm einen Tritt gegen das Schienbein und rief Jiga mit einem leisen Pfiff zurück.

»Das letzte Wort gebührt einzig dem König«, mahnte Healod, nachdem sich die Tür hinter dem Monarchen geschlossen hatte, ohne dass Seron von Geldermark innegehalten hatte.

»Ich denke, es ist Zeit, aufzubrechen.« Pelldor sah Healod auffordernd an.

Der oberste Befehlshaber nickte nachdenklich und wies alle an, ihm zu folgen. Er führte sie durch die weiten Flure zum Hauptportal. Alle Türen wurden von den Wachen unverzüglich geöffnet. Sie mussten nicht einmal ihre Schritte verlangsamen. Schließlich öffneten sich die Flügel des großen Tors. Atharu sann gerade darüber nach, welche Frage er dem Magister zuerst stellen sollte, doch nach einem Blick auf den Platz vor dem Palast war er unfähig, weiterzudenken.

Der Hof war bevölkert von Soldaten in bronzenen Harnischen und cremeweißen Umhängen, auf denen das Wappen Geldermarks prangte: ein elfenbeinfarbenes Tor auf blaugrünem Grund. Die Pferde, die die Soldaten mit sich führten, trugen ebenfalls prächtiges Geschirr. Die Ketten der Halfter reflektierten das Licht der tief stehenden Sonne und verliehen der Szenerie einen anmutigen Glanz. Planwagen unterschiedlicher Größe standen bereit. Direkt vor ihnen aber, am Fuß der Treppe, wartete eine geschlossene Kutsche, die sonst offenbar die Königsfamilie beförderte. Atharu hatte so ein Gefährt noch nie gesehen. Es war gänzlich aus Holz gearbeitet. Auf den Seiten prangte ebenfalls das Wappen Geldermarks, darüber waren Fenster eingelassen.

So faszinierend die ganze Szenerie war, so ohrenbetäubend war die Geräuschkulisse. Es mussten an die dreihundert Mann sein und ebenso viele Pferde. Laute Unterhaltungen und Gelächter mischten sich mit unruhigem Wiehern, dem Scharren der Hufe und dem Klimpern der Geschirre. In dem Moment jedoch, da man die Gruppe um den Obersten vorm Portal des Palasts entdeckte, wurden grelle Befehle gerufen und die Menge verstummte.

»Treue Garde!« Healod wandte sich mit so fester Stimme an die Menge, dass Atharu ein Schauer über den Rücken lief. »Unsere Ehre wurde beschmutzt. Gellwicks haben sich erdreistet, uns durch ihre schändlichen Taten den Krieg zu erklären. Zusammengerottet zu größeren Horden ziehen sie plündernd und mordend durch unser Land!« Der Oberst machte eine effektvolle Pause und blickte langsam über den ganzen Platz. »So wie unser König wollen auch wir einstehen für die Sicherheit der Menschen in unserem Land. Für unsere Nachbarn, unsere Brüder, Schwestern, Eltern. Und für unsere Frauen und Kinder!«

Wieder machte er eine Pause, ehe er die Stimme spannungsvoll hob und die letzten Worte beinahe schrie: »Wir müssen helfen, wo unsere Hilfe gebraucht wird. Ich weiß, das Volk Geldermarks kann sich auf euch verlassen. Es gilt Leben zu retten! Seid ihr bereit? Dann ruft mit mir: Für unser Land!«

»Für unser Land!« Die Stimmen der Soldaten rauschten wie eine gewaltige Flutwelle über Atharu hinweg.

Healod und Pelldor schrien unmittelbar darauf ihre Entgegnung über den Platz. »Für unseren König!«

Und die Antwort der Masse brandete ihnen entgegen und drohte Atharu zu überwältigen. »Für unseren König!«

Die Menge jubelte, Schwerter klopften gegen Schilde, es dauerte schier endlos, bis Befehle den Lärm wieder übertönen konnten.

Atharu sah die Freude in Healods Gesicht und den Stolz in Pelldors Augen leuchten. Dann blickte er zu Brandan. Doch sein Freund schaute gar nicht auf die Menge. Während Atharu zugleich ergriffen und erschreckt von der Macht der Masse war, schien Brandan unbeeindruckt. Er kümmerte sich um Jiga, die unter seinem Hemd Zuflucht gesucht hatte und beruhigt werden musste. Welch ein Segen, unbeteiligt und ganz bei sich bleiben zu können.

Die Männer auf dem Platz lachten und strahlten. Kannten sie nicht die Gefahren? Oder waren sie so sehr Kämpfer, dass sie mögliche Folgen ausblenden konnten? Atharu vermochte nicht zu jubeln. Er erinnerte sich an das niedergebrannte Dorf und die verkohlten Menschen. Beklommenheit überkam ihn. Was geschah hier? Wohin mochten sich die Geschehnisse entwickeln? Ihm kam der Tod Ondaras in den Sinn, nach dem er sich allein und verlassen gefühlt hatte. Doch hier, inmitten der vielen Soldaten, fühlte er sich einsamer als je zuvor.

Irgendwann saßen die Kämpfer auf. Ihre Rüstungen, Schwerter und Piken leuchteten im Glanz der untergehenden Sonne. Die Streiter des Königs formierten sich zu einem mächtigen Zug, der sich aufmachte, die Stadt zu verlassen und das Land zu befrieden. Innerlich lachte Atharu ob dieses Gedankens. Widersprachen Waffen nicht eigentlich der Idee des Friedens? Doch durfte man die verächtlichen Taten hinnehmen? Wie sollte man reagieren? Was konnte man tun? Wann fing Machtlosigkeit an und wann hörte sie auf? Mit einem Mal fühlte er sich müde.

Pelldor geleitete ihn, Brandan und Lieburus zur Kutsche. »Es ist ein langer Weg bis zum Nebelsee. Der Magister wird uns begleiten. Nutzt die Zeit!« Er nickte den Dreien zu, schloss die Tür hinter ihnen und stieg auf sein Pferd, das neben dem Gespann auf ihn gewartet hatte.

In der Kutsche strich Lieburus sich mit leicht zittrigen Händen das weiße Haar aus dem Gesicht und rückte ein Kissen im Rücken zurecht. »Der König entbehrt mich nicht gern. Aber zum einen soll ich der Königin von Tykalden einen Brief überbringen und zum anderen meinte er, ich sollte euch für die eine oder andere Frage zur Verfügung stehen. Nun denn, ich bin ganz Ohr.«

Die Kutsche setzte sich in Bewegung. Brandan schaute Atharu von der Seite an, sah dann aber zum Fenster hinaus.

»Entschuldigt, Magister. Für den Moment fehlen mir die Worte. Gebt mir etwas Zeit, damit ich mir die richtigen Fragen überlegen kann.«

»Aber natürlich, natürlich. Wir werden ja eine ganze Weile unterwegs sein. Und ich bin froh, diese Reise mit euch unternehmen zu können. Wisst ihr, ich war nicht sicher, ob dies alles wirklich zu meinen Zeiten geschehen würde. Ich bin ja nicht mehr der Jüngste. Anfänglich waren die Zeichen noch nicht deutlich, doch als Ihr dann ...«

»Magister«, Brandan unterbrach Lieburus sanft, »ich denke, wir brauchen ein wenig Ruhe nach der Aufregung. Meine Jiga ist auch völlig durcheinander.« Er kraulte sein Frettchen hinter den Ohren.

Lieburus schaute für einen Moment etwas verständnislos drein. Dann änderte sich seine Miene und schließlich lächelte er sogar. »Ihr habt recht. Und uns kann die Zeit nicht weglaufen, denn wir sind ja bereits auf dem Weg, nicht wahr? Es geht vorwärts, egal, ob wir sprechen oder schlafen.« Dann sah er aus der Kutsche hinaus. Atharu folgte seinem Blick.

Die Häuser von Gelder zogen an ihnen vorbei. Menschen standen an den Straßen, aus den Fenstern winkten Frauen und Kinder. Später, als sie die Stadt hinter sich gelassen hatten und die Sonne am Horizont versank, ließ das leise Schnarchen des Magisters keinen Zweifel daran, dass Atharu weitere Zeit zum Nachdenken hatte. Über all den Eindrücken und Fragen schlief auch er schließlich ein.

Als er die Augen wieder aufschlug, dämmerte der Morgen.

»Da bist du ja«, flüsterte Brandan und legte mahnend einen Finger auf die Lippen. Er nickte mit dem Kopf zur anderen Seite. Lieburus schlief noch immer tief und fest, derweil Jiga es sich auf dem Schoß des Magisters bequem gemacht hatte und ebenfalls unverkennbare Schnarchlaute von sich gab.

»Schlafende Magister weckt man nicht.«

»Was ist das denn für eine Regel?« Atharu musste grinsen.

»Meine. Komm, lass uns kurz die Beine vertreten.«

Erst jetzt fiel Atharu auf, dass es nicht mehr holperte und schwankte. War er deshalb aufgewacht?

Als sie ausstiegen, kam Pelldor vorbei. »Wir machen eine längere Rast. Die Gespanne vor der Kutsche und den Planwagen werden gewechselt. Kentso und seine Truppe haben mehrere Höfe sichern können und Pferde für uns bereitgestellt. Einen dieser Höfe haben wir gerade erreicht.«

»Ist Kentso hier?« Atharu blickte sich um.

»Nein. Wir sind über unsere Späher im Kontakt. Bitte entschuldigt, ich muss noch mit den Führern der zweiten Fünfzig sprechen, bevor sie östlich des Hofes Stellung beziehen. Vorher können wir nicht weiterziehen.«

Der Obmann der Garde ritt davon, ehe Atharu etwas fragen konnte.

Stirnrunzelnd sah er Brandan an. »Die zweiten Fünfzig? Stellung beziehen?«

»Ja, wieso? Oh, ich vergesse immer, dass du zwischenzeitlich nichts mitbekommen hast. Also, während du friedlich geschlafen hast ...«

»Brandan!« Atharu schaute seinen Freund streng an.

»Entschuldige.« Brandan grinste. »Schon bevor wir mit dir in Gelder ankamen, waren Nachrichten aus verschiedenen Teilen des Landes beim König eingetroffen. Allesamt über Gräueltaten dieser elenden Stinker. Lediglich im Westen wurden anscheinend noch keine Dörfer niedergebrannt. Der

König hat sofort einen Rat einberufen und Botschafter ins Land geschickt, um die Dörfer und Weiler zu warnen. Von Kentso kam vorgestern die Nachricht, dass er die Horde vom Fluss weiterverfolgen konnte. Es hat sich herausgestellt, dass die Gellwicks ganz gezielt vorgehen. Sie sind darauf aus, Pferde zu stehlen, und ziehen weiter gen Westen. Und sie haben es offenbar eiliger als vorher, denn die Weiler, in denen keine Pferdehöfe zu vermuten sind, lassen sie unbehelligt. Da jetzt alle davon ausgehen, dass der Raubzug der Gellwicks von Osten nach Westen verläuft, wurden Landbevölkerung und Pferde gen Westen in Sicherheit gebracht. Eine Art Rückzug sozusagen. Es gibt dort drei größere Orte, die recht gut befestigt sind. Sie sind als Zuflucht gedacht.«

»Dann sind wir nicht mit einer halben Armee unterwegs, damit wir sicher an den Nebelsee gelangen, sondern weil die Soldaten die Flüchtlinge und die Pferde schützen sollen?«

»Richtig. Von Gelder bis zum Nebelsee wurden sechs Stützpunkte für die Stationierung der Garde ausgewählt.«

»Eine Frontlinie, um den Westen zu schützen ...«

»... und die Gellwicks abzufangen und auszulöschen«, vervollständigte Brandan den Satz. »Warte mal.« Er suchte sich einen kleinen Ast und schabte mit dem Fuß einen Flecken Erde frei. »Wenn man die Gegebenheiten berücksichtigt, ein genialer Plan.«

Atharu verfolgte verblüfft, wie Brandan eine schematische Karte Geldermarks aufzeichnete. »Woher kennst du das alles so genau?«

Sein Freund schaute zu ihm auf. »Wenn ich jetzt sage, dass ich die Zeit gut genutzt habe, in der du nur geschlafen hast, bist du wieder sauer, oder?«

Atharu seufzte. »Vermutlich.«

»Dann sage ich es nicht.« Emsig zeichnete Brandan weiter.

»Zwischen Gelder und dem Nebelsee befindet sich quasi die Taille von Geldermark. Nirgendwo sonst ist das Land so schmal.«

»Der beste Ort, um sich vor einem Gegner abzuschotten«, überlegte Atharu. »Den Gellwicks bleiben also nur zwei Möglichkeiten: der Kampf oder der Rückzug nach Osten. Und im Osten ist ihnen Kentso auf den Fersen.«

»Richtig. Und der König hat unmittelbar nach unserer Ankunft Verstärkung gesandt. Kentso steht eine ganze Hundertschaft zur Verfügung.«

»Dann haben die Gellwicks keine Chance.«

»Es sei denn, ...«, Brandan zeigte auf die linke Seite des Nebelsees, »... sie ziehen östlich des Sees nach Norden. Aber dann ist König Seron sie los und die Tykalden müssen sich mit ihnen herumschlagen.«

»Kein feiner Zug, oder? Dem Nachbarland ein derartiges Problem an den Hals zu jagen?«

»Deshalb ...«, Brandan steckte den Ast westlich neben dem Nebelsee in die Erde und stand auf, »... führt uns unser Weg nach Tyklahr. Lieburus hat eine Botschaft für Königin Tulipa von Tykalden im Gepäck.«

Atharu ging ein Licht nach dem anderen auf. »Darum die Reise zum Nebelsee. Ich bin froh, dass wir gesprochen haben, bevor ich Lieburus mit Fragen überschütten konnte.«

»Und? Willst du wieder einsteigen?« Brandan schaute ihn zweifelnd an.

»Eher nicht. Wir sitzen noch lange genug. Und ich möchte nicht, dass der Magister aufwacht.«

Brandan fing an zu grinsen und schüttelte den Kopf.

»Was? Warum grinst du so?«

»Weil ich weiß, dass da noch immer Fragen in deinem Kopf herumschwirren. Und es sind Fragen dabei, die nur der Magister beantworten kann. Du kannst sie ihm endlich stellen und tust es nicht. Schon komisch, oder? Ich meine, er kann dir in der Kutsche nicht mal weglaufen.«

»Ich aber auch nicht.« Jetzt musste Atharu selbst grinsen. »Du hast ja recht. Vielleicht will ich manche Antworten gar nicht hören. Ich meine, das ist alles so groß. So unwirklich. Wir sind doch nur zwei einfache Tangora.«

Brandan hob die Brauen. »Also, was mich betrifft, bin ich tatsächlich nur ein Tangora. Ein einfacher Jäger. Was allerdings dich betrifft ...« Er ließ den Satz unbeendet.

»Was willst du damit sagen? Los, raus damit!«

»Na, nun mal ehrlich. Du kommst aus der Linie Ondaras. Du bist der einzige blonde Tangora weit und breit. Du bist der einzige Mann, der je von Ondara unterrichtet wurde. Du kennst die alte Sprache, kannst lesen und schreiben, weißt alles über Kräuter und Heilpflanzen und hast mehr über die Geschichte der Völker gelernt als sonst irgendjemand in Tangris. Was soll ich noch aufzählen? Heilzauber? Feuerzauber?« Brandan hatte ihn an den Schultern gepackt. »Einfach nur ein Tangora? Hallo?«

»Ist ja gut. Wenn du es so siehst ...«

»Wie sollte ich es sonst sehen?«

»Zumindest die letzten Dinge wusste ich doch vor einigen Wochen selbst noch nicht.« Atharu befreite sich aus Brandans Griff. »Wenn du es so aufzählst – vielleicht bin ich tatsächlich etwas ungewöhnlich oder besonders. Aber ich habe das nie so empfunden. Ich für mich bin einfach nur Atharu. Der Sohn meiner Mutter, der Schüler meiner Urmutter und der Freund von Brandan. Viel mehr gibt oder gab es für mich nicht.« Er merkte, wie sehr ihn das alles aufregte, und konnte es nicht damit gut sein lassen. »Inzwischen ist so viel passiert, das außerhalb meiner bisherigen Vorstellung liegt. Hast du dir mal überlegt, wie viel Verantwortung das alles mit sich bringt? Plötzlich stehe ich im Mittelpunkt der Zukunft von allem und jedem. Ich habe keinen Schimmer, wie ich diese Erwartungen erfüllen kann.« Er raufte sich die Haare. »Du kannst da mehr Abstand wahren und viel freier an die ganze Sache herangehen. Aber wie soll ich das machen? Ein Feuer-Scheltar? Einer von fünf Auserwählten auf der ganzen Welt?« Sein Puls raste. Er blickte seinen Freund an und versuchte, sich zu beruhigen. »Was würdest du da machen?«

»Ist ja schon gut. Du hast recht, ich hab es nur von meiner Seite gesehen.« Brandans Stimme wurde sanfter, und Atharu hatte das Gefühl, sein Freund verstünde ihn jetzt besser. »Tja, was würde ich machen?« Brandan schaute ihn nachdenklich an. »Erst mal ruhig bleiben, beobachten und auf den richtigen Moment warten, bevor ich zuschlage. Nur mal so als Jäger gesprochen.« Er setzte ein schmales Lächeln auf, hob die Schultern und ließ sie wieder fallen. »Ich kann mich nicht in deine Lage versetzen, zumindest nicht ganz. Aber wir stecken beide mittendrin in der Geschichte. Deshalb werden wir so oder so auf Antworten stoßen. Ob sie uns gefallen oder nicht. Und wenn es nach mir geht, besser früher als später. Dann kann ich mich zumindest darauf einstellen.«

Da war etwas dran. Es wäre gut, sich auf irgendetwas einstellen zu können.

Als sie wenig später wieder einstiegen und die Kutsche sich in Bewegung setzte, wusste Atharu, wonach er fragen wollte. Es dauerte allerdings eine ganze Weile, bis Lieburus erwachte. Und dann hatte der Alte erst einmal Not, denn er musste dringend Wasser lassen.

»Ich fürchte, die Pinkelpause ist schon vorbei, Magister. Ihr müsst wohl noch eine Zeit aushalten.« Brandan brachte das so ernst heraus, dass Lieburus der Schreck ins Gesicht geschrieben stand.

Unwillkürlich schlug der Alte die Beine übereinander und verkrampfte sich. Atharu konnte das nicht mit ansehen. Er beugte sich aus der Tür und rief dem Kutscher zu, er möge so bald wie möglich ausscheren und halten. »Für den Magister des Königs«, fügte er hinzu und schon einen kurzen Moment später blickten sie Lieburus hinterher, wie er, erstaunlich behände für sein Alter, im nächsten Dickicht verschwand. Brandan konnte sich ein Lachen nicht verkneifen und selbst Atharu musste grinsen.

»Ein wenig mehr Respekt, Brandan!«, ermahnte er seinen Freund halbherzig.

Der rieb sich die Augen und beruhigte sich. »Nicht falsch verstehen, ich hab großen Respekt vor dem Magister. Aber er ist auch eine Schlafmütze. Und die Möglichkeit für den kleinen Spaß kam wie auf einem Silbertablett daher.«

Atharu knuffte seinem Freund glucksend in die Seite.

Als der Magister es sich wieder bequem gemacht hatte, schaute er Atharu fragend an. »Entschuldigt, ich war vielleicht ein wenig müde. Aber jetzt bin ich ganz Ohr. Was möchtet ihr wissen? Ich werde versuchen, zu antworten, so gut ich kann.«

Atharu musste nicht mehr überlegen. Mit dem richtigen Wissen würden sich viele Fragen von selbst beantworten. »Erzählt uns die Geschichte der Hüter. Und bitte die ganze Geschichte!«

Die aufgehende Sonne schien durch das Kutschenfenster, und der Magister drückte sich tiefer in die Kissen, um nicht geblendet zu werden.

»Die Hüter, dein Wunsch ist weise gewählt. Ja, das ist sicher. Aber wo anfangen?«

Atharu sah, wie Brandan die Augen verdrehte, und musste erneut grinsen. Doch schließlich begann Lieburus zu erzählen.

»Der Wissensdurst der Menschen und der Drang, insbesondere die Magie zu verstehen, führte zu der Gründung des großen Ordens. Das ist wohl der Anfang der Geschichte. Wenngleich es zu den Zeiten natürlich keiner hat ahnen können. Weit, weit vor der Zeit der Zwei Kriege.« Lieburus legte einen Finger ans Kinn und überlegte. »Aber nein, ich habe darüber nur wenige Aufzeichnungen gelesen. Vielleicht fange ich etwas später an.«

Brandan atmete leise auf.

»Jedenfalls ist der große Orden zersplittert und seither gibt es den Orden zu Crem, den Tykalder Orden und den Gelder Orden. Alle Magister gehören einem dieser Orden an. Und unter den Menschen gibt es außer uns Magistern niemanden, der Magie versteht, geschweige denn magische Fähigkeiten besäße. Zumindest bisher.« Lieburus sah Atharu an und seufzte. »Wie auch immer, bei den Menschen ist – war – Magie den Magistern vorbehalten. Eine hohe Verantwortung.« Er setzte sich etwas aufrechter hin. »Gleichwohl – wir haben uns in der Geschichte nicht gerade mit Ruhm bekleckert, möchte ich sagen. Dennoch, die Kriege wurden von Elbenfürsten, Königen und Stammesvätern der Zwerge entfacht.«

»Magister,« Atharu musste nachhelfen, um Lieburus schneller auf das richtige Thema zu bringen. »Ursprünglich wurden die Träger der Amulette Hüter genannt, richtig?«

»Was? Ach ja, ja.« Lieburus fuhr sich durchs schüttere Haar.

»Das war nach den Zwei Kriegen und vor dem Großen Krieg, richtig?«

»Ja, so ist es.«

»Aber was geschah dazwischen? Wie hängt das zusammen? Man könnte doch meinen, dass die Hüter erst nach dem Großen Krieg die Rolle bekamen, die sie jetzt innehaben. Hätte der Große Krieg sonst nicht verhindert werden können?«

Lieburus sah Atharu nachdenklich an. »Ja und nein. Aber ich denke, ich weiß jetzt, wo ich anfange.« Er holte tief Luft. »Die Zwei Kriege hatten unzählige Opfer gefordert. Und als der Kampfeslärm verklungen war, gab es nur einen halbherzigen Waffenstillstand, trügerisch und brüchig. Dabei waren nicht einmal alle Völker an den Kämpfen beteiligt gewesen. Die Iljamoi crun Elamarh hatten schon während der Zwei Kriege zu vermitteln versucht. Und Fellen-Kehlanda, die Elbenfürstin in Erellgorh, hat sich auch später immer bemüht, Frieden einkehren zu lassen. Sie baute auf eine gemeinsame Lösung unter Beteiligung aller Völker. Durch ihre Weitsicht und ihr Verhandlungsgeschick entstand im Herzen von Jukahbajahn, im kleinen Ort Tonda am Weißen Fluss oberhalb des Nebelsees Tondaborgen!«

Die Stimme des Magisters bebte feierlich, er machte eine Pause, offenbar, um seine Worte wirken zu lassen. »Der Sitz des Rats der Völker! Dort galt es, Vergangenes zu bewältigen, Gegenwärtiges zu klären und eine Basis für den gemeinsamen Frieden zu schaffen. Tatsächlich wurde das erste Mal in der Geschichte Jukahbajahns ein Vertrag von allen Völkern gezeichnet. Ein Vertrag, der den Frieden festigen sollte. Das weitsichtige Handeln Fellen-Kehlandas hatte den Grundstein für eine neue Zukunft gelegt, und so wurde der erste Tonda-Rat einberufen. Alle folgten der Einladung: die Elbenfürsten, die den fünf Häusern der Iljamoi vorstanden, die drei Stammesväter der Zwergenvölker und die vier Könige der Menschenreiche. Und jedes Oberhaupt wurde von einem engen Vertrauten aus dem eigenen Volk begleitet. Bis auf eine Ausnahme.«

Pitu

47

Das leise Klirren des Pferdegeschirrs weckte Pitu. Müde rieb er sich die Augen. Die Sonne war noch nicht ganz aufgegangen, aber es war schon hell genug, um zu erkennen, wie der Schönbart und das Borstengesicht auf ihre Pferde stiegen. Ruckartig kam er auf die Beine und warf einen Blick zum Handkarren. Die Fässer standen noch dort, wo Osse sie hingepackt hatte. In der Nacht hatte Pitu die Münzen in Osses Satteltasche gesteckt. Es war ein hoher Preis, aber zumindest hatten sie wieder Wasser und wurden der beiden ledig. Das sollte es wert sein.

»Ts, ts, ts! Wer wird denn so misstrauisch sein, Grünhaut!«

Es war wahrlich nicht das Schönste, als erste menschliche Stimme des Tages das heisere Krächzen von diesem Osse zu hören. Doch wenn Pitu sie zum letzten Mal hören sollte, wollte er sich nicht beschweren.

»Trau, schau wem!«, gab er zurück und rang sich noch ein »Danke« ab.

Korrel beschränkte sich auf ein kurzes Winken, ehe die beiden in Richtung Tyklahr davonritten.

Einige Zeit später versorgten Pitu und Lysa die Tante. Die Kleine war viel gelöster, nachdem die Bärtigen fort waren. Sie summte fröhlich vor sich hin, während Pitu der Alten zu trinken gab.

»Hat die Tante eigentlich noch einen anderen Namen als nur Tante?« Pitu hatte sich das schon die ganze Zeit gefragt.

Lysas Lachen umspülte Pitu so erfrischend wie eine Gebirgsquelle. »Aber natürlich, jeder hat doch einen Namen!«

»Ach so?« Pitu tat erstaunt und Lysa kicherte. Am liebsten hätte er in diesem kristallklaren Kichern versinken mögen. »Und ist der Name der Tante ein Geheimnis? Oder verrätst du ihn mir?«

»Tante Wanda heißt sie. Aber nur Tante ist kürzer.«

»Gut, dann nenn ich sie auch Nur-Tante.« Er fühlte die Stirn der Alten und atmete erleichtert auf. »Das Fieber ist weg, jetzt müssen wir sie immer wieder ansprechen, damit sie aufwacht.« Er senkte den Kopf. »Also, liebe Nur-Tante ...«

Schon genoss Pitu eine weitere erfrischende Dusche kristallklaren Lachens. Für einen Moment hoffte er, auch in Wandas Gesicht ein Lächeln auszumachen. Doch ihre Miene blieb ausdruckslos, die Augen geschlossen. Immerhin wirkte ihr Gesicht weicher und weniger verkrampft. Und die Wunde am Bein sah rosig aus und begann zu heilen. Der Kampf gegen das Fieber schien gewonnen.

Nachdem Wanda versorgt war, aßen Pitu und Lysa von ihrem schmalen Vorrat. Ein Stück Dörrobst, einen harten Kanten Brot und alten Trockenkäse. Es war nicht viel, aber zusammen mit dem guten Wasser kam es Pitu wie ein köstliches Mal vor.

»Du, Pitu?« Die Kleine zog die Worte melodisch in die Länge und Pitu musste grinsen. Kinder glichen sich wohl in allen Teilen der Welt. Nicht, dass er viel mit ihnen zu tun gehabt hätte. Aber auf den Märkten hatte er häufig Mütter und ihre Kinder beobachtet, um den richtigen Moment abzupassen. Denn im Hintergrund dieser typischen Szenen – *»Haben will, haben will, haben will!« »Nein, nein, nein. Sei still, sonst setzt es was!«* – ließen sich die köstlichsten Dinge von den Ständen stibitzen und die prallsten Börsen von den Gürteln schneiden.

»Na, was möchtest du denn, kleine Lysa?«

»Nur was wissen.«

»Dann frag doch einfach. *Vielleicht* ...«, Pitu betonte dieses Wort ganz bewusst, »*vielleicht* erzähl ich dir, was du wissen willst.« Er lächelte aufmunternd.

»Gut!« Noch einmal gedehnt, doch dann purzelte die Frage aus ihr heraus wie Bauklötze von einem Turm. »Warum hast du dem dicken Bösen deine Münzen in die Satteltasche getan? Wo er doch so eklig und ungezogen war. Ich finde, der hat das nicht verdient.«

»Ich – was? Wie ...« Damit hatte er nicht gerechnet. Woher wusste sie überhaupt ...? Er hatte doch gewartet, bis alle schliefen. Vor allem, damit der Schönbart es nicht mitbekam. Der hätte womöglich darauf bestanden, das Wasser umsonst zu geben, und das wäre seinem Borstenbegleiter sicher nicht recht gewesen. Oder schlimmer, er hätte gedacht, Pitu wollte etwas stehlen. Wer weiß, wozu die beiden in der Lage gewesen wären? Aber das konnte er Lysa wohl kaum erklären, oder?

Er fixierte sie mit zusammengekniffenen Augen. »Woher weißt du das eigentlich?«

Lysa schaute ihn ertappt an und zog ihre gespitzten Lippen ein paar Mal von links nach rechts und zurück, ehe sie antwortete. »Ich konnte nicht schlafen. Die Männer haben mir Angst gemacht. Und da hab ich gesehen, wie du zum Pferd von dem einen geschlichen bist und was in die Tasche gesteckt hast.«

Obwohl Lysa ein ganzes Stück kleiner war als er und den Kopf gesenkt hatte, schaffte sie es irgendwie, ihn unter ihren roten Locken hervor anzusehen. Wenn er sie nicht schon ins Herz geschlossen hätte, dieser Blick hätte sicher ausgereicht.

Pitu überlegte. »Mir haben die Männer auch Angst gemacht. Deshalb hab ich dem dicken Bösen Münzen gegeben, damit sie gehen und nicht wieder zurückkommen. Aber das bleibt unser Geheimnis, nicht?«

Lysa nickte langsam. »Hm.« Etwas arbeitete da noch in ihr.

»Ist denn noch was? Lysa?«

Sie murmelte: »Geheimnisse darf man ja haben, oder?«

»Natürlich darf man Geheimnisse haben. Dann ist das Leben doch viel spannender.« Pitu lächelte und fragte sich, von was für Geheimnissen sie wohl gerade sprachen. »Aber natürlich muss man auch vorsichtig sein mit Geheimnissen. Manchmal können Geheimnisse Schaden anrichten und dann ist es besser, sie zu teilen.«

Lysa nickte und Pitu wartete, ob sie vielleicht noch was sagen würde. Tat sie aber nicht.

»Du willst nicht gerade ein Geheimnis mit mir teilen, oder?«

Erneut zog sie ihre gespitzten Lippen nachdenklich von links nach rechts und wieder zurück. Dann schüttelte sie den Kopf. Sie legte beide Hände auf die kleine Tasche, die sie vorn an ihrem Gürtel trug.

»Ich glaube, mein Geheimnis schadet nicht!«

»Dann ist es gut.«

Die Kleine wusste, wie sie einen neugierig machen konnte. Wenn sie mal eine erwachsene Frau wäre, womöglich noch hübscher als jetzt, würde sie die Männer reihenweise um den Verstand bringen.

Der Tag verlief ohne besondere Ereignisse. Beschwingt von der Erleichterung, Korrel und Osse losgeworden zu sein, und begleitet von Lysas Singsang, fiel es Pitu anfänglich ganz leicht, den Karren zu ziehen. Gegen Mittag hatten sie eine längere Rast gemacht. Wanda hatte das erste Mal die Augen geöffnet und Lysa hatte über beide Ohren gestrahlt.

Am Nachmittag war das Vorwärtskommen mühsamer geworden. Der Weg hatte eine leichte, aber sehr stetige Steigung genommen. Irgendwann hatte Pitu den Karren drehen müssen, um ihn zu schieben, weil er befürchtete, die Griffe würden ihm sonst aus den verbundenen Händen gleiten. Auch Lysa hatte wieder mit anpacken müssen, es war erstaunlich, was das ausmachte. Doch schließlich hatten sie den lang gestreckten Hügelkamm überwunden.

Sofort ging es einfacher voran, Pitu zog den Karren wieder und ließ Lysa oben bei Tante Wanda mitfahren. Die Alte war immer öfter wach, trank mit Lysas Hilfe und hatte sogar den einen oder anderen Bissen Käse probiert. Pitu bekam das nur am Rande mit. Sein durchgeschwitztes Hemd hatte er ausgezogen und zum Trocknen auf den Karren geworfen. Der

Schweiß rann ihm den Rücken hinab, sein Atem ging stoßweise. Die Sehnen und Adern traten deutlich aus den Armen hervor, seine Schultern schmerzten durch die verkrampfte Haltung. Doch er wollte weiter. Immer weiter! So weit, wie seine Kräfte es ermöglichten. Schritt für Schritt, Fuß vor Fuß!

Als die Sonne sich der Nacht beugen wollte, war Pitus Körper ausgelaugt. In seinem Kopf trieben nur mehr Gedankenfetzen umher, mit gesenktem Blick verfolgte er seine immer kleiner werdenden Schritte. Rast! Irgendwo in seinem Kopf meldete sich dieser Gedanke und schwand wieder. Aus der Ferne hinter ihm tönten Rufe. Lysa! Mühsam hob er den Kopf und versuchte, sich zu konzentrieren. Er hörte ihre aufgeregte Stimme, hatte Mühe, zum Stehen zu kommen und das Gleichgewicht zu halten.

»Pitu! Pitu! Schau doch nur, schau!«

Er sah sich zu ihr um und wollte fragen, was los sei. Aber aus seinem Hals kam nur ein heiseres Geräusch. Strahlend wies sie mit der Hand nach vorn. Als er sich wieder umwandte und seine Augen langsam klar wurden, erblickte er in der Ferne die Türme von Tyklahr.

Ein Lächeln glitt über seine trockenen Lippen, vorsichtig setzte er den Karren ab. Arme und Schultern schmerzten, er hatte unglaublichen Durst. Mit einem Mal zitterten seine Beine und gaben unter ihm nach. Doch Lysa war sofort an seiner Seite und half ihm, sich hinzusetzen. Sie würden hier ihr Nachtlager aufschlagen. An Ort und Stelle. Er könnte den Karren heute keinen Zoll mehr bewegen. Aber das machte auch nichts. Denn vor ihm lag das Ziel, vor ihm lag Tyklahr – und schon morgen wären sie in der Stadt.

Später, nachdem Lysa ihm Wasser gebracht, das Nachtlager bereitet und sogar Holz für ein Feuer gesammelt hatte, zog er den Karren doch ein Stück vom Weg fort und half Wanda ans Feuer.

Lysa brachte Waldbeeren, die sie in der Nähe gepflückt hatte. Und kaum, dass Pitu das Feuer entzündet hatte, begann sie schon, einen Kräutertee zu kochen. Dabei summte sie ein Lied nach dem anderen. So kindlich und doch so erwachsen.

Als Pitu einen Becher Tee in den Händen hielt und zufrieden in die Flammen blickte, hörte er plötzlich eine Stimme –

vage bekannt, wie aus einer fernen Erinnerung. Es war Wanda, die zum ersten Mal seit dem Fieber wieder sprach.

»Du hast uns das Leben gerettet. Mir das Leben gerettet. Ich danke dir!«

»Es war selbstverständlich, denke ich. Und ohne Lysa wär es auch gar nicht gegangen. Eigentlich war sie es, die Euch das Leben gerettet hat.«

Er schaute zur Kleinen hinüber, die verlegen grinste.

»Sie könnte mal eine gute Heilerin werden!« Er strich ihr über die roten Locken.

»Was immer ihr Weg für sie bereithält, Atharpazh hat sicher Besonderes mit ihr vor«, entgegnete die Alte. Ihre leicht heisere Stimme klang noch schwach. Und dennoch schwang so viel Wärme und Zuversicht darin. »Ebenso ist es auch mit dir; das weißt du, nicht wahr?«

Pitu schaute sie überrascht an. »Wie meint Ihr das?«

»Ich kann es spüren! Ich habe es in dem Moment gespürt, als du an den Wagen getreten bist, unter dem wir lagen. Du trägst Magie mit dir. Nur deshalb habe ich mich bemerkbar gemacht. Ich wusste, dass du kein Gellwick sein konntest.«

Pitu war wie vom Donner gerührt. War es so offensichtlich? Würde jeder es sofort merken? Wo er selbst nicht einmal wusste, wie er seine Magie nutzen konnte. Unwillkürlich griff er an die Brust und umfasste den Stein.

Lysa krabbelte zu ihm und legte ihre Hand auf seine. Sie lächelte ihn an. »Das ist *dein* Geheimnis, nicht wahr? Es pulsiert. Hab ich auch gleich gespürt!«

Pitu blickte verdattert von Wanda zu Lysa und wieder zurück. »Aber ...« Dann sah er den Blick der Alten, ebenso überrascht wie seiner.

»Geheimnisse darf man haben«, sagte Lysa zu Wanda.

Die Alte nickte. »Aber ja, und man darf sie auch teilen!«

»Das hat Pitu auch gesagt.« Lysa lächelte und schaute verlegen zu Boden. Sie umfasste mit den Händen ihren Beutel, den sie immer noch am Gürtel trug.

»Man sollte aber immer achtgeben, wem man seine Geheimnisse anvertraut«, setzte Wanda hinzu und schaute auf Lysas Hände.

Pitu erinnerte sich an das Gespräch mit der Kleinen. Wie aufmerksam sie gewesen war. Dabei hatte er das Beutelchen mit den Münzen so sorgsam verborgen bei sich getragen und in die Satteltasche gleiten lassen.

Mit einem Mal kam ihm ein Gedanke. »Lysa? Woher wusstest du eigentlich, *was* ich dem Borstengesicht in die Satteltasche geschoben habe?« Er hatte die Frage noch gar nicht zu Ende gestellt, da sah er schon, wie sie sich ertappt fühlte.

»Ich, ich ...« Lysa kämpfte mit sich.

»Nur heraus damit. Ich bin ja nicht böse, es interessiert mich nur. Und außerdem sind wir Freunde, oder?«

Lysa neigte ihren Kopf leicht zur Seite und schaute ihn verlegen an. Dann sah sie zu Wanda, und die Alte nickte.

»Pitu hat uns vom ersten Augenblick an geholfen. Ihm können wir Geheimnisse anvertrauen. Nur zu!«

»Ich hab nur gesehen, dass du an der Tasche warst«, begann sie zu erzählen. »Und dann konnte ich nicht schlafen, weil ich so neugierig war. Deswegen bin ich selbst hingeschlichen und hab nachgeschaut. Ich hab das Beutelchen auch gleich wieder zurückgesteckt. Aber dann war da das Pulsieren ...« Sie holte tief Luft und ließ auch den Rest heraus. »Und ich dachte, du hast deinen Stein mit weggegeben. Nur deshalb hab ich das andere Beutelchen aus der Tasche zurückstibitzt.« Hilflos ließ sie die Schultern hängen.

»Anderes Beutelchen? Ich hab doch nur das mit den Münzen hineingetan.« Pitu verstand Lysa nicht.

»Jetzt weiß ich das auch. Aber nun bin ich ein elender Dieb.« Sie sah Wanda ängstlich an. »Komme ich in den Kerker?«

Wanda lächelte milde. »Nein, meine Kleine. Bestimmt nicht. Aber am besten gibst du mir, was du genommen hast!«

Lysa schloss beide Hände um das Beutelchen am Gürtel. »Es pulsiert. Wie der Stein von Pitu!«

Sie öffnete es und reichte Wanda ein Stück Metall. Pitu beugte sich vor. Nein, im Licht der Flammen war es nicht gleich zu erkennen, es war das Stück eines Medaillons. Fein gearbeitet, aber sicher wertlos, so kaputt, wie es war.

Wandas Blick wurde starr. Sie nahm das Stück in die Hände, ein ersticktes Ächzen entrang sich ihrer Kehle. »Um der

Seelen willen!« Ihre Augen wurden feucht, Pitu hatte Angst, sie würde in Tränen ausbrechen. Was hatte das zu bedeuten?

»Ich denke, es ist an der Zeit, auch mein Geheimnis mit euch zu teilen«, brachte sie mit müder Stimme hervor.

Und so erfuhr Pitu, dass Wanda ein Mündel namens Selana hatte, der sie eben dieses Bruchstück anvertraut hatte, um es nach Tyklahr zu bringen. Was mochte ihr zugestoßen sein, wenn sie das Amulettfragment nun nicht mehr bei sich trug? Doch glücklicherweise erging sich Wanda nicht zu sehr in traurigen Überlegungen. Stattdessen erzählte sie von Veränderungen und Zeichen. Von dunklen Wolken und Kälte. Viel bekam Pitu an diesem Abend davon allerdings nicht mehr mit. Er war einfach zu erschöpft. Und während die Alte erzählte, schlief er irgendwann ein.

Zum Frühstück aßen sie reichlich. Sie mussten sich die Reste nicht mehr einteilen, in Tyklahr würden sie zu essen bekommen. Pitu erfuhr, dass Wanda und Lysa ebenfalls zu Eldarh wollten. Als er berichtete, dass auch er die Aufgabe hatte, den Heiler aufzusuchen, erkannte er Staunen in Wandas Blick.

»Es war Atharpazhs Wille, dass wir uns treffen. Und es war gut, dass wir unsere Geheimnisse geteilt haben. So werden wir es auch mit Eldarh tun. Aber darüber hinaus müssen es Geheimnisse bleiben!« Ihre heisere Stimme hatte plötzlich einen so eindringlichen Ton, dass es Pitu fröstelte.

Er nickte.

»Lysa, hast du das verstanden?« Die Alte fasste die Kleine bei den Schultern und Lysa nickte ebenfalls.

»Dann wollen wir in die Stadt ziehen. Ich kenne den Weg.«

»Oh, Ihr wart schon mal hier, wie beruhigend.« Pitu freute sich. »Bei mir ist es bestimmt fünf Jahre her. Und ich hab mich hauptsächlich in den Außenbereichen auf der tykaldischen Seite herumgetrieben. Die myzehrische Seite, von der aus wir jetzt in die Stadt kommen, kenn ich gar nicht. Und ich hab auch keine Ahnung, wie wir in einer so großen Stadt den richtigen Eldarh finden sollen. Denn es könnte ja durchaus mehrere dieses Namens geben, oder?«

»Nun, ich denke, es wird sich wohl nicht so viel verändert haben ...«, Wandas Stimme wurde leiser, Pitu erkannte, dass sie noch sehr geschwächt war, »... in den letzten Jahren. Und zu meiner Zeit war der Name Eldarh eher selten.« Sie machte eine kurze Pause. »Damals!«

»Damals? Wie lange her ist damals? Eher fünf oder eher sieben Jahre?« Er witterte doch eine längere Suche.

Wanda grübelte einen Moment und lächelte verschmitzt. »Etwa zwanzig!«

Pitus Kinnlade klappte herunter. Aber er fasste sich schnell wieder. »Na dann!«

Schon kurz vor der Mittagssonne erreichten sie die äußeren Türme der Stadt. Auf breiten Sockeln stehend verjüngten sie sich bis zu einer feinen Spitze, um deren oberen Bereich sich Wehrgänge wanden. Keine Leiter hätte bis in diese Höhen hinaufgereicht. Tyklahr schien großes Vertrauen in seine Türme zu haben, Pitu sah keine Mauern um die Stadt herum. Dafür Häuser über Häuser, die meisten aus braunen Lehmziegeln erbaut. Während in Gelder die Behausungen sich dicht an dicht drängten, stand hier jedes Gebäude einzeln, mal durch breite Straßen, mal nur durch schmale Gassen getrennt. Im Prinzip lag jedes Haus an einer Kreuzung. Pitu war bereits nach wenigen hundert Fuß irritiert. Bisher waren sie nur geradeaus in die Stadt hineingegangen. Einmal abbiegen und er wäre verloren. Obwohl ... wie hatte Fludo gesagt? »Du Bilder merken, dann einfacher, nicht?« Pitu lächelte.

Als sie an einer Kreuzung mit fünf Straßen stehen blieben, wandte er sich zu Wanda um. »Wo müssen wir lang?«

Die Alte hob mühsam den Kopf. So, wie sie da auf dem Karren lag, wirkte sie sehr krank und elend. Lysa kletterte hinauf und stützte sie ein wenig, während Wanda müde von Gasse zu Gasse schaute und die Stirn runzelte. Sie zog die Brauen hoch und zuckte schließlich die Achseln. Pitu stöhnte innerlich auf. *Bitte nicht!*

Dann aber steckte die Alte einen Finger in den Mund und hielt ihn zitternd in die Luft. Sie lächelte schwach und wies nach rechts. »Da lang!«

Selana

48

Die dunkle Stimme des Zwergs klang schwermütig und tragend, als sie leise die Stille durchbrach. »Wo fange ich an? Viele Worte sind meine Sache nicht. Aber ich habe es versprochen. Und ein Versprechen halten, das ist für einen redlichen Zwerg Gesetz.«

Das Feuer knisterte, Selana lehnte sich an Arias Schulter. Semje hatte ihre volle Aufmerksamkeit.

»Es ist schon lange her, da waren die hohen Tore von Nehrbor der Stolz aller Zwergenvölker. Denn Nehrbor war und ist die einzige Festung außerhalb eines Berges, die von den großen Baumeistern der alten Zeit errichtet wurde. Fünftausend Arbeiter haben vierzig Jahre daran gebaut, so heißt es. Über dreihundert Jahre war sie das Tor zwischen dem hohen Gebirgsschild und der Ebene.« Versonnen legte Semje mit seiner schwieligen Hand ein weiteres Holzscheit ins Feuer. Seine Augen starrten in die Flammen und schienen in die Ferne zurückliegender Zeiten zu blicken.

»Dann kam die Zeit der Zwei Kriege. Die Welt war in Aufruhr. Allerorten wurden Ränke geschmiedet. Elben verbündeten sich mit Menschen, Menschen verbündeten sich mit Zwergen. Und auf unserer Welt entbrannten die Zwei Kriege. Tyklahr, die Wiege der magischen Orden, lag zwischen den Fronten. Nehrbor und das Zwergenvolk der Abrindarh erwiesen sich als die letzte Bastion, um das Königreich Tykalden und seine Hauptstadt zu schützen. Und während die Menschenstadt tatsächlich gerettet wurde, versank Nehrbor in den unbändigen Flammen des Krieges. Aus dem Stolz der Zwergenvölker wurde die schwarze Festung. Magische Feuer brandeten über Tage gegen ihre Mauern und Geschosse aus purem Fels zerstörten ihre einzigartigen Zinnen. Aber gefallen ...«, Semje lacht kurz auf, »ganz gefallen ist sie nie!« Seine dunkle Stimme hob an und pulsierte im Gleichklang mit der tragischen Geschichte der Festung durch die flackernde Dunkelheit. »Die Abrindarh hielten stand und zollten den Sieg mit tausendfachem Tod.«

Funken stoben aus dem Feuer, als wäre es selbst erregt, begierig darauf, die Schuldigen der Geschichte zu suchen und in seiner Glut zu verschlingen. Selana sah die Flammen in den Augen des Zwergs tanzen. Sie war gefangen von der Erzählung.

Semje holte tief Luft und fuhr fort: »Die Zwei Kriege endeten, doch die Abrindarh hatten einen hohen Preis gezahlt. Zu wenige waren geblieben, und so zogen sie sich zurück in ihre Heimat, die Höhlen unter dem Gebirgsschild. Keiner blieb, um die stolze Festung wieder aufzubauen. Keiner war übrig, der ihr Andenken ehrte. Tausendfaches Blut klebte an ihren Mauern. Und so wurde sie sich selbst überlassen.« Bitterkeit schwang in seiner Stimme. »Die Elben vom Nebelsee versuchten, zusammen mit Geldermark und Tykalden einen Frieden herbeizuführen, der ewig halten sollte. Doch nur elf Jahre später versank die Welt im Großen Krieg. Ich will nicht berichten von den Grauen, den unsäglichen Leiden, dem Blut und den Qualen, die der Große Krieg mit sich brachte. Aber in dieser dunklen Zeit wurde Nehrbor zu zweifelhaftem Ruhm wiedererweckt. Erweckt, um Gefangene zu versklaven, sie einzukerkern und bis in den Tod zu foltern. Doch es waren keine Zwerge, die das Andenken ihrer Vorväter mit weiterem Blut schändeten. Es waren Menschen. Menschen!«

Semje donnerte das letzte Wort heraus, und der kurze Moment der Stille, der darauf folgte, brannte in Selanas Ohren.

»Das ist nun an die sechzig Jahre her. Doch noch immer ist die Festung in den Händen der Schänder! Mittlerweile hat der Sohn den Befehl in den Mauern von Nehrbor. Er ist es, der die hohen Zölle nimmt. Und er lässt auch heute noch Blut fließen, wo ihn ein anderer Preis nicht zufrieden stimmt. Sein Name ist Treadahn!«

Der Zwerg machte eine lange Pause. Selana merkte, wie sehr die Geschichte ihren Freund bewegte. Die Erzählung war beängstigend und gleichsam fesselnd. Um nichts in der Welt hätte sie ihn unterbrechen wollen. Aber was könnte das alles mit ihr zu tun haben? Wann käme Semje zu dem Punkt, an dem seine Erzählung mit dem Hier und Jetzt in Verbindung trat? Sie warf einen Blick zu Aria, die dem Zwerg ebenfalls gebannt an den Lippen hing. Eben überlegte sie, ob sie doch eine Frage stellen sollte, als Semje fortfuhr.

»Es ist gefährlich, wenn man Treadahn nicht zufriedenstellen kann. Dennoch habe ich zuerst gedacht, es wäre sicherer für uns drei, durch die hohen Tore zu fahren. Doch dann habe ich begriffen, welche Kräfte du hast!« Er blickte vom Feuer auf und schaute Selana eindringlich an. »Magie ist in unseren Tagen selten. Insbesondere bei Menschen! Seit den Kriegen werden selbst die Kräfte der Magister in den Orden immer schwächer. Selana, niemand darf von deiner Macht erfahren! Verstehst du das?« Seine Augen schienen sie zu durchbohren.

Langsam nickte sie. »Weil Treadahn sonst hinter mir her ist?«

»Weil die ganze Welt sonst hinter dir her ist. Wer immer auch sein Volk in den Krieg führt, würde versuchen, Menschen wie dich an seiner Seite zu haben. Man würde deine Macht missbrauchen wollen. Und das macht dich wertvoll. Nicht als Mensch, sondern als Gefangene oder Werkzeug!«

Selana wurde die Kehle trocken, sie hatte den Eindruck, ein schweres Gewicht legte sich auf ihre Schultern. Könnte sie ihre Macht überhaupt verheimlichen? Und für wie lange? Oder war es möglich, Gutes damit zu tun? Für die richtige Seite zu kämpfen?

»Vielleicht hätte Treadahn erfahren, was für eine Gelegenheit sich ihm bietet. Vielleicht wären wir aber auch schon tot gewesen, ehe du deine Macht zum Einsatz hättest bringen können. Ich hege nämlich einen weiteren Verdacht, seit ihr mir von der Sache mit dem Prinzen und dem Gellwick erzählt habt!« Semje senkte den Kopf, wieder spiegelten sich die züngelnden Flammen in seinen Augen.

»Und?« Aria räusperte sich. »Welchen Verdacht hast du? Lass uns nicht dumm sterben.«

Semje seufzte. »Ich befürchte, Nehrbor könnte ein Hort der Gellwicks werden. Oder ist es bereits geworden. Und das bedeutet, dass der östliche Zugang zur Hochebene bald gänzlich verschlossen sein wird!«

Selana zog die Brauen zusammen. »Wie kommst du darauf?«

»Weil Treadahn seit jeher in enger Verbindung zu Akra steht. Er ist der Vetter von Prinz Randor!«

Selana fröstelte. Langsam nahmen die Puzzleteile ihren Platz ein. Doch das Bild, das sich ergab, war alles andere als ermutigend. »Deshalb sind wir durch die niederen Tore gefahren.«

»Ja.« Der Zwerg nickte bekräftigend. »Und deshalb war es hoffentlich auch das letzte Mal für mich, durch Nehrbor reisen zu müssen. Zu viele Dinge sind geschehen, von denen ich weiß. Und sicher noch viel mehr Dinge, von denen ich nichts weiß und auch nichts wissen will.« Er legte Holz nach. »Wenn wir morgen in Tyklahr ankommen, solltet ihr einen Menschen eures Vertrauens aufsuchen und unbedingt in der Stadt bleiben! Ihr könnt nicht zurück. Zumindest nicht auf dem kürzesten Weg. Zu wem wollt ihr überhaupt?«

Semje schaute Selana fragend an. Doch sie brauchte einen Moment, um die Frage zu verstehen. Zu viele Gedanken kreisten durch ihren Kopf. Zu viele Fragen suchten nach Antworten. Und dann war da noch der Brief von Wanda. Darüber hatte sie Semje noch gar nichts erzählt. Wenn man den Inhalt mit ihrer erwachten Magie in Verbindung setzte? Das Bruchstück des Amuletts, das sie nach Tyklahr hätte bringen sollen? Die Schatten, auf der Suche nach magischen Artefakten an ihrem Nachtlager?

»Zu einem Mann namens Eldarh. Ich denke, wir können ihm vertrauen. Aber wissen tun wir das nicht. Im Grunde wissen wir gar nichts. Wir sind völlig ahnungslos in diese Geschichte geraten!«

»So viel Scheiße auf einem Haufen. Atharpazh scheint Spaß daran zu haben, uns auf die Probe zu stellen«, schimpfte Aria kopfschüttelnd.

Semje schmunzelte, ehe er fortfuhr. »Nach meiner Erfahrung gibt es nur eine begrenzte Anzahl von Zufällen. Und wenn die Anzahl von schlimmen Dingen zu hoch ist, dann steckt etwas oder jemand dahinter. Und dieser Jemand muss sehr mächtig sein!«

»Der Kreh?« Unvermittelt war Selana dieser Name wieder in den Kopf gekommen. Sie hatte Semje erzählt, dass der Prinz ihn damals genannt hatte, und war daher nicht verwundert, dass ihr rotbärtiger Freund nur stumm nickte.

Eine ganze Zeit lang saßen die drei schweigend am Feuer und starrten in die Flammen. Irgendwann legten sie sich hin. Am kommenden Tag wären sie in Tyklahr, das allein war ein Hoffnungsschimmer, an dem Selana sich festhalten wollte.

Bei Sonnenaufgang waren sie schon wieder auf den Beinen. Ihr Frühstück war kurz, Aria und Selana trieben Semje ungeduldig an, um endlich in die Stadt zu kommen. Die Sonne zog strahlend und hell am Himmel herauf, Vögel zwitscherten munter in den Büschen am Wegesrand. Die Welt zeigte sich von ihrer besten Seite. Nichts deutete auf etwas hin, das die düsteren Gedanken rechtfertigen könnte, die Selana durch den Kopf gingen. Der Karren rumpelte auf seinen hölzernen Rädern gemächlich dahin, vor ihnen lagen die ersten Gehöfte und Häuser der Stadt. Menschen gingen auf den Feldern und in den Gärten ihrer Arbeit nach. Und immer, wenn jemand aufsah, wurden sie freundlich gegrüßt. Die Menschen wirkten zufrieden. Alles schien im Gleichgewicht. Ob hier überhaupt jemand wusste, was auf der Hochebene und in Akra vor sich ging?

Immer dichter standen die Häuser. Gerade als Selana sich fragte, wie eine Stadt gänzlich ohne Mauern auskäme, kam eine ins Blickfeld.

»Ich dachte schon, es gibt hier keine Mauern«, wandte sie sich an Semje.

»Dafür, dass die Stadt ein wichtiger Handelsort ist, wohl eher ein Mäuerchen. Die Menschen siedeln sich hier in Scharen an. Zu lange währt schon der Frieden, und Königin Tulipa ist mehr damit beschäftigt, ihr Gold zu zählen, als es auszugeben.« Der Zwerg grunzte abfällig. »Dies ist die Mauer der Seelen, zumindest wird sie so genannt. Sie trennt beide Teile der Stadt. Den tykaldischen und den myzehrischen Teil. Allerdings nur zum Schutz des Flusses. Ihr wisst, dass die Stadt durch den Fluss der Seelen getrennt ist?«

Er blickte sie abwechselnd an, und die Freundinnen nickten.

»Der südliche Teil gehört zum Königreich Myzehren und der nördliche zum Königreich Tykalden. Ich nehme an, ihr müsst auf die tykaldische Seite. Zumindest hattet ihr etwas vom Nebelsee erwähnt. Und jener Teil liegt dichter am See. Müsst ihr vielleicht auch noch ins Stadtinnere?« Semje schaute Selana fragend an. »Die Antwort, zu wem ihr wollt, war ja sehr vage. Ein Mann namens Eldarh!« Er grummelte etwas Unverständliches in seinen Bart.

»Oh.« Sie sah ihn bestürzt an. »Das war keine Absicht. Und es ist auch kein Geheimnis, denke ich. Er ist ein Bekannter meiner alten Momm. Nur leider hat sie nicht aufgeschrieben, wo wir ihn finden.« Selana zog die Schultern hoch. »Du kennst nicht zufällig jemanden, der Eldarh heißt?«

Semje rollte mit den Augen. »Mir ist es ein Rätsel, wie ihr überhaupt so weit gekommen seid. Einen Plan habt ihr nicht gerade!«

»Nun mal halblang, Zwerg«, mischte sich Aria ein. »Gerade hatte ich mich an dich gewöhnt.« Sie zwinkerte Selana zu. »Frauen können sich von ihren Gefühlen leiten lassen, um ihre Ziele zu erreichen. Pläne sind was für Männer. Die sind ohne Plan nämlich kaum in der Lage, auch nur den eigenen Hosenstall zu finden!«

»So, meinst du.« Semje zog die Brauen zusammen. »Aber dafür nerven wir auch keinen mit dummen Fragen zu Tode.«

»Wer stellt hier Fragen?«

»Da hast du's. Schon wieder eine!«

»Autsch.« Aria seufzte ergeben. »Jetzt hat er mich.«

Selana freute sich zwar über die kleinen Zankereien der beiden, wollte sich aber nicht ablenken lassen. »Nun sag schon, Semje: Kennst du einen Eldarh?«

»Den Namen Eldarh gibt es sicher öfter in der Stadt. Ich selbst kenne nur einen, den Heiler und Magister der Königin. Und wenn es der nicht ist, kann er euch vielleicht weiterhelfen.« Er warf einen Blick zu Selana, die ihm freudig zublinzelte. »Schon gut, ich fahre euch hin. Mein Doka und ich wollen eh ins Stadtinnere und kommen am Gesundhaus vorbei.«

Umsichtig lenkte Semje den Karren durch die Straßen. Als sie sich dem Stadtinneren näherten, wurde es merklich voller. Doch die Menschen hielten gebührenden Abstand zu dem Doka. Obgleich die Hörner gekürzt waren, wirkten sie im Vergleich zu hornlosen Bullen äußerst imposant. Das und die Tatsache, dass ein rotbärtiger Zwerg mit zwei jungen Frauen auf dem Karren saß, ließ nicht wenige innehalten und ihnen verwundert nachschauen.

Auf einmal ragte unvermittelt ein beeindruckendes und sehr hohes Bauwerk vor ihnen auf: einer der inneren Türme, wie Semje erläuterte. Die mächtigen Steine waren so glatt gehauen, dass sie sich nahezu nahtlos zusammenfügten. Die drei zogen an einem großen Tor vorbei, dessen massive Flügel stählerne Beschläge hatten. Hier gab es immerhin einige Wachen, auch wenn sie nur lässig an der steinernen Wand lehnten. Selana beobachtete die Männer, die sich mit einer jungen Frau unterhielten. Sie war fast noch ein Mädchen, aber ihre Ausstrahlung war beneidenswert weiblich. Die Soldaten gafften sie gierig an und Selana erstarrte, als einer der beiden ihr den Hintern tätschelte.

Schon griff sie nach Arias Arm, um ihre Freundin darauf aufmerksam zu machen. Vielleicht könnten sie der Kleinen helfen? Doch dann lachte das Mädchen den Mann an, griff ihm mit einer Hand in den Schritt und hielt die andere vor sein Gesicht, Daumen und Zeigefinger aneinander reibend. Die Soldaten johlten, Selana wendete sich ab.

Aria lachte neben ihr. »Na, da fühl ich mich doch gleich wie zu Hause. In den unteren Vierteln von Akralahr geht es auch nicht anders zu.« Sie knuffte Selana in die Seite. »Nun hab dich mal nicht so. Jeder so, wie er's kann. Hauptsache überleben, oder nicht?«

Selana nickte widerwillig. Ihre Freundin hatte wahrscheinlich recht. Plötzlich wurde ihr klar, was es bedeutete, in einer großen Stadt zu leben. Alles war hier möglich. Ein Schmelztiegel aus Gutem und Bösem, Armut und Reichtum. Alles kam zusammen. Die Häuser in Tyklahr sahen zwar anders aus, aber im Kern war eine Stadt immer eine Stadt. Weil Menschen eben Menschen waren, egal woher sie kamen und wie sie aussahen.

»Das Gesundhaus!« Semje zügelte seinen Doka und brachte den Karren zum Stehen.

Sie hielten vor einem lang gestreckten Gebäude mit Fenstern aus milchigem Glas. Es hatte kein Obergeschoss, aber aus dem Dach ragten in regelmäßigen Abständen spitze Gauben hervor. Ein paar Schritte vor ihnen standen die Flügel einer breiten Tür weit offen. In der Diele konnte Selana einen Tisch erkennen, an dem eine Frau mit weißem Kopftuch saß und in ein Buch schrieb.

»Hier endet unsere Reise.« Der Zwerg unterbrach ihre Betrachtungen. »Ich muss weiter! Fragt da drinnen nach Eldarh. Er wird euch in jedem Fall weiterhelfen und ...«, Semje sah Selana eindringlich an, »*ihm* könnt ihr vertrauen!«

Die Freundinnen nahmen ihre Bündel und stiegen ab.

»Sehen wir uns wieder?« Selana hatte plötzlich einen Kloß im Hals. Sie hatte gar nicht darüber nachgedacht, dass sie so schnell Abschied von Semje nehmen müssten.

»Wohl nicht. Ich ziehe schon morgen weiter. Immer kreuz und quer durch die Lande.« Die dunkle Stimme des Zwergs klang eine Spur rauer als sonst.

»Das will ich nicht hören!« Aria schniefte ein wenig. »Nur nicht so schwarzmalen. Die Welt ist klein. Wir kennen einander inzwischen gut und wissen so viel voneinander, da wird uns das Schicksal wieder zusammenführen.« Sie lächelte den Zwerg an. Doch der Glanz in ihren Augen ließ erkennen, dass sie mit den Tränen kämpfte.

»Ich für meinen Teil weiß nichts! Und was ich weiß, vergesse ich. Und das solltet ihr auch!« Semje räusperte sich verlegen und wandte sich ab. Ein kurzer Moment des Zögerns, dann gab er seinem Doka einen Klaps. »Lebt wohl!«

Die Räder setzten sich knarrend in Bewegung und die beiden Freundinnen blieben allein zurück.

Atharu

49

Immer, wenn es spannend wird, geht es nicht weiter.

Der Magister hatte seine Erzählung unterbrochen und sich einen Schluck Wasser erbeten. Doch gleich darauf fuhr er fort: »Der Fürst des zweiten Elbenhauses, der Iljamoi crun Azhark, kam in Begleitung eines Menschen! Sein Name war Fenkorh, und er war Magister aus dem Orden zu Crem. Ein Mensch als engster Vertrauter eines Elbenfürsten. Es muss für die anderen Elbenhäuser ein Dorn im Auge gewesen sein. Zum einen, weil die Elben schon immer unter sich blieben. Vor allem aber, weil Magister Fenkorh damals den Stein ins Rollen gebracht hatte! Er war es gewesen, der einst als erster Mensch die Elbenstadt der Azhark, Nunahzhar, betreten hatte. Und er war es auch gewesen, der die Allianz zwischen Azhark und Akra geschmiedet hatte.«

Lieburus machte eine bedeutungsvolle Pause, und Atharu überlegte, was Ondara ihm darüber erzählt hatte. Er konnte sich zumindest daran erinnern, dass die Elben ihre Städte magisch verbargen, um unter ihresgleichen zu bleiben. Wenn dieser Fenkorh es geschafft hatte, die Stadt zu betreten, musste er ein sehr magiebegabter Magister gewesen sein.

»Allianz zwischen Azhark und Akra?«, fragte Brandan.

»O ja, natürlich, das könnt ihr nicht wissen. Das zweite der Elbenhäuser war für einen der Zwei Kriege verantwortlich! Magister Fenkorh, seinerzeit noch blutjung, kündete den Azhark vom unersättlichen Wirken der Zwerge im Eskringebirge. Zugegebenermaßen die Heimat der Eskrindarh. Aber eben auch die des Hauses Azhark. Und obgleich die Elbenstadt Nunahzhar viel weiter östlich lag, brachte Fenkorh die Iljamoi gegen die Zwerge auf.«

»So ein hinterhältiges Schwein!«, platzte Brandan heraus.

Atharu stieß ihn an, damit er Lieburus nicht unterbrach.

»Oh, ich hätte es, nun ja, weniger drastisch formuliert. Aber ja, auch wenn er selbst keine Befehle gab, hätte es ohne ihn womöglich einen Krieg weniger gegeben.« Lieburus nahm noch einen Schluck Wasser. »Und kein Beteiligter an den Zwei Kriegen konnte einen Sieg davontragen. Auch nicht die Kriegstreiber selbst! Unzählige Menschen, Zwerge und Elben starben. Häuser und Dörfer brannten nieder. Und das alles für nichts! Letztlich haben alle verloren.« Er seufzte.

»Alle bis auf einen, vermute ich«, warf Atharu ein.

»Fenkorh!« Brandan schaffte es, den Namen so verächtlich auszusprechen, als würde er ihn ausspeien.

»So ist es wohl. Nur Atharpazh selbst weiß, ob es ihm Glück beschert hat. Aber sei es drum ...« Lieburus reckte sich mühsam. »Viele Leben wurden geopfert. Und mit ihnen auch das Vertrauen zwischen den Völkern. Selbst das Vertrauen zwischen den einzelnen Königshäusern, den Zwergenstämmen und sogar zwischen den Iljamoi. Zum Glück mühte sich Fellen-Kehlanda in Tondaborgen, das verlorene Vertrauen wiederherzustellen. Und während sie mit allen zusammen am Frieden der Zukunft baute, gab Kellderon-Zenzhor, das Oberhaupt der Azhark, den Einflüsterungen von Magister Fenkorh immer noch und immer wieder nach.«

»Dabei erzählt man sich, die Elben wären so überaus weise, ts!« Brandan schien seine Meinung über die Urvölker gerade anzupassen.

Doch Atharu hatte das Gefühl, für die Elbenfürstin der Elamarh in die Bresche springen zu müssen. »Nicht alle, Brandan. Aber wäre Fellen-Kehlanda nicht gewesen, hätte es die Friedensbemühungen nicht gegeben.«

»In jedem Volk gibt es solche und solche«, mahnte Lieburus.

»Aber wie führte das zu den Hütern?« Atharu hoffte, der Magister würde endlich auf den Punkt kommen.

»Das wichtigste Thema, mit dem sich der Tonda-Rat befasste, war der Umgang mit Magie. Alle waren sich einig, dass das Gleichgewicht gestört war. Der Anteil der magischen Lebewesen hatte viel zu schnell zugenommen. Und je mehr Magiebegabte es gab, desto mehr Magie wurde gewirkt.«

Atharu erinnerte sich, was Ondara ihm erklärt hatte. »Mit jeder Anwendung von Magie, aber auch mit jedem Tod magischer Wesen wird die Energie des Lebens wieder freigesetzt.«

Lieburus nickte. »Und als wäre das nicht genug, waren durch das tiefe Graben der Zwerge im Eskringebirge ebenfalls unvorstellbare Mengen der machtvollen Energie frei geworden.« Er machte eine kurze Pause. »Wenn zu viel ungebundene Magie in der Welt ist, erstehen dunkle Geschöpfe. Seinerzeit wurde das erste Mal von wandelnden Schatten berichtet, schwärzer als die Nacht. Grausame und formlose Geschöpfe, die lautlos durch die Lande streifen! Sie nähren sich von der Kraft magischer Wesen oder Artefakte. Es heißt, sie bringen den grausamsten und schmerzhaftesten Tod, den jemand erleiden kann. Die Schatten kommen über dich und saugen die Magie aus dir heraus.«

Das Weiß in Lieburus Augen schien sich zu weiten und heller zu werden. Atharu war wie gebannt.

»Wenn deine Magie schwindet, schwinden auch alle positiven Kräfte und Gedanken. Dann löst sich alles, was deinen Geist und deinen Körper zusammenhält, als wäre er in Säure getränkt.« Der Magister blickte Atharu starr in die Augen. »Bei lebendigem Leib brechen deine Knochen wie morsches Holz, bevor sie endlich vergehen und die Hülle deines Körpers in sich zusammensackt und verdorrt zurückbleibt!«

Lieburus schwieg, eine unheilvolle Stille setzte ein, in der Atharu seinem beschleunigten Puls nachspürte. Er verstand den Blick des Magisters als Warnung. Bei allen Kräften, die er besaß, gab es Mächte, die schwärzer waren und Kräfte hatten, vor denen er auf der Hut sein musste.

»Ihr sprecht, als gäbe es die Schatten auch heute noch«, warf Brandan zögerlich ein, als wollte er eine Antwort nicht hören.

»Ja, ich befürchte, so ist es. Wenngleich ihre Zahl seinerzeit weitaus bedenklicher war. Weitaus bedenklicher!«

»Aber sicher gibt es Möglichkeiten, sie zu töten, oder?«, hakte Brandan nach.

»Der Rat von Tonda hat nach Möglichkeiten gesucht. Aber die Schatten sind keine Lebewesen, wie wir sie kennen. Man kann sie nicht jagen und erlegen. Überliefert ist, dass allein die Scheltar die Macht besaßen, sich einem Schatten entgegenzustellen.« Der Magister richtete den Blick wieder auf Atharu.

»Wie? Lassen sie sich etwa verbrennen? Ich meine, was könnte ein Scheltar sonst machen?«

»Ich kann es nicht sagen. Vielleicht haben die Elben das Wissen dazu bewahrt. Mir ist wichtig, dass ihr beide um diese Gefahr wisst, insbesondere du, Atharu!« Lieburus lächelte ihn milde an, hob beschwichtigend den Arm und ließ ihn wieder auf den Schoß fallen. »Aber wie auch immer. Wo waren wir noch gleich? Ach ja, der Tonda-Rat musste handeln. Die freie Magie musste wieder gebunden werden, und zwar dort, wo die größte Wirkung erreicht werden konnte. Und das war im Eskringebirge, in den tiefsten Grabungen der Zwerge, wo es unter Tage so heiß war wie die Esse einer Schmiede. Und am Grehum, dem heiligen Schlund, der den Fluss der Seelen als mächtigen Strudel in den Schoß von Jukahbajahn aufnimmt. Dort, wo alle Seelen Ruhe und Frieden finden, bis zu dem Tag, an dem sie durch die Früchte der Erde zu den Kindern der Völker zurückkehren.«

Lieburus hielt inne und sah lächelnd aus dem Fenster. »Ah, wir halten. Zeit für eine Pause und eine kleine Mahlzeit, denke ich.« Er rutschte auf seinem Sitz zur Tür, um sie zu öffnen.

Während sie rasteten, brachte Pelldor sie in knappen Worten auf den Stand der Dinge. Vor ihnen lag eine Weggabelung. Nordwestlich verlief die Handelsstraße nach Tyklahr und geradeaus, in nördlicher Richtung, eine direkte Verbindung zum Nebelsee.

»Etwa eine Meile bis zum nächsten größeren Ort, da werden die dritten Fünfzig stationiert. Die vierten Fünfzig ziehen zum Nebelsee und werden am Ufer lagern. Wir teilen uns aber bereits hier.«

Atharu sah ihn fragend an und Pelldor lächelte. »Ich werde euch mit den verbleibenden Fünfzig nach Tyklahr geleiten. Bis zur Nacht sollten wir das westliche Ufer des Nebelsees erreichen. Und morgen, wenn Atharpazh es gut mit uns meint, queren wir noch am Abend den Arro-Yrdazh. Mit etwas Glück sind wir übermorgen in Tyklahr!«

»In nur vier Tagen?« Atharu hatte sich auf eine viel längere Reise eingestellt. Auf der Karte hatte er gesehen, dass Tyklahr zwar nicht weiter von Gelder entfernt lag als Tangris; aber zu Pferd war man auch lange nicht so schnell wie mit einem Boot, das von der Strömung eines Flusses befördert wurde.

Pelldor nickte und strahlte ihn an. »Alles eine Frage der Planung. Wir haben mehrere Stationen, wo wir die Pferde wechseln, aber geschlafen wird im Sattel. Das spart Zeit!«

Und auf die kommt es an. Auch wenn Atharu nicht ganz klar war, was genau passieren würde, wenn ihnen die Zeit davonlief. Noch eine Frage, die er Lieburus stellen sollte.

Als die Kutsche wenig später weiterfuhr, nahm der Magister den Erzählfaden wieder auf. »Es ging dem Völkerrat von Tondaborgen also darum, wie man mit den magischen Quellen umgehen sollte und wer an welcher Stelle beteiligt sein müsste, um freie Magie zu binden oder zu schützen. Eine Vertrauensfrage! Aber was tun, wenn das Vertrauen nachhaltig gestört ist? Der Rat fasste dennoch Pläne, schloss Vereinbarungen und setzte die Vorhaben um. Für die tiefsten Höhlen der Zwerge wurden die größten und reinsten Diamanten von Jukahbajahn geschliffen, denn in ihnen konnten große Mengen Magie gespeichert werden. Zu Hunderten wurden sie in mannsgroße Stahlreifen geschmiedet und in die Tunneleingänge der Höhlen eingelassen. Mit unzähligen magischen Runen versehen, verrichteten sie ihre Arbeit, speicherten freie Magie und schlossen den Zugang in die magischen Tiefen.«

Er nickte und runzelte die Stirn. »Beim Grehum war die Sache ungleich schwieriger, denn der heilige Schlund ist der mächtigste Ort ganz Jukahbajahns. Aber auch hier wurde eine Lösung gefunden: 12 Säulen wurden rund ums Grehum errichtet, in die ebenfalls Diamanten eingelassen waren, um die freie Magie zu binden. Ein Teil jedoch wurde in große Kristalle geleitet, die auf den Spitzen der Säulen ruhten und eine magische Kuppel speisten. Nur der Fluss der Seelen, der Arro-Ezhanjotäe, konnte die Kuppel durchdringen und weiter in den Schlund der Erde hinabstürzen.«

Die Stimme des Magisters versprühte Ehrfurcht, während er mit hochgezogenen Brauen, aber geschlossenen Augen, vom Wunder des Grehum berichtete. Atharu konnte sich vorstellen, wie Lieburus in diesem Moment im Geiste selbst am Grehum stand.

»Jede Säule«, fuhr der Magister getragen fort, »stand für eines der zwölf Völker und sollte ihre zukünftige Einheit demonstrieren. Die begabtesten Steinmetze, Magier und Magister waren für die Herstellung der Säulen verantwortlich. Nie zuvor war etwas so Mächtiges und unvergleichlich Schönes entstanden. Und daher ...«, er öffnete vielsagend die Augen, »daher war es wichtig, über ihren Schutz und ihre Pflege nachzudenken.«

Der Magister schaute Atharu erwartungsvoll an. Dann blickte er zu Brandan, und die ehrfürchtige und stolze Miene zerfloss wie Butter in der Sonne. Atharu folgte dem Blick und konnte es nicht fassen: Sein Freund schlief. Schnell stieß er ihm den Ellenbogen in die Rippen.

»Ah, was is?« Brandan fasste sich in die Seite und reckte sich.

»Du hast nicht ernsthaft geschlafen, oder?«, raunte Atharu, während Lieburus vorwurfsvoll den Kopf schüttelte.

Brandan setzte sich kerzengerade hin. »Nein, natürlich nicht! Ich ... hab Augenpflege betrieben. Augen zu, Geist wach!«

Atharu senkte den Kopf, um sein Grinsen zu verbergen.

»So, so!« Lieburus schien mit Brandans Entgegnung nicht so recht etwas anfangen zu können.

»Ist so ein Jägerding«, spann dieser weiter. »Als Magister kennt Ihr bestimmt ähnliche Sachen. Atharu zum Beispiel meditiert mit Kräutern. Aber das geht als Jäger nicht. Dann würden die Tiere uns ja meilenweit im Voraus riechen.«

Atharu wagte einen Blick und sah, wie Brandan Jiga zu sich auf den Schoß holte und ihr über das Fell streichelte.

»Nun gut, mag sein.« Lieburus schien zumindest besänftigt. »Wie auch immer. Die Geschichte ist ja auch in erster Linie für Atharu wichtig. Wo war ich gleich?«

»Die Hüter!«, raunte Atharu, obwohl der Magister das Wort noch immer nicht hatte fallen lassen.

»Ist nicht wahr. Jetzt schon?«, purzelten die Worte aus Brandan heraus. Doch Lieburus ging nicht darauf ein.

»Um die Säulen, die sich innerhalb der Kuppel befanden, zu überprüfen und gegebenenfalls weitere Diamanten einzusetzen oder aber welche auszutauschen, brauchte es Hüter! Und hier kamen die Orden ins Spiel. Die Völker entschieden, aus jedem Orden einen Magister zum Hüter zu ernennen. Denn jeder Orden hatte andere Verbindungen zu den unterschiedlichen Völkern, und somit wäre letztlich jedes Volk repräsentiert. Zudem reichten die magischen Fähigkeiten der Magister zwar aus, um die Aufgabe zu erfüllen, waren aber andererseits gering genug, um dem Wunder keinen Schaden zuzufügen. Doch auch für die Hüter war ein Schutz vonnöten. Denn sie mussten für ihre Arbeit die Kuppel durchschreiten. Ohne Schutz wären sie in der Spanne eines Lidschlags verbrannt. Die Zwerge und Elben wurden damit betraut, Artefakte zu fertigen, die die Magie über den Körper des Trägers in die Erde ableiten konnten. Drei Roh-Amulette schmiedeten die Zwerge in ihren Bergschmieden. Es heißt, sie wurden mit den mächtigsten Runen versehen, die je ein Zwerg geschrieben hat. Hernach brachte man sie in die Elbenstadt der Elamarh. Dort, unter den Hallen von Erellgorh, liegen die einzigen magischen Schmieden Jukahbajahns. Kein Feuer brennt heißer als die Flammen unter dem Nebelsee, so heißt es. Und dort wurden die Amulette von den Elben kunstvoll vollendet.«

Bei den letzten Worten blickte Lieburus versonnen aus dem Fenster der Kutsche. Atharu stellte sich vor, dass der Magister vielleicht selbst gern einmal dort wäre. Für ein paar Momente war es still, Atharu hing seinen Gedanken nach, nur begleitet von den Hufschlägen der Pferde und dem Knarren der Kutsche.

Dann holte Brandan ihn wieder zurück, indem er einen Wasserschlauch herumreichte. »Ihr müsst doch sicher etwas trinken, habt ja ganz trockene Lippen. Oder ist die Geschichte schon zu Ende?«

Lieburus nahm den Schlauch dankbar entgegen. »Dein Freund wollte die ganze Geschichte hören. Zumindest das, was ich davon kenne.« Er nahm einen tiefen Schluck. »Ein wenig kommt noch. Aber ich für meinen Teil würde gern etwas ruhen, ehe ich weitererzähle.«

Er gab den Schlauch zurück, machte es sich bequem, indem er ein Kissen an die Kutschenwand hielt und sich dagegensacken ließ. Wenig später gab er das gewohnte Schnarchen von sich.

Auch Brandan betrieb offensichtlich wieder seine Jäger-Augenpflege. Bei der Erinnerung musste Atharu grinsen. Vielleicht sollte er mal eine Feuer-Augenpflege ausprobieren? Ein wenig müde war er schon. Dann kam ihm ein anderer Gedanke und er öffnete seinen Reisegürtel. Vorsichtig holte er das Bruchstück heraus. Ein sonderbares Gefühl durchfuhr ihn. Einer beinahe epischen Geschichte zu lauschen, war eine Sache; aber etwas Wahres daraus in Händen zu halten, mit der Gewissheit, selbst ein Teil dieser Geschichte zu sein, war etwas völlig anderes. Ehrfürchtig betrachtete er das Schmuckstück. Mit einem Mal spürte er ein schwaches Pulsieren. Magie! Er versuchte zu begreifen, was all das für Jukahbajahn und für ihn bedeutete, bis er schließlich einschlief.

In der Nacht erwachte er kurz, als der angekündigte Pferdewechsel stattfand. Er bekam mit, dass Brandan ein »Bin gleich wieder da!« flüsterte, aus der Kutsche sprang und die Tür schloss, ehe Jiga hinterherspringen konnte. Dann schlief er wieder ein.

Als er erneut erwachte, war es schon hell. Brandan und Lieburus schliefen noch. Atharu sah aus dem Fenster – der Blick raubte ihm den Atem. Unterhalb der Anhöhe, über die sie fuhren, lag der Nebelsee. Die Sonne stand noch tief, aber auf dem Wasser spiegelten sich bereits ihre Strahlen und tanzten schemenhaft im feuchten Dunst der aufsteigenden Nebelschleier. *Der See verdient seinen Namen; und er ist größer, als ich ihn mir vorgestellt habe.*

Er kniff die Augen zusammen und schirmte mit der Hand die Augen vor der Sonne. Kurz meinte er, eine Insel in den Dunstschleiern zu sehen, aber das konnte eine Täuschung sein. Je höher die Sonne stieg, umso dichter wurde der Nebel, der über die weite Fläche des Sees glitt. Atharu liebte die Zeit der aufgehenden Sonne, wenn das Antlitz der Welt noch frisch war vom Tau der Nacht und alles Leben neu zu erwachen schien. Er grinste bei dem Gedanken und schaute sich in der Kutsche um. Manches Leben brauchte wohl länger, um neu zu erwachen.

Tatsächlich dauerte es eine ganze Weile, bis sein Freund endlich aufwachte, während Lieburus noch immer im Reich der Träume weilte. Atharu und Brandan nutzten die Zeit, um sich über die Erzählungen des Magisters zu unterhalten. Erst flüsternd, doch irgendwann ohne Rücksicht auf ihn. Lieburus schnarchte munter weiter und rührte sich keinen Zoll.

»Wie kann ein Mensch so lange schlafen?« Brandan schüttelte verständnislos den Kopf und grinste Atharu an. »Außer dir kenne ich sonst ... au!«

Atharu hatte ihm einen Klaps auf den Hinterkopf gegeben.

»Du hast Glück, dass Jiga das nicht mitbekommen hat!« Brandan streichelte das Tier, das auf seinem Schoß lag und ihn verschlafen aus schwarzen Knopfaugen anschaute. »Sie sieht vielleicht niedlich aus, aber ...«

»... sie kann zur rasenden Bestie werden, ich weiß.« Atharu lachte. »Immerhin war es nur ein Klaps. Neuerdings könnte ich dir auch die Haare abfackeln, wenn ich wollte!«

Sein Freund hob in gespieltem Entsetzen die Arme. »Hilfe, ich ergebe mich!« Dann schaute er wieder zum Magister und schüttelte erneut den Kopf.

»Als wollte er mich auf die Folter spannen«, meinte Atharu. »So langsam könnte er weitererzählen, sonst lasse ich womöglich vor Langeweile die Kutsche in Flammen aufgehen.«

»Ts. So ungeduldig kenne ich dich gar nicht. Aber wart mal.«

Brandan nestelte an seiner Tasche herum und zog einen kleinen Streifen getrockneten Schinken hervor. Sofort war Jiga auf den Beinen und hob schnuppernd ihr Schnäuzchen.

»Lecker, lecker!« Er wedelte vor ihrer Nase damit herum und warf es dann zu Lieburus hinüber.

Mit einem Satz sprang Jiga hinterher und landete auf der Brust des Magisters, der sich erschrocken aufsetzte. Das Frettchen krallte sich kurz in den Stoff der Reisedecke, schnappte das Stück Fleisch und sprang schon zurück, ehe der Magister recht wusste, wie ihm geschah.

»Was ... was ... um der Seelen willen?« Lieburus blinzelte, schaute hin und her und rieb sich die Augen.

»Entschuldigt, Magister, meine Jiga ist Euch auf den Schoß gesprungen.«

Doch Lieburus hatte bereits den Nebelsee entdeckt und lehnte sich zum Fenster der Kutsche. Brandan nickte Atharu selbstzufrieden an und machte eine bestätigende Geste mit einer Hand, was wohl so viel bedeutete wie: *Siehst du? Wie habe ich das gemacht?* Atharu verdrehte die Augen und formte mit den Lippen grinsend die Worte: *Nächstes Mal früher!*

Lieburus wandte sich zu ihnen um. »Der Nebelsee! Geburtsstätte der Iljamoi und Sitz des Hauses Elamarh!« Begeistert schaute er von einem zum anderen.

»Die Hallen von Erellgorh«, setzte Atharu hinzu und Lieburus nickte zufrieden.

»Das knüpft prima an Eure Erzählungen von gestern an«, meinte Brandan. »Hier sind doch die Schutzamulette der Hüter vollendet worden, richtig?«

»Richtig!« Lieburus griff sich nachdenklich ans Kinn. »Wo mache ich weiter? Ach ja, die Eigenschaften der Amulette.«

Plötzlich wurden Rufe laut, die Kutsche kam ruckend zum Stehen. Brandan war sofort an der Tür und schaute hinaus. Die Pferde vor der Kutsche wieherten, als ein Reiter vorbeigaloppierte. Brandan sprang aus der Kutsche, Atharu blickte ihm nach. Er sah, wie Pelldor von dem Reiter eine Botschaft entgegennahm. Bevor er sich jedoch damit beschäftigte, gab er den Befehl, abzusitzen und eine Rast zu machen. Auch Pelldor und der Bote stiegen ab und führten ihre Pferde auf die Seite, waren damit aber aus Atharus Blickfeld verschwunden. Seufzend setzte er sich zurück zu Lieburus. Was konnte so dringend sein, dass Pelldor den Tross halten ließ? Wenig später kam Brandan zurück.

»Hast du etwas in Erfahrung bringen können?«

»Ich hab nur gesehen, dass es Fergast war, der Späher und Botschafter der Vierten! Auf jeden Fall muss es wichtig sein, sein Pferd war nass vor Schweiß und hatte reichlich Schaum um die Nüstern. Er muss wie ein Wilder geritten sein!« Brandan kaute nachdenklich auf der Unterlippe.

Atharu wandte sich an Lieburus. »Habt ihr eine Idee, Magister?«

»O nein, woher denn. Aber dieser Tage sind dringende Nachrichten schlechte Nachrichten. Und oft hat es mit diesen widerlichen Gellwicks zu tun«, stellte Lieburus fest. »Wo waren wir noch gleich stehen geblieben?«

Atharu war verblüfft, dass der Magister sich so wenig aus dem Konzept bringen ließ. »Macht Ihr Euch keine Sorgen? Wollt Ihr nicht wissen, was geschehen ist?«

»Aber nein, woher denn. Zum einen besitze ich selbst ein paar bescheidene Fähigkeiten, falls es bedrohlich wird. Und zum anderen haben wir doch Pelldor und seine Fünfzig. Ich denke, wir können unbesorgt sein.«

Doch ehe Lieburus seine Geschichte fortsetzen konnte, kam der Obmann mit ernster Miene zu ihnen.

»Nun, Pelldor? Wen gilt es in die Flucht zu schlagen?« Der Magister lächelte ihn vertrauensvoll an.

»Gellwicks, Magister!« Pelldor holte tief Luft. »Die Lage ist durchaus ernst. Ernster, als ich es für möglich gehalten habe. Die vierten Fünfzig an den Ufern des Nebelsees stehen im Kampf mit einer ebenbürtigen Horde. Fergast wollte Verstärkung von den Dritten holen. Doch der Ort wird von einer ähnlich großen Horde belagert. Und überdies kam die Botschaft, dass Kentsos Truppe aufgerieben wurde.«

Atharu erschrak. »Und Kentso? Ist er am Leben?«

Pelldor standen Sorgenfalten auf der Stirn. »Wir wissen es nicht.«

»Das sind wahrlich schlechte Nachrichten.« Lieburus setzte sich auf. »Was kann man da nur machen? Ich will aber nicht glauben, dass wir auch in Gefahr sind, oder doch?«

»Nein, Magister. Ich denke nicht. Wir müssen jedoch eine leichte Änderung unseres Plans vornehmen.«

Lieburus stöhnte. »Das meinst du nicht wirklich. Lieber Pelldor, nein. Ich mag keine Planänderungen. Wir *müssen* nach Tyklahr. Ich habe eine Botschaft für Ihre Durchlaucht Tulipa von Tykalden. Und Atharu *muss* zu Magister Eldarh. Noch nötiger als ich zur Königin. Wir haben keine Zeit, uns von diesen Gellwicks ärgern zu lassen!«

Pelldor räusperte sich, aber es klang eher wie das tiefe Knurren eines Höhlenbären. »Natürlich, Magister. Und natürlich werden *Eure* Pläne nicht geändert!« Pelldor betonte das »Eure« so auffällig, dass selbst ein Gehörloser ein Sirren im Ohr haben musste.

»Nun, dann ist ja gut.« Lieburus lehnte sich wieder zurück.

»Allerdings«, begann Pelldor erneut, und Atharu hatte eine Ahnung, was kommen würde, »werden nur einen knappen Tagesritt entfernt meine Männer von diesen elenden Vogelfreien abgeschlachtet. Das kann ich unmöglich zulassen, Ihr versteht das sicher!«

Der Magister war ob der dröhnenden Stimme Pelldors blass geworden. »Natürlich verstehe ich das. Und du musst tun, was du für richtig hältst.«

»Danke«, meinte Pelldor knapp.

»Und *ich* muss tun, was *ich* für richtig halte!«, setzte der Magister hinzu.

Pelldor nickte und schaute Brandan und Atharu an. »Euer Geleit nach Tyklahr wird für den Rest des Weges etwas kleiner ausfallen. Unser Späher hat nichts Ungewöhnliches auf dem Weg bis zum Arro-Yrdazh entdecken können. Die Gefahr liegt also hinter uns. Fergast wird euch nach Tyklahr begleiten. Er kennt den Weg ebenso gut wie ich. Und natürlich bleibt der Kutscher bei euch. Außerdem stelle ich Herbor für eure Begleitung ab. Er ist ein ausgezeichneter Reiter und Bogenschütze.« Pelldor wandte sich an den Magister. »Die anderen reiten mit mir. Wenn wir die Gellwicks besiegt haben, komme ich nach, um euch sicher zurück nach Gelder zu geleiten.«

»Ich vertraue darauf, Pelldor. Ich vertraue darauf.«

Der Obmann der Garde nickte noch einmal in die Runde, ehe er von der Kutsche zurücktrat. Wenig später war er mit den Fünften fort, und die Kutsche fuhr mit kleinem Geleit weiter Richtung Tyklahr.

Es war stiller. Zum einen machten sechs Pferde wesentlich weniger Lärm als über fünfzig, zum anderen hatte Lieburus den Gesprächsfaden noch nicht wieder aufgenommen. Jeder von ihnen hing seinen Gedanken nach.

Später am Tag gab Brandan den Proviantkorb herum, und der Magister fischte sogar einen Weinschlauch aus einer seiner Reisekisten, die unter dem Sitz verstaut waren.

»Wasser ist zwar gut genug für uns, aber besondere Situationen ...« Lieburus vollendete den Satz nicht, sondern entkorkte stattdessen den Schlauch und reichte ihn aufmunternd weiter. Doch selbst nachdem der Weinschlauch geleert war, blieb der Magister stumm. Atharu glaubte zu wissen, welche Sorgen ihn umtrieben. Pelldor war sein engster Vertrauter, vielleicht sogar sein einziger Freund. Es musste ihm ähnlich ergehen wie ihm selbst, als er in Gelder erfahren hatte, welcher Gefahr Brandan ausgesetzt gewesen war.

Am Abend erreichten sie den Arro-Yrdazh. Gestern noch hatten Brandan und er überlegt, wie sie den breiten Fluss passieren würden. Schwimmend, hatte sein Freund gemeint. Und Atharu hatte darüber nachgedacht, ob sie für die Kutsche ein Floß bauen würden, während alle anderen tatsächlich auf ihren Pferden durch den Fluss schwammen. Letztlich hatten sie sich auf eine seichte Furt geeinigt, die es auch einer Kutsche erlauben würde, durch das Wasser gezogen zu werden.

Aber sie waren auf einer der ältesten Handelsstraßen des Landes unterwegs, wie Lieburus sie jetzt erinnerte. Natürlich gab es einen Fährmann. Und sein Boot hätte sogar Platz für zwei Kutschen gehabt. Atharu hatte in seinem Leben noch nie eine Fähre gesehen, Brandan ging es nicht anders. Begeistert beobachteten sie, wie der Fährmann das große Boot mittels einer Seilwinde über den breiten Fluss zog. Die Strömung des Flusses schien stark zu sein, der breitschultrige Mann an der Winde musste sich ordentlich ins Zeug legen, um die Fähre zur anderen Seite zu bringen. Dort angekommen, setzten sie sogleich die Reise fort und hielten erst am nächstmöglichen Hof. Während Atharu und Brandan sich die Beine vertraten, kümmerten Fergast und Herbor sich um den Wechsel der Pferde. Als sie wieder in die Kutsche stiegen, empfing Lieburus sie mit einem müden Lächeln.

»Ich danke euch!«

Atharu schaute ihn fragend an und sah an den Stirnfalten seines Freundes, dass auch Brandan nicht wusste, was der Magister meinte.

»Ich brauchte die Ruhe. Manchmal müssen sich Gedanken sortieren. Und Gefühle müssen Raum haben. Natürlich nicht zu viel Raum. Aber immerhin, es war sehr nachsichtig von euch, mich nicht zu drängen. Gleichwohl bin ich euch noch den Rest der Geschichte schuldig. Zumindest so viel, wie ich darüber weiß.« Er schaute zum Fenster der Kutsche hinaus. »Es wird dunkel. Wollen sehen, ob ich es schaffe, alles zu erzählen, ehe wir zu müde sind. Denn wenn wir morgen Tyklahr erreichen, bleibt keine Zeit mehr.«

Lieburus setzte sich gerade hin, breitete die Reisedecke auf dem Schoß aus und steckte sie seitlich unter die Beine. Offenbar ein verlockender Platz, Jiga sprang auf seinen Schoß, und der Magister begann, das Tier zärtlich zu kraueln. »Wo war ich gleich? Ich glaube, ich habe tatsächlich den Faden verloren.« Er lächelte verlegen und fuhr sich mit beiden Händen übers Gesicht. Gleich darauf starrte er auf seine Hände und rümpfte die Nase. »Du solltest dein Tier mal waschen.«

Er warf Brandan einen vorwurfsvollen Blick zu. Der ignorierte die Rüge jedoch und lenkte mit einer Frage zum Thema zurück, indem er das Bruchstück aus Atharus Tasche fingerte. »Und warum sind die Teile so wichtig? Immerhin sind sie ziemlich kaputt.« Er schaute es sich genauer an.

Lieburus gähnte. »Die Fragmente der Amulette sollen der Schlüssel zur Erfüllung der Prophezeiung sein, so heißt es. Sie müssen zu den magischen Schmieden von Erellgorh zurückkehren, wenn es an der Zeit ist.«

»Hätte man sie dann nicht gleich dort aufbewahren können?«, stieß Brandan lachend hervor. »Da wäre uns eine Menge erspart geblieben.«

Eine naheliegende Frage.

»Ja und nein«, erklärte der Magister geduldig. »Du hättest sicher recht, wenn es nur um das Neuschmieden des Amuletts ginge. Aber in der Prophezeiung ist auch von den Trägern der Bruchstücke die Rede.«

»Wie viele Bruchstücke gibt es überhaupt?«, fragte Atharu.

»Drei!« Lieburus nahm das Bruchstück von Brandan entgegen. »Und deshalb hat die ehrwürdige Hillja-Mehlen-Ellanjah auch drei Hüter auserkoren.«

»Hillja-Mehlen-wer?«, fiel Brandan ihm ins Wort.

»Oh, ich dachte, ich sprach schon von ihr. Sie ist die Tochter der Fellen-Kehlanda. Die neue Elbenfürstin in Erellgorh.« Der Magister kratzte sich am Kinn. »Wo war ich? Ach ja, wieder fiel die Wahl auf Mitglieder der Orden, wie ich nicht ohne Stolz sagen darf. Diesmal allerdings wurde der Orden zu Crem übergangen. Keiner konnte wissen, wie lang der Einfluss des Kreh noch währen würde. Die Elbenfürstin wählte Tian, einen jungen Magister des Tykalder Ordens, und Quendus, ebenfalls noch sehr jung zu den Zeiten und Magister des Gelder Ordens. Als dritter Hüter trat sie selbst ein.«

»Aber inzwischen ist Magister Quendus tot und Ihr habt seinen Platz übernommen«, stellte Atharu fest.

»Und ich bin es auch«, entgegnete der Magister trocken. »Todmüde!« Er gähnte erneut. »Aber ja, das ist richtig. Auch Tian ist verstorben, seine Nachfolge hat Eldarh übernommen. Überdies haben die Bruchstücke längst andere, geheime Hüter gefunden. Denn der kleine Kreis um Hillja-Mehlen-Ellanjah wusste ja um die ernannten Hüter. Und Wissen ist Macht. Die Elbenfürstin entschloss sich, Quendus und Tian zu bitten, die Bruchstücke nach eigenem Gutdünken weiterzugeben, um die Macht der Elben und jedes Hüters zu verkleinern. Sie vertraute darauf, dass das Schicksal einen Weg finden würde.«

»Dann hat Magister Quendus also meiner Urmutter Ondara die Bürde der Hüterschaft auferlegt?« Endlich verstand Atharu.

Lieburus nickte müde. »Und deshalb bist du nun der Hüter – und gleichzeitig auch der Träger! Und bevor ihr noch irgendeine Frage stellt, wünsche ich euch einen angenehmen Schlaf. Morgen werdet ihr Eldarh kennenlernen. Den dürft ihr dann mit euren Fragen beglücken. Gute Nacht!« Der Magister knautschte sich sein Kissen zurecht und zog den Reiseumhang über den Kopf.

Atharu lächelte Brandan zufrieden zu und streckte sich, ehe er es sich selbst bequem machte und die Augen schloss. Er hatte zum ersten Mal das Gefühl, alles ergab einen Sinn.

Am frühen Morgen machten sie eine letzte Rast und vertraten sich kurz die Beine. Zurück in der Kutsche schlief Atharu aber gleich wieder ein. Erst als ihn jemand an der Schulter rüttelte, wachte er auf.

»Atharu, Schlafmütze. Wir sind schon fast da.«

Das Erste, was er sah, waren Brandans dunkle Augen. Als Zweites erblickte er den Rücken des Magisters, der wie gebannt aus dem Fenster der Kutsche starrte. Und schließlich stellte Atharu fest, dass sich zu den Geräuschen der Pferdehufe und der Kutsche völlig neue Klänge gesellt hatten. Bellende Hunde, Stimmengewirr, in diesem Moment gar das Klingen eines Hammers auf einem Amboss! Er schob den Magister beiseite. »Was ist ... sind wir etwa schon ...?«

Brandan knuffte ihm in die Seite, und als er sich zu ihm umdrehte, blickte er in ein strahlendes Gesicht. »Wir haben es geschafft, mein Freund. Bald lernen wir diesen Eldarh kennen und dann bist du das Amulettbruchstück los. Nicht mehr lang und Tangris hat uns wieder.«

Es brauchte einen Moment, bis er verstand, was sein Freund meinte. »Lass uns erst abwarten, was Magister Eldarh zu berichten hat. Ich wünsche mir zwar auch, so bald wie möglich nach Tangris zurückzukehren, aber ich fürchte, dass dieser Weg noch auf sich warten lässt.«

Brandans Gesicht überflog eine Mischung aus Unwillen und Enttäuschung.

Lieburus lehnte sich in seinen Sitz und wies aus dem Fenster. »Wir haben soeben den myzehrischen Teil von Tyklahr durchquert. Gleich führt unser Weg über den Fluss und dann sind wir auf der tykaldischen Seite.« Er seufzte. »Der gemeinsame Teil unserer Reise ist beendet. Zwei Straßen hinter der Brücke befindet sich das Gesundhaus unter der Leitung von Magister Eldarh.«

Erst jetzt wurde Atharu klar, dass ihre Wege sich trennen würden und der Magister allein zum Königspalast weiterfuhr. »Dient der Magister nicht bei Hofe? So wie Ihr?«

»Nein, in Tykalden sind die Arbeit der Krone und die des Ordens seit dem Großen Krieg strikt getrennt. Aber als Oberster des Tykalder Ordens wird Eldarh Ihrer Majestät Tulipa von Tykalden sicher bekannt sein. Und umgekehrt sowieso.«

Das Stimmengewirr war leiser geworden, Atharu blickte noch einmal nach draußen. Eben fuhren sie über eine steinerne Brücke, die einen breiten Fluss querte. Er sah den Magister fragend an.

»Der Fluss der Seelen! Auch der heilige Fluss genannt.«

Brandan drängte sich ans Fenster. »Ondara hat uns mal vom Fluss der Seelen erzählt. Aber es kann doch nicht sein, dass er mitten durch eine Stadt fließt. Ich meine, was, wenn der ganze Dreck da reinläuft?« Er schaute abwechselnd Atharu und Lieburus an. »Oder ist das nicht *der* Fluss?«

»Es ist *der* Fluss«, entgegnete Lieburus. »Der Arro-Ezhanjotäe. Der heilige Fluss, mit dem die Seelen zum Grehum fließen, um in den Schoß von Jukahbajahn einzutauchen und neu zu erstarken.«

»Aber ...«

»Aber ...«, unterbrach Lieburus Brandan, »zum einen sagt man, dass die Seelen in einer anderen Ebene des Seins fließen. Was bedeutet, dass ihnen nichts anhaften kann. Und sei es der ärgste Dreck ganz Jukahbajahns. Und zum anderen ...«, er wies mit der Linken hinaus, »schau bitte noch einmal hin. Aber rasch, wir dürften gleich auf der anderen Seite sein.«

Brandan beugte sich erneut vor, und auch Atharu warf einen schnellen Blick aus dem Fenster. Entlang des Flusses verliefen zu beiden Seiten hohe fensterlose Mauern. Der Fluss war vor den Bewohnern der Stadt komplett abgeriegelt.

»Na gut. Ich lass das mal durchgehen«, sagte Brandan leise und grinste verlegen. Er nahm sein Frettchen auf den Arm und flüsterte ihm ins Ohr: »Mach dir nichts draus, Jiga, die Städtebauer haben das mit der anderen Ebene des Seins wohl auch nicht gewusst.«

Sie hatten die Brücke passiert und holperten über gröberes Straßenpflaster als zuvor.

»Ach du jeh!«, stöhnte Lieburus und hielt sich an einem der Haltegriffe neben der Tür fest. »Ich vergesse immer, dass dies der ältere Teil der Stadt ist. Immerhin, ihr seid gleich da. Eines der nächsten Häuser dürfte es schon sein.«

Tatsächlich hielt die Kutsche nur einen Augenblick später. Atharu und Brandan nahmen ihre Reisebündel, wickelten ihre Umhänge zusammen und schnürten sie darüber. Dann stiegen sie aus.

»Verzeiht, wenn ich sitzen bleibe«, meinte der Magister. »Mir liegt nicht an langen Verabschiedungen. Aber es war mir eine Ehre, euch kennenzulernen. Und wenn es sein soll, werden wir uns wiedersehen.« Er lehnte sich nach vorn und wies mit der Hand auf ein lang gestrecktes Gebäude mit Fenstern aus milchigem Glas. »Das ist das Gesundhaus. Bittet um eine Unterredung mit Eldarh und beruft euch auf mich. Er wird sich sicher Zeit für euch nehmen.«

»Und dann?«

Brandan war inzwischen geübt darin, Fragen zu stellen, dachte Atharu und antwortete anstelle des Magisters: »Dann wird sich zeigen, was das Schicksal noch für uns bereithält.«

Lieburus lächelte. »Atharpazh sei mit euch!« Er zog die Tür zu, sah aber noch einmal aus dem Fenster. »Und Brandan!«

»Ja?«

»Versteck das Frettchen unter deinem Hemd. Womöglich kommt ihr sonst nicht einmal ins Haus hinein. Es ist ein Haus für kranke Menschen und keines für Tiere!« Lieburus winkte und lehnte sich zurück in den Schatten der Kutsche.

Brandan schaute verdrossen zu Jiga, die auf seinem linken Arm kauerte. »Also, meine Kleine. Komm an mein Herz und bleib ganz ruhig. Wir finden später bestimmt etwas Auslauf für dich!«

Fergast und Herbor waren von ihren Pferden gestiegen, um sich zu verabschieden. Atharu und Brandan dankten den beiden für das Geleit, ab jetzt müssten sie ohne Pelldors Männer auskommen. Die Soldaten stiegen wieder aufs Pferd und hoben die Hand zum Gruß.

»Reiche Kraft und scharfe Klingen!« Ein Spruch, der unter den Mannen von Gelder anscheinend üblich war, denn beide sprachen ihn fast gleichzeitig aus. Dann setzten sich die Pferde in Bewegung.

»Reiche Kraft und scharfe Klingen!«, antwortete Atharu.

»Und nach der Schlacht?«, rief Brandan. Atharu schaute ihn verwundert an.

Fergast und Herbor drehten sich grinsend um: »Ein Vöglein für den Wurm und den Eiern ein Nest!«

»Sicher nicht der Humor von Lieburus!« Brandan lachte auf.

Atharu stimmte ein. »Eher nicht. Vöglein? Wurm? Ich habe wohl so einiges verschlafen, oder woher wusstest du davon?«

»Fergast hat mich eine Weile in Gelder herumgeführt, während du ja nur auf der faulen Haut gelegen hast.«

Brandan grinste ihn frech an, und Atharu tat, als wollte er ihn schlagen. Doch er ärgerte sich nicht wirklich über ihn. *Bewahre dir deinen Humor, mein Freund. Es kommen vielleicht noch andere Zeiten.*

Die beiden gingen auf den Eingang des Gesundhauses zu, eine große zweiflügelige Tür. Sie traten in eine geräumige Diele, in der eine Frau mit weißem Kopftuch an einem Tisch saß.

Epilog

Die Flüssigkeit brodelte, dicke Tropfen spritzten aus dem Kessel. Seine Hand fuhr in geübtem Bogen über den kochenden Sud und ließ Kräuter hineinrieseln. Leise murmelte Eldarh Worte der alten Sprache und atmete tief ein. Bläulicher Dampf zog in dicken Schwaden an seinem Gesicht vorbei, netzte das krause Haar über der Stirn. Ein wohltuender Duft waberte durch den Raum und entfaltete seine magische Wirkung. Eldarhs Blick folgte den aufsteigenden Dämpfen gen Himmel. Die Sterne verschwammen vor seinen Augen. Bilder entstanden, wechselten und verschwanden wieder.

Wie oft hatten sie ihn schon auf die falschen Pfade der Erkenntnis geführt. Er erinnerte sich, wie er mit dem ehrwürdigen Tian immer und immer wieder die Kunst des Sehens geübt hatte. Sehr schnell waren Bilder zu ihm gekommen, doch sie zu ordnen und zu verstehen, war ihm lange Zeit schwergefallen. Auch jetzt vermochte er nicht zu sagen, ob die Bilder Mögliches oder Wahrscheinliches zeigten. Immerhin konnte er unterscheiden, ob sie Vergangenes, Gegenwärtiges oder Zukünftiges offenbarten.

In diesem Moment erschien im Sternennebel eine wabernde Karte Jukahbajahns, auf der drei leuchtende Himmelskörper alle anderen überstrahlten. Seit Wochen beobachtete er die Wanderung dieser Sternenlichter. Für ihn gab es keinen Zweifel, dass jedes dieser drei für eines der Medaillonbruchstücke stand. Die Artefakte waren auf dem Weg zum Nebelsee, die Zeit der Prophezeiung hatte begonnen!

Noch Tage zuvor war Eldarh irritiert gewesen. Denn er hatte geglaubt, ein viertes Strahlen über den Athür entdeckt zu haben. Aber das konnte nicht sein. Eldarh wusste, dass damals nur drei Hüter auserkoren worden waren. Die Elbenfürstin selbst, Magister Quendus aus Gelder und Magister Tian, sein Lehrmeister hier in Tyklahr.

Noch immer spürte er einen Stich, wenn er daran dachte, dass Tian vor seinem Tod nicht ihn als Hüter ernannt hatte. Wo er doch sein Erbe im Geiste war. Später erfuhr er, dass es Quendus' Nachfolger Lieburus ebenso ergangen war. Sie wussten beide nicht, wer die Verantwortung trug. Die alten Magister hatten ihr Geheimnis mit ins Grab genommen. Über Dekaden blieben die beiden Bruchstücke im Verborgenen, während das dritte sicher verwahrt in Erellgorh lag. Nein, von einem vierten hätte er wissen müssen.

Nichts hatte ihn in seinem Leben mehr interessiert als die Artefakte der Prophezeiung. Wie gern hätte er eines davon in seiner Obhut gehabt. Wie gern das Pulsieren seiner Macht gespürt. Er wäre dieser Aufgabe gerecht geworden. Doch seine Rolle war eine andere. Magister Tian hatte sie bestimmt, und die Fürstin der Elben, Hillja-Mehlen-Ellanjah, hatte sie mit ihrem Auftrag höchstselbst bestätigt. Immer noch beschleunigte sich sein Puls, wenn er an seinen Besuch in Erellgorh dachte. Die erste der Elbenstädte auf Erden. Mächtig, geheimnisvoll und wunderschön!

Eldarh fuhr sich mit den Händen über die Augen und versuchte, sich wieder auf die Bilder zu konzentrieren. Die Karte verschwamm. Er griff in die Kräuterschalen und ließ noch einmal Pulver in den Kessel rieseln. Der Sternennebel zog sich zusammen, Schwaden schossen dahin, Farben blitzten auf, und neue Bilder jagten über den Himmel. Eine große

Gestalt erschien, eingehüllt in Flammen. Ein Mann, der seine Hand ausstreckte und eine feurige Kugel balancierte. Ein Stück weiter erschien eine Frau. Sie hob die Arme und Schwaden aus Sternenlicht strömten von ihr fort. Sobald sie auf den Feuerball trafen, fegte ein Sturm aus Flammen über den Himmel. Dann verloschen die flammenden Farben und hinterließen gleißendes Licht. Alle Bewegung verlangsamte sich, bis die Lichter erstarrten und die Schwaden sich auflösten.

Gebannt starrte Eldarh in den Himmel, doch die Vision war vorbei. Der Mann des Feuers und die Frau des Windes waren verschwunden. Er hatte sie beide zuvor schon gesehen. Heute aber waren sie zum ersten Mal zusammengetroffen. Diese Offenbarung ließ kaum einen Zweifel zu: Sie mussten Magier der Elemente sein. Sollten diese geheimen Hüter gleichzeitig die wiedergeborenen Scheltar sein? Dann hätte das Schicksal den Bruchstücken wahrlich große Mächte zur Seite gestellt.

Eldarh löschte das Feuer unter dem Kessel. Welch eine Wendung, wenn es so wäre. Ein Hoffnungsschimmer – vielleicht. Sein Blick verdüsterte sich. Die eisige Macht, der sie sich stellen mussten, war bereits jetzt unvorstellbar!

Morgen wüsste er mehr. Denn morgen wären die Hüter bei ihm – vielleicht sogar die Scheltar!

Bleib dabei!

Dies war erst der Anfang. Die Abenteuer gehen weiter. Im zweiten Band treffen sich die drei und erfahren mehr über sich und die Prophezeiung.
Überraschende Begegnungen, mächtige Magie und blutige Kämpfe erwarten dich.
Und die Situation spitzt sich weiter zu! Werden unsere drei Helden es schaffen, sich dem Kreh zu stellen und die Welt zu retten?

Band 2: Geheime Wege
ISBN: 978-3-946937-01-2

Band 3: Geheime Pläne
ISBN: 978-3-946937-02-9

Neues zur Entstehung weiterer Bände aus der Welt von Erellgorh und vieles mehr zu den Büchern, der Vorgeschichte, dem Autor und zu aktuellen Terminen erfährst du auf

www.erellgorh.com

Ein persönlicher Dank ...

... an die Mathilde-Gruppe (ich weiß, unsere Autorengruppe hat keinen Namen, aber in meinem Kopf heißt sie eben so ;-))! Ohne euch wäre dieser Roman nie geschrieben worden. Wahrscheinlich hätte ich ihn weitere 15 oder 20 Jahre in meinem Kopf behalten. Mein größter Dank gilt Frank, ohne den ich gar nicht zu euch gestoßen wäre, ohne den ich manche Zweifel schwerlich überwunden hätte und ohne den meine Schreiberei für alle Leser ein einziges Grammatik-Desaster wäre. Aber auch Anna, Marc, Meike, Nadia und Sophie haben mir unglaublich viel Wertschätzung entgegengebracht und viele hilfreiche Rückmeldungen mit auf den Weg gegeben. Danke, dass ihr euch dafür so oft die Zeit genommen habt!

... an meine liebste Testleserin, die mit mir geschimpft hat, weil das Buch an der für sie spannendsten Stelle aufhörte und ich ihr den zweiten Band nicht direkt in die Hand geben konnte. Deine Art, mir zu sagen, was dir gefallen hat oder wo es noch holprig war, war für mich Freude und Motivation. Danke Cathrin, dass du immer ein Ohr für mich hast und an meiner Welt schon allein aus Sympathie interessiert bist!

... an die Freunde, die mich in dieser Sache so ernst genommen haben, dass sie immer wieder nachfragten, wie es läuft und wie weit ich bin. Das war für mich sehr wichtig!

... an die NaNoWriMo-Gruppe in Hamburg, die neue Schreiber wie mich mit offenen Armen empfängt. Durch euch habe ich gelernt, auch dann zu schreiben, wenn rundherum Unterhaltungen stattfinden, Kaffeegeschirr klimpert und ein Japaner lautstark Ungarisch-Unterricht nimmt.

... last but not least an den Verein Fischotterschutz, der wunderbare Arbeit leistet und mich damit sehr beeindruckt. Dem Fischotterzentrum Hankensbüttel ist es zu verdanken, dass Jiga eine so wichtige Rolle spielt.